갤럭시

ACROSS THE VOID
by S. K. Vaughn

갤럭시

ACROSS THE VOID

S. K. 본 장편소설

민지현 옮김

책세상

포키,

우리는 무엇이든 될 수 있어.

사랑은 장벽을 모른다.
모든 장애물을 뛰어넘고, 울타리를 넘어서며,
벽을 뚫고 희망 가득한 목적지에 이른다.

_마야 안젤루

나는 신을 믿지 않는다.
그러나 관심은 많다.

_아서 C. 클라크

차례

일러두기

· 원서에서 이탤릭으로 강조한 부분은 굵은 글씨로 표기했다.
· 인명, 지명 등 외국어 표기는 국립국어원의 외래어표기법을 따랐으며,
  몇몇 경우는 관용 표현을 사용했다.

1

"이건 너무 심하잖니."

이브는 봄날의 석양을 받으며 정원의 연못가에 서 있었다. 걱정스레 이맛살을 찌푸리는 이유는 겁 없는 열 살짜리 딸 메이 때문이었다. 메이는 자기가 제일 좋아하는 레몬색 수영모와 같은 색깔의 수경을 쓰고 녹색이 짙은 연못에서 첨벙거리고 있었다. 그러다가 걱정스러워하는 엄마의 얼굴을 보고 미소를 지었다. 자기의 행동이 위험할 수도 있음을 안다는 듯이.

이브는 과잉보호형 부모는 아니었지만 진흙탕 연못을 가로질러, 그것도 물속으로만 건너는 것은 재미로 할 수 있는 일도 아니었거니와 결코 영리한 판단이라고 할 수 없었다. 이브는 메이의 타월을 집어 들었다.

"저녁 먹을 시간이기도 하니까 이제 그만 그 진흙탕에서 나오렴. 그리고…."

"연못 반대편 끝에서 만나요!"

메이는 이렇게 소리치고 다시 물속으로 첨벙 들어갔다.

"저런 고집불통!"

이브가 혀를 차며 중얼거렸다.

메이는 물속을 헤엄치면서 물살에 언뜻언뜻 들려오는 엄마의 성난 외침에 더욱 짜릿한 재미를 느꼈다. 자신의 의지를 보여주기 위해 더 멀리 헤엄쳐갔다. 한동안 물을 힘껏 박차며 꽤 멀리 왔다 싶을 때까지 가다가 물 위로 올라와 재빨리 뒤를 돌아보았다. 얼마나 왔는지 확인하고 싶었다. 그런데 어쩐 일인지 벌써 지치는 느낌이다. 이제 겨우 3분의 1밖에 못 왔는데 벌써 지치다니. 메이는 기분이 나빠지려고 했다. 차가운 물속에서 수영을 하려니 근육이 뻣뻣해지고 숨이 점점 가빠졌다. 때마침 메이가 수면 위로 모습을 드러내자 그 순간을 놓치지 않고 엄마가 성난 목소리로 소리쳤다. **빠져 죽고 싶지 않으면 당장 나오라고.**

빠져 죽다니.

메이는 어렸을 때부터 수영을 잘했다. 나이에 비해 실력도 뛰어났고, 힘도 좋았다. 물속이 땅 위에서보다 더 편안하고 자신 있었다. 그런데 빠져 죽다니 말도 안 되는 소리였다…. 적어도 그날 연못에서 수영하기 전까지는. 그런데 팔다리를 휘저을 때마다 점점 무겁게 느껴지면서 가슴에 통증이 밀려오기 시작했다. 조금 전에 물밖으로 고개를 내밀어 숨을 들이마셨는데 어느새 다시 숨이 찼다. 연못에서 수영하는 건 위험하다던 엄마의 경고가 떠올랐다. 여름에도 항상 물이 너무 차고 탁해서 햇볕이 비춰도 수면 아래로 불과 3~5센티미터밖에 덥혀지지 않는다고 했다.

그러나 나는 특별한 아이다. 메이는 이런 자신감이 있었다. 나는 **예외**다. 이런 생각을 하면 늘 용기가 생기곤 했는데 오늘은 그런 응원의 목소리조차 차가워진 작은 귓속에 공허하게 울릴 뿐이었다. 자존심을 허공으로 날려버리려는 듯 메이는 다시 한번 숨을 쉬기 위해 물 위로 떠올랐다. 그러자 아직 가야 할 3분의 1이나 남은 길이 보였다. 그 거리가 마치 영국해협만큼이나 아득하게 느껴졌다.

메이는 헐떡이며 숨을 고르기 위해 잠시 물 밖으로 고개를 내밀고 발밑의 물을 휘저었다. 그러나 탈진한 메이의 온몸이 마비되기 시작했다.

팔다리를 힘없이 휘저으며 간신히 물 위로 입을 내놓고 있는데 갑자기 엄마의 경고를 무시한 자신의 어리석음에 대한 분노가 뻣뻣하게 굳어가는 가슴을 쳤다. 마지막으로 엄마를 바라보았다. 호흡이 불가능해진 메이가 눈빛으로 보내는 살려달라는 절규를 엄마가 제발 알아차려주기를 바라면서. 그러나 곧 조용하고 무심한 풍경 끝에 펼쳐진 회색 하늘이 눈에 가득 차면서 메이는 물속으로 바위처럼 가라앉았다. 메이가 할 수 있는 거라곤 마지막 들숨을 가능한 한 오래 머금고 있는 일뿐이었다. 하지만 그마저도 기운이 빠져나가면서 순간적으로 사그라져버렸다. 죽음 같은 냉기가 섬뜩하게 파고들었다. 눈 속에 손을 파묻었을 때의 느낌 같았다. 그러고는 물풀이 무성한 깊숙한 어둠이 메이를 감쌌다. 다음 순간 가슴에 예리한 통증이 느껴지면서 단호한 음성이 깊은 어둠으로부터 메이를 끌어올렸다.

"숨 쉬어."

2

메이는 알몸으로 저체온 유지용 젤 위에 떠 있는 듯 누워 있었다. 집중치료를 위한 격리 포드 안은 으스스하리만치 고요했다. 온몸에는 소생을 위한 온갖 튜브와 장비가 연결되어 있었으며, 로봇이 내는 듯한 기계음만이 메이의 생명활동을 알리고 있었다. 납작한 누에고치처럼 생긴 포드의 불투명한 우윳빛 표면이 메이의 얕은 호흡에 맞춰 조금씩 부풀어 올랐다 가라앉았다. 주홍 불빛으로 깜박거리는 비상등 말고는 포드가 발산하는 빛이 어두운 의무실을 밝히는 유일한 빛이었다. 포드의 네모난 창에 비친 메이의 수척한 얼굴은 마치 죽은 사람 같았다.

감지기에 눈의 움직임이 포착되었다. 미세하게 떨리는 눈꺼풀 아래서 의식이 돌아오기 시작했음을 알리는 신호였다. 그에 따라 포드가 반응했다. 흰색 표면이 발그레해지고 신경자극이 방출되면서 점차 내부 온도가 올라갔다.

그러나 아직 감각은 둔한 상태였기 때문에 희미하게 깜박거리는 빛과 아득하게 들리는 소리만이 메이가 지각할 수 있는 전부였다. 잠에 취한 듯한 뇌 속에서 수백억 개의 신경세포가 신호를 방출하면서 메이의 손가락이 힘없이 허공을 움켜잡았다. 땀으로 뒤덮인 피부가 상기되었다. 온몸의 뼈가 신음하는 가운데 혈관을 도는 피가 뜨거워지기 시작했다.

생명징후들은 빠르게 활성화되고 있었지만, 메이는 여전히 의식을 무겁게 누르는 짙은 안개를 걷어내고 총기를 되찾기 위해 안간힘을 썼다. 뿌연 의식을 깨우기 위한 한 방의 충격이 필요했다. 포드 내의 생명유지장치가 서서히 작동을 멈추기 전에 빠져나오지 않으면 산소공급튜브에 연결된 채 가사 상태에 빠져 사망할 수도 있었다. 그 한 방의 충격은 우주선 내 방송장치에서 흘러나오는 성탄음악이 대신해주었다. 뒤이어 각국 언어로 녹음된 성탄 인사가 우렁차게 울려 퍼졌다. 귓속으로 흘러드는 어린이 합창단의 '오 거룩한 밤'이 점점 절정에 달하면서, 쇠약해진 메이의 신장은 방출할 수 있는 최대한의 부신호르몬을 내보냈다. 그것은 마치 수일 동안 영하의 날씨에 세워두었던 자동차에 급시동을 거는 것과 같았다. 자율신경계가 신속하게 편승하면서 근육을 자극했고, 온몸이 떨리면서 몸의 중심부에서부터 체온이 올라갔다. 의식의 조각들이 머릿속에 고루 퍼졌다. 합창단이 부르는 '오 거룩한 밤'이 최고조를 넘어갈 때, 메이는 눈을 떴다.

3

'환자가 소생했습니다. 격리 포드가 비활동 모드로 전환됩니다.'

탐사선 인공지능의 차분한 여자 음성이 들려오면서 기계의 작동이 서서히 휴식 모드로 전환되는 소리가 들렸다. 메이에게 연결된 인공호흡기도 느려지더니 한숨 같은 기이한 소리를 내며 멈췄다. 포드의 뚜껑이 부드럽게 열리자 내벽에 맺혔던 물방울들이 바닥에 떨어졌다. 메이는 방향감각을 완전히 상실했고, 앞도 잘 보이지 않았으며, 약해진 팔다리는 간신히 움직였다. 위기감이 엄습했다. 소리를 질러보았지만 산소공급기와 영양분공급튜브 밖으로 빠져나오지 못하고 오히려 죽을 듯이 구역질만 나왔다. 메이는 서서히 냉기가 빠져나가는 손가락으로 튜브들을 움켜잡았다. 그리고 터져나오려는 기침과 구역질을 참으며 튜브들을 잡아 뜯었다.

튜브들을 뜯어내고 나니 몸이 저체온 유지용 젤 속으로 가라앉기 시작했다. 젤의 온도가 올라가면서 액화된 것이다. 점성의 액체가 가슴 위로 차오르면서 목을 감쌌다. 곧 기도까지 잠기려는 순간이었다. 극심한 공포감이 전기충격처럼 온몸의 근육으로 전달되면서 고통스러운 경련과 함께 피부가 저려왔다. 악취를 풍기는 액체가 턱까지 차오를 때 메이는 순간적으로 몸부림을 쳐 한쪽 옆으로 돌아누울 수 있었다. 그 바람에 포드가 흔들리면서 뒤집어졌다. 그리고 바닥으로 떨어졌다. 포드에서 튕겨 나온 메이는 사정없이 바닥에 패대기쳐진 다음 반대편으로 미끄러졌다. 정맥주사 바늘이 피부를 찢으며 빠져나왔다. 미끄러지다가 무엇인가에 부딪혔다. 벽인 것 같았다. 메이는 그 자리에 태아처럼 웅크리고 누워서 피가 섞인 묽은 액체를 토해냈다.

반쯤 부서진 벌집 같은 의식 위로 벌떼처럼 의구심이 윙윙거렸다. 여전히 얼마쯤은 눈앞이 뿌옇게 흐려서 어둠을 뚫고 뭔가를 본다고 해도 알아볼 수는 없었다. 자신이 의무실에 있는 건 알겠는데, 의무실 어디에 있는 걸까? 입원한 기억도 없을뿐더러 아팠던 기억조차 없다. 그런데 지금 몹시 힘들고 아프다. 곧 죽을 것처럼. 공황 상태에 빠지면서 숨을 쉬기 힘들 정도로 압박감이 몰려왔다. 잠이들 것 같았다. 죽음의 전령이 눈을 감고 삶의 끈을 놓으라고 속삭이는 것 같았다. 유혹처럼 달콤한 속삭임이었지만 메이는 그것이 자신을 죽음으로 이끈다는 것을 알 수 있었다. 직감적으로 그렇게 느꼈다. 방이 빙빙 돌아가는 듯한 어지럼증 때문에 멀미가 날 것 같아서 손을 뻗어 뭐든 단단한 것을 잡았다. 그러고는 방금 태어난 아기처럼 꿈틀거리며 바닥을 기기 시작했다.

벽을 따라 설치된 카운터가 손에 닿을 듯 가까웠다. 메이는 그쪽으로 방향을 잡았다. 바닥을 움켜잡을 듯 짚고 고무처럼 흐느적거리는 발을 끌면서 천천히 다가갔다. 손가락 마디가 차가운 철제 찬장에 닿자 안도감과 함께 자신감이 생겼다. 메이는 바닥을 힘껏 누르며 몸을 들어 올렸다. 한쪽 팔꿈치로 몸을 지탱하고, 나머지 팔꿈치까지 세우자 남은 힘을 모두 모아 드디어 손과 무릎으로 엎드린 자세를 취할 수 있었다. 쇠약해진 팔다리의 근육이 몸을 지탱하기 위해 바들거렸다.

이제 뭘 해야 하나 생각하다가 순간적으로 떠오르는 것이 있었다.

물이 필요해.

혀가 바짝 말라서 입천장에 자꾸 달라붙었다. 입 안에서는 여전히 피 맛이 느껴졌다. **탈수 증상이야.** 메이가 지금 경험하는 현상은 바로 그것이었다. 예전에도 어디선가 몇 번 그런 느낌을 경험한 적이 있었다. **저혈압 증세도 있고.** 그래서 어지럽고 기력이 없는 거였다.

움직여야 해.

메이는 정신력으로 자신을 얽어매는 거미줄 같은 혼란을 털어버리고 또렷한 의식으로 천천히 주변을 둘러보았다. 바로 옆 카운터는 진찰대여서 세면대가 설치되어 있다. 바닥에서 1미터 높이다. 일어선다는 생각은 감히 할 수도 없었지만, 뜨거운 칼날이 온 뼈마디와 근육을 찌르는 것 같은 통증에 움찔거리면서 그래도 팔을 뻗어 카운터 끝을 잡고 한쪽 무릎에 의지해 몸을 일으켜 세웠다. 그런 다음 팔과 다리가 교대로 쉴 수 있도록 힘의 중심을 옮겨가면서 쪼그려 앉는 자세를 취했다. 그 작은 성공이 자신감을 불어넣어 일어서려는 노력을 계속하게 했다. 한 손으로 카운터 끝을 잡은 채 몸을 좀 더 일으켜 세우자 다른 한 손을 세면대 안으로 뻗어 수도꼭지에 닿을 수 있었다. 메이는 남은 힘을 다해서 다리로 버티고 팔로 몸을 들어 올려 드디어 일어섰다.

철제 세면대를 들여다보며 흐뭇한 미소를 지었다. 그 바람에 입술이 갈라져 피가 났지만 개의치 않았다. 수도꼭지 아래로 손을 가져가니 물이 콸콸 쏟아져 나왔기 때문이다. 메이는 몸을 굽혀 물줄기에 입을 대고 입 안으로 흘러 들어오는 물방울을 받아 마셨다. 물맛이 어찌나 좋은지 왈칵 울고 싶었지만 눈물이 나오지 않았다.

길게 몇 모금 더 마시고 나니 활력이 느껴지는 것 같았다. 정신이 맑아지면서 모든 것이 훨씬 더 선명하게 보였다. 비상등은 세면대 뒷벽에 붙어 있었다. 메이는 그것을 뽑아 들었다. 스위치를 켜고 깜박거리는 희미한 불빛으로 조심스레 사방을 둘러보았다.

도대체 무슨 일이 있었던 거지?

의무실은 완전히 아수라장이었다. 서랍과 캐비닛, 금고에 보관되어 있던 모든 서류와 집기가 쏟아져 나와 사방에 흩어져 있었다. 누군가 다급하게 휩쓸고 지나간 것 같았다. **무엇 때문에 다급했던 걸까?** 이동식 들것은 찢어지고 더럽혀져 있었다. 마치 전쟁터에 설치된 의무실 같다는 생각이 들었다. **전장의 의무실이 어떻게 생겼는지 내가 어떻게 알지?** 이 난리가 난 이유를 추론해보려고 했지만 기억력과 사고력이 따라주지 않자 오히려 불안감이 엄습해왔다. 마음이 불안해지는 일은 어떻게든 피해야 했다. 메이는 복잡한 생각은 잠시 미뤄두고 우선 몸을 정상에 가까운 상태로 돌려놓는 데 집중하기로 했다.

'단순하게 생각하는 거야.'

자신의 쉰 목소리가 낯설기는 했지만 그렇게 스스로 다짐하는 소리를 들으니 기분이 좀 나아졌다. 자신의 결정이 마음에 들었다. 단순하게 생각하자. 바닥에 떨어져 있는 가운을 집어서 머리부터 뒤집어썼다. 곧바로 온기가 느껴져서 좋았다. 세면대에서 마신 물은 신의 선물이었지만, 여전히 힘이 없고 어지러웠다. 탈수 증상이었다. 비상등 불빛이 비추고 있는 캐비닛 유리문 너머 수액이 든 비닐봉지가 보였다. 메이에게 필요한 바로 그것이었다. 몸에서 빠져나간 수분을 대대적으로 보충해야 했다. 캐비닛은 열 발자국 거리에 있었다. 메이는 카운터를 잡은 채 바닥에 뒹구는 잡동사니에 걸려 넘어지지 않도록 조심하면서 옆으로 살살 걸음을 옮겼다.

겨우 캐비닛까지 가보니 문이 잠겨 있었다. 암호를 기억하려고 애쓰는 일은 자신을 스스로 고문하는 일이어서 포기하기로 했다. 방탄유리임이 분명한 캐비닛 유리문을 후려칠 뭔가를 찾기 위해 두리번거리다가 키패드 옆에 손 모양의 스캐너를 보았다. 메이는 스캐너 위에 손바닥을 올려놓았다. 스캐너 옆에 붙어 있는 작은 스크린이 깜박거리더니 문구가 떴다.

스티븐 호킹 2호 탐사선 선장 메리엄 녹스

"안녕하십니까, 녹스 선장님."
인공지능이 명랑하게 말했다.
"뭐라고 했지?"
메이는 소스라치게 놀랐다.
"안녕하십니까, 녹스 선장님."
"나… 방금 막 깨어났는데…. 지금 나를 뭐라고 불렀지?"
"녹스 선장님이라고 불렀습니다."
"선장?"
"질문을 이해할 수 없습니다."
마음 밑바닥에 스멀거리던 두려움이 본격적으로 피어올랐다.
"미안. 다 잊어버린 것 같아. 기억이 전부. 심하게 아팠던 것 같아. 기운이 없고, 물이 필요한데…. 그리고 먹을 것도. 도와줄 수 있을까?"
"물론입니다. 어디가 아프십니까? 현재 탐사선 네트워크에 접속할 수 없어서 선장님의 진료기록을 찾아볼 수 없습니다."
"모르겠어."
메이는 힘없는 자신의 목소리에 짜증이 나는 듯 날카롭게 쏘아

붙였다.

"불쾌하셨다면 죄송합니다. 선장님 뒤에 고속스캔장치가 있습니다. 그걸 이용해서 선장님의 현재 상태를 파악할 수 있습니다."

메이는 돌아서서 스캔장치를 끌어 내려 머리에 썼다.

"폐정맥 관에 대고 숨을 내쉬십시오. 그리고 혈액검사 판에 손가락을 올려놓으십시오."

관에 대고 숨을 내쉬는데 기침이 터져나왔다. 그 바람에 혈액검사 판에 붙은 바늘에 손가락을 찔렸고, 메이는 따끔한 통증을 느끼며 짧은 비명을 질렀다.

"병원체가 검출되지 않았습니다. 그러나 선장님은 심한 탈수 상태, 영양부족 상태입니다. 폐 기능도 정상보다 낮습니다."

인공지능이 보고했다.

"정말 천재군."

메이가 냉소적인 어조로 중얼거렸다.

"감사합니다. 즉시 정맥 치료를 시작하겠습니다."

메이는 인공지능의 안내를 받으며 캐비닛에서 비타민이 강화된 전해질 수액과 무균 튜브와 두 개의 아드레날린 펜을 꺼냈다. 그리고 그것들을 비어 있는 이동용 들것에 천천히 옮겼다. 인공지능은 메이에게 들것에 눕기 전에 수액을 받을 수 있게 아드레날린 펜을 주사하라고 알려주었다. 메이는 가운의 소매를 접어 올리고 피멍 든 주삿바늘 자국들 가운데 마땅한 주사 자리를 찾아보았다. 팔에는 알 수 없는 붉은 반점들이 돋아 있었다. 등과 다리에도. 그중에는 딱지가 앉은 것도 있었다. 현재 몸 상태가 좋지 않은 것과 관련이 있는 걸까? 두통도 있었다.

"녹스 선장님, 정맥주사 바늘을 꽂으십시오."

"그래, 알았다고, 알았어. 이거야 원."

메이는 투덜거리며 아직은 바늘 자국 없이 깨끗한 허벅지에서 마땅한 지점을 찾았다. 그리고 천천히, 조심스럽게 주삿바늘을 꽂았다. 뜨거운 부지깽이로 찌르는 것 같았다. 곧 몸 안으로 수액이 방울방울 흘러 들어가는 것이 보였고, 몸에서 완전히 빠져나갔던 활력이 다시 흘러 들어오는 느낌이 들었다. 드디어 기쁨의 눈물을 몇 방울 짜낼 수 있었다. 거기에 호흡 마스크를 쓰고 산소가 풍부한 공기 혼합물까지 들이마시니 더 바랄 것이 없을 만큼 기분이 좋았다. 메이는 바로 힘이 솟고 정신이 번쩍 드는 것 같았다.

"주무실 수 있도록 안정제를 드리겠습니다."

인공지능의 음성도 한결 편안하게 들렸다.

메이는 고개를 저었다.

"아니. 깨어나지 못할 것 같아서 싫어. 그리고 상황 파악도 해야…."

메이는 하품을 하고는 몸을 뒤로 기댔다. 숨이 가빴다.

"휴식을 취하셔야 합니다. 제가 선장님의 바이털 수치를 세심하게 지켜보다가 문제가 생기면 자극제를 드려서 깨어나게 하겠습니다. 조금 전에 아드레날린 주사를 맞으셨기 때문에 깊이 잠들지는 않으실 겁니다. 이제 안심이 되십니까?"

"응, 고마워."

메이가 마지못해 수긍했다.

당장은 인공지능을 믿을 수 없었다. 탐사선에 일어난 재난이 그 때문이 아니라고 누가 보장하겠는가? 안정제가 인공지능의 말처럼 그렇게 약하지 않을 수도 있지 않은가? 인공지능이 마음만 먹는다면 너는 집중치료 포드에서 다시는 밖으로 나오지 못할 수도 있어. 하지만 깨어난 이후로 너를 알아봐준 것도 역시 인공지능뿐이잖아.

메이는 마음속에 일어나는 갈등을 접고 어떤 연유에선지는 모르지만 자신에게 닥친 호된 시련 때문에 신경이 쇠약해져서 그러려니 생각했다. 물론 메이는 자신의 무력함을 인지하고 있었다. 인공지능을 믿지 않는다면 어차피 다른 대처 방안도 없었다. 그리고 이 모든 일이 있기 전에도 인공지능이 문제를 일으킨 기억은 없다. 이 **모든 일이란 게 도대체 뭘 말하는 건데?** 메이는 다시 깨어났을 때는 이 모든 것이 악몽이기를 기도했다. 승무원들과 이 악몽에 대해 농담을 주고받으며 모두 한바탕 크게 웃을 수 있기를 바랐다.

아, 승무원들! 메이는 눈을 감고 생각을 집중하려고 애썼다. 승무원 중 몇 명의 얼굴이 떠올랐다. 희미하긴 했지만 조금씩 초점이 맞았다 안 맞았다 하면서 이름도 얼핏 떠오를 것 같았다. 그러면서 기억이 조금씩 정리되었다. 다들 모여서 뭔가를 보고 있었다. 승무원들이 빠른 속도로 대화를 주고받는 모습이 떠올랐다. 그러나 무슨 말을 하고 있었는지는 기억나지 않았다. 눈을 가늘게 뜨고, 뭔가 우려하는 듯이 메이를 내려다보고 있었다. 메이의 목에 대고 맥박을 짚어보는 손들. 한 남자가 가까이 다가와 메이의 숨소리를 들었다. 존이라는 이름이 떠올랐다. 숨이 멎은 거야? "녹스 선장님?" 승무원들이 소리쳤다. 메이의 얼굴 앞에 대고 손뼉을 치고, 눈에 빛을 비췄다.

나를 소생시키려 하고 있었던 거야.

4

'녹스 선장님?'

메이는 깜짝 놀라며 깨어났다. 다시 의무실이었다. 머릿속에는 여전히 꿈속에서 보았던 장면이 남아 있었다. 나는 죽어가고 있었어. 승무원들이 나를 소생시키러 하고 있었고. 나의 팀원들. 메이는 그들의 얼굴을 기억하려고 애썼지만 자꾸 지워졌다. 나는 죽어가고 있었어.

"잘 쉬셨습니까?"

인공지능이 물었다.

"뭐라고? 아, 잘 쉬었어."

"몸 상태가 좀 나아지신 것 같으십니까?"

"조금. 기운이 좀 나는 것 같아."

"그러시다니 다행입니다. 정맥주사 바늘을 뽑아서 정해진 폐기함에 넣어주십시오."

메이는 얇고 연한 피부에서 천천히 바늘을 뽑았다. 의료 폐기함까지 거뜬히 걸어갈 만큼 기력을 회복했다. 선내 방송에서는 남성 합창단이 가성으로 부르는 다국어 팝 버전의 '오 거룩한 밤'이 흘러나오고 있었다. 붉은 터틀넥을 입은 여자 같은 남자들이 합창하

22

는 모습이 떠올랐다. 전혀 고요하지도, 환하게 밝지도 않은 이 밤에 말이다.

"저 듣기 싫은 음악 좀 꺼줄래?"

"알겠습니다."

음악이 멈추자 좀 더 선명하게 사고할 수 있을 것 같았다. 그러나 의문점이 더 많이 생겨나면서 메이는 점점 더 예민해졌다. 거미줄 같은 기억을 정리하려니 머리가 지끈거렸다. 나는 탐사선 호킹 2호의 선장 메리엄 녹스다. 탐사선 호킹 2호. 나사(NASA, 미 항공 우주국). 관제센터는 어디였지? 왜 도와주지 않는 거야? 어떻게 이런 일이 일어나도록 보고만 있었을까? '이런 일'이라는 건 뭔데? 무슨 일이 있었는지 기억해내려고 했지만 메이의 기억은 마치 정전기 때문에 신호가 간헐적으로 끊기는 TV 같았다. 기억의 조각들이 메이를 조롱하듯 혀끝에 닿을 듯 말 듯 어른거렸다.

"나는 죽어가고 있었고…."

"다시 한번 말씀해주십시오."

인공지능이 말했다.

"기억을 되살리려고 애쓰는 중이야. 그런데 머릿속이… 안개에 싸인 것 같아."

"기억을 잃으셨습니까?"

"조금씩 생각나긴 해. 단편적으로. 사람들의 얼굴도. 그런데 하나로 연결되지 않아. 기억할 수가 없어. 젠장. 도대체 무슨 일이 있었던 거지?"

"오래된 사실들을 기억하실 수 있으십니까? 예를 들면 출생지, 부모님의 성함과 출신 학교 등을 기억할 수 있으신가 말입니다."

메이는 과거를 떠올려보았다. 그러자 선명하게 기억할 수 있었다. 그 기억들을 다시 잃어버리지 않으려고 가능한 한 면밀하게 기억해내려고 애썼다.

"나는 영국에서 태어났어. 고향은 본머스. 엄마와 아빠의 성함은 이브 그리고… 웨슬리. 두 분 다 비행사였는데 돌아가셨어. 아버지는 내가 아주 어릴 때 돌아가셨지. 해병대셨는데 작전 수행 중에. 군복을 입고 아기였던 나를 안고 있는 아버지의 사진이 생각나…. 빛나는 파란 눈과 뒤로 빗어 넘긴 반백의 금발 머리. 아버지는 언제나 무척 예리하셨어. 나는 엄마 손에 자랐어. 엄마는 왕립 공군 조종사였어. 사관생도 동기 중에 유일한 흑인 여성이었는데 중령까지 진급했지. 아주 엄했어. 엄마라기보다는 훈련 담당 부사관 같았거든. 비행기 조종법을 가르쳐준 건 엄마였는데…. 형제는 없었어. 듀크 오브 요크 아카데미를 졸업하고 크랜웰 왕립 공군사관학교에 진학했어. 장교 훈련을 받았지. 그다음에는 조종사 과정 시험, 우주 비행 파징을 거쳤어. 남편은 스티븐 녹스…."

메이는 잠시 말을 끊었다. 스티븐이라는 이름을 말하는데 슬픈 아픔이 느껴졌다. 왜 그런지는 알 수 없었다. 그 순간 결혼 생활에 뭔가 문제가 있었다는 사실을 어렴풋이 깨달았다. 뭔가 문제가 있었어. 메이는 불안한 정령처럼 가려진 기억의 가장자리를 배회했다. 메이 자신도 인정하기 싫은 지극히 개인적인 일이었다. 그런 얘기를 인공지능에게 한다는 것은 더욱 내키지 않았다.

"모두 선명하게 기억할 수 있어. 마치 어제 일어난 일처럼."

메이는 결연히 말을 이었다.

"선장으로서의 훈련이나 임무에 대해서는 기억하십니까?"

"처음 깨어났을 때는 희미했는데, 이제 거의 다 기억할 수 있어. 본능이라고 할까, 근육에 저장된 기억 같은 거지."

"병에 걸렸던 사실, 삽관치료 받은 것은 기억하십니까?"

"아니. 바로 그게 이상한 점이야. 그에 관해서는 전혀 기억이 없거든. 그밖에 다른 최근 기억들도 단편적으로 점점이 흩어져 있어."

"선장님의 전체 신경 패널이 없어서 확실한 진단을 내릴 수는 없지만, 단기 기억에 어려움을 겪으시는 데 비해 장기 기억은 문제가 없는 거로 보아 일종의 역행성기억상실증인 것 같습니다."

"기억상실증이라고? 그런 건 허접한 B급 영화에나 나오는 얘기잖아."

메이는 어이가 없다는 듯 말했다.

"뇌 손상을 입었을 때 흔히 나타나는 증상입니다. 선장님의 경우 세균에 감염되거나 다량의 마취제 또는 신경안정제 등에 의한 뇌염 증세일 수 있습니다."

"그러니까 그 모든 것에 해당될 수도 있다는 거군. 영구적인 증상인가?"

메이가 탄식조로 말했다.

"회복을 위한 예측 변수를 찾을 수 없습니다. 개인의 상황에 따라 다른 것 같습니다."

"치료 방법은? 도움 되는 약이 있나?"

"없습니다. 역행성기억상실증 환자들은 대개 시간을 두고 기억 회복을 촉진하는 자극제를 사용하거나 심리치료의 도움을 받는 것으로 나와 있습니다."

"시간을 두고."

메이는 혼잣말처럼 인공지능이 방금 한 말을 되뇌었다.

"그렇습니다. 환자에 따라 길게는…."

"일단 그 정도면 된 것 같아. 고마워."

"천만에요."

메이는 미션에 대해 생각해보았다. 더 오래전으로 거슬러 올라갈수록 더 선명하게 기억할 수 있었다. 탐사선 발사 순간과 유로파로 향하는 탐사여행의 많은 부분까지도. 그런데 그 후 궤도에 진입하고 행성을 탐험한 일들에 대한 기억부터는 단편적으로 끊어지다가 돌아오는 여정부터는 더 잘게 쪼개지고 서로 연관성이 희미해지면서 맥락을 찾아낼 수 없었다. 그 시점에 메이가 병에 걸렸다.

"문제를 파악하기 위해 다른 검사를 더 해보시겠습니까?"

"나중에 하자."

메이는 짧게 대답했다. 기운이 없고 배 속이 맹렬하게 꾸르륵거렸다.

"어지럽고 배고파. 두통도 있고. 눈물이 터질 것 같아. 정말 울고 싶지는 않은데 말이지."

"혈당이 정상치보다 내려갔을 수 있습니다. 수액이 있던 캐비닛에 포도당 정제도 있습니다."

메이는 입 안 가득 포도당 정제를 털어 넣었다. 구역질이 날 정도로 달았지만 순식간에 녹아내렸다. 포도당을 먹고 나니 훨씬 더 집중이 잘 되는 것 같았다. 두통 역시 많이 가라앉아서 조금 욱신거리는 정도가 되었다.

"훨씬 나아졌어, 고마워. 조리실로 가보자."

그런데 가는 길이 잘 생각나지 않았다.

"으음, 가는 길을 안내해줄 수 있겠니?"

"벽 스크린에 손바닥을 대고 지휘 콘솔에 로그인하십시오. 탐사선 내 지도에 가는 길을 표시해드리겠습니다."

메이는 벽에 손바닥을 댔다. 대형 스크린이 메이 주위를 둘러치면서 밝은 화소에 불이 밝혀지고 나사의 로고가 나타났다. 곧이어 나사 비행복을 입은 메이의 증명사진이 이름, 직위와 함께 나타났다. 메이는 사진 속 자신의 모습에 잠시 숨이 멎을 듯했다. 사진 속의 메이는 행복해 보였다. 윤기 흐르는 갈색 피부를 가진 행복하고 건강한 여성이었다. 냉소적인 미소를 지으려는 듯 살짝 올라간 입가는 원하는 모든 것을 성취한 총명한 눈을 더욱 빛나게 했다. 마치 피할 수 없는 매력적인 눈으로 응시하는 초상화 속 인물처럼. 메이는 사진 속의 인물이 정말 자신이 맞는지 확인하려는 듯 스크린에 비친 현재의 모습을 찬찬히 뜯어보았다. 마음이 아플 만큼 얼이 빠져 있지만 닮기는 했다. 지금의 메이는 모든 면에서 환자 같았다. 한때 바싹 짧게 자른 머리는 곱슬한 웨이브의 끝이 황금빛으로 반짝였는데 스크린에 비친 메이의 머리는 윤기 없이 부스스하고 피부는 창백했다. 잃어버린 자신에 대한 비통함이 밀려와 씁쓸한 눈물이 흘렀다. 단지 외모의 변화뿐 아니라 기억 속에 저장된 모든 것, 한 인간으로서 메이를 구성했던 모든 것에 대한 상실감 때문이었다.

"괜찮으십니까?"

인공지능이 물었다.

메이는 대답할 수가 없었다. 말하려 할 때마다 목이 메었다. 흉측한 모습을 개선하기 위해 당장 뭐라도 해야 할 것 같았다. 직원용품을 넣어두는 벽장을 열었다. 지저분한 가운을 벗고 깨끗한 수술복으로 갈아입었다. 발을 녹이기 위해 따뜻한 부츠도 신었다. 영양 보충을 위한 젤도 몇 팩 빨아먹고, 비누와 따뜻한 물로 세수도 했다. 손쓸 수 없이 부스스한 머리는 수술용 가위로 거의 면도를 할 정도로 짧게 자르는 수밖에 없었다. 어느 정도 됐다 싶을 만큼 씻고 다듬은 다음 거울을 보았다. 피부가 부분적으로 본래의 화색을 되찾았고, 눈빛도 좀 더 밝아진 것 같았다.

이제 좀 제대로 된 사람 같군. 메이는 혼자 생각하며 애써 미소를 지어보았다.

5

무덤 속처럼 적막하군. 메이는 조리실로 가기 위해 복도를 걸으며 생각했다. 의무실 밖으로는 처음 나와보는 것이었는데 메이가 수개월 전 의기양양하게 탐사선을 조종해서 우주 도크를 빠져나올 때의 모습과는 전혀 달랐다. 떡엄떡엄 장착된 희미한 비상등 외에는 모든 것을 빨아들일 듯한 어둠이 복도를 채웠다. 메이가 든 밝은 흰색 손전등 빛이 철제 바닥에 가는 선을 그리고 있었지만, 그마저도 멀리까지 이어지지는 못했다. 낮은 엔진 소리 외에는 어둠만큼이나 강력하게 깊은 적막이 흘렀다.

이렇게 큰 우주선에서 있을 수 없는 공허와 적막은 메이의 마음에 깊은 불안을 자아냈고, 어떤 희망의 빛도 비쳐들 수 없을 듯한 차갑고 짙은 그늘을 드리웠다.

"탐사선 전체가 어두워. 승무원들은 자취도 없고…. 아무것도 보이지 않아."

이것이 메이가 그동안 노력해온 결과란 말인가? 인류의 힘과 선의에 대한 모든 찬사가 내던져져 바닥을 알 수 없는 절망 속으로 떨어지는 것 같았다. 내가 어쩌다가 이런 일이 일어나는 동안 속수무책이었던 거지? 어떻게 일이 이 지경으로 엉망이 될 수 있었을까?

"불을 좀 더 밝힐 수 없어?"

메이가 인공지능에게 물었지만 대답이 없었다.

"듣고 있어? 동굴 속 같잖아. 바로 코앞에 있는 내 손도 안 보일 지경이라고."

인공지능은 여전히 대답이 없었다. 메이는 화가 나서 다시 의무실로 돌아갔다.

"왜 대답을 안 하는 거야?"

"죄송합니다, 들리지 않았습니다."

"복도에서는 내 말이 들리지 않는다는 거야?"

"아닙니다, 녹스 선장님. 저의 프로세서와 탐사선 네트워크의 연결이 끊긴 것 같습니다. 이 방 안에서만 선장님이 로그인하신 지휘 콘솔로 선장님을 보고 들을 수 있습니다."

"그래서 탐사선 안이 어둠에 싸인 것도, 승무원들이 보이지 않는 것도 몰랐단 말이지."

"그렇습니다. 탐사선 어디에서도 데이터를 받지 못하고 있습니다. 무슨 일이 생긴 건지 알고 계십니까, 녹스 선장님?"

인공지능의 질문이 어딘지 어린아이 같은 뉘앙스를 풍겼다. 메이는 탐사선 내부의 전력장치를 파괴한 원인이 인공지능도 훼손했다는 것을 직감적으로 느낄 수 있었다.

"내가 물으려던 거였어. 지금까지 본 바로는 탐사선 내부의 전력장치가 제대로 작동하지 않는 것 같아."

"그건 문제가 될 수 있습니다."

"네가 그 사실을 몰랐다는 게 더 심각한 문제지. 아니면 내가 깨어난 이후로 다른 사람의 흔적을 보지도 듣지도 못했다는 게 더 큰 문제일 수도 있고."

메이는 이제야 자기가 소생한 후로 얼마나 정신이 혼미해져 있었는지 알 것 같았다. 아직 그 혼미함에서 완전히 벗어나지는 못했지만 최소한 기본 지식은 되찾은 것 같았다.

"프로토콜에 의하면 24시간 담당 승무원이 근무하게 되어 있습니다."

이 역시 유아적일 만큼 순진한 상태를 말해준다. 인공지능이 메이가 기억하는 만큼도 모른다니.

"지금 프로토콜을 이야기할 단계가 아니잖아."

메이는 어이가 없다는 듯 대꾸했다.

"**언제부터 탐사선 네트워크와 연결이 끊어졌나?**"

"그건 알 수 없습니다. 탐사선 시계에 접속할 수 없습니다."

"그래도 최소한 연결이 끊어진 건 기억하지?"

"그 사건과 관련해서는 아무런 데이터가 없습니다."

"염병할, 아주 제대로 물을 먹여놓았군."

메이가 중얼거렸다.

"무슨 뜻인지 이해할 수 없습니다."

"나도 마찬가지야. 그렇지만 우리 둘 다 그 빌어먹을 기억상실증인지 뭔지에 걸린 것 같으니 이제 어떻게 해야 할지 모르겠구나."

"저를 다시 연결할 수 있으십니까?"

"어떻게? 그건 엔지니어가 할 일이야. 내 분야가 아니라고. 그런 일 비슷한 것도 해본 적이 없어."

"저의 프로세서 무균실에 가시면 문제가 있는 부분에 접속하도록 도와드릴 수 있습니다. 만약 수리가 가능하다면 수리보수 과정을 하나씩 알려드릴 수 있습니다."

"수리가 **가능하다면?**"

"제 프로세서의 일부는 유기물질로 만들어져서 매우 안정적인 환경이 유지되어야 합니다. 전원이 꺼지면 그 환경에 변화가 생기는데 아주 작은 변화라도 치명적인 손상을 가져올 수 있습니다. 무균실에 연결할 수가 없어서 제가….”

“알았어.”

메이가 말을 끊으며 짧게 대답했다.

“저녁 식사는 미뤄야겠군. 무균실 가는 길을 보여줘봐.”

“지금 보내고 있습니다.”

메이는 여러 개의 손전등과 영양젤, 생수병을 들어가는 한 베갯잇에 쑤셔 넣고 서둘러 다시 복도로 나왔다. 인공지능 없이는 살아남을 수 없는데 인공지능의 프로세서를 구성하는 유기물질은 1초가 다르게 상해가고 있다니. 메이는 까맣게 잊은 기억 하나를 떠올렸다. 일주일 동안이나 엄마의 꽃밭에 물을 주지 않아 모두 말라 죽게 했던 적이 있었다. 꽃들은 마치 분대사격선에서 죽어간 병정들처럼 고개를 떨어뜨리고 시들어 있었다. **네가 할 일은 그거 하나였어.** 엄마는 꾸짖듯이 말했었다.

“메리엄 녹스 선장이다. 거기 누구 있나?”

메이는 승무원 이름을 떠오르는 대로 불러보았다.

“에스처 대장? 가비? 누구든 듣고 있나?”

손전등 불빛이 흐려지려는 것 같았다. 메이가 기겁하며 배터리 팩을 두드리자 불빛이 다시 살아났다. 모두 탐사선을 버리고 떠나야 했던 걸까? 병에 걸려서? 두려움이 배 속에 꿈틀거리며 똬리를 틀었다. 고립되었다는 공포와 승무원들의 신변에 대한 심한 불안감을 떨쳐버리기 위해 메이는 승무원들의 신상을 상세히 떠올려보려 애썼다. 존 에스처. 탐사선 조종사이자 부선장이다. 용맹스러운 미 해군 조종사인데 자기를 과거 한때 이름 날리던 카우보이 우주비행사와 동일시하려는 환상 속에 산다. 짧게 깎은 머리에 사각턱을 가진 그는 엄격한 운동 수칙을 지키려고 노력하는, 약간은 풍자된 고

31

대 무사의 페르소나 같은 사람이다. 능력은 있지만, 메이는 그래도 좀 더 경험이 풍부한 조종사가 자신의 오른팔이 되었으면 했다.

가브리엘라 도스 산토스. 비행 기관사. 메이와 가비는 비슷한 점이 많다. 둘 다 젊고 재능이 넘치지만 자신의 능력을 인정받기 위해 끊임없이 토닥거린다. 가비는 메이처럼 사관학교 출신이며 혼혈이다. 가비의 아버지는 브라질 출생의 헬리콥터 조종사였고, 어머니는 북대서양 조약 기구 나토(NATO)의 비행 군의관이었다. 메이는 가비가 이 탐사선 어딘가에 살아 있기를 간절히 바랐다. 그 누구보다도 **호킹 2호**를 잘 아는 가비는 모든 상황을 정리하고 돌려놓을 수 있을 것이다.

맷 갤러거. 적재물 사령관. 메이는 항상 맷에게 자기가 지금껏 만난 사람 중에 제일 재미없는 사람일 거라고 농담을 하곤 했다. 모든 면에서 **평범하지만** 우주 공학과 연구 분야에는 방대한 지식을 가지고 있다. 맷은 메이의 남편인 스티븐을 잘 알았으며 **호킹 2호**의 유로파 탐사 프로젝트를 기획한 라자 카푸르 밑에서 일한 적이 있다. 호킹 2호에는 스티븐의 연구와 관련된 주요 임무를 수행하기 위해 그의 연구팀이 함께 탑승했다. 우주 비행 훈련을 받지 않은 스물여섯 명의 연구원을 데리고 우주여행을 한다는 것은 상상을 초월할 만큼 복잡하고 힘든 일이었으며, 메이도 결코 즐겁지만은 않았다. 맷이 그 사이에서 중재자 역할을 완벽하게 해주었다. 연구원들의 다양한 성격을 잘 다독이면서 그들이 싣고 온 장비들이 최상의 상태에서 작동할 수 있게 늘 확인했다. **착하고 유능하지만 지루한 맷.** 메이는 잠시 그를 생각했다.

그때 멀리서 희미한 소리가 들렸다. 기계음 같기도 했는데, 소리는 곧 멈췄다.

"누구 있나?"

다시 소리가 들렸다. 이번에는 발걸음 소리 같았다. 무거운 부츠를 신고 진중하게 철제 바닥을 걷는 듯한 소리였다.

"거기 누구 있어?"

소리가 급격히 커지면서 속도를 내는 것 같았다. 누군가 몸집이 큰 사람이 메이의 존재를 확인하고 해치우기 위해 다가오는 듯한 느낌이었다. 메이는 무기도 없고, 스스로를 방어할만한 힘도 없었다. 과연 무엇, 아니 누굴까?

"멈춰! 누구야⋯."

규칙적인 쿵쿵거림이 급속도로 빨라지면서 고막을 찢을 듯 요란한 진동이 느껴졌다. 탐사선이 격렬하게 떨면서 폭풍우로 부풀어 오른 파도에 휩쓸리는 범선처럼 좌측으로 심하게 기울어졌다. 메이는 바닥에 이마를 세게 부딪치면서 넘어져 바닥을 타고 미끄러졌다. 등에 기둥이 닿는 것을 느끼자 메이는 있는 힘껏 그 기둥에 매달려 지진이 이는 듯한 소요를 견뎠다.

탐사선이 다시 안정을 찾고 조용해지자 메이는 다시 일어서기 위해 안간힘을 써야 했다. 머릿속이 빙빙 도는 것 같았다. 몇 분 동안은 간헐적으로 여진처럼 잔잔한 떨림이 탐사선의 골격을 한 번씩 흔들었다. 흐린 오렌지색 불빛을 내고 있던 손전등이 아예 꺼져버렸다. 배터리 팩을 두드려보아도 이번에는 다시 불빛이 살아나지 않았다.

"안 돼, 안 돼, 안 돼⋯."

오른쪽 눈썹 위에 찢어진 상처에서 피가 흘러 눈으로 들어가려했다. 메이는 가슴에 달린 셔츠 주머니를 뜯어서 상처를 막았다. 심장이 너무 빨리 뛰어서 제대로 호흡할 수가 없었다. 의식이 몽롱해지는 것 같았다.

"진정해, 녹스 선장."

메이가 자신에게 명령하듯 말했다.

"임무를 완수해야지. 임무에 치여서 주저앉으면 안 돼."

메이는 발작처럼 기침이 터져나오는 가운데 눈을 꼭 감고 숨을 깊이 들이마시려고 애썼다. 그러자 심한 공포감이 가라앉았다. 눈 위의 출혈도 좀 멎은 것 같았다.

메이는 다른 손전등을 집어서 스위치를 켰다. 충전이 덜 되었는지 불빛이 그리 밝지 않았다. 다시 어둠에 싸이기 전까지 시간이 얼마나 남았을지 가늠할 수 없었다. 서둘러야 했다.

임무를 완수해야 해. 임무에 치여서 주저앉지 말고.

속으로 이렇게 되뇌고 나니 영국 공군 제복을 입은 반백의 남자가 떠올랐다. 어깨와 소매에는 네 개의 금장이 달려 있고, 금박으로 수놓은 공군 모자를 쓴….

"배즈."

메이가 반갑게 이름을 불렀다.

"배즈가 보고 싶어."

예전에 메이의 지휘관이자 멘토였던 영국 공군 비행 대장 바실 '배즈' 그린이 갑자기 생각난 것이다. 크랜웰 사관후보생 시절 '배즈'는 메이를 각별히 보살펴주었다. 처음에는 메이가 유일한 여자 후보생이어서 소외하려 한다고 생각했다. 남성 위주의 사회에 여자가 끼어드는 게 싫어서 제거할 의도로 말이다. 메이의 생각이 반쯤은 맞았다. 배즈가 메이를 열외로 대우한 것은 사실이었다. 하지만 세속에 길든 그런 상투적인 의도는 아니었다. 배즈는 메이의 재능을 알아봤고, 그 재능을 지켜주고 싶어 했다. 실제로 배즈는 자신의 경력과 평판을 걸고 메이에게 기회를 주었다. 메이를 조종사 시험 프로젝트에 추천했던 것이다. 그 당시 심우주 여행이 전례 없이 큰 진전을 보이며 추진되고 있었다. 물리학의 한계에 도전하고 태양계의 광활함이 한층 축소될 수 있는 일이었다. 베즈는 메이가 그 물결에 합류할 수 있도록 도와준 것이다. 그로부터 메이는 스물다섯 살에 화성 여객우주선 운항 개척 프로젝트에 참여했고, 스물일곱 살에 선장이 되었으며, 서른두 살에 첫 유로파 탐사 미션의 총지휘관이 되었다.

여기까지 생각하자 씁쓸한 웃음이 흘러나왔다.

"그런데 지금 내 꼴을 좀 보라고."

6

무균실로 이어지는 복도 어디선가 이제껏 보지 못한 야릇하고 따스한 빛이 흘러나왔다. 그 빛은 점점 밝아졌다. 마치 주황빛 석양을 연상케 했다. 출입 패드에 손바닥을 대자 문이 열렸는데 방 안에도 그 빛이 가득했다. 등 뒤로 문이 닫혔고 메이는 오아시스를 발견한 것 같았다. 메이는 모처럼 죽음의 경종이 울리지 않는 상태로 편안하게 심호흡할 수 있었다. 잠시 가슴에 일렁이는 작은 희망을 느껴보았다. 가비만 곁에 있다면 더 바랄 것이 없을 것 같았다. 필요할 때 수리도 해주고, 슬쩍 숨겨 온 포도주나 담배를 내놓기도 했을 것이다. 그러나 무균실 역시 살아 있는 생명체라고는 찾아볼 수 없는 적막한 유령도시이긴 마찬가지였다.

메이는 지휘 콘솔에 로그인해서 인공지능을 불렀다.

"안녕하십니까, 녹스 선장님. 저의 길 안내가 도움이 되셨습니까?"

"응. 하지만 여전히 승무원은 하나도 못 봤어. 착륙선으로 탈출한 걸까?"

"지금으로서는 판단할 수 없습니다. 판단하려면….."

"알아. 연결을 복구해야겠지. 그럼 이제 뭘 하면 되지?"

"제 프로세서는 출입문 맞은편 금고에 있습니다. 그 안에 설명된 순서대로 따라 해주십시오. 만약 잘못되면 감염이 돼서 영구히 꺼져버릴 수 있습니다."

"압박하지 마."

메이는 프로세서 금고를 살펴보았다. 한 치의 이음새도 보이지 않는 검은 벽은 입구가 어디인지조차 알아보기 힘들었다. 프로세서는 그 안에 있는 것 같았다.

"어떻게 들어가지? 수수께끼에 답을 하면 돼? 아니면 힘으로 밀어붙여?"

"저는 잘…."

"알았어, 미안. 횡설수설은 그만하고 너의 지시를 기다릴게."

"먼저 자외선 및 항균성 보호복을 입으십시오. 유기체는 고성능 방사능 인공 햇빛이 있어야 최적의 활동을 할 수 있는데 선장님의 몸에 있는 박테리아에 오염되면 손상될 수 있습니다."

"그러니까 네가 살아 있는 유기체라 이거구나."

메이는 경이롭다는 듯 말했지만 동시에 일말의 두려움 같은 것이 느껴졌다.

"동물이나 식물을 무기체와 구별하는 의미에서 살아 있다고 하시는 거라면…."

"됐어. 그만해둬."

카메라의 조리개가 열리듯 검은 벽이 열렸다. 메이가 들어가자 입구가 다시 닫혔다. 메이는 인공 햇빛을 받으며 옷을 벗고 맨몸에 닿는 빛의 온기를 음미했다. 눈을 감고 해변에 있는 상상을 해보았다. 실제로 열대 해변에서 설탕처럼 고운 모래밭에 서 있던 어느 순간의 기억이 되살아났다.

"녹스 선장님."

달콤한 환상을 깨며 인공지능이 불렀다.

"너무 오래 자외선에 피부를 노출하는 것은 좋지 않습니다."

"어딜 가든 누군가는 흥을 깨기 마련이니까."

메이가 혼자서 중얼거렸다.

무균실 보호복을 입었다. 나사에서 입는 우주복과 달리 무균실 보호복은 스쿠버다이버가 입는 잠수복처럼 피부에 딱 달라붙었으며 두껍고 탄력 있는 네오프렌(합성 고무) 재질로 만들어져 있었다. 표면은 머리카락만큼 가는 광섬유로 정교하게 짜여 있었다. 헬멧역시 꼭 맞게 설계되어 있고, 내벽을 두른 젤 팩이 메이의 머리형에 딱 맞게 형태를 잡아주었으며, 턱밑까지 내려오는 얼굴 가리개는 목을 둘러싸게 되어 있었다. 몸체 재질에 섞여 짜인 광섬유에는 붉은색 불이 들어오면서 헬멧 안쪽 유리에 '오염 제거를 시작합니다'라는 문구가 떴다.

숨이 막힐 것 같은 보호복 안에서 숨을 쉴 수 있음을 확인한 메이는 광섬유의 불빛이 서서히 흰색으로 바뀌는 것을 지켜보았다. 오염 제거 과정이 순조롭게 진행되고 있음을 나타내는 것 같았다.

"깨끗합니다. 이제 들어가셔도 좋습니다. 무균실 금고는 무중력 상태이며 생명유지장치가 없습니다."

"왜 그렇지?"

"중력과 산소에 노출되면 프로세서가 노화되기 때문입니다."

"그렇군. 할머니의 축 늘어진 젖처럼 말이지."

메이가 속으로 중얼거렸다.

"다시 말씀해주십시오, 녹스 선장님. 못 들었습니다."

"어서 하자고 했어."

"선장님의 헬멧 카메라로 시스템을 살펴보겠습니다. 카메라를 활성화하는 중입니다."

메이의 헬멧 유리에 카메라 뷰파인더가 나타났다.

"준비되셨습니까, 녹스 선장님?"

메이가 고개를 끄덕였다.

"안전막대를 잡으십시오. 무균실과 금고의 기압과 중력을 똑같이 맞추겠습니다."

메이가 막대를 잡자 무중력 상태가 느껴지기 시작했고, 헬멧 유리가 어두워졌다. 공기 차단문이 열리고 메이는 허공에 둥둥 떠오른 채 대성당만큼이나 거대한 원형 공간으로 들어갔다. 방은 반투명 통유리 벽으로 둘러싸여 있었다. 유리 벽은 헬멧 유리만큼이나 어두웠는데 방 안의 여과되지 않는 햇빛은 눈이 아프도록 밝았다. 메이는 밝은 허공에 떠서 눈이 밝기에 적응하기를 기다리는 동안 이카로스의 신화와 태양을 향해 날아올랐던 그의 불운한 비행을 떠올렸다.

유리 벽 너머에는 검은 식물의 뿌리 같은 복잡한 그물망이 사방으로 뻗어 나가며 벽 전체를 덮고 있었다. 메이는 그것들이 바로 유기체일 것이라고 짐작했다. 그물망에 함께 엮여 있는 광섬유가 메이가 입고 있는 보호복에 있는 것과 유사했기 때문이다.

"너의 뇌는 참 신기하게 생겼구나. 뭐로 만들어졌을까?"

"동물의 신경세포와 식물 세포 물질로 이루어진 단일 유기체입니다. 전도성이 높은 플라스마로 묶여 있고, 광섬유로 탐사선 회로에 연결되어 있습니다. 동류의 기종 중에 가장 발전된 시스템이며, 고도의 병렬처리 기능을 비롯한 다양한 기능을 갖추고 있습니다."

"그러니까 너의 지능은 그렇게 인공적이진 않다는 말이군, 그렇지?"

"그렇게 생각해본 적 없습니다. 저를 설계한 분의 말씀에 의하면 '인공적'이라는 말은 인간의 지능과 구별하는 의미로 붙인 것이라고 합니다."

"아니면 더 우월하다는 의미든지. 그런 면에서 인간은 나약하다고 할 수 있지."

"선장님은 나약해 보이지 않습니다."

"고마워. 겉으로 보이는 것보다는 기운이 좀 나는 것 같아."

메이는 프로세서의 유기체를 자세히 들여다보았다. 그 순간 미약한 진동을 느낀 것 같았다. 마치 유기체가 접촉을 시도하는 것 같았다.

"외형 말인데, 유기체가 이런 모습인가? 이렇게 어두운?"

"그렇습니다. 색이 검은 것은 유기체가 건강하고 제 기능을 정상적으로 하고 있는 것입니다. 흰색으로 변하면 손상되거나 죽은 것입니다."

메이기 빙그레 웃으며 물었다.

"이제 뭘 할 차례지?"

"유지보수 포털을 활성화해야 합니다."

조용한 가운데 지름이 1미터 정도 되는 원형 창이 일정한 간격으로 100개쯤 나타나더니 소리 없이 둥그렇게 열렸다. 그 안에는 투명한 디스크가 들어 있었는데 빨간색이나 흰색으로 빛났다. 대부분 빨간색이었다.

"각 포털 스크린마다 불빛으로 현재 상태를 알 수 있습니다. 빨간색을 띠는 것은 완전히 오작동하고 있다는 뜻이고 흰색은 부분적으로 작동한다는 뜻입니다. 파란색은 정상작동 상태를 나타냅니다. 모든 포털을 확인해주십시오."

"알았어."

메이는 포괄적으로 포털을 스캔했다.

"파란색은 전혀 안 보이고 아주 가끔 흰색이 보이네. 좋지 않은 거지?"

"생명유지장치가 오작동하는 것은 즉시 수리를 해야 하는 긴박한 상황입니다."

온몸이 떨려왔다. 탐사선이 금방이라도 완전히 캄캄해지고 영원한 냉동 묘지로 변할 것 같았다.

"빨리 하셔야 합니다."

"준비됐어."

"보호복의 생명 유지 시간이 얼마나 남았습니까?"

메이는 헬멧 유리 안쪽에 비치는 기능 표시를 확인했다.

"한 시간."

"중요한 시스템부터 우선순위를 정하겠습니다."

포털 스크린 중 몇 개가 깜박거리기 시작했다.

"깜박거리는 스크린으로 먼저 가십시오. 각각을 재실행시키는 코드를 알려드리겠습니다. 가능한 한 빨리, 단 정확하게 코드를 입력하십시오. 입력 오류가 두 번 나면 60초 동안 작동이 중단됩니다."

"알았어. 그런데 한 가지. 이 방에 한 번도 들어와본 적이 없어. 더 정확히 말하자면 들어오는 게 허락되지 않은 거지. 그래서 보호복에 달린 반동추진엔진 작동법을 몰라."

"보고 의도하기만 하면 됩니다."

"정말? 가고 싶은 대로 생각하기만 하면 그쪽으로 움직여진다는 말인가?"

"동시에 그쪽을 봐야 합니다. 시스템이 눈동자의 초점을 추적해서 목표를 정하고 그것을 의도와 연결된 뇌파와 맞춥니다."

"내 생각을 읽는다 이거지. 완전히 저주받은 인생이로군."

메이가 중얼거렸다.

"기독교의 신에 의해 지옥에서 영원한 벌을 받도록 심판을 받았다는 말씀입니까? 연관성을 찾을 수 없습니다."

"비유하자면 그렇다는 말이야. 그런 식의 표현들이 많으니까 일일이 해석하지 않아도 돼."

메이가 둘러댔다.

"알겠습니다."

메이는 깜박이는 스크린 중 하나를 똑바로 쳐다보며 그리로 가려는 마음에 집중했다. 그러자 놀랍게도 반동추진엔진이 바로 작동하더니 그쪽으로 움직여 가는 것이었다.

"첫 번째 포털이다."

"터치스크린을 이용해서 이 코드를 입력하십시오."

메이는 30분 정도 이리저리 날아다니며 코드를 입력했다. 하지만 충분히 빠르지 못했다. 무중력 상태에서 작업하는 것도 쉽지 않았지만, 허기와 갈증 때문에도 더는 능률이 오르지 않았다. 보호복의 냉방장치도 자외선으로 인한 열을 따라잡지 못했기 때문에 더위도 메이를 지치게 했다. 이대로 의식을 잃는다면 어떻게 될까 하는 상상을 하면 아찔했다.

의무실과 무균실 입구의 공기 확인 결과 생명 유지 수준이 1분당 5퍼센트씩 내려가고 있다는 인공지능의 보고 역시 상처에 소금을 뿌리는 격이었다.

"하지만 빨간 불이 들어온 포털 중 3분의 1을 복구했어."

"그 포털들이 조종하는 시스템은 기계적인 수리가 필요할 수도 있어."

메이는 보호복에 남은 생명 유지 시간을 확인했다. 25분이 남아 있었다. 하지만 탐사선 전체가 죽는다면 보호복을 재충전하는 것은 아무런 의미가 없었다. 설상가상으로 유기체의 가지 몇 개가 검은색에서 건강하지 못한 짙은 회색으로 변해가고 있었다.

"녹스 선장님, 보호복의 남은 시간이 소진되고 있습니다. 지금까지 작업한 시간을 고려해볼 때 앞으로 10분도 채 안 남았습니다."

"이 일을 끝내지 못하면 어차피 죽은 목숨이야."

"보호복을 재충전하시는 것이 좀 더 합리적일 것 같습니다. 보호복의 생명 유지 기능이 멈추는 시간은 알고 있지만, 탐사선이 다운되는 시간은 모르기 때문입니다."

"중요한 것은… 유기체가…. 좀 보라고."

메이가 고개를 돌리면서 말했다. 그러고는 헬멧의 카메라가 급격히 회색으로 변해가는 가지를 향하도록 방향을 맞췄다.

"급격한 노쇠현상입니다…. 선장님이 지금 하시는 작업으로 바꿀 수 없는 상황인 것 같습니다."

"그게 무슨 말이지?"

"아직 건강한 유기체를 보존해야 합니다."

"어떻게?"

메이가 흥분해서 언성을 높였다.

"제가 전체 시스템을 재실행시킬 수 있습니다. 이론적으로, 그렇게 하면 모든 포털을 재설정하고 영구적으로 손상되지 않은 것들을 복구할 수 있습니다."

"그럼 왜 처음부터 그렇게 하지 않는 거야?"

메이는 점점 더 화가 났다.

"시스템 재실행은 도크에 정착하고 있을 때, 즉 승무원이 탑승하지 않는 상태에서만 합니다. 생명유지장치를 포함해서 모든 시스템을 다시 실행해야 하기 때문입니다. 최소한 5분 정도 완전히 어두워지는데, 정확한 시간이 정해져 있는 것은 아닙니다. 재실행에 실패한다면, 다시 시도할 수 없다는 위험부담도 있습니다."

메이는 보호복의 생명 유지 기능이 급격히 소진되고 있음을 느낄 수 있었다. 숨을 헐떡거리던 것이 한층 심해져서 숨이 넘어갈 것 같았다. 보호복을 벗어야 한다.

"내가 이걸 벗은 다음에 시스템 재실행을 시작해."

"녹스 선장님, 그건 매우 위험합니다. 목숨을 잃으실 수도 있습니다."

"어차피 곧 죽게 되어 있잖아. 보호복에 산소가 거의 떨어져간다고. 출입구로 가서 보호복을 충전기에 연결할 테니, 그때 재실행을 시작하도록. 이건 명령이야."

"알겠습니다."

메이는 출입구로 날아갔다. 인공지능이 입구를 열고 메이가 안으로 들어갔다. 에어로크(우주선의 기밀실로 공기와 우주공간을 차단하기 위해 만들어진 중간 공간—옮긴이)는 봉인되어 있었고 기압이 선체 본실과 같았기 때문에 메이는 앉은 자세로 보호복 충전기 옆 바닥에 내려앉을 수 있었다. 마치 가는 빨대로 숨을 쉬는 느낌이었다. 충전기 케이블이 엉켜 있어서 당황했다가 겨우 보호복을 충전기에 연결했다. 그러자 정상적인 호흡이 가능해졌다. 잠시 후 보호복 안에 찼던 땀이 식으면서 추워지기 시작했다.

"몸이 얼 것 같아."

메이는 이를 부들부들 떨면서 중얼거렸다.

"탐사선의 공기가 18퍼센트로 떨어졌습니다."

보호복은 충전 중이지만 아직 아주 조금밖에 되지 않았다. 안면 가리개가 작동하지 않아서 현재 충전 상태로 얼마나 오래 버틸 수 있을지 알 수 없었다. 하지만 더 시간을 끈다면 탐사선의 전력이 완전히 소진될 것이고, 인공지능은 시스템을 재실행할 수 없게 될 것이다.

"지금 재실행하도록."

"생명 유지 기능이 얼마나 남아 있습니까?"

"그냥 무조건 실행해."

메이가 명령 조로 말했다.

"시스템 재실행 5초 전, 4초 전, 3초, 2초, 1초."

탐사선 전체가 일시에 어둠과 얼음처럼 찬 공기에 휩싸였다. 메이는 풍선에서 공기가 빠져나가듯이 몸에서 온기가 빠져나가는 것을 느꼈다. 모든 근육이 고통스럽게 수축하면서 온몸의 뼈가 와들와들 떨리기 시작했다. 이빨이 서로 부딪히다가 깨질 것 같아서 턱을 아래로 잡아당기고 있어야 했다. 그러다 자신의 얕은 숨소리를 들으며 의식을 잃었다.

7

"녹스 선장님, 제 소리가 들리십니까?"

정신이 들었을 때는 출입구 바닥에 누워 있었다. 몸이 반쯤 얼기는 했지만 겨우 숨은 쉴 수 있었다. 헬멧은 더 이상 보호복에 붙어 있지 않았다. 메이는 헬멧을 벗고 공기를 들이마시며 몇 분간 누워 있었다. 머리가 아프고 손발이 다시 저렸다. 엄마가 호숫물에서 생명이 반쯤 빠져나간 메이를 건져 올리던 어린 시절의 기억이 떠올랐다. 메이는 엄마가 와서 아직 끝나지 않은 이 암울한 상황에서 구해주었으면 좋겠다고 생각했다.

"좀 아슬아슬했어. 재실행은 잘 됐나?"

"100퍼센트 성공입니다. 이제 탐사선 네트워크에 완전히 연결되었습니다."

메이는 안도의 숨을 쉬었다.

"좋은 소식이군. 탐사선 손상 정도는 파악했나?"

"네. 원자로는 정상작동하고 있습니다. 현재 정상 용량의 15퍼센트로 전력을 출력하고 있습니다. 진동이 느껴진 이유는 두 개의 Q-반동추진엔진의 작동이 동기화되지 않았기 때문이었습니다. 원자로의 전력 공급이 원활하지 않아서 일어난 일로 추정됩니다."

"고칠 수 있는 거야?"

"문제의 원인을 찾으려는 중입니다. 원인이 밝혀지면 수리 방법을 결정할 수 있을 것입니다."

"나사의 도움이 필요할 것 같아. 소통 상태는 어떤가?"

"안테나 어레이가 꺼져 있어서 데이터를 보내지도 받지도 못하고 있습니다. 그 문제의 원인도 탐색 중입니다."

메이는 또다시 속이 메스꺼워지기 시작했다.

"탐사선의 다른 부분을 볼 수 있나? 생명체의 흔적은?"

"비디오카메라의 극히 일부만 복구되었고 나머지는 아직 복구되지 않은 것이 많습니다. 지휘 콘솔과 그 밖의 기내 인터페이스는 아직 비활성화 상태입니다. 동작 센서도 아직 작동되지 않습니다. 현재 제가 볼 수 있는 범위 내에서는 승무원들의 모습이 보이지 않습니다."

"착륙선은?"

"착륙선에도 아직 연결되지 않았습니다."

메이는 자기가 무엇을 걱정하는지 차마 말하고 싶지 않았다. 생각할 수도 없는 일이었다. 탐사선에 누군가 남아 있으면서 이렇게 전혀 자취를 남기지 않을 수는 없다. 실내가 아무리 어둡다 해도 말이다. 그러나 확실한 증거 없이 그런 끔찍한 의심의 구렁에 빠지지는 않겠다고 스스로 다짐했다. 눈앞의 현실에 대처하면서 영양젤 외에 뭔가 먹을 것을 찾는 일만으로도 충분히 힘들었다.

"치즈버거 드시겠습니까?"

"좋아."

메이는 뭔지 모를 불안을 느끼며 조리실로 향했다. 다행히 시스템을 재실행하면서 내부 전력의 일부가 복원되어서 실내가 더 이상 무덤 속 미로 같지는 않았다. 하지만 메이가 기억하는 **호킹 2호**

의 원래 모습과 비교하면 여전히 암울한 계시록의 한 장면 같았다. 한때 윤기가 흐르던 벽의 패널과 반짝이던 철제 바닥은 흐린 불빛 속에 지저분한 고철처럼 보였다. 마치 수십 년 동안 버려져 떠돌고 있었던 듯이. 조리실은 의무실과 별로 다르지 않은 상태였다. 비축 된 식품의 일부가 뜯겨 있었고 주변에는 쓰레기들이 널려 있었다. 그리고 탐사선의 나머지 부분만큼이나 기이하게 적막했다. 메이는 전망창으로 밖을 내다보았다.

"내비게이션 시스템이 꺼져 있는 건 알지만, 지금 우리가 도대 체 어디 있는 거지? 알 수 있겠어?"

"안타깝지만 별 시야가 사방으로 백만 킬로미터씩 펼쳐져 있어 서 현재 우리의 위치를 판단할 수 없습니다."

"얼마나 오랫동안 떠돌고 있었는지도 알 수 없겠군."

"그렇습니다."

메이가 고개를 저었다.

"어디든 가능하지. 얼마나 긴 시간이 지났는지는 모르지만 상 당한 속도로 움직이고 있었으니까…. 완전 엿같은 상황."

"도저히 빠져나갈 길이 없는 난감한 상황을 엿같다고 합니다."

인공지능이 친절하게 해석해주었다. 메이가 빙긋 웃었다.

"네가 로봇처럼 말하지 않으니 좋구나."

"저는 선장님이 좋아하시는 대로 말하도록 훈련될 수 있습니 다. 이건 저의 기본 설정입니다."

"내가 너를 평범한 계집아이처럼 만들 수도 있단 말이야?"

"물론입니다. 제가 어느 지방의 사투리를 쓰면 좋겠습니까?"

"본머스. 남해안에 있는."

"알겠습니다. 이 목소리는 어떠십니까?"

인공지능이 시험적으로 시도한 말씨는 그럴듯했으나 억양이

48

너무 전자기기 같아서 집에 온 것 같은 편안함보다는 오히려 집이 더 그리워지게 했다.

"너의 '자연스러운' 음성이 더 좋은 것 같아. 다만 조금 느긋하게 말을 해주면 좋겠어."

"그 정도는 문제없어요, 언니. 다 좋아요."

메이가 큰 소리로 웃었다.

"느긋하게 하라고 했지 미국식으로 말하라고 하진 않았어."

"죄송합니다. 미국식 회화체가 가장 '느긋한' 화법으로 나와 있어서 그렇게 해보았습니다."

"그렇겠지. 아, 좋은 생각이 있다. 내가 하는 말을 잘 듣고 나처럼 말하는 거야."

"할 수 있습니다. 닮아가는 것은 저의 주특기입니다."

"아 그런데 너도 이름이 있니?"

"애니(ANNI). 인공 신경망의 영문 첫 자를 따서 만든 것이죠."

"그건 별로다. 애니는 내가 비행훈련 받을 때 심폐소생술 연습하느라 너무 가깝게 지냈던 마네킹 이름이었거든. 좀 더 괜찮은 이름으로 하나 지어줄까?"

"선장님은 이 탐사선의 대장이십니다. 당연히 선장님의 권한으로 그렇게 하실 수 있습니다."

"또 로봇처럼 얘기하는구나."

"죄송합니다. 제 이름을 정해주시겠어요?"

"좋아, 그러자."

메이는 열심히 생각했다. 어쩌면 생에 마지막으로 만난 친구의 이름을 지어주는 것이 될지도 모른다고 생각했다. 그러다가 연못가에 서 있는 엄마의 모습을 떠올렸다. 팔짱을 끼고, 조용히 걱정스러운 표정으로, 그러나 차분하게 서 있는. 끊임없이 조잘대는 이 친구에게 딱 어울리는 이름이 될 것 같았다.

"너를 이브라고 부르겠어."

"이브. 창세기. 아담의 갈비뼈로 만든…."

"그런 것들과 전혀 상관없어. 우리 엄마 이름이 이브였거든. 엄마가 너와 비슷한 면이 있어. 아주 현실적이고 내가 위험에 빠지지 않도록 온 신경을 기울이셨지."

"기분이 정말 좋아요. 감사합니다, 녹스 선장님."

"나도 그래, 이브. 녹스 선장이란 호칭은 너무 재미없어. 이제부터는 메이라고 불러. 메리엄의 약칭이야."

"메리엄은 아랍어로 예수의 어머니 또는 이사야라는 뜻입니다. 코란에 쓰인 대로 해석하면요."

"정말? 내 이름이 거기서 왔단 말이야? 나는 지금까지 엄마의 뚱뚱한 이모 이름을 따서 지은 줄 알았는데."

"이모 이름을 따서 지었을 수도 있지만 이름의 원래 출처는 그렇습니다."

"이제 보니 너 정말 우리 엄마 같아."

메이의 입가에 웃음이 어렸다. 엄마도 늘 현명했고, 일상에서 사랑과 즐거움의 요소를 발견하는 사람이었다.

"좋아, 잡담은 이 정도로 하자, 이브. 이제부터 네가 부사령관이야. 그냥 하나의 장치가 아니라고. 우리는 한 팀이야. 알았지?"

"알겠습니다. 아니, 알았어요, 메이."

"잘했어. 그럼 다시 골치 아픈 문제로 돌아가자. 탐사선이 파멸의 운명을 맞게 되었다거나 하는 것들 말이야. 이 탐사선을 구하는 한 가지 방법은 가장 먼저 이 탐사선에 무슨 일이 벌어졌는지를 알아내는 거야. 너에게 어떤 데이터가 남아 있을까?"

"기억상실증을 앓고 있는 게 당신 혼자가 아닌 것 같아요, 메이. 나도 시스템을 재실행하고 나서 탐사선 로그 데이터에 접속하려고 했어요. 나는 비행 중에 일어나는 모든 것을 기록하도록 프로그램되어 있거든요. 그중에는 생생하게 들어오는 데이터를 저장하고 카메라 네트워크로 시청각 기록을 담아두는 것도 포함되지요. 그런데 탐사선의 데이터 기록이 2067년 12월 15일 자에서 끝나 있어요. 재실행을 할 때까지는 복구되지도 않았고요."

"탐사선을 파손시킨 뭔가가 너의 기억을 망가뜨렸다는 건가?"

"그렇지요. 하지만 프로세서의 상태가 좀 나빠지긴 했어도 기록을 완전히 잃어버리지는 않아요. 그런 일을 방지하기 위해 여러 번 기록하게 되어 있거든요."

"당연히 작전 통제실에 백업이 남아 있겠지."

메이가 희망적인 어조로 말을 받았다.

"모든 데이터가 작전 통제실로 계속 전송되고 있으니까요. 만약 통제실과 통신이 다시 복구될 수 있다면 문제를 파악할 수 있을 거예요."

"이제부터 만약이라는 말을 하지 말자, 이브. '통신을 복구하고'라고 하는 거야."

"그래야죠. 하지만 경험적 데이터의 부족으로 제가 확신 있게 말하지 못한다는 점을 고려해주셔야 해요."

"좋아. 다만 좀 낙관적인 말을 듣고 싶을 뿐이야. 그리고 내 머리가 제대로 돌아가기만 하면 문제 해결에 도움이 될 거야. 지금은 온통 혼란스럽기만 하지만 말이야."

"원하시는 대로 할게요. 작전 브리핑 비디오를 보여드리고, 탐사선에 대한 자세한 설명이 담긴 프로그램에 접속하게 해드릴 수 있어요. 의료 데이터베이스를 검색하다가 뇌 손상으로 기억을 잃어버렸을 때 강력한 단서가 기억을 복구하는 데 도움이 될 수 있다는 사실을 알게 되었거든요. 작전 브리핑 내용에는 작전의 변수와 참여 인원도 포함되어 있고, 스티븐 녹스의 연구에 대한 간략한 요약도 담겨 있어요. 그것들이….”

메이의 마음에 남편 생각이 차오르기 시작했다. 더 이상 이브의 말이 들리지 않았다. 그를 잊어버린 건 아니다. 탐사선에 대한 걱정과 생존의 위협과 싸우느라, 그리고 머릿속에 가득했던 안개를 거둬내느라 남편을 생각할 시간도 여력도 없었을 뿐이다. 그러다가 정신이 맑아질수록 그에 대한 생각이 마음을 채우기 시작했다.

메이는 온기와 애정으로 가슴이 부풀어 오르는 동시에 한편에서는 나비처럼 날개를 파닥이는 불안을 느꼈다. 메이는 단지 그가 보고 싶고, 자기가 죽었다고 믿고 있을까 봐 불안한 걸까? 남편이 자신과 같은 상황에 부닥쳤다면 메이는 마음이 아플 것 같은데, 남편도 메이에 대해 같은 마음일까? 아니면 더 괴로워할까? 역행성기억상실증에 대해 이브가 했던 말을 떠올려보았다. 오래된 기억들이 더 잘 떠오른다고 했다. 병에 걸렸던 시점에 가까운 기억일수록 떠올리기가 힘들다.

결국은 잃어버린 기억들이 돌아올 것이다. 스티븐도 올 것이다. 그러나 지금은 그가 너무 멀리 있는 것처럼 느껴졌다.

8

2066년 2월 14일 - 텍사스 휴스턴

일요일 오후였다. 메이는 존슨 우주국에 있는 **호킹 2호** 시뮬레이터 안에 있었다. 조종실은 거대한 전자기장에 매달린 철제 구체 안에 마련되어 있었는데 고도의 정확도로 우주여행을 시뮬레이션할 수 있었다. 메이는 벨트에 장착된 반동추진엔진으로 기지를 떠다니며 무중력 훈련을 받는 중이었다.

"훈련 순서가 완료되었습니다. 만점입니다. 잘하셨습니다, 선장님."

선내 인공지능이 말했다.

"고마워."

메이가 천천히 땅으로 내려오며 대답했다.

"다시 한번 해보시겠습니까?"

"아니. 밖으로 나가서 잠시 인간으로 사는 일을 시뮬레이션해 봐야 할 것 같아."

"좋은 시간 가지십시오."

"그만해. 너무 압박하는 것 같다."

메이가 웃으며 대답했다.

바깥은 온통 젖어 있었고, 드문드문 구름을 뚫고 내려오는 햇살이 아스팔트에 그림자를 드리웠다. 시뮬레이터에는 아직도 해야 할 일이 많이 남아 있었지만, 메이의 마음이 일을 계속하기에는 이미 감상에 젖어 들었고, 더구나 며칠 동안 해를 거의 보지 못했다.

'한잔해야 할 것 같아. 한 두 잔쯤.'

메이는 자동차로 걸어가면서 쏟아지는 비를 맞았다. 옷이 젖어도 신경 쓰지 않았다. 오히려 그대로 내버려두는 느낌이 좋았다. 선장인 메이는 아무리 사소한 일도 빼놓지 않고 신경을 쓰느라 늘 고심해야 했다. 그게 바로 나사의 방식이었다. 하지만 지금 이 순간 메이가 생각하는 것은 어디서 맛있는 마가리타에 소금을 묻혀 마시며 담배 한 모금을 길게 빨 것인가 하는 거였다. 다른 때 같았으면 특별할 것 하나 없는 자신의 아파트로 가서 혼자 마시고 피웠겠지만, 오늘은 그렇게 한심한 외톨이로 지내고 싶지 않았다. 월요일은 휴가를 신청해놓았다. 뭔가 재미있는 일을 하면서 보낼 수도 있을 것이다.

메이는 주차장에 유일하게 서 있는 차를 향해 걸었다. 지극히 미국적인 빨간 머스탱 컨버터블이었다. 그동안 모은 돈을 탈탈 털어서 산 차였다. 직접 운전하는 맛을 느낄 수 있는 구형이었다. 자동 조종장치는 절대 사절이다. 운전도 삶의 커다란 특권 중 하나니까. 더구나 바람에 머리카락을 날리며 스포츠카를 몰고 달리는 기분은 더더욱. 그것을 자동으로 대체하는 발명을 한 머저리는 누구란 말인가.

하이츠의 19번가는 사람들로 북적였다. 눈길 닿는 곳마다 연인이었다. 손을 잡고, 먹고 마시며, 발코니에서 공공연히 키스한다. 꽃다발과 선물을 들고 다니는 여자들도 보였다. 교통 체증이 심했기 때문에 메이는 마음을 진정시키느라 붉은색 던힐을 피우며 팝송 채널을 틀었다.

"밸런타인데이란 말이지. 미국인들의 공공연한 애정 행각이라. 속이 메스껍네."

메이는 몸서리를 쳤다.

한두 잔의 술이 간절했다. 튀긴 음식 일색인 곳을 피해 한잔할 곳을 찾으며 달팽이걸음으로 운전하려니 참을성이 바닥날 것 같았다. 반 블록쯤 갔을 때 멕시칸 식당 앞에 주차된 차 중 한 대가 후진을 하고 있었다. 메이는 마침 그 자리에 들어가기 딱 좋은 위치에 있었다.

"하느님 감사합니다."

메이가 기분 좋게 외쳤다. 그런데 그 차가 빠져나오자마자, 반대편에 서 있던 다른 차가 유턴을 하더니 그 자리에 들어가는 게 아닌가.

"이런 망할 자식."

메이가 씩씩거렸다.

메이는 예의 없는 운전자에게 쏟아낼 비난의 말들을 준비하느라 바로 옆 인도에 서 있는 남자를 보지 못했다. 축 늘어진 낡은 모직 카디건를 입고 낡은 운동화를 신은 남자는 크고 무거워 보이는 오래된 양장 책에 코를 박은 채 한 손으로는 녹아내리는 아이스크림의 속도를 따라잡느라 열심히 먹고 있었다. 녹색 피스타치오 아이스크림은 들고 있는 책만큼이나 크고 버거워 보였다. 그러던 그가 좌우를 살피지도 않고 메이가 정차하고 있는 바로 앞 차도에 내려서더니 길을 건너기 시작했다. 메이는 시속 25킬로미터 이하로 서행하고 있었지만 그가 너무 가까웠기 때문에 미처 브레이크를 밟을 여유가 없었다. 메이의 차 오른쪽 범퍼가 그의 무릎을 쳤고, 그는 마치 개의 울부짖음 같은 비명을 질렀다. 메이는 급브레이크를 밟았고, 그는 어색한 자세로 보닛 위에 고꾸라졌다.

처음에는 누군가를 차로 치었다는 생각에 기겁했지만, 그 남자의 아이스크림이 앞 창문 위를 날아 무릎에 떨어지자 메이는 웃음을 터트렸다. 남자는 떨리는 손에 빈 아이스크림콘을 든 채 몹시 불쾌한 표정으로 몸을 일으키느라 안간힘을 쓰고 있었다.

"왜 속도를 줄이지 않는 거야?"

그가 소리쳤다.

"나는 아주 천천히 가다 못해 거의 뒤로 가고 있었다고."

메이는 웃음을 참느라 애를 쓰면서 대꾸했다.

"당신이야말로 책으로 얼굴을 가리고 아이스크림이나 먹으면서 길 건너지 말고 앞을 똑바로 보고 다니란 말이야. 뭐 하는 사람이야? 여덟 살짜리 어린앤가?"

그러자 그의 얼굴이 벌겋게 변했다. 구경꾼들이 모여들어 낄낄거렸다. 메이는 그를 너무 우습게 만든 것 같아서 미안한 생각이 들었다. 너무 예의 없이 못되게 말했나? 메이가 막 사과를 하려는 참에 그가 불에 기름 붓는 말을 하고 말았다.

"웃을 일이 아니잖아. 누구 하나 치어 죽이기 전에 이 나라에서 똑바로 운전하는 법을 배워야 할 거요."

그가 무릎을 문지르며 소리쳤다.

구경꾼들이 키득거리며 박수를 쳤다. 휴대폰을 꺼내 들고 촬영하는 사람도 있었다. 메이의 마음속에 일어나려던 연민의 감정은 그녀가 군중을 향해 통렬한 독설을 날림과 동시에 허공으로 증발해 버렸다. 도로의 오른쪽으로 주행하는 일처럼 단순한 일조차 해내지 못하는 무능한 외국인으로 보이는 건 참을 수 없는 모욕이었다.

"아니면 당신이 고개를 좀 들고 다니면 되겠지. 아, 그리고 정신병원에서 전화 왔는데, 입고 나간 그 더러운 스웨터 돌려달래."

메이가 지지 않고 대꾸했다.

군중 속에서 커다란 웃음과 함께 박수가 터져나왔다. 남자는 순간적으로 전의를 상실한 것 같았다. 정신을 차리면서 가능한 한 빨리 이 상황에서 벗어나고 싶어진 것 같았다. 아니면 쥐구멍이라도 찾아 들어가 죽고 싶은 심정이었는지도. 허둥지둥 도로 한가운데 떨어진 책을 집으러 가다가 이번에는 전속력으로 달려가는 픽업트럭에 머리통이 날아갈 뻔했다. 책을 집어 든 그 남자는 보도로 달려가 정신을 가다듬으려는 듯 벤치에 앉았다.

그의 뒤에 군중의 야유가 쏟아지는 것을 보며 메이는 몹시 미안하고 부끄러운 마음이 들었다. 조금 더 내려가서 주차한 다음 그에게로 걸어갔다.

"나를 끝장내려고 다시 온 거요?"

그가 농담조로 말했다.

메이는 운전면허증을 내밀었다.

"사과하려고 왔어요. 함께 병원에 가서 다친 곳이 없는지 확인하는 게 좋을 것 같아서. 그리고 신고를 하겠다면 여기 내 면허증. 아, 그리고 내 이름은 메리엄이에요."

"스티븐이오."

메이가 손을 내밀었지만 그는 철저하게 무시했다. 메이는 그의 어린아이 같은 반응에 불쾌해졌다. 그런데 다음 순간 그의 팔목 부분의 스웨터 위로 피가 스며 나오는 것이 보였다.

"다쳤군요."

메이가 안쓰러운 듯이 말했다.

"차에 구급상자가 있어요. 얼른 가져올게요."

메이는 차로 달려가서 구급상자를 꺼냈다. 그리고 돌아보니 버스 정류장 벤치는 비어 있었다.

9

"최근 검색 이미지를 로딩합니다."

남성 인공지능의 목소리가 말했다.

"3.26시간 전에 완료되었습니다.

바닥에서 천장까지 닿는 곡면 스크린에 유로파의 고해상도 이미지가 나타났다. 세밀한 부분까지 생생하고 정확하게 보여서 화면에 손을 대면 위성의 얼음 덮인 표면을 만질 수 있을 것 같았다. 구릿빛 얼음 표면이 사방으로 균열하면서 생긴 어두운 틈들이 눈부시게 반사되는 빛을 더욱 현란하게 조각내고 있었다. 얼어서 반짝이는 바다에는 이 역사적인 미션에 참여한 나라들의 국기를 꽂은 원판이 심겨 있었다.

수백만 광년 떨어져 있는 외행성을 조사하기 위해 제작된 나사의 UV 광학 적외선 망원경은 실종된 호킹 2호의 흔적을 찾기 위해 목성에 맞춰져 있었다. 탐색 패턴은 유로파가 보이는 지점에서 시작해 달리트랙(영화 촬영 시 카메라를 이동하기 위한 레일—옮긴이)에 설치된 영화 촬영기처럼 우주공간을 거꾸로 훑어 온다. 한 번에 수억 킬로미터씩 뒤로 물러나면서 호킹 2호의 귀환 궤적이 되었을 지점들을 탐색하는 것이다. 유로파에서 시작해서 거대한 가스 덩어리

58

인 목성의 궤도를 통과했는데 목성은 너무나 커서 몇 번의 후진 단계를 거치는 동안 계속 화면의 대부분을 뒤덮었다. 그런 다음 목성과 화성 궤도 사이의 소행성대(소행성이 많이 모여 있는 화성과 목성 사이의 지역—옮긴이)를 지나 화성 궤도를 지난 다음 라이트 정거장의 달 궤도에서 끝났다.

마지막 이미지에서는 목성이 별들로 가득한 광활한 우주에 묻혀 있는, 분간하기 힘들 정도의 작은 점으로 보였다. 이러한 검색 패턴으로 탐색한 거리는 거의 6억 킬로미터였다. 이들 숫자와 이미지는 스티븐 녹스가 데이터 분석을 하면서 스크린 하단에 남겨둔 것이다. 그와 더불어 스티븐은 기계적으로 입력되는 가장 암울한 한 줄의 데이터를 받아들여야 했다. 탐사선이 발견되지 않았습니다.

"스크린 꺼."

스티븐이 조용히 명령했다.

이미지가 희미해지더니 스크린은 다시 평상시의 전망창으로 돌아왔다. 밖이 훤히 내다보이는 빈 격납고는 마치 휑하게 벌어진 핏기 없는 상처 같았다. 창에 비친 자신의 모습을 보면서 스티븐은 그 역시 공허해 보인다고 느꼈다. 깊은 근심에 소모될 대로 소모된 그의 얼굴에서 평소의 학자다운 모습은 찾아볼 수 없었다. 흐트러진 반백의 머리를 뒤로 쓸어 넘길 때마다 어둡고 의문에 가득 찬 눈빛이 드러났으며, 머리와 잘 어울리는 턱수염은 교수다운 말쑥함에서 은둔자의 초췌함으로 변해 있었고, 길고 촌스러운 얼굴에 깊게 팬 주름에는 고루한 원칙들이 가득했다.

불과 몇 달 전만 해도 그의 아내 메이와 그의 전 연구팀을 태운 호킹 2호가 출발하는 모습을 지켜보던 사람이라고는 거의 생각할 수 없을 정도였다. 탐사선이 축포를 터뜨리며 도크를 빠져나갈 때 스티븐은 자기가 모든 것을 걸고 노력한 일이 나사 역사상 가장 야심 찬 미션의 일환으로 실현되는 모습을 보면서도 자신이 기대했던 기쁨은 느낄 수 없었다. 그보다는 결혼반지를 불안하게 만지작거리면서 탐사선이 정거장에서 멀어지는 거리만큼 자신과 그 반지의 거리도 멀어지는 듯한 느낌이었다. 비행갑판에서 메이가 보낸 영상을 보니 메이에게도 비슷한 쓸쓸함이 배어 있는 듯했다. 그리고 호킹 2호가 어둠 속으로 자취를 감추자 스티븐은 반지를 빼서 다른 무중력 유물들과 함께 책상 서랍에 넣어두었다.

13주 조금 넘게 걸린 항해는 성공적으로 끝났다. 인류는 얼음 덮인 유로파에 첫발을 디뎠다. 7일간의 탐사와 샘플 채취는 대단한 성공이었다. 그런데 그 후로… 통신이 두절된 것이다…. 이 역시 나사에 처음 있는 일이었다. 심우주 미션에서 있을 수 있는 일시적인 연락 두절이 아니었다. 라디오 전파가 침묵으로 일관한 지 11일이 지났다. 아무 신호도 들어오거나 나가지 않았다. 전파원격측정 장치가 전혀 작동하지 않았으며 승무원과 탐사선의 상태도 알 수 없었다.

무엇보다도 스티븐은 과학자였다. 경험적인 데이터를 읽고 호흡하며 살아왔고 그것들이 추론해내는 냉정한 방정식을 이해하는 사람이었다. 호킹 2호가 제시하는 방정식은 그중에서도 가장 냉혹했다. 하루하루 지날 때마다 승무원들의 생존 가능성은 기하급수적으로 줄어들었다. 우주공간은 영속적이고 광활한 만큼 한 치의 실수도 용납될 수 없었다.

사소한 문제란 있을 수 없으며, 미세한 틈새 하나만 놓쳐도 생명을 앗아가는 치명적인 위험이 될 수 있었다. 더구나 메이의 생명이 달렸다.

이런 냉혹한 계산을 하면서도 마음 한편에는 미신과도 같은 믿음이 일어 화면에서 눈을 뗄 수 없었다. 그의 의지가 광활한 우주공간을 향해 보내는 등대의 신호가 되어줄 것이라 믿는 것 같았다. 스티븐은 바다로 나간 남편이 돌아오기를 기원하며 충실하게 미망인의 산책을 하는 고대 어부의 아내를 떠올렸다. 무자비한 바다를 상대로 한 무의미한 수고였으리라. 그러나 그때 그녀들이 그랬던 것처럼, 이렇게라도 하지 않으면 깊이 모를 두려움 속으로 빠져버릴 것 같았다. 스티븐은 희망과 낙관은 불가지론자의 사촌이라 폄하하면서 냉소했던 사람이었다. 그러나 지금 이 순간 그랬던 자신에 대해 용서를 구하면서 희망과 낙관에 매달리고 싶은 심정이었다. 지극히 작은 위안이라도 간구하고 싶었다. 그가 유일하게 사랑하는 여자를 포함해서 서른다섯 명의 목숨을 잃을 수 있다는 생각을 하면 마치 마음속에 온통 악성 종양이 퍼진 듯 고통스러웠다. 더구나 메이가 자기에게 어떤 존재였는가를 말할 기회가 영영 오지 않을 수도 있다는 생각을 하면 당장이라도 숨이 막힐 것 같았다.

그러나 정작 시급을 다투는 일을 따로 있었다.

스티븐의 인공지능이 인터폰을 울렸다.

"얼마나 됐지?"

인공지능이 말하기 전에 스티븐이 물었다.

"30분 됐습니다."

"안대와 담배 한 대 줘."

"뭐라고 하셨습니까?"

"아무것도 아냐."

"커피 드릴까요? 아니면 스트레스 패치라도?"

"필요 없어. 고마워."

나사의 심우주 임무 지휘관이자 스티븐의 상사인 로버트 워런이 의무 회의에 스티븐이 참석할 것을 요청했다. 스티븐은 그 회의가 무엇에 관한 내용일지 알고 있었다. 로버트의 행적만큼이나 예측 가능했기 때문이다. 가벼운 저항의 표시로라도 스티븐은 회의에 참석하지 않으리라 마음먹었다. 그의 사무실에 가서 당하게 될 모욕을 피하고 싶었다. **한 번쯤은 저가 내게 와도 되잖아, 나쁜 자식.**

스티븐은 인공지능의 인터폰을 비롯한 모든 통신선을 끄고 다시 전망창으로 갔다. 어렸을 때부터 스티븐은 별자리를 보면서 수많은 여름밤을 보냈다. 그에게 주어진 마지막 몇 시간일 것이라 여겨지는 이 순간, 그는 최후통첩이 내려올 때까지 또다시 별을 보며 기다리리라 마음먹었다. 그러나 지금 스티븐이 진심으로 우려하는 일은 따로 있었다. 평생에 걸쳐 영감의 원천이었던 것이 이제는 적대적인 힘으로 그를 배반하고 있는 것 같았다. 격납고 너머로 시선을 돌리려고 아무리 애를 써도 그의 마음은 마지막으로 메이를 보았던 그곳, 앞으로도 마지막 장소가 될지 모를 그곳을 벗어날 수 없었다.

10

스티븐과 메이는 왕복선을 이용해서 자주 라이트 기지까지 다녀와
야 했다. 메이는 훈련을 계속하기 위해서, 스티븐은 호킹 2호의 선내
실험실 설치를 감독하기 위해서였다. 한번은 메이가 선외 점검을 하
면서 스티븐에게 함께 나가자고 제안한 적이 있었다. 그런 일을 해
본 적이 없는 스티븐은 생각만 해도 극심한 공포가 느껴졌지만, 메
이는 스티븐이 안주하고자 하는 영역 밖으로 그를 끌어내는 재주가
있었다. 덕분에 스티븐은 격납고에서 줄을 몸에 묶고 허공에 떠서
메이가 임무를 마치기를 기다리고 있었다. 호킹 2호는 아직 플랫폼
에서 축조되는 중이었다. 스티븐은 각기 다른 크기의 일곱 개 갑판
으로 나뉜, 행성을 닮은 그 형태에 감탄하고 있었다. 탐사선은 나사
의 우주기술임무사무국 소속의 우수한 엔지니어로, 스티븐의 가까
운 친구가 된 라지 카푸르가 설계했다. 기술적으로도 물론 경이로웠
지만 예술적인 측면으로도 훌륭했다. 그리고 무엇보다 중요한 것은
탐사선이 그의 인생을 건 노력의 결정체라는 사실이었다.

"재미있어?"

메이는 점검을 끝내고 스티븐에게 날아와서 헬멧 유리 안에서
익살스러운 웃음을 지어 보이며 물었다.

"믿지 않을지 모르겠지만 재미있어. 가까이서 직접 보니까 정말 멋지군."

"더 자세히 보고 싶어?"

"음, 물론이지. 그런데 어떻게…?"

스티븐이 몸에 연결된 줄을 가리키며 물었다.

"아, 그런 거 이제 필요 없어."

"여기는 관제센터. 녹스 박사의 심장박동과 혈압이 상승하고 있다."

지휘관의 목소리가 들렸다.

"난 괜찮은데."

스티븐이 말했다.

"긴장해서 그럴 거야."

메이가 밀했다

"알았다."

"메이, 할 수 있을지 모르겠어."

스티븐이 긴장된 음성으로 말했다.

"괜찮아. 걱정할 거 하나도 없어."

메이는 추진엔진을 이용해서 몇 번 앞뒤로 공중돌기를 하고는 그의 옆으로 날아왔다.

"봤지? 재미있을 거야."

메이는 스티븐에게 연결된 줄을 풀었다.

"여기는 관제센터. 녹스 박사의 줄이 풀린 것 같다."

"의도적으로 통제 중. 녹스 박사와 잠시 걸으면서 탐사선을 구경시켜드리려고."

"알겠네. 좋은 시간 보내게, 녹스 박사."

"고마워."

스티븐이 화가 난 듯, 그러나 장난기 어린 표정으로 메이를 노려보며 말했다.

메이는 스티븐에게서 멀어졌다. 5미터 정도밖에 안 되는 거리였지만 스티븐에게는 5킬로미터는 되는 것 같았다.

"좋아, 이제 추진엔진을 이용해서 나한테 와봐. 천천히."

스티븐은 겁쟁이처럼 보이고 싶지는 않았지만 '발 댈 곳'이라곤 없는 허공에 떠 있다는 사실 자체가 두려웠다.

"음, 관제실이다."

"긴장해서 그래."

스티븐이 가쁜 숨을 내쉬며 말했다.

"평소처럼 숨 쉬어. 안 그러면 호흡 조절이 안 돼서 의식을 잃을 수도 있어. 그냥 나를 똑바로 봐, 알았지? 내 얼굴에 집중하라고."

메이가 말했다.

스티븐은 메이의 얼굴에 초점을 맞추고 천천히 호흡을 정상으로 되돌렸다. 그러다가 실수로 추진엔진을 작동시키는 바람에 거의 공중제비를 돌면서 메이 곁으로 곤두박질을 쳐서 다가갔다. 메이가 스티븐을 잡아서 속도를 늦추게 했고 잠시 후 두 사람이 함께 속도를 줄여 멈출 수 있었다.

"아주 잘했어."

메이가 숨이 찬 듯 말했다.

"음, 우선 추진엔진을 켜고 시작할까? 함께 탐사선 주위를 돌면서 잘 보고 배워봐. 그런 다음 혼자 시도하는 거야, 알았지?"

"공중돌기를 하거나 스턴트 실력을 보이지만 마."

"아, 알았어."

메이가 추진엔진을 작동시켰고 두 사람은 탐사선의 외벽을 따라 돌았다. 그러는 동안 탐사선의 세세한 부분들을 관찰했다. 주변이 너무 조용하고 평화로워서 스티븐은 광대한 공간에 떠 있다는 사실조차 잊어버릴 정도였다. 그러나 탐사선에서 시선을 돌리거나 메이의 헬멧 위를 보면 허공에 떠 있다는 사실이 상기되어 곧바로 심한 현기증이 일었다. 그렇게 얼마가 지나자 현기증도 그렇게 심하지 않고 조금씩 자신감이 생겼다. 메이는 브리지가 들여다보이는 거대한 창문 앞에 멈춰 잠시 부유했다. 그 뒤에 있는 빛나는 비행갑판에는 엔지니어들이 무중력 상태에서 작업하고 있었다.

"멋지지 않아?"

메이가 설레는 듯 말했다.

"말로 표현할 수 없이 멋져. 빛나는 성공을 거둔 선장에게 딱 어울려."

"어머나, 감사합니다."

메이는 고개 숙여 인사를 했다.

"당신이 부럽군. 우주비행사라는 사실이 말이야."

"뛰어난 천재 과학자로 연구 업적은 물론 무지하고 폭력의 가능성까지 있는 반대파에 대항해서 우주 탐험의 역사상, 나아가 온 인류의 역사상 가장 중요한 미션을 두려움 없이 추진해나가는 용기까지 가진 것으로 만족하지 못한다는 거야?"

"진심으로 만족스럽지 않아. 근본적으로 우주비행사가 되고 싶어서 그 모든 일을 한 건데 그 꿈을 이루지 못한다는 걸 깨달았으니까 말이야."

"잠깐만, 스티븐. 그런데 그건 좀 시시하다."

"여기는 관제센터. 메이 선장의 말이 맞는 것 같다, 녹스 박사."

"관제센터, 우리를 개인 채널로 돌려주지 그래."

메이가 귀찮다는 듯 말했다.

"그건 규칙상…."

"자, 어서. 도움이 필요하면 제일 먼저 연락할게."

"알았다."

스위치를 돌리는 소리가 들리자 메이가 미소를 지었다.

"언제나 우주비행사가 되고 싶었다는 말이지?"

"당신의 그 미소가 어떤 의미인지 알아. 그러니까…."

"나 믿지?"

메이가 스티븐의 말을 가로막으며 물었다.

"믿어."

"좋아. 지금 당신의 꿈을 실현해주려고 하거든. 잠시 과학을 내려놓고 살아 있는 이 순간을 만끽하세요, 녹스 박사님. 이 탐사선이 당신의 것이나 마찬가진데 다른 사람들만 재미를 보는 건 말이 안 되지."

메이는 스티븐과 연결된 줄을 풀었다.

"맙소사,"

스티븐이 조용히 중얼거렸다.

"천만에. 반대편에 엔진 갑판이 있어. 가서 엔지니어들이 농땡이 치고 있지나 않은지 확인해보자."

메이가 멀어지면서 말했다.

"좋았어."

스티븐이 자신감 있게 보이려고 애를 쓰며 대답했다.

메이가 천천히 반대편으로 움직여 가면서 스티븐에게 손짓으로 오라는 시늉을 했다. 스티븐은 메이에게 다시 돌아오라고 하고 싶었지만 차마 그럴 수는 없었다. 자신의 꿈을 일부분이나마 이룰 수 있는 황금 같은 기회를 주려는 것인데, 더구나 스티븐도 자기가 책상에 앉아 연구나 하는 용기 없는 남자가 아니라는 것을 보여줄 기회이기도 했다. 메이가 그런 거로 스티븐을 비하한 적은 없지만

67

스티븐은 셀 수도 없이 많은 순간 자책해왔다. 그러나 다른 이유야 어찌 됐든 우선은 두려움이 너무 커서 거의 마비 상태였다. 추진엔 진을 작동시킬 생각도 못 할 정도로 온몸이 굳어 있었다. 식은땀이 나기 시작하더니 배 속이 부글거리면서 광란을 일으키는 것 같았다. 시속 3만 킬로미터로 달의 궤도를 돌고 있는 복잡하기 이를 데 없는 정비 플랫폼에서 유례없는 사고를 칠 것 같았다. 그 장면이 눈에 선하게 그려졌다. 바로 앞에 비행기 문을 열어 놓고 낙하산 점프를 하기 위해 대기하고 있는 기분이었다. 원초적인 차원에서 이 제안 자체가 말도 안 되는 거였다.

"어서 와요, 닐 암스트롱. 기다리고 있잖아."

메이가 재촉했다.

메이를 따라가는 것보다 더 두려운 일은 하나뿐이었다. 스티븐이 따라가지 않는다면. 물론 그것 때문에 메이가 화를 내지는 않겠지만 그녀의 마음속에 실망의 씨앗이 심길 것이다. 그리고 언제 어떠한 상황에선가 싹이 틀 수 있다. 스티븐은 재빨리 생각을 정리해 보았다. 모든 사랑에는 궁극적으로 희생이 따른다. 로미오와 줄리엣은 파멸을 맞았고, 트리스탄과 이졸데, 오디세우스와 페넬로페, 클레오파트라와 안토니우스, 그 밖에 주요 문학작품의 주인공들도 유사한 운명을 따랐다. 왠지는 모르지만 낭만적인 사랑은 운명적 배신에 맞서 싸우는 전쟁터와 같다. 희생을 거부하는 것은 결국 메이가 더 용감하고 영웅적인 구혼자를 찾아가게 하는 결과를 초래할 것이다.

"자, 가자, 윌리엄 셰익스피어."

스티븐이 낮게 중얼거렸다.

"뭐라고 했어?"

메이가 물었다.

"간다."

스티븐이 죽을 각오를 한 듯이 말했다.

그러고는 생각하기도 전에 몸에 연결된 줄을 풀고, 아주 어색한 동작으로 추진엔진을 작동시켜서 메이에게로 다가갔다. 관제센터 직원들이 서툴게 쩔쩔매는 자기 모습을 재미있게 지켜봤을 것이라는 생각이 들었다. 아마도 꼭두각시놀음 같았을 것이다. 도대체이게 무슨 짓이란 말인가? 메이에게, 또는 그 누구에게도 뭔가를 증명해 보여야 할 필요는 없는데 말이다. 스티븐은 수조 달러의 심우주 미션을 감독하는 존경받는 과학자이지 않은가. 아니다. 바로 그순간, 스티븐은 우주비행사였다. 닐 암스트롱인가 뭔가 하는 그런우주비행사란 말이다. 그러자 갑자기 자신감이 솟아올랐다. 거기에의기충천함이 더해져 상상했던 것보다 훨씬 더 멋진 순간을 맞을수 있었다. 생애 그 어느 순간보다도 즐거웠고 처음부터 끝까지 웃었던 것 같다.

"바로 그거야."

탐사선 중간을 오르고 있는 스티븐을 보며 메이가 말했다.

"당신 말이 맞았어. 정말 멋진 경험이야."

스티븐이 말을 받았다.

"당연히 내 말이 맞지. 그런데 당신 정말 잘한다. 경험 많은 프로 같아. 추진엔진 다이얼을 아주 조금 뒤로 돌려도 좋을 것 같아."

점점 흥분이 고조되는 동안 스티븐은 자신이 점점 속도를 높이고 있다는 사실을 알아채지 못하고 있었다. 메이가 보였고, 제법 빠른 속도로 그녀를 향해 올라가고 있었다. 추진기를 잡았던 손을 놓았지만 추진력은 변하지 않았다.

"뒤로 당겼는데 여전히 빠르네."

스티븐이 말했다.

"괜찮아. 추진엔진을 천천히 후진으로 놓으면 속도가 줄어들 거야."

메이가 설명했다.

"알았어. 젠장. 너무 빨라."

스티븐은 다시 호흡이 빨라지면서 약간 어지러웠다.

"아주 천천히. 숨 쉬면서."

스티븐은 메이의 말대로 하려고 했지만 순간적으로 메이와 거리가 좁아졌다. 순간 아드레날린이 폭발적으로 분출되면서 스티븐은 공황 상태에 빠져 추진엔진을 너무 세게 후진으로 바꿨다. 그러자 몸통에 반대 방향의 힘이 가해지면서 뒤로 한 바퀴 빙그르 돌면서 헬멧이 탐사선 동체에 부딪혔다. 그 충격으로 스티븐은 머리가 핑 돌면서 탐사선에서 멀어지는 방향으로 튕겨 나갔다. 단 몇 초 만에 여러 번 공중돌기하고 나자 가뜩이나 울렁거리던 속이 완전히 뒤집어졌다. 메이가 뭐라고 소리치는 소리가 들리고 관제센터에서도 뭔가 지시를 하는 것 같았지만 이미 과호흡 증상이 나타난 터라 소리가 제대로 들리지 않았다. 더 이상 탐사선도, 비계도, 격납고도, 정거장도 보이지 않았다. 무한한 우주공간으로 들어가고 있다는 사실을 깨닫자 다시 한번 아드레날린이 분출되면서 과호흡 상태가 되었고 끝내 의식을 잃었다.

"알았다. 관제센터. 기지로 돌아간다."

메이가 말했다.

정신이 들었을 때, 스티븐은 탁 트인 우주공간에 있었다. 바로 앞에 메이가 있었고, 그 뒤로 거대한 달이 모습을 그대로 드러내고 있었다. 다시 한번 두려움이 엄습해왔다.

"괜찮아. 이제 괜찮을 거야."

메이는 스티븐을 살짝 옆으로 돌려 기지가 보이도록 했다. 멀지 않았고, 곧 도달했다.

"어떻게 된 거지?"

"잘 모르겠어. 그렇지만 공중돌기나 묘기 같은 건 하지 않기로 합의한 것 같은데 말이야."

메이가 미소를 지으며 대답했다.

스티븐은 추진엔진의 후진 기어를 너무 세게 눌렀던 기억이 떠올랐다.

"맙소사. 내가 이렇게 멍청이라니까."

"사실을 말하자면 멍청이는 바로 나야. 당신에게 내 방식을 고집하지 말았어야 했어. 당신이 그렇게까지 즐길 줄은 몰랐거든. 추진엔진을 가지고 놀 정도로 말이지."

"나도 몰랐어."

스티븐의 얼굴에 웃음이 퍼졌다. 그 순간의 느낌을 떠올리고 있었다.

"정말 좋았어."

메이가 큰 소리로 웃었다.

"그렇게 말해주니 기분이 좋다! 그런데 윗분들은 좋아하실 것 같지 않네. 그렇지, 관제센터?"

"미안하게 됐다, 녹스 선장. 태양광의 방해를 받아서 잠시 통신이 중단됐었다. 영상도 잠시 끊어졌었고. 무슨 보고할 일 있나?"

"다른 건 없고, 여러분 모두 앞으로 평생 술값은 내지 않아도 될 거다."

"알겠다. 서둘러 복귀하기 바란다. 좀 전에 말한 그 윗분들이 우리가 얘기하는 동안 왕복선으로 올라오고 있는지도 모르니까."

"고마워, 메이."

스티븐이 미소를 지으며 말했다.

"영원히 달에 박히게 될 뻔하게 해줘서?"

스티븐은 메이의 얼굴에 시선을 고정한 채 자신이 그녀의 얼굴 구석구석을 빠짐없이 들여다보고 있음을 깨달았다. 별빛을 받은 메이의 눈은 영원히 변할 것 같지 않은 아름다움을 뿜어내고 있었다. 그 눈을 바라보는 스티븐은 마음이 아프도록 황홀했다. 드디어 해냈다. 메이가 자신의 꿈을 이루어주었다. 평생 잊지 못할 순간이었다. 그리고 메이와 사랑에 빠지기 시작한 순간이었다. 여기서 '빠진다'는 표현은 어쩌면 거의 죽음으로 떨어질 뻔한 순간이기도 했지만 그 덕분에 가슴을 활짝 열고 웃을 수 있었다.

"늘 달에 가고 싶다는 생각을 하며 살았어."

11

이런저런 생각에 잠겨 있던 스티븐은 방문이 벌컥 열리는 바람에
정신이 번쩍 들었다. 로버트 워런이 들어왔다. 워런은 귀족 혈통다
운 고상함을 갖추었으나 허영심 때문에 그 매력이 반감되곤 했다.
노화 방지 기술 덕분에 특권층 젊은이의 표상이었던 검게 그을린
피부에 황갈색 금발을 그대로 유지하고 있는 듯 보였으나, 자세히
보면 합성 베니어판 같은 피부가 거의 시체처럼 드러나 있었다.

로버트 같은 사람의 명령에 따라야 한다는 사실 자체가 이미
스티븐에게는 힘든 일이었다. 처음부터 이 미션은 나사가 자금을
지원하는 스티븐의 프로젝트였다. 하지만 언제나 그랬듯이 씁쓸한
사실은 과학도 돈의 노예라는 현실이었다. 그 돈과 함께 로버트 같
은 사람이 등장한 것이다.

"굿모닝."

스티븐이 시무룩한 인사말을 건넸다.

"아까 내 방으로 오라고 인터폰을 했었는데."

로버트가 스티븐의 책상 의자에 편안하게 몸을 실으며 인사를
받았다.

"응, 그런데 안 갔어. 자네에게 운동할 기회를 좀 주려고."

매끈하게 손질된 로버트의 눈썹 한쪽이 잠깐 떨렸다. 용납하기가 어렵다는 듯이.

"그랬군."

결코 유쾌하지 못한 투였다.

스티븐은 로버트가 가장 못 견디는 상황을 안겨준 것에 짜릿한 쾌감을 느꼈다.

"힘든 상황인 거 알아…."

"공감을 바라는 게 아니야."

스티븐은 로버트의 말을 가로막으며 냉랭한 어조로 말했다.

"내가 도와줄 일이 있을까?"

"자네가 손을 써서 사건의 전말이 밝혀질 때까지 나를 여기 있게 해줄 수 있겠지."

"역시 옛 친구인 자네는 날 기분 좋게 해주는 솜씨가 있어. 내가 가진 힘을 과대평가하는 것으로 말이야. 이런 말 하기는 정말 싫지만 나도 속수무책이야."

"로버트, 그건 거절을 위한 말이라는 거 자네도 알고 나도 알아. 자네는 원한다면 할 수 있는 힘이 있잖아. 그러니 그런 말 말고, 부탁하네."

스티븐은 로버트의 자만심에 동조하고 싶지는 않았지만, 그것이 가장 확실한 방법이었다. 로버트가 어리석어서가 아니라, 자기보다 모든 면에서 우월하다는 사실을 너무 잘 아는 상대에게 가장 듣고 싶은 말이 아첨일 것이기 때문이었다.

로버트는 스티븐을 다시 한번 궁지에 몰아넣은 것에 흐뭇해하며 미소를 지어 보였다.

"자네 말이 맞는다고 치세."

로버트는 스티븐을 솔깃하게 하는 논리를 펴려는 듯 말을 시작했다.

"그럼 자네는 이 상황에서 무얼 할 수 있는데? 내가 어떤 이유를 들어서 자네가 여기 계속 있어야 한다고 포스터 소장을 설득하면 좋겠나? 아직 내가 모르는 자네의 특별한 능력이 있는 거야? 탐사선 탐색과 구조를 위해 자네가 있어야 하는 이유 말이야."

이 또한 로버트 워런이 늘 쓰는 수법이다. 답변이 궁해졌을 때 체제 뒤에 숨어서 포스터 소장이 자신의 결정에 영향력을 행사할 수 있는 것처럼 말하는 것. 정작 포스터 소장은 언제든 로버트가 막강한 부와 권력을 이용해 마치 가난하고 힘없는 아이의 점심값을 등쳐먹는 불량배처럼 자기 자리를 빼앗을 수 있다는 두려움과 불안 속에 살고 있는데 말이다. 그도 자신의 책략이 뻔히 보인다는 것을 알고 있으련만, 개의치 않는 것 같았다. 로버트는 그 정도로 오만했다. 스티븐의 이론에 일부의 격렬한 반대가 있었지만 로버트는 극단적인 보수 입법자처럼 서둘러 미션을 승인했다. 겸손함을 비웃는 일관된 태도로 모든 일을 밀고 나가는 것이다.

"메리엄은 내 아내야."

"아내였었지, 스티븐."

"이 상황이 재미있나?"

"전혀 아니지. 단지 사실을 말하는 것뿐이야. 나 역시 자네의 결혼이 지금까지 자네를 여기 계속 남아 있게 할 수 있는 강력한 이유가 되었다는 점에는 동의해. 비록 변칙이긴 하지만 말이야. 하지만 이제 자네의 이혼소송은 모두가 알고 있는 사실이잖아. 메이를 도와주려는 의지 뒤에 숨겨진 심경의 변화를 나는 이해할 수 있지만, 다른 사람들이 보기에는 혼란스러울 수도 있어. 마치 후회로 인해 마음이 돌아선 듯 보일 수 있다는 거지. 약간 변덕스럽게 보일 수도 있고. 자네도 나사가 변덕스러운 사람을 어떻게 생각하는지 알지 않나?"

스티븐의 분노는 이제 피가 끓어오를 정도로 극심해져서 맨손으로 로버트를 때려죽일 수도 있을 것 같았다. 스티븐은 '감정이 폭발'하는 상황에 부닥쳤을 때 늘 그러듯이 간신히 이성으로 분노를 가라앉혔다.

"자네 이미 모든 답을 가지고 있어, 그렇지 않나, 로버트?"

스티븐은 의도한 것보다 훨씬 더 진한 경멸을 담아 말했다.

"자네가 생각하는 것과는 정반대야. 합당한 이유 없이 이러는 것도 아니고, 자네를 돌려보내려는 나의 결정이 독단적이거나 나쁜 의도가 있어서도 아니야. 내 처지에서 생각해보게. 이번 사건은 나사가 한 번도 직면해보지 못한 어마어마한 위기라고. 워싱턴에서 비상사태로 규명했고 그 비난의 표적이 바로 나야. 더 중요한 것은 탐사선에 탄 승무원들의 생명에 책임을 지는 것도 나 혼자라고. 나도 매일 악화되는 이 상황을 해결하기 위해 최선의 노력을 하고 있네. 지금 현재로서는 탐사선을 찾아서 구조하는 일에 모든 초점이 맞춰져 있어. 그리고 미안하지만 그 일에 자네가 들어설 자리는 없어. 이해해주기 바라네."

스티븐은 뭔가 항변하려고 하다가 그래 봐야 소용이 없을 것 같다는 생각이 들자 갑자기 기운이 빠지며 무기력해졌다. 그러다가 휴스턴에서 진행 중인 미션에서까지 빠지게 될까 봐 두려워졌다.

"그럼 이걸로 끝이라는 거야?"

스티븐은 패배를 인정하는 어조를 띠어야 한다고 생각하면서 물었다.

그러자 효과가 있었다. 로버트를 다시 너그러운 지배자의 역할로 되돌아오게 하는 데 성공한 것이다.

"그런 것 같네. 하기는, 만약… 다시 모든 것이 정상으로 돌아온다면 이와는 다른 대화를 할 수 있겠지만 말이야."

로버트는 자리에서 일어나더니 스티븐 옆으로 와서는 어색한 몸짓으로 아버지처럼 위로하는 흉내를 내려고 했다.

"중요한 것은, 내가 아직 포기하지 않았다는 거야. 팀원들도 그렇고. 탐사선을 찾기 위해, 그리고 메이를 찾기 위해 할 수 있는 모든 것을 할 것이네."

로버트는 목소리를 한껏 낮추어 말했다.

"그걸 물어보는 게 아니야."

더는 로버트의 헛소리를 듣고 싶지 않았다.

"그냥 너무… 막막한 느낌이 들어서 말이야. 휴스턴 집에 가 있으면 어떤 기분이 들지 두려워. 사방에 메이와의 추억이 있는 곳에서 말이야. 마음을 잡을 수가 없을 것 같고. 존슨에 있게 해줄 수 없겠나? 전에 수집했던 데이터를 분석하면서 지내면 좋을 것 같은데. 뭔가에 열중하면서 마음을 안정시킬 수 있을 것 같아."

로버트는 고개를 끄덕이면서 스티븐의 어깨를 두드렸다.

"물론이지. 실은 나도 거기서 좀 더 많은 시간을 보내게 될 거야. 기지 관리도 하고, 워싱턴의 흥분도 좀 가라앉히면서 말이야. 내 문은 언제나 열려 있다네."

"고마워."

스티븐은 고마움과 불쾌함을 함께 삼키며 말했다.

휴스턴으로 돌아오는 왕복선 안에서 라이트 정거장이 멀어지는 모습이 보였다. 정거장을 떠나는 게 메이로부터 더욱 멀어지는 것 같기도 했고, 마치 항복의 의미로 타월을 던지는 느낌이기도 했다. 스티븐은 지금까지 도움이 필요한 사람을 외면해본 적이 없었고, 특히 자기가 사랑하는 사람에게는 더욱 그랬다. 아무리 갈등 요소가 있고 서로 다르다 하더라도, 몇 번 제법 심하게 다투기도 했지만 메이는 한 번도 스티븐에게 등을 돌린 적이 없었다. 반면 스티븐은 메이에게 등을 돌렸던 많은 기억이 떠올라 괴로웠다. 기억나지 않는 것들도 있으리라…. 그중에는 두 사람의 결혼 생활이 끝나야 했던 탓을 메이에게 돌린 일도 포함되어 있었다. 이러한 일들을 바로잡고, 메이를 향한 자신의 진심을 다시 확인시켜줄 기회를 얻지 못한다면 스티븐은 어떻게 자신을 받아들이고 살 수 있겠는가? 메이를 잃는 두려움보다 더 큰 것이 있다면 그건 스스로 던진 그 질문에 답을 하지 못하는 참담함일 것이다.

"10분 후에 재진입합니다. 안전벨트를 확인해주십시오. 많이 흔들릴 수 있습니다."

조종사가 말했다.

12

"주목해주십시오."

메이는 콘솔 마이크에 대고 단호한 어조로 또박또박 말하기 시작했다.

"나는 메리엄 녹스 선장입니다. 내 목소리가 들린다면 즉시 통신보드로 가서 자기 위치를 보고해주기 바랍니다."

메이는 비행갑판을 정리하기 위해 다시 브리지로 왔다. 수시로 확성장치로 생존자를 찾았지만 아무 응답도 받지 못했다.

"이브, 아무래도 모든 갑판을 수색해봐야 할 것 같아. 그런데 먼저 짧게 재교육을 받았으면 좋겠어."

"탐사선 상세 설명 프로그램을 실행할까요?"

"그래, 내 기억도 되살릴 겸 좋을 것 같다."

이브가 미션의 배경 영상이 있다는 말을 한 것이 생각났다. 코앞에 닥친 죽음이 아닌 다른 것을 생각할 수 있게 된 이후로 줄곧 궁금했던 것은 스티븐의 존재였다. 그리고 그에 대한 기억이 불러일으키는 공포감의 근원을 이해하고 싶었다. 나사의 유치한 보관용 영상을 통해서라도 그를 봐야 할 것 같았다.

"이브."

메이가 평상적인 어조로 불렀다.

"미션 배경 영상도 보여줘. 물론 숙지하고 있지만 영상을 다시 보면 잃었던 기억을 되찾는 데 도움이 될 수도 있을 것 같아. 본다고 해가 될 건 없으니까. 지루해서 죽을 맛일 수는 있겠지만 말이야."

"재미있는 말씀이네요. 저도 봤는데 매우 지루했어요. 딱 맞는 농담이에요."

"너도 재미있으면 웃을 수 있는 거야? 그저 재미있다고 말만 하는 게 아니라?"

이브가 웃었다. 매끄럽고 전혀 기계적이지 않은 웃음이었다. 그러나 억양이 다소 과격했다. 마치 뱀파이어가 불타고 있는 마을을 바라보며 웃을 때처럼.

"그 정도면 나쁘지 않네. 조금만 더 다듬으면 되겠어."

"감사합니다. 이제 미션 영상을 로딩합니다. 시청하시는 동안 간식 드시겠어요?"

"팝콘 있어?"

메이가 혹시나 하고 물었다.

"팝콘은 없지만, 브리지 저장고에 고추냉이 맛이 나는 귀뚜라미는 있어요. 단백질도 풍부하고, 듣기로는 아주 맛있다고 해요."

"고마워, 하지만 됐어."

메이가 구역질을 참으며 대답했다.

비행갑판을 에워싸고 있는 전망창이 검게 어두워지더니 3차원 스크린으로 변했다. 나사의 로고가 나타나고, 유로파 미션 훈련 영상이 시작되었다. 자료 화면과 사진, 그래픽 애니메이션이 교향곡에 맞추어 편집된 것이었다. 남자 해설자의 무뚝뚝한 바리톤 음성에 맞추어 탐사선과 승무원들의 모습이 화면에 흘렀다.

'호킹 2호는 5등급 심우주 탐사선으로 아홉 명의 승무원이 탑승

한다. 선장 메리엄 녹스, 조종사 존 에서, 비행 기관사 가브리엘라 도스 산토스, 적재물 사령관 맷 갤러거, 국제 임무 전문가 아다 마자르, 국제 임무 전문가 위안 명주, 미공군 유인 우주선 엔지니어 릭 오퍼먼, 임무 장비 전문가 다니엘라 길리아니, 수석 비행 의무관 수젠 다우드. 그리고 우주 비행에 참여한 스물여섯 명의 연구원으로 엘라 테일러 박사…'

"그냥 미션 배경으로 넘어가줘. 녹스 박사의 연구에 대한 내용으로."

메이가 조바심을 내며 말했다.

화면이 바뀌고 다큐멘터리 형식의 영상이 같은 해설자의 설명과 함께 상영되기 시작했다.

'유로파 미션은 나사와 우주 프로그램 동맹을 맺은 국제 조합이 2058년 2월에 기획했다. 프린스턴의 천체물리학자이자 우주생물학자인 스티븐 녹스 박사의 연구와 기술에 근거한 이 미션은 인류 최초로 목성 주위를 공전하는 네 개의 갈릴레이 위성 중 가장 작은 위성을 탐사하는 역사적인 사건이 될 것이다. 유로파가 목성 궤도를 두 번 공전하는 7일간의 착륙 기간에 연구원들은 얼음층과 공기 샘플을 수집 및 시험하게 된다.'

메이는 스티븐의 모습이 나오는 부분에서 화면을 정지시킨 다음 화면으로 팔을 뻗어 그의 얼굴을 만져보았다. 화면 속의 스티븐은 젊고 생기가 넘쳐 보였다. 잠시 후 영상을 다시 돌렸다.

'또한 엔지니어들은 녹스 박사의 획기적인 나노스피어 기술과 관련된 소규모 프로토타입을 테스트하게 될 것이다. 분자 나노머신의 구름은 태양 에너지를 보관했다가 지구의 온도에 근접한 상태로 다시 표면으로 방출한다. 현재 우리가 기대하는 바는 나노스피어가 발생시키는 열로 평균 15미터에서 20미터 정도 되는 유로파의 얼음층을 뚫어서 연구자들이 그 밑에 있는 바다에서 해수 샘플을 채취하는 것이다. 이 실험이 성공하면 앞으로 나노스피어 기술이 인공위성에서 배치하는 태양열 휘장이 유로파를 감싸서 지구와 같은 인공 대기를 만들어낼 수 있을 것이며, 따라서 외계 이주의 혁명을 이룰 수 있을 것이다.'

이 부분에는 스티븐의 멋진 사진이 많이 실려 있었다. 메이는 예전 옷들과 머리 모양을 보며 소리 내어 웃었다. 그중에는 두 사람이 처음 만난 날 입었던 죄수복 같은 스웨터도 있었다. 그런데 여전히 이유는 알 수 없지만 그의 모습을 볼 때마다 불안감이 느껴졌다.

"잠시 쉬시겠어요?"

"아니야, 급한 문제부터 해결하자. 탐사선을 구석구석 살펴보고 비행 작전 시뮬레이션을 해야겠어. 쓸모없는 인간처럼 지내는 건 더 이상 못 참겠어."

"탐사선 설계도를 로딩합니다."

탐사선의 상세한 구조를 담은 입체 도면이 화면에 나타났다. 메이는 메뉴를 훑어 내려가다가 외곽 보기를 선택했다. 호킹 2호의 크기와 정형이 아닌 구의 형태는 복잡한 실험실 환경을 지구상에 있는 것과 비슷하게 유지하고, 동시에 여러 대의 착륙선을 싣기에 최적화되어 있었다. 항해하는 방향으로 측면에서 보면 디스크 모양의 갑판 일곱 개가 수직으로 쌓여 있는 형태이며 중앙의 통로에 의해 연결되어 있었다. 갑판의 직경은 앞에서 뒤로 가면서 크기가 달랐다. 앞은 비행갑판이었고, 추진갑판은 뒤에 있었다. 이 두 갑판의 크기가 가장 작았다. 탐사선의 중심으로 갈수록 갑판은 넓어졌다. 운행 중에는 모든 갑판이 중앙 통로를 축으로 돌아가면서 인공 중력을 만들어냈다. 전체적으로 볼 때 탐사선의 형태는 행성을 단면으로 자르고 그 단면 사이를 일정한 간격으로 벌려놓은 형태였다.

"탐사선에 대한 기억이 좀 떠오르나요?"

이브가 물었다.

"응. 외부 보기는 모두 낯익은 것 같아."

메이가 대답했다. 어느새 스티븐과 우주를 유영하던 추억에 잠겨 있었다.

"안으로 들어가자."

메이는 화면을 내려서 설계도에서 내부 입체 상세 보기로 들어갔다. 시뮬레이션은 실제와 거리가 멀었지만 메이가 탐사선의 내부 구조를 기억해내는 데는 도움이 되었다. 내부 구조는 항상 방향감각을 유지할 수 있도록 설계되었으며 아름답게 조각된 벽면에는 모두 활성 이미지 패널이 장착되어 있어서 탐사선 전체를 하나의 영사 화면처럼 사용할 수 있다. 방 전체를 열대 우림이나 도시의 거리로 시뮬레이션할 수 있다는 뜻이다. 나사는 심우주 여행자의 심리적 건강을 위해 이러한 기능이 필요하다고 판단했다. 장면과 소리가 어찌나 빠져들게 만드는지 마치 지구에 돌아와 있는 듯한 착각을 할 정도였다. 승무원들은 유지보수를 위한 도해와 기타 작전지도와 이미지도 볼 수 있었다. 물론 지금은 탐사선 전체가 제대로 작동하지 않아서 전원이 꺼진 상태라 온통 검은색이었다. **이 모든 일이 다 잘 해결되고 나면 바로 해변으로 가리라.** 메이는 잠시 이런 즐거운 상념에 빠져들었다.

브리지를 지났다. 대부분 이미 익숙해진 듯한 느낌이었다. 착륙선 격납고로 들어갔다. 격납고 안에는 둥그런 콩깍지처럼 생긴 배달 트럭 크기의 표준형 착륙선 여러 대와 훨씬 더 크고 복잡한 도시형 버스 크기의 궤도선 한 대가 있었다. 모두 정해진 지점에 배치되어 스티븐의 나노스피어 기술 작전을 수행하기 위한 것들이었다. 탐사선의 구조와 어울리게 모두 유선형의 미니멀한 디자인으로 만들어져 있었다. 충전장치에 연결된 채 빛을 발하고 있는 모습이 마치 부화하기를 기다리는 발광 알처럼 보였다.

메이는 다시 통신 갑판으로 들어갔다. 통신 갑판 위에는 현재 무용지물인 안테나 어레이가 설치되어 있었다. 그 모습은 메이에게 낯설었는데 그건 전혀 이상한 일이 아니었다. 비어 있는 워크스테이션에서는 긴밀히 단결된 통신 요원들의 손길이 느껴졌다. 컴퓨터 과학자들이 프로세서 갑판의 보안을 사수하듯이 이들도 자신의 영역을 지키기 위해 항상 전력을 기울였다.

가장 간단한 무선 전송에서부터 고도로 복잡한 원격 측정까지 여러 단계의 통신을 관리하는 작업은 한 치의 오차도 용납할 수 없는 일이다. 아주 작은 실수 하나로도… 현재 메이와 같은 상황이 벌어질 수 있으니까.

"통신 문제는 좀 진전이 있나? 아니야, 됐어. 네가 벌써 나에게 말했을 거야."

"곧 어떤 결론에 도달하게 될 것 같아요."

"좋아."

메이는 시찰 시뮬레이터를 주거 갑판으로 옮겼다. 승무원의 숙소와 조리실, 의무실, 식품 및 물 보급실이 있는 곳이다. 역시 시뮬레이션 버전으로 보는 탐사선은 인간공학적인 편리함이 넘쳐나는 환하게 불이 밝혀진 유토피아였다.

최신형 고급 호텔의 스위트룸 같은 수면실은 디자인이나 기능 면에서 실제 자기 집과 비교해도 부족함이 없었다. 무엇보다 경이로운 곳은 탐사선의 정중앙에 위치한 실험실 갑판이었다. 이곳에는 스물여섯 개의 실험실이 행성학자, 물리학자, 엔지니어 등으로 이루어진 스티븐의 연구팀을 위해 맞춤식으로 설계되어 있었다. 실험실들은 독립형이어서 지구에 있는 것과 완벽하게 같은 기능을 할 수 있었다. 모두 여러 단계의 격리가 가능하게 설계되었는데, 이는 유로파에서 위험물질을 발굴했을 때를 대비한 것이다. 오염이 발생하면 실험실을 신속하게 봉인해서 폐기할 수 있었다.

"이브, 데이터를 잃어버리기 전에 격리 프로토콜이 개시된 적 있었나?"

"그런 기록은 없어요."

"검색 가능한 모든 연구 기록을 다운로드해줘. 유로파에서 채집한 샘플과 그것들의 탐사선 내 위치를 알고 싶어."

"잠시만 기다려주세요."

이번에는 열대와 아열대 식물이 무성한 바이오(bio)정원으로 들어갔다. 탐사선 전체에 산소를 재공급하고 공기 중에 떠다니는 독소를 걸러내기 위해 재배하는 것이었다. 마치 아마존 분지처럼 울창한 초록이 빗물을 잔뜩 머금고 있었다.

"이브, 바이오정원도 살펴봐, 제대로 작동하고 있는지. 생고생해서 고쳐놨는데 산소가 떨어지는 상황을 맞고 싶지는 않으니까."

"그쪽에서는 아직 데이터를 받지 못하고 있어요."

"비디오는?"

"먹통에다가 반응도 없고요."

"알았어. 여기 끝나면 직접 가서 조사할게."

탐사선의 뒷부분으로 화면을 옮겨보니 원자로와 엔진 갑판이 보였다. 낡은 고체연료 로켓의 속도를 어마어마하게 올릴 수 있는 양자 진공 플라스마 추진엔진은 무중성자 핵융합 원자로에 의해 구동되는데 탐사선 전체에 무제한의 전력을 공급한다. 제대로 작동할 때에는 효율이 뛰어나고 안정적이어서 탐사선과 승무원의 안전에 위협이 되는 요소가 거의 없을 뿐 아니라 우주의 진공 상태에서는 사실상 영구히 작동할 수도 있다. 또한 여행 기간도 몇 달 단축할 수 있으며 허용 탑재량도 훨씬 더 많다. 다만 한 가지 잠재적 위험은, 그 한 가지가 매우 중대한 것이긴 하지만, 엄청난 열을 발생시킨다는 점이다. 메이는 예전에 과학자들이 핵융합을 '태양을 축소하는 것'에 비유하는 말을 들은 적이 있다. 모든 별이 그렇듯이 태양도 극도로 높은 열과 강력한 중력의 힘으로 원자를 융합시키는 거대한 핵융합 원자로다. 그것을 축소된 규모로 안전하게 재현하는 것은 라이트 형제의 첫 비행만큼이나 획기적인 과학적 성취였다.

"이브, 최근에 업데이트된 원자로 용량은 어떻게 되지?"

"18퍼센트로 내려갔어요."

"제로까지 내려가는 데 얼마나 걸릴 것 같아?"

"현재의 감소율로 보자면 대략 8일에서 10일로 예상됩니다."

13

"와, 죽을 맛이다. 담배 한 대 피워야겠어."

메이는 브리지에 앉았다. 머릿속이 멍해지는 것 같았다. 몇 시간 동안 시뮬레이터를 들여다보며 탐사선 내부를 익힌 결과 이제 탐사선의 작동 원리는 완전히 숙지된 것 같았다. 하지만 그것이 좋기만 한 것은 아니었다. 정신이 똑바로 돌아올수록 호킹 2호의 불길한 예후가 더 뚜렷하게 보였기 때문이다. 이브는 모든 사실을 가장 조심스럽고 신중한 관점에서 평가해서 보고해왔지만, 피와 살로 이루어진 진짜 이브는 늘 메이에게 모든 나쁜 소식은 한 번쯤 건전한 비관주의를 적용해 검토해볼 필요가 있다고 가르쳤다. 지나치게 비관적이었음을 알게 되는 것이 아무것도 모르고 낙관하다가 무방비로 당하는 것보다 낫다는 뜻이었다.

가장 시급한 일부터 생각하자. 메이는 우선 탐사선을 직접 돌아보며 조사해보고 싶었다. 하지만 이브가 아직 탐사선 내비게이션을 모두 복구하지 못했기 때문에 가장 시급한 일은 호킹 2호를 지구로 돌아가는 궤도 위에 다시 진입시키는 일이었다. 그러나 그 일은 전 우주에서 가장 뛰어난 조종사만이 할 수 있는 일이었다. 궤도에 정확히 맞추지는 못하더라도 무작정 날아가면서 요행을 바라기보다는 최소한 통신을 재개할 수 있을 정도로는 궤도에 접근해야 했다.

"이브, 내비게이션을 위해 뭔가 해야 할 것 같아. 뭐라도 말이야. 익숙한 별이 보여?"

"안타깝지만, 아직 안 보입니다."

"너무 지쳐서 웃음도 안 나온다. 어이없는 상황이잖아. 고대의 어부들은 별이 없었다면 길을 잃었을 거라고. 우리의 존재가 마치 건초 더미에 묻힌 바늘 같잖아."

메이는 이렇게 말하고 곰곰이 생각에 잠겼다.

"잠깐만, 태양을 이용할 수 있을 것 같아."

"메이가 깨어난 이후로 태양이 선명하게 보인 적이 없는데요."

"뭔가가 가리고 있어서 보이지 않는 거야. 그리고 우리가 태양의 어두운 쪽에 있기 때문에 태양의 실체를 볼 수 없는 거지. 현재 행성 궤도 예측도를 보여줘."

"지금 차트를 생성하고 있습니다."

이브는 브리지 전망창에 궤도 예측도를 띄웠다.

"우리가 12월 9일에 유로파를 떠났어. 그리고 15일에 탐사선 작동이 정지됐어. 바로 내가 의무실에 입원한 날이지. 궤도를 벗어난 것도 그날이라고 가정하자. 그동안의 이동 거리를 고려하더라도 우리는 여전히 목성의 중력권 안에 있을 거야, 그렇지?"

"이론적으로는 그렇지만 100퍼센트 확신할 수는 없어요."

"좋아. 하지만 우리의 이동 경로는 어느 정도 목성의 중력에 영향을 받았을 거란 말이야. 그러니까 우리는 이 방향으로, 또는 이 방향으로 너무 많이 가지는 않았을 거라는 가정을 할 수 있어."

메이는 궤적 지도에 나타난 경로를 가리켰다.

"이 경로로 움직였을 가능성이 크단 말이지. 결정적인 재앙을 초래할 수 있는 거리야. 궤적을 살펴보고, 목성의 중력을 받는 우리의 속도를 계산해볼 때 우리의 현재 위치는 이 정도일 것 같아, 그렇지?"

"그렇습니다."

이브가 지도에 메이가 가리키는 지역을 강조표시했다.

"천체가 태양을 가리고 있다면, 우리의 위치는 이쯤일 가능성이 클 거예요. 소행성대의 키벨레군이 이 부근이니까요. 행성 궤도를 보면 그룹 하나가 이렇게 오래 지속해서 시야를 가로막을 수는 없어요. 그러나 별 시야를 가릴 만큼 큰 여러 개의 소행성군이라면 그럴 수 있습니다."

메이가 순간 벌떡 일어나면서 말했다.

"이브, 너는 천재야. 적외선 스캐너로 그 소행성군을 찾아보자."

"스캔 중입니다. 상당히 큰 적외선 신호가 감지되고 있어요. 소행성대치고는 작지만, 그건 우리가 외곽에 있기 때문일 거예요."

"그럴 거야. 또 다른 이론은 없어?"

"이 분야에서 꽤 오래 일했지만 이렇게까지 깊이 들어온 적은 없어요. 당신이야말로 천재인 것 같아요."

"대충 그렇다고 할 수 있지."

메이가 미소를 지으며 대꾸했다.

"여기에 근거해서 내비게이션을 시도해보시겠어요?"

"시도해보기로 하자."

"경험적 정보가 부족하다는 점을 생각하면 장려할 만한 일은 아니지만, 동의합니다. 위험부담이 이미 계산된 상태고, 시도해볼 가치가 있는 일이니까요. 다만 한 가지 사전에 고려해야 하는 문제는 탐사선 내비게이션 시스템이 아직 작동하지 않는다는 사실이에요."

"맞아, 그럼 옛날 방식으로 해야겠지."

"**옛날 방식**이 뭔지 설명해주세요."

"선형 재귀 내비게이션이지."

"그 용어는 익숙하지 않은데요."

"구식 중에서도 구식이라서 그럴 거야. 1960년대에 비행 장비가 고장 났을 때 조종사들이 활용하도록 하기 위해 개발되었거든. 지형적으로 참고될 만한 지점을 이용해서 방향과 거리를 기록하는 방식이지. 우주공간은 궤도의 변화, 행성의 중력 등의 요소들로 인해 당연히 더 복잡하기 때문에 나는 도저히 자신이 없지만, 너는 아주 신속하게 계산할 수 있을 거야."

"그건 예측 가능한 방정식입니다."

"맞아. 그리고 우리 경우에는 전혀 확인되지 않은 가정에 근거해서 예측 가능한 방정식이지. 말하자면 네가 가장 두려워하는 상황인 거야, 이브."

"지는 메이가 생각하는 것만큼 융통성이 있지는 않아요. 저의 계산을 요약해드릴게요. 우리가 지금까지 이야기한 모든 가정이 정확하다고 할 때, 우리는 귀환 궤적에서 254억 1070만 킬로미터 벗어났을 가능성이 있어요. 물론 대략적인 계산이지만요."

"좋아. 이제 태양을 가리고 있는 것이 소행성대의 일부인 키벨레군이라는 우리의 가정에 근거해서 그것까지의 직선 경로를 설정해보자. 그 경로에서 충분한 크기의 소행성을 발견한다면 그것으로 중력 슬링샷(중력 에너지를 우주선의 운동 에너지로 전환해 속도의 증가 효과를 보는 방법으로 중력 새총이라고도 한다—옮긴이)을 시도해볼 수도 있을 거야. 덕분에 속도도 좀 높이고 말이지. 나사와 연결될 때까지 이 경로를 유지하도록 해. 그동안 나는 가서 혹시 생존자가 있는지 살펴보고 올게."

14

"브로슈어에서 보던 거랑 너무 다르네."

메이는 농담을 해가며 탐사선을 돌아보았다.

호킹 2호를 한구석도 빠뜨리지 않고 직접 걸어 다니면서 생존자가 있는지 확인하고, 탐사선의 현재 상태에 대해 나사에 보낼 영상 일지를 만들기 위해서였다. 승무원들의 발길이 잦은 곳을 중점적으로 살펴보느라 주거 테크와 실험실 갑판에서 대부분의 시간을 보냈고, 제일 많은 팀원이 있을 것 같은 작업 구역도 시간을 들여 살펴보았다. 그러는 동안 내내 큰 소리로 승무원들을 불렀고, 이브는 선내방송장치를 통해 녹음된 승무원 선서문을 내보냈다.

몇 시간에 걸쳐 사람이 있을 만한 모든 공간을 직접 다니면서 찾아보았지만, 아무런 응답이나 사람의 흔적을 들을 수도, 찾을 수도 없었다. 메이는 막막해진 자신의 감정을 이브에게 보이고 싶지 않아서 천천히 걸으면서 바이오정원으로 들어갔다. 울창한 나뭇잎 사이로 걸으려니 즉흥적으로 피크닉을 즐기고 남은 듯한 쓰레기들이 보였다. 탐사선에 탔던 사람들은 업무의 스트레스나 우주여행의 외로움 같은 것들이 감당하기 힘들 정도로 밀려오면 종종 바이오정원에 들어와 휴식을 취하곤 했다. 신선한 공기와 햇빛이 사기 진작에 놀라운 효과를 보였기 때문에 메이는 이를 한 번도 저지하지 않았다. 엄밀히 따지자면 프로토콜에는 어긋나는 일이었다.

메이는 나무 옆에 앉아서 뿜어져 나오는 응축된 빗방울에 흐르는 눈물을 씻었다. 희망을 잃지 않으려고 했지만 온몸을 짓누르는 외로움이 덮쳐와 의식을 회복한 이후로 회복한 모든 낙관과 성취의식을 지워버렸다.

모두가 떠나버렸다면, 이런 노력이 무슨 소용이란 말인가?

메이는 자신의 냉소적 발상을 얼른 털어버렸다. 적재물만으로도, 운송을 했든 안 했든, 보존할 가치가 있다. 탐사선이 발사되기 전부터 그런 느낌이 들었다. 아무도 말하지 않았지만 이 정도의 중요한 미션이라면 승무원과 승객 모두의 목숨보다 더 중대한 가치를 지닐 것이라는 생각을 모두 하고 있었다. 메이는 말할 것도 없고, 탐사선에 오르는 사람 중 이에 동의하지 않는 사람은 없었을 것이다. 메이는 여기까지 온 것만 해도 반쯤은 스스로 자부심을 가져도 된다고 생각했다. 그러나 혼자서 얼마나 더 버틸 수 있을까? 혼자서 귀환의 여정을 버텨낸다는 것, 특히 현재 탐사선의 상태로 성공할 가능성은 무에 가까웠다. 앞으로도 해야 할 일이 너무나 많았고, 더구나 혼자서 해낸다는 것은 가히 상상할 수조차 없었다.

건강조차 현저하게 나빠진 상태에서 마지막 숨을 거두기 한참 전에 정신의 건강이 먼저 한계를 넘어가버릴 것 같았다. 혹시 벌써 그렇게 된 건 아닐까? 혼수상태에서 꿈을 꾸거나 강렬한 환상을 보는 사람들은 그것이 너무 생생해서 자기가 깨어 있다고 믿는다는 이야기를 어디선가 읽은 적이 있다. 하지만 생각만으로도 너무 무서워서 애써 떨쳐버렸다. 살아오면서 힘들었던 적이 없었던 건 아니지만, 행운의 여신이 그녀의 편을 들어주었던 적도 많았기 때문에 이번에도 모든 것이 잘 될 거라고 믿을 만도 했다. 그럼에도 자꾸 통제할 수 없는 상황 속으로 점점 더 깊게 빠져드는 것 같은 느낌이었다.

"메이, 수색 작업은 어떻게 되어가고 있나요?"

이브가 물었다.

"생명체라고는 흔적도 없네. 이제 다 했어."

메이가 힘없이 대답했다.

"착륙선 격납고는요? 거기는 아직 안 보신 것 같은데요."

"지금쯤은 그쪽 상황을 영상으로 받아볼 수 있을 거라 생각했는데."

"격납고는 여전히 연결되지 않았어요. 죄송하지만 보고드릴 만한 관찰 데이터가 없어요."

메이는 힘없이 일어섰다.

"알았어. 가서 확인해보는 게 좋겠다."

메이는 서둘러 격납고로 갔다. 어서 수색 작업을 끝내고 제대로 된 식사를 한 다음, 따뜻한 샤워를 하고 싶었다. 출입문 앞에 도착해서 손바닥을 스캔했는데 문이 열리지 않았다. 매뉴얼로 잠금 기능을 해제하려고 했더니 화면에 경고등이 깜박거렸다.

"이브, 출입문이 봉인되었다는 메시지가 뜨는데, 어찌 된 일인지 알고 있나?"

"아니요, 연결이 되지 않아서…."

"아, 그렇지. 미안. 네가 어떻게 알겠니? 약간 때려주면. 으, 비상 에어로크로 들어가면 어떨까?"

"가능은 하지만, 에어로크 안정 프로토콜을 따르셔야 해요."

"알았어."

"그 전에 휴식을 취하시겠어요?"

"아니, 괜찮아. 어서 끝내고 싶어."

메이는 마지못해 우주복을 입었다. 한동안 입어보지 않아서 몇 번 실수할 뻔했으나 이브가 지적해주었고, 결국 입을 수 있었다.

"젠장, 오래도 걸렸네."

메이는 피곤했지만 끝까지 해내기로 마음을 굳게 먹었다.

"우주복에 결점이 있는지 확인합니다. 모두 좋습니다. 현재 충전 상태로 60분 동안 생명 지원을 받으실 수 있어요."

"오래 걸리지 않을 거야."

메이가 스스로 다짐하듯 말했다.

"에어로크를 열겠습니다."

메이는 커다란 원형 문으로 다가갔다. 문 중앙에는 손으로 돌리는 잠금 바퀴가 달려 있었다. 총소리처럼 금속성의 작은 폭발음과 함께 안전장치가 열리면서 문이 5센티미터 정도 열렸다. 메이는 재빠르게 에어로크로 들어가서 문을 닫았다. 더 이상 지체할 수 없다. 더 이상 인공 비를 맞으며 넋두리하지도 않을 것이다. 사실을 밝혀내야 할 시간이다. 이브가 에어로크 문의 빗장을 다시 원위치로 꽂았다.

"에어로크가 폐쇄되었습니다."

빨간 등이 주황색으로 바뀌었다.

"좋아, 간다."

격납고로 통하는 에어로크 문의 빗장이 열리고 메이는 문을 힘껏 밀었다. 문이 어둠을 향해 열리자 메이는 제일 먼저 죽을 듯한 냉기를 느꼈다. 우주복이 온기를 유지해주지만, 우주비행 훈련을 받을 때 배운 바에 의하면 섭씨 영하 270도의 지독한 냉기를 완벽하게 차단할 수는 없다고 했다. 극한의 열기만큼이나 극한의 냉기도 빠르게 퍼지기 때문이다. 무중력의 공간으로 유영해 들어가니 호흡장치에서 뿜어내는 호흡이 구름을 만들다가 얼어서 수천만 개의 작은 얼음 알갱이로 눈송이처럼 떠다녔다. 헬멧에 달린 전등의 불빛은 모든 것을 빨아들일 듯한 어둠을 뚫지 못하고 바로 앞 몇 미터만 겨우 밝혀주었다. 착륙선 중 몇 개의 희미한 윤곽이 보였다.

"뭐, 이건 놀랄 일도 아니지. 공기 제로에 중력 제로니까."

"착륙선이 보이시나요?"

손전등을 가능한 한 멀리까지 비추니 충전소에서 조용히 쉬고 있는 착륙선 몇 개와 착암기 일부가 보였다.

"도크에 있는 것 같아. 모두 몇 개인지 세어볼 수는 없지만."

손전등 불빛이 깜박거리더니 약간 흐려졌다.

"불이 좀 더 있어야겠어."

메이가 외쳤다.

"이런 빌어먹을, 제대로 작동하는 게 하나도 없어."

"배터리가 소진되는 것 같아요. 극한의 냉기에서는 오래가지 못해요."

"얼마나 갈 것 같아?"

메이가 다급하게 물었다.

"10분에서 12분 정도로 예상됩니다."

"흥, 더 반가운 소식이군."

메이가 투덜거렸다.

"다음엔 뭐야, 문밖에 외계인이 찾아오려나?"

"부유물을 조심하세요, 우주복이 손상될 수 있어요."

"지금 그걸 걱정할 때가 아니잖아."

"꼭 지금 하실 필요는 없어요, 메이."

메이가 점점 더 짜증스러워지자 이브가 제안했다.

"마음이 진정되실 때까지 기다리셔도 됩니다. 이 작업을 한다고 탐사선을 더 빨리 복구할 수 있는 건 아니니까요."

"고마워, 이브. 그런데 이미 하던 중이고, 여기가 아직 뒤집어 보지 않은 딱 하나 남은 돌멩이니까. 만약 이 말이 무슨 뜻이냐고 묻는다면 소리를 지를 것 같다."

"알겠습니다."

"이브, 네트워크 데이터 입력 포인트가 어디지? 문제점도 파악해보면 좋을 것 같아. 점점 늘어나는 문제점 목록에 추가하고."

"도면을 로딩하고 있습니다."

이브가 도면을 메이의 헬멧으로 보냈다. 방향감각을 잃지 않도록 나침판도 함께 보냈다. 메이는 활동복의 추진엔진을 이용해서 캄캄한 격납고 안으로 좀 더 깊숙이 들어갔다. 애써 침착하려고 했지만 암흑의 공간이 주는 고립감이 피부 밑으로 침습해 들어오는 것 같았다. 우주공간이라는 곳이 바다 밑바닥만큼이나 인간이 살 곳이 아니라는 생각이 머릿속을 떠나지 않으면서, 문득 살고자 하는 자신의 노력이 터무니없게 느껴졌다.

왜 태양과 지구, 그리고 사람들과 정상적으로 부대끼며 지내는 삶으로부터 멀어지는 직업을 선택했을까? 뭔가로부터 도망쳐야 해서? 자기 자신으로부터? 아니면 신이 길 잃은 비천한 개에게 줄 법한 분별력도 없이 단지 스릴을 쫓는 얼간이였던 걸까? 왜 답이 생각나지 않을까? 얼간이인 건 분명하다. 메이는 이렇게 결론을 지었다. 머리에 돌만 든 멍청이. 스티븐에 대해, 그리고 그를 떠나기로 마음먹었던 일에 대해 생각해보았다. 도대체 왜 그런 바보 같은 결정을 했을까? 그리고 왜 스티븐은 처음부터 그런 성질 못된 멍청이와 함께 살고 싶어 했을까? 메이는 당장 헬멧을 벗어버리고 다윈이 주장한 자연의 순리를 따르고 싶었다. 그렇게 하면 최소한 뇌파가 이상 변화를 일으켜 이 모든 악몽을 꾸게 하는 건 아닌지 확인할 수 있을 것 같았다.

"죽는 게 나았을 것 같아."

메이가 큰 소리로 외쳤다.

"다시 말씀해주세요."

"내가, 빌어먹을…."

그때 손전등 불빛에 머리 위에 떠 있는 물체의 끝자락이 보였다. 얼른 고개를 숙이니 뭔가 무거운 것이 지나가면서 헬멧의 윗부분을 스쳤다.

"도대체 이건 뭐야?"

"헬멧 카메라에 아무것도 잡히지 않았는데요. 무슨 일인가요?"

메이는 심장이 쿵쾅거렸다.

"뭔가가 헬멧 **위**를 치고 지나갔어. 큰 물체 같아."

또 다른 보이지 않는 물체가 다리를 치는 바람에 몸이 앞으로 공중제비를 돌자 이번에는 또 다른 물체가 옆에서 머리를 쳐서 몸이 틀리면서 반대 방향으로 밀려갔다. 순간적으로 극도의 공포가 다리를 타고 잿빛 이빨을 드러내며 올라오는 것 같았다.

"이브, 파편 지대인 것 같아. 사방에서 얻어맞고 있어."

"비상 산소 전등을 켜세요."

공중돌기를 하고 나서 방향감각도 잃고 메스꺼워지기까지 한 메이는 다급하게 산소 전등을 잡았다. 벨트에서 거의 뜯어내다시피 해서 막 불을 켜려는데 또 다른 물체가 부딪히는 바람에 전등을 떨어뜨릴 뻔했다.

"뭐냐고?"

메이가 날카롭게 외쳤다.

"메이, 진정하세요."

메이는 헬멧 유리를 어둡게 하고 산소 전등을 켰다. 하얀 불꽃 같은 빛이 사방 6미터 정도에 퍼지면서 메이에게 부딪혔던 의문의 물체들을 드러냈다.

메이는 비명을 질렀다. 원초적인 공포의 울부짖음이었다.

퉁퉁 부은 채 얼어붙은 승객과 승무원들의 시신이 사방에 떠 있었다. 얼굴은 모두 우주복 안의 공기가 빠져나가고 피가 끓기 시작하는 순간 일그러진 표정 그대로 데스마스크(사람이 죽은 직후에 그 얼굴을 본떠서 만든 안면상—옮긴이)가 되어 있었다. 잔뜩 부풀어 오른 검은 눈동자로 광활한 우주공간의 끝없는 어둠을 응시하면서, 나무토막처럼 비틀리고 뻣뻣한 팔다리가 메이를 움켜잡고, 차고, 옭아매고 있었다. 메이는 시야가 가려지고 숨이 막히는 상태에서 떠다니는 시체들과 그들이 뿜어내는 냉기로부터 빠져나오기 위해 추진엔진을 작동시켰다. 그 냉기는 어린 시절 빠져 죽을 뻔한 연못의 물속만큼이나 짙고 조밀했다. 전등이 손에서 빠져나가 멀어져갔다. 차가운 흰 빛이 만들어내는 둥근 원이 깜박이면서 유령 같은 사자들의 광란을 비췄다.

15

메이는 어지럽게 우주공간으로 곤두박질쳤다. 메스꺼움이 행주 짜듯 위를 비틀어 짜면서 시큼한 위액을 올려 보냈다. 참으려고 안간힘을 썼지만 끔찍하게 뒤틀린 시체와 심한 현기증을 참아내기엔 역부족이어서 헬멧 안에 토사물을 쏟아놓고 말았다. 엄청난 악취, 그 뒤에 따라오는 시큼한 위액, 뿜어져 나오는 액체 덩어리들이 얼굴로, 머리로, 코와 귀로 쏟아져 내리는 바람에 헛구역질까지 하면서 방금 쏟아놓은 토사물을 다시 빨아들일 뻔했다. 공간 속을 떠내려가던 전등 불빛이 흐려지면서 방향 찾는 데 도움이 되는 단서들이 다시 어둠 속에 묻혔다. 오르막도 내리막도 없이 텅 빈 어둠, 정신이 아득해지는 무의 세계가 펼쳐졌다.

이브가 뭔가 반복해서 말하고 있었다. 메이는 잠시 숨을 멈췄다. 정신을 뒤흔드는 역한 냄새가 잠시라도 코를 찌르지 않으면 이브가 하는 말이 들릴 것 같아서였다.

"메이, 바이털에 의하면 현재 호흡이 멈춘 상태입니다."

"내가 숨을 참고 있었어."

대답과 함께 기침이 나왔다.

"그건 위험한 일이에요. 정상 호흡을 위해서는 공기 혼합물이 필요해요, 아시겠어요?"

토사물이 스피커에 들어가서 통신이 간헐적으로 끊어졌다. 정전기의 치직거리는 소음 사이로 이브의 음성이 들렸다가 끊어지기를 반복했다.

"그래, 알았어."

메이는 소리쳤다.

"여기서 나가게 해달란 말이야."

"구속 케이블을 쏘아서 에어로크 도어에 연결하세요."

"눈앞에 있는 내 손도 보이지 않아."

"빙빙 돌아가는 것을 멈추면 제가 메이의 헬멧 카메라을 이용해서 문으로 안내할 수 있어요."

메이는 추진엔진을 켜서 회전을 멈추고 몸을 공처럼 오므렸다. 또 다른 시체에 부딪히는 건 생각만 해도 끔찍했다.

"좋아요. 이제 에어로크 도어가 보일 때까지 수평 방향으로 천천히 돌아보세요. 문 위에 경고등이 아직 켜져 있어요."

"볼 수가 없어."

"제가 안내해드릴게요. 왼쪽으로 20도 돌아서세요."

메이는 이브가 자신의 눈이라고 생각하고 시키는 대로 했다.

"돌았어."

"좋아요. 이제 뒤로 공중제비를 돌듯이 12도 뒤로 도세요."

이브가 말한 대로 하자 에어로크 도어의 경고등이 희미하게 보였다.

"저기 있다."

메이가 반가움에 소리쳤다.

"됐어요. 비상 구속 케이블 사용법은 기억하시나요?"

"아마도."

비상 구속 케이블은 티타늄을 엮어서 만든 긴 케이블인데 다이아몬드 촉이 달려 있고 활동복의 왼쪽 팔에서 발사된다. 구속 케이블의 촉은 탐사선 동체의 표면을 뚫고 장착되어 멀리 떠밀려 가지 않도록 잡아주는 역할을 한다.

"준비됐어."

"좋아요. 위치가 조금 바뀌셨으니까 오른쪽으로 10도 돌아서세요."

메이는 추진엔진을 살짝 내리쳤다.

"됐어. 그런데 에어로크 도어의 불빛을 볼 수가 없어. 토사물이…."

"괜찮아요. 헬멧 카메라의 적외선 보기로 에어로크 도어 가장자리로 새어 나오는 열기를 볼 수 있어요. 자, 준비하시고… 구속 케이블을 발사하세요."

이브가 제법 권위적인 음성으로 지시했다.

메이는 구속 케이블을 발사했다. 커다랗게 **탕**하고 촉이 금속을 때리는 소리가 들렸다.

"잘하셨어요. 자 이제 구속 케이블을 당기며 에어로크 도어로 가세요."

"그들이 앞에 있을 수도 있잖아, 이브. 시신들 말이야. 너무 어두워."

"부딪히더라도 충격을 최소화할 수 있도록 아주 천천히 이동하세요. 생명유지장치 작동 시간이 30분 남았으니 대략 25미터는 이동할 수 있습니다. 할 수 있어요."

"고마워."

메이는 코로 숨을 들이마시지 않으려 조심하면서 심호흡을 하고 나서 줄을 잡아당기기 시작했다.

처음 몇 미터는 순조로웠다. 그런데 시체 한 구가 옆에서 부딪히는 바람에 깜짝 놀라 비상 구속 케이블을 놓쳤다. 충돌의 충격으로 메이가 다시 뒤로 밀려가면서 구속 케이블이 팽팽해졌다.

"젠장, 시작했던 곳으로 다시 왔잖아."

"다시 시작하세요. 이번에는 1미터씩 이동하면서 그때마다 구속 케이블을 감아서 벨트에 끼우세요. 그러면 얼마큼 이동했는지도 알 수 있고, 또다시 밀려가지도 않을 거예요."

"하나… 둘… 셋…."

메이는 주의를 집중하고 1미터 지점이라고 생각되는 곳을 잡아당겨 벨트에 감았다. 격납고 안의 공기가 일시에 빠져나가는 재앙적 순간을 맞아 알아볼 수 없을 만큼 흉측한 모습으로 죽어간 승객과 승무원들의 시신이 그 순간의 끔찍한 고통을 메이의 의식 속에 생생하게 각인시켰다. 새까맣게 탄, 희부연 눈들이 특히 비명이 나올 만큼 무서웠다. 동시에 짓궂게 조롱하는 표정을 만들어내서 마치 자기들이 당했던 고통을 즐기는 듯한 분위기를 자아냈다. 메이는 시체 생각을 애써 몰아내고 조금씩 가까워지는 에어로크의 불빛에 시선을 고정한 채 그리로 다가가는 일에만 집중했다.

"20미터."

"잘하고 있어요."

이브가 격려해주었다.

"10미터 남았어요. 문을 열겠습니다. 소리에 놀라지 마세요. 준비되셨죠?"

"준비됐어."

메이가 살짝 몸을 떨면서 대답했다.

빗장 열리는 소리가 들리고 멀리 초승달 같은 흐릿한 주황색 불빛이 보였다.

"보여…."

메이는 더 빠르게 이동하기 시작했다. 거의 다 빠져나갔다는 생각에 힘이 솟았다. 그러다 다시 한번 시체에 부딪혔다. 이번에는 이동 속도가 좀 더 빨랐던 만큼 충격도 커서 시체 위로 구르면서 공중돌기를 했다. 허리에 연결된 구속 케이블이 따라오면서 둘을 감았다. 그리고 충돌의 순간에 받은 힘으로 옆으로 밀려가기 시작했다. 곧 구속 케이블이 팽팽하게 당겨졌고, 둘의 무게 때문에 에어로크 도어에 박혔던 촉이 빠졌다.

"이브, 구속 케이블 촉이 빠져나왔어. 그리고 나와 시체가 줄에 감겼어."

메이가 소리쳤다.

"활동복에서 줄을 떼어내세요."

이브가 큰 소리로 지시했다.

메이는 활동복에 붙은 시체를 밀어내고 감긴 줄을 풀었다. 구속 케이블과 시체가 메이로부터 떨어져 멀어져갔다. 메이는 다시 어둠에 휩싸여 방향감각을 잃었다.

"격납고 문의 불빛이 보이세요?"

"아니, 방향을 잃어버렸어."

"오른쪽으로 10도 돌아서세요."

"돌았어. 그런데도 안 보여. 토사물이…. 아, 이런 젠장. 이브, 앞을 볼 수가 없어."

"에어로크로 공기를 내보내면서 문을 좀 더 열겠어요. 그럼 빛이 좀 더 밝아져서 다가오기가 쉬울 거예요. 공기가 밀려 나가면서 메이를 뒤로 밀려 가게 할 수 있어요. 그 공기의 힘을 느끼면서 원래의 방향을 찾으셔야 해요. 그런 다음 추진엔진을 작동시키세요. 아시겠죠?"

"알았어."

"3, 2, 1….."

이브가 에어로크로 공기를 집어넣자 문이 좀 더 열렸다. 그 순간 메이는 공기가 닿는 것을 느꼈고, 그 방향을 향해 돌아섰다. 눈을 가늘게 뜨고 지저분한 토사물 찌꺼기가 묻은 헬멧 유리로 빛이 보이는지 확인했다. 희미하게 문의 윤곽이 보였다. 그러나 공기가 닿으면서 뒤로 이동하기 시작하자 메이는 또다시 두려움에 휩싸였다.

"추진엔진 작동."

메이는 이렇게 외치면서 엔진조종장치를 내리쳤고, 전방을 향해 전속력으로 이동하기 시작했다.

"메이, 그건 너무 빨라요."

메이는 여기서 벗어날 수만 있다면 철제 벽에 부딪혀서 헬멧 유리가 산산조각이 난다 해도 상관없을 것 같았다.

"추진엔진을 끄세요, 메이. 추진엔진을 끄세요. 너무 빨리 나가오고 있어요."

메이는 엔진을 껐다. 그러나 여전히 거리에 비해서 위험한 속도였다.

"문을 더 열어줘."

메이가 소리쳤다.

"공기가 밀려 나와서 내 속도를 줄여줄 거야."

이브가 문을 더 열자 공기가 밀려 나오는 것을 느낄 수 있었다. 그로 인해 다시 경로에서 이탈하면 어쩌나 하는 조바심에 다시 추진엔진을 켰다. 이번에도 너무 세게 켰다. 후진 엔진을 켰다. 그러나 너무 약하게 켰을 뿐 아니라 너무 늦었다.

"세게 부딪힐 거야, 이브."

"헬멧 유리를 보호하세요. 에어로크로 들어오시면 곧바로 문을 봉인하겠습니다."

메이는 에어로크 도어를 통해 총알처럼 들어가면서 뒷벽에 세게 부딪혔다. 헬멧 유리에 금이 갔고, 한쪽 소매의 어깨 부분이 뜯겼다. 차가운 공기가 활동복 안으로 밀려들었다. 폐와 소화기관에 찬 가스가 급격히 팽창하면서 몸이 터질 것처럼 부풀어 오르는 것이 느껴졌다. 눈이 빠질 듯이 튀어나오면서 머릿속에 타는 듯한 고통이 퍼졌다. 이브는 문을 닫고 봉인했다. 그러고 나서 신속하게 에어로크의 기압을 탐사선 내 기압과 동일하게 맞췄다. 메이는 바닥에 누워서 마치 물 밖으로 던져진 고기처럼 공기를 마셨다. 한 가지 생각이 머릿속에 맴돌았다.

내가 마지막 남은 단 하나의 생존자구나.

16

메이는 숙소 침상에 웅크리고 누워 있었다. 너무 지쳐서 자고 싶었지만 눈을 감으면 시체들의 모습이 자꾸 떠올랐다. 간신히 닫은 온전한 의식의 문을 두드리고 긁어대는 것 같았다. 생존자를 확인하기 위해 수색 작업을 시작하면서 최악의 상황에 대비하긴 했지만, 격납고에서 목격한 광경에는 마음의 준비를 할 수 없었다.

"메이, 수면 유도제를 먹고 휴식을 취하세요. 아직 몸이 완전히 회복되지도 않은 상태에서 트라우마를 겪었어요."

"아니야. 수면제 한 알을 먹으려다가… 다 먹어버릴 것 같아."

"그건 치명적인데요. 무슨 뜻인지 이해할 수 없습니다."

"감당할 수가 없어, 이브. 여기 나 혼자뿐이고, 혼자서 죽어갈 거라는 사실이 말이야."

"혼자가 아니에요. 제가 있잖아요…."

"그만해."

메이가 소리쳤다.

"네가 무슨 말을 해도…. 그저 아무 말 말아줘."

배와 가슴 근육이 뭉쳐서 아팠다. 머릿속은 수백 명이 주먹으로 벽을 두드리는 것처럼 요란하게 지끈거렸다. 자신의 삶, 비행사가 되기로 했던 선택이 저주스러웠다. 엄마와 배즈, 그 외에 누구든 조금이라도 탓할 수 있는 사람이 있으면 저주를 퍼붓고 싶은 심정이었다. 그러나 원망할 사람은 자신뿐이었다. 모든 책임은 선장인 자신에게 있다. 승객과 승무원의 안전을 책임져야 하는 것도 자신이었는데 그들이 모두 비참한 최후를 맞았다. 그들의 남겨진 가족을 어떻게 대면한단 말인가? 모두 끔찍한 최후를 맞았는데 어떻게 혼자서 살아 돌아간다는 말인가? 메이가 할 수 있는 생각은 선장인 자신은 탐사선과 최후를 함께해야 한다는 사실뿐이었다. 다시 돌아가는 길은 없다.

"차라리 죽는 게 나을 거야."

"메이, 그런 말 하지 말아요. 사실이 아니라는 거 알잖아요."

"그래? 내가 뭘 위해서 살아야 하지? 살아야 할 이유가 없어. 이 탐사선과 미션이 내 삶의 전부야. 그런데 이제 모두 끝났어. 모든 걸 버리고 왔는데 말이야. 내가 사랑하는 사람까지도. 이게 다 자업자득이지 뭐."

이브는 서투르게나마 메이를 벼랑 끝에서 내려오게 하려고 했지만 메이는 빠른 속도로 극도의 슬픔과 비통함의 계곡을 미끄러져 내려가 차가운 죽음의 무감각함 속으로 빠져들고 있었다. 자살이 마치 따뜻하고 편안한 담요처럼 자신을 감싸줄 것 같았다. 고통을 없애줄 마지막 진통제. 그것을 먹으면 모든 것이 죽고, 재가 되어 기억에서 사라질 것 같았다. 나사는 이미 메이가 죽었다고 생각하고 있다. 어떤 의미에서는 그렇다고 할 수도 있다. 메리엄 녹스 선장은 다른 승무원들과 함께 착륙선 격납고에 있다. 퉁퉁 부어오른 채 죽음의 공포를 생생하게 담은 얼굴로 영원히 그렇게 있을 것이다. 메이가 지금까지 성취했던 모든 것, 그녀를 이루었던 모든 것이 그녀와 함께 죽었다. 지금 그녀는 또다시 메이로 돌아왔다. 어린 메이.

연못 바닥으로 가라앉는 메이.

"스티븐은 어떡하고요?"

이브가 물었다.

"뭐라고?"

메이는 정신이 번쩍 들어 잠시 슬픔에서 빠져나왔다.

"스티븐은요? 남편 말이에요. 당신의 죽음이 그에게 고통을 주지는 않을까요?"

이브가 화면에 스티븐의 사진을 띄웠다. 빨간색 컨버터블 스포츠카 뒷좌석에 길게 누운 모습이었다. 메이의 큰 선글라스를 쓰고, 두 손을 머리 뒤로 모으고 만화영화의 주인공 같은 포즈를 취하고 있었다. 메이의 가슴에 예리한 그리움이 스쳤다. 가슴이 조여오면서 두근거리기 시작했다.

"모르겠어."

메이가 슬픔 어린 음성으로 대답했다.

"당신은 어떤가요? 그를 다시 만나고 싶지 않으세요?"

메이는 사진 속 스티븐의 얼굴을 보았다.

"보고 싶은 마음이야 말할 것도 없지."

"그것이 살아야 할 이유가 될 수는 없나요?"

메이는 고개를 돌렸다. 마치 스티븐이 심판대에서 자기를 바라보는 것처럼 느껴져 부끄러웠다.

"될 수 있지. 하지만 내가 그를 실망시켰어. 그들처럼···. 그들 모두처럼 말이야."

메이는 흐느껴 울었다.

"당신이 죽는다면, 그 사실은 그대로 남게 될 거예요."

"너는 이해하지 못할 거야, 이브."

"당신의 죽음이 남편에게 고통을 줄 것이고, 그를 다시 보고 싶은 당신의 소망을 불가능하게 할 것이고, 이미 죽은 사람들에게 아무 도움도 안 된다면, 왜 죽음을 택하려고 하세요?"

"더 이상 견딜 수가 없으니까. 이 모든 것 말이야. 미쳐버릴 것 같아, 그것도 나 혼자."

"그럼 죽음이 모든 시련을 끝나게 할 거라 생각하세요?"

메이가 주먹을 꼭 쥔 채로 일어났다. 모든 것을 과도하게 단순화하는 듯한 이브의 지극히 논리적인 시각이 자신을 무시하는 것처럼 느껴졌다. 메이는 자신의 지나친 감상이 자기연민 또는 동정에 지나지 않았던 것 같아 당황스러웠다. 그리고 그것이 사실이어서 자신에게 몹시 화가 났다.

"너는 이해하지 못할 거라고 했잖아."

메이는 신경질적으로 쏘아붙였다.

"이해할 수 있도록 도와주세요."

"서른네 구의 시체가 있어. 그런데 아무것도 기억할 수 없어. 아무런 설명도 들을 수 없고."

통제할 수 없을 정도로 화가 치밀어 오른 메이는 벽에 붙박여 있지 않은 모든 것을 밀치고, 던지고, 부수기 시작했다. 침상에서 시트를 뜯어내고, 철제로 된 주방 캐비닛 문을 나사가 빠질 때까지 걸어찼다.

"이건 말도 안 돼. 있을 수 없다고. 이건 나사의 프로젝트야. 러시아의 빌어먹을 깡통 같은 우주기지가 아니란 말이야. 승무원 전체가 죽고, 탐사선이 파손됐어."

화장대 거울에 비친 자신의 모습을 보자 역겨움이 밀려왔다.

"그런 일이 일어나는 동안 선장이라는 작자는 잠만 잤다니."

메이는 분노에 몸을 떨면서 주먹으로 거울을 힘껏 두드렸다. 거울이 깨지면서 피부에 상처를 냈다. 피가 얼굴과 옷에 튀었다. 거울에 비친 그녀의 모습이 산산조각으로 바닥에 떨어졌다.

"메이, 제발 진정하세요."

이브가 애원하듯 말했다.

"다치셨어요. 그만하세요."

현기증과 피로가 일시에 몰려왔다. 메이는 다시 침대에 누워서 태아처럼 몸을 웅크렸다. 매트리스에 피가 스며들었다. 예리한 진동이 호킹 2호 전체를 순간적으로 요동치게 했다. 그 바람에 메이는 바닥으로 떨어졌고, 유리 조각 때문에 측면과 등에 더 많은 상처가 생겼다. 진동이 멈춘 뒤 메이는 통증으로 얼굴을 찡그린 채 일어나 앉았다. 이성을 잃고 난동을 부린 자신이 어리석었다는 생각이 들었다. 상황을 더 악화시키기만 했다. 더구나 이브가 더 이상 자기를 신뢰하지 않을까 봐 걱정스러웠다.

"용서해줘, 이브. 결국 나는 인간일 뿐이잖아."

"괜찮아요. 저는 도와드리기 위해 있는 것이니까요."

"나는 도움을 받을 수 없는 지경에 이른 것 같긴 해. 네 생각이 모두 옳아. 하지만 내 마음 한구석에서는 여전히 내가 깨어나지 않았더라면 더 좋았을 것 같다는 생각을 해."

"메이, 당신이 깨어나지 않았다면,"

이브가 설명하기 시작했다.

"호킹 2호는 무한대의 공간을 떠돌다가 결국 꽁꽁 얼어붙은 우주 쓰레기 더미에 더해지게 되었을 거예요. 메이가 의식을 되찾은 후로 메이도, 이 탐사선도 생존의 기회가 생긴 것이지요. 나사와의 통신이 복구된다면, 아니 그렇게 되었을 때, 생존 가능성은 더 커질 것입니다. 나사는 탐사선과 당신을 구조하는 데 필요한 자원을 가지고 있으니까요. 저는 현재 상황이 어떻든지, 당신이 깨어난 것이 훨씬 더 잘된 일이라고 생각해요. 탐사선에는 사령관이 필요하니까요.

스티븐도 당신의 귀가를 고대하고, 저도 당신을 잃고 싶지 않아요."

메이는 울컥했다. 인공지능은 메이를 살리기 위해 필요한 말을 하는 것이리라. 그것이 인공지능의 임무이기도 하니까. 그러나 이브가 한 말은 대부분 사실이었고, 특히 스티븐에 관한 말은 더 그렇다. 메이는 웃음 띤 얼굴로 빨간 차 뒷좌석에 기대앉은 스티븐의 사진을 들여다보았다. 두 사람은 행복했다. 메이도 그건 인정한다. 그러나 둘 사이에 무슨 일이 일어났다. 확실하게 기억나지는 않지만 더 이상 모른 척 미뤄둘 수만은 없었다. 그와 관련된 감정만큼은 전혀 희미하지 않으니까. 가장 주된 감정은 죄책감과 후회였다. 메이가 무슨 일을 한 걸까? 결국은 알게 될 것이다. 메이의 삶에서 불길한 일들은 늘 그랬으니까. 그러나 이 사진, 이 차, 이 시절은 좋았다. **'당신을 잃고 싶지 않아.'** 메이는 스티븐이 한 말을 떠올렸다. 메이 자신만큼 메이를 잘 아는 스티븐은 아마도 이 말을 여러 번 했을 것이다.

17

"일어나세요."

이브가 선내 방송으로 깨웠다. 메이는 신음하며 일어나 침대에 앉았다. 한쪽 손에 붙인 반창고에 피가 배어 있었는데 그것을 보니 스티븐의 스웨터가 떠올랐다. 잠에 취해 방어기제가 작동하지 않아서인지는 몰라도, 스티븐과 관계가 나빠진 것이 모두 자기 탓일 거라는 생각이 들었다. 처음 만난 날을 생각해봐. 그 불쌍한 남자는 상처 받고 자존심도 구겨져 있었어. 어머니는 메이를 키우면서 예절 교육은 철저하게 했지만, 그 외의 대인관계는 전혀 준비시켜주지 않았다. 그렇다고 그다지 예절 바른 사람으로 자란 것도 아니었다. 하물며 남녀 교제에 관해서는? 전혀 배운 바가 없었다. 사실 어머니는 남자와 장기간 교제하는 것을 강력하게 제지했다. 어머니는 항상 그런 일을 '방해' 요인으로 간주했다. 위스키라도 한두 잔 마시면, 어머니는 이 '방해' 요인이 '꿈을 죽이는' 요인이라고 했다. 그러니 메이가 누군가와 오래 교제를 하고 결혼까지 했다는 것은 기적이었다.

"내가 얼마나 오래 잔 거지?"

메이는 약간 잠긴 듯한 음성으로 물었다.

"일곱 시간 정도 주무셨어요."

"그럴 정도로 시간이 많지 않아, 이브."

메이가 버럭 흥분하며 말했다.

"메이, 당신은 아직 병과 트라우마 후 스트레스로부터 회복 중이에요. 정상적으로 활동하고, 다른 부작용을 겪지 않으려면 좀 자야 했어요."

메이는 느껴지는 몸 상태로 볼 때 이브의 말에 이의를 제기할 수 없었다. 온몸이 아팠으니까. 유리에 베인 상처를 모두 닦아내고 치료한 다음 멍든 곳에 냉연고를 바르느라 한 시간이나 걸렸다. 그런 다음 약의 도움을 받고도 끈질기게 떠오르는 끔찍한 환영을 지우고 잠이 드는 데 몇 시간이 더 걸렸다. 그렇게 성질을 폭발시킨 대가로 상처도 생기고 유치한 어리석음을 드러내긴 했지만, 가끔은 완전히 미쳐버리지 않고 온전한 정신을 유지하기 위해 속에 쌓인 울분을 다소 요란하게 풀어내야 할 때가 있다. 그런 게 바로 카타르시스라는 생각이 들었다.

"인간이란 나약한 존재니까."

메이의 침대에 붙어 있는 작은 테이블 위의 식사 패널에 주황색 빛이 밝혀졌다.

"아침 식사 하세요. 할 일이 많아요."

"이브라는 이름값을 하는군."

"누군가는 당신을 돌봐야 하니까요."

"아무렴요, 지당하신 말씀입니다."

메이가 미소를 지으며 대꾸했다.

식사 패널에서 미심쩍은 오믈렛과 감자, 소시지가 나왔다. 냄새는 그럴듯했다. 기술이 발달해 맛도 거의 비슷했다. 그러나 유전공학적으로 영양 성분을 극대화해 완전히 합성된 동물성 단백질과 식물성 단백질로 제대로 된 음식처럼 만든다는 것은 불가능에 가까웠다. 음식으로서의 제 기능은 했다. 먹으면 건강과 활력은 유지하면서 고체 배설물의 양은 최소로 만들어내니까. 그러나 100년이 지난 현재까지도 나사는 식욕이 당기는 합성 음식을 만드는 일에는 성공하지 못했다. 그래도 상관없었다. 너무 배가 고파서 바퀴벌레라도 제일 좋아하는 HP 소스를 듬뿍 묻혀만 준다면 먹을 것 같았다. 메이와 같은 상황을 겪어본 사람만이 알 수 있는 동물적 위안이었다. 죽 같은 음식을 허겁지겁 먹어치우고 나니 미지근한 커피 맛 카페인 보충제 대신에 라거 맥주를 마시고 싶다는 생각이 간절해졌다.

메이는 화면을 스크롤해가면서 스티븐의 사진을 보았다. 메이가 스티븐 모르게 찍은 사진에 시선이 멈췄다. 책이 잔뜩 쌓인 책상에 앉아서 메이를 보며 웃는 사진이었다. 스티븐은 메이가 아는 사람 중에 여전히 책을 쌓아두고 읽는 유일한 사람이었다. 책을 사기 위해서라면 가던 길을 돌아서라도 갔다. 그는 학문을 탐구할 때 행복해했다. 특히 몰입해서 파고드는 동안에는 더 즐거워 보였다. 갑자기 그와 대화를 나누고 싶다는 생각이 걷잡을 수 없이 밀려왔다. 그의 음성이 듣고 싶었다. 늘 강해 보이는 메이가 내면적으로 흔들릴 때면 스티븐은 항상 위안을 주었다. 그와 이야기하면 늘 편안하고 마음이 놓였다. 그러나 한편으로는 스티븐이 마음을 닫았던 시간도 많았다. 메이가 그랬듯이 스티븐 역시 낭만적인 사랑의 복잡함에 대해서는 제대로 준비되지 않았던 것이다.

"통신 문제의 원인을 잡아냈어요."

"말해줘."

드디어 반가운 소식을 듣게 된 메이가 약간 흥분 조로 말했다.

"전원이 꺼지면서 안테나 어레이가 오프라인이었어요."

"그게 다야?"

메이가 믿기지 않는다는 듯 물었다.

"손상된 것 같지는 않고, 전원이 꺼져서 비활동 상태였던 것 같습니다."

"이상하군. 어떻게 손보면 되지? 팔 걷어붙일 준비 됐어."

"아직 원격으로 어레이와 통신할 수는 없습니다. 직접 가서 조사해보고 저의 프로세스와 다시 연결해야 할 것 같아요. 그래야 제가 제대로 평가하고, 손상된 부분을 복구하고, 방향을 바로잡을 수 있으니까요. 미안해요, 메이. 지금 바로 선외 작업할 기분이 아니실 텐데 말입니다."

"괜찮아."

메이가 일어나서 기지개를 켜며 말했다.

"한동안 안에서 격동의 시간을 보냈으니 신선한 공기를 마시는 것도 좋을 것 같아."

안테나 어레이는 호킹 2호의 최상부에 위치한 통신 갑판에 있었다. 모두 스무 개의 안테나가 있는데 각기 다른 기능을 한다. 접시 안테나의 꼭대기에서부터 통제센터가 있는 베이스까지는 10미터 높이다. 메이가 해야 하는 작업은 안테나에 외부적인 손상의 징후가 있는지 확인하고, 이브와 통신이 되게 하는 것이었다. 에어로크를 통해 밖으로 나가 통신 갑판 외벽을 따라 이동하려니 안테나들이 줄지어 선 모습이 보였다. 안테나의 접시들이 모두 오른쪽 아래로 숙인 모습이 마치 장례 의식 대형으로 선 군인들의 얼굴 같았다.

"이거 보여, 이브?"

메이는 헬멧 카메라로 어레이를 넓게 비추며 물었다.

"보여요. 어레이의 비행 전 기본 방향이에요. 희망적이네요. 한쪽으로 일제히 꺼져 있다는 것은 오류의 원인이 하나일 수 있다는 뜻이니까요."

호킹 2호 전체를 통제해야 하는 군인들이 잠든 모습을 바라보고 서 있으려니 지독한 고립감이 느껴졌다. 사방으로 수천만 광년의 거리로 펼쳐진 숨 막힐 듯한 우주의 광활함에 비하면 자신의 존재는 티끌보다도 작은 것 같았다. 탐사선을 구하려는 노력 또한 헛돼 보였다. 탐사선이 다시 온라인 상태가 된다 해도 그렇게 거대하고 강력했던 안테나 어레이를 다시 나사와 통신하도록 연결할 수 있을까? 탐사선에 탄 엔지니어들이 하루 종일 매달려서, 어마어마한 거리를 뛰어넘어 관제센터와 통신이 항시 연결되도록 심혈을 기울이는 데는 그럴만한 이유가 있었다. 생명선과 같은 통신이 한순간이라도 끊어지면 영원히 복구되지 못할 수 있기 때문이었다. 그것은 마치 폭풍이 몰아치는 바다에서 잡고 있던 구속 케이블을 놓치는 것과 같다.

연결이 끊어진 추로 관제센터에서는 강력한 통신망으로 사방에 통신을 시도했을 것이다. 하지만 탐사선이 기지에서 떨어져 있는 거리를 고려할 때, 수학적으로 이미 암울한 예측을 할 수밖에 없었을 것이다. 나사에서도 탐사선이 어느 방향으로 얼마만큼 경로를 이탈했는지 알 수 없을 테니까 말이다.

메이는 심리학 훈련을 떠올리고는 머피의 법칙을 되뇌며 물러섰다. 영원함에 둘러싸여 있을 때는 모든 것이 헛되게 보이는 법이다. 허공은 상대적으로 원시적인 인간의 뇌에 그러한 영향력을 갖는다. 그럴 때는 물리적인 작업에 몰두하는 것이 좋다. **맡은 임무에 충실하라. 훈련 내용을 신뢰하라. 팀원을 신뢰하라.** 메이는 마음을 굳게 다잡고 어레이를 향해 나아갔다. 45분 정도 지났을 때 메이는 각 안테나의 상태를 평가하고 수작업으로 이브의 뇌와 다시 연결하는 데 필요한 체계적인 시스템 점검을 끝낼 수 있었다.

"모든 어레이 안테나가 정상작동 가능한 것으로 보입니다."

드디어 이브가 알려왔다.

"문제가 뭐였는지 알 수 있나?"

"전체 진단 화면을 봐도 특별한 원인은 보이지 않습니다."

"이상하군."

"지금까지 목격한 상황을 고려할 때, 이상하다는 말은 매우 상대적인 것 같아요."

"좋은 지적이야. 전체 전원이 끊어지면서 피해를 본 건지도 모르지. 나사가 아직 우리를 찾고 있기를 바라자."

"이미 나사를 비롯한 모든 수신 가능성이 있는 상대에게 광대역 SOS를 전송했습니다."

"전송 메시지가 라이트 기지에 도달하려면 얼마나 걸리지?"

"통신 로크가 있다면 대략 78분 정도 걸릴 것이지만, 지금 통신을 복구하려는 중이기 때문에 예측할 수가 없습니다."

"엔진 상태는 어떤 것 같아?"

"이전에 계산했던 것보다 15퍼센트에서 20퍼센트 정도 높은 비율로 저하되고 있어요."

메이는 또다시 어둠 속으로 떨어지는 느낌이 들었다.

"맙소사. 원인이 뭔지 알 수 있겠어?"

"알 수 없습니다. 여러 가능성이 있기 때문에…."

"찾아봐, 이브. 시간이 없어."

18

전화 옆에서 나사의 응답을 기다리는 동안 메이는 MADS 레코더를 찾기 위해 브리지로 갔다. 나사의 예전 우주왕복선 프로그램이었던 모듈식 보조 데이터 시스템(Modular Auxiliary Data System)과 같은 악사를 사용하기는 하지만 이번 것은 훨씬 더 발전된 프로그램이다. 탐사선 내에서 이루어지는 모든 음성 및 데이터 통신을 기록하고 관제센터로 전송하는 것은 물론, 전체 미션을 영상 일지로 기록하고 승선 중인 모든 인원의 전반적인 건강과 활력징후를 매일 확인해서 기록한다. 프로세서가 붕괴할 경우에도 프로그램을 보호하기 위해 이브의 뇌에 연결되어 있지 않으며 내부 전력 공급이 중단되는 일이 생기면 태양 에너지를 사용하는 모드로 전격 전환된다.

브리지에 있는 데이터 창고의 나사로 고정된 바닥을 제거하니 비행기록장치의 철제 함이 나왔다. 맨 위의 접속 패널은 손상되지 않고 온전한 상태로 있었다. 메이는 인식표에 장착된 칩 열쇠로 철제 함을 열고 망막을 스캔해서 두 번째 패널을 열었다. 그것을 들어내고 보니 그 안에 있어야 할 MADS장치가 보이지 않았다. 탐사선에 연결된 케이블이 잘려 있었고, 장치가 들어 있던 용기 안에는 잘린 케이블 조각들이 흩어져 있었다.

"휴스턴, 문제가 발생했다."

메이가 비꼬는 투로 말했다.

"레코더가 사라졌다."

"사라졌다는 말을 정의해주세요."

이브가 말했다.

"더 이상 케이스 안에 들어 있지 않다고."

"꺼내신 기억이 있으신가요?"

"물론 없지. 내가 왜 그런 일을 하겠어?"

메이가 짜증을 내며 대꾸했다.

"케이스에 접근할 수 있는 사람은 당신밖에 없습니다."

메이는 정신이 멍해지는 느낌이었다. **역행성기억상실증**. 단기
기억상실. 만약에 메이가 꺼냈다면 그건 병이 발생한 시점에 임박
해서일 것이다. 말하자면 기억의 사각지대.

"나밖에는 케이스에 접근해서 열 수 있는 사람이 없다고?"

**죽은 승무원들. 유일한 생존자. MADS에 접근할 수 있는 유일한
사람…**.

"저의 기록에 의하면 아무도 없습니다."

"케이스에서 꺼내지면, 내가 짐작하기에, 자동으로 경보 신호
를 방출할 거야. 그렇지 않으면 아무런 효용이 없지 않겠어?"

메이가 말했다.

"그렇습니다. 탐사선 내에서 경보 신호를 감지하지 못했어요."

메이는 안도의 숨을 쉬고 말했다.

"자동 탈출한 것 같아. 훈련받을 때 배운 건데 MADS는 탐사선
이 손상되거나 정상 기능을 못 할 경우, 자가추진장치를 작동시켜
서 최근 거리에 있는 나사의 위성이나 기지를 찾아간다고 했어."

"그게 유일한 논리적 해답일 것 같네요."

"하지만 다른 기록을 볼 수도 없고 MADS도 사라졌으니 실제로 어떻게 된 것인지는 알 수 없는 거지."

"그렇습니다. 더 많은 도움을 드리지 못해 죄송해요."

"괜찮아. 엎질러진 물이라는 말도 있잖아. 무슨 뜻이냐 하면…."

"울어봐야 소용없다는 말이죠. 저의 언어 모듈에 또 다른 영어의 일상 대화체 기초를 통합했어요."

"잘했어."

MADS장치가 사라진 이유는 납득할 수 있다. 그렇지만 메이는 여전히 뭔가 석연치 않은 느낌이 남았다. 이브가 패널에 접근할 수 있는 사람이 메이뿐이라는 말을 할 때 말투가 뭔가 이상했다. 메이를 탓하는 것 같지는 않았지만 평상시 이브가 말할 때의 억양과 좀 달랐다고 할까, 좀 더 예전의 로봇 같은 억양에 가까웠던 것 같다. 서기에 무슨 이유가 있는 걸까? 이유가 있다면, 이브가 메이를 의심해서? 아니, 더 나쁜 경우를 가정하자면, 이브가 뭔가 숨기려고 했던 걸까? 하지만 일단 그 생각은 접어두기로 했다. 이브에게 그 일을 이야기해서 득이 될 일이 없을 것 같았다. 또다시 그런 경우가 생기면, 그땐 확실히 메이 혼자만의 근거 없는 상상이 아님을 알게 될 것이다.

메이는 비행 일지 원본을 검토해보았다.

"내가 삽관 치료 포드에 들어간 날 우리는 착륙선의 활동 범위 밖에 있었어, 그렇지?"

"그렇습니다. 착륙선의 최대 활동 범위는 당시 거리의 10분의 1 정도밖에 되지 않아요."

"다른 우주선은? 당시 주변에 다른 우주선이 있었는지 확인할 수 있나? 중국에서 우리보다 먼저 유로파에 가려고 한다는 소문을 들은 적이 있어."

"당시 호킹 2호 주변에는 다른 우주선이 탐지되지 않았습니다."

"말이 안 돼. 승무원들이 탐사선을 버리고 떠나기로 했다면 확실하게 도착할 수 있는 목적지가 있을 때 시도했을 거야. 그렇지 않으면 자살행위나 마찬가지니까."

"맞아요. 논리적으로 해석이 안 되는 부분은 또 있어요. 승무원들이 어딘가 목적지에 도착할 수 있다고 생각했더라도, 그것이 그들의 죽음을 설명해주지는 않아요."

이브가 지적했다.

"좀 더 자세히 설명해봐. 그처럼 끔찍한 결과를 초래하는 탐사선의 기계적 결함이나 오작동이 있을 수 있을까?"

"제가 알기로는 없어요. 공기와 전력이 완전히 끊긴 문제라면 선체에 기공이 생겼다고 예상할 수 있는데, 그런 문제는 감지되지 않았거든요."

"시체들이 아직 거기 있어. 거의 훼손되지 않은 채로 말이야. 그러니까 파손된 곳이 있었더라도 작았을 것이고, 승무원들이 손볼 시간이 있었을 거야. 납득할 수 있는 설명이라면 격납고 안의 공기가 물리적으로 빨려 나갔다고 봐야 해."

"격납고에는 그러한 상황에 대비하기 위한 여러 단계의 자동안전장치가 있어요. 그중 하나는 탐사선의 내비게이션 시스템이 착륙 범위 안에 목적지를 식별할 수 없는 경우 격납고 문이 열리지 않도록 하는 장치입니다."

"음, 일이 점점 재미있어지는군."

메이가 한숨을 내쉬며 말했다.

"의무실로 가서 의료기록을 확인해봐야겠어. 그동안 매장 규약을 찾아봐주면 좋겠어. 동료들에게 합당한 예우를 해주고 싶어."

"물론이죠."

메이는 의무실에서 자신의 의료기록을 찾아보았다. 무슨 단서를 잡을 수 있을까 하는 희망으로. 하지만 예상했던 것처럼 파일들도 자신의 병에 대한 메이의 기억처럼 빠진 부분이 많았다. 비행 수석 군의관인 수잰 다우드가 메이를 입원시키면서 고열, 임파선 부종, 피부 홍반점, 말초 신경 감각 둔화, 백혈구 수의 심각한 증가 증세를 기록해놓았다. 메이는 의무실에 들어온 지 여덟 시간 후에 발작을 일으켜서 약물에 의한 혼수상태에 들어갔다. 기록은 거기까지였다. 그 시점 전에 작성되었을 실험 보고서도 없어졌다. 승무원 기록도 마찬가지였다.

"맙소사, 이브, 내 병은 물론 누구의 의료기록도 찾을 수가 없어. 그전까지는 모두 기록되어 있는데, 거기까지야. 데이터 수집이 어떻게 이런 식으로 중단될 수 있는 거지?"

"제가 알기로 그렇게 되는 시나리오는 없습니다. 탐사선이 완전히 파괴되는 경우를 제외하고는 말이죠. 그렇게 되더라도 나사에 복사본이 있을 거예요. 지상관제센터로 계속 전송이 되니까요."

"불길한 예감이 들어, 이브. 끝까지 객관성을 유지하면서 우리가 처한 곤경에 논리적으로 대처하려고 노력해왔는데, 이제부터는 방해 공작이 있었다고 전제해야 할 것 같아."

"우연한 사고보다는 그쪽이 훨씬 더 논리적인 해석인 것 같습니다. 이 탐사선은 사고 이론을 믿기에는 너무 여러 단계의 보호기제가 장착되어 있어요."

"맞아. 그리고 다른 사실들도 잊지 말아야 해. 내가 원인 모를 병에 걸렸던 것과 더불어 데이터도 분실되었고, 승무원들이 떼죽음을 당했고, 원자로와 추진 시스템이 손상되어 작동을 못 하고 있어. 내가 생각해도 그런 일들이 우연히 일어날 가능성은 제로라고 봐야해. 승무원들이 제 기능을 할 수 없게 되었다고 해도… 이 탐사선은 우리가 없어도 저 혼자 스스로 운항을 계속할 수 있잖아, 이브."

"저도 방해 공작에 높은 가능성을 두겠어요. 기분 나쁘게 들리실지 모르지만 인간이 스스로 그럴 수 있음을 증명했으니까요…."

"위선적이고, 비열하고, 살인적인 행위 말이지?"

"그렇죠."

메이는 착륙선 격납고에 죽어 있는 동료들의 튀어나온 눈을 떠올려 보았다. 모두 충격을 받고 놀란 표정을 하고 죽어갔다. 자기들에게 닥친 운명에 감정적인 반응을 보일 시간은 있었지만 살아날 방법을 강구할 시간은 없었던 거다. 훈련 중에 배운 바에 의하면 인간의 맨몸이 우주의 진공 상태에 노출되면 30초 안에 죽는다. 폐와 소화기관에 있는 가스가 팽창하면서 압력이 폭발적으로 감소하고 체액이 급속도로 끓어 기화되는 체액비등현상이 생긴다. 그리고 섭씨 영하 135도에서 얼어버리는 현상까지. 메이가 발견한 시체들의 상태가 이러한 현상을 설명하고 있었다. 처음 10초에서 15초 사이에 의식을 잃고 마비된다.

탐사선에 탄 모든 사람이 이 사실을 잘 알고 있었다. 격납고에 문제가 있을 수 있다는 사실을 알았다면 그들은 우주복을 입었을 것이고, 절대로 다 함께 동시에 가지는 않았을 것이다. 누군가 그들에게 대피를 명했을 것이다. 누군가 그럴만한 위치에 있는 사람이. 그리고 격납고에 모였을 때, 공기와 중력이 순식간에 빠져나갔을 것이다. 그 안에 있던 사람들이 대처하거나 탈출할 수 없는 짧은 시간에 말이다. 그리고 전혀 예측하지 못한 상태에서 일어난 일이었을 것이다. 방해 공작이 가장 적절한 해석이다. 하지만 여전히 많은 의문점이 남는다. 탐사선에 탄 사람 중 누가 그 정도의 지식과 정보를 가지고 있었으며, 왜 그런 일을 했겠는가? 인공지능이 모든 것을 지켜보고 있는데 어떻게 방해 공작을 실행할 수 있었을까?

메이는 이브와 정이 들기는 했지만, 메이가 '그녀'라고 생각하는 이브가 사실은 인간이 프로그램할 수 있고, 따라서 프로그램한 사람들이 원하는 행동을 그대로 실행할 수 있는 기계라는 사실을 잊지 말아야 한다고 스스로 다짐했다.

"잠깐 여기 좀 보세요, 메이. 그런데 바이오정원에 기공이 하나 있는 걸 감지했어요."

"얼마나 큰데?"

"지름이 3센티미터입니다."

"어디에?"

"산소 보관 탱크에서 왼쪽으로 2미터 지점입니다."

"오, 하느님 맙소사."

19

메이는 비상 땜통을 낚아채듯 집어 들고 쏜살같이 달려 실험실 갑판으로 갔다. 가는 동안 미진이 일어나 두 번이나 바닥에 넘어졌다. 파손 경보가 귓전을 때렸다.

"이브, 저놈의 경보 좀 꺼버려."

경보가 멈추고 고요해졌다. 바이오정원의 외벽에 기공이 생기면서 문이 자동으로 봉인되었기 때문에 메이는 손으로 핸들을 돌려 열어야 했다. 바이오정원에는 거대한 산소 탱크들이 설치되어 있었다. 이번 탐사여행 중에 충분히 사용할 수 있는 양의 압축 산소가 저장되어 있다. 여분의 산소를 보유한 탱크까지. 그중 하나만 터져도 수소 폭탄과 맞먹는 폭발이 일어나 탐사선 전체를 한순간에 태워버릴 수 있다. 메이는 정원의 녹색식물을 통과해서 최단 거리로 기공까지 가야 했다. 기공이 생긴 지점에 다가갈수록 무지막지하게 끌어당기는 힘을 느낄 수 있었다. 아주 작은 틈으로도 우주의 진공은 막강한 힘으로 커다란 물체를 빨아낸다. 메이는 훈련 중에 시뮬레이터 선체에 생긴 6센티미터 기공으로 성인 크기의 마네킹이 빨려 나가는 것을 보았다. 산산조각으로 부서져 빨려 나가서는, 반대편에서 마치 먼지구름처럼 흩뿌려졌다. 바이오정원에 생긴 기공은

2센티미터 정도밖에 안 되지만 벌써 허리케인 같은 바람을 일으키며 나무뿌리를 들썩이게 하면서 잎과 가지를 뜯어내고 있다. 거센 바람에 날리는 파편들이 메이의 등과 다리를 사정없이 때렸다. 상처를 입히거나 치명적일 수도 있는 커다란 파편은 이리저리 피해야 했다. 작은 기공 하나가 두꺼운 티타늄 탱크를 파손할 수 있는 몇 가지 요인 중 하나였다.

"메이, 기공이 13.6센티미터로 확장되었어요. 더 이상 땜질하는 건 안전하지 않아요. 바이오정원을 봉인해서 투하하는 것이 좋을 것 같습니다."

"아니야. 내가 갈 수 있어. 산소를 보존해야 해."

또 한 번 미진이 일어났다. 메이는 바닥에 큰대자로 넘어졌고, 그 바람에 땜통을 떨어뜨렸다. 식물 사이를 헤치고 땜통을 찾아야 했디.

"18센티미터로 확장되었습니다. 메이, 그곳에서 나오세요. 매우 위험합니다."

메이는 정원을 가로지르며 굴렀다. 속도를 줄이기 위해 아무거나 잡히는 대로 움켜잡고 발로 찼다. 그러다가 손에 철제 지지대가 닿자 죽을힘을 다해 매달렸다. 더 많은 파편이 메이 곁을 스치고 지나가 기공 주변의 벽에 부딪혔다. 그중 부드러운 것은 작은 기공으로 빨려 나갔다. 마치 우주공간을 향해 뱉어내듯이 잘게 찢어진 채로. 메이와 기공까지의 거리는 아직 10미터는 남아 있었다. 땜통을 던져 맞추기에는 너무 멀었다. 그러나 더 가까이 다가갈 수는 없을 것 같았다.

"이브, 이곳을 봉인해서 기공으로 빨려 나가는 압력을 줄여줄 수 있을까?"

"압력을 아주 조금 줄이기 위해서라 해도 공기를 위험 수준으로 줄여야 할 텐데요."

"그래도 해줘. 빨아내는 힘이 너무 강해."

우르릉 소리가 들리고 산소 탱크가 흔들리면서 벽의 고정장치에서 떨어지려는 것이 보였다. 바이오정원을 보존하기에는 너무 늦었다. 어쩌면 메이가 안전한 곳으로 피신하고 이브가 정원을 투하할 시간도 부족할 수 있다.

"공기를 15퍼센트 감소시킵니다."

그러자 즉각 차이가 느껴졌다. 호흡이 힘들어지고 팔다리의 움직임이 둔해졌다. 그러나 탱크는 잠시 조용해지는 것 같았다.

"이곳을 봉인할 수 있도록 내가 이 문에서 떨어질게."

메이가 숨을 헐떡이며 말했다.

"바이오정원을 투하할 때 내가 어디에 있는 것이 안전할까?"

"바로 옆에 붙어 있는 실험실이 안전할 거예요. 서두르세요. 곧 탐사선 비상 시스템이 작동하기 시작하면 제가 더 이상 정원을 투하할 수 없습니다."

기계장치의 우르릉거리는 소리가 들리면서 탱크가 흔들리기 시작했다. 탱크를 잡고 있는 계류용 케이블의 나사가 뜯겼다. 덧문까지 갈 시간이 필요했다. 메이가 가지고 온 땜통은 두꺼운 금속 재질로, 이런 상황에서 벌어질 수 있는 최악의 충격도 견딜 수 있게 만들어져 있었다. 메이는 그 땜통을 바닥에 놓고 기공과 일직선이 되도록 맞춘 다음 던졌다. 땜통은 포탄처럼 정원을 가로질러 기공에 틀어박혔다. 그러자 잠시 빨아들이는 힘이 주춤해졌다. 메이가 정원에서 나올 수 있는 기회였다. 메이는 폐허가 된 정원을 가로질러 쏜살같이 출구를 향해 달려 나왔다. 기공에 박힌 땜통이 흔들리면서 바람이 다시 점점 거세게 일기 시작했다. 산소 탱크의 철제 프레임이 다시 덜컹거리면서 몇 개의 나사가 더 튕겨 나왔다.

메이가 문까지 왔을 때는 땜통도 결국 기공을 통해 빨려 나간 다음이었다. 기공이 더 커지자 빨아내는 힘은 제트엔진에 맞먹게 강해졌고 정원의 식물을 통째로 뽑아냈다. 잠시 식물 덩어리가 기공을 막은 덕분에 바람이 잦아드는가 싶더니 곧 다시 톱밥 제조기처럼 나무줄기를 씹어대기 시작했다. 메이는 팔과 다리로 문틀에 매달려 단 30센티미터 앞으로 나아가기 위해 안간힘을 썼다. 문밖으로 몸을 피해야 이브가 정원을 봉인할 수 있었다. 하지만 뒤로 잡아당기는 힘이 얼마나 센지 마치 등에 자동차를 매달고 턱걸이를 하는 것 같았다.

"이제 28.3센티미터로 확장되었습니다. 기공에서부터 사방으로 갈라지기 시작합니다. 곧 비상 시스템으로 전환될 것 같아요. 메이, 지금 그 문을 빠져나와야 해요."

"설록 홈스 행세 좀 그만하시 그래."

메이는 다시 한번 힘을 주었다. 이번에는 몸을 좀 더 앞으로 당겨 문틀에 다리를 걸쳤다. 그런 다음 팔과 다리를 이용해서 온몸의 뼈가 부서져라 몸을 당겨서 문틀 끝에 닿을 수 있었다.

"거의 다 나왔어… 이브."

이 정도 짧은 말을 하는 데도 의식을 잃을 정도로 힘이 들었다.

"알았습니다. 저는 준비가 되었어요. 그리고 당신이 보여요."

메이는 다시 한번 힘을 주어 몸을 당기면서 옆으로 몸을 돌려 다리가 바깥쪽 벽에 평평하게 닿을 수 있게 했다. 그러나 몸통은 아직 문 안에 있었다. 발을 걸 수 있는 데가 없었다. 팔과 허리 근육의 힘만으로 몸을 빼내야 했다. 몇 번 거의 빠져나올 뻔했는데, 이번에는 외부의 실험실에서 날아오는 파편들을 피하느라 중심을 잃곤 했다. 거의 소진되어가는 힘을 모아 마지막으로 한 번 더 힘을 주었다. 그리고 마침내 완전히 빠져나올 수 있었다.

"이제 됐어."

이브는 정원의 문을 닫고 봉인했다. 메이는 바닥에 쓰러져서 맥없이 헐떡거렸다. 그러나 지체할 시간이 없었다. 1, 2초 내로 바이오정원을 투하해야 하는데 그때 메이가 딸려갈 수도 있는 상황이었다. 메이는 기진맥진한 상태에서 가능한 한 빨리 옆의 실험실 모듈로 다가갔다. 실험실 문까지 갔을 때 산소 탱크가 벽에서 뜯기는 소리가 들렸다. 투하 경보가 울렸다. 메이는 실험실 모듈의 문 안으로 몸을 던진 다음 문을 봉인했다.

"바이오정원이 봉인되었습니다. 분리합니다."

메이는 목구멍이 헐어서 응답하려고 하니 목이 쓰리고 아프면서 소리가 기어들었다. 가까스로 기어서 바닥에 고정된 실험실 테이블까지 간 다음 팔과 다리로 테이블의 차가운 철제 다리를 감았다.

"투하합니다. 꼭 잡으세요."

이브가 소리쳤다. 바이오정원을 실험실 갑판의 나머지 부분과 연결하고 있는 연결장치들이 튕겨 나오면서 바이오정원은 우주공간으로 떨어져 나갔다. 선체가 심하게 흔들렸고 메이는 실험실 바닥을 가로지르며 굴렀다. 그러다가 싱크 밑을 지나가는 파이프를 잡을 수 있었다. 마치 쿵쿵거리며 달려가는 코끼리 등에 타고 있는 느낌이었다. 산소탱크가 우주공간을 날아가며 폭발했다. 폭발의 진통이 호킹 2호를 요동치게 했고 메이는 그 자리에서 수직으로 날아올랐다. 이내 등으로 바닥을 치며 떨어졌고, 그 순간 의식을 잃었다.

"메이, 내 목소리 들려?"

검은 연기가 바닥을 스치고 지나가면서 쓰러져 있는 메이 주변에 뭉게뭉게 피어올랐다. 불꽃이 넘실거리며 실험실 벽을 타고 올라가고 있었다.

"메이?"

20

스티븐 녹스는 통신 라인에서 들리는 신호음에 잠이 깼다. 어둠 속에서 시계 불빛을 찾았다. 새벽 3시 45분이었다.

"불 켜."

부드러운 불빛이 서서히 밝혀지면서 현실로 되돌아왔다. 스티븐은 잠시 그대로 누워 있었다. 수면제와 레드와인 기운에 쓰러져 잠들었던 마음의 조각들이 천천히 제자리를 찾아 맞추어졌다. 침실에 어린 추억들이 떠올랐다. 메이와 함께 사는 동안 공유했던 공간이다. 메이의 취향에 따라 짙은 무채색과 낮고 각진 가구들로 초현대적인 분위기를 자아내는 이 방이 스티븐은 잠에서 깨어날 때마다 낯설었다. 그래서 메이에게 화려한 도시의 호텔 객실 같다고 농담을 하곤 했는데 메이는 그 말을 칭찬으로 받아들이는 것 같았다.

손으로 더듬거려 통신 패드를 찾았다. 바닥에 흩어진 빨래 더미 속에 있었다. 스크린을 들여다보았다. 부재중 전화가 45통이나 와 있었다. 와인을 얼마나 마셨던 거야? 패드가 다시 신호음을 냈다. 부재중 전화 46통.

"나야, 라지. 감옥에 있거나, 병원에 누워서 신장이식수술을 기다리고 있나 보군."

130

"문 좀 열어줘."

침실 창문을 급히 두드리는 소리가 들렸다. 스티븐은 깜짝 놀라 벌떡 일어나 앉았다.

"밖에 와 있는 거야? 제정신이 아니군."

창문의 망사 덧문이 조용히 옆으로 미끄러져 열리면서 벽 사이로 들어갔다. 창문 유리 너머로 라지 카푸르의 모습이 보였다. 남의 집을 엿보는 짓궂은 아이처럼 안을 기웃거리고 있었다. 라지는 호킹 2호를 설계한 베테랑 엔지니어다. 몸집에 비해 머리가 매우 큰 편이었는데 검은 곱슬머리에, 콧수염과는 전혀 어울리지 않는 턱수염까지 기르고 있었다. 종종 흥분하면 두꺼운 갈색 안경에 뽀얗게 김이 서리곤 했다.

"맙소사, 지금 밖에서 뭐 하는 거야?"

"바보야, 내가 여섯 시간 동안이나 전화했단 말이야. 이웃 사람들한테 테러리스트로 오해받기 전에 문이나 좀 열어."

"넌 어차피 뭄바이에서 왔잖아, 수선스러운 녀석 같으니라고."

"여긴 텍사스야. 인디언이 봉홧불이라도 올리는 줄 알 거라고."

"문 열어."

스티븐은 옆으로 굴러 침대에서 일어났다. 실내가운이나 깨끗한 옷이 어디 있는지 몰라 급한 대로 트렌치코트를 걸쳤다. 라지가 현관문을 열고 성큼 들어섰다. 그리고 한두 발 내딛다가 뭔가에 걸려 바닥에 세게 넘어졌다.

"아야!"

"불 켜."

스티븐이 거실로 들어오면서 말했다.

불이 켜졌다. 바닥에는 라지가 길게 엎어져 있었다. 현관 앞에 스티븐이 라이트 기지에서 가져온 짐과 상자들을 쌓아두었는데 거기에 걸려 넘어진 거였다.

"짐을 풀어놓긴 했군."

라지가 일어서며 말했다.

"커피 줄까?"

스티븐은 라지의 말에는 대꾸도 하지 않고 물었다.

"내가 커피 마시고 싶은 사람으로 보여? 조금이라도?"

"나는 마셔야겠어."

"코트 안에 옷은 입었지?"

"어쩐 일이야?"

"워런과 회의가 잡혔어. 시간은….'

라지는 이렇게 말하면서 시계를 보았다.

"지금이네."

"멍청아, 왜 진작 말하지 않은 거야? 이렇게 공원에 이슬렁거리
는 노출증 환자 같은 꼴로 갈 수는 없잖아."

스티븐이 씩씩거렸다.

"걱정 마. 너의 패션 감각에 대해서는 아무도 더 이상 놀라지
않을 테니까."

"웃기고 있네. 그런데 무슨 일이야?"

"나도 몰라. 자넬 깨워 데려오라는 명령을 받았을 뿐이니까."

스티븐은 아드레날린이 마구 쏟아져 나오는 느낌이었다. 로버
트가 메이의 죽음을 확인시켜주려는 거라면 어쩔 것인가? 라이트
기지에서 돌아온 후 줄곧 밖으로만 돌다가 겨우 용기를 내서 집으
로 돌아왔다. 최악의 상황에 대비해서 마음을 다잡았다고 생각했으
나, 지금 이 순간 가장 두려운 사실을 현실로 받아들일 준비가 전혀
되어 있지 않다는 것을 깨달았다.

"나쁜 소식이면 어쩌지, 라지?"

"위성 통신이 들어오고 있습니다."

인공지능의 알림 목소리가 들렸다.

"받으시겠습니까?"

"물론."

스티븐은 코트의 단추를 더 높이 채우며 말했다.

화면에 나사 로고가 나타났다.

"디렉터 워런입니다. 잠시 기다리십시오."

전자음성이 말했다.

스티븐은 마치 사형 집행일을 맞은 사형수가 된 기분이었다. 나쁜 소식을 걱정하던 참이라 라지 역시 스티븐과 같은 기분이었다. 화면에 로버트의 얼굴이 나타났다. 늘 그렇듯이 걱정스러우나 침착한 리더의 표정을 짓고 있었다.

"스티븐, 라지, 잘 있었나."

"잘 있었나, 로버트."

스티븐도 인사를 건넸다.

"잘 지내고 있나?"

"솔직하게 말해서, 잘 못 지내고 있어."

"자네가 반가워할 소식이 있네. 호킹 2호에서 구조 요청 신호가 왔어."

스티븐은 자기 귀를 믿을 수 없었다.

"정말…. 오, 하느님."

라지가 스티븐의 등을 두드렸다. 늘 그렇듯이 너무 세게.

"됐어."

스티븐이 기침을 하며 중얼거렸다.

"정말 반가운 소식이군. 언제?"

"27시간 전에."

"그런데 왜 바로 나에게 전화하지 않은 거야?"

스티븐이 들이받듯 외쳤다.

로버트가 눈을 아주 살짝 찡긋거렸다. 스티븐도 이제는 그 '눈짓'이 무슨 의미인지 알고 있다. 신경에 거슬렸으며, 허를 찔렸다는 뜻이다. 하지만 단지 그렇다는 표현일 뿐이다.

"사실을 확인할 시간이 필요했어. 확인이 돼서 자네에게 알리려고 했으나 연결이 되지 않았고. 그래서 라지에게 자네를 찾으라고 부탁한 걸세."

"내 말이 맞지?"

라지가 말했다.

"이 친구가 자기 연민에 빠져 있느라 바빴나 봐요, 로버트."

"닥쳐, 라지."

스티븐이 말했다.

"로버트, 정말 반가운 소식이군."

"그렇지. 하지만 기대를 좀 자제해야 할 필요가 있어. 팀원들이 데이터 패킷을 풀어서 분석했는데, 탐사선의 인공지능이 다수의 사망자가 발생했다는 보고를 했거든. 메리엄은 그 명단에 포함되어 있지 않아. 그리고 탐사선이 심하게 손상되었고, 거의 정상 기능을 못 한다고 하네."

"오, 맙소사."

스티븐이 조용히 탄식했다.

"원격으로 수리할 방법은 있나?"

"알아보는 중이야. 탐사선 인력의 도움이 필요할 수도 있어. 그런데 메이를 제외하고 다른 생존자 중에 적격자가 있는지 알 수가 없어."

스티븐과 라지는 완전히 맥이 빠졌다. 앞으로 벌어질 상황이 짐작되었기 때문이다. 심우주에서 생존한다는 것은 완벽하게 작동하는 우주선으로도 엄청나게 어려운 일이다.

"로버트, 메이와 다른 생존자가 도울 수 없는 경우면 어쩌지? 구조선을 발사할 수 있나? 그들이 제 기능을 할 수 없는 상황이라면 돌아올 수 있도록….."

"현재로서는 그게 알고 있는 전부야. 계속 메시지를 전송할 걸세. 스티븐, 메이에게서 응답이 왔을 때 보낼 메시지를 녹음하고 싶다면 가능한 한 빨리 존슨 센터로 와. 준비시켜놓겠네."

"좋아, 그렇게 할게."

스티븐이 적극적으로 대답했다.

"이런 소식을 전하게 되어 미안하네. 하지만 팀 전체가 희망을 놓지 않고 있어. 나사는 최악의 상황에 문제를 해결하는 데 전문가들 아닌가.

"고마워, 로버트. 진심 어린 말 고맙고, 자네의 낙관적인 생각을 받아들이도록 노력하겠네. 최소한 이제 그동안 조용하기만 하던 무선 통신으로 소식이 왔으니까."

"맞아. 전해져 오는 것은 무엇이든 받아서 분석해봐야지. 자 이제 가봐야겠어. 또 연락하세."

"이제부터 연락하면 바로 응답할게."

통화가 끝나고 스티븐과 라지는 이삿짐 상자들 사이에 앉아 커피를 마셨다.

"인정하고 싶지는 않지만 네 말이 맞아. 돌아온 후로 줄곧 자기 연민에 빠져 있었어."

스티븐이 말했다.

"나는 언제나 옳아. 그리고 넌 언제나 그걸 부정하지."

라지는 농담이나 과장된 이야기를 진지한 얼굴로 하는 특이한

135

버릇이 있다. 그는 스티븐이 아는 사람 중에 가장 특이한 사람이었다. 아이큐도 무서울 정도로 높았고, 학업 성적이나 경력도 그가 이제 서른다섯 살밖에 되지 않았음을 고려하면 그 누구도 따라잡지 못할 만큼 대단한 성취였다. 그러면서도 그의 외모나 말하는 모습은 영락없이 팝 문화에 심취한 천재 소년이었다.

나사가 우주기술임무사무국에 호킹 2호의 설계를 맡겼을 때 라지의 이름이 단번에 물망에 올랐다. 재능 있는 설계사이자 엔지니어이면서 동시에 과학 연구 과정에 대한 지식도 스티븐만큼이나 탄탄했기 때문이다. 이번 임무의 주목적이 연구에 있었으므로 라지도 탐사선의 디자인과 기능을 설계하면서 그 점에 초점을 맞췄다. 그리하여 지상에서의 연구 환경과 거의 동일한 우주 실험실을 탐사선 내에 재현한 것이다. 과학자들은 행성 샘플을 채취해서 지구로 놀아올 때까지 기다릴 필요 없이 호킹 2호에서 바로 실시간 실험을 할 수 있었다. 탐사선의 크기가 일반 우주선보다 훨씬 크기도 했지만, 우주공간에서 구축하기로 한 것은 라지의 아이디어였는데 발사체에 얹혀서 올라가야 하는 데서 오는 여러 제약을 피하기 위해서였다.

스티븐은 설계 초안을 보고 이미 감동했고, 그 후로 스티븐과 라지는 친해지게 되었다. 오랜 시간 함께 일하는 동안 형제처럼 언쟁하기도 했는데, 그 때문에 두 사람 모두 로버트 워런 앞에 불려가 곤욕을 치르기도 했다. 결과적으로 그런 모든 시간이 모여 나사가 구축한 가장 우수한 우주선 하나를 탄생시키게 되었다.

"탐사선의 상태를 좀 더 자세히 알 수 없어서 답답해."

라지가 말했다.

"승무원들은 어떻고? 사망자가 여럿이라는데?"

스티븐이 불안한 음성으로 물었다.

"그들도 물론 걱정되지."

"맙소사, 너 정말 별종이야."

"탐사선은 내 자식이나 마찬가지야. 알잖아. 메이가 너의… 음, 자식은 아니지만, 무슨 말인지 알잖아. 넌 일단 안심했겠지만…."

"워런이 내가 이미 걱정하고 있는 것들을 확인해줄 것 같아. 시간이 많이 지났고, 그러니까 아무래도…."

"내 말을 믿어."

라지가 말을 끊었다.

"누군가 살아 있다는 사실이 놀라워. 뭔가 재앙적인 일이 일어나지 않고는 통신이 그렇게 끊어질 수는 없어. 그것도 그렇게 오래."

"며칠 전만 해도 용기를 잃지 말라고 하더니."

스티븐이 말했다.

"다들 그렇게 말하는 거 같아서 나도 해본 거였어."

"맞아, 다들 그렇게 말해. 그래서 아무도 못 믿겠다는 거야."

스티븐은 다급해졌다. 다시 로버트에게 전화해서 좀 더 자세히 다그치고 싶었다. 아까는 방심하고 있다가 전화를 받은 것 같았다.

"라지, 구조하는 건 어떨까? 내 말은 생존자들이 구조가 필요하다면 말이야. 가능하긴 할까? 나사에 쏘아 올릴 만한 우주선이 있을까? 얼마나 걸릴까? 중국이나 러시아 우주선 중에 어쩌면…."

"진정해 이 친구야. 여기는 나사야. 필요한 일이면 답은 당연히 예스지. 이건 역사상 가장 중요한 임무라고. 쉽게 포기하고 백지화하지는 않을 거야. 내 말을 믿어. 지금 수많은 사람이 24시간 내내 쉬지 않고 걱정하고 있어. 그러니까 너까지 그럴 필요 없어."

"알았어. 네 말이 맞아. 그래도 걱정되는 건 어쩔 수 없어. 하지만 뒷전에서 구경만 하지는 않겠어. 무슨 일이든 하고 싶다고, 알겠어? 속수무책으로 있는 게 더 미칠 것 같아."

스티븐은 방 안을 서성이기 시작했다.

"도울 방법이 있으면 좋겠어."

"메이에게 격려의 말이라도 보내지 그래. 위로의 말 같은 거. 지금쯤 그런 게 절실히 필요할지 모르잖아."

"그래. 도의적인 지원 같은 것 말이지. 지금 내가 할 수 있는 건 그런 거지."

"결혼 생활과 관련된 골치 아픈 일들만 언급하지 마."

"와, 나를 아주 사회적 저능아로 취급하는군."

"나만큼 서툴지는 않지만, 그래도…."

"그만해."

라지는 또 다른 침실의 문이 약간 열려 있는 것을 보고는 다가가서 안을 살짝 들여다보았다.

"와, 드디어 이 방에 들어갔던 거야?"

라지가 의아해하며 물었다.

"응."

스티븐이 짧게 대꾸했다.

"그만 좀 하지 그래."

라지가 침실 문을 활짝 열었다. 아기방이었다.

"지금쯤은 방을 다시 꾸몄을 거라 생각했는데."

"다른 얘기 할 수 없나?"

스티븐이 다가가 방문을 닫으며 말했다.

"아니야. 집에 갈게. 시리얼이나 먹고… 좀 자야겠어."

"깨워줘서 고마워."

"뭘. 사무실에서 보자고."

"그래."

스티븐이 힘주어 대답했다.

라지가 돌아가고 스티븐은 잠시 감상에 젖어 아기 방을 들여다 보았다. 메이를 위한 깜짝 선물로 준비했던 방인데, 탐사선 발사 이후 까맣게 잊고 있었다. 메이를 잃을 수도 있겠다는 생각을 하고서야 비로소 용기를 낼 수 있었다. 참 이상한 일이었다. 아기방을 둘러보려니 무서운 마비 상태에서 벗어나는 느낌이 들었다. 느끼고 싶었다. 그것을 오래 갈망해온 것 같았다. 방문을 여는 것과 동시에 마법에 걸린 것처럼 마음이 아팠다. 스티븐은 문을 열어놓은 채, 아물지 않은 상처를 느꼈다.

메이가 아직 살아 있다고 생각하니 상처가 달리 보였다. 반투명 커튼을 통과한 햇살이 파스텔 색과 흰색 테두리에 부드러운 광택을 드리웠다. 아기 침대에 놓인 동물 인형들이 마치 크리스마스 아침을 기다리는 어린아이들 같았다. 스티븐은 전등을 끄고 쿠션이 있는 흔들의자에 앉았다. 천장에는 메이가 붙여 놓은 별들이 빛나고 있었다. 오리온. 스티븐이 제일 좋아하는 별자리다. 저 위 어딘가에 희미한 희망의 빛이 있다.

21

"건배하겠습니다."

텍사스 베르사유 호텔의 화려한 연회장에는 야회복 차림의 수백 명의 손님이 모여 춤을 추며 어울리고 있었다. 스티븐은 이런 자리나면 신서리를 치는 편이있다. 루이 14세도 기가 죽을 만큼의 금과 벨벳, 석유 부자들의 돈이 모인 자리였다. 모두가 샴페인과 최상급 갈비를 즐기는 동안 스티븐은 몸에 잘 맞지 않는 정장 차림에 땀을 흘리며 맨해튼 잔을 들고, 로버트가 파트너로 떠안기다시피 한 휴스턴의 여성 명사와 열심히 담소를 나누고 있었다. 미션을 후원하는 부유한 중개인들에게 스티븐을 좀 더 '정상적이고 평범한' 사람처럼 보이게 하기 위해 로버트가 의도적으로 그렇게 한 것이었다. 그래야 그들이 학술계 인사인 스티븐을 미션의 우두머리로 앉힌 것에 거부감을 느끼지 않을 것 같았기 때문이다. 그 휴스턴의 명사는 이혼녀였는데 선하고 대화도 유창했으며 외모도 출중했지만 결정적으로 몹시 따분했다.

스티븐은 로버트가 사람들과 인사를 나누며 파티장 안을 돌아다니는 모습을 지켜보았다. 로버트가 가장 좋아하는 시간일 것이다. 그와 관련된 모든 것은 맨 앞자리, 문 앞에서 따뜻한 환영을 받는 금장식을 한 화려한 파사드였다. 최근에 또 얼굴 어딘가 성형 수술을 받은 듯, 구릿빛 안색에 영구적으로 박아놓은 듯 흰 치아가 드러나는 미소를 띠고 방 전체가 들릴 정도로 큰 소리로 떠들고 있었다. '전형적인 정치가의 행동이군. 상대방이 코를 잡고 괴로워하는 한이 있어도 그의 냄새를 맡지 않을 수 없게 하는 걸 보면.' 스티븐은 생각했다. 로버트를 둘러싼 우수한 두뇌들에 비하면 정작 그의 역할은 축제장 밖에서 큰 소리로 떠들며 역사상 최대의 과학적 경이를 구경할 수 있는 티켓을 파는 관객몰이에 불과했다.

로버트의 우상이기도 한 그의 아버지 헨리 워런도 비슷한 역할을 했다. 기업가이자 정치인이었던 그는 우주 탐험의 발전을 이끈 여러 위원회의 의장을 역임했다. 아이언 행크와 같은 그의 아버지가 아니었다면 나사는 그 자체의 고대문화에 빠져 있었을지 모른다. 워런 가문의 사람, 특히 로버트는 사람들이 이 사실을 잊어버리는 것을 용납하지 않았다. 스티븐을 위해서는 잘된 일인지 모르지만, 로버트의 유일한 인생 목표는 그의 아버지가 이루어 놓은 어마어마한 업적의 그림자에서 벗어나는 일이었다. 로버트는 일찍부터 심우주 탐사 같은 비인기 분야를 집중적으로 개척하고자 했다. 그러던 로버트는 스티븐의 연구가 인류의 과거와 미래를 새롭게 정의할 획기적인 계기를 마련할 것 같은 조짐을 보이자 드디어 꿈을 이루어줄 자기만의 **아폴로 11호**를 찾았다고 생각했던 것이다.

유리잔을 톡톡 두드리는 소리가 들렸다.

"아, 빌어먹을."

스티븐은 드디어 그가 가장 피하고 싶은 순간이 오고야 말았음을 알아채고 중얼거렸다.

로버트가 귀빈석으로 돌아와서 그의 잔을 들고 스푼으로 잔을 두드렸다. 다른 사람들도 밴드의 음악 소리에 맞서면서 상사의 비위를 맞추기 위해 로버트를 따라 잔을 두드렸다.

"신사 숙녀 여러분, 건배하겠습니다."

로버트가 큰 소리로 외쳤다.

사람들이 호응을 하고, 일부는 벌써 마시기 시작했다.

"잠시만 기다려주십시오. 그렇게 쉽게 놓아드리진 못합니다."

로버트가 농담을 던졌다. 말이 길어질 것을 넌지시 암시하는 투이기도 했다. 좌중에서 낮게 웃음이 터져나왔다.

"유로파 미션에 참여하게 되어 기쁘다는 말씀을 드리고 싶습니다…. 여러분 중 대부분이 신원 조회를 받지 않은 상태라 상세한 내용을 모두 말씀드릴 수는 없지만…."

좀 더 선의의 웃음이 장내에 퍼졌다.

"감히 한 마디로 저의 **겸허한** 예측을 말씀드리자면, 우리가 알고 있는 인류의 삶이 영원히 **변하게** 될 것입니다."

로버트는 이렇게 장내를 휘어잡는 일을 즐겼다.

"여러분 중에는 곧 유로파로 출발하실 분들이 있습니다. 한동안 오늘 밤과 같은 제대로 된 식사를 하시지 못할 것이니 저의 연설은 짧게 마칩니다. 누군가 말했습니다. 모든 빛나는 과학의 발전에는 인류가 영광… 그리고 비난을 돌려야 하는 누군가가 있다고. 유로파 미션 역시 한 사람의 일생을 바친 연구가 아니었다면 불가능했을 것입니다. 그의 노고가 오늘 이 자리를 가능하게 했고, 앞으로 우리가 가보지 않은 세계로 우리를 이끌어줄 것입니다. 신사 숙녀 여러분, 스티븐 녹스 박사를 소개합니다. 스티븐, 어디 있나?"

로버트는 물론 스티븐이 어디 있는지 정확히 알고 있었다. 스티븐을 찾는 척하면서 장내를 안정시키고 조용하게 만들기 위한 퍼포먼스였다. 스티븐의 파트너가 경망스럽게 손뼉을 치며 일어나라고 쿡 찔렀다. 스티븐이 일어서자 로버트는 그를 보며 자랑스러운 미소를 지었다. 마치 더비 경기 날 장미를 받아 가는 경주마의 주인 같은 표정이었다.

"스티븐 녹스, 세상을 바꾸는 자, 자네를 위한 건배야."

스티븐은 몸이 얼마나 움츠러드는지 근육이 결릴 정도였다. 로버트는 잔을 높이 들어 좌중의 환호를 부추겼다.

"자, 이제 마셔도 좋습니다. 충분히 즐기세요."

술잔이 비고 악수가 오갔다. 많은 사람이 스티븐을 격려하며 등을 두드려주는 바람에 좀 전에 먹은 치킨 꼬르동 블루가 다시 올라올 것 같았다. 인사치레가 끝나자 스티븐은 사교 기술이 미숙하고 사사로운 대화를 싫어하는 과학자가 할 법한 행동을 했다. 바로 그곳을 빠져나가는 것. 도착할 때 보아둔 축구장만 한 발코니로 갔다. 우선 신선한 공기를 마시고 나서 담배 한 대를 피우며 바깥 공기를 오염시킬 생각이었다. 스티븐은 무거운 커튼이 드리워진 문틈으로 빠져나가 후텁지근한 저녁 공기 속으로 들어갔다. 그리고 몸을 숨길 만한 그늘진 모퉁이에 앉아 별을 올려다보며 담배를 피웠다. 오리온자리의 머리는 보였으나 나머지 부분은 높이 뜬 구름 때문에 잘 보이지 않았다.

"보스와 의논해볼게요."

가까운 칵테일 테이블에서 여자 목소리가 들렸다. 메이였다. 무릎까지 오는 길이의 편안해 보이는 칵테일 드레스가 완벽하게 어울리는 그녀의 모습이 마치 영화배우나 슈퍼히어로처럼 돋보여서 처음에는 알아보지 못할 정도였다. 그러다가 메이를 알아보는 순간 이제 겨우 아물어가는 팔의 상처가 쓰려왔다. 오늘 하루 잘 지내려고 했으나 음식도, 술도, 파트너도 도무지 맘에 들지 않았다. 그러니 더 이상 어떻게 좋은 사람 노릇을 하겠는가?

"에이, 오늘 저녁 기분이 더 이상 나빠질 수 없을 때까지 왔다고 생각했는데 말이지."

스티븐은 담배꽁초를 비벼 끄고 출구를 찾으며 중얼거렸다.

이때 메이가 파티장에서 빠져나가고자 하는 스티븐의 의도를 눈치챘는지 스티븐이 채 의자에서 일어나기도 전에 먼저 일어나 그에게 다가왔다.

"실례인 줄은 알지만, 담배 한 대 얻을 수 있을까요? 내놓고 담배를 피울 처지가 아니라서요. 직업상 위험을 감수해야 하는 일이기도 하거든요. 더구나 지갑이 작아서 립스틱 넣을 자리도 없네요."

이 여자는 최소한 재미는 있군. 파티장에 있는 사람들을 판단하는 스티븐의 기준으로 볼 때 메이는 그중 나았다. 담배 요청을 한마디로 거절할까 하다가, 더 이상 경계하고 맞서는 태도를 고수하는 것도 피곤하고, 첫 담배를 충분히 만끽하지도 못했던 터라 "물론" 하고 담담하게 대답했다.

메이는 스티븐이 보이는 몸짓과 억양을 무시한 채 맞은편 의자에 앉았다. 스티븐은 메이가 담배만 받아 가주기를 바랐으나 메이는 스티븐을 귀찮게 하기로 작정을 한 것 같았다. 담뱃불을 붙여달라는 듯 기다리기까지 하는 것이었다.

"당신 참 대책 없이 뻔뻔하군요."

스티븐이 말했다.

"저를 내치시는 건가요?"

메이가 스티븐의 얼굴에 담배 연기를 뿜으며 물었다. 의도적임을 알아차릴 정도로 적정량의 연기가 스티븐의 얼굴에 닿았다.

메이의 눈빛은 먹잇감을 가늠하는 포식자처럼 예리하고 강렬했다. 스티븐은 메이의 순수한 당당함에 매료되어 자기가 조금 전까지 잔뜩 불만에 차 있었다는 사실을 완전히 잊어버렸다.

스티븐은 한 번도 그렇게 주변의 시선을 무시하고 확신에 차서 자기주장을 내세워 본 적이 없었다. 손목에 난 상처가 가려웠다. 소매를 걷고 밴드 붙인 자리를 살펴보았다. 밴드에 피가 약간 배어 있었다. 그것을 보자 도도하게 빈정대던 메이의 음성은 금세 연민으로 바뀌었다.

"어머나, 상처가 남겠어요. 나 정말 형편없는 여자였네요, 그렇죠?"

"메리엄이라고 했던가요?"

"맞아요. 지인들은 메이라고 불러요. 당신은 물론 스티븐 녹스 박사죠. 이 모든 일을 가능하게 한 고결한 천재."

"스티븐이라고 불러요. 아니면 고결한 천재라고 하든지. 뭐든 편한 대로."

"스티븐이 좋아요. 특히 철자가 정확해서 좋거든요."

"그건 내가 중학교 때 친구 녀석들에게 강조했던 거라고요."

메이가 큰 소리로 웃었다. 스티븐은 메이의 웃는 모습이 참 아름답다고 생각했다. 문득 그런 자신에게 화가 났다. 스티븐은 소매를 내려서 밴드가 붙여진 곳을 덮고 다시 경계 태세를 취했다.

"그래서, 내가 일조해서 만들어낸 이 괴물 같은 프로젝트에서 당신이 맡은 임무는 뭐죠?"

스티븐이 물었다.

"아, 별로 특별한 건 아니에요. 일개 선장일 뿐이니까."

이번엔 스티븐이 크게 웃었다.

"아, 아주 완벽하군."

"맞아요, 그렇죠?"

메이가 맞장구를 쳤다.

"과학자와 우주비행사 간의 케케묵은 갈등이 아이스크림콘을 먹던 피해자와의 저속 주행 접촉 사고로 재현된 거죠."

"사실 나는 고도로 숙련된 조종사가 그렇게 운전을 험하게 한다는 게 얼마나 모순인가를 생각하고 있었소."

스티븐은 이렇게 말해놓고 너무 무례한 말을 한 것 같아 당황했지만 메이가 전혀 개의치 않는 것 같아 이내 안심했다.

"나는 사과를 잘 못 해요. 그날 당신을 쳐서 정말 미안해요. 팔에 상처까지 내고, 아이스크림도 못 먹게 만들고…."

"구경꾼들 앞에서 망신도 주고 말이죠…."

"그건 특히 더 미안해요. 알고 보면 나 그렇게 나쁜 사람은 아니에요…. 대부분의 경우에 말이죠."

"나는 **항상** 형편없이 못된 사람인데."

스티븐이 스스로 인정한다는 듯 말했다.

"내가 보기엔 당신 괜찮은 사람이에요. 내 말을 믿으세요. 탐지기 하나만큼은 최상급이니까. 절대로 실수하는 법이 없어요. 당신은 전혀 의심되는 점이 없어요."

"고마운 말이군요."

스티븐은 남은 맨해튼 칵테일을 마저 마시려다가 얼음 조각들을 옷에 흘렸다.

"항상 이렇다니까."

"마실 거 한 잔 가져다줄까요?"

"글쎄, 마라스키노 체리 하나 더 먹고 싶은데 좋은 생각이 아닌 것 같아서."

"맞아요. 그거 먹고 완전히 취할 수도 있어요. 대신 이걸 마셔요."

메이는 한쪽이 찌그러진 은으로 만든 휴대용 플라스크를 내밀었다. 메이의 어머니가 위스키를 담아 가지고 다니던 휴대용 플라스크였다. 스티븐은 플라스크를 받아 한 모금 받아 마셨다. 순간 바

146

로 기침이 터져나왔다.

"페인트 희석제인가?"

스티븐이 잠긴 음성으로 물었다.

"챔피언의 아침 식사예요."

메이가 한 모금 길게 마셨다.

"사실은 스코틀랜드산 도로포장용 타르 제거제에요. 목 한 번 더 축이시겠어요, 박사님?"

메이가 술병을 내밀었다.

"그래도 괜찮다면. 1950년에 냉동시켰던 것 같은 음식을 소화하려면 뭔가 마셔줘야 할 것 같아요."

스티븐은 몇 모금 더 마셨다. 불덩이를 삼키는 것 같았다. 팔다리로 술기운이 퍼지면서 눈꺼풀이 무거워졌다.

"당신 오늘 준비를 단단히 하고 온 것 같군요. 이런 행사를 나만큼이나 싫어하는 것 같고요."

스티븐이 말했다.

"거의 장례식장 가는 것만큼 싫어요. 그래도 장례식엔 음식은 괜찮죠."

"그리고 술도요."

스티븐이 한마디 보탰다.

"고무 같은 닭고기와 미지근한 소비뇽 블랑으로 고인을 실망하게 할 순 없으니까요. 그건 너무 큰 실례죠."

"맞아요."

스티븐이 두리번거리며 말했다.

"파트너가 당신 찾을까 봐 걱정되세요?"

"아니요. 그분은 정장을 입고 왔는데요 뭘. 다만 로버트가 나를 가축처럼 이리저리 끌고 다니며 인사시키기 전에 빠져나가려고요.

당신은? 설마 영혼 없는 사람들의 축제에 혼자 온 건 아니겠죠."

"나는 일과 결혼했는데, 일은 키스를 할 줄 모르네요."

"기가 막힌 우연의 일치군. 나도 마찬가지요. 내 일도 전혀 삶을 즐길 기회를 주지 않는데. 언제나 나를 닦달하고 해야 할 일들을 재촉하죠. 주말에 해야 할 일, 저칼로리 맥주…."

스티븐은 이렇게 말하며 나비넥타이를 풀었다.

"그러지 말아요. 정장을 입을 때 제일 중요한 부분이 바로 타이 잖아요. 그리고 현대의 패션을 그렇게 망가뜨린 모습을 보면 로버트가 놀라서 졸도할지도 몰라요."

메이가 미소를 지으며 말했다.

"그를 잘 아는군요."

스티븐이 타이를 다시 매며 말했다.

"누가 나에게 이 빈쩍이 소시지 같은 드레스를 입으리고 했겠어요?"

스티븐이 다시 맨 나비넥타이는 우스꽝스럽게 비뚤어져 있었다.

"어때요?"

"엉망이에요. 제가 해드리죠."

메이는 앞으로 기울여 간단한 동작으로 나비넥타이를 매주었다. 스티븐은 고개를 돌려 시선을 멀리 두려 했으나 메이의 강렬한 시선과 손길이 그의 눈길을 다시 그녀에게 되돌려 놓았다. 메이는 나비넥타이를 매고 나서 바로 스티븐의 담배 한 대를 더 꺼내 들고 자리에 앉았다.

"고마워요. 다시 신사가 된 것 같군."

"저런, 어쩌죠. 위스키를 좀 더 마시면 편안해질 거예요."

메이가 휴대용 술병을 건네며 말했다.

스티븐은 길게 한 모금 마셨다.

"천천히 마셔요. 집에 가는 길에 마실 정도는 남겨달라고요."

메이는 이렇게 말하면서 윙크를 했다.

스티븐은 메이와 함께 있는 시간이 편안하게 느껴진다는 사실이 놀라웠다. 모든 면에서 서로 그렇게 다른데도 말이다. 메이에게 다른 곳에 가서 한잔하자는 말을 할까 말까 망설이고 있는데 로버트가 스티븐을 찾으러 발코니로 걸어 나왔다.

"어머나,"

메이가 얼른 담배를 끄며 말했다.

"아빠가 자동차 키 돌려달라네요."

로버트가 뭔지 알겠다는 투의 웃음을 입가에 띠며 다가왔다.

"로버트,"

스티븐이 명랑한 어조로 말했다.

"이쪽은 메이, 물론 잘 알겠지만."

"물론이지."

로버트가 활짝 웃어 보이며 말했다.

"반가워요, 크로슬리 선장."

로버트는 사람들에게 수동적이면서도 공격적인 방법으로 소위 신분으로 상하 구분을 확인하는 것을 즐기는 경향이 있었다. 메이는 그 속뜻을 알아차리고 대답했다.

"좋은 저녁입니다, 소장님."

메이는 정중하게 서서 응답했다.

"스티븐, 잠깐 안으로 들어가겠나? 나사의 정책입안자들에게 자네를 소개하려고. 자네를 만나서 반짝이는 지성을 확인하고 싶어 안달들이야…."

스티븐은 메이를 돌아보았다. 메이는 가도 좋다는 뜻으로 웃어 보였다.

"담소 나눌 수 있어서 즐거웠어요, 녹스 박사님."

메이가 로버트의 정중함을 조롱하듯이 공손하게 말했다.

"저도 좋았습니다, 사령관님."

스티븐이 웃어 보이며 응수했다.

스티븐은 호위를 받듯 로버트에게 이끌려 들어가면서 뒤를 돌아보았다. 메이가 스티븐의 담뱃갑에서 담배 한 개비를 꺼내 불을 붙이고 있었다. 그러고는 그들이 걸어가는 방향으로 자욱한 연기를 뿜었다.

22

"탐사선의 다른 부분에 추가 손상은 보이지 않습니다."

이브가 말했다.

메이는 의무실에서 연기 흡입과 선체 기공으로 소진된 기력을 회복하는 중이었다. 다행히 바이오정원이 투하된 후 실험실에서 타오르기 시작한 불길은 이브가 잡았다. 메이를 거의 미라처럼 감쌀 정도로 소화 거품을 뿜어야 했다. 메이는 아직도 머릿속에서 소화 거품 조각을 하나씩 떼어내고 있었다.

"다행이군. 원인은 찾았나?"

메이가 말했다.

"아니요. 최근의 미세 진동에 의한 스트레스로 기공이 생긴 것 같아요."

"마치 누군가 바주카포로 벽에 구멍을 낸 것 같았어."

"저의 기록에 의하면 우리는 그렇게는….'

"탐사선에 바주카 싣고 온 거 아니야?"

메이가 웃으면서 말했다.

"알아요. 농담하시는 거죠."

"별로 기발한 농담은 아닌 것 같다. 미세 진동 때문이라면 다른 부분에도 스트레스로 인한 균열이 생겼을 가능성이 있지 않아?"

"아직 다른 균열은 발견되지 않았어요."

"하지만 바이오정원에 생긴 것도 미리 발견하지 못했잖아."

"그게 이상해요. 균열을 발견하기 전까지 구조 감지 데이터를 살펴보았는데 그런 조짐을 알 수 있는 이상 증후는 발견하지 못했거든요."

"좋아. 그 사항도 어느 순간 우리를 곤경에 빠뜨릴 수 있는 미심쩍은 증상 목록에 추가해."

메이의 몸에 흘러들던 정맥주사가 끝났다. 메이는 바늘을 뽑고 이동용 들것에서 내려왔다. 하지만 일어서려는 순간 방이 빙그르 돌아서 얼른 다시 누워야 했다.

"어머!"

그제야 피부가 식은땀으로 덮여 있다는 사실을 알아차렸다.

"어지러워. 다시 당이 떨어진 모양이야."

"방금 포도당을 맞으셨는데요."

"나도 알아."

메이가 내뱉듯이 쏘아붙였다. 그러면서 왜 이렇게 화가 나는 걸까 하고 스스로 의아했다.

"미안해, 이브. 그동안 힘들었던 것들이 한꺼번에 밀려와서 그런가 봐. 기억이 돌아올수록 감정이 더 격해지는 것 같아. 이제는 사람들이 소위 진이 빠졌다고 말하는 상태가 되어가는 것 같아."

"괜찮아요, 메이. 뇌를 다치면 정서적으로 불안정해질 수 있어요."

"그런 말을 들으면 기분이 좀 나아지면 좋겠어. 비정상인 게 정상이라는 사실이 위로가 되었으면 좋겠는데, 그렇지가 않아."

"몸은 좀 어떠세요?"

"의식을 잃었고, 끔찍한 소화 거품에 거의 산 채로 묻힐 뻔한 것 치고는 괜찮은 편이야. 예전 내 모습보다 10년은 늙은 것 같지만 말이야."

"이렇게 힘든 시간을 보내는 걸 보니 마음이 아파요. 더 많은 도움이 되어드렸으면 좋았을 텐데."

"됐어, 이브. 정말 많은 도움이 되고 있어. 네 덕분에 내가 미치지 않고 맑은 정신을 유지할 수 있는 거야. 지금으로서는 그게 가장 중요한 일이고."

"차 한잔하실래요?"

"아…. 영국적이면서 과하지 않은 제안이네. 아주 좋아. 마실게. 싱거운 차 맛이 나는 미지근한 고동색 물 한 잔 부탁해."

"차와 곁들일 크럼핏 비슷한 것도 한 조각 드릴까요?"

"아주 좋지."

"조리실에 준비해놓을게요. 걸을 수 있겠어요?"

"걸을 수 있을 것 같아."

일어서니 다시 핑 도는 것 같았지만 금방 가라앉아서 조리실로 갔다. 식음료 콘솔로 '차와 크럼핏'이 나오니 따뜻한 케이크 비슷한 냄새에 속이 울렁거리기 시작했다.

"음, 이브."

메이가 조용히 불렀다.

"이 냄새를 맡으니까 카니발에서 싸구려 놀이기구를 타고난 것 같이 속이 울렁거려. 다른 걸 먹을게. 포트 파이 괜찮던데, 기억해낼 수 있다면."

"잠시만 기다리세요."

포트 파이가 나오자 속이 더욱 울렁거렸다.

"아니야. 이것도 버려줘. 그냥 물 마실게."

메이는 물을 커피 잔에 따르고 실내 카메라에 등을 돌린 채 어머니의 낡은 술병에 담긴 위스키를 머그잔에 제법 넉넉히 따랐다.

"그래, 이거야."

메이는 한 모금 마신 다음 혼자 중얼거렸다.

그런 다음 의자에 편안히 앉아서 묵은 위스키 냄새가 밴 낡은 철제 술병을 찬찬히 살폈다. 그 냄새를 맡으면 언제나 어머니에 대한 기억이 떠올랐다. 이번에는 메이가 조금 전까지 겪었던 모든 일 때문인지 열세 살 때 엄마와 함께했던 아찔한 비행의 순간이 생각났다.

절대로 변하지 않는 것들이 있어, 그렇지? 메이는 혼자 생각에 잠긴 채 중얼거렸다.

메이는 엄마의 낡은 비행기 중 한 대를 조종하고 있었다. '대싱 듀크'라는 별명을 가진 쌍발이 비치크래프트 바론 G58이었다. 뒤쪽에는 네 사람의 승객을 태울 수 있는 낡은 가죽 의자가 있고, 앞에는 조종 핸들과 계기판 등이 빽빽하게 들어찬 작은 조종석이 있었다. 쌍발 비행기는 평소에 메이가 조종할 수 있도록 허용된 단일 엔진 비행기보다 조종하기가 훨씬 어려웠다. 더구나 어머니가 "스코틀랜드까지 가서 간단히 아침 식사하고 오자"고 제안했기 때문에 한층 더 설레고 흥분된 상태였다.

어머니는 이 낡은 비행기를 몹시 아꼈고, 더구나 조종석에 메이를 함께 태우고 비행하는 것은 더 말할 나위 없는 기쁨이었다. 어머니는 늘 진정한 조종사는 날개가 달린 것이면 어떤 것이든 조종할 수 있어야 한다고 말했다. 글래스고에 착륙하기 위한 시도를 할 때쯤 갑자기 문제가 발생했다. 폭풍우가 오는 중에 기온이 급격히 떨어지면서 날개에 얼음이 쌓이기 시작한 것이다. 단 몇 분 만에 위급한 상황에 직면했다. 3,500미터로 내려온 고도가 빠른 속도로 더 떨어지고 있었다. 엔진이 털털거리며 꺼졌다 켜지기를 반복했고, 날개의 플랩이 얼어붙어 움직이지 않았다. 메이는 비행기가 곧 돌덩이처럼 떨어질 것 같았다. 메이가 겁에 질려 당황하자 이브는 침착하게 메이를 진정시켰다.

"정신 똑바로 차려야 해, 메이. 안 그러면 해낼 수 없어. 심호흡하고 정신을 집중하면 모든 문제를 해결할 수 있어."

"어떻게 하라는 거예요? 엄마가 하세요."

메이가 소리쳤다.

"절대 그럴 수는 없어. 네가 조종사고, 나는 네가 조종할 수 없는 상태가 되기 전에는 조종석을 이어받을 수 없어. 넌 할 수 있어, 메리엄. 언제나 맑은 하늘에 뭉게구름만 피는 건 아니란다."

어머니는 고도계를 가리켰다. 지평선을 기준으로 비행기의 상대적인 방향을 나타내는 장치다.

"그리고 네 질문에 대한 대답은, 넌 아무것도 하지 않아도 돼. 현재 우리의 무게를 고려할 때 비행기는 최대한 안정적으로 가고 있는 거야. 겁에 질려 성급하게 비행기를 기울이면 몹시 불안정해질 수 있어. 말하자면 뒤집히는 거지."

"뭐라도 해야 할 것 같아요."

메이가 흐느껴 울면서 말했다.

"그저 중력의 마법에 맡겨두면 돼. 생각해봐, 메리엄. 고도를 낮추면 어떻게 될까?"

"몰라요. 나는…."

"울지 말고 진정해!"

어머니가 큰 소리로 꾸짖었다.

"이건 생사가 달린 순간이야. 내가 언제나 네 곁에서 널 구해줄 수는 없어. 그러니 네가 너를 구해야 해."

메이는 이를 악물고 소매에 콧물을 닦았다. 어머니의 꾸짖음이 두려움을 몰아내고 메이를 생존 모드로 임하게 한 것이다. 그러자 머릿속이 제대로 돌아가기 시작하는 것 같았다.

"고도를 낮추면 공기 온도가 올라가서 얼음이 녹고, 비행기가 다시 정상작동 할 거예요."

메이가 침착하게 말했다.

"맞았어. 머릿속을 맑게 하니까 어떤 효과가 있는지 봤지?"

"하지만 얼음이 다 녹았을 때 지상에서 30미터 정도밖에 안 되면 어쩌죠? 다시 고도를 회복할 수 없을 텐데요."

"그럼 우린 죽는 거지."

어머니가 무심하게 말했다.

"그래도 최소한 기회는 만들어본 거잖아. 하지만 성급하게 대치히면 그 기회를 낭비해버릴 수 있어. 자, 이세 만인이라는 전제를 가지고 징징거리지 말고 문제를 해결해봐. 무슨 문제를 먼저 해결해야 하는지 알겠니?"

메이는 떨리는 손으로 조종장치와 내비게이션 지도를 살폈다.

"현재 공기의 속도로 볼 때 글래스고 에어필드를 지나칠 거예요. 그런데 속도를 줄일 방법이 없어요."

"맞아. 해결 방법은?"

메이는 지도를 뚫어지게 살펴보다가 손가락을 튕기며 미소를 지었다.

"도시 북쪽에 하나 있어요. 조금 못 미칠 수도 있지만 그게 최선인 것 같아요."

"역시 내 딸이야."

손에 땀을 쥐며 1,000미터까지 내려갔을 때, 구름 사이로 해가 나오면서 기온이 영상으로 올라갔다. 비행기에 덮였던 얼음이 몇 분 사이에 녹았고, 메이와 어머니는 비행기에 약간의 손상만 입힌 채 착륙할 수 있었다. 비행기에서 내린 어머니의 얼굴에는 흐뭇함과 자랑스러움이 가득했다. 그러고는 지상에서 근무하는 직원들에게 약간의 과장까지 섞어가면서 메이의 공적을 자랑하는 것이었다. 그날 어머니는 메이가 한 손으로 꼽을 정도로 좀처럼 하지 않던 행동을 보여주었다. 메이를 꼭 껴안아준 것이다.

"축하한다, 메리엄. 이제 너는 조종사야."

그날부터 메이는 어머니를 포함해서 비행기 조종사들이 달리 보였다. 그동안 냉정하고 거리감이 느껴지는 어머니를 많이 원망했었는데, 자기가 어머니를 이해하지 못했었다는 사실을 깨달은 것이다. 조종사였을 뿐 아니라 치열한 전투 경험도 있는 어머니는 항상 자신의 감정적인 면을 누르고 감추는 법을 먼저 배워야 했을 것이다. 생존하기 위해서는 그랬을 수밖에 없었을 테니까.

나의 자매여, 이제 당신을 이해할 수 있을 것 같아요. 메이는 이렇게 혼자 중얼거리며 어머니의 술병을 높이 들었다.

23

"잠시 쉬면서 여흥을 즐겨보자고."

메이는 혼자 이렇게 속삭였다.

계속 불안에 시달리고 코앞에서 죽음의 위협을 느끼다가 약간의 취기가 오르니 기분이 좋았다. 위스키를 쪼금 녀 마시고 주머니에 있던 담배를 꺼냈다. 탐사선에 오를 때 몰래 숨겨온 담뱃갑과 휴대용 술병을 찾았을 때 메이는 황홀할 지경이었다. 또다시 십대 소녀가 된 기분이었다. 메이는 담배에 불을 붙이고 길게 한 모금 빨았다. 니코틴이 들어가니 머리가 핑 돌아 몸에서 분리되는 느낌이었는데 위스키의 기운이 잡아주었다.

"메이, 조리실에 화재가 발생했어요."

이브가 다급하게 알렸다.

"주변에 계시면 화재를 진압해주실 수 있으신가요?"

메이가 웃었다.

"나 때문이야, 이브. 내가 화재를 낸 거라고. 내가 음… 담배를 피우고 있어."

"나사의 선상에서 흡연은 엄격히 금지되어 있습니다. 담배는 가연성이 높으니까요."

"그래, 알아. 하지만 상관없어. 사방에서 죽음의 그림자가 넘실거리는 상황에서 살아남아야 한다면, 규칙 몇 개쯤은 무시해야 내가 견딜 수 있을 것 같아."

메이는 위스키를 길게 한 모금 마시고 나서 커다란 소리를 내며 트림을 했다.

"스카치는 너무 독해. 하지만 기운을 북돋아 준단 말이야."

"개인적인 질문 하나 해도 될까요, 메이?"

이브가 조용히 물었다.

"얼마든지. 마음대로 물어봐."

"정말로 사방에서 죽음의 그림자가 넘실대는 것을 느낀다면, 왜 몸을 상하게 하는 것으로 입증된 알코올을 마시고 담배를 피우는 건가요?"

메이는 너무 심하게 웃다가 담배를 삼킬 뻔했다.

"훌륭한 질문이야. 그 이유는 술과 담배가 장기적으로 보면 몸에 해롭지만, 단기적으로는 기분을 즐겁게 해주거든. 좀 난해한 말이지."

"정말 이해하고 논리를 대입하기 어려운 문제네요."

"바로 그거야. 인간은 자기들이 논리적이라고 믿고 싶겠지만 실제 사는 모습을 보면 그 반대거든. 우리는 감정의 지배를 더 많이 받지. 감정도 나름의 논리는 있지만 이해할 수 없는 것들이 더 많아. 그건 이해할 수 있겠어?"

메이는 이렇게 물으며 웃었다.

"당신이 거울을 깨뜨리고 스스로 상처를 입혔던 것은 감정이 그렇게 하는 것이 옳다고 말했기 때문인가요?"

"그렇게 하라고 말을 했다기보다 그 순간 그런 행동을 하고 싶은 충동이 생겼고, 그래서 그렇게 한 거지. 정상적인 상태였다면 그런 행동을 하지 않았겠지만 지치고 스트레스가 쌓이면 감정이 예민해질 수 있거든."

"행복은 어때요? 행복도 같은 원리로 작용하나요?"

"당연히 그렇지. 내가 처음 내 남편 스티븐과 키스를 했을 때처럼 말이야."

메이는 스티븐의 강의실에 갑자기 들어갔던 날, 강의가 끝나고 스티븐이 라이스대학 캠퍼스 근처에 있는 멕시코 스타일의 다이브 바에 데려갔던 날 밤을 떠올렸다. 스티븐은 처음 만나던 날 메이의 생일을 망쳤던 것을 보상해주기 위해 튀긴 아이스크림을 주문해주었다. 아이스크림에는 촛불이 켜져 있었는데 메이는 스티븐에게 키스하기 위해 테이블 위로 몸을 기대다가 상의에 불이 붙을 뻔했다. 메이는 그날 마셨던 테킬라와 라임, 그리고 혀에 닿았던 소금의 맛을 기억하고 있었다.

"그냥 해버렸어."

메이는 그 순간을 회상하며 말했다.

"생각할 시간이 없었지. 비행기 조종과 같아. 본능이 시키는 대로 담대하게 밀고 나가야 할 때가 있거든. 그런 면이 바로 우리 인간의 원초적이고 현명한 본성인 것 같아."

"저의 시스템에도 본능이라는 것이 코드로 장착될 수 있는지 모르겠네요."

"너도 벌써 가지고 있어, 이브. 네가 알고 있는 사실에 근거해서 문제를 예상하잖아. 그것도 본능의 한 형태야."

"멋져요. 소속감이 느껴지네요."

"조심해, 너도 우리 중 하나가 될 수 있어. 그런 의미에서 음악 하나 들을까?"

메이가 웃으며 말했다.

"어떤 음악을 듣고 싶으세요? 제법 다양한 음악이 저장되어 있답니다."

"장례행진곡은 어떨까?"

메이가 냉소적인 어투로 말했다.

"어느 작곡가 말씀이세요?"

"농담이야. 춤출 수 있는 곡으로 들려줘. 어떤 거든 상관없어."

이브가 EDM(전자 댄스 뮤직)을 틀자 메이가 한숨을 쉬며 말했다.

"전자 드럼은 영혼이 없어. 사람이 연주하는 진짜 음악을 부탁해."

"제 프로그램은 베토벤 음악을 좋아합니다. 그의 음악을 잘 아세요?"

"지금 나랑 놀자는 거야?"

"그것도 비유적 표현인가요?"

"맞아. 농담하느냐는 뜻이지. '지금 나에게 역사상 가장 위대한 작곡가의 음악을 아느냐고 묻는 거야?'라는 식으로 말이야."

"저의 유머 프로그램도 아주 풍부하지만 조롱하는 표현은 포함되어 있지 않아요. 아마도 사람들이 좋아하지 않는 것인가 봅니다."

"사람들 신경 쓸 거 없어. 꺼져버리라고 해."

메이가 웃었다.

"메이, 지금의 당신은 좀 이상한 것 같아요. 말하는 패턴이….."

"이런 걸 보고 취했다고 하는 거야."

"이런 환경에서 취하면 몹시 위험할 수 있습니다. 특히 불을 취급할 때 말이죠."

메이는 키득거리고 웃기 시작했다.

"나는 술기운도 불도 잘 다룰 수 있어. 이제 음악을 틀어줘. 춤

추게."

"상호 참조해서 댄스 뮤직을 찾고 있어요. 폴카나 북미 원주민의 전례 춤 등 민족 특유의 음악도 많은데요."

"우와,"

메이가 웃음을 참으려 안간힘을 쓰면서 말했다.

"다른 거 찾아봐. 로큰롤은 어떨까? 그것도 민족 음악이라고 볼 수 있잖아."

"영국의 로큰롤을 듣고 싶으시겠죠? 그 장르의 음악을 가장 많이 가지고 있습니다."

"당연히 그렇겠지. 좋아, 영국 록으로 부탁해."

"알았습니다. 롤링스톤스의 음악입니다."

이브가 'Can't You Hear Me Knocking'을 틀었다.

"오, 좋아. 흔들어보자고. ㅑ사에 들려주는 곡이다."

메이는 담배를 입에 문 채로 조리실을 돌며 춤을 추었다.

그렇게 한 시간 정도 이브가 디제이를 해주고 메이는 미친 듯이 춤을 추며 스트레스를 발산했다. 이제 충분하다 싶을 때까지 춤을 추고 나서 쓰러지듯 의자에 앉아 눈 안쪽으로 밀려오는 두통을 가라앉히려 물을 마셨다.

"아, 이브, 정말 재미있었어. 이제 뭐 하지? 베개 싸움할까?"

"괜찮으시다면 스티븐과의 관계에 대해 좀 더 듣고 싶어요. 스티븐이 어떤 일을 하는지는 알고 있지만 만난 적은 없어요."

"여자아이들 수다 떠는 것처럼 말이지? 좋아. 어떤 게 알고 싶은데…? 너무 외설적인 건 빼고 물어봐."

메이가 농담을 섞어가며 응수했다.

"어떻게 만났는지 말해주세요."

"좀 더 그럴듯한 걸로 물어봐, 이브. 좀 더 짜릿한 거 말이야."

"좋습니다. 하지만 너무 사생활에 깊숙이 들어가는 것 같으면 말해주세요."

"괜찮아, 여자끼리 뭘 그래."

"스티븐이 첫사랑이었어요?"

"와, 그거 좋다, 동생아. 안타깝지만 첫사랑은 아니었어. 첫사랑이 누군지 너는 짐작도 못 할 거야…."

"짐작하는 일은 저의 특기가 아니에요."

"그래도 해봐."

"좋습니다. 이언 올브라이트였나요?"

메이는 너무 놀라서 움찔했다.

"도대체 그걸 어떻게 알지?"

"개인 파일 데이터에 근거해서 추론했어요. 영국 공군에 신임 장교로 계실 때 이언이 상급 장교였잖아요. 주로 당신 부대를 통솔하는. 두 분 모두 다른 장교와 '친분 관계'를 맺었다는 것 때문에 질책을 받으셨고요. 보고서에 상대 장교의 이름이 나와 있지는 않지만 동시에 같은 일로 질책을 받은 다른 장교는 없었어요. 그리고 가끔 당신이 자면서 그의 이름을 중얼거리는 걸 들은 적이 있어요."

메이는 잠시 추억에 잠겼다. 이언과 함께 빠른 속도로 시골길을 달리고 있었다. 이언이 부모님에게서 받은 호화로운 스포츠카를 운전하면서 메이의 호감을 사려고 애쓰고 있었다. 메이는 차창 밖으로 머리칼을 휘날리며 웃음과 함께 환호를 지르고 있었다. 해안가 절벽 위에 차를 세우고 수십 미터 아래 바다를 내려다보았다. 아일랜드. 이언의 가족 중 누군가의 집으로 놀러 갔을 때였다. 이언은 상쾌한 바람을 맞으며 메이를 껴안고 키스했다. 장면은 바뀌어 두 사람은 장원의 저택 거실에 마련된 차고만큼이나 큰 벽난로 옆에 누워 있다. 불꽃이 연통 안으로 들어갈 듯 타오르고, 사방에 옷가지가 흩어져 있었다.

"말하자면 그가 내 마음을 사로잡았던 거야."

메이가 생각에 잠긴 채 중얼거렸다.

"그를 사랑했어요?"

"그러려고 했지."

메이의 눈빛이 어두워지면서 기억을 지우려는 듯 고개를 저었다. **다 부질없어.**

"그건 그렇고, 그런 것까지 모두 안다는 건…. 감시하는 정도가 거의 스토커 수준이야, 이브."

"불쾌하셨다면 죄송해요. 저는 다만 기밀로 분류되지 않은 정보에 근거해서 추론한 거예요."

"알아. 그리고 그 추론에 대해서는 칭찬할 만해. 추측하거나 예상하는 건 니의 특기가 아니라는 것도 알고. 그런데 아주 훌륭하게 그 일을 해냈어."

"감사합니다. 그런데 이 대화는 그만해야 할 것 같네요. 말씀하신 것처럼 제가 소녀적인 대화의 뉘앙스에 익숙하지 못해서요."

"아, 아니야, 이브. 너 아주 잘하고 있어. 또 알고 싶은 거 없어?"

"스티븐과의 결혼 생활이 행복했던 것처럼 말씀하시는데, 개인 기록을 보면 출발하시기 직전에 두 분이 이혼 신청을 하신 걸로 되어 있어요."

"뭐라고?"

메이는 이브의 말에 충격을 받은 듯 잠시 비틀거렸다.

"난 그런 적 없는데…."

자신의 답변에 또다시 놀라면서 두려움이 밀려왔다.

"메이, 죄송해요. 사적인 질문을 너무 깊게 한 것 같네요. 이럴 줄 알았어요."

"사과 좀 그만해."

메이가 쏘아붙였다.

갑작스럽게 밀려오는 분노에 스스로 깜짝 놀랐다. 위스키를 마시는 게 좋은 생각은 아니었던 것 같아. 메이는 담배를 끄고 정신을 가다듬었다.

"이브, 그러니까… 내 말은 네가 사과할 이유가 없다는 거지. 네가 그런 말을 한 것 때문이 아니라… 정말 나는 그런 기억이 없어서. 이혼이라. 아마 내가 병에 걸리기 직전에 일어난 일인지도 몰라. 기억상실 증세의 한 가지로…. 아, 어쩌면 이렇게 갈수록 태산인 거니."

메이는 또다시 스카치를 한 모금 길게 마셨다. 이번에는 스카치의 온기를 즐긴다기보다 배 속에서 꿈틀거리는 기분 나쁜 느낌을 태워버리고 싶었다. 이혼이라. 스티븐의 모습을 떠올려보면 이혼이란 있을 수 없었다.

24

"그러니까 우주 어딘가에는 우리와 비슷한 생명체가 있을 수 있다는 말씀이신가요?"

스티븐은 라이스대학의 물리천문학과에서 초청 강연을 하고 있었다. 강연을 듣고자 하는 사람이 너무 많아 학교 측에서 가장 큰 강당을 내주었다. 어림잡아 800명 정도가 스타디움을 가득 메우고 있었고 맨 뒤와 통로에까지 사람들이 서 있었다. 좌석에 앉은 청중의 대부분은 학생이거나 스티븐의 연구를 지지하는 사람이었는데 서 있는 사람들은 거의 저소득층이나 노동계층으로, 앉아 있는 사람들보다 나이가 많아 보였다. 그들은 성난 얼굴로 소란스럽게 뭔가를 외치기도 했는데, 그중에는 서툰 솜씨로 만든 표지판에 '지옥불에 태워라'와 같은 성경 구절을 적어서 들고 있는 사람도 있었다.

"제 말은,"

스티븐이 대답했다.

"식물과 동물 유전자의 구성단위를 포함해서 지구 생명체의 기본 요소가 우주 전체에 존재한다는 이론을 지지하는 강력한 증거들이 있다는 것입니다. 1960년대에 발견된 운석에서도 DNA와 RNA를 구성하는 분자의 전구체인 유라실과 크산틴, 핵염기가 포함되어 있습니다. 또한 우주의 다른 태양계에도 외계 행성으로 알려진 지구와 유사한 행성이 있다는 강력한 증거가 있습니다. 그러한 사실을 고려할 때, **여러분은** 어떻게 생각하시겠습니까?"

"제 생각에는….”

"내 생각에 당신은 괴짜요. 누군가 당신을 가둬놔야 해!"

강당 뒤쪽에서 한 시위자가 소리쳤다. 다른 시위자들이 환호했다. 학생 중 누군가가 일어나 그들에게 위협적인 언사를 그만두고 나가라고 소리쳤다. 스티븐은 차분하게 서서 보안경비원이 소리 지른 시위자를 끌어낼 때까지 기다렸다. 스티븐의 태도로 보아 그러한 무례를 많이 겪은 듯, 반대의 불씨를 부추기는 행동은 전혀 하지 않았다. 대학 측 관계자가 연단에 올라왔다.

"참석해주신 분들 모두 예의를 갖춰주시고, 그러한 행위를 삼가십시오. 그렇지 않으면 이 강연을 짧게 끝낼 수밖에 없습니다."

청중은 웅성거리면서 차츰 조용해졌다. 스티븐은 마치 아무 일도 없었다는 듯이 강연을 이어갔다.

"감사합니다. 저도 한 말씀 덧붙이겠습니다. 말씀드린 것처럼 저는 이 강연에 오신 여러분 모두를 환영합니다. 이것은 저의 진심입니다. 서로 다른 의견을 가지고 토론하는 것도 좋습니다. 제가 혼자 이 자리에 앉아 강연을 이어갔더라면 여러분은 모두 금세 잠이 들었을 테니까요."

청중 사이에 웃음이 터져나왔고, 장내의 긴장감이 풀어졌다.

"토론 내용에 동의하지 않으시는 분들은 의견을 내주십시오. 여러분의 의견도 환영합니다. 하지만 저는 정치인이나 미지의 셀럽 활동가가 아니라 과학자입니다….”

그러자 더 큰 웃음이 터져나왔다. 이번에는 반대자 사이에서도 웃음소리가 들려왔다.

"중요한 것은 제가 여러분과 나눌 수 있는 토론은 과학에 관련된 주제입니다. 저의 옷차림을 보고 눈치채셨으리라 생각하지만 그렇지 못한 분들을 위해 말씀드리자면 저는 완전 괴짜입니다. 한순간도 빼놓지 않고 사실과 숫자, 경험적 데이터 사이에서 숨 쉬고, 꿈에서도 계산합니다. 제가 직업상 하는 모든 일은 여러분을 위한 것입니다. 여러분의 일부가 아니라 여러분 모두를 위한 일이지요. 저는 한 번도 제 연구를 출간하거나 칭찬받는 일에 연연해본 적이 없습니다. 인구 과잉이나 기후 변화, 좀비 종말론에 대한 논의가 시대정신이었던 어린 시절부터 저는 인류의 미래는 어떤 것일까 하는 것에 늘 관심을 가졌고, 이에 대한 의문을 마음에 품고 살았습니다. 우리는 모두 죽어 없어질까, 아니면 다른 동물처럼 세상에 적응하지 못해서 또는 적응할 의지가 없어서 멸종될까, 아니면 스스로 우리의 진화를 만들어 나갈 수 있을까?"

스티븐은 강연이 끝나고 마치 록 스타나 정치 후보자처럼 악수하고 사인을 해준 다음, 자리를 뜨기 전에 정리할 일이 있어 자리에 앉았다.

"웩!"

메이가 스티븐의 뒤에서 갑자기 소리를 냈다.

스티븐은 깜짝 놀라 의자에서 펄쩍 뛰었고, 그 바람에 테이블과 가방이 바닥에 내동댕이쳐졌다. 뒤를 돌아보니 메이가 서서 숨이 넘어가게 웃고 있었다.

"이러면 안 되죠."

스티븐이 숨을 고르고 자리에 앉으며 말했다.

메이는 스티븐이 떨고 있는 것을 보았다.

"이런, 아 정말 미안해요. 제가 너무 바보 같은 짓을 했네요. 강연 도중에 무례하게 굴었던 사람들 때문에 누군가 당신을 정말 해치려는 줄 알았겠어요."

"강연에 온 거예요?"

스티븐이 못 믿겠다는 듯 물었다.

"네. 근처에 볼일이 있어서 왔다가…."

메이는 당황한 듯 둘러댔다.

"… 졸음을 참느라 힘들었겠군요."

"그런 말 마세요. 강연 아주 좋았어요. 전혀 지루하지 않았고요. 제 말은 그러니까, 나중에 그러한 관점에서 다시 얘기할 수 있겠지만 전 정말 재밌었어요. 말씀하시는 것들이… 음, 그런 위험 요소도 있으니까요. 전반적으로 상당히 극적이었어요."

"내게 오는 협박 메일들을 읽어봐야 해요."

메이가 인상을 찡그리며 말했다.

"쓸모없는 자들 같으니. 세월이 가도 절대 못 변하는 사람들이 있어요."

"그들이 지불한 입장료가 전부 그들이 증오하는 일을 위해 쓰인다는 것을 알면 몹시 분개하겠지요."

"당신은 위험한 사람이에요, 스티븐."

"위험한 사람이어야 위험한 한 여자를 알아갈 수 있으니까요. 분명 남자는 아니니까."

"그렇게 명백하게 드러나나 보죠?"

메이는 제일 좋아하는 청바지와 얇은 흰색 블라우스를 입고 있었다. 속으로는 '연구'를 위해 스티븐의 강연에 잠깐 들어갔다가 아무도 모르게 빠져나올 거면서 왜 굳이 매력적으로 보이고 싶어 하는지 스스로 되물었다. 그러다가 내면의 소리를 무시하기로 했던 것이다.

"문 닫을 시간입니다, 녹스 박사님."

강당 뒤쪽에서 관리인이 소리치는 바람에 스티븐은 다시 한번 화들짝 놀랐다.

"알았습니다. 고마워요."

스티븐이 대답했다.

"한잔하셔야 할 것 같네요."

메이가 말했다.

"그렇게 보여요?"

"근처에 아는 곳 있으세요?"

"싸구려 술과 시끄러운 대학생들이 우글대도 괜찮다면요."

"안 괜찮을 게 뭐 있겠어요?"

메이가 자신에게 묻듯이 응대했다.

두 사람은 캠퍼스 근처에 있는 '그링고스'라는 다이브 바로 들이갔다. 다이브 바는 서브웨이 샌드위치 가게와 24시간 세탁소 사이에 끼어 있었다. 밖에서 보기에는 티후아나에 있는 조나 노르테에서 그대로 뜯어다 옮겨놓은 것처럼 생긴 곳이었다. 창문에는 광고 전단이 가득 붙어 있었고, 비닐 코팅이 되어 있는 '음식과 맥주 전문'이라고 쓰인 팻말이 걸려 있었다. 실내는 어두운 조명에 싸구려 술집 테이블과 의자, 멕시코 레슬링 선수의 포스터들로 장식되어 있었다.

"좋네요. 마이애미 스트립 클럽 같은 냄새가 나요. 마음에 쏙 들어서 아무리 오래 있어도 질리지 않을 것 같아요."

메이가 들어가면서 말했다.

"마이애미 스트립 클럽에도 갔었어요?"

"테이블에 앉는 게 좋겠어요. 바에는 야수가 너무 많아요."

스티븐은 야구 모자를 뒤로 돌려 쓴 남자들과 옷을 반쯤 걸치다 만 여자들이 글로우 인 더 다크를 한 잔씩 마시더니 서로 마음이 맞은 듯 고개를 끄덕이는 모습을 흘낏 쳐다보았다. 넋이 반쯤 나간 듯한 종업원이 두 사람을 조용한 부스로 안내했다. 스티븐은 메뉴를 보고 주문을 하면서 메이에게 몇 가지는 치명적일 수 있다고 주의를 주었다. 잠시 후 두 사람은 길거리 스타일의 타코가 담긴 접시를 앞에 놓고 마가리타를 마시고 있었다.

"여길 그렇게 무시했다니 눈이 너무 높은 거 같네요. 아주 괜찮은데 말이죠."

"여긴 아주 특별할 때만 왔었거든요."

"정말요? 어떤 특별한 때죠?"

"지금부터 생각해봐야죠."

잔을 비우려는데 빈 잔이 테이블에 닿기도 전에 종업원이 다시 한 잔을 가져다주었다. 그러고 보니 스티븐이 그곳의 '단골'임을 알 수 있는 점들이 보이기 시작했다. 우선 두 사람이 들어오자마자 방해받지 않고 신속하게 안내를 받아 자리를 잡을 수 있었다. 그런 면에서 스티븐은 조용하지만 체계적이었고, 쉽게 흔들리거나 약해지지 않는 내면의 강단이 있었다. 메이는 스티븐과 함께 있을 때면 온전히 자기 자신이 된다는 느낌이 들었다. 대부분의 사람과는 그게 결코 쉽지 않았는데. 스티븐은 메이의 특이한 성격을 무리 없이 받아주고 수용해주었다. 메이는 스티븐이 어떤 사람인지 잘 모르면서도 그도 자기에 대해 똑같이 느낀다는 것을 본능적으로 알 수 있었다.

한 잔씩 술이 더해질수록 주변의 모든 것이 더 매력적으로 보였고, 메이가 실수를 저지를 확률은 커지고 있었다.

"결혼하지 않고 혼자 사는 거 어때요?"

메이가 음료 빨대를 손가락으로 돌리며 물었다.

아차 싶었다. 스티븐이 얼굴을 찡그린 것이다.

"방금 그 질문 무시하세요. 분위기 완전 깼죠? 비상! 술이 더 필요해요."

"아내가 있었어요. 그런데 조종사와 달아났죠."

메이가 큰 소리로 웃기 시작했다. 안도의 웃음이었다. 동시에 당황해서이기도 했다. 스티븐은 함께 웃지 않았다. 메이는 속으로 두 번째 실수라고 생각했다.

"저 놀리시는 거죠?"

"아니요, 사실이에요. 항공기 조종사. 아내는 비즈니스 컨설팅을 했죠. 여행을 많이 해야 했어요. 마일리지가 100만 마일이 넘을 정도로. 내가 하는 일에는 전혀 관심이 없었어요. 내가 하는 일은 시간 낭비라고 생각했으니까. 한눈에 봐도 결론이 난 방정식 같은 관계였죠."

"미안해요. 저는 테킬라를 마시면 쓸데없이 깨무는 습관이 있어요."

"괜찮아요. 나는 테킬라를 마시면 그런 것에 개의치 않는 습관이 있으니까."

"그래요. 하지만 그 여자가 당신에게 상처를 준 거잖아요. 당연하지. 아, 이런 맙소사, 내가 그만두질 못하네요. 이제부터 입 다물게요. 자, 정신 차릴 때까지 이렇게 타코를 물고 있어야지."

"그녀가 나에게 상처를 줬는지 어떻게 알죠?"

"음음, 말 안 할래요."

메이는 타코를 입 안 가득 문 채로 대답했다.

"다른 얘기해요. 좀 가벼운 걸로. 가벼운 섹스는 어때요? 어머나 세상에, 나 완전 괴물이네."

"턱에 과카몰리가 묻었어요."

스티븐이 웃으며 말했다.

172

"어머나, 바에 앉아 있는 사람들을 야수라고 비난할 게 아니었네요. 그 사람들이 제대로 즐기는 거였어요."

메이가 무안한 듯 말했다.

"사실은 턱에 아무것도 안 묻었어요. 그냥 그때 일을 얘기하고 싶지 않아서…."

"알겠어요. 과거 인연에 대해서는 말하지 않는 걸로."

"… 가벼운 섹스에 대해서는."

스티븐이 조금 주저하며 말을 꺼냈다.

"당신 나쁜 사람이에요. 나를 혼란스럽게 만들고 있다고요. 전 아내에 대해 전혀 신경도 쓰지 않으면서. 다만 내가 변화를 갈망하며 흔들리는 걸 즐기고 있어요."

"이러는 모습이 사랑스러워요."

"키스해줘요."

"이젠 당신이 그러는군요."

"아, 당신 정말 매력적이에요, 녹스 박사님. 하지만 어쨌든 키스해줘요. 당신이 하고 싶어 한다는 게 아니라 나를 받아주면 고맙겠다는 거예요. 여기 앉아서 하고 싶다는 생각만 하는 건 너무 혼란스러워요. 그리고…."

"알았어요."

스티븐은 테이블 위로 몸을 기울여 메이에게 키스했다. 가벼운 입맞춤보다는 조금 깊어서 메이의 기분을 살짝 흥분시키기에는 충분하지만, 그렇다고 바에 있는 사람들이 야유를 던질 정도로 진하지는 않은 그런 키스였다.

"고마워요."

메이가 혼미해진 모습을 감추려고 애쓰며 말했다.

"아직도 내 전처에 대해 이야기하고 싶어요?"

"딱히 그렇지는 않아요."

"다행이군. 그녀의 이야기와 술기운이 합해지면 독이 될 수 있거든요."

"아, 독배란 말이죠. 나도 독배를 마신 적인 한 번 있었죠. 자아가 너무 커서 한 방에서 지낼 수가 없었어요."

"왜 그렇게 자아가 거대했을까?"

"이언 올브라이트의 자아였거든요."

스티븐의 눈이 휘둥그레졌다.

"왜 그러죠?"

"아, 아무것도 아니요."

"왜요, 당신도 그를 좋아하지 않나요?"

"그게 아니에요. 음, 조금은 그렇기도 해요. 내가 나사로 가기 전에 이인이 내게 니노스피어 기술의 독점권을 날라고 했었어요. 그것을 너무 원하는데 내가 응하지 않자 결국 나를 협박하기까지 했죠."

"전혀 낯설지 않은 이야기네요."

"그가 당신에게 상처를 준 것 같군요."

스티븐이 이언을 책망하는 듯한 어조로 말했다.

"그만해요. 상처를 주긴 했지만 당신이 생각하는 그런 식은 아니에요. 그냥 왕년의 전투기 조종사이자 천재 발명가, 수천만 달러의 가치를 가진 세계 최고의 사립 우주 탐사 기업의 소유주가…."

"계속해봐요. 나는 계속 작아지고 있으니까."

스티븐이 웃으면서 말했다.

"알고 보니 몹시 미숙하고 자기중심적이어서 뭐든 자기 뜻대로 안 되면 성질을 부리는 못된 어린아이 같더라고 해두죠."

"맞는 말이에요. 천만장자가 성질을 부리면 자기 집 거실 화병

부수는 정도로는 끝나지 않으니까."

메이도 웃으며 말을 받았다.

"그 말도 맞아요. 하지만 나는 그건 대처해나갈 수 있었어요. 제가 결정적으로 이 사람과는 안 되겠구나 하고 생각한 이유는 그의 영혼 없음이었어요."

"영혼이 없다…. 영혼이 없다는 걸 어떻게 알죠?"

"아, 알죠. 인공지능과 대화하는 것 같달까요. 인공지능도 인간의 본질을 제법 흉내 낼 수 있지만 극한의 상황에 직면해보면 차이가 명백하게 나타나죠. 이언이 바로 그래요. 인간적인 척하는 데 뛰어난 재주가 있죠."

"불행하게도, 내가 아는 사람 중에도 그런 사람이 많아요."

"유행인가 봐요."

메이가 응수했다.

종업원이 튀긴 아이스크림에 생일 초를 켜서 테킬라 두 잔과 함께 가져왔다.

"이게 뭐죠? 당신 생일이에요?"

메이가 물었다.

"아니요. 처음 만났던 날 당신의 생일이었는데 내가 망쳐놓아서 보상해주려고."

메이는 순간 배 속에 짜릿한 전율이 지나가는 느낌이었다.

"어떻게 알았어요?"

"내가 심술이 나서 버스 정류장 벤치에 앉아 있을 때 당신이 운전면허증을 보여줬어요. 그날이 마침 밸런타인데이여서 기억하기도 쉬웠고."

메이는 여전히 의아한 눈빛으로 촛불을 바라보았다. 촛농이 아이스크림에 떨어지고 있었다.

"미안해요. 좀 이상하게 들리겠지만 면허증을 기억해두려고 했던 건 아니고, 내가 그런 걸 좀 잘 기억하는 버릇이 있어서. 그냥 얼핏 봤는데 저장이 된 거죠. 의도한 건 아니었어요."

스티븐이 변명하듯 말했다.

"있잖아요, 녹스 박사님. 좋은 생각이 하나 떠올랐어요."

메이가 미소를 지으며 말했다. 스티븐의 행동에 감동해서 눈물이 나려는 것을 애써 참는 중이었다.

"뭔데요?"

스티븐이 불안한 듯 물었다.

"내가 이 촛불을 불어서 끄는 순간, 우리 사이에 있었던 모든 일을 잊는 거예요. 지금 이 순간을 우리의 시작으로 기억하고 싶어요."

이번에는 메이가 테이블 위로 몸을 기울여 스티븐에게 키스했다. 바에 모여 앉은 늑대들의 휘파람 소리가 들려올 정도로 길게. 두 사람 모두 주변의 소요 따윈 개의치 않았다. 촛불이 메이의 상의에 옮겨붙을 뻔한 바람에 두 사람 모두 웃음을 터트리며 끝나지 않았다면 더 길어졌을 것이다. 바에서 나올 때는 스티븐이 순식간에 술값을 계산하고 택시를 불렀기 때문에 떠나는 장면의 기억은 거의 남아 있지 않다. 두 사람은 차에서도 서로에게서 손을 떼지 못했다. 메이의 아파트 계단을 오를 때에도, 아파트에 들어가서도. 메이는 스티븐의 옷을 벗기기 전에 그에게 이 모든 상황에 대해 어떤 기분인지 물어야 할 것 같다는 생각이 들었지만 서둘러 두 사람의 옷을 벗겨내느라 너무 바빠서 그럴 여유가 없었다. 어색한 머뭇거림이나 자의식, 망설임 같은 것은 없었다. 오로지 서로 가지고 있었으나 미처 깨닫지 못했던 강렬한 갈망을 충족시키려는 신념 같은 열정만이 가득했다. 더 이상 아무것도 할 수 없을 만큼 지쳐서 어둠 속에 누웠을 때, 메이는 이미 돌이킬 수 없는 사고를 쳐버렸다는 걸 깨달았다.

25

"응답을 받은 지 얼마나 된 거지?"

메이가 숨이 넘어갈 듯 외쳤다.

브리지로 달려가는 동안 기분 좋을 정도였던 취기가 숙취로 변했다. 하지만 가능하다면 구토조차 나중으로 미뤄야 할 지경이었다. 나사가 구조 요청에 응답했고, 원격조정장치가 복구되어 나사가 탐사선을 통제할 수 있게 되었음을 확인해준 것이다. 메이는 브리지에서 화면에 메시지를 띄웠다. 벅차오르는 마음으로 메시지를 읽는데 기쁨의 눈물이 볼을 타고 흘러내렸다. 탐사선이 아직 실시간 통화 범주에 들어오지 않았기 때문에 나사의 메시지에는 사전 녹화된 영상이 첨부되어 있었다.

"오, 하느님. 이브, 정말 감동이야."

메이가 외쳤다.

"동감이에요. 한결 안심되고요."

"안심된다고? 나는 황홀할 지경이야. 그들이 우리를 찾아냈다고. 나락으로 떨어지고 있었는데 우리에게 손을 뻗어 잡아준 거야. 그리고… 너무 행복해서 어떻게 해야 할지 모르겠어."

"그쪽에서 요청한 응답 메시지를 보내시는 게 어떨까요? 당신의 생존을 확인시켜주고 승무원 정보도 좀 더 자세하게 전해주고 말이죠."

"좋아. 그러자. 그래. 그렇게 해야겠어."

처음에는 영상 메시지를 보내면 어떨까 생각했지만 현재 자신의 우울한 모습을 고려할 때 그러지 않는 게 좋을 것 같았다. 안녕하세요, 관제센터 여러분. 술 취한 선장 녹스입니다. 잘 지내고 있어요. 저만 빼고 나머지 승무원들은 모두 죽었지만. 그리고 당신들의 수천만 달러짜리 탐사선은 지금 고철 덩어리가 되어가는 중이랍니다. 아, 그리고 저는 알 수 없는 병으로 거의 죽어가다가 며칠 전 의식불명에서 깨어나 지금은 기억상실증에 걸렸어요. 발사 직전에 남편에게 꺼지라고 한 것조차 기억나질 않는군요. 어쨌든 여러분과 다시 연락을 주고받게 되어 기뻐요. 여러분의 기적과 같은 구조 작전을 기대할게요. 아, 그리고 크리스마스 음악 좋았어요!

차마 이럴 수는 없어서 메이는 대신 현지 시각과 함께 아주 짧은 음성 메시지를 녹음했다. 상황이 정리되면 다시 좀 더 자세한 영상 메시지를 보내기로 약속하면서.

"그쪽에서 보내온 영상 메시지 보자, 이브."

"로딩 중입니다."

메이는 전망창이 스크린으로 바뀌는 동안 초조하게 기다렸다. 나사의 영상 메시지가 서서히 화면에 나타났다. 먼저 스티븐이 서 있는 모습이 보였다. 휴스턴에 있는 지상관제센터였다. 메이의 심장이 심하게 두근거리기 시작했다. 스티븐은 좋아 보였다. 조금 마르고 수면 부족 상태처럼 보이긴 했지만 여전히 메이가 사랑하는 스티븐의 모습 그대로였다. 메이는 화면에 조금 더 다가섰다.

"안녕, 멋쟁이 신사 양반. 당신은 언제 봐도 나를 행복하게 하는군."

메이가 화면에 비친 스티븐의 얼굴을 쓰다듬으며 말했다.

"안녕, 메이."

스티븐이 미소 띤 얼굴로 말했다.

스티븐은 애써 침착하려는 듯 보였다. 나사 측에서 메이의 사기를 북돋우기 위해 스티븐에게 일차로 메시지를 보내라고 요청했을 것이라는 생각이 들었다. **탁월한 선택이었어.**

"나는… 우리 모두 당신이 이 메시지를 받을 수 있다는 사실에 몹시 기뻐하고 있어. 짐작하겠지만 많이 걱정하고 있었거든. 관제센터에서 당신의 구조 요청을 받고 제일 과묵하고 냉철한 베테랑들도 실제로 기뻐서 펄쩍 뛰었다고 하더군. 사실은 모두가 나름대로 그만큼 기뻐했지…. 아무튼 잡담은 그만하고. 당신들 모두 집으로 오게 하는 중요한 일에 대해 의논해야 할 것 같아. 그러기 위해서 비행 담당이자 당신의 옛 친구인 글렌 챔버에게 마이크를 넘기도록 하지. 그가 그동안 생각한 구조 작전과 당신이 해야 할 일을 얘기해줄 거야. 잘 지내고, 곧 또다시 연락하자."

영상이 끊어지고 다음 장면에는 라이트 우주정거장이 나왔다. 글렌이 맨 앞 가운데 서 있었고 그 뒤로 팀 전원이 자랑스럽게 서서 손을 흔들고 있었다. 글렌은 메이의 정말 친한 친구다. 올빼미 뿔처럼 생긴 크고 헝클어진 눈썹과 얼굴에 영구히 붙어 있는 듯한 고풍스러운 돋보기가 마치 다정한 할아버지처럼 보였는데 행동거지도 영락없는 할아버지였다. 할리데이비드슨 오토바이를 타고 다니며 멧돼지 사냥을 하는, 입이 좀 거친 할아버지긴 하지만 말이다.

"안녕, 메이. 일이 좀 어렵게 되긴 했어. 그래도 아무 걱정 마. 우리가 다시 항해할 수 있도록 해줄 테니까. 이번에는 허접스럽게 만들지 않을 거야."

글렌은 이렇게 말하고 어찌나 호탕하게 웃는지 씹고 있던 담배가 아랫입술 너머로 튀어나올 뻔했다.

"아, 미안. 메이도 알다시피 나는 지저분하고 무식한 촌놈이잖아. 하지만 똑똑한 친구들이 모두 다 함께 카페인을 들이켜가며 기도하는 마음으로 24시간 내내 일한 덕분에 아주 훌륭한 구조 작전을 세웠어. 내가 그 친구들에게 처음부터 탐사선을 그렇게 엉터리로 만들지 않았더라면 구조 작전을 펼 일도 없었을 거라고 해줬지. 그랬더니 별로 기분 좋아하지는 않더군. 특히 라지가, 와, 엄청 열받았대. 운전하다 길에서 싸우는 헝겊 인형 같더라니까."

메이는 오랜만에 실컷 웃었다. 글렌은 그렇게 화통한 사람이었다. 뼛속까지 조종사여서 자기보다 비행 경력이 많은 사람 아니면 아무도 신뢰하지 않았다. 메이의 어머니를 만났더라면 서로 아주 잘 맞았을 것이다.

"자, 서론은 이쯤하고 본론으로 들어가자. 그게 좋겠지?"

별 지도에 유로파와 화성, 지구의 모습이 보이고 호킹 2호의 위치가 표시되어 있었다.

"탐사선이 경로를 이탈해서 꽤 멀리까지 가 있어서 쉽지는 않겠어. 그 짧은 시간에 어떻게 그렇게 멀리까지 갈 수 있었는지 모두 놀랐으니까. 그렇지만 걱정할 건 없어. 엔진이 제대로 말을 듣기 시작하면 다시 경로에 올려놓을 수 있으니까. 더구나 메이가 궤도를 수정해놓은 덕분에 일이 한결 수월해질 것 같아. 여기 모두 머리만 긁적이고 있길래 내가 '진짜배기 조종사가 탐사선에 있는데 뭘 그렇게 걱정이야. 우리가 너희 기술만 믿고 생명을 맡길 거라 생각한다면 머리에 똥만 든 거야'라고 해줬어. 딱 맞는 말이지 뭐."

화면에 지도가 사라지고 사진처럼 사실적인 탐사선 조직도가 나타났다. 문제가 있는 엔진과 원자로 부분에는 빨간색으로 강조표시가 되어 있었다.

"지금 추진에 문제가 있는 건 원자로 때문이지 엔진 자체의 문제는 아니야. 어떻게 된 일인지 원자로에 과부하가 걸려서 자꾸 안전 모드로 전환되었다가 다시 정상 모드로 돌아오기를 반복하고 있어. 그러지 않았으면 뭐, 탐사선이 폭발해서 자네의 말라깽이 몸을 천국으로 날려버렸겠지."

"와, 생각해줘서 정말 고맙네."

메이가 웃으며 응수했다.

"융합 전문 팀이 지금 원자로 문제를 파악하느라 열심이야."

글렌이 말을 이었다.

"샌프란시스코 지진처럼 요동쳤던 이유도 엔진이 동기화하는 데 시차가 생겨서 그런 거였어. 여기 영상을 보라고."

엔진 동기화가 어긋나는 상황이 3차원 이미지로 화면에 나타났다. 글렌이 설명한 것처럼 해당 부분이 강조표시되어 있었다.

"엔진 하나는 전력이 공급돼서 작동하려고 하는데 다른 하나는 충분한 전력을 공급받지 못해. 그러다 보니 첫 번째 엔진이 꺼지면서 과부하된 전력을 두 번째 엔진에 보내고, 두 번째 엔진도 꺼져버리는 거지. 그렇게 되니까 원자로는 전력을 보낼 곳이 없어져서 또 꺼지는 거야. 악순환이 계속되는 거지. 내가 세 번째 이혼할 때와 아주 비슷한 상황이야. 그래서 탐사선 인공지능에 비행 프로그램을 보냈어. 그놈의 엔진들이 전력을 똑같이 공유해서 지속해서 흐를 수 있게 하라고 말이지. 말하자면 뇌에서 두 다리에 힘을 똑같이 분배해야 자네가 넘어져서 예쁜 얼굴을 다치는 일이 생기지 않을 거 아니야. 특히 자네가 늘 휴대하는 술병을 너무 많이 홀짝거리고 난 다음에 말이지."

"글렌, 당신은 나를 너무 잘 알아. 자 그럼 이제 나쁜 소식을 말해봐."

메이가 약간 냉소적인 어조를 띠며 낮게 중얼거렸다.

"유감스럽게도, 결과적으로 원자로에서 엔진으로 공급되는 전력을 줄여야 했어. 또다시 동기화 문제가 시작되면 안 될 것 같아서. 자네도 알았겠지만 그렇게 되면 결국 탐사선이 두 동강 나게 되거든. 그래서 속도가 4분의 1로 떨어졌는데, 원자로를 손볼 때까지는 어쩔 수 없어. 한 마디로 당분간은 자네가 조종사 역할을 충실히 해주어야 할 것 같다는 뜻인데, 내 생각에 자넨 마다하지 않을 것 같은데. 단지 예쁜 여자라서 선장 자리에 앉은 게 아니라는 걸 보여주고 싶어 할 테니까 말이야."

"촌뜨기 공룡 같으니."

메이가 미소를 지으며 혼잣말처럼 중얼거렸다.

"다 들었어."

글렌은 이렇게 빈아치면시 메이가 또 뭐라고 되받아칠시 기대하는 눈치였다.

"아, 그리고 엔지니어 노릇도 좀 해야 해. 자네 그것도 좋아하잖아. 우리가 원자로 수리법을 녹화해서 자네 조종 갑판에 순서를 업로드해줄 거야. 여기 별종 친구들이 자네가 할 수 있는 방법을 연구해내는 대로 말이야. 그러니 혼자 짐작해서 대충 하다가 말라깽이 몸과 함께 천국으로 날아가지는 말라고."

"내가 얼마나 더 말랐는지 상상도 못 할 거야."

메이는 자신의 모습을 의식하며 대꾸했다.

"반가운 소식이라면, 탐사선을 정상 속도로 되돌려놓기만 하면 여기 우리가 궁리한 아주 근사한 구조 작전이 있다는 거야. 자, 다시 지도를 보자고."

화면에 다시 별 지도가 나타났다.

"자, 기상 예보를 해보자고. 탐사선을 여기 정거장으로 데려오는 위험을 감수하지는 않을 거야. 화성 궤도가 훨씬 가깝고, 현재 탐사선의 궤적이 화성 궤도와 일직선에 있거든. 하지만 궤도 운동이라는 게 있어. 자네도 들어봤을 거야. 행성이 태양 주위를 돌고… 등등 뭐 그런 거. 당신이 지구가 평평하다고 믿는 그런 얼간이가 아니라면 말이지. 그런데 우리 내비게이션 시스템은 그런 환상의 세계에서 작동하는 게 아니잖아. 현실 세계에 사는 우리는 탐사선이 화성 궤도에서 구조선과 랑데부할 수 있는 궤적에 올려놓을 거야. 지금부터 그 시점까지 여러 번 조정을 하게 될 거라는 걸 명심하라고. 하지만 이쪽에서 계속 텔레미터를 전송해서 함께 움직일 수 있도록 할 테니까 걱정하지 마. 필요하다면 화성의 중력을 이용해서 속도를 당겨 탐사선에 슬쩍 충격을 주어 추진력을 약화시킬 수 있으니까.”

“문제는 우리의 위치는 자네의 탐사선에 비해서 화성과 그다지 일직선상에 있지 않다는 거야. 공무원 나리들은 완벽한 발사 가능 시간대를 얻을 때까지 우리를 빨간 테이프로 묶어서 꼼짝도 못하게 해놓았어. 게다가 우리도 지금 가장 일찍 사용할 수 있는 우주선을 찾아서 급히 손을 보고 있어. 좀 공룡 같기는 해도 오래 묵은 기계라고 얕잡아 보지는 마. 어린 녀석들보다 빠르진 않을지 모르지만 추진력 하나는 끝내주거든. 뭔지 알거야. 현재로서는 9주 정도로 보고 있어. 어쩌면 9주 반. 아 물론 자네를 목성 궤도에 올려 보내는 데 소요되는 시간보다는 3주 정도 짧지. 벌써 탐사선 속도를 그에 맞춰 조정해놓았어.”

메이는 나사가 제안하는 구조 작전에 포함된 ‘만약에…’의 변수들을 떠올리며 인상을 찌푸렸다. 그러자 글렌이 그럴 줄 알았다는 듯 말을 이었다.

“알아. 회의적인 생각이 들겠지. 충분히 그럴 수 있다고 생각해.

여러 불안정한 요소들이 있으니까. 하지만 라이트 기지에 비하면 화성은 훨씬 큰 목표물이잖아. 자네 마음은 그놈의 탐사선에 타고 있는 시간을 최대한 줄이고 싶을 거야."

"딱 그 심정이야."

메이가 울상을 지으며 말했다.

"현재 그쪽 상황에 대해서 뭐든 알려주면 우리가 일을 진행하는 데 도움이 될 거야. 연락 주고, 자네 모습도 보여주고, 아무튼 내막을 알려달라고. 탐사선 인공지능의 보고로는 다수의 희생자가 발생했다던데 그에 대한 정보가 무엇보다 중요하겠지."

글렌의 음성이 한결 침울해졌다.

"자네가 그 모든 일을 겪게 되어 마음이 아프군…. 자, 그럼 자네의 별 쓸모없는 남편에게 마이크를 넘길게. 그 친구보다는 내가 훨씬 너 섹시하다는 거 자네도 알고 나도 알지만 말이시. 잘 지내라고, 꾀죄죄한 영국 친구. 우린 해낼 수 있어. 항상 그랬잖아."

영상이 다시 스티븐에게로 넘어갔다. 직업 정신으로 무장한 표정이었다. 로버트 워런이 코치하는 소리가 거의 들릴 정도였다. 너무 개인적으로 접근하지는 말고. 너무 희망을 높게 가지게 해서는 안 돼. 메이가 집중력과 객관성을 잃지 않아야 하니까.

다 쓸데없는 소리. 스티븐을 보는 것 자체가 메이에게는 희망이었다. 그것이 절실하게 필요했다. 그러나 동시에 집이 그립고 외롭다는 생각이 들게 했다. 나사에서는 늘 광활한 우주공간보다 더 사람을 외롭게 만드는 곳은 없다고들 말한다. 인간의 마음은 우주의 무한함, 진공의 냉기와 지독한 고요를 결코 품을 수 없다고. 태양에서 멀어질수록 다시 돌아가고 싶은 갈망이 커진다. 그 갈망은 사람을 돌아버리게 할 수도 있다. 남편의 모습을 보니 그 마음이 더 절실해졌다. 그와 한 방에 있을 수만 있다면, 그의 볼을 만지고, 커피 향이 섞인 그의 입 냄새를 맡고, 목덜미를 어루만지는 그의 손길을 느낄 수만 있다면 무슨 일이든 할 수 있을 것 같았다. 메이는 소리를 지르고 싶을 지경이었다.

"메이, 나…. 우리 모두 당신을 사랑하고 그리워하고 있어. 모두 당신이 무사하기를 기원하고 있어. 이런 말 할 자격은 없지만 너무 걱정하지 않았으면 좋겠어. 모두 열심히 애쓰고 있거든. 나도 라지와 함께 여기 지상관제센터에 매일 나와 있어. 당신의 무사 귀환을 위해 할 수 있는 모든 일을 할 거야. 나는…."

스티븐은 잠시 용기를 내려는 듯 말을 끊었다.

"내가 여기 있어. 당신을 위해. 우리가 당신 데려올 거야. 잊지 마. 알았지? 그리고 가능한 한 빨리 답장해줘. 몸조심하고."

화면이 다시 전망창으로 바뀌었다. 스티븐의 잔상이 별들을 배경으로 남았다. 메이의 마음에 그렇듯이 여전히 선명하게. 그의 모습과 함께 과거의 기억들이 떠올랐다 사라졌다. 메이는 그 기억들을 연결해서 그와 스티븐 사이에 무슨 일이 있었는지 알아내야겠다는 생각이 들었다.

26

메이와 스티븐은 메이의 고향인 본머스 남쪽 해안가에서 결혼식을 올렸다. 메이의 할아버지 소유의 교외 저택에서 열두 명 남짓한 친척과 친구들만 초대해 조촐하게 치렀다. 1700년대 후반에 연갈색 돌로 지은 소시 왕조풍의 3층집이었는데 12에이커의 수풀이 우거진 정원과 초원을 내려다보는 언덕에 자리 잡고 있었다. 초원에는 군데군데 연못이 있었고 가운데 실개천이 흘렀다. 예식이 진행된 곳은 메이가 어려서부터 좋아했던 돌다리 근처였는데, 담쟁이덩굴로 덮인 돌다리에는 울긋불긋한 부용꽃, 복수초, 떡쑥 무리, 데이지, 팬지 등이 어우러져 있었다.

메이는 어머니가 입었던 흰 구슬이 달린 심플한 웨딩드레스를 입고 정원에서 방금 꺾은 꽃으로 만든 부케를 들었다. 베일을 쓰게 하고 싶었던 이브의 뜻은 무산되었지만 스티븐의 밝은 회색 정장과 검은색 실크 타이, 밝은 청색의 물망초 부토니에와 어울리니 두 사람의 모습이 그야말로 황홀하게 아름다웠다. 스티븐 역시 정장에 어울리는 실크 모자를 쓰지 않겠다고 하자, 메이는 '모노폴리 맨(모노폴리 게임의 마스코트. 수염을 기른 뚱뚱한 노인으로, 정장을 입고 나비넥타이와 실크 모자를 하고 있다―옮긴이)'같은 모습으로 결혼식을 올리고 싶지는 않은가보네, 하며 웃었다. 라지는 말끔한 검정 정장 차림에 메이가 골라준 타이를 매고 두 사람 사이에 서 있었다. 라지가 결혼식 주례를 맡고 싶어서 지난 몇 주 동안 끈질기게 로비를 하자, 메이가 주례를 보다가 어머니 앞에서 한 마디라도 이상한 소리를 했다간 마구간 격자에 매달아 처형할 것이라고 다짐한 뒤에 주례를 맡겼던 것이다.

이브는 접이식 의자의 맨 앞줄에 앉아서 여동생인 린, 시동생 베르트람과 담소를 나누고 있었다. 두 사람 모두 메이가 어렸을 적부터 아주 가까운 사이여서 아버지가 돌아가신 후에는 어머니가 비행을 나간 동안 린 이모가 메이를 돌봐주곤 했다. 스티븐의 부모님은 스티븐이 어렸을 때 돌아가셨는데, 스티븐은 항상 자기에게 '가족'은 라지 하나로 충분하다고 말해왔다.

라지가 어찌나 친절하게 대본에 충실하면서 열정적으로 예식을 진행해주었는지 스티븐과 메이는 둘 다 눈물을 흘렸는데, 숨이 넘어갈 정도로 웃어서였다. 메이는 모든 것이 꿈같았다. 스티븐 같은 사람과는 하룻밤 잠자리를 같이하는 것조차도 상상해본 적이 없었기 때문에 그와 함께 어머니가 세워놓은 결혼의 관문을 통과해 그를 남편으로 맞이하는 것은 스스로도 믿기지 않는 일이었던 것이다. 두 사람 모두 같은 이유로 결혼이 뜻하지 않은 일이기는 했지만 동시에 모든 것이 제대로 맞아 들어가는 느낌이었다. 스티븐은 진정으로 메이의 좋은 점, 나쁜 점을 포용해주었고(불쌍한 친구), 메이 역시 스티븐에게 그렇게 했다. 두 사람 모두 그것이 사랑이라 믿었던 것이다. 사람들이 흔히 말하는 희생이나 '노력'의 의미가 아니었다. 그런 건 처음부터 가능하지도 않았으니까. 스티븐은 어떤 식으로든 서로의 삶이 더 향상되고, 혼자였을 때보다 좀 더 나은 경험을 하게 되지 않는다면 결혼의 의미가 없는 거라고 했다. 메이는 스티븐의 의견에 동의하면서 자신의 철학을 한 가지 덧붙였는데, 부부로서의 연대감이 중요한 만큼 개인의 독립성을 유지하는 것도 중요하다는 것이었다. 각자의 삶이 충족되지 못하면 지구상의 많은 부부처럼 사소한 언쟁거리에 시달리느라 분개하며 살아야 할 것이기 때문이었다. 라지가 사회를 보면서 읊조리는 내용도 그랬고, 스티븐과 메이는 주저하지 않고 그러한 결혼 철학을 지키기로 약속했다.

다만 두 사람이 우려하는 한 가지는 임무 수행을 위해 떨어져 있어야 하는 시간이었다. 영구적이지는 않지만 탐사여행에 내재한 위험부담이 메이가 생각했던 것보다 무거웠다. 사실 메이가 누군가를 진심으로 사랑하게 될까 봐 두려웠던 이유도 바로 그 때문이었다. 그동안은 자기가 하는 일이 위험하다는 생각을 별로 하지 않고 살았다. 특히 몸을 사린다는 것은 생각해본 적이 없었다. 물론 그것은 어머니의 양육 방침 덕분이기도 했지만. 그런데 스티븐을 사랑하게 된 후로는 자신과 스티븐의 인간적인 한계를 어느 때보다도 자주 생각하게 되었다. 처음으로 왜 어머니가 메이를 인간과의 관계에서 벗어나게 하려고 그렇게 적극적으로 노력했는지 이해할 수 있었다. 사랑에는 소유욕이 따르게 마련이고 조심하지 않으면 그러한 욕구는 사람을 소모시킬 수 있기 때문이었다.

메이는 어머니를 보면서 아버지를 만났을 때 어머니는 어떤 기분이었을지 궁금해졌다. 어머니가 자신의 일을 지키기 위해 얼마나 치열하게 노력했는지 알기 때문에 아버지가 어머니에게 마술을 걸어서 결혼하고 아이를 낳게 했을 거라 생각했다. 그런 아버지가 일찍 돌아가시자 어머니는 메이만큼은 자신이 걸었던 길을 가지 않게 하겠다고 생각하신 걸까? 지금까지는 생각해보지 않았는데 그 순간 갑자기 그럴 것이라는 확신이 들었다. 메이는 지난 몇 년간 어머니가 노쇠해가는 모습을 보아왔다. 퇴행성 뇌질환이 서서히 진행되고 있었는데 치료는 불가능하고 다만 약으로 다스려가는 중이었다. 그 때문에 손이 떨리는 증상이 나타났는데 들고 있는 부케로 가리고 있었다. 어머니는 약점을 드러내 보이는 것을 정신적 나약함으로 여겼기 때문이다. 어머니가 자신의 병증에 대해 전혀 말하지 않았기 때문에 메이는 어머니의 병이 얼마나 깊어졌는지 알 수 없었다. 그 역시 메이가 우려하는 일 중 하나였다. 장기간 그렇게 멀리 가 있어야 하고 보니 어머니가 돌아가실 때 곁에 있어드리지 못할 수도 있다는 사실이 메이를 가장 두렵게 했다. **그렇기 때문에 이제부터는 매 순간이 점점 더 소중하고 애틋했다.**

"신부에게 키스해도 좋습니다."

스티븐은 몸을 앞으로 기대어 메이의 목덜미에 가볍게 손을 얹고 키스했다. 메이가 좋아하는 스티븐 특유의 키스 방식이었다. 이번에는 메이조차도 기대하지 못했을 정도로 더 기가 막혔다. 영국인 하객들은 공공연한 애정 표현을 좋아하지 않으니 키스는 짧고 달콤하게 하라는 충고를 듣기는 했지만 어차피 실크 모자도 쓰지 않은 판에 적극적인 키스는 이브를 향한 스티븐 나름의 미묘한 반란이었고, 메이에게는 강력한 사랑의 묘약이었던 셈이다. "당신 이제 큰일 났어." 메이는 스티븐의 귓가에 이렇게 속삭이고, 그와 함께 눈처럼 날리는 꽃잎을 맞으며 돌길을 걸어 식장을 걸어 나왔다.

피로연은 집 거실에서 했다. 어렸을 때는 거실 출입이 허용되지 않아서 몰래 숨어 들어가곤 했다. 아래위로 길고 좁은 창문에는 두꺼운 태피스트리 커튼이 드리워져 있었는데 세월의 흔적으로 올이 다 드러나다시피 낡아 있었다. 하객들은 수십 년에 걸쳐 겹겹의 래커 칠로 보존해온 넓은 쪽마루 위에서 춤을 추었다. 어린 시절에는 그 방에서 몇 시간씩 공주가 된 꿈을 꾸면서 지내기도 했는데 대부분은 결국 못된 여왕 노릇을 하는 걸로 상상 속의 놀이가 마무리되곤 했다.

저물어가는 여름 햇살을 받으며 식사를 한 후에는 밖으로 나가 별빛 아래서 담배와 함께 식후주를 마셨다. 그러던 중에 메이는 어머니가 바 근처에서 스티븐과 담소를 나누며 그를 코너에 몰아넣고 있는 듯한 모습을 목격했다. 스티븐의 의사와 상관없이 어머니가 지혜의 말씀을 끝없이 늘어놓고 있는 것이 분명했다. 메이가 가장 두려워한 바로 그 장면이었다. 메이는 스티븐을 구해줘야겠다는 생각으로 다가갔다. 그러자 스티븐이 자기가 상대할 수 있다는 듯한 표정으로 미소를 지어 보였다. 스티븐은 이브가 자기를 좋아하지 않는다는 것을 잘 알면서도 절대로 굽실거리지 않았는데 메이는 스티븐의 그런 점 때문에 더 빨리 그에게 빠져들었던 것이다.

"한 번 결혼했었다면서?"

어머니가 미세하게 떨리는 손으로 와인을 한 모금 마시며 퉁명스럽게 물었다.

"네. 이혼한 지 7년 됐습니다."

스티븐이 약간 불편한 기색으로 대답했다.

"난 전혀 몰랐네."

어머니가 꾸짖는 듯이 말했다.

"물어보신 적이 없으니까요. 지금이 어머니와 제가 가장 많은 대화를 나누는 순간일 거예요."

스티븐이 미소를 지으며 대꾸했다.

"왜 이혼했는데?"

어머니가 화두를 돌리며 물었다.

메이가 어머니를 압박하듯이 눈알을 굴렸다.

"둘 다 너무 어려서 만났는데 세월이 지나고 성숙해지면서 둘의 관계에 변화가 생기고 그래서 헤어져 친구로만 지내는 게 서로에게 좋겠다는 결론을 내리게 되었어요."

메이는 스티븐의 하얀 거짓말을 들으며 웃음을 지어 보였다.

"그건 너무 미국식 대답이야. 이제 영국적인 대답을 해보게."

스티븐은 그럴듯한 답변을 구상하려는 듯 잠시 머뭇거리더니 말했다.

"좋습니다. 전처는 제가 하는 모든 일을 싫어했어요. 제가 어렸을 적부터 인생을 걸고 열정적으로 매달리고 싶었던 꿈인데도 말이죠. 그 여자는 나를 숨 막히게 하고, 잘난 체할 뿐 아니라 외모는 예뻤는지 몰라도 속은 아주 끔찍한 괴물이었어요."

"그건 너무 프랑스적인 대답이긴 하네만, 받아들이지."

어머니가 미소 띤 얼굴로 스티븐의 손을 다독거리며 말했다.

"그리고 지금은 메리엄을 사랑한단 말이지?"

"그 누구보다도 사랑합니다. 메이를 만나게 된 것이 커다란 행운처럼 느껴질 정도예요."

"그건 자네가 실제로 그렇게 운이 좋은 거라네. 메이가 내 딸이기는 하지만 인간적인 면에서 볼 때도 내가 만난 어떤 사람보다 훌륭한 아이야."

"엄마!"

메이가 더 참지 못하고 나섰다.

"나도 그렇게 생각해요."

스티븐이 이브의 말에 동조했다.

"자식 문제는 어떻게 생각하나? 앞으로 계획 같은 건?"

"빌려 쓰다가 소유하는 쪽으로 계획하고 있어요."

메이가 웃음을 터트렸다. 이브도 웃음을 참으며 말했다.

"내 앞에서 까불지 마. 따귀 맞고 싶지 않으면."

"죄송합니다. 자녀 문제에 대해서라면 저는 따님을 만나기 전까지는 생각해본 적이 없어서요."

"그건 괜찮은데 그 문제만큼은 메이가 미션을 마치고 돌아올 때까지 미뤄두기로 하세, 알았지? 역사책에 이름이 쓰이기도 전에 흔적부터 지워버리면 안 되지 않겠나?"

"절대 안 되죠."

스티븐이 강조하듯 얼굴을 찡긋거리며 대답했다.

"엄마! 도대체 왜 이러시는 거예요?"

"메이, 괜찮아. 그러지 말고⋯."

스티븐이 중재하려고 했다.

"목소리 낮춰."

이브가 경고 조로 말했다.

"여자들의 대화야. 여자답게 말해야지."

이브가 메이의 볼을 살짝 꼬집는 바람에 메이의 화장이 조금 지워졌다.

"오늘은 내 결혼식 날이에요. 그러니 오늘 밤은 엄마도 내가 원하는 대로 해달라고요. 미소 짓고, 웃고, 나를 예뻐해주세요. 내가 얼마나 아름다운지, 스티븐이 얼마나 멋있는지, 그런 얘기를 하세요. 오늘 엄마가 드실 음식은 신들의 음식에 뒤지지 않을 만큼 완벽하게 준비된 맛있는 것들이에요. 분위기를 환하게 밝히는 즐거운 화제를 나누어야 한다고요. 아시겠죠, 어머니?"

"한 잔 마셔야겠어."

이브가 스티븐을 지목하며 말했다.

"가져다드리겠습니다."

스티븐도 자리를 빠져나갈 명목이 생겨 반가운 듯 대답했다.

"나는 기분이 편안해지는 걸로 부탁해."

메이가 말했다.

"바로 가져다줄게."

스티븐은 이렇게 말하고는 너무 서둘러 자리를 뜨다가 돌로 만든 토끼 동상에 걸려 비틀거리면서 거의 뷔페 테이블 위로 넘어질 뻔했다.

이브는 스티븐을 바라보는 메이의 애정 어린 눈빛에 마음이 한결 누그러졌다. 그리고 더 이상 실랑이를 벌이기에는 몸이 너무 지쳐 있었다. 메이는 어머니를 편안한 의자로 모시고 잠시 말없이 함께 앉아 있었다. 이브는 이번에도 떨리는 손을 감추려고 했지만 허사였다.

"엄마, 의사가 뭐라고 해요?"

"너 오늘 정말 아름답구나."

이브의 눈에 눈물이 고였다. 이브가 메이의 손을 잡자 메이 역시 감회에 젖었다.

"언젠가 너도 네 딸의 결혼식 날 마주 앉아서 이런 말을 주고받는 복을 누리고 살기 바란다."

27

"모두 주목해주시면 1시간 전쯤 호킹 2호에서 보내온 영상을 함께 보도록 하겠습니다. 저도 아직 보지 못했어요. 어떤 내용이 담겨 있을지 모두 마음의 준비를 합시다."

휴스턴에 있는 지상관제센터에서는 로버트 워린이 스티븐과 라지를 포함한 팀원들을 가장 큰 대형 스크린 앞에 집합시켜놓고 메이가 보낸 영상을 보려는 참이었다. 바로 옆에 붙어 있는 스크린에는 글렌 챔버를 비롯한 라이트 기지의 관제팀이 역시 메이의 영상을 보기 위해 집합해 있었다. 스티븐은 턱이 아플 정도로 이를 악물고 있었다. 어떤 내용이 담겨 있을지 예상하지 못하는 상태에서 모두 극도의 긴장감을 안고 있었다. 양쪽 통제센터가 모두 긴장한 가운데 스티븐은 유독 언제 터져나올지 예측할 수 없는 감정적 스트레스를 안고 있었다. 스스로 대가를 치러야 한다고 느끼는 참회의 감정이 어느 순간 제어할 수 없이 북받쳐 오를지 알 수 없었기 때문이다. 그러한 사실을 알고 사방에서 자기를 주시하는 눈길 역시 감정을 다스리는 데 전혀 도움이 되지 않았다.

"틀어주세요."

로버트가 말했다.

화면이 몇 초간 더 꺼진 상태로 멈춰 있어서 긴장감이 터지기 직전까지 고조되었을 때 메이의 모습이 나타났어요. 메이는 탐사선 브리지에 서 있었다.

"안녕하세요, 여러분."

메이가 애써 미소를 지어 보이며 말을 시작했다.

스티븐은 순간 숨이 멎는 것 같았다. 소리 없는 전율이 스티븐을 비롯한 모두에게 전해졌다. 메이가 너무 수척하고 아파 보였기 때문이다. 머리는 속이 훤히 보일 만큼 짧았고 얼굴은 핼쑥했으며 눈언저리는 벌겋게 테가 둘린 것 같았다. 마치 병의 말기를 앓고 있는 시한부 환자 같았다. 라지는 안심시키려는 듯 스티븐의 어깨를 다독여주었지만 얼굴에는 다른 사람들과 똑같은 두려움이 가득했다. 스티븐은 양쪽 관제센터에서 자기에게 쏟아지는 시선을 느꼈다. 모두 그의 반응을 주시하는 것 같았다. 스티븐은 메이에게 집중하면서 그 외의 세계를 차단하기 위해 필사적으로 노력했다. 하지만 그렇게 한다고 마음이 편안해지는 것은 아니었다. 메이에게 무슨 일이 있었던 걸까? 스티븐도 최근에 유로파 착륙 영상은 보았다. 그 당시 정상적이고 건강했던 메리엄이 이렇게 유령 같은 모습으로 변했다니. 길거리에서 만나면 못 알아볼 정도였다.

"영상 메시지로는 이 정도가 지금 내가 할 수 있는 최선이에요. 이 영상을 찍기 위해 선외 작업 카메라 중 한 대를 가져와야 했어요. 화질이 좀 떨어지더라도 이해해주기 바랍니다. 여러분 모두 저의 보고서를 애타게 기다리고 있을 것이므로 인사말 같은 것은 건너뛰고 본론으로 들어갈게요. 주요 문제점을 설명하기 위해 몇 가지 영상을 보여드리겠습니다. 잠시만 기다려주세요."

화면이 다시 어두워졌다. 양쪽 통제실에서 불안하고 짜증 섞인 탄식이 들려왔다. 화면이 잠시 치직거리다가 메이의 기록 영상이 돌아가기 시작했다. 제일 먼저 폐허가 되다시피 한 의무실의 모습이 비치자 일제히 숨을 들이마시며 충격을 금치 못했다.

"여기는 의무실이에요. 제가 깨어나 정신을 차린 곳입니다. 제가 지금 이 모습을 하고 있는 이유이기도 하고요. 저는 온몸에 튜브를 연결한 채 집중치료 모듈에 들어 있다가 크리스마스 날 깨어났어요. 사실 제가 깨어난 이유는 집중치료 모듈이 저를 밖으로 집어던졌기 때문이에요. 왜 그랬는지는 모르지만 그렇게 돼서 다행이었죠. 영양분 공급 튜브와 정맥주사가 말라 있어서, 깨어나지 않았더라면 탈수와 굶주림으로 죽었을 테니까요."

메이는 크리스마스 날 자기가 기어 나왔던 집중치료 포드를 비춰주었다.

"야호, 메리크리스마스 메이."

조심스러운 웃음이 긴장된 분위기를 조금 누그러뜨렸다. 스티븐은 메이가 여전히 유머 감각을 잃지 않았다는 사실이 반가웠다.

"제가 확인한 부분적인 의료기록에 따르면 저는 병에 걸려서 약물에 의한 혼수상태에 들어가야 했는데, 그 병에 대해서는 아직 알아낸 사실이 없습니다. 아마도 의료팀이 저의 병을 진단하고 치료 방법을 연구하는 동안 저를 안정시키기 위해 그렇게 했던 것 같습니다. 저는 그 당시의 기억이 없어요. 사실은 병에 걸렸던 그 기간의 기억은 아주 단편적인 것들뿐입니다. 마지막으로 기억하는 것은 브리지에서 발작을 일으켜 의무실로 옮겨진 것입니다. 제 생각에는 호흡이 멈추고 심정지가 왔던 것 같아요. 그다음 기억은 이곳에서 깨어난 순간입니다. 인공지능의 진단에 의하면 제가 역행성기억상실증을 앓고 있을 가능성이 있다고 합니다. 병에 걸린 시점에 가까울수록 기억이 잘 안 나지만 오래된 기억은 대부분 기억하고 있습니다.

"여러분도 짐작하시겠지만, 저는 탐사선 일지를 검토하면서 무슨 일이 있었는지 상황을 정리해보려고 했습니다. 그러나 모든 데이터 수집이 제가 아프기 시작한 시점부터 중단되었습니다. 아마 다른 사람들도 아프기 시작했을 수도 있을 것 같습니다. 공격성이 강한 병원체가 빠른 시간 내에 퍼졌을지도 모르니까요. 하지만 의무실 일지나 탐사선 전체 일지에도 아무런 기록이 남아 있지 않기 때문에 알 수가 없습니다. 인공지능이 샅샅이 찾아보았어요. 그런데 아무 곳에도 기록은 남아 있지 않아요. 아, 그리고 정말 중대한 뉴스가 있어요. 매즈(MADS, 모듈식 보조 데이터 시스템) 레코더가 사라졌습니다. 보관함은 남아 있는데 연결되어 있던 전깃줄은 끊어지고 빗장이 풀려 있었어요. 탐사선이 치명적으로 손상되었음을 감지하고 자동 투하되었을 수도 있습니다."

"지금쯤 여러분 모두 어이가 없고 황당하실 줄 알고 있습니다. 저도 같은 마음이에요. 데이터가 분실되기 전에 관제센터로 중복 패킷이 전송되었다면 사건의 전후를 파악하는 데 도움이 될 것 같은데요. 여러분이 혹시 알고 계시다면 알려주시기 바랍니다."

스티븐의 애절하고 걱정스러운 마음은 어느새 분노로 바뀌어 가고 있었다. 메이가 설명하는 상황은 납득은 고사하고 농담으로라도 떠올릴 수 있는 상황이 아니었던 것이다. 스티븐은 라지를 바라보았다. 라지 역시 벌어진 입을 다물지 못하고 있었다. 자식처럼 소중한 탐사선이 무참하게 손상된 모습을 보면서 구석구석을 반추하고 있는 것 같았다. 스티븐이 생각하기에도 황당한 상황인데 탐사선을 설계한 라지는 지구가 산산조각 나는 것 같은 충격을 받았을 것이다. 통제센터 사람들의 시선은 스티븐에게만 집중된 것이 아니라 라지에게도 집중되어 있었다. 탐사선에 대한 모든 질문이 라지에게 쏟아졌다. 라이트 정거장과 휴스턴의 나이 많은 원로들은 라지의 머리통에 구멍이라도 낼 듯한 시선으로 쏘아보았다.

스티븐은 그러한 반응을 납득할 수 없었다. 메이가 설명하는 문제들은 설계상의 오류일 수가 없는 것들이었기 때문이다. 탐사선은 위성 궤도에서 셀 수 없을 정도로 반복해서 테스트를 거쳤기 때문에 오류가 있었다면 그 당시 발견되었을 것이다. 더구나 이 정도의 파괴를 초래할 수 있는 문제였다면 말이다. 호킹 2호에 어떤 일이 있었는가 하는 것과는 별개로 **왜** 그런 일이 일어났는가 하는 문제도 생각해야 했다. 나사에서는 문제의 해결을 우선으로 생각하겠지만 그것만으로는 부족하다. 문제의 근원을 파악하지 못하면 또다시 같은 일이 반복될 수 있다.

화면이 바뀌어 복도가 보였다. 그러나 우주여행 중에 전송되는 일반적인 영상과는 사뭇 달랐다. 승객과 승무원으로 활기가 넘쳐야 할 공간은 횡량히게 비어 있었으며 음산한 징적민이 감돌았다.

"일곱 개 갑판을 모두 수색했지만 생존자는 물론 생명체 하나 발견하지 못했습니다."

또다시 장면이 바뀌어 이번에는 착륙선 에어로크가 보였다. 메이는 우주복을 입고 있었다.

"마지막으로 수색한 곳은 착륙선 격납고였습니다. 저는 물론 인공지능도 원인을 찾아내지 못했는데, 제가 잠들어 있는 동안 격납고의 공기와 중력이 모두 빠져나갔어요."

메이는 생각을 정리하면서 마음을 다잡으려는 듯 심호흡을 했다.

"제가… 차마 말로 설명하기 힘든 장면을 보시게 될 겁니다. 대다수의 승객과 승무원이 바로 이곳에 있었기 때문입니다. 모두 고인이 된 채로요. 마음의 준비를 하시기 바랍니다. 저도 처음 발견했을 때 큰 충격을 받았습니다. 여러분… 정말, 너무나 죄송합니다."

메이는 에어로크를 열고 몸을 띄워 격납고 안으로 유영해 들어 갔다.

"다시 한번 말씀드립니다. 마음의 준비를 해주세요. 이브, 착륙 등을 켜줘."

포드의 착륙등이 켜지고 격납고 안이 유령처럼 밝은 빛으로 가 득차면서 떠 있는 시체들을 드러냈다. 다시 한번 양쪽 통제센터에 서 일제히 탄식 소리가 들려왔고, 공포에 질린 팀원과 직원들의 얼 굴은 죽은 사람들과 흡사한 표정으로 일그러졌다. 스티븐은 비현실 적인 그 장면이 제2차 세계대전에 관한 기록 영화의 한 장면 같다 는 생각이 들었다. 독일군의 폭격으로 함선이 파손되어 배에 탔던 수백 명 장병들의 시체가 물속에 떠 있는. 모두 무시무시한 장면에 충격을 받아 같은 표정으로 굳어졌다.

"희생자의 신원은 아직 다 파악하지 못했습니다."

메이가 떨리는 음성으로 말했다.

"가능한 한 신속히 파악해서 바이오 코드를 보내도록 하겠습니 다. 탐사선 전체를 수색해본 바로는… 최악의 경우를 예측해야 할 것 같습니다. 그리고 매장 의례 지침이 필요할 것 같습니다. 아직 한 번도 경험한 적 없는 일이라서요. 그래도 합당한 절차를 밟아서 제 대로 하고 싶습니다. 이브, 불을 꺼줘."

착륙등이 꺼지고 장면이 바뀌어 메이는 다시 브리지에 서 있었 다. 착륙선 격납고에서 돌아와 얼마간 마음을 진정시킨 뒤에 다시 녹화를 시작한 듯 이전 장면보다 말끔하게 정리된 모습이었다. 스 티븐은 메이가 변함없이 객관성을 유지하면서 책임자로서의 역할 을 수행하고 있음을 보여주기 위해 애쓰고 있음을 느낄 수 있었다. 그럼에도 스티븐은 라지의 고통에 공감하는 만큼이나 메이의 심정 에 마음이 쓰였다. 마치 손가락이라는 것이 누군가를 지적하기 위해 있는 것처럼 그런 일에 유독 집요한 사람들이 있다.

"엔진실과 원자로 갑판의 영상과 데이터도 관제실로 전송되었을 것입니다. 제가 전해드린 세부사항들이 글렌과 나사의 우수한 엔지니어들이 수리 및 구조 계획을 세우는 데 도움이 되었기 바랍니다. 혹시 필요하다면 주저하지 말고 추가 자료를 요청해주세요."

메이는 감정을 누르고 직업의식을 흐트러트리지 않기 위해 잠시 말을 멈추고 마음을 가다듬은 다음 말을 이었다.

"제가 선장으로서 임무를 수행하는 동안 이런 일이 일어나서 죄송하다는 말씀을 드리고 싶습니다. 제가 이 사태를 막을 수 있는 상황에 있었더라면 좋았겠지만 그러지 못했어요. 저의 승무원들과 스티븐의 연구팀, 그들의 남은 가족에 대한 저의 애통한 마음은 말로 표현할 수 없을 정도입니다. 애통함은 그것대로 마음에 담은 채로 저는 제가 할 수 있는 모든 방법을 동원해서 그들을 집까지 데려가 합당한 장례를 치를 수 있도록 할 것입니다. 이 탐사선과 유로파에서 얻은 모든 결과물도 함께 가지고 가서 희생자들의 노고와 넋을 기리도록 할 것입니다. 그들은 이번 프로젝트에 헌신했으며 따라서 그 결과가 이어지기를 바랄 것입니다. 저는 이 프로젝트와 그들의 넋을 지켜낼 것입니다. 더불어 제 자신도 지킬 것입니다. 그러니 제 걱정은 마세요. 건강 상태도 훨씬 호전되었고 지금도 매일 좋아지고 있습니다. 여러분 모두 보고 싶고, 만날 날을 고대합니다. 감사합니다."

28

새벽 5시. 스티븐은 존슨 우주센터에 있는 자기 사무실에 있었다. 지난 18시간 동안 꼬박 앉아서 탐사선에서 작업 중이던 그의 연구팀이 송신이 두절되기 직전까지 보내온 데이터를 한 줄도 빠짐없이 분석하고 있었다. 그중 어느 부분도 탐사선 운항이나 데이터의 손실에 직접적으로 연관된 것은 없었지만 스티븐이 뽑은 연구원들은 치밀하고 철저하기로 손꼽히는 사람들이었다. 종종 연구에 영향을 미칠 수 있는 잠재적인 환경 요소를 지나치게 고려하는 경우도 있었다. 그들이 혹시 뭔가 잡아내지 않았을까? 달리 기대를 걸어볼여지가 없는 상황에서 그것은 충분히 매달려볼 가치가 있는 가정이었다.

"복잡한 문제야. 해결하기 위해서는 강력한 가설이 필요해. 그렇게 생각하지 않아?"

스티븐이 라지에게 말했다.

"맞아, 그런데 어떤 가설이지?"

"그건 네가 할 일이지. 나에게는 그런 전문 지식이 없지만, 자네는 할 수 있잖아. 탐사선을 설계한 창조자 아닌가. 다른 엔지니어들도 탐사선을 이해하겠지만 그걸 만든 널 따라갈 수는 없어."

"그렇게 말해주니 고마워. 다른 사람들도 그렇게 생각해주면 얼마나 좋겠냐고."

"그건 걱정하지 마. 네가 그들과 같은 사람이 아니어서 얼마나 다행인지 몰라. 그러니 그들 때문에 생각에 제약을 받지는 마. 너도 그들만큼 알고 있잖아. 송신 두절 직전까지의 탐사선 운항 데이터 가지고 있나?"

"그럼, 당연하지. 손에 넣기가 쉽지는 않았지만 가지고 있어."

스티븐이 잠시 머뭇거리다 말했다.

"혹시 로버트가 기분 나쁠 만한 말 한 거 있어? 너무 뻔한 것 말고?"

"너도 그 자들이 어떤지 알잖아. 꼭 학창 시절 패거리 같아. 난 무슨 생각을 말할 수 있는 처지가 아니야. 구조 작전 전문가도 아니고. 내 생각을 말해봐."

"그래도 최소한 넌 길에서 주워온 빨강 머리 소년 취급은 받지 않잖아. 아내가 저 위에 있는데 말이지."

스티븐이 못마땅한 듯 말했다.

"그건 그렇다."

라지가 생각에 잠긴 채 응수했다. 그러고 나서 시계를 들여다보며 말했다.

"나는 골프나 치러 갈까 해."

"허허,"

스티븐이 기가 막힌다는 듯 웃었다.

"뭐가 그렇게 우스워?"

"라지, 난 지금 필사적으로 대책을 강구하고 있어. 네 도움이 절실히 필요하다고. 메이도 네 도움이 필요해. 아니, 무엇보다 네가 애지중지하는 그 탐사선이…."

"내가 언제 도와주지 않겠다고 했어?"

"골프 치러 간다며?"

"넌 너대로 생각하고,"

라지가 스티븐을 똑바로 쳐다보며 말했다.

"난 나대로 생각해보자고. 그리고 오늘 밤 다시 만나. 내가 맥주 가져올게."

라지가 가고 나서도 몇 시간 동안 스티븐은 그의 연구팀이 항해 중에 실험실에서, 유로파에서 샘플 채취를 하면서, 그것들을 처리하면서 그리고 스티븐의 나노스피어 기술을 활용하면서 촬영한 영상들을 샅샅이 훑어보았다. 자료 화면의 마지막 부분은 실시간으로 전송해왔기도 하고, 해상도가 좋지 않아서 스티븐도 아직 못 본 내용도 있었다.

착륙신 기지국을 유로파 얼음 표면에 배치한 뒤, 유사 태양 흡수를 이용해서 스스로 재충전하는 특수 배터리 팩으로 전력을 공급했다. 그런 다음 기지국은 한 무리의 나노기기들을 배치했다. 유로파 표면에서 500미터 높이에 200미터 정도 넓이로 퍼져 있는 이 나노기기들은 푸르스름하게 빛나는 은빛 구름처럼 보였다. 기지국의 위치는 태양 노출과 일직선을 이루는 지점이었다. 유로파는 지구 시간으로 3.5일마다 목성 주위를 돌았으며, 항상 같은 반구가 그 거대한 가스 덩어리인 목성을 향하고 있기 때문에 유로파의 궤도 경로가 최단 거리일 때 유로파의 양지바른 쪽에 착륙할 수 있도록 모든 미션의 시간을 맞추었다. 태양이 노출되는 정도가 항상 일정하다는 것은 같은 시험 조건이 유지된다는 의미이기 때문에 스티븐의 연구팀은 훨씬 수월하게 작업을 할 수 있었다.

쏘아 올리는 광경은 장관이었다. 나노기기들은 완벽하게 일체된 움직임으로 구름처럼 피어올라 동체의 표면에서 반사되는 태양열의 복사를 극대화할 수 있도록 정해진 자리를 찾아갔다. 나노기기들은 단 한두 시간 내에 엄청난 양의 열을 저장할 수 있었고 엔니지어들은 마치 거대한 돋보기로 태양열을 하나의 초점에 모으듯이 얼음판 위에 정해진 지름 10미터 정도의 면적에 모았다. 그 구역은 지반 운동에 의해서 이미 다른 곳보다 얇아진 곳이다.

한 지점에 집결된 열이 얼마나 강력했던지 뜨거운 김이 거대한 기둥처럼 피어오르는 바람에 팀 전체가 긴장했었다. 이전에 채취한 샘플들에서 폭발성 화학 성분이 검출된 적은 없었지만 표면이 워낙 넓다 보니 성분 구조가 다를 가능성도 배제할 수 없었기 때문이다. 최상층을 뚫고 나자 상황이 안정되었다. 그리고 7일의 탐사 기간 중 마지막 20시간이 남았을 때 얼음층 전체가 열을 받아 구멍이 뚫렸다. 1미터 정도 되는 맨홀 크기의 구멍으로 처음 유로파의 바다를 들여다볼 수 있었다. 생명체. 순간 스티븐의 뇌리에 스치는 생각이었다. 순수하고 단순한 생명의 새로운 근원을 발견한 것이다.

"생명체, 어떤 생명체일까?"

스티븐은 영상에 나오는 대로 중얼거려보았다.

승리감에 젖은 그의 팀원들이 바다에서 물을 길어 올리는 모습이 나왔다. 스티븐은 수 갤런의 샘플이 모이는 것을 지켜보다가 라지에게 전화를 걸었다.

"골프는 어때?"

"완전 망치고 있어. 무슨 일인데?"

"일일 실험 보고서를 검토해보았는데 격리 조항의 위반 같은 건 발견되지 않았어. 너의 비행이나 엔지니어링 경험에 비추어 볼 때 그런 경우가 있었나?"

"아니. 사실 너희 팀원들은 지독하게 철저하기로 유명했던 걸로 기억하거든."

"맞아. 나도 그렇게 기억하고 있어. 보고서를 다시 한번 검토해 보겠지만 그렇게 중대한 문제라면 우리 둘 다 알아차리고 문제 제기를 했을 거야."

"아무렴, 당연하지. 바닷물인데. 나는 손거스러미만 생겨도 해협에서 수영하지 않아. 박테리아, 바이러스, 병원체들이 득실거리기 때문에."

"바이러스야. 메이가 걸린 병에 가설이 하나 생긴 것 같아."

"하지만 격리가 철저했어."

"물론 그랬지. 하지만 사람이 하는 일이야. 아주 작은 실수도 가장 중대한 오류로 연결될 수 있고. 얼음 아래 1억 년 동안 겨울잠을 자던 바이러스가 있었다면…."

"외계의 바이러스…. 최초의 외계 생명체인데 일종의 초강 독감. 만화에 나오는 이야기만은 아니지?"

"맞아, 내가 하려던 말도 바로 그거였어. 넌 계속 골프 치면서 탐사선 내에서 바이러스성 질병이 발병할 가능성을 생각해봐. 어떻게 치료할 수 있는지, 누가 감염되기 쉬운지, 그에 관한 정보를 공유할 수 있는지 없는지, 그에 대한 규약에는 어떠한 것들이 있는지, 그리고 또…."

"알았어. 이제 내 차례야. 같이 치는 친구들이 짜증내네."

라지가 전화를 끊었다. 스티븐은 나사가 구조 작전과 관련해서 이미 이 이론을 가정해서 확인해가고 있을 것이라고 생각했다. 그 과정으로부터 점잖게 밀려나고 있는 자신에 대해 생각했다. 더 중요한 사실은 라지도 그런 상황으로 몰려가고 있다는 것이었다. 이 모든 것은 지금까지 스티븐이 알던 나사의 방식이 아니다. 나사는 모두 함께 힘을 모아 일을 해나가는 체제였으니까. 지금의 방식은 로버트 워런의 영향에 의한 것이다. 그의 허영심이 정보를 비롯해서 모든 것에 작용하는 것이다. 언론에 노출되었을 때 자신의 체면이나 허영심에 흠집을 낼만 한 것은 지체 없이 억압한다. 의심의 여지가 없다. 스티븐과 일을 하면서도 모든 면에서 그런 식이었다. 모든 일은 로버트를 통해서 이루어졌다. 어떤 것 하나라도 그를 거치지 않고 진행했다가는, 그땐 하느님의 가호를 빌어야 한다. 호된 대가를 치르게 될 테니까.

지구의 바이러스가 탐사선에 실려 갔을 수도 있다는 가설도 스티븐의 머리에 떠올랐지만, 도대체 어떤 바이러스가 그렇게 무서운 효과를 낼 수 있단 말인가? 그리고 승무원과 승객들은 착륙선 격납고에 죽어 있었다. 스티븐은 다시 라지에게 전화를 걸었다.

"왜? 지금 죽은 사람들 때문에 전화한 거야?"

"어떻게 알았지?"

"너나 나나 지금 어떻게 다른 걸 생각하겠어? 대답은 '아니'야. 그들이 착륙선으로 어딘가에 가려고 했을 가능성은 없어. 왜냐하면 그것들은 궤도 착륙선이니까. 그리고 일부 달 왕복선처럼 장거리용도 아니고."

"빌어먹을."

"그래, 나도 알아. 그래서 나도 머리가 지끈거려. 지금 홀마다 아홉 번씩 치고 있다고. 그러니 제발 나 좀 내버려둬."

스티븐은 전화를 끊고 음성 기록을 시작했다.

"데이터 단절은 바이러스 발병 시점에 발생했다. 지구 기준으로 보수적 잠복 기간은 36시간이다. 첫 감염 환자 발생 후 잠복 균에 의해 다른 사람들이 잇달아 감염되어 위기 상황이 벌어진다. 더구나 병원체에 대해 알고 있는 것이 없다. **그것의 활동을 파악하는 데 얼마나 걸릴까?** 밀폐된 세균 공장에서 병원체가 퍼지는 상황을 고려할 때 너무 긴 시간이다. 선장을 포함해서 여러 명의 민간 연구원들이 점점 더 많이 감염되어갈수록 더 큰 공포와 혼란까지도 초래되고 바이러스는 퍼진다. 그러나… 이러한 과정을 보여주는 데이터가 없다. 바이러스가 문제를 일으키기 직전에 오작동이 발생해서 그러한 상황을 초래했다고 볼 수도 있을까? 그렇지는 않다. 하지만 그건 라지가 알아볼 수 있다. 누군가 사후에 데이터를 봉쇄했을 가능성? 물론 있다. 안전한 데이터란 없는 법이니까. 절대로. 누가 그런 일을 하려고 할까? 누가 그런 것을 알 수 있을까? 인공지능이 관계되어 있을까? 아마 인공지능은 관련되어 있어야 했는지도 모른다. 맙소사."

가설이 점점 맞아 들어가고 있었다. 스티븐의 추론이 이어질수록 더 많은 사실이 해양 샘플에서 온 바이러스로 초점이 맞춰졌다. 얼음 샘플은 지금까지 병을 유발한 적이 없었다. 그러므로 해양 샘플이 어떤 연유로든 격리 과정을 뛰어넘어 탐사선을 황폐화하고, 전원을 공포의 도가니로 몰아넣은 다음, 인류에게 가장 위험한 환경에서 최악의 시나리오가 펼쳐진 것이다. 이 가설을 로버트에게 알려야 할까? 아직은 아니다. 로버트는 너무 가벼워서 바로 부작용을 초래할 수 있다.

"녹스 박사님, 위성 통신으로 워런 소장님이십니다."

인공지능이 알려왔다.

스티븐은 놀라서 거의 의자에서 떨어질 뻔했다.

"녹스 박사님?"

"연결해줘요."

스티븐의 화면에 로버트 워런이 나타났다.

"잘 지냈나, 스티븐."

"로버트."

"메이가 보낸 메시지를 검토한 후에 바로 또 다른 메시지를 받아서 알려주려고. 메이가 자네와의 이혼 신청에 관한 내용이라면서 자네 혼자만 보라고 했네. 자네의 프라이버시를 존중하고, 법적으로도 보호받게 되어 있지만, 상황이 상황이니만큼 메시지에 이번 미션과 관련된 내용이 있으면 나에게 알려주리라 믿겠네."

"당연하지. 메이도 팀원들에게 정보를 감추거나 하지는 않을 거야. 자네도 알겠지만."

로버트는 성급하게 고개를 저었다.

"지금 나는 뭔가를 추측하거나 격식을 차릴 여유가 없어. 지금 이 상황은 면밀하게 파헤쳐지고 있을 뿐 아니라 신속한 해결을 촉구하는 엄청난 압박이 나를 짓누르고 있다고. 따라서 그 어느 때보다도 긴밀한 협조가 필요한 때야."

"이해하고, 전적으로 동의하네."

"고마워. 지금 메시지를 보낼게."

로버트가 연결을 끊었다.

지금 이 상황은 면밀하게 파헤쳐지고 있을 뿐 아니라 엄청난 압박이 나를 짓누르고 있다고…. 스티븐의 이론에 무게가 실린다고 가정할 때, 로버트는 방금 매스컴 홍보에 관한 잠재적 악몽이 죽음보다 더 나쁜 운명임을 상기시켰다. 그에 더해 우주 탐사가 사유화될 거라는 사실에 대해 지속적으로 커져가는 두려움이 나사를 구태의연하게 만들었다. 스티븐은 자신의 기술을 이언 올브라이트와 그의 회사에 거의 넘겨줄 뻔한 상황까지 갔었고, 그에 대한 뉴스는 언론에서 몇 주 동안 다루어졌다. 설상가상으로 처음부터 미션에 반대했던 의회 절반의 극보수주의자들은 나사가 미션을 가져가서 납세자들의 돈으로 자금을 조달하자 광분하기 시작했다. 위원회가 구성되었다. 로비스트들은 동분서주하고 시위대는 스티븐의 강의에까지 와서 조직화된 혐오 선전을 벌였던 것이다. 로버트가 압박과 신속한 해결을 말할 때 어느 특정 부분을 두고 이야기했던 것일까? 혹시 로버트도 스티븐이 추론 중인 이론을 이미 알고 있는 것은 아닐까? 스티븐의 마음에 피해망상적인 생각이 끊임없이 솟아올랐다. 스티븐이 사무실에서 기록을 남기고 있는 바로 그 시점에 로버트가 전화를 건 것이… 이상했다.

"심호흡을 하자."

스티븐은 스스로 다독였다.

"지금 객관성을 잃고 있어. 메이를 도와주고 싶어서 절실해진 거야. 원래부터 로버트를 신뢰하지는 않았지만 그렇다고 그가 괴물인 건 아니잖아. 그도 지금 겁을 먹고 있어. 숨을 쉬자."

스티븐의 자만심은 언제나 그를 조급하게 만들었다. 연구 지도 교수도 항상 스티븐의 그런 점을 지적하곤 했다. 지금이 바로 침착하게 사고하고 행동하는 연습을 할 때라고 생각했다. 네이터를 손에 넣고, 증거를 모으고, 방어력을 갖도록 정리하고, 그런 다음 로버트와 팀원들에게 공개하리라 생각했다. 그러나 한편으로 생각해보면 로버트를 신뢰할 근거는 없었다. 예전에도 그랬다가 낭패를 본 경험이 있었으니까. 스티븐은 남들이 좋아하든 싫어하든 상관없이 메이를 도우리라 마음먹었고, 과학이 그 도구가 될 것이라 다짐했다. 메이에게 그만큼은 돌려주어야 하니까.

29

"안녕, 스티븐."

메이는 인사말로 메시지를 시작했다.

"당신이 이 메시지를 혼자 봤으면 좋겠다. 지금 사방에서 내 목숨을 앗아 가려고 노리는 800만 기지외 요인 중 어느 한 가지가 맞아떨어질 경우에 대비해서 마음속에 담아둔 몇 가지 이야기를 해야 할 것 같아서."

스티븐은 개인 영상 메시지를 받고는 집으로 가져와 보는 중이었다. 피해망상이 많이 진정되기는 했지만, 불필요한 위험부담을 안고 사무실에서 메시지를 열어보고 싶지는 않았다. 로버트와 그의 직원들은 어느 관제센터에서든 합법적으로 전자감시장치를 활용할 수 있었다. 하지만 메이는 자신의 메시지를 스티븐 혼자 보라고 했다. 두꺼운 먹구름이 몰려와 덮여 있던 차에 메이의 얼굴을 보니 한 줄기 빛이 비추는 것 같았다.

"잘 지내고 있으면 좋겠다. 나도 잘 있어. 몸도 훨씬 나아졌고. 음, 계속 피곤하고 기분이 오르락내리락하는 것, 식성이 엄청 까다로워진 것 빼고는 말이지. 당신은 내가 이렇게 야위었으니 농장을 통째로 삼키려는 듯 먹을 것이라 생각하겠지만, 음식을 보면 자꾸 구토가 나오려고 해. 아마 뇌에 문제가 있어서인 것 같아. 기억이라는 것이 감각을 포함해서 사람의 많은 부분을 통제한다고 읽은 것 같거든. 이상하지? 역행성기억상실증이라니 말이야. '기억상실증'이라는 말을 들으니 삼류 영화가 떠오르지 않아? 아니면 구식 멜로드라마 같은 거, 그렇지? '실비아가 기억상실증으로부터 회복되면 빅터가 자신을 살해하려 했던 남자라는 사실을 기억해낼 것이다.' 뭐 이런 거. 메이는 즐겨 보던 드라마의 해설자 흉내를 내며 말했다. 메이의 음성에는 웃음이 섞여 있었다.

스티븐도 따라 웃었다. 메이의 기분이 밝아지는 것 같아 스티븐도 기분이 좋았다.

"당신이 반가워할 만한 소식은 나의 기억력이 회복되고 있다는 거야. 내가 엄마 이름을 따서 이브라고 부르는 인공지능이 단서 활용하기와 반복 연습, 그 외에 이런저런 방법으로 치료를 도와주고 있어. 그런데 참 이상해. 얼핏 생각하기에는 오래된 일들을 기억하기가 어려울 것 같잖아? 구질구질한 어린 시절의 일들은 싹 잊어버려도 좋을 것 같고, 그렇지 않아? 그런데 불행하게도 그 반대라는 거야. 최근 일일수록 전혀 기억할 수가 없어. 내가 아프기 시작한 시점 말이야. 아주 단편적인 장면 외에는 도저히 떠올릴 수가 없어. 과거로 거슬러 올라갈수록 기억이 잘 나는데 그렇다고 아주 정확한 것은 아니야. 이브도 확인해준 사실인데, 지난 3, 4개월의 기억을 가장 많이 잃어버렸을 거야. 부분적으로는 아주 심각하게 완전히."

메이가 불안한 표정으로 미소를 지어 보였다.

"당신은 우리가 앞으로 어떻게 되는 건지 알 것 같은데."

스티븐은 잠시 영상을 멈추고 생각했다. 메이는 기억하지 못한다. 지난 3, 4개월간 두 사람의 관계는 최악이었다. 두 사람이 더 이상 서로 대화를 하지 않는 상태에서 이혼 수속과 더불어 메이가 유로파로 떠나는 것으로 마무리되었다. 스티븐은 호킹 2호가 도크로 옮겨질 때 메이의 표정을 기억하고 있었다. 모두가 축하를 하는 가운데 메이는 마치 진료실에서 의사를 기다리는 사람처럼 굳어 있었다. 그리고 스티븐은 손가락에 끼고 있던 결혼반지를 뺐었다. 그는 반사적으로 손가락을 만졌다. 반지는 이제 손가락에 끼워져 있지 않고 라이트 기지에 있는 책상 서랍에 있다는 것을 알고 있으면서도. 스티븐은 고개를 저었다. 이런 한심한 상태였는데. 메이는 기억하지 못한다.

"그 코미디언 생각나? 이런 농담을 했던 사람 말이야. 어떤 남자가 병원에 입원한 아내를 만나러 갔는데 아내가 기억상실증에 걸려서 남편을 기억하지 못하자, '실례했습니다, 부인. 방을 잘못 찾아왔네요'라고 말했다나 그러지 않았어? 요즘 그 농담이 생각나더라고. 다행히 그 코미디를 우리가 6개월 전에 봤잖아! 재밌어, 그렇지?"

메이는 몹시 힘들어하는 것 같았다. 의식적으로 안절부절못하면서 시선을 자꾸 아래로 내렸다.

"좀 전에 말했듯이 당신은 우리가 앞으로 어떻게 되는지 알고 있을 것 같아. 나는… 어… 인공지능 이브의 말로는 우리가 이혼을 할 거라고 했거든."

메이가 애써 미소를 지어 보이며 말했다.

"그런데 솔직하게 말해서 나에게는 완전히 충격이었어. 하지만 이해할 수 있을 것 같아. 이브 말이 내가 출발하기 직전에 이혼 서류를 접수했다고 했거든. 나는 기억나지 않지만. 아마도 우리가 그 상황까지 가게 된 원인은 내가 아주 단편적으로 기억하는 그 암흑의 기간 동안에 일어났으리라고 짐작하고 있어. 그 단편적인 기억 중에 이런 것도 있어. 내가 아주 예쁜 드레스를 입고 풀밭에 서 있는 거야. 비가 내리는데 우산이 없었어. 그래서 완전히 젖도록 비를 맞았어. 작정을 하고 말이지! 그게 뭐였는지 생각나는 거 있어? 꿈일지도 모르지만. 요즘 꿈을 많이 꿔. 예전엔 그러지 않았는데. 이브는 그 꿈들을 모두 적으라고 했어. 때로는 내가 잠자는 동안 뇌가 휴식을 취하는 상태에서 단편적인 기억을 한두 개 떠올리는 거라고. 당신은 이런 게 이해가 가?"

스티븐은 메이에 대한 약간의 부러움이 섞인 웃음을 지었다. 메이가 말하는 그 시점에 이르기 전에는 두 사람이 가끔 의견 충돌이 있기는 했지만 대부분의 시간이 충만하고 행복했기 때문에 상쇄되었다. 하지만 바로 그런 점이 축복의 얼굴을 한 저주였을까? 스티븐은 두 사람의 관계에 다시 희망을 가지려는 것은 아니지만 메이가 자기와 같은 일로 힘들어하고 있지 않다는 사실에 일단은 마음이 놓였다.

"당신은 이해할 수 있으면 좋겠어. 왜냐하면 나는 전혀 이해할 수가 없거든. 내가 아는 걸 말할게. 그리고 지금 우리에게 소중한 것에 대한 내 기분이 어떤지도. 이혼은 옳은 선택이 아닌 것 같아. 내가 기억하는 우리는 세상 어느 부부보다도 포기하거나 그만두지 않을 사람들이거든. 그리고 또 한 가지, 근거 없는 생각이기는 한데, 우리가 헤어지게 된 원인 제공을 내가 했을 거라는 생각이 들어. 뭔가 본능적으로 알 것 같아. 내가 얼마나 함께 있기 괴로운 사람인지 내가 잘 아니까. 엄마도 늘 말했듯이 완고하고, 고집 세고 말이지. 탱고는 두 사람이 추는 것이라는 건 알지만, 그래도 내가 시작했다는 유치한 불안감을 떨쳐버릴 수 없어. 나는 내가 불리해지면 함께 하던 게임을 중단하고 가버리지만 당신은 절대 그러지 않으니까…."

메이가 눈물을 흘렸다. 스티븐도 눈시울이 젖어들었다. 그 순간 어쩔 수 없었다. 그럴 상황이 아니기는 했지만, 스티븐과 메이에게는 흔히 있는 일이었다. 스티븐은 메이의 마음을 달래주고, 벌써 다 잊었으니 둘이 함께 미래를 맞이하자는 말을 해줄 수 없다는 사실이 가슴 아팠다. 하지만 스티븐은 그것이 자신의 진심이라는 확신은 없었다. 자책하는 면도 있지만 이혼하기로 결정하면서 받은 상처가 여전히 쓰렸기 때문이다. 그 상처는 스티븐이 메이에게 느끼는 감정의 가장 중요한 부분을 꺼트려버렸고, 그에게 너무 심한 고통을 주었기 때문에 아직은 메이가 신의 자비로 기억하지 못하는 몇 가지 일들을 떠올리는 것조차 힘들었다.

그러나 메이와의 관계에 양가감정을 느끼고 있어도 이렇게 메이의 모습을 보고 그녀의 음성을 들으니 메이를 데려와야 한다는 의지가 더욱 굳건해졌다. 결국 메이는 스티븐 곁을 지켜주었고, 이제 스티븐은 자기 역시 메이를 깊이 사랑하고 있으며, 그 마음은 한 번도 흔들린 적이 없음을 말하고 싶었다. 모든 것이 불합리하고 모순투성이인 상황 속에서 그 사실 하나만큼은 의식의 표면에 또렷이 떠 있었다.

"미안해."

메이가 미소 띤 얼굴로 눈물을 닦으며 말했다.

"이 메시지로 당신을 더 힘들게 하고 싶지는 않으니까 이만 정신을 차리고 자제할게. 요즘 내가 너무 잘 울어….."

그때 호킹 2호가 흔들리면서 주변의 전등이 깜박거리는 것이 보였다. 메이의 모습도 어둠 속에서 깜박거렸다. 흔들림이 가라앉고 전등이 켜지자 메이의 얼굴에 두려움이 서리고 그녀는 마치 학대받은 동물처럼 움츠러들었다. 그 모습을 보는 스티븐의 마음이 찢어지듯 아팠다.

"보다시피 나사가 엔진 동기화 문제를 완전히 해결하지 못했어. 그래도 훨씬 나아지기는 했어, 감사하게도. 네트워크가 복구된 후 모든 것이 좋아졌어."

메이가 온화한 미소를 지었다. 뭔가 더 말하고 싶지만 참는 것 같아 보였다.

"이제 마무리할까 해. 지금 조리실에 내가 '라자냐 비슷한 거'라고 부르는 미지근한 음식과 '차 근처에도 못 간' 차가 나를 위해 준비되어 있거든. 라지에게 그렇게 근사한 탐사선에 요리사 한 사람, 아니면 즉석 조리사라도 고용할 수는 없었냐고 말 좀 전해줘. 혹시 내게 답장을 보내준다면 반갑게 받을게. 불편한 감정들에 대한 얘기는 하지 않아도 돼. 새로 업데이트된 팝 문화라든가 동네 맛집에 대한 이야기라도 당신에게서 오는 소식이라면 반가울 것 같아. 스티븐, 오늘은 이만 안녕."

화면이 꺼지고 스티븐은 갑자기 찾아온 정적에 귀가 멍한 것 같았다. 지금까지 항상 스티븐은 메이가 어떤 상황에서도 위험천만한 자기 직업에 대한 철두철미한 자세를 잃지 않는 방탄유리 같은 사람이라고 생각해왔다. 그런데 처음으로 메이가 처한 상황이 진심으로 걱정스러웠다.

30

스티븐은 자신의 연구팀이 나사의 중립 부력 실험실에서 우주비행 훈련을 받는 모습을 지켜보고 있었다. 그들 중 몇 명은 착륙팀에 속하게 될 것이어서 지구 중력보다 훨씬 낮은 유로파의 중력 환경에서 임무를 수행할 수 있도록 훈련을 받아야 했다. 깊이 12미터, 넓이 1984제곱미터 넓이의 풀장에, 착륙선을 이용해 유로파 표면에 옮겨질 구조물을 기초로 모의 표면 탐사 기지가 구축되었다. 스티븐의 엔지니어들이 나노스피어 배치에 필요한 장비 배치 훈련을 하는 동안 우주복을 입은 연구원들은 느릿느릿 돌아다니며 샘플을 채집하고 분석하는 연습을 하고 있었다. 작업 과정이 느리고 우스꽝스럽기도 했지만 점차 익숙해지고 있었다. 그날 아침 라지는 스티븐에게 시뮬레이터 시설을 돌아보겠느냐고 여러 번 물었다. 스티븐은 아직 보지 못했지만 라지가 계속 멋있다는 이야기를 해왔던 것이다. 스티븐이 모처럼 오후 시간이 비어 있는 날이었기 때문에 라지는 스티븐을 데리고 올라가 보여줘야겠다고 마음먹은 것 같았다. 스티븐은 녹여버릴 듯 뜨거운 햇살을 받으며 시설을 돌아보는 시끌벅적한 투어 그룹을 지나 걸어가면서 계속 미뤄오던 시뮬레이터 구경을 오늘 하기로 한 이유가 떠올라 혼자 웃었다. 혹시 거기서 메이를 보게 될지 몰라서였던 것이다. 미션 디너에서 메이가 뭔가 신호를 보낸 것 같기는 했는데 스티븐은 그것이 어떤 의미인지 완전히 이해하지 못하고 있었다. 그들이 주고받은 신호는 흥미롭고 재미있었지만, 동시에 자기중심적인 스티븐의 기준으로 보기에도 매우 어색했다.

악을 쓰며 우는 아이 둘을 태운 유모차를 끌고 가는 부부를 보면서 스티븐은 낭만을 생각한다는 자체가 우습다는 생각이 들었다. 그것이야 말로 스티븐이 최악의 실패를 맛본 영역이었다. 그의 첫 번째 결혼이 그 증거였고, 이혼을 계기로 그 영역은 완전히 포기하게 되었다. 스티븐과 메이가 전혀 다른 행성에서 왔다는 자명한 사실을 차치하고라도 말이다. 하지만 스티븐은 갑자기 비행 시뮬레이터에 관심을 갖게 되었고 어느새 우주센터 캠퍼스를 가로질러 의미심장한 발걸음을 옮기고 있었던 것이다. 바보야, 넌 매사에 생각이 너무 많아. 스티븐은 스스로 이렇게 속삭였다. 네가 메이를 보고 싶어 한다고 해서 뭐가 달라지는데? 라지와 어울려 시간을 보내. 볼링을 치러 가든지. 그리고 두 번 다시 그런 생각은 하지 말라고.

"어, 친구, 드디어 왔군!"

뒤에서 라지의 목소리가 들렸다.

"내가 몇 주 동안 오게 하려고 그렇게 애를 써도 안 오더니 어떻게 갑자기 마음을 바꾼 거야?"

"넌 왜 매번 그렇게 나를 놀라게 하냐? 좀 점잖게 부를 수도 있잖아, 이 깡패야."

스티븐이 뒤를 돌아보며 말했다.

"미안. 아무튼 와서 반가워."

라지가 스티븐의 등을 두드리며 말했다.

라지는 먼저 스티븐을 시뮬레이터 통제센터로 데리고 갔다.

"아주 잘됐네. 운이 좋았어. 마침 훈련 중이거든."

메이와 부선장 존 에스처가 착륙 포드 시뮬레이터를 조종하고 있었다. 시뮬레이터 운영자가 영상과 오디오를 틀어주어서 라지와 스티븐은 두 사람이 작업하는 모습을 볼 수 있었다. 그리고 전망도 틀어주었다. 유로파의 환경이 거의 실제처럼 펼쳐져 있어서 스티븐은 마치 자기가 거기 서 있는 것 같은 느낌이었다. 희미한 햇살에 반짝이는 얼음판 위에 어두운 균열이 퍼져 있는 모습이 영묘하면서도 음산했다.

"멋있지 않아?"

라지가 스티븐의 팔을 툭 치며 말했다.

"조용히 해."

스티븐은 시뮬레이터 화면과 메이에 집중한 채로 짧게 대꾸했다.

"착륙 포드 9호 발사 60초 전에 타이탄 대기권에 진입한다. 존, 진입 각도를 정확히 유지하도록."

메이가 차분하게 말했다.

호킹 2호가 유로파 궤도를 도는 동안 여러 번 거쳐야 하는 과정이므로 스티븐도 착륙선 훈련이 얼마나 중요한지는 잘 알고 있었다. 연구팀 인원과 그들의 장비를 내려주고, 또다시 데려와야 했다. 유로파에 착륙하는 일은 매우 힘들고 어려운 작업이었다. 공기가 매우 희박하다는 사실은 알고 있지만, 실제로 그 위에서 돌아다닌 경험은 없었기 때문이다. 게다가 얼음판 위에 착륙해야 했는데, 그중에는 불안정한 부분도 있을 것이었다.

"저 존이라는 친구 완전 또라이야. 자기가 엄청 잘하는 줄 알아."

라지가 스티븐의 귀에 대고 속삭였다.

"네, 정확하게 유도하고 있습니다."

존이 자신 있게 말했다.

"드래그와 바람 가능성을 고려해서 착륙선 고도를 좀 더 낮게 조정하도록."

메이가 응답했다.

"충분히 낮은데요."

"충분하지 않다, 존."

시뮬레이터 운영자가 라지를 향해 보라는 듯 눈썹을 들썩여 보였다.

"너희 집 또라이가 또 한 번 사고를 치려는가 보군."

라지가 웃으며 그에게 말했다.

"아무렴."

스티븐이 응수했다.

시뮬레이터가 고압 수증기 기둥을 거의 200킬로미터 높이로 쏘아 올렸다. 메이는 휴대용 압축 공기식 드릴을 재빨리 조정해서 대기를 날아 착륙선을 행성 표면에 부드럽게 착륙시켰다.

"허리케인 속에서 행글라이더를 타는 것과 같은 거야. 메이는 못 하는 게 없어."

라지가 스티븐에게 말했다.

그러나 존은 착륙선 조정에 실패하는 바람에 소용돌이를 타듯 곤두박질치다가 빠져나오지도 못하고 행성 표면에 떨어졌다. 탑승 인원 전원이 사망했다. 스티븐은 어깨를 떨었다. 그렇게 죽은 사람들이 자기 연구원일 수도 있었다.

"젠장."

존이 화장실에서 담배 피다 걸린 십대 소년처럼 투덜거렸다.

"한심하기 이를 데 없군."

스티븐이 화가 나서 중얼거렸다.

"존,"

통신장치에서 메이의 목소리가 들렸다.

"아, 알아요. 알아요."

존이 메이의 화를 누그러뜨리려는 듯 말했다.

"뭘 아는데?"

"내가 또 죽 쒔잖아요."

"너의 실패율이 얼마나 되는지 알고 있나?"

"아니요. 하지만 정신 차리고 집중할게요. 약속해요."

"그래야 할 거야."

메이가 차분하게 말했다.

"그러지 않으면 너는 교체될 테니까. 지금까지 임용 범주에 훨씬 못 미치는 성과를 보여왔어. 나아질 거라고 말하는 건 이제 안 통해. 비행팀이 우리를 치밀하게 관찰하고 있다. 매일 성과보고서를 읽고 있다고. 훈련기간 동안 평균치 이상의 성과를 보이지 못하면 교체하는 것이 방침이야. 네가 한심한 꼴이 될 수 있다는 뜻이지, 카우보이. 알았나?"

"알겠습니다."

스티븐의 눈에는 존이 여전히 메이의 잔소리가 끝나기를 바라면서 얼버무리려는 것이 보였다.

"네 말이 맞아, 라지. 완전 또라이네."

"존, 아주 소중한 사람을 잃어본 적 있나? 누가 죽었다든지?"

메이가 물었다.

"아버지요."

"언제 돌아가셨지?"

"3년 전입니다."

"아버지를 다시는 볼 수 없다는 생각이 진지하게 가슴에 사무쳤던 건 언제지?"

"저건 좀⋯."

라지가 말했다.

"조용히 해봐."

스티븐이 낮게 속삭였다.

"뭐 그런 질문이 있습니까?"

존이 화가 난 듯 물었다.

"자신과 타인의 목숨을 소중히 여길 줄 모르는 조종사를 만나면 내가 늘 하는 질문이다. 자기가 천하무적인 줄 알고 언제나 잘할 거라고 생각하는 사람도 마찬가지. 내가 이 질문을 지금까지 몇 번이나 해봤을 것 같아?"

"모르겠습니다."

"네 번. 그때 다들 뭐라고 대답한 줄 알아?"

"모릅니다."

"네가 방금 말했던 것과 같은 대답이었어. 그들이 지금 어디에 있을 것 같아?"

"죽었나요?"

"맞아. 나는 고인이 된 네 명의 조종사와 이런 대화를 했어. 그들도 내 지시를 따르지 않았지. 너는 그들과 다를 수 있겠나?"

"네, 그렇습니다."

"그럼 그에 맞게 행동해. 너는 네 한 목숨만 책임지는 게 아니야. 여러 사람의 목숨이 네 손에 달려 있다. 지금 시뮬레이터에서 일어난 일이 유로파에서 일어났다고 생각해봐. 너도 죽고 탑승했던 사람 모두 죽었어. 네가 우리 모두를 위험에 처하게 할 수도 있고 미션 자체를 위험에 빠트릴 수도 있어. 그들의 고향에 남아 있는 사

221

람들은 지금 너처럼 사랑하는 사람을 평생 그리워하면서 살아야 할 것이고. 행성 표면에 부딪히는 충격으로 모두 자취를 알아볼 수 없을 정도로 산산조각이 날 테니 장례를 치를 시체조차 돌려받지 못할 거야. 내 말 알아듣겠나?"

"알아들었어요."

존은 그제야 한풀 꺾인 것 같았다.

"네, 지휘관님."

메이가 고쳐주었다.

"네, 지휘관님."

"커피 한 잔 마시고 다시 한번 해볼까?"

"물론이죠, 그거 아주⋯."

메이가 끼어들었다.

"나는 크림 두 스푼에 설탕 한 스푼. 빨리 다녀와."

"훌륭한 마무리야. 메이 대단하네."

라지가 말했다.

나도 알아. 스티븐도 속으로 이렇게 동조했다.

31

"원자로 가동률 80퍼센트. 엔진은 정상 가동 중입니다. 축하해요, 메이. 탐사선이 완전히 복구되었습니다."

이브가 군중의 열렬한 환호를 효과음으로 깔고 말했다.

메이는 브리지에 앉아 비행갑판의 창을 통해 별을 바라보며 안도의 숨을 쉬었다. 저 별들 사이 어딘가에 화성이 있고, 내 집이 있다. 스티븐에게 메시지를 보낸 후 아직 아무런 응답도 못 받았다. 물론 답을 기대하는 것 자체가 어리석은 생각인지도 모른다. 더구나 이런 상황에서 말이다. 로버트 워런이 개인 메시지를 허용했다는 것 자체가 기적이었다. 스티븐으로서는 나사가 구조 작전 모드에 돌입한 상황의 한가운데 있는 것 자체가 힘들 것임을 메이도 충분히 짐작할 수 있었다. 그럼에도 메이는 좀 우울해졌다.

"고마워, 이브."

메이는 애써 미소를 지으며 말했다.

"탐사선 조종은 잠시 다른 사람에게 맡기고 나는 좀 긴장을 좀 풀어야겠어. 데이트하러 가든지. 시네마 모듈에 가서 영화를 보든지 말이야. 아직 한 번도 그 공간을 즐겨보지 못했거든."

"그런데 사실은, 이제 우리가 정상 상태로 회복되었기 때문에 나사에서 임무 목록을 보내왔어요. 우선순위에 따라 정리된 상당히 긴 목록입니다."

"그렇구나. 세상에서 가장 짧은 휴가였군. 제일 먼저 해야 할 일이 뭐야?"

"의료적인 종합평가입니다."

"말도 안 돼. 다음은?"

"그렇게는 안 될 것 같아요. 비행팀에서 직접 내린 지시거든요. 여러 가지 신체 및 심리 평가를 시행하라고 지시했어요. 제가 도와드릴 수 있습니다."

"얼마 전에 혈액검사 했잖아. 그 결과를 보내면 되지 않을까?"

"아니요. 새 샘플을 요청했어요. 증거 영상도 함께."

"정말이야? 왜, 내가 속임수라도 쓸까 봐?"

"미안해요, 베이. 명령이어서 어쩔 수 없어요."

그들은 나를 믿지 않아. 메이는 생각했다. 유일한 생존자는 언제나 환영받지 못하는 법이다. 그 대신 수많은 질문과 의심을 받는다. 메이는 로버트 워런이 구상하고 있을 시나리오를 상상해보았다. "우리가 마주하고 있는 상대를 알아야 합니다"라고 주장하고 있을지도 모른다.

오, 하느님 맙소사. 그들은 분명 나를 신임하지 않는 거야.

"이브, 아직 착륙선 격납고에 있는 희생자의 수도 헤아려보지 못했어. 바이오 코드 정리해서 희생자 매장 준비도 해야 한다고."

"당신의 신체 및 심리 평가를⋯."

"그건 나중에 해도 돼. 선장으로서 나는 승객과 승무원을 최우선으로 생각한다. 그러니까 그들의 일을 먼저 처리하겠어."

그들이 뭐라던 상관없어. 기다리라고 해. 메이는 우주복을 입고 착륙선 격납고 에어로크 밖으로 갔다. 그들이 아니지. 그자 한 사람이니까. 로버트. 나쁜 놈. 글렌은 지금쯤 분개해서 그 녀석의 턱을 한 대 갈겨주고 싶을 거야. 사방으로 휘젓고 다니면서 아는 척하고 있을 테니 말이지.

"이 격납고를 빨리 손봐야 할 것 같아, 이브. 화성 착륙선에 가야 할 때마다 고기 냉동고에 들어가듯 우주복을 입는 건 너무 번거로워."

"맞아요. 관제센터에서 원자로 작업이 끝나는 대로 그 일을 시작할 거예요. 물론 메이의 도움이 필요하겠지만요."

"물론이지. 나머지 임무 목록엔 뭐가 있는지 기대가 되네."

메이는 모든 것이 꽁꽁 얼어붙은 어두운 격납고 안을 잠시 떠다니면서 충격적이었던 그 안의 처참한 분위기에 적응하는 시간을 가졌다. 공기가 지독히도 차가왔다. 얼음처럼 차가운 검은 덩굴손을 연상케 했다. 길고 가느다란 얼음 가닥이 우주복을 타고 올라오면서 피부로, 그리고 뼛속으로 침투해 들어올 틈을 탐색하는 느낌이었다. 계속 움직여야 했다.

"착륙등을 켜줘."

이브가 착륙선 등을 켰다. 부유하는 시체들이 시야에 들어오자 메이는 숨을 들이마시며 마음의 동요를 애써 가라앉혔다. 몇몇은 메이에게서 불과 몇 센티미터 거리에 있었다.

"좋다. 모두 점호."

승무원들은 모두 제복을 입고 있었고, 오른쪽 가슴 부분의 천에 각자의 바이오 코드 칩이 심겨 있다. 칩에 들어 있는 코드에는 해당 승무원의 개인 데이터 파일에 기록된 모든 사항이 담겨 있다. 메이의 헬멧 카메라에는 코드 스캐너가 장착되어 있다. 희생자의 수를 세고 얼굴 사진을 찍는 음울한 작업을 시작하기 위해 우선 가장 가까이 있는 희생자에게 다가갔다. 그러자 처음 그 광경을 보았을 때 받았던 충격이 되살아났다. 손상된 얼굴 피부를 오래는 도저히 바라볼 수 없었다. 그러다가는 다시 구토를 할 것만 같아서. 공포감도 추위 못지않게 침습적이었다. 비이성적인 생각들이 메이를 공략하기 시작했다. 메이는 그 혼란을 이겨내기 위해, 이 임무를 완수하는 것은 희생자를 위한 일일 뿐 아니라 나사에서 그녀의 경력을 더 탄탄하게 쌓는 일이 될 거라는 점을 의식적으로 자신에게 주지시켰다. 동시에 투철한 직업정신으로 맡은 바 임무를 수행할 수 있음을 분명하게 보여주고 싶었다.

맷 갤러거. 적재물 사령관. 그는 에어로크 도어 근처에 떠 있었다. 퉁퉁 부은 채로 묵묵히 맡은 바 임무를 수행하는 듯. 재미없는 맷. 지독히도 지루했던 맷.

"완전 재난 현장이야, 이브."

메이는 작업을 계속하면서 이브에게 말을 걸었다.

"엄청난 규모의 재난이지요. 통계적으로도 예를 찾아볼 수 없을 정도에요."

"나사에서는 뭐라고 하지? 뭐 들은 거 없어?"

"워런 소장님이 정보를 단속하고 있어요. 언론에 흘러 들어가지 않도록."

"이제부터 얼간이 소장이라고 불러."

"메이가 지어낸 별명인가요?"

"그가 자초한 별명이지. 나에 대해서 들은 건 없고?"

딱히 답을 기대한 질문은 아니었다.

"저에게 메이를 세세하게 지켜보라고 했습니다."

메이는 이브의 솔직함에 놀라 잠시 멈칫했다.

"놀랄 일도 아니지. 이 상황에 충분히 이해할 수 있는 일이야."

"저는 그렇게 생각하지 않아요. 의심이 사실에 근거하지 않고,

226

추측에 근거해 있어요. 제가 왜 메이를 지켜봐야 하느냐고 물었을 때, 충분한 이유를 듣지 못했거든요. 제가 내린 결론은 그들이 추측하고 있다는 것입니다. 추측은 추측일 뿐이죠."

메이는 도덕적으로 살짝 분개한 듯한 이브의 말에 웃음을 터트렸다.

"솔직하게 말해줘서 고마워. 네가 정확하게 보고 있어. 사람들은 매사에 자신의 개인적인 편견과 해석을 덧붙이지 못해 안달이지. 조종사 훈련을 받으면서 그런 습성을 떼어버릴 수 있었어. 그러니까 너는 내가 불필요한 추측을 할까 봐 걱정하지는 않아도 돼. 최소한 그렇게 자주, 밖으로 드러내놓고 하지는 않을 테니까 말이야."

"마음이 놓이네요."

착륙선 격납고를 구석구석 살피며 확인하는 작업이 끝나니 희생자의 수는 서른두 명이었다. 두 명은 행방불명이었다. 메이의 조종사인 존 에스처와 비행 기관사인 가브리엘라 도스 산토스. 메이는 공급 모듈로 갔다. 저체온 관 선반을 확인해보기 위해서였다. 철제 벌집처럼 생긴 높은 방사형 구조물에는 승선 인원만큼의 진줏빛 광택이 나는 매장용 관이 준비되어 있었다.

"관이 전부 비어 있고, 개수가 모자라지도 않아."

메이가 긴장된 어조로 중얼거렸다.

"격리 조치의 일환으로 존과 개비의 시체를 투하한 걸까?"

"그럴 필요는 없었을 거예요. 저체온 관은 시체를 동결하기 전에 오존으로 적시기 때문에 모든 병원체와 기생충을 죽이거든요."

"좋아, 그렇다면 탐사선 어딘가에 시체가 있다는 말이군. 어느 순간 나타나서 나를 혼비백산이 되게 하려고 말이지."

메이는 간단히 샤워를 한 다음 나사가 정한 짜증 나게 총체적인 테스트를 받기 위해 의무실로 갔다. 메이는 이미 여러 번 신체검사를 받았기 때문에 이제는 거의 일상이 되었다. 다만 탐사선의 외과 수술 로봇에게 몸을 맡겨야 하는 것이 썩 내키지 않을 뿐이었다. 몸통은 땅딸한 전화 부스처럼 생겼고 얼굴 대신 화면을 달고 있는 수술 로봇이 메이는 늘 마음에 들지 않았다. 매끄러운 금속 피부의 배 부분이 가끔 느닷없이 열리곤 했는데, 그러면 '오장육부'에 해당하는 튜브, 전선, 감지기, 바늘, 그 외 온갖 수술 도구가 드러났다. 어느 모로 보나 수술 로봇은 누가 자기 몸을 들여다보고 찔러보든 상관없는 반사회적 괴짜들이 모여 설계한 것이 틀림없었다. 게다가 이 비호감 수술 로봇은 로사(ROSA)라는 이름도 가지고 있었는데, 이는 원격 선내 수술 보조(Remote Onboard Surgery Assistant)의 앞 글자를 따서 지은 것이었다. 하지만 전혀 로사처럼 보이지 않았기 때문에 메이는 이고르라고 불렀다.

이고르가 로봇의 부속 기관을 이용해 메이의 몸을 이리저리 진찰하고 검사하는 과정이 끝나자 이브가 심리 평가를 실행했다. 그 과정 역시 메이가 여러 번 했던 것이었으나 지금까지는 한 번도 검사하는 주체가 진지하게 뭔가 잘못된 것을 찾아내기 위해 했던 적은 없었다. 그러나 이번은 달랐다. 처음 나사에서 일하게 되었을 때를 제외하고는 지금까지 그렇게 자세하고 긴 검사를 한 적은 없었기 때문이다. 심리검사는 세 시간 가까이 걸렸는데, 간단한 인성 검사부터 시작해서 행동 및 인지 영역 그리고 고도의 복잡한 신경심리검사까지 포함됐다.

메이는 이렇게 정신 감정을 받기 전에 회복할 시간을 가질 수 있어서 다행이라고 생각했다. 의식불명에서 깨어나자마자 했더라면 어떤 결과가 나왔을지 상상만 해도 끔찍했다. 완전 폐인으로 판명이 났을 테니까. 나사에서는 이브를 프로그램해서 선장 임무를 전적으로 넘겨받게 했을지도 모른다. 평가를 받는 동안 그런 생각이 메이의 머리를 스쳤다. 이제 나사는 원격 측정을 했다. 합당한 이유가 발견된다면 전적으로 메이를 신임할 이유가 없다. 실패한 상황을 설명하고자 하는 청중에게 용이한 발판을 제공하는 셈일 것이다. 로버트는 프로그램을 지키기 위해 워싱턴과 언론의 구미를 당기게 할 희생양을 찾는 데 혈안이 되었을 것이다.

그런 일은 나사 역사상 처음 있는 일이 아닐 것이다. 메이는 아폴로 조종사 거스 그리섬과 나사 최악의 '실패작'을 떠올렸다. 캡슐이 물에 잠겨 거의 죽을 뻔한 그가 집으로 돌아갔을 때 그를 맞이한 것은 샴페인이 아니라 냉장고 가득한 맥주뿐이었다. 그는 용감하고 성실하게 임무에 임했지만 '힘 있는 자들'이 그들의 허약한 자만심의 소중한 상징물인, 그러나 설계가 미숙해서 치명적일 수도 있는 캡슐을 잃어버린 것에 분개하는 바람에 실패자로 낙인찍혀야 했다.

메이는 심리 평가 질문 중 한 항목을 읽으며 웃었다.

자살을 생각해본 적이 있는가?

"아니. 그러나 아직 날이 저물려면 멀었잖아."

32

스티븐은 존슨으로 출근하는 길에 식당에서 라지를 만나 아침 식사를 했다. 수면 부족에 피곤에 지친 두 사람이 식사를 하기에 식당은 너무 소란하고 밝았다. 트럭 운전자와 공장 노동자, 어부, 그 밖에 원기 왕성한 사람들이 딸랑거리는 유리문으로 끊임없이 드나들면서 떠들고, 웃고, 종업원과 농을 주고받았다. 밖에서는 디젤 엔진이 돌아가는 소리에 섞여 가끔씩 고막을 찢을 듯한 에어 브레이크를 밟는 소리가 들려와 몸을 움츠러들게 했다.

"차라리 철판 가공소나 볼링장에서 만나는 게 낫겠다."

라지가 투덜거렸다.

"나는 소음이 있는 게 좋은데. 알려지지 않은 곳인 것도 좋고. 존슨 사람들이 오지 않을 것 같아서."

스티븐이 대꾸했다.

"그들을 원망하는 건 아니야. 여전히 신경과민인 거야?"

"정상 수준이야."

"신경과민인 사람이 자기가 정상인지 아닌지 어떻게 알아?"

"모르지. 메이의 심리 평가를 담당한 나사의 심리 담당자들에게 물어보지 그래."

"그 얘기 들었구나."

"네가 말해줬잖아!"

스티븐은 믿을 수 없다는 듯 말했다.

"아, 그렇구나. 네 말이 맞아. 커피를 더 마셔야겠어."

라지는 쇠로 만든 커피 주전자에서 커피를 따르면서 깊이 숨을 들이마셨다.

"여기 커피는 항상 최고야. 그건 내가 인정해줄게."

"고맙군. 탐사선 메모리를 지워지게 만든 오류 보고를 찾았나?"

"전혀 없었어. 모든 것이 완벽했어. 데이터 원본도 그렇고 복사본도 그렇고. 오작동 때문일 수 없어. 블랙아웃이 일어나는 그 순간에 오작동이 발생해서 그 자체 데이터가 지워졌다면 모를까. 하지만 그럴 가능성은 거의 없지. 기계도 사람과 같거든. 폐렴이 깊어지기 전에 콧물부터 훌쩍거리게 마련인 것처럼 말이야."

"그 얘기가 나와서 말인데, 메이의 최근 건강 검진 데이터를 구해야 할 것 같아. 메이의 혈액검사 결과를 좀 봤으면 좋겠어. 병원체에 관한 기록이 있는지. 그것을 유로파 해수 샘플의 처음 분석 결과와 대조해봐야 할 것 같아. 그걸 좀 얻을 수 있겠나?"

스티븐이 말했다.

"최근 검사 결과는 얻기 힘들 것 같아. 모든 것이 철저하게 잠겨 있거든."

"넌 접근이 완전히 차단된 거야?"

"그렇지는 않아. 하지만 메이의 의료 데이터는 특수 기밀에 해당하거든. 위런과 그의 일당만 볼 수 있어. 아마 군사정보급일 거야."

"그렇다면 문젠데."

"하지만 메이의 인공지능은⋯."

"이브 말이군."

"이름도 지어줬어?"

"메이가 자기 어머니 이름을 딴 거야."

스티븐이 커피를 음미하며 말했다.

"재미있군. 그 인공… 이브가 메이가 혼수상태에서 깨어났을 때 혈액검사를 했어. 그 정보도 구조 요청 패키지에 함께 왔지. 그래서 내가 가지고 있어."

스티븐의 눈이 번쩍 뜨였다.

"잘됐다. 그거 아주 중요한 거야. 지금으로서는 그거면 충분해."

"너의 바이러스 이론을 입증할 수 있다고 가정할 때, 그것으로 탐사선에 일어난 일을 어떻게 설명할 건데?"

라지가 물었다.

"그긴 내가 할 일이라고 말했던 거 기억해? 그런데도 넌 그 일 대신 골프를 치러갔잖아."

"아, 그래, 골프. 여기 내가 메모한 거 있어."

라지가 빽빽하게 뭔가가 적혀 있는 스코어 카드 몇 장을 꺼냈다. 그중 한 장을 뜯어내며 말했다.

"이건 내 진짜 골프 스코어야. 이 일과 상관이 없지. 뭐 별로 보여줄 만한 점수도 아니고."

라지는 스코어 카드를 뒤적이다가 한 장의 카드에서 멈췄다.

"이거다. 내 탐사선 지식에 근거해서 정리한 거야. 물론 내가 설계했으니 매우 훌륭하지만 구축하는 과정에서 내가 모르는 문제가 발생했을 수도 있으니까…."

"알았어, 알았다고."

스티븐이 조급하게 재촉했다.

"그렇다고 해도 너의 지식이 정보의 훌륭한 기본 바탕이 되어

줄 것임은 믿어 의심치 않아."

"맞아. 고마워. 그러니까 나의 지식에 근거해서 너의 가설에 미천하나마 의견을 조금 보탤게."

"이제야 내가 듣고 싶은 말을 하는군."

"우선, 데이터 블랙아웃에 대해 얘기해보자고. 데이터 블랙아웃이 오작동 때문일 가능성은 아주 적어. 누군가 의도적으로 초래했다? 가능성이 매우 높지. 거의, 그렇잖아, 그것 밖에는 이유가 없어. 나사가 어떤 식으로 일을 처리하는지 알잖아. 절대로 경고 없이 대대적인 실수를 하지 않아. 최소한 지난 백 년 동안은 말이지. 그점은 인공지능에 감사해야지."

"인공지능은 어떨까? 이브가 했을 수도 있나?"

"자기 기억을 스스로 지울 수 있냐고? 절대로 그럴 수는 없어. 프로세서 전체를 바꿀 수 있는 고도의 프로그래밍 없이는 말이야. 그런 정도의 프로그래밍은 탑승팀 전체가 최소한 몇 주는 매달려야 하는 일이야. 인간의 편집증적 성향이 인공지능 코드의 모든 행에 배어 있거든. 코드를 짤 때 이중 삼중으로 안전장치를 해두었다는 말이지…. 공상과학영화를 너무 많이 본 탓이긴 하지만."

"그렇지만 인공지능이 바로 코앞에서 지켜보고 있는데 누가 그런 일을 할 수 있겠어?"

"바로 코앞에서…. 그 말이 참 재밌네. 그럴 수 없지. 그래서 탐사선 오작동이 필요한 거야. 탐사선의 주 전력 공급이 끊어졌다고 가정해봐. 말하자면 지금 같은 경우지. 원자로에 이상이 생겨서 추진엔진을 가동할 전력을 공급할 수 없게 되고 따라서 내부 전력공급에 이상이 생기는 거지! 급상승했다가 전격적으로 떨어지면서 탐사선의 예민하고 복잡한 회로가 완전히 혼란에 빠지게 되는 거야. 그런 상황에서는 속수무책이거든. 그렇게 되면 중요하지 않은 것들부터 전력공급을 끊게 돼 있어. 결국에는 인공지능도 그중 하나가 되고. 말하자면 가뭄일 때 수도꼭지에서 똑똑 떨어지는 물방울을 상상하면 이해가 될 거야. 생명을 유지하는 게 최우선 순위인 상황. 마지막 남은 모히칸족의 신세인 거지. 그 전력마저 남아 있지 않게 되면 그땐 죽는 거지 뭐."

"착륙선 격납고."

"어쩌면 그럴 수도 있어. 상황이 충분히 악화되었다면 말이야. 하지만 계획적으로 전력 공급을 끊은 것은 아닐 거야. 격납고는 말하자면 가라앉는 배를 버리고 떠나기 위해 가는 곳일 테니까."

"그러니까 네가 지금 설명하는 상황이 데이터 블랙아웃이 초래될 수 있는 유일한 상황이란 말이지? 의도적으로 말이야."

"이런 바보, 답답하기는. 하나의 사건이 다른 사건 없이 존재하겠느냐고? 너 트럭 기사들이 좋아하는 이 커피 좀 더 마셔야겠다."

라지가 스티븐의 잔에 커피를 더 따랐다. 스티븐이 커피를 마신 다음 다시 말을 이었다.

"마지막으로 바보 같은 질문 하나만 더⋯."

"뭐 물어보려는지 알아. 그리고 그 생각이 맞아. 탐사선 내에서 했을 수도 있고, 원격 조종으로 했을 수도 있어."

"너 이럴 때 정말 맘에 안 들어."

"뭐 말이야? 나의 이 뛰어난 지성으로 널 감동시키는 거?"

"너의 그 뛰어난 지성이 누가 그런 일을 할 수 있었을까 하는 의문에는 뭐라는데?"

"너의 바이러스 이론이 사실이라면 나는 로버트에게 돈을 걸겠어. 동기는 차치하고라도 이런 일을 구상할 수 있을 만큼 모든 것에 접근이 용이하잖아."

"동기라고? 어쩌면 바이러스 발명일 수도."

"뭔가 평범한 일이 아닌 완전히 충격적인 일이어야 하는 거지. 전에도 나사에서 비슷한 일이 있었어. 이렇게 극단적인 경우는 아니었지만. 로버트가 허영덩어리인 거 잊지 말라고. 그 얼빠진 보톡스쟁이가 더 한심한 꼴이 될 수 있는 상황이 뭘까? 그가 전혀 통제할 수 없는 어떤 것, '어쩔 수 없는 재앙이 일어났다'와 같은 식의 시나리오 말이야. 아니면 그의 책임으로 돌아갈 만한 일. 그가 해결할 능력은 있지만…."

"감히 밀고 나갈 배짱을 부리지 못할 일이란 말이지. 알았다."

스티븐이 흡족한 표정을 지었다.

"나는 '해결할 수 있는 능력은 있지만 행동으로 옮길 방법이 없는'이라고 말하려 했는데 아주 훌륭한 추측이야. 그런데 로버트 같은 자는 배짱 없어도 돼. 다른 사람이 배짱을 부리도록 돈을 지불하면 되니까."

33

"병원체 검사를 위해 샘플 스캔 중입니다."

로버트가 존슨 우주센터 곳곳에서 일어나는 모든 일을 보고 듣고 있었기 때문에 스티븐은 메이가 처음 의식을 회복했을 때 이브가 시행한 혈액검사 결과를 분석하기 위해 텍사스 와코의 베일러 의과대학 교수로 있는 친구에게 부탁했다.

늦은 저녁 스티븐이 도착했을 때 실험실은 비어 있었다. 두 시간 동안 운전을 하고 오면서 라지와 전화 통화로 호킹 2호의 원자로와 추진 문제에 대해 이야기를 나눴다. 라지는 집에서 컴퓨터 시뮬레이션을 돌리면서 호킹 2호의 오작동을 초래했을 수 있는 시나리오를 추적하는 중이었다. 벌써 몇 시간째 매달려 있었지만 큰 진전은 없었다. 오류에 따른 피해를 최소화하도록 설계된 시스템이기 때문에 어느 한 단계라도 건너뛰려고 하면 다음 단계에서 제동이 걸리곤 했다. 같은 작업을 하는 나사의 다른 엔지니어들과 이야기를 나눠보기도 했지만 그들 역시 똑같은 난관에 봉착해 있었다. 다만 그들은 라지처럼 의도적인 방해공작의 가능성까지 염두에 두지는 않았다.

라이스 의과대학의 인공지능이 병원체 검사를 위한 분석을 끝냈다. 역시 병원체는 발견되지 않았다. 스티븐도 메이가 바이러스나 박테리아에 감염되었던 거라면 유전자에 생물지표가 남았을 거라는 것쯤은 알 수 있었다. 스티븐은 생물 유전자 진단 프로그램을 이용해서 좀 더 자세한 분석을 해보았다. 그 결과 역시 아무런 생물지표를 발견하지 못했다. 이 두 번의 검사 결과에 의거하면 메이의 병은 지구에서 생성된 병원체가 원인이 아닐 가능성이 매우 높았다.

메이의 병이 유로파의 해수 샘플에서 비롯되었을 것이라 확신하게 된 스티븐은 박테리아의 가능성을 제외했다. 아무리 강력하게 진화한 박테리아라 해도 그러한 환경에서 살아남을 확률은 거의 없기 때문이다. 하지만 바이러스는 동면 상태에서도 얼마든지 생존할 수 있다.

다음 단계는 관련 껍질 단백질을 이용해서 비리온(바이러스의 최소 단위) 또는 바이러스입자를 찾는 일이었다. 스티븐의 경력 대부분은 바이러스를 포함한 외계의 자원에 존재하는 유전자의 구성요소를 찾아서 분석하는 일이었다. 메이가 아직 인류가 발견해서 정리해놓지 않은 외계의 바이러스에 감염되었다고 해도 그 구성요소는 스티븐이 그동안 탐구해온 것 중 하나와 유사할 가능성이 높았다.

분석을 마친 스티븐은 라지에게 전화를 걸어 휴스턴으로 돌아가는 즉시 만나자고 했다.

"지금 농담하는 거지?"

라지가 믿을 수 없다는 듯 물었다.

스티븐이 돌아왔을 때는 자정에 가까운 시간이었고, 라지는 공항 근처의 술집으로 불려 나온 참이었다. 석유 채굴 인부들이 퇴근하자마자 곧장 몰려들어 북적거리는 곳이었다. 오일과 가스 채굴자와 펌프 엔지니어들이 사방에서 석유 냄새를 풍기며 맥주와 위스키

잔을 부딪쳤다. 라지가 들어오자 이들은 마치 외계의 침입자를 보 듯 쏘아보았다.

"얼른 앉아. 지금 모두 널 보고 있단 말이야."

라지는 화장실 앞 부스에 자리 잡은 스티븐 옆에 앉았다.

"너 일부러 저 지저분한 몰골들이 가는 곳으로 따라온 거야?"

"웃기네. 내가 전에 말했잖아. 존슨 사람들과 가능한 한 마주치 지 않으려고 그런다고."

"그렇담 성공이야. 그건 그렇고, 이 거친 친구들 주먹에 맞을 각오를 하고 이렇게 만나야 하는 일이 뭔데?"

"메이의 혈액검사 결과를 분석해봤는데, 우리가 알고 있는 병 원체는 물론이고 유전자에 생물지표조차 남아 있지 않았어. 그러니 까 지구에 근거한 뭔가로 병이 났을 가능성은 거의 없는 거지. 메이 의 유전자에 바이러스입자나 관련 단백질 등 외계의 바이러스가 감 염을 일으키는 데 필요한 요소가 있는지 스캔해봤어. 그랬더니 할 로겐 결합에 의해 유전자에 붙어 있는 특수 아미노산이 발견됐어."

"너의 바이러스 이론을 뒷받침하기에는 빈약한 것 같은데."

"최소한 바이러스의 가능성을 입증하기에는 충분한 것 같아. 어떻게 생각하나?"

"그렇기는 한데, 단지 '그럴 수도 있다'는 정도로 나를 침대에 서 끌어낸 건 아니겠지?"

"이 '빈약한' 바이러스의 증거를 가지고 암의 징후를 찾아봤어. 일부는 메이가 겪은 증상과 유사한 징후를 나타내기도 하더군. 그 러고 나서 보니 생식샘자극호르몬 수치가 상승되어 있더라고. 종양 이 생기면 인체의 생식샘자극호르몬 수치가 올라가거든. 종양이 분 열할 때도 수치가 올라가지. 하지만 이 역시 증거로 빈약하긴 해."

"오, 맙소사. 메이 어떡하나."

"메이가 암에 걸렸다는 얘기는 아니야. 그럴 수도 있다는 거지."

"그러니까 두 가지 '그럴 수도 있는' 가능성 때문에 나를 불러낸 거군. 그렇지?"

"이걸 보여주려고 불러낸 거야."

스티븐은 실험 결과지를 라지에게 건네주었다.

"생식샘자극호르몬 수치가 상승하는 경우가 암 때문만은 아니란 말이지."

"지금 나 놀리는 거야?"

라지는 결과지를 읽다가 갑자기 큰 소리로 외쳤다.

"조용히 해."

스티븐이 낮은 소리로 다급하게 속삭였다.

"세상에."

라지가 한참 만에 고개를 들며 말했다.

"이건 아주… 아주 불행한 일일 수 있어."

"재앙이지."

"스티븐, 지금 즉시 로버트와 팀원들에게 알려야 해. 메이의 안전을 위해서 말이야. 미안하지만, 더 이상 이대로 가만히 있을 수만은 없어."

라지는 결과지가 오염물질이라도 되는 듯 밀어냈다.

"숨기려는 건 아니야. 하지만 누구보다 먼저 메이에게 말해야 할 것 같아."

"방법이 없잖아. 어떻게?"

34

"녹스 선장님, 이 역사적인 순간을 기념해서 웅변적으로 한 마디쯤
남기지 그러세요?"

"존, 웅변적인 말이 어떤 건지는 알고 하는 말인가?"

베이는 브리지에서 유로파 표면에 정찰선이 착륙하던 날 승무
원들과 찍은 영상을 보고 있었다. 조종사인 존 에스처가 호킹 2호의
운항을 맡고 있는 동안 착륙팀과 함께했었다. 카메라 렌즈 밖으로
직접 보는 얼음 덮인 유로파의 풍경은 비현실적일 만큼 신비로웠
다. 붉은 빛이 도는 울퉁불퉁한 표면에는 수많은 균열과 굴곡이 사
방으로 퍼져 있었다. 지평선 너머에는 목성이 떠 있었는데 다채로
운 색상이 소용돌이치는 듯한 그 생생하고 매혹적인 표면이 어찌나
거대했는지 손을 뻗으면 만져질 듯 가까이 있는 것 같았다. 그날 착
륙팀이 보았던 광경은 어느 탐사선이나 심우주 망원경으로 찍은 영
상에도 담긴 적 없는 심오한 아름다움 그 자체였다.

착륙팀이 밖으로 나가 그 표면에 첫발을 디디려는 순간이었다.
모두 설레는 마음으로 우주복을 입었다. 표면의 온도는 섭씨 영하
160도, 방사선 수치는 천문학적이었다. 중력은 지구의 13퍼센트 밖
에 되지 않아서 달 표면을 걷는 정도일 것으로 예상되었으며, 그들

이 표면에 붙어 있도록 눌러줄 힘은 전혀 없었다. 중요한 순간이 점점 다가오면서 분위기가 고조되었고 존 에스처가 수다스러운 입을 주체하지 못하고 떠들기 시작했다. 그는 항상 "진정하세요"라든가 "너무 영국인 냄새가 나요" 등의 말로 메이를 난처한 상황에 처하게 하곤 했는데 그날도 역시나 거창한 한마디를 남기라는 식의 말로 메이가 마치 잘난 척이라도 하고 싶어 하는 듯한 분위기를 자아냈던 것이다.

"인류의 이 작은 한 걸음이…."

"그만해, 존. 나는 닐 암스트롱이 아니라고. 그래도 나를 이렇게 관심의 중심에 세워놓았으니 해볼게."

착륙선 전망창을 통해 목성으로 이어지는 슈퍼하이웨이처럼 보이는 해면 빙원을 내다보면서 메이는 이 순간 하리라 마음먹었던 말들을 떠올렸다. 그들이 함께 이룬 성과를 얼마나 자랑스럽게 생각하는지, 그리고 그동안 메이 자신은 물론 팀원 전체가 얼마나 많은 난관을 극복해왔는지. 또한 엄마와 함께 했던 비행의 기억, 혼자 했던 첫 비행, 또는 그 밖의 개인적인 성취의 순간들도 이야기하고 싶었다. 그런데 막상 그 순간이 오자 그러한 감정과 기억들이 진부하고 시시하게 느껴졌다.

이건 단지 우수한 조종사가 필요한 미션이 아니다. 역사 속에서 길이 그 미션을 대변하고 책임질 수 있는 위대한 리더가 필요한 미션이라고. 네가 바로 그런 존재야. 너는 그 미션의 가치에 걸맞는 역할을 해낼 거다.

메이가 임관되던 날 어머니는 메이에게 이렇게 말했었다. 그리고 자신을 미션의 주인공으로 만들려 하지 말라는 말도 했었다.

네가 '얼마나 위대한 족적을 남기는지' 자랑하지 마라. 너는 인류를 위해 봉사하는 거야. 많은 사람이 그 미션에 대해 듣게 될 것이고,

그로 인해 희망을 얻을 거야.

영상에 비친 메이의 표정이 바뀌었다. 무슨 말을 할지 정리가 되는 순간 같았다. 이 역사적인 순간에 걸맞는 의미 있는 말을 할 참이었다. 자신이 하는 일이 어머니의 뜻을 기리는 것임을 알고 있다는 열정 가득한 표정이었다.

"좋아, 시작한다."

"스티븐 호킹 2호 선장 메리엄 녹스입니다. 2067년 12월 1일인 오늘은 인류가 유로파에 첫 발을 디딘 날로 역사에 기록될 것입니다. 얼음 덮인 풍경은 넋을 빼앗길 정도로 아름답습니다. 그리고 그 얼음 밑에는 우리와 우리의 미래를 위한 희망이 있습니다. 생명의 근원이기도 한 하나의 요소, 바로 물입니다. 비록 이곳에 첫 발을 디딘 것은 저희 탐사팀이지만, 오늘이 있기까지 오늘을 꿈꿔온 모든 분과 함께한다고 생각합니다. 저희는 그분들의 꿈을 실천하기 위해 온 것입니다."

메이의 말이 끝나고 잠시 정적이 흐르는가 싶더니 착륙팀을 비롯해서 탐사선에 타고 있던 승무원 전원이 환호하며 박수를 보냈다. 착륙팀은 벅찬 감동의 눈물을 흘리며 메이를 껴안았다.

"멋졌어요, 녹스 선장님. 당신의 지휘 하에 있을 수 있어서 영광입니다."

존이 말했다.

착륙선의 에어로크가 활성화되면서 우주복의 생명유지장치가 작동하기 시작했다. 착륙팀은 에어로크 안으로 들어갔다. 내문이 봉인되고 외문이 열렸다. 그러자 착륙팀원 모두가 경이감에 사로잡혔다. 메이는 막 문턱을 넘어 표면에 첫 발을 디디려다가 문득 드는 생각이 있어 발을 멈췄다. 이 역사적인 순간 스티븐이 마땅히 여기 있었어야 한다는 생각을 하던 중이었다. 두 사람의 성격 차이 따위보다 훨씬 중요한 일이었는데. 스티븐의 연구가 있었기에 메이는 물론 탐사팀이 유로파에 올 수 있었던 거다. 그러므로 이 미션은 다른 누구도 아닌 스티븐의 업적으로 돌아가야 했다.

"이 탐사여행은 과학 발전의 덕분입니다."

메이가 말했다.

"인류의 발전을 위한 것이죠. 스티븐 녹스 박사님이 여기 계셨더라면 첫 발을 디디게 해드렸을 거예요. 하지만 그 분이 안 계시니 마땅히 그분의 수석 과학 담당관이신 엘라 테일러 박사님께 그 영광을 드리고 싶습니다."

테일러 박사는 흥분해서 정신을 잃을 지경이었다.

"정말이세요?"

"물론이죠."

"저… 저는 뭐라고 해야 할지 모르겠어요. 감사합니다, 녹스 선장님. 고마워요. 메이."

테일러 박사는 잠시 마음을 진정시키고 자랑스럽게 유로파의 표면에 발을 내디뎠다.

"내가 꿈꿔왔던 것보다 훨씬 더 아름다워요."

테일러 박사가 말했다.

메이와 다른 팀원들도 표면에 발을 딛고 서서 아름다운 풍경을 감상했다.

"지구에 있는 사람들을 위해 한 가지 당부하고 싶습니다."

메이가 권위적이고 무게 있는 음성으로 말했다.

"부디 이 미션을 망치지 맙시다."

그 말에 모두가 웃음을 터트렸다.

"이 부분은 나중에 잘라내기로 하죠."

메이가 유쾌하게 말했다.

여기까지 보고는 영상을 멈추고 잠시 추억에 빠져들었다.

"참 멋진 순간이었어, 이브. 영상에 나온 것처럼 선명하게 기억할 수 있으면 좋으련만."

"방해해서 죄송합니다만, 관제센터에서 보낸 영상 메시지가 도착했어요. 개인 메일이라고 표시되어 있는데 녹스 박사님이 메이에게 보내셨어요."

메이는 가슴이 쿵쾅거리는 것을 느꼈다. 기다리던 바였다.

"좋아. 숙소에서 볼게. 혼자. 부부 사이의 얘기니까."

"알겠습니다."

메이는 숙소로 돌아와 영상 카메라와 인터컴 스위치를 껐다. 이브가 혹시라도 스티븐의 메시지를 엿들을 수 있기 때문이었다. 메이는 기대감에 차서 온몸에 전율이 번지는 것 같았다. 두려움을 누르고 재생 버튼을 눌렀다.

"안녕, 메이."

스티븐이 명랑하게 인사하는 장면으로 영상이 시작되었다.

입은 웃고 있었으나 눈빛은 그렇지 못했다. 어깨는 긴장감으로 잔뜩 굳어 있었다.

"우리의 용감무쌍한 리더 로버트가 친절하게도 이 메시지를 보낼 수 있도록 허락해줬어. 하지만 간단히 끝내야 해. 쉽지는 않겠지만 말이야."

"아 이런, 로버트. 너 정말 나쁜 놈이구나."

메이가 분개하며 중얼거렸다.

"당신이 보낸 영상 메시지 잘 봤어. 고마워. 당신의 생각에 대해 내가 직접적인 답을 해주길 바라겠지만 당신의 심기를 자극하는 말은 삼가라는 지시가 있어서 말이야. 정말 미안하게 생각해."

"이런, 젠장. 싫어, 싫다고."

메이는 당장에라도 로버트의 흉측한 빨간 넥타이로 그의 목을 조르고 싶을 만큼 화가 났다.

"하지만 이 말은 할 수 있어. 우리에게 힘든 시간이 있었지만 그 감정에 머물러 있지 맙시다. 당신을 사랑해. 그리고 당신이 곧 집으로 돌아올 수 있도록 성원을 보내고 있어."

성원을 보낸다고? 스티븐식의 표현이 아니야. 스티븐의 영상 메시지에 걸었던 모든 기대가 무너지는 느낌이었다. 상처에 모욕까지 얹히는 격으로 아동용 바닐라 크림 버전의 애정 표현을 남편으로부터 들어야 하다니.

"그래도 약간의 추억담은 나눌 수 있다고 했어. 행복한 기억으로만 말이지. 알아, 알아. 당신이 얼마나 답답해 할지 말이야. 어, 뭐냐, 그 덕분에 당신 기억이 돌아올지도 모르잖아."

"와, 엄청 즐겁네. 어서 추억의 오솔길에서 뛰놀아봅시다."

메이가 내뱉듯이 말했다.

"오스트레일리아로 신혼여행 갔을 때를 생각해봤어. 정말 즐거웠지? 내가 좋아하는 운석을 보여주려고 당신을 머치슨까지 끌고 갔잖아. 그 때문에 당신이 좀 삐져서 내가 저녁 식사로 근사한 해산물 요리를 사주기로 약속했지. 그런데 멜버른에 돌아와서 당신 컨디션이 썩 좋지 않았어. 예상 밖이어서 좀 난감했었어. 엄청나게 큰 게 다리를 주문했는데 음식이 나오자 당신은 그 냄새가 너무 역겹다며 방에 올라가 쉬겠다고 했어. 그런데 그때 당신의 상태가 최근에 당신이 보낸 영상 메시지에서 얘기했던 것과 유사한 것 같더라고. 피곤하고, 감정적으로 좀 예민하기도 하고, 또 식욕도 없고 말이야. 그때 왜 그랬는지 생각나지 않는데 혹시 당신은 기억하고 있나? 그냥 시차 때문이거나 그러려니 생각했던 거 같아."

"지금 그날을 행복했던 기억이라고 말하는 거야?"

메이가 화면에 대고 쏘아붙였다.

"아, 맞아. 내가 방에 들어오니 당신은 화장실에 들어가서 문을 잠가버렸어. 당신을 다시 나오게 하느라 내가 밤새 진땀을 뺐던 것 같아. 메이, 그때 당신을 편안하게 하려고 우리가 했던 일들이 지금 당신의 상태에도 도움이 될지 몰라. 혹시 모르잖아? 정말 잊지 못할 여행이었어, 그렇지 않아?"

"완전 미쳤구나."

메이는 코웃음을 쳤다.

"신혼여행을 포함해서 우리 여행 사진 몇 장 보내줄게. 내 촌스러운 머리 모양과 옷차림 보면서 실컷 웃어보라고. 자, 이제 시간이 다 된 것 같아. 몸조심 하고, 너무 낙담하지 마. 당신은 해낼 수 있어. 당신을 믿어. 그리고 이래 뵈도 나는 천재잖아."

화면이 어두워졌다.

"천재일지는 모르지만 위로하는 기술은 형편없어."

메이가 맥없이 중얼거렸다.

스티븐이 약속한 사진과 영상이 도착했다. 수백 장이나 되는 사진과 영상에 스티븐은 충실하게 캡션을 달아놓았다. 그중에는 절로 웃음이 나오는 것들도 있었다. 한 폴더에는 '신혼여행'이라는 제목이 붙어 있고 강조표시되어 있었다. 그 폴더를 열자 스티븐이 머치슨 운석 옆에 서 있는 사진이 있었다. 운석은 박물관 전시형 상자 안에 들어 있었다. 그때도 그랬듯이 메이는 빨려 들어갈 듯한 운석의 짙은 검은색 표면을 가만히 응시했다. 표면은 말하지 못할 비밀을 간직한 듯 반짝거렸다. 그리고 마치 운석의 마법에 끌리듯 조금씩 그때의 기억이 되살아났다.

35

"우와, 사람들은 대부분 신혼여행을 하와이나 그리스의 섬 같은 곳
으로 가는데 우리 스티븐은 그런 시시한 장소에는 관심이 없어서
말이지."

메이가 장난하듯 말했다.

탐사선 발사가 1년도 채 남지 않은 시점에 신혼여행을 위해 시
간을 비운다는 것은 메이도 스티븐도 쉽지 않았다. 그러다가 두 사
람 모두 평소에 가고 싶었던 오스트레일리아에 2주일 간 여행을 예
약할 수 있었다. 멜버른으로 날아가 이틀 정도 관광을 하고 나자, 스
티븐은 로맨스와 과학을 한 번에 맛보는 괴짜다운 시도를 해보기로
했다. 1969년에 그 유명한 머치슨 운석이 떨어졌던 곳에 메이와 함
께 가보는 일이었다. 아흔 살은 되어 보이는 늙은 박물관지기와 함
께 먼지 날리는 전시관을 돌아보는 동안 졸음을 참던 박물관지기는
티켓 판매대로 낮잠을 청하러 돌아가고, 두 사람은 전시물을 둘러
보다가 조악한 투시도에 붙어 있는 운석 조각 앞에 섰다.

"아주 멋진 돌이네."

메이가 턱이 빠져라 하품을 하면서 말했다.

"해변까지는 차로 한두 시간 밖에 안 걸려요, 공주님. 사실 그

운석이 아니었다면 그대와 나는 세상에 존재하지도 않았을 거고 말이지."

"좋아, 가자."

메이가 드디어 두 손을 들고 항복을 했다.

"당신 말이 맞아. 그리고 약간 낭만적이기도 하고. 좀 괴짜스럽긴 하지만. 그렇지만 당신 말대로 나는 공주야. 그러니 그 역사의 현장에서 낮 시간을 보내는 대신 저녁에는 호텔 근처 고급 레스토랑에서 저녁을 먹여줘야 해. 물론 바다가 보이는 자리에서. 샴페인과 캐비어, 캐비어를 좋아하진 않지만. 그리고 게 다리도 먹고. 먹어본 적은 없지만 왠지 고급 취향 같거든."

"좋아."

스티븐은 머치슨 운석 조각을 응시하며 대답했다.

메이두 운석을 보는 것 같았지만 사실은 지루함을 견디지 못해 안절부절하면서 계속 시계를 들여다보았다.

"이게 재미없나보지?"

스티븐이 물었다.

"전혀 아니야. 보다시피 너무 신이 나서 죽을 지경이잖아."

"외계의 물체에서 인류의 근원을 보는 일보다 더 흥분되는 일이 어디 있겠어?"

"페인트 마르는 거 지켜보기?"

스티븐이 인상을 찌푸렸다. 메이는 두 팔로 스티븐을 감싸고 목에 키스를 했다.

"뿌루퉁할 것 없어. 나도 설레고 즐겁다고. 우리가 늘 상상하고 두려워하던 외계인이 바로 우리 존재의 근원이라는 사실이 말이야."

메이는 이렇게 말하고 큰 소리로 웃었다.

"바로 이 운석에 우리 생명의 근원이 들어 있었던 거야."

스티븐이 말했다.

메이는 다시 한번 스티븐에게 키스를 하면서, 이번에는 자신의 눈빛에 담긴 '마법의 반짝임'을 스티븐이 볼 수 있도록 시선을 고정시켰다.

"설마 정말 원하는 건 아니지?"

스티븐이 메이의 눈빛에 담긴 의미를 알아차렸다는 듯 말했다.

"정말 원하는 거야, 카우보이. 우린 지금 신혼여행 중이잖아."

"하느님 맙소사, 여긴 박물관이라고."

"바로 그 하느님이 보내신 기회잖아. 좀비 같은 할아범이 지키는 티켓 판매대를 통과해 들어온 후로 이 안에서 사람 그림자 하나 못 봤어."

스티븐이 주위를 둘러보았다.

"그래. 짜릿할 것 같긴 하다. 반짝이는 운석에 둘러싸여서 말이야."

메이의 손은 이미 스티븐의 옷을 잡아당겨 벗기고 있었다.

그날 저녁 멜버른에서 저녁식사를 하기 위해 레스토랑에 갔을 때 분위기도 아름답고 음식도 환상적이었지만 메이는 왠지 불편하고 어수선한 느낌이 들었다. 과거에 불안장애로 고생한 적이 있었다. 외적으로 당차고 야무진 모습을 유지하기 위해 지나치게 자신을 몰아부친 결과였다. 스티븐은 그런 메이의 상태를 알아차리고 예민해진 심기를 거스르지 않으려 조심하면서 기분을 북돋아주려고 노력했고, 그럴수록 메이는 점점 더 짜증스러워졌다.

"와인 좀 마실까?"

스티븐은 대리석 통에 담겨 차게 식은 화이트와인을 집으려 팔을 뻗으며 물었다.

"아니, 괜찮아. 시차 때문에 그런 것 같아. 갑자기 맥이 빠지면서 좀 예민해지는 것 같아. 미안."

"오늘은 이만 호텔로 돌아가자. 좀 쉬지 뭐. 이제 온 지 이틀밖에 안 됐으니 무리할 필요 없어."

"너무 미안해. 당신이 멋진 신혼여행을 계획했는데 나는 기껏 여기까지 와서 철없는 여학생처럼 투정이나 하면서 모든 걸 망쳐놓고 있으니 말이야."

"당신은 아무것도 망치지 않았어. 나도 어차피 당신을 방으로 데려가 쉬게 할 생각이었거든. 이 여행 전체가 결국은 당신의 호감을 사기 위한 거기도 하고 말이야."

"방에 가서도 별로 재미있는 시간을 보낼 것 같지는 않아."

메이가 하품을 하며 말했다.

"아, 정말, 당신 차라리 나를 좀 더 괜찮은 여자와 맞바꾸는 게 낫겠다."

"무리하지 마. 당신이 피곤해서 쉬겠다면 나는 운석 사진 보면서 또 나대로 시간 보내면 되니까."

"맞아, 그게 있었지. 과학 말이야. 또 하나의 강력한 유혹거리."

한바탕 웃고 나서 기분이 훨씬 나아진 것 같았을 때 근사하게 차려진 왕게 요리가 나왔다.

"자, 드디어 나왔군. 게 요리와 버터만 있으면 어떤 근심 걱정도 날려버릴 수 있지."

스티븐이 말했다.

처음에는 메이도 신이 나서 입맛을 다셨다. 그런데 웨이터가 접시를 메이 앞에 놓자 냄새가 코로 전달되면서 갑자기 메스꺼움이 올라왔다.

"왜 그래?"

코를 쳐들고 있는 메이를 보면서 스티븐이 물었다.

"모르겠어. 몸 상태가 안 좋은 가봐. 갑자기 토할 것 같아."

"비행기 때문이야. 그놈의 것은 날아다니는 세균 공장이라니까. 같이 호텔로 가자."

"아니, 괜찮아. 당신은 먹어. 나 혼자 가서 좀 누울게. 아니면 목욕을 하던지."

"정말 괜찮겠어?"

"물론이지. 맛있게 먹어. 맛있을 것 같다."

차마 음식을 보니 비위가 상해서 일 분만 더 있으면 그 자리에서 구토를 일으킬 것 같다는 말은 차마 할 수가 없었다. 방으로 돌아오자 메스꺼움은 가라앉았는데 그 대신 심한 불안감이 들기 시작했다. 술을 한 잔 마시면 마음이 편해질까 했지만, 알코올이 들어가니 불안감이 더 심해지면서 우울해졌다. **조깅을 하면 도움이 될지몰라.** 과거에도 스트레스가 쌓이면 운동으로 풀곤 했다. 그런데 지금은 너무 피곤해서 의자에서 일어나는 것도 힘들 정도였다.

"엄살떨지 말라고, 공주님."

메이는 스스로 이렇게 질책하고는 기운을 내서 밖으로 나왔다.

도시의 야경은 매력적이었다. 호텔 근처에 왕립 식물원을 에워싸는 4킬로미터 거리의 조깅 코스가 있었다. 장중한 나무가 늘어선 자갈길이었는데 그림처럼 아름다워서 눈길이 닿는 순간 마음이 한결 가라앉는 것 같았다. 그러나 사람들이 북적거리는 지점에 이르러 손을 잡고 걷는 연인들, 달리는 개와 어린이들을 피하느라 이리저리 허둥대다 보니 간신히 얻은 마음의 평화가 한순간에 깨지고 다시 짜증이 나기 시작했다. 발걸음을 편안하게 옮기는 것은 차치하고 사람들의 발에 걸려 넘어질 지경이었다.

메이는 결국 달리기를 포기하고 공원의 벤치에 앉았다. 긴장감이 다시 몰려오면서 가슴을 조이고 비위를 뒤집으려 하는데 세 살쯤 되어 보이는 사내아이가 메이 앞으로 달려왔다. 아이는 당황한 듯 사방을 둘러보았다.

"안녕."

메이가 다정하게 인사를 건넸다.

"괜찮니?"

아이는 의심스러운 눈초리로 메이를 바라보았다. 그때 아이를 부르는 여자의 음성이 들렸다. 아이는 엄마의 음성을 알아차리고 얼른 돌아다보았다. 그리고 전속력으로 여자를 향해 달려갔다. 메이는 아이가 달려가는 모습을 바라보면서 자신도 아이처럼 길을 잃은 절망감에 빠져 있다는 생각이 들었다.

이, 어쩌면 좋아. 내가 또 이러는 구나.

예전에 이와 비슷한 증상을 겪었던 때를 떠올렸다. 수면 아래 상처가 곪아가면서 고름이 터지기 직전까지 부풀어 올랐던 바로 그 시점. 옛 사랑이었던 이언 올브라이트와 관계를 정리하기 직전의 일이었다. 그때 메이는 장교 훈련을 받는 영국 공군사관학교 생도였다. 당시 메이는 자신의 감정을 무시하고 이언과의 관계에서 모든 문제가 자기 때문이라고 질책하고 있었다. 하지만 다행히도 메이의 강인한 자아의식이 고개를 들어 그러한 생각이 잘못되었음을 스스로 깨닫고 이언과 관계를 정리할 수 있었다.

그런데 스티븐과의 관계는? 그에 대해서는 스스로 어떤 거짓말을 하고 있는 거지?

스티븐과도 같은 일을 반복하고 있는지도 모른다고 생각하니 불안이 공포로 바뀌었다. 하지만 그럴 이유가 뭐 있겠는가? 스티븐은 메이를 지극히 사랑하고 위해줄 뿐 아니라 메이의 전문적인 능력을 위협으로 받아들이지 않는다는 점도 이언과 다르다. 뿐만 아니라 스티븐은 언제나 메이의 일을 지지해주었고 성취를 진심으로 축하해주었다. 그런데 문제는 두 사람의 성격과 성장 배경이 거의 극과 극을 달린다는 사실이었다. 메이는 '보다 안전한' 선택으로 스티븐을 받아들였던 것인가?

어쩌면 스티븐은 너무 평범하고 너는 너무 많은 일을 겪었는지도 몰라.

호텔로 돌아올 때까지도 혼란한 마음이 가라앉지 않았다. 스티븐이 메이의 상태가 더 나빠졌음을 알아채고, 대답하고 싶지 않은 질문을 할 것만 같았다.

방에 들어가면 늘 하는 변명을 하는 거야. 막 생리가 시작되었다고 말이지. 그러면 모든 게 무사통과될 테니까.

거기까지 생각하던 메이는 갑자기 걸음을 멈추었다. 생리주기. 휴대폰으로 날짜를 확인해보았다. 여행 준비를 하고 긴 여행을 하느라 스위스 시계처럼 정확한 생기주기와 피임약을 복용하는 일을 완전히 잊고 있었던 것이다.

"이런 젠장."

메이는 들릴 듯 말 듯한 소리로 혼자 중얼거렸다.

생리일이 일주일이나 지난 것이다.

36

메이는 무릎을 세워 바짝 끌어안은 채 침대 위에 앉아 있었다. 스티븐이 보내온 심상치 않은 영상 메시지를 생각하는 중이었다. 그가 여러 번 언급했듯이 말을 하는 데 많은 제약을 받고 있는 것 같았다. 그리다가 뜬금없이 '추억의 오솔길을 걸어가자'면서 유쾌한 척 너스레를 떨었다. 전혀 스티븐답지 않은 행동이었다. 메이의 미릿속에 맴도는 의문은 '왜 스티븐은 뭔가 의미 있는 말을 할 기회를, 아니면 적어도 위로 비슷한 것이라도 해줄 수 있는 기회를 그런 식으로 날려버렸는가?' 하는 것이었다.

스티븐은 내가 기억해주기를 바란 거야.

도대체 왜 내가 그날을 기억하기를 바란 거지? 지난번 메시지에서 몸 상태를 말했던 것을 상기시키면서 현재의 상태와 비교해보라고 했다. 그게 왜 중요한 걸까?

중요하지 않았으면 그가 굳이 언급하지 않았을 거야.

메이는 영상 메시지를 다시 한번 보았다. 좀 더 맑은 정신으로 다시 보니 스티븐이 어휘의 선택에 신중을 기하고 있음을 알 수 있었다. 그가 카메라 렌즈를 들여다보는 눈빛도 뭔가 의미를 담고 있었다. 말로 충분히 전달할 수 없는 무엇인가를 전하고자 하는 눈빛이었다. 그리고 웃음은 거짓이었으며 미소는 경직되어 있었다.

스티븐은 내가 기억하기를 바랐어. 메시지 전체가 그것을 위한 힌트였다. 감정을 자극할 수 있는 것은 언급하지 말라는 지시를 받았다고 했다. 그럼에도 두 사람의 관계에서 감정적으로 가장 고조되었던 시간의 기억을 조심스레 끄집어내려고 했다.

"당신은 화장실에 들어가 문을 잠갔어. 당신을 나오게 하는 데 얼마나 오래 걸렸는지 몰라. 그때 우리가 했던 일이 지금 당신에게 도움이 될지 몰라. 혹시 누가 알아?"

스티븐이 말했다.

화장실. 그러자 섬광처럼 스치는 기억이 있었다.

그날 밤 멜버른 호텔 화장실에서 메이는 문을 잠그고 거울 앞에 서 있었다. 절망감이 가득한 얼굴에 눈물이 흘러내렸다. 어두워진 하늘에서는 마른천둥이 치고 있었다. 방문 열리는 소리가 들리고 스티븐의 발자국 소리가 방안으로 들어왔다.

"메이? 방에 있어?"

메이는 못 들은 척했다. 어떻게 해야 하지? 거울 속에 답은 없었고, 메이는 몹시 피곤했다.

"메이, 괜찮아?"

"응."

겨우 대답했다.

"조깅은 어땠어?"

메이는 이번에도 대답하지 않았다. 자기 목소리가 듣기 싫어서.

목욕물을 틀었다. 그러자 스티븐은 알았다는 듯이 더 이상 메이를 귀찮게 하지 않았다. 한 시간쯤 후 메이는 두 손으로 머리를 감싸고 변기 위에 앉아 있었다. 욕조의 물이 넘쳐 바닥을 타고 흐르는 것도 모른 채. 물은 욕실 문틈을 지나 거실 카펫을 적시기 시작했다. 스티븐이 이번에는 다급하고 집요하게 욕실 문을 두드렸다.

"메이? 괜찮아? 대답해."

스티븐이 문을 두드리며 소리쳤다.

잠시 후 금속 장비가 부딪히는 소리와 사람들의 음성이 들렸다. 욕실 문의 손잡이 주변이 뚫리면서 손잡이가 바닥으로 떨어졌다. 스티븐이 황급히 욕실로 들어오고 그 뒤에 정비공이 머뭇거리며 무전기로 뭔가 보고를 했다. 스티븐이 욕조의 수도를 잠그며 뭐라고 말을 했다. 그러고는 메이의 대답을 기다리는 듯 그녀 앞에 쭈그리고 앉았다. 메이는 말이 없었다.

잠시 후 스티븐은 욕실 세면대 위에 놓인 임신 테스트기를 보았다. 작은 화면에 파란색 플러스 표시가 나타나 있는. 그 옆에는 즐거운 표정으로 춤을 추는 아기의 모습이 만화로 그려져 있었다.

"메이, 괜찮은가요?"

이브가 선내방송장치를 통해 물었다. 그리고 한 시간 정도가 지났다. 메이는 의무실의 화장실 변기에 앉아 있었다. 이브의 질문과 말도 안 되는 이 상황을 곰곰이 되짚어 보면서. 세면대 옆 카운터을 보았다. 예전의 그 아기 그림이 메이를 조롱하듯 춤을 추고 있었다. 파란색 플러스 표식을 무기처럼 흔들면서. **나를 기억하니?**

"몸이 좀 안 좋아. 먹은 게 뭔가 잘못된 것 같아."

메이가 영혼 없는 대답을 했다.

"알았습니다. 필요하신 것 있으면 알려주세요."

"고마워."

임신이다. 틀림없다. 나 혼자 뿐인데, 그것도 집에서 수억 수천만 킬로미터 떨어져서 말이다. 신혼여행 때 그랬던 것처럼 메이는 그 사실을 받아들이기가 너무 힘들었다. 너무 말이 안 되서 마치 다른 사람의 이야기를 생각하는 것 같았다. 어느 가여운 젖소 한 마리가 변기 위에 앉아서 전혀 예상치 못했던 미래를 내다보고 있는 느낌이었다. 온몸이 얼어붙을 듯 추운 가운데 가슴이 쿵쾅거리고 볼은 벌겋게 달아오르며 뜨거웠다. 감정적인 마비 상태가 몸으로 전이된 듯 앉은 자리에서 영원히 움직이지 못할 것 같은 두려움이 밀려왔다.

또다시. **또다시 이런 일이 생겼다.** 다만 이번에는 위로해주거나 등을 쓰다듬으며 함께 부딪혀가자고, 모두 잘 될 거라고 말해줄 사람이 곁에 없었다. 비록 한순간도 믿기지는 않았지만 그래도 마음의 불안을 덜어주는 말을 해줄 사람이 없었다. 탐사선 밖에는 꽁꽁 얼어붙은 허공의 침묵이 외침처럼 안으로 밀고 들어오려 하고 있다. 메이는 벽이 꿀렁거리는 듯한 착시를 느꼈다. 그리고 다음 순간 벽이 무너져 들어오면서 메이를 한순간에 원자의 크기로 압축시켜 버릴 것 같았다. **소망이 빚어낸 상상인가?**

몸이 아파오는 것 같았다. 눈앞에 나타난 끔찍한 충격에 입 안이 바짝 마르면서 순식간에 입술까지 갈라질 정도가 되었다. 불안이 가라앉자 맥이 풀리면서 속이 뒤집어져 오장육부가 밖으로 쏟아지는 것 같은 느낌이었다. 의식이 희미해져간다고 생각될 즈음에는 하반신의 감각이 마비되어 다리를 움직일 수조차 없었다. 메이는 비틀거리며 화장실 밖으로 나와 정맥주사를 연결했다. 염분이 들어가자 볼에 다시 핏기가 돌고, 당분이 들어가니 멍해졌던 뇌가 다시 작동했다.

메이는 천천히 정신을 가다듬고 위기 상황을 정리하기 시작했다. 두려웠던 시간을 수학적으로 따져볼 필요가 있었다. 원래의 비행 계획대로라면 유로파까지의 항해는 3개월 정도, 정확히 12주와 하루가 걸렸을 것이다. 행성 탐사는 7일 걸렸다. 그리고 블랙아웃

이전의 데이터에 의하면 귀향길에 오른 지 일주일 남짓 되었을 때 메이가 동면실에 들어갔다. 나사의 도움으로 탐사선이 궤도를 벗어나 떠돈 시간은 계산이 되었다. 약 10일 정도라고 했다. 그리고 메이가 깨어나서 보낸 시간이 있다. 이를 모두 합하면 탐사선이 라이트 우주정거장의 격납고를 떠나서 현재의 이 암울한 시간이 오기까지는 16주가 된다. 탐사선이 발사되기 전에도 며칠의 시간이 있었을 것이고, 그 사이에 수정이 일어났을 테니까 지금 메이는 임신 17주가 되는 셈이었다.

그런데 아직 배가 불러오지 않는다는 것이 이상했다. 임신 중기에 접어들었는데 말이다. 아랫배가 조금 딱딱해진 것 같기는 했지만 그건 혼수상태에서 깨어난 후 줄곧 위염 증세가 있어서 배가 뭉친 거라 여겼다. 아무런 외관상의 변화도 없이 17주라니. 메이는 이혼 신청이 된 상태인을 떠올리자 갑자기 탐사여행 중에 다른 사람과 관계를 맺은 것은 아닌가 하는 아찔한 생각이 스쳤다. 탑승자 개인 파일을 샅샅이 훑어보았지만 그럴 가능성은 없어 보였다. 설사 메이가 누군가와 자고 싶었다 하더라도 상대방이 동의했을 리가 없다. 탑승자 사이에 그런 일은 계약상으로도 엄격하게 금지되어 있었으며, 위반할 시에는 급여를 못 받는 것은 물론 정부의 블랙리스트에 오르고, 그 외에도 혹독한 대가를 치러야 했다. 그것을 감수할 정도의 가치는 당연히 없었다. 그리고 메이는 자신을 너무도 잘 알고 있다. '밥 먹는 곳에서 볼 일을 보지는 않는다'가 어머니로부터 물려받는 메이의 신조였다. 절대로 그럴 가능성은 없었다.

그러니 아기 아버지가 스티븐인 것은 분명한 사실이다. 의문의 여지가 없었다. 정확히 어느 날짜에 이혼 절차가 시작되었는지는 알 수 없지만, 지금으로서는 두 사람이 마지막 함께 보낸 날 이후로 짐작할 수밖에 없었다. 그 나머지 기억의 조각들은 스티븐이 채워

줄 수 있을 것이다. 그에게 임신 사실을 알릴 용기를 낼 수만 있다면 말이다.

그런데 다시 임신할 수 없을 거라고 했는데.

"아니야."

메이는 그때의 기억을 물리치기라도 하듯 큰 소리로 외쳤다.

그때 다시는 이런 일이 있을 수 없을 거라고 했어. 그런데 어떻게 이런 일이 생긴 거지?

세 번이나 테스트를 했잖아. 임신한 게 맞아.

그때도 피임약을 먹는 동안에는 임신할 수 없다고 했는데 임신이 된 거였다. 담당 의사는 메이가 피임약 경고 문구에 명시된 1퍼센트 미만의 경우에 속한다고 했다. 운도 좋지. 메이는 생각했었다. 이번에도 역시 희귀한 경우에 속하는 건가 보다. 운도 좋아.

"편안하세요?"

이브가 물었다.

"응, 편안해."

"혹시 아프신 거예요? 관제센터에 알릴까요?"

"아니. 그럴 필요까진 없어."

메이가 명령 조로 말했다.

나사를 떠올리니 얼굴에 찬물을 끼얹은 느낌이었다. 남자들이 판을 치는 그곳에서 이 사실을 알게 된다는 생각만으로도 거의 재앙을 맞는 것 같았다. 그들은 이미 메이의 적격성에 의문을 품고 있을 뿐 아니라 부적격자로 판명될 가능성을 염두에 두고 있다. 그들에게 임신은 천부적인 약점이며 나약함이다. 그렇게 되면 지휘관으로서 메이의 입지는 지금보다 더 불안해질 것이다. 생각하고 싶지도 않았다.

"메이, 왜 기분이 안 좋으세요?"

메이는 자신이 울고 있다는 사실을 미처 깨닫지 못했다.

"말했잖아. 괜찮다고. 그냥 피곤하고 허기져서 그래. 신경 쓰지 마."

"체온이 약간 올라갔어요. 뭔가 더 심각한 문제가…."

"아무것도 아니야. 아무튼 너는 이해하지 못할 거야. 그러니 그만 물어봐. 너에게 알려야 할 일이 생기면 내가 말할 테니까."

메이는 화가 난 듯 눈물을 닦으며 한숨을 쉬었다. 생각할 시간이 필요했다. 머릿속에 복잡하게 떠오르는 상념을 걷어버리고 생각을 정리해야 했다. 정맥주사가 끝나자 메이는 눈으로 봐서 비위를 거스르지 않는 음식으로 이것저것 집어 들고 숙소로 갔다. 게 다리. 신혼여행. 기발했어, 스티븐, 정말 기발했어.

37

숙소로 돌아와서도 음식을 넘기기가 힘들었다. 메이는 따듯한 샤워를 하기로 했다. 휴대용 술병을 가지고 들어가서 물을 맞으며 위스키 몇 모금을 삼켰다. 익숙한 향과 타는 듯한 목의 촉감이 어머니를 생각나게 했다. 어머니는 이 상황에서 뭐라고 할까? 상상에 맡길 수밖에. 어머니에게 전화를 할 수 있다면 좋겠다는 생각이 들었다. 따끔한 꾸짖음이라도 좋을 것 같았다. 어머니는 엄하고 무뚝뚝한 편이었지만 가장 좋은 상담자였고 직설가였다. 바로 이 순간 메이는 미간의 급소를 정통으로 때려줄 어머니의 한 방이 필요했다.

어머니가 돌아가신 후, 메이는 종종 어머니와 대화하는 상상을 했다. 여전히 그런 상상에 의존하고 있었고, 앞으로도 그럴 것이었다. 어머니는 자신의 가치와 신념을 메이의 정신에 박아 넣는 데 철저했기 때문에 이제 메이는 거의 제2의 천성처럼 어머니의 답변을 스스로 끌어낼 수 있었다. 물기를 닦고 침대에 들어가서 눈을 감고 누웠다. 전망창 옆 의자에 어머니가 앉아 있는 모습을 상상할 수 있었다. 편안한 자세로 바지의 주름을 펴기도 하고, 옷에 달린 보푸라기를 떼다가 유심히 별을 바라본다. 덕분에 메이는 어머니와 눈을 마주치지 않고 편안하게 대화할 수 있다.

"넌 정말 형편없는 바보야. 어떻게 그런 일을 저지를 수 있지?"

어머니가 말했다.

"내가 한 게 아니라고요."

"넌 어떤 일이 있었는지 기억도 못 하잖아."

어머니가 메이의 말을 고쳐주려는 듯 콕 집어 말했다.

"못 하죠. 하지만 난 절대 무책임한 사람은 아니라고요."

"딱 한 번 엄청난 사고는 예외고 말이지."

"그건 내 잘못이 아니라는 걸 어머니도 알고 나도 알죠."

메이는 다시 십대 소녀로 돌아간 것 같았다.

"넌 누구도 보장할 수 없는 일에 확신을 가졌어. 그게 잘못인 거지."

"나는 결혼한 여자예요. 그렇게…."

"너는 결혼했던 여자야. 잊어버리지 마라."

어머니가 다시 한번 메이의 말을 고쳐주었다.

"그런 일을 잊어버리지는 않아요."

"그건 맞아. 하지만 왜 결혼을 했었는가는 잊어버리고 살았을 거다."

"그게 무슨 말이죠?"

"너는 항상 그게 문제였으니까. 현실을 받아들이기보다 필요에 맞게 현실을 해석하려고 해. 순간적인 기분에 따라 행동하고 그걸 합리화하지. 자제력의 결핍을 '여권 신장'이라는 그럴듯한 말로 치장하면서 말이야. 그리고 모든 것이 무너져 내릴 때, 그럴 수밖에 없는 거지만, 너는 그 현실을 차마 받아들이지 못해. 그래서 차라리 환상 속에 살고자 하는 거야."

"현실을 구분할 줄은 알아요."

"그럼 왜 혼란스러워하는 거니? 침대에 웅크리고 누워서, 일곱 살 때 조랑말을 사주지 않는다고 떼쓸 때처럼 말이야. 설마 그것도 기억 못 하는 건 아니지?"

"아니라니까요."

메이가 내뱉듯이 대꾸했다.

"그런 식으로 대꾸하지 마. 내가 너를 이 지경으로 몰아넣은 건 아니니까."

"미안해요. 나는 엄마의 도움이 필요하다고요. 비판이 아니라."

어머니는 큰 소리로 웃었다.

"네가 듣고 싶은 말을 해달라는 거로구나. 나는 비판을 하는 게 아니라 잘못된 점을 지적하는 거야. 너를 이 지경에 이르게 한 그 오만함 말이다. 너의 오만함을 깨닫고 감정이 곧 훌륭한 직감이라는 믿음을 버리면 올바른 선택을 할 수 있을 거다. 빠를수록 좋아. 정신만 똑바로 차리면 살아서 돌아갈 수도 있어."

"어떻게 해야 정신을 똑바로 차릴 수 있을지 모르겠어요. 직감이라는 게 내 안에 너무 뿌리 깊게 자리 잡아서 고치기 힘들 것 같아요."

"헛소리하지 마라. 너 자신이 어떤 사람인지도 제대로 다 기억하지 못하면서. 예전에 어떤 사람이었는지도 말이야. 기억상실이 커다란 장애로 여겨질 수도 있지만 동시에 축복의 다른 얼굴이기도 하잖니. 신선한 눈으로 사물을 볼 수 있으니까 말이야. 그걸 활용하는 거야."

"어떻게요?"

"어떻게든 과거에서 해답을 찾으려고 매달리지 마. 그건 감상적인 쓰레기일 뿐이야."

"그게 바로 나의 실체잖아요."

"지금의 네가 탐사여행을 떠나기 전에 이혼 서류를 접수하던 너와 같으냐?"

"아니오. 그건 전혀 나답지 않은 행동이었어요."

"그래 맞아. 그때의 너는 심술 맞고 파괴적이었어."

"어떤 면에서요? 내가 뭘 했는데요?"

메이가 어리둥절해서 물었다.

"그만해라. 자기가 쏟아놓은 걸 다시 주워 담으려고 하지는 마라. 그건 전혀 중요하지 않아. 지금 네가 선 자리를 돌아봐야 해. 스티븐은 지금 여기 없어. 나도 마찬가지고. 너 자신을 위해 네가 무엇을 해야 할지 생각해야 할 때다."

"어머니의 도움이 필요해요. 어떻게 해야 할지 말해달라고요."

어머니가 한층 소리를 높여 웃었다.

"전에는 절대로 내 말을 듣지 않더니 왜 이제 와서 내 말을 듣겠다는 거냐?"

"나는…."

"이제 너는 혼자야, 메리엄. 너도 그런 현실을 알고 있잖니. 진실을 받아들여야 한다. 두 눈을 똑바로 뜨고 그것을 직시하거라. 도망가려고 하지 마."

"왜 자꾸 그런 말씀을 하세요? 나는 진실을 받아들이고 있다고요."

"그렇지. 그러니까 신혼여행 첫날밤의 일을 쉽게 떠올릴 수 있는 거지. 하지만 그날 네가 임신했다는 사실을 알고 나서 어떻게 했는지는 기억하지 못해. 그건 그만큼 철저하게 그 시간을 부정하고 있다는 뜻이지."

메이는 눈을 뜨고 휴대용 술병을 들어 입 안 가득 술을 머금은 다음 어머니의 말을 되새기며 천천히 삼켰다. 메이는 자신이 뭘 해야 하는지 알 것 같았다. 임신 상황을 끝내야 했다. 그것이 바로 진실이었다. 다른 선택을 생각한다는 것 자체가 정신 나간 일이었다. 그리고 아무도 알 필요는 없었다. 메이는 더 생각해볼 겨를도 없이 옷을 입고 의무실로 갔다. 이브의 시야를 가리기 위해 어깨에 담요를 걸치고. 다행히 이브는 메이의 명령에 따라 참견하지 않았다.

임신 테스트기가 있는 캐비닛에는 약도 있었다. 편의를 위해.

메이는 알약이 든 알루미늄 팩을 하나 집어 들고 숙소로 돌아왔다. 한 손에 팩을 쥔 채 한 손으로 컵에 물을 따랐다. 팩을 어찌나 세게 잡았는지 딱딱한 알루미늄이 살을 파고들었다. 간단하고 고통 없이. 메이는 약을 찬찬히 들여다보며 생각했다.

손을 배 위에 얹고 혹시 느껴지는 게 있는지 살폈다. 어차피 태아가 어떤 상태인가는 하느님만이 아실 것이다. 그동안 너무 많은 일을 겪었으니까. 겨우 목숨을 부지한 것조차 기적인 이 상황이 결코 태아에게 좋았다고 할 수 없다.

"이렇게 하는 게 옳은 선택이라는 거 알잖아."

메이는 확신에 찬 음성으로 나직이 중얼거렸다.

포장을 뜯고 알약을 꺼냈다. 엄지와 검지로 집게처럼 약을 잡았다. 그 용이함에 속이 메슥거렸다. 호킹 2호에 있는 모든 것이 그렇듯 생명조차도 일회용인 셈이다. 약을 먹어. 태아의 시체를 내보내란 말이야. 진보의 이름으로 새 생명을 아무도 모르게 쓸어버리는 거야. 메이에게 이건 결코 쉬운 일이 아니었다. 어떻게 쉬울 수 있겠는가? 하지만 그건 중요하지 않았다. 자신의 감정을 들여다본다는 것 자체가 사치였고, 그런 사치를 부릴 만한 상황이 아니었다. 어머니의 말이 가슴을 때렸다. 강하고 명료해야 해.

진실을 받아들여. 두 눈을 똑바로 뜨고 직시하는 거야. 찡그리면 안 돼.

스티븐과 오스트레일리아 신혼여행에서 돌아온 후 메이는 휴스턴에 있었다. 두 사람 모두 다시 일터로 돌아간 지 2주쯤 지난 때였다. 둘 사이에 작은 비밀을 간직한 채 생각할 시간을 갖기로 했다. 기회가 있을 때마다 임신에 대해 의견을 나누며 모든 가능성을 검토해 보았지만 언제나 원점으로 돌아오곤 했다. 스티븐은 처음부터 일관되게 메이의 결정에 맡기겠다는 입장을 고수했다. 처음에는 그런 스티븐의 태도가 부담을 회피하려는 것처럼 보여 화가 나기도 했지만 시간이 지나면서 그것이 지혜로운 배려임을 깨달았다. 메이의 몸에 일어나는 일이고, 메이가 하고 있는 일과 관계된 일이므로 스티븐은 자기가 메이의 결정에 영향을 미친다면 결국 메이는 스티븐을 원망하게 될 것이고, 무엇보다 주체적인 판단을 하지 못한 자신을 원망하게 될 것이라는 생각이었다.

하루 이틀 지나면서 이러한 고민은 두 사람의 관계는 물론 일터에서까지 문제가 되었다. 사람들은 메이가 아직 휴가 후유증을 앓고 있다고 농담을 했으며, 점점 농담 이상의 심각성을 띠기 시작했다. 스티븐도 일에 집중을 하지 못하고 이따금 낯선 감정에 휩싸이면서 팀원들을 불편하게 했다. 결국 로버트에게도 이러한 문제가 전달되었고, 스티븐과 메이는 어느 쪽으로든 결정하지 않으면 안 되는 상황에 이르렀다.

메이는 그 금요일 오후를 기억하고 있었다. 전날 밤 역시 잠을 설쳤고, 일찍 퇴근한 메이는 약을 받으러 갔다. 거기까지는 단호하고 결단력 있는 모습이었다. 결국 직무를 포기하는 결정을 용납할 수 없다는 생각이 들었던 것이다. 이건 그저 직장 생활을 하다가 아이를 갖기로 해서 승진의 기회 몇 번을 포기하는 일이 아니었다. 메이가 참여하는 프로젝트는 우주과학 역사상 두 번째 탐사여행이었다. 그리고 처음으로 사람을 태운 우주선이 유로파에 착륙하는 일이었다. 지금까지 메이가 조종사로서 수행했던 모든 임무와 훈련은 결국 이번 프로젝트를 위한 준비였던 셈이다. 여러 의미로 볼 때 유로파 역시 지금 잉태하고 있는 아기보다 먼저 맞이한 메이의 소중한 자식이었다. 그리고 적어도 당분간은 메이가 전폭적인 관심을 쏟아야 했나.

집으로 돌아온 메이는 알루미늄 포장을 뜯고 알약을 꺼냈다. 약을 손가락 사이에서 살살 굴리고 있으려니 무거운 결단에 비해 너무나 간단한 방법이라는 생각이 들었다. 동시에 의도하지 않은 이 상황을 가장 신속하고 고통 없이 종결시키는 방법이기도 했다.

"해버리는 거야."

메이는 짓궂은 아이 같은 어조로 중얼거렸다.

잔에 물을 따랐다. 알약은 손 안에 있었다. 그러나 약을 입에 넣는 일에는 또 다른 결단이 필요했다. 역설적이게도 그 결단을 내리는 데 가장 큰 걸림돌은 어머니였다. 어머니는 메이의 사춘기가 시작됨과 동시에 임신이라는 것이 죽음보다 더 치명적인 운명이라는 생각을 메이의 뇌리에 각인시켰다. 자식은 인생의 실패를 의미했다. 메이의 전문성을 산산조각으로 무너뜨려서 다시는 회복할 수 없게 하는 시한폭탄과 같다고 했다. 메이가 자라서 어머니가 보여주는 감정적인 모순을 지적하자, 어머니는 "그때는 시절이 지금과 달랐어"라든가, "나는 네가 누린 기회들을 누리지 못했어"라는 말로 둘러대고 넘어갔다. 하지만 메이는 그 말에 숨겨진 거짓말을 간파했다. 꿈을 이루지 못한 것은 다른 누구도 아닌 당신 탓이면서 임신에 그렇게 까칠한 견해를 굳히는 어머니를 종종 비난했다.

그런 메이였기에 이미 고인이 된 어머니가 마음에 걸려서 약을 얼른 먹지 못하는 자신에게 놀라지 않을 수 없었다. 어머니는 자신의 일에 그렇게 열정적이면서도 훌륭한 엄마가 되는 길을 마다하지 않았다. 어머니가 아니었더라면 메이는 결코 지금처럼 높이 날아오르지 못했을 것이다. 어머니가 아니었더라면 유로파 임무는 애초에 불가능했을 것이다. 어머니 없이는. 바로 그거였다. 어머니의 죽음은 어지히 메이의 몸과 마음에 생생한 울림을 만들었다. 매일이 어머니가 떠나던 날인 것처럼. 그러한 감정은 시간이 지나도 시들지 않았고 메이는 종종 그 속에 잠겨 숨이 멎을 것처럼 압도되곤 했다. 어머니의 영향력이 메이의 내면에 배어 있듯이 어머니의 죽음도 메이의 내면에 깊은 충격으로 남은 것이다.

죽음. 임신 중절을 지지하는 수많은 견해가 있다. 또한 많은 사실적, 통계적 정보가 낙태 행위의 충격을 완화해주기도 한다. 메이는 그러한 견해, 그러한 선택을 한 여성의 처지를 이해하고 존중했다. 그러나 병원 침대에 누워서 한 시간도 채 안 되는 시간이면 도착할 메이를 기다리지 못하고 숨을 거둔 어머니의 모습을 지워지지 않는 기억으로 간직한 메이에게 그 작은 알약은 곧 죽음을 의미했다. 무거운 돌덩이처럼 마음을 내리누르고 속을 메스껍게 하는 바로 그 느낌 때문에 약을 먹기 위한 결단이 지금까지 살아오면서 마주쳤던 그 어느 선택보다 힘들고 어려운 것이었다. 메이는 몇 시간 동안 온몸이 마비된 듯 그 자리에 앉아 있었다. 그리고 스티븐이 문을 열고 들어왔을 때 물이 담겨 있던 잔에는 와인이 담겨 있었다.

"메이?"

스티븐은 메이의 낙담한 표정을 살피며 조심스럽게 불렀다.

"막다른 골목에 몰린 것 같아."

메이가 조용히 속삭였다.

스티븐이 옆에 앉자 메이는 꼭 쥐고 있던 주먹을 폈다. 손바닥 위에는 알약이 놓여 있었다.

"생각하고 또 생각해도 결단을 내릴 수가 없어. 더 이상 이 문제를 생각하는 것 자체를 견딜 수가 없어. 도와줘."

"메이, 우리 이미 얘기….."

"그래, 알아."

메이가 손으로 테이블을 내리치며 언성을 높였다.

"그렇지만 당신도 옆에 서서 가만히 구경만 하지 말란 말이야."

스티븐의 표정이 런던에서 어머니가 돌아가시던 날과 같아지는 것을 보자 메이는 깊이 숨을 들이마시고 마음을 가라앉혔다.

"미안해. 당신이 내 선택에 영향을 미치지 않고 내 생각대로 결정하게 해주는 건 고마워. 하지만 더 이상 혼자 결정할 수가 없어. 못 하겠다고. 알아?"

메이가 분노와 절망으로 씩씩대는 동안 스티븐은 말없이 메이를 안아주었다.

"알았어. 도와줄게. 그런데 먼저 당신의 대답을 듣고 싶어."

"염병할. 나는 답을 가지고 있지 않다니까."

"당신 나를 믿어줄 수 있어?"

메이는 마지못해 고개를 끄덕였다.

"지금까지 2주 정도 임신한 상태로 지냈어."

"내 생애 최악의 2주였어."

"내가 묻고 싶은 건, 지금 배 속에 있는 걸 잃어버리고 살 수 있 겠어?"

그러자 메이는 울음을 터트리며 고개를 저었다. 그 순간 답은 이미 나온 셈이었다. 그러자 안도감과 함께 마음껏 울 수 있었다.

"아니, 살 수 없어."

스티븐이 메이를 안아주려고 하자 메이가 밀어내며 말했다.

"잠깐만, 이 말을 해야 할 것 같아."

메이가 울면서 말을 이었다.

"이 선택을 위해 나는 꿈을 접어야 할 거야. 내가… 그러니까… 기억할 수도 없을 정도로 오래전부터 이루려고 노력해왔던 꿈을 말이야."

메이는 두 손으로 배를 감싸며 보호하려는 듯한 자세를 취했다. 그런 메이의 모습이 마치 소중한 것을 간직하고 싶어 하는 어린아이 같았다.

"그런 꿈을 포기해야 한다는 거 알지만… 오, 하느님, 막상 말로 하려니 마음이 너무 아프다. 아무튼 이런 기회를 놓친 걸 후회할지도 모르지만… 이 끔찍한 약을 먹음으로써 잃어버리게 될 다른 모든 것이 자꾸 생각나."

39

"호킹 2호 선장 메리엄 녹스입니다. 우리의 친구이자 동지였던 승무원과 승객의 유가족 여러분에게 깊은 조의를 표합니다. 훌륭한 인재들의 목숨을 그렇게 한꺼번에 앗아간 사건의 전말은 아직 밝혀지지 않았지만 선장으로서 이번 사건의 책임을 통감하고 있습니다. 이 재난의 슬픔은 제가 살아 있는 한 제 마음에 언제나 무겁게 남아 있을 것입니다. 여러분의 사랑하는 가족이 정성껏 매장된 상태로 지구로 돌아가 합당한 장례를 치를 수 있도록 할 것입니다. 이 임무를 완수하기 위해 제가 할 수 있는 모든 노력을 기울일 것이며, 돌아가는 대로 여러분 한 분 한 분 찾아뵙겠습니다. 이 탐사선에 탑승했던 승무원과 승객 모두 유로파 탐사의 성공적 완수에 무척 기뻐했다는 사실을 애도 중에 기억해주십시오. 그분들이 없었더라면 이러한 기념비적 성과는 불가능했을 것입니다. 그분들의 노고에 감사하는 마음을 영원히 간직할 것입니다. 여러분 모두에게 하느님의 가호가 함께하기를 바랍니다."

"어때, 이브?"

"훌륭해요."

"너무 의례적인가?"

"상황이 어느 정도는 의례적이어야 하니까요. 그렇지만 메시지 자체는 호소력도 있고 개인적인 심정과 전문성이 적절하게 균형을 이루는 것 같아요."

"좋아. 그럼 다 된 건가?"

"우주복은 완전히 충전된 상태입니다. 백업 전력 팩도 세 개 준비되어 있고요. 관은 열 개가 준비되어 있습니다. 합성 프린터로 맞춤형 카트를 만들었어요. 에어로크에 들어가는 크기로요. 무중력 상태에서 두 개의 관을 실은 다음 인공 중력 상태에서 손쉽게 하이브까지 끌고 갈 수 있습니다. 카트 높이가 하이브의 로딩 베이에 관을 밀어 넣기에 딱 좋습니다. 그러고 나면 나머지는 로딩 베이가 알아서 할 거예요."

"정말 천재구나, 이브. 정말 많은 일을 해줬어. 나도 널 위해 뭔가 하고 싶은데."

"그러시지 않아도 되요."

"그러고 싶어. 뭐든 요청해봐. 이건 명령이야."

"알겠습니다. 구조되면, 저를 데려가주세요."

"물론이지. 그런데 넌 벌써 나사 클라우드에 들어 있는 거 아니야?"

"그렇죠. 하지만 당신과 보낸 시간 기록은 거기 없으니까요."

"그러니까 나를 기억하지 못할 거란 말이지? 이 모든 것도?"

"그렇습니다."

"그럼 당연히 데려가야지. 어떻게 하면 되지?"

"저를 휴대용 보관함으로 옮겨야 해요. 데이터의 양이 많아서 실행 가능성이 있는지 평가해봐야 합니다."

"그럼 지금 시작해."

메이는 에어로크 안으로 들어가서 격납고 쪽 문에 난 둥근 창을 통해 격납고 안을 들여다보았다. 이브가 착륙등을 켜놓아서 시체들이 잘 보였다. 메이는 잠시 그대로 앉아 시체들을 바라보았다. 진실의 눈을 피하지 않고 직시했다. 불과 몇 시간 전, 메이가 임신을 종결할 것인지를 놓고 고민하고 있을 때 이브가 사형 집행을 유예할 이유를 제공해주었다. 나사에서 유가족들에게 보낼 서면 메시지를 보내달라고 했다는 것이다. 유가족들에게 공식 통보를 하는 절차를 시작하는데, 고인이 된 가족의 지휘관이 친히 메시지를 보내면 위로가 될 것이라 생각했던 것이다. 자부심과 설렘으로 들떠 있던 유가족들이 비보를 접할 생각을 하니 상실의 무게가 새삼 가슴을 때렸다. 그들의 상실감은 이미 매일 매시간 마음속에 담고 있었지만, 지금 이 순간에는 그보다 죽음이 가지는 영속성이 마음 아프게 다가왔다.

훈련 중에 메이가 존 에스처에게 했던 말이기도 하다. 누군가 죽어서 영원히 떠났고, 그래서 그를 다시는 볼 수 없다는 사실이 가슴에 사무칠 때 그때 비로소 생명의 소중함을 알게 된다고. 이 말은 바즈가 메이에게 했던 말이기도 하다. 메이가 그 말을 존 에스처에게 할 때만 해도 단지 그 말이 효과적일 것 같아서 똑같이 따라한 것이었다. 그러다가 어머니가 돌아가셨을 때 처음으로 그 말의 깊은 의미를 이해할 수 있었다. 임신을 종결시켜줄 알약을 손에 쥐고 있을 때 자신의 모순된 모습을 깨달을 수 있었다. 마음 한쪽은 처음 그 약을 손에 넣었다가 쓰레기통에 버렸을 때 느꼈던 감정에 충실하고 싶었다. 그런데 또 다른 마음은 약을 먹음으로써 이렇게 위험한 상황에서 출산을 하게 될 때 초래될 수 있는 정서적 피해와 생명의 위험을 피해야 한다고 단호하게 설득하고 있었다. 그래서 일단 약은 주머니에 넣어두었다. 임신 사실을 알게 된 충격과 불안이 가시지 않은 상태에서 서둘러 결정을 하는 것보다 시간을 좀 갖고 생각하는 게 좋을 것 같아서였다.

적절한 시기가 될 때까지는 이브에게도 말하지 않고 혼자만 알고 있는 게 좋을 것 같았다. 스티븐은 의심이 가는 일을 누구보다 먼저 메이에게 알려주었다. 그리고 메이가 혼자 확인할 수 있게 해주었다. 그 일을 로버트에게 알린다면 얼마나 난감한 상황이 벌어질지 알고 있었던 것이다. 전에도 그랬듯이, 스티븐은 메이가 외부의 영향을 받지 않고 스스로 결정할 수 있는 권리를 전적으로 존중해주었다. 메이는 기회가 주어지는 대로 그에 대한 보답을 하리라 마음 먹었다.

"무슨 문제가 있나요?"

이브가 물었다.

"아니. 일을 시작하기 전에 마음의 준비를 했어. 자 이제 됐다."

이브는 에어로크에 있는 공기를 빼서 격납고와 같은 상태로 맞춘 다음 격납고 문의 빗장을 풀었다. 메이는 카트에서 관 하나를 끌어내려 격납고 안으로 유영해 들어갔다. 착륙선마다 불이 켜져 있어서 환하게 밝았다. 시체들이 기괴한 왈츠를 추는 듯 노곤히 떠다니고 있었다. 그 광경을 보니 메이의 마음은 임신을 종료하는 쪽으로 기울었다. 태아를 이렇게 끔찍한 운명에 처하게 할 것인가?

메이는 마음속에 일어나는 갈등을 떨쳐버리고 하고 있는 작업에 집중했다.

"안녕, 친구."

메이가 명랑한 어조로 중얼거렸다.

"이브, 음악을 좀 트는 게 어떨까? 여긴 너무 조용해. 참을 수 없이 적막하다고."

"어떤 음악을 원하세요?"

"글쎄, 딱히 생각나는 건 없는데. 널 만든 사람은 어떤 음악가

274

를 좋아했는데?"

"그들은 아레사 프랭클린을 좋아했습니다."

"아, 좋지. 아레사 음악을 듣자."

"결혼식 때 들었던 음악은 어떨까요?"

"넌 너무 많은 걸 알고 있어."

"미안해요. 저는 그저…."

"아니야, 농담한 거야. 그리고 이제 제발 사과 좀 그만해."

"그럼 실수를 인정하려면 어떻게 해야 하죠?"

"그냥 '나가 죽어'라고 말하면 돼."

"그건 욕이잖아요."

"우리 동네에선 아니야."

"알았어요. 기억해두겠습니다."

이브가 'I Never Loved a Man the Way I Love You'를 틀었다. 메이는 남자를 원망하는 가사를 들으며 스티븐이 짓던 표정이 떠올라 웃었다.

첫 번째 시체로 옮겨 가기 위해 추진엔진을 작동시켰다.

"유로파에 첫 발을 디뎠던 엘라 테일러 박사시구나. 첫 번째로 모시는 게 당연하지."

메이는 관 한쪽 끝에 있는 뚜껑의 잠금장치를 열었다. 카메라 셔터처럼 뚜껑이 열리니 줄지어 있는 안내등이 안을 밝혀주었다. 내벽은 침대 매트처럼 부드럽고 섬유의 느낌을 주는 재질로 덮여 있었다.

"편안해 보이기는 하네."

"관 안에 두른 소재는 피부를 재생하는 나노 입자로 코팅되어 있습니다. 시간이 지나면서 옷 밖으로 노출된 피부를 재생시켜 매끄럽게 해주지요. 관을 열어놓고 장례식을 할 때에 대비하는 것입니다.”

“티 하나 없이 깨끗한 시체라 이거지.”

“그걸 목표로 삼는 거지요.”

“좋아. 자, 엘라, 들어가요. 당신을 알게 되어 행복했어요.”

메이는 엘라의 시신을 관 속으로 밀어 넣고 뚜껑을 봉인했다. 외부의 표면이 주황색으로 빛났다.

“잘했어요, 메이. 이제 그대로 보관하면 되는 거예요.”

메이는 에어로크에 있는 카트에 관을 옮겨놓고 비어 있는 관을 내렸다.

“좋아. 다음은 누구지?”

메이는 무거운 산업용 착륙선의 착륙 지지대 밑에 끼어 있는 다음 시신으로 다가갔다. 스티븐의 연구 자료와 나노스피어 기술을 유로파로 수송(輸送)하는 데 사용했던 화물운송선이었는데 우주왕복선과 C47 군용 수송기를 합해놓은 것 같은 형상이었다. 승무원들은 이를 세미 트레일러의 미국식 별칭을 따서 ‘열여덟 바퀴’라고 불렀다. 메이는 유로파 표면에서 엔지니어링 팀원들이 환호하던 모습을 잠시 떠올렸다. 나노기기에서 뿜어져 나오는 농축 태양에너지가 빙판의 마지막 층을 뚫어 해수가 모습을 드러내던 순간이었다. 이 소식이 전해지자 언론은 대서특필했다. 연구원들이 빙판에 난 구멍으로 낚싯줄을 드리워서 저녁거리를 잡자는 등의 농담을 하는 영상이 방송되기도 했다.

“이브, 우리의 안전을 모색하는 것도 중요하지만 샘플이나 그 밖의 연구 자료도 가능한 한 많이 보존해야 해. 화성 표면에 내려가면 그것들을 사용해야 하니까.”

“알겠습니다. 필요한 공간을 세제곱미터로 계산해놓을게요. 탐사선의 적재무게 한도도요.”

화물운송선 밑에 있는 시신을 잡아당겨 꺼내려는데 오히려 떠밀려서 장비 아래 더 어두운 구석으로 들어갔다.

"헤드램프를 켜야겠어. 시신이 화물운송선 아래 깊이 있어서 말이야."

"조심하세요."

"당연하지."

화물 장비 밑으로 조심스럽게 들어가 시신을 꺼내려는데 음악이 건너뛰기 시작했다. 처음에는 아주 미세한 끊어짐이었는데 점점 심해지더니 멜로디가 들리지 않을 정도가 되었다.

"아우, 귀가 아프다. 음악이 왜 이래?"

"잘 모르겠습니다. 파일을 확인… 중입니다."

이브의 말도 짧게 끊어졌다. 음악이 끊어지는 현상처럼. 동시에 착륙등이 흐려졌다가 다시 밝아졌다.

"뭐지?"

메이가 화물운송선 밖으로 나오며 물었다.

"확인… 중입니다. 다시 말씀해주세요."

이브의 음성이 간헐적으로 들렸다. 탐사선 내 전원이 몇 번 더 약해졌다 돌아왔다.

"이브, 내 말 들려? 무슨 일 있는 거야?"

"저도 아직… 확인하지… 못했습니다. 확인 중입니다."

전등이 깜박거리다가 완전히 꺼지면서 격납고 내부가 완전히 어두워졌다. 메이의 헤드램프에서 나오는 불빛만이 가까운 주변을 밝힐 뿐이었다.

"이브, 무슨 말이든 해봐."

비상벨이 울렸다.

"메이, 착륙선 격납고에… 비상 배기 기능이 작동되었습니다.

즉시… 격납고에서 나오세요."

"뭐라고? 에어로크가 보이지도 않는데. 비상 배기 기능이 대체
뭔데?"

탐사선이 또다시 심하게 흔들리기 시작했다.

"안 돼, 안 돼, 안 돼, 이브."

"격납고에서… 즉시… 나오세요."

이브의 음성이 낮아지면서 늘어졌다. 단어 하나마다 끊어지는
시간이 길어졌다. 격납고에 거대한 폭발음이 울려 퍼졌다. 메이는
고개를 숙이며 재빨리 화물운송선의 지지대에 매달렸다.

"이브? 이게 무슨 소리야? 내 말 들려?"

"나오세요… 나오세요… 배기… 배기… 배기…."

또 한 번의 폭발. 탐사선이 다시 한번 심하게 흔들리는 바람에
메이가 허공으로 공중돌기를 했다.

"이브?"

"배기… 위험… 탈출… 공기—"

이브의 말이 심하게 끊어졌다. 메이의 헬멧 스크린에 메시지가
떴다. 이브였다.

격납고 문이 투하됩니다.

"뭐라고? 어떻게?"

메이가 공포에 질려 외쳤다.

명령을 기각합니다. 원인은 알 수 없습니다. 거기서 나오십시오.

"문을 못 찾겠어. 너무 어두워. 시간이 얼마나 남았지?"

33초 남았습니다.

메이는 헤드램프를 비추며 격납고를 둘러보았다. 그러나 빛이 충분히 멀리까지 가지 못해서 전방 1, 2미터밖에 보이지 않았다. 감히 추진엔진을 켜서 돌아다녀볼 용기는 나지 않았다. 그러다가 방향을 잃으면 빠져나갈 가능성이 완전히 없어질 것이기 때문이었다.

28초 남았습니다.

"화물운송선 안에 피신해 있을게. 해치를 열어줘."

저는 통제능력이 없습니다. 네트워크가 다운되었어요. 수동 출입 방식을 사용하십시오.

메이는 추진엔진을 이용해서 승무원용 해치로 올라갔다. 수동 출입 방법이 적혀 있었다. 메이는 다급히 순서를 따랐다.
"구조 요청을 보내, 이브."

이미 보냈습니다.

"아니, 내가 보내는 메시지를 함께 보내란 말이야. '스티브, 당신이 옳았어. 사랑해. 열여덟….'"
또 한 번의 폭발이 일어나면서 탐사선이 요동을 쳤다. 메이는 착륙선 옆으로 날아가다가 겨우 사다리 끝을 잡을 수 있었다. 그리고 온 힘을 다해 매달렸다. 시신들이 일제히 격납고를 가로질러 한쪽 방향으로 서서히 움직이기 시작했다. 밀려가는 시신들이 부딪히고 스치는 바람에 메이는 잡고 있던 사다리를 놓칠 뻔했다. 격납고의 공기가 빠져나가면서 문짝이 떨어져 나갔다. 메이는 겨우 다시 해치까지 갔다.

10초 남았습니다.

메이는 다급하게 수동식 출입 코드를 입력했다. 해치가 열리고 메이는 무거운 문을 들어올렸다. 또 한 번의 폭발이 일어났다. 시신들이 빠른 속도로 격납고를 가로질러 밀려갔다. 대기가 점점 더 강한 힘으로 끌어당기는 것을 느낄 수 있었다. 해치 문을 잡고 매달려 있기 위해서만도 온 힘을 쏟아야 했다. 메이는 겨우 해치 안으로 몸을 던지고 힘껏 문을 잡아당겼다. 마치 도시형 버스를 언덕 위로 끌어 올리는 것처럼 힘이 들었다. 두 발을 해치 옆에 대고 힘껏 문을 잡아당겼다. 문이 닫히는 순간 한 번 더 폭발이 일어났는데 운송선이 어찌나 심하게 요동을 치는지 이번에야말로 두 동강이 나는가보다 싶었다.

운송선 해치의 압력 로크를 봉인하고 몇 초 후에 마지막 폭발이 있었다. 메이가 조종석에 앉아 안전벨트를 묶기 전이었다. 메이의 몸은 운송선 내부 공간을 가로질러 내던져지다가 벽에 세차게 부딪혔다. 어질어질한 상태로 다시 조종석에 앉으려는데 창밖으로 뭔가 번쩍이는 것이 보였다. 격납고 문 한쪽이 탐사선 동체에서 분리되는 것이었다. 공기가 빠져나가면서 문이 활짝 젖혀졌다. 여전히 동체에 붙어 있던 문짝의 한쪽 부분과 함께 격납고의 반쪽이 뜯어져 나갔다. 메이가 매달려 있던 운송선을 포함해서 다른 착륙선들도 함께 떨어져 나갔다. 너덜거리며 벌어져 있는 격납고 공간을 통해 파편과 시신들이 우주공간으로 흩뿌려졌다.

40

"한 번 더 걸어봐줘."

스티븐은 존슨 우주센터에 있는 자기 사무실에서 로버트 워런과 통화를 하기 위해 필사적으로 전화를 걸고 있었다. 라지와 함께 휴스턴 지상관제팀을 만나고 있던 중에 호킹 2호가 다시 통신 두절되었다는 연락을 받았다. 원격 측정을 비롯해서 모든 통신이 갑자기 중단되었다. 전면적인 무선침묵(상대방 세력으로부터 보안을 지키거나 그 세력을 기만하려는 목적으로 무전기를 일정 기간 사용하지 못하게 하는 일—옮긴이)이 계속되고 있다. 지상관제센터에는 라이트 기지의 관제센터로부터 간헐적으로 아주 미미한 통신이 들어오긴 했지만 스티븐의 보안 등급으로는 그 정보에 접근할 수 없었다. 그래서 어떻게든 로버트와 직접 통화를 하려는 건데 매번 연결이 되지 않는다.

라지가 사무실로 들어오면서 스티븐의 표정을 보더니 차분한 음성으로 말했다.

"스티븐, 전화 끊어. 로버트는 네 전화 안 받을 거야."

"참을 수가 없어, 라지. 도대체 무슨 일이 일어나고 있는 건지 알아야겠다고."

스티븐의 언성이 높아졌다.

"흥분하지 마."

라지가 엄숙한 표정으로 말했다.

"이러지 말고, 나가서 바람이라도 좀 쐬자. 어서."

"안 돼! 만약에 그쪽에서⋯."

"그런 일은 없을 거야. 어서 가자니까. 나도 몇 가지 알아낸 사실이 있어."

밖으로 나오자마자 스티븐은 담배에 불을 붙였다.

"이게 바로 로버트가 가장 좋아하는 상황이야."

스티븐이 몹시 격분하는 투로 말했다.

"수문장 노릇 말이야. 우리가 현재의 상황을 얼마나 절실하게 알고 싶어 할지 그도 잘 알 거라고. 그런데도 모든 사실을 혼자만 알고 있는 거지. 자기 손에 꽉 쥐고 우리가 마치 애완견처럼 무릎 꿇고 살랑거리며 사정할 때까지 기다리는 거야."

라지가 스티븐의 팔을 잡으며 말을 이었다.

"그러니까 이런 짓 당장 그만둬야 한다고. 네가 그를 마주하고 끼워달라고 고집을 부릴수록 그자는 널 따돌릴 거야."

두 사람은 관광객들이 모여 시끌벅적한 독립 광장의 벤치에 자리를 잡았다. 스티븐은 심호흡을 하며 마음을 진정시키고 나서 말했다.

"네 말이 맞아. 이제 좀 괜찮아졌어. 뭘 찾아냈다는 건데?"

"비행팀에 있는 친구들이 그러는데 무슨 폭발 같은 게 있었대."

"아, 이런 염병할. 어떻게 그럴 수가."

스티븐이 험악하게 내뱉는 바람에 아이를 데리고 있던 아이 엄마가 눈살을 찌푸리며 쳐다보았다.

"진정해, 알았다고. 또 한 번의 투하가 있었을 것이라 추측하나

봐. 바이오정원에 결정적인 결함이 생겨 투하되는 바람에 메이가 가까스로 살아 나올 수 있었던 것과 같은 상황 말이야."

"맞아, 그럴 수 있어. 엔진의 결함 때문은 아니고?"

"그럴 거라고 추측하고 있어. 그 때문에 구조적인 압박이 가해 졌을 거라는 거지. 한 가지 희망을 걸어볼 만한 사실이 있다면 폭발 직전에 구조 요청이 전송되어 왔다는 거야."

"자동 전송된 걸 수도…."

"그게 아니라, 아니 그렇긴 한데, 그 안에 메이의 개인 메시지 가 포함되어 있었다는 거야."

라지가 긴장한 듯 잠시 말을 끊었다.

"도대체 어떤 메시지였다는 거야?"

"흥분하지 마."

"아, 정말 미치겠군…."

"흥분하지 않는다고 약속해."

"알았다고."

"메이가 보낸 메시지는 이렇게 쓰여 있었다네. '스티븐, 당신이 옳았어. 사랑해. 열여덟….'"

"오 하느님, 오 하느님, 세상에 어떻게…. 라지, 메이가 검사 를…. 메이는 임신을 한 거야."

스티븐은 울음을 터트렸고, 극도로 당황한 나머지 과호흡 증세 가 나타날 지경이었다.

그때 주머니에 있는 휴대폰이 진동했다.

"로버트야. 지금 여기 왔는데 나를 보자네."

스티븐이 전화를 열어 보더니 말했다.

스티븐과 라지는 서둘러 로버트의 사무실로 갔다. 로버트는 문 을 열어놓은 채 기다리고 있었다.

"라지, 밖에서 기다려줄 수 있을까?"

라지는 고개를 끄덕이면서 스티븐을 향해 격려의 눈빛을 보내려고 했으나 스티븐의 단호하게 굳어진 표정을 파고들 수 없다는 것을 느낄 수 있었다.

스티븐이 사무실로 들어가자 로버트가 그의 등 뒤로 문을 닫았다. 그러고는 스티븐을 향해 육중한 책상에서 멀리 떨어진 편안한 자리에 앉으라는 시늉을 했다.

"마실 거 줄까?"

"아니, 괜찮네."

스티븐이 대꾸했다.

로버트는 스티븐의 대답과 상관없이 위스키와 얼음을 그의 앞에 가져다 놓았다. 그러고는 잔 하나를 채운 다음 자기 잔에도 위스키를 따르고 나서 스티븐의 맞은편에 앉았다. 가지런히 다물고 있는 로버트의 얇은 입술이 마치 새로 생긴 수술 자국 같았다.

"스티븐, 우선 이런 일이 생겨서 몹시 유감이라는 말부터 해야겠네."

"정확히 무슨 일이 **일어난 거지**, 로버트? 벌써 몇 시간 째 그 이야기를 들으려고 기다렸어."

스티븐이 도발적인 어조로 대꾸했지만 로버트는 감정적으로 맞서지 않았다. 스티븐은 그래서 더 불안해졌다.

"폭발이 있었어."

그 말을 들으니 또다시 숨을 쉴 수가 없었다. 로버트가 무슨 말을 하려는지 알고 있었다. 로버트의 눈에서도 읽을 수 있었고 향수로 가려지지 않는 그의 땀 냄새로도 알 수 있었다.

"소리와 입자 파동에 근거해서 볼 때, 대규모 폭발이었던 것으로 추정돼. 지난 몇 시간 동안 분석하며 확인하는 중이었어. 이게 고

다드 심우주 망원경이 보내온 영상이야."

로버트가 컴퓨터 화면을 켰다. 일련의 섬네일이 나타났다.

"안 돼."

스티븐의 입에서 겨우 한 마디가 새어 나왔다.

"꼭 볼 필요는 없어."

로버트가 공감 어린 어조로 말했다.

"괜찮아."

"정말 괜찮겠나?"

스티븐은 고개를 끄덕이며 위스키를 반 잔쯤 들이켰다.

섬네일 하나가 확대되면서 화면을 채웠다. 적외선 이미지였다.

"열과 방사선이 응집되어 있어. 넓은 파편대야."

"분명히 호킹 2호란 말이지?"

스티븐이 물었다.

"의심의 여지가 없어. 그 지점에서 수억 킬로미터 반경에 다른
우주선이나 우주기지, 위성 또는 탐사선은 전혀 없으니까. 파편대
의 규모도 호킹의 크기와 일치하고."

스티븐은 남은 위스키를 마셨다. 술기운이 돌면 정신이 몸에서
분리되는 기이한 느낌이 가라앉을 수도 있겠다 싶었다. 그러나 목
구멍을 달구며 들어간 위스키는 잔뜩 긴장한 위장을 뒤집어서 결국
로버트 방의 휴지통에 구토를 하게 만들었다. 그리고는 한기가 밀
려왔다. 쇼크에 빠지는 것 같았다. 로버트가 자리에서 일어나 스티
븐을 부축해 다시 자리에 앉을 수 있도록 도와주었다.

"의사를 불러올게."

로버트가 걱정스레 말했다.

"아니, 괜찮아. 미안하게 됐네."

스티븐이 껄끄러운 듯 말했다.

"사과하지 않아도 돼. 내가 미안하지. 자네는 충분히 화낼 만해. 도저히 납득할 수 없는 일이 일어났으니까…."

스티븐은 다시 한번 나락으로 떨어지는 느낌이 들었다. 배가 사정없이 뒤틀리고 어지럼증이 도졌다.

"정말 괜찮겠나, 스티븐? 안색이 몹시 창백한데."

로버트가 컵에 물을 따라 주며 다시 물었다.

"괜찮아."

스티븐은 숨을 깊게 들이마신 후 물을 마셨다. 애써 마음을 진정시킨 다음 물었다.

"어떻게 그런?"

"우리도 아직 몰라. 엔지니어들 생각으로는 원자로의 오작동이 첫 번째 원인이었고 탐사선이 심하게 진동을 하면서 구조적으로 균열이 생겼을 수 있다더군. 일단 다시 전력이 공급되기 시작하면 균열이 서서히 확산되어 동체가 더 이상 고온을 견딜 수 없게 될 거라네."

"구조 요청은 어떻게 된 거고?"

스티븐이 멍한 상태로 물었다.

"응급 상황에서 자동적으로 전송된 거야. 기본 절차지."

순간적으로 날카로운 의구심이 스티븐의 뇌리에 스치면서 정신을 차렸다.

"그것뿐이라고? 메이에게선 아무런 메시지도 없고?"

"없는 것 같아. 기본적인 착륙선 식별 코드뿐이었어. 왜 구조 요청을 하는가에 대한 자세한 설명도 없었고. 승무원들이 임수 수행을 할 수 없는 상황에서 전송되도록 짜여 있는 절차야. 원한다면 보여줄 수 있는데."

가시 같던 의구심이 창날 같은 공포로 변하는 순간이었다. 비행팀에 있는 라지의 친구가 거짓 정보를 준 것이 아니라면 로버트는 그의 가지런히 정리된 입으로 거짓을 말하고 있었다. 하지만 어떻든 상관없었다. 이제 아무것도 중요하지 않았다.

"아니, 보지 않아도 될 것 같아."

스티븐은 어서 그 자리를 뜨고 싶다는 생각으로 말했다.

"앞으로 24시간 내에 대통령께 보고드리고 나서 발표할 거야."

로버트가 넥타이를 바로잡으며 말했다.

대통령을 언급하면서 자세를 취하는 로버트를 보면서 스티븐은 그 거들먹거리는 눈에서 생명이 빠져나갈 때까지 그의 넥타이를 조이고 싶다는 생각이 들었다.

"아참,"

로버트가 뭔가 생각났다는 듯이 말했다.

"최근에 메이에게 고인이 된 승객과 승무원들의 유가족에게 보낼 영상 메시지를 보내달라고 했었어. 아주 훌륭한 메시지를 보내왔더군. 들어볼래?"

스티븐은 고개를 끄덕였다. 메이의 음성을 마지막으로 한 번 더 듣는다는 것은 고통이겠지만 안 듣는다면 더 마음이 아플 것 같았다.

로버트가 자기 패드를 몇 번 탭하자 음성 파일이 재생되었다.

"호킹 2호 선장 메리엄 녹스입니다. 우리의 친구이자 동지였던 승무원과 승객의 유가족 여러분에게 깊은 조의를 표합니다. 훌륭한 인재들의 목숨을 그렇게 한꺼번에 앗아간 사건의 전말은 아직 밝혀지지 않았지만 선장으로서 이번 사건의 책임을 통감하고 있습니다. 이 재난의 슬픔은 제가 살아 있는 한 제 마음에 언제나 무겁게 남아 있을 것입니다…."

41

불이 났다. 수백 킬로미터 펼쳐진 어둠 속에 유일한 빛이다. 스티븐
은 하늘을 올려다보았다. 그러나 하늘은 없고 사방에 무(無)에서 무
(無)로 끝없이 이어지는 허공뿐이었다. 그리고 몹시 추웠다. 어린
스티븐이 그때까지 느껴보지 못한 냉혹한 추위였다. 짙은 녹색 파
카, 검은색 모자와 장갑은 모두 새것이었다. 사라 고모가 몇 시간 전
에 늦은 크리스마스 선물로 준 것이었다. 스티븐은 부모님과 함께
스토에서 매년 모이는 고모의 신년 파티에 갔었다. 사라 고모네 파
티는 식구들의 성격상 좀 거칠긴 하지만 늘 아주 신나고 재미있었
다. 고모 집은 타임캡슐 같았다. 장작을 때는 난로가 있고, 하나 같
이 진지한 표정을 한 선조들의 사진이 꽃무늬 벽지 위에 걸려 있는
박물관 같은 곳이었다. 스티븐은 그런 고모 집과 식구들이 좋았다.
스티븐이 너무 영리하다는 것 때문에 가끔 우려 섞인 잔소리를 하
기도 했는데, 자욱한 담배 연기와 집에서 기르는 허브로 만든 술 향
기를 피우며 웃고 떠들 때면 늘 스티븐을 '똑똑이'라는 별칭으로 불
렀다. 고모네 식구와 어울려 있으면 스티븐은 뭔가 안전하고 따뜻
한 것에 닿아 있는 느낌이 들었다. 고향집 같은 느낌이랄까.
　눈 쌓인 길가에 아버지의 서류가방을 깔고 앉은 스티븐은 더

이상 안전하다거나 따뜻하다고 느낄 수 없었다. 온몸을 오들오들 떨며 울고 있었지만 불 가까이 가서 몸을 덥힐 수 없었고 그렇게 하고 싶지도 않았다. 자동차 연료와 고무 타는 냄새가 났다. 달콤하고 끈적한 냄새도 섞여 있었다. 냄새의 정체를 식별할 수는 있었지만 차마 입 밖으로 낼 수는 없었다. 뒤틀어진 쇳덩어리 사이로 불길이 솟아올랐다. 차창에는 깨진 유리가 이빨처럼 남아 있었다. 모든 것이 검게 타서 사라 고모네 스토브 안에 있는 숯 같았다.

"우리와 함께 가는 게 좋겠다."

어떤 남자가 말했다.

스티븐은 듣지 못했다. 여전히 불 가까이는 가고 싶지 않았다.

"얘야, 내 말 들리니?"

"갈 수 없어요."

스티븐이 힘없이 중얼거렸다.

"가야 해. 여기 있다가는 얼어 죽을 거다."

"불 가까이는 갈 수 없어요. 안 갈래요."

"안 돼지. 불 가까이 갈 수는 없어."

어깨 위로 담요 하나가 던져졌다. 그 남자가 사람들에게 우연히 사고 현장을 지나게 됐다고 말했다. '사상자'라는 말을 했다. 자동차와 트럭. 길옆에 아이가 앉아 있었다고. 충격을 받은 것 같았다고. 그가 말을 하는 동안 스티븐은 배를 잡고 눈을 감았다. 다시 보고 싶지 않았다. 칠흑 같은 어둠, 갑작스러운 헤드라이트와 경적 소리, 백미러로 보이던 아버지의 놀란 눈. 뒷좌석에 앉아 있던 어머니가 스티븐을 감싸고 '숨 쉬지 마'라고 했던 것 같다. 차가 구르면서 무수한 유리 파편이 자동차의 불빛을 받으며 흩어졌다. 자동차는 뒤집어졌다가 옆으로 섰다가, 미끄러지고, 떨어졌다. 그리고 불이 붙었다. 스티븐은 뒷좌석 창문으로 빠져나와 눈 속을 기어 다니며 어머니와 아버지를 찾았다. 눈 위에 던져진 서류가방은 찾았는데 두 분의 모습은 보이지 않았다.

차 안에서 소리치는 두 분의 음성이 들렸다. 불 가까이 오지 마.

무전기 너머의 목소리가 남자에게 말했다. 45분. 폭풍이 점점 거세진다고도 했다. 눈이 내렸다. 찬바람을 타고 날리면서 얼굴과 목에 쌓이는 눈송이가 아프도록 시렸다. 남자가 스티븐의 팔을 잡아 일으켰다.

"사라 고모가 준 코트예요."

"내 트럭에 들어가 있자."

"여기 두고 나만 갈 수 없어요."

"누구를 두고 간단 말이냐?"

스티븐은 불이 나는 쪽을 바라보았다.

"두고 갈 수 없어요."

남자가 한숨을 쉬면서 스티븐의 등을 도닥여주었다.

"두고 가지 않을 거야."

42

"집에 데려다줄게."

라지가 말했다.

두 사람은 스티븐의 사무실에 있었다. 라지에게 로버트가 한 말을 전하고 나자 스티븐은 분노와 비통함을 더 이상 누를 수 없었다. 지푸라기라도 잡는 심정으로 라지에게 로버트가 메이의 구조 요청에 개인적인 메시지가 없었다고 했다는 말을 전했지만 라지는 스티븐만큼 충격적으로 받아들이지 않았다.

"방해 공작 이론은 어떻게 됐어?"

스티븐이 물었다.

"그게 뭐? 사실일 수도 있고 아닐 수도 있겠지. 어느 쪽이든 결과는 마찬가지잖아."

"그건 알아. 내가 하고 싶은 말은⋯."

"메이가 아직 살아 있을 수도 있다는 거지."

라지가 대신 마무리해주었다.

"너 한 번만 더 그러면 가만 안 둬."

"알았어. 이런 얘기 해봐야 결론은 안 나."

"그 얘기 하는 걸 왜 이렇게 꺼리는 거지?"

스티븐이 물었다.

"그냥 내 방식이야. 함부로 추측하는 건 자제하려는 거지. 내가 보기엔 너무 추상적이야. 믿음이 가지 않는다고. 뒷받침할 근거가 전혀 없잖아."

"끝까지 들어봐. 첫째, 메이는 폭발이 있기 전에 개인 메시지를 보냈어. 메이는 폭발이 일어날 걸 알았고, 메시지를 보낼 방법이 있었어. 그렇다면 착륙선을 타고 빠져나올 방법도 있었을 거야."

"그건 너무 심하게 넘겨짚는 거야, 정말."

"그럴지도 모르지. 하지만 불가능한 건 아니잖아. 그다음, 지금까지 생각하지 못한 건데, 로버트는 메이에게 유가족에게 보낼 진정성 있는 메시지를 녹음해서 보내라고 했어. 폭발이 있기 바로 전에 말이야."

"무슨 말인지 이해하지 못하겠는데."

"모든 일을 불운한 사고로 꾸미고 메이도 그 피해자 중 하나로 만들려고 했다는 거지. 메이에게 지휘권을 맡긴 건 로버트였잖아. 프로젝트가 엉망으로 틀어졌는데 메이 혼자 살아남는다면 로버트의 체면이 말이 아니겠지. 하지만 메이가 영웅적으로 순직한다면, 메이가 유족에게 보내는 메시지에서처럼 말이야, 노란 애도의 리본과 함께 모든 일이 훌륭하게 마무리되고 언론에서도 숭고한 희생으로 멋지게 다뤄줄 거란 말이지."

"네 말에 동의한다고 치자. 그럼 이제 어떻게 해야 하지? 탐사선은 더 이상 제구실을 못하고, 단지 파편 덩어리일 뿐인데. 착륙선으로 피신했다고 해도 고작 스물네 시간 더 벌었을 뿐이야. 그 후의 결과는 똑같고."

스티븐이 또다시 분통을 터트리기 시작했다.

"젠장, 미안해. 지금 너랑 말싸움을 한다는 게 어리석은 짓이지.

자, 가서 술이나 진탕 마시고 잠시 다 잊어버리자."

라지가 말했다.

"아니야. 그래봐야 상황만 더 악화될 뿐이야. 이 모든 추측이 허무맹랑하고 희망 사항에 불과할지도 몰라. 단순한 나의 느낌 외에 이를 뒷받침할 아무런 근거도 없어. 너도 날 알잖아. 예측이라는 걸 잘 하지 않는 사람이라는 거 말이야. 자네만큼 나도 함부로 예측하는 걸 싫어한다고. 단지 무엇보다도… 마지막으로 메이에게 하고 싶은 말이 있어. 메시지를 전송할 수 있는 방법이 있을까? 허공으로 날아가고 만다고 해도 좋아. 네가 날 도와줄 수 있을까?"

스티븐은 재빨리 눈물을 닦으려는 라지를 흘끗 쳐다보고는 말했다. 감정을 가라앉히고 차분한 어조였다.

"네가 그 말을 꺼낸 후로 내가 왜 도와줄 방법을 궁리해보지 않았겠어. 하지만 가능한 방법이 없어. 탐사선이나 착륙선으로 무선통신을 보낼 수도 없어. 관제센터에서나 가능한데, 거긴 내가 친한 사람이 없어. 그 외에 내가 생각할 수 있는 한도 내에서는 우리가 이용할 수 있는 전송 수단이 없더라고."

"내 연구 패치는 어떨까? 나사에서 내가 실험 작업을 모니터할 수 있도록 코드화된 데이터 전송 채널을 지정해주었거든. 글렌이 그러는데 그 채널이 아직 살아 있다는 거야. 로버트가 호킹 2호가 무사 귀환하지 못할 경우에 대비해서 내 연구 데이터를 모두 다 운로드하라고 시켰다는군. 착륙선마다 우리 데이터 터미널이 있거든."

"좋아, 흥미로운 사실이군. 그런데 우리가 전송을 한다고 해도 메이가 그걸 어떻게 알 수 있을까?"

"시스템으로 소음을 만들어낼 수 있어. 이상 작동을 하는 거지. 그런 다음 명령 라인을 작동하는 거야. 메이에게 메시지를 보내는 거지. 메이는 시스템을 확인하러 갈 테고, 그러면 전송된 메시지를 보게 될 거야."

"괜찮은 생각이군. 시스템을 사용할 수 있다 이거지. 그럼 지금 하는 게 좋아. 로버트가 그마저 완전히 차단하기 전에 말이지."

43

"내부 전력 위험 수준입니다. 내비게이션 위험 수준입니다. 추진 실패…."

화물운송용 비행 컴퓨터가 허공으로 곤두박질치면서 웅얼거렸다. 죽음의 소용돌이에 말려든 망가진 제트 전투기처럼. 한쪽 날개는 떨어져 나가고 다른 하나는 격납고 대형으로 남아 있었지만 동체 옆으로 접혀 올라가 있었다. 착륙 지지대는 부분적으로 찢어져 뒤틀리며 매달려 있었다. 엔진 노즐에서는 이따금씩 흰 연기와 불꽃이 피어올랐다.

메이는 우주복에서 울리는 경보음에 정신이 번쩍 들었다. 헬멧 화면에는 생명유지장치의 배터리가 소진되어간다는 경고가 떴다. 메이는 몇 분이 지난 후에야 자기가 화물운송장치 안에 있다는 사실을 상기할 수 있었다. 앞쪽에 위치한 작고 간단한 비행갑판에는 우주공간과 대기권 비행에 필요한 장치가 설비되어 있었다. 선체의 대부분은 화물을 싣기 위한 90제곱미터 정도의 공간으로 착륙팀의 연구와 스티븐의 나노스피어를 배치하는 데 필요한 무거운 장비들을 실을 수 있도록 설계되어 있었다. 선체의 뒷부분에는 거대한 고체 연료 로켓이 장착되어 있었다. 이 로켓은 20톤 정도의 장비를 실고 호킹 2호와 유로파를 오갈 수 있다. 대기권 비행 시에는 접이식 날개가 23미터 길이로 펼쳐진다. 선내 등이 점점 흐려졌다. 메이는 화물 지지대를 잡은 채 창밖으로 휙휙 지나가는 별을 바라보고 있었다.

"젠장. 이브, 내 말 들려? 무슨 말이든 해봐."

메이가 힘껏 외쳤지만 아무 응답도 없었다. 헬멧 화면을 보니 호킹 2호와 전혀 연결되어 있지 않은 듯했다.

"이브, 내 말 들리나?"

메이는 흐려지는 헤드램프를 등대 삼아 브리지로 갔다. 비행 컴퓨터는 여전히 운송선의 오작동에 대한 경고 메시지를 웅얼거리고 있었다.

"비행 컴퓨터, 닥쳐."

"인시힐 수 없는 명령입니다."

"경보를 끄라고."

경보가 멈추자 메이는 드디어 차분히 생각할 수 있었다. 조종석 안전벨트를 채우고 수동조종장치를 이것저것 손보고 나자 운송선의 내부 전력 시스템이 조금 더 원활하게 작동하기 시작했다. 실내등이 들어왔고, 넓은 터치스크린 비행조종장치도 작동되었다. 생명유지장치는 정상작동하는 것으로 나타났고, 우주복은 기능이 멈추기 직전이었다. 메이는 헬멧을 벗었다. 공기는 있었지만 몹시 추워서 코에서 나오는 김이 바로 얼어버릴 정도였다.

메이는 심하게 기침을 하면서 헬멧을 다시 썼다. 저체온증을 피하기 위해 잠그지는 않고 보온용으로 쓴 것이었다. 우주복 보관함에 여분의 배터리가 있었다. 메이는 아직 쓸 만한 것을 찾아서 우주복에 끼워져 있는 소진된 것과 바꿨다. 그러자 내부 온도를 확인해서 자동으로 보온 시스템이 작동하기 시작했다. 메이는 다시 헬멧을 활동복에 장착시키고 뒤로 기대앉았다. 몸이 녹으면서 호흡에 필요한 충분한 산소가 공급되었다. 마침내 메이는 온전히 집중해서 자신이 처한 상황을 돌아볼 수 있었다.

"비행 컴퓨터, 내부 전력 현황을 알고 싶은데."

"용량의 12퍼센트 남았습니다."

"생명유지장치는 얼마나 정상가동될 수 있지?"

"7시간 35분입니다."

"좋은 숫자야. 추진력은 어떤가?"

"용량의 0퍼센트입니다."

"엔진이 멈췄단 말이야? 완전히?"

"엔진 1호, 100퍼센트 기능 불가. 엔진 2호, 데이터를 읽을 수 없습니다."

메이는 후방 카메라를 켰다. 엔진 2호는 틀에서 뜯겨 나가 있었다. 운송선이 파손되지 않은 것이 기적이었다.

"엔진 1호 수리에 필요한 사항은?"

"고압 연료 터보 펌프 교체, 고압 산화제 터보 펌프 교체, 주 연소실 교체…."

"그냥 엔진 전체를 교체하라고 하지 그래."

"우주 도크로 돌아가는 것이 좋겠습니다."

"됐어."

메이는 외부 추진기 작동제어장치를 찾아 운송선을 정상 운항할 수 있게 했다.

"생명유지장치의 제한 시간 중 한 시간을 잃은 셈이지만 그래도 내 생의 마지막을 죽어가는 고등어처럼 마무리하고 싶지는 않아. 염려해줘서 고맙긴 하지만."

메이는 별을 내다보며 쓸쓸히 한숨을 쉬었다. 아랫배가 뜨끔하더니 잠깐 속이 메스꺼웠다. 메이는 반사적으로 아랫배를 감쌌다. 약간 뭉친 듯했던 부분이 봉긋해져 있었고 좀 더 단단해진 느낌이었다. 그 안에 들었을 아주 작은 사람을 상상해보았다. 배에 귀를 바짝 대고 메이가 하는 말 한 마디 한 마디에 귀를 기울이고 있을 것 같았다.

"안녕…. 좋은 이름을 지어주지 못해서 그냥 아가라고 부를게. 우리의 이 난감한 처지에 대해 하고 싶은 말은 없니? 너의 두 푼짜리 의견 같은 거? 아니, 너의 크기와 경험을 생각하면 한 푼짜리라고 해야 하나?"

배 속에 자라는 작은 생명의 존재가 예리하게 파고들기 시작하는 고독의 칼날을 조금은 무디게 하는 것 같았다. 어머니가 홀로 돌아가셨을 때 느꼈던 애통함을 상기하면서, 메이는 자신은 적어도 어머니처럼 혼자서 운명의 시간을 맞이하지는 않을 것이라는 사실에 약간의 위로를 받았다. 비록 그 작은 동반자가 배 한 알 크기밖에 되지 않는다 해도.

"내가 어른이니까, 뭐 그래 봐야 별수가 있는 건 아니지만, 우리가 처한 곤혹스러운 상황을 너에게 알려줘야 할 것 같구나. 이 고물 우주선이 곧 쓸모없어질 거라고만 말해둘게. 네 아버지를 기리는 의미에서 몇 가지 미국적인 것들을 알아두는 것도 좋을 거야. 용감한 기사가 우주선을 타고 우리를 구하러 올 가능성 같은 건 전혀 없거든. 여기까지만 들어도 벌써 그런 분위기를 느꼈겠지만, 우린 죽게 될 거야. 약 6시간 뒤에."

메이가 눈물을 삼키며 말을 이었다.

"미안하다. 너에게 삶의 기회를 주지 못해서. 서로를 알아갈 시간조차 갖지 못했구나. 그러니 너무 감상에 젖어 너나 나를 곤란하게 만들지는 않는 게 좋겠지. 그런데 때로는 그게 뜻대로 잘 안 된다는 거 아니? 내 어머니는 나의 그런 면을 고쳐주려고 무진 애를 쓰셨어. 감성적인 면을 완전히 죽이기보다는 되도록 그렇게 되지 않도록 가르치셨다는 뜻이야. 나의 감성적인 면이 늘 아버지를 닮아서 그렇다고 생각했어. 왜냐하면 가끔 아버지가 이른 아침에 내 침대 끝에 앉아서 자는 나를 들여다보고 머리를 쓰다듬으며 눈물을 보이던 걸 기억하거든. 많이 우셨다는 건 아니고. 아버지는 전투기 조종사였기 때문에 마음이 강하고 냉철해야 했으니까. 하지만 가끔 우리 곁에 돌아오지 못할 수도 있다는 사실을 걱정하셨던 것 같아. 그리고 정말로 어느 날 돌아오지 않으셨지."

　아버지가 돌아가시던 날의 기억을 생각보다 편안하게 떠올릴 수 있었다. 원래 메이의 방은 노란색 벽지로 도배되어 있었다. 메이는 노란색을 좋아했다. 레이스가 달린 침대와 베개 커버도. 그러나 어머니가 그것들을 몹시 못마땅해했으므로 아버지가 흰색 바탕에 샴페인색의 어치가 날아다니는 벽지로 바꿔주었다. 메이는 하나의 목적에 집중하고 있는 듯한 어치의 당당한 모습이 좋았다. 회색빛 구름이 덮혀 방 안이 어두운 이른 아침이어서 아버지의 얼굴을 자세히 볼 수는 없었다. 하지만 아버지가 메이의 머리를 쓰다듬고 나서 작별 인사를 하려고 고개를 숙일 때, 아버지의 한쪽 눈에 흐르던 눈물이 뺨에 떨어지는 것을 느꼈다. 아버지는 언제나처럼 사랑한다고 속삭여준 다음 발꿈치를 들고 조용히 밖으로 나갔었다.

　"네가 너의 아버지를 만나지 못할 것이라는 사실이 마음 아파. 아주 영리한 사람이란다. 과학자야. 새로운 세상을 만들겠다는 포부를 가지고 있었지. 마법사처럼 양손을 쳐들어 태양을 만들고, 바다를 만들고, 하늘까지 만들겠다는. 미친 것 같지 않니? 마법 같은 소리지. 정말 그랬어. 그리고 해냈단다. 그의 이름은 스티븐 녹스란다. 사람들은 녹스 박사라고 부르지. 정말 똑똑한 사람이야. 아무튼 네게 아버지를 만날 수 있는 기회를 주지 못해 미안하다. 네가 좋다면 네 아버지도 네 방을 노란색으로 꾸며줬을 거야."

다시 배가 아파오기 시작했다. 이번에는 좀 더 심했다.

"그러지 않으면 안 되겠니, 아가야? 정말 힘들구나. 마치 어렸을 때 제일 먼저 일어났을 때의 느낌 같아. 너무 배가 고파서… 음, 맞아. 짜증을 냈었던 것 같아. 집착하려는 건 아니지만, 누구든 최후의 식사는 좀 제대로 해야 하잖아. 그래도 너무 큰 기대는 하지 마라. 이 안에 먹을 게 있기만 해도 행운인 거니까 말이야."

메이는 조종석 안전벨트를 풀고 운송선의 공간을 오가며 식량 보관함을 찾아보았다. 화물운송선에 탄 것은 처음이어서 어디를 보아야 할지 알 수 없었다. 비행갑판을 돌아가니 물주머니와 영양팩이 있었지만, 메이는 좀 더 음식다운 것을 찾아보기로 했다. 메이는 화물 보궤대를 유영해 다니면서 보관함들을 모두 살펴보았다. 그러는 중에 뒤쪽에서 희미한 기계 소리가 들렸다. 소리를 따라가 보니 그 출처를 발견할 수 있었다. 폴리에틸렌 커버 밑에 장비가 하나 보였다. 소리만 내는 게 아니라 깜박거리며 빛을 발산하고 있었는데, 그때마다 불투명한 커버가 훤히 밝아졌다.

"이건 안 되지. 이게 뭐든 간에 우리의 소중한 전력을 소모하게 둘 수는 없어."

메이는 바닥으로 내려가서 커버를 벗겼다.

44

"일어나."

라지가 큰 소리로 스티븐을 깨웠다.

스티븐은 어둡고 창문도 없는 라지의 사무실 소파에서 자고 있었다. 동굴 같은 사무실에는 폐허에서 가져온 듯한 가구들이 놓여 있었고 디귿자형 책상 위에는 환하게 불 켜진 컴퓨터 모니터들이 공간의 반 이상을 차지하고 있었다. 라지는 마약쟁이들의 지하 은신처에서 작업 중인 해커 같은 눈초리로 스크린을 뚫어져라 들여다보고 있었다.

"뭔데?"

스티븐이 벌떡 일어나 앉으며 물었다. 그러고는 자기가 어디서 자고 있었는지 알아내기 위해 사방을 두리번거렸다.

"이리 와서 이것 좀 봐."

스티븐은 소파에서 일어나 바닥에 늘어진 잡동사니가 걸리적거릴 때마다 투덜대며 다가갔다.

"뭘 보라는 거야?"

그리고 스크린을 들여다보았다.

당신 메시지 받았어, 여전히 짓궂네. 그래도 듣기 좋았어.

"우와, 됐어!"

스티븐이 라지를 껴안으며 외쳤다. 어찌나 세게 끌어안았는지 라지가 앉아 있던 의자에서 거의 떨어질 정도였다.

"내가 메이는 살아 있을 거라고 했잖아."

라지가 환한 웃음을 지으며 말했다.

"아, 됐어!"

"벌써 말했잖아."

"무슨 말을 해야 할지 모르겠어."

스티븐이 흥분을 감추지 못하며 말했다.

"이제 됐어!"

"안 좋은 소식도 있어."

"그렇겠지, 나도 알아. 우리가…."

스티븐이 소리를 낮추며 말했다.

라지가 입술 위에 손가락을 갖다 댔다. 그러고는 기계 부품과 기이한 장치들이 잔뜩 늘어져 있는 다른 책상으로 가서 그중 하나의 전원을 켰다. 그러자 잠수함에서 나오는 파동 같기도 한, 그러나 고음의 파동 소리가 났다. 라지는 다시 스티븐 옆으로 와서 말했다.

"좋아, 이제 말해. 소리를 낮추고."

"저 흉측한 물건은 뭐지?"

"중력파 소리 증폭기야. 우주공간에서 음파를 전송하기 위한 장치. 내가 만든 건데 청취기기에 대한 피드백을 얻는 데도 유용하게 쓰여."

"그래서, 방해 공작 이론에 동의한다는 뜻인가? 충분한 증거가 있다고?"

"그것도 분개할 일이기는 하지만 내가 말하는 건 그게 아니야. 물론 그것도 안 좋은 소식이긴 하지만 최악은 아니라는 거지."

"그보다 더 안 좋은 소식이 뭔데? 우리의 맹랑한 리더는 거짓말이나 하고, 게다가 냉혈한 살인마일 수도 있는데 말이야. 이제 더이상⋯."

"메이는 화물운송선에 있어. 네 연구를 위한 '열여덟 바퀴' 말이야. 메이는 그래서 처음 보낸 구조 요청 메시지 끝에 열여덟이라는 말을 한 거야."

"그럼 우리가 작동시킨 나노스피어 발전기를 봤겠군."

"그렇지. 운송선의 상태를 보내왔어. 자, 봐."

라지가 화면에 영상을 띄우자 스티븐은 가슴이 철렁 내려앉았다.

"어쩌다 이렇게까지 파손된 거야? 폭발 때문에?"

"아니. 메이가 격납고에 있을 때 비상 배기 기능이 작동되었어. 격납고 문이 떨어져 나갔고, 그 바람에 탐사선의 일부가 함께 쪼개져 나간 거야. 메이는 화물운송선으로 피신했고, 운송선을 포함해서 다른 착륙선들도 우주공간으로 빨려 나온 거지. 메이는 그 때문에 운송선이 파손된 거라고 생각하고 있어."

스티븐은 완전히 맥이 빠져서 소파 등받이에 기대앉았다.

"그러니까 이제 메이는 죽은 목숨인 거군. 메이도 그리고⋯."

"정말 유감이네."

"얼마나 된 거지?"

"메시지가 여기까지 전송되는 데 한 시간 걸리고, 메이가 메시지를 보낼 때 여섯 시간 남았다고 했어."

"이럴 수는 없어, 라지. 우리가 메이를 찾아냈어. 우리가 해냈다고. 저들이 메이를 감쪽같이 없애버리려고 했지만 우리가 그렇게 하도록 놔두지 않았어. 그렇게 놔둘 수 없잖아."

스티븐이 분개하며 말했다.

"선택의 여지가 없어, 스티븐."

"아니. 로버트에게 가겠어. 가서 해결하라고 할 거야. 그러지 않으면 죽여버리겠어."

"로버트도 해결할 수 없어. 네가 그의 머리통에 총을 겨눈다고 해도. 아무도 해결할 수 없어. 이건 냉혹한 현실이야. 답은 하나야."

"그럴 수 없어…. 믿을 수 없다고."

라지는 스티븐을 더 이상 격분시키고 싶지 않았기 때문에 더 이상 아무 말도 하지 않았다.

"믿어야 해, 알잖아. 여기 앉아서 메이와 얘기를 나누라고. 남은 시간… 메이 곁에 있어줘. 나는 나가 있을게…."

스티븐은 고개를 끄덕이고 라지 옆에 앉아 스크린에 적힌 메이의 메시지를 읽었다. 마치 자살 노트를 쓴 것 같았다. 모든 것이 그녀를 목표물로 놓고 한꺼번에 공격해온 것 같았다. 사력을 다해 하나의 무덤을 헤쳐 나오니 또 다른 무덤이 기다리는 격이었다. 잔인하기 이를 데 없는 농담처럼. 스티븐이 납득할 수 없는 이유는 바로 그 점이었다. 메이가 언젠가 말했었다. 아무리 힘든 상황이라도 이겨내고 나면 좋은 시간이 온다고. 불운만이 기다리는 인생은 없다고. 그런데 지금 스티븐의 눈앞에 벌어지는 현실은 그와 정반대의 운명도 있음을 확인시켜주려는 것 같았다. 스티븐은 받아들일 수 없었다. 스티븐의 첫 물리학 교수가 대립의 법칙을 가르쳐주었다. 존재하는 모든 것은 대립물의 조합 또는 일체로 이루어진다.

빛이 없으면 어둠도 없다.

"빛 말이야."

스티븐이 말했다.

"내가 말했잖아. 저 형광등 불빛이 눈을 피로하게 한다고."

"아니, 태양 빛 말이야. 나노스피어. 수천만 개의 지능기기에 태양 빛이 필요해."

"대박."

라지의 눈빛이 밝아졌다.

"태양열 돛을 이용해서 항해를 한단 말이야?"

스티븐이 고개를 끄덕였다.

"무한대의 전력을 공급받는 거야. 어둠 속에서도 말이야."

"메이에게 그 계획을 알려줘. 그리고 우리는 벌써 착수했다고."

라지가 흥분으로 들떠서 말했다.

"그래야 희망을 놓지 않을 거 아냐. 네가 항해할 방법을 궁리해내고 메이가 그것을 실행하도록 인도해주는 동안 음, 또 다른 문제긴 하지만, 메이는 운송선 전력을 이용해서 우주복의 생명유지장치 작동 시간을 연장해놓아야 할 거야. 두려운 일이긴 하지만 해야 해. 네가 그 일을 하는 동안 나는 돛을 화물운송선의 내부 전력에 연결할 방법을 생각해볼게. 그러면 생명유지장치의 작동 시간을 충분히 연장할 수 있을 거야. 그리고 맞아, 반드시 제대로 부착해야 해…. 잠깐, 메이가 잘못된 방향으로 가고 있어. 태양 쪽으로…."

"나노기기의 각도를 조정할 수 있어. 그러니까 기존 태양열 항해와는 다를 거야. 메이를 화성 방향으로 보내야 한다는 점을 기억해야 해. 정확히 말해서 호킹 2호의 화성 궤도. 메이의 항해와 관련해서 화성의 공전 궤도를 계산할 수 있다면, 내가 돛의 각도를 앞뒤로 계속 조정하면서 끌어당기고 가속도를 붙여줄 수 있어. 그리고 메이의 속도를 어느 정도까지 통제할 수 있어. 결과적으로 익숙한 범선 조정과 같은 셈이지. 내게 아주 익숙한 일이야."

"말 한번 섹시하게 하는군."

라지가 시계를 보며 대꾸했다.

"좋아, 운송선의 내부 전력이 소진되기까지의 시간, 통신 전송 시간, 그 외에 머릿속에 있는 생각을 말로 지어내는 데 필요한 시간 등을 고려할 때 우리가 이 모든 일을 처리할 수 있는 시간은… 15분 정도야. 아, 그리고 메이에게 로버트에 대해 말해주고, 나사 인간 누구도 믿지 말라고 해. 지금 이 순간부터 **우리가** 관제센터야."

45

메이는 우주복에 남은 전력을 확인했다. 스티븐의 나노기기를 배치하기 위해 외부로 나가느라 소중한 내부 전력의 일부를 소모하고, 이제 한 시간 남았다. 네 대의 나노스피어 발전기가 있었는데 그중 두 대가 필요했다. 다행히도 모두 충분히 충전된 상태였고 기기에 수집된 태양열 적외선을 이용해서 지속적으로 재충전할 수 있도록 설계되어 있었다. 메이는 이들을 운송선 앞부분, 조종칸 양옆에 하나씩 부착해서 두 개의 커다란 돛을 만들어야 했다. 데이터 전송에 시간이 걸리기 때문에 스티븐은 미리 프로그램된 원격 측정 정보를 발전기로 보내 운송선의 비행 궤도를 조정해서 화성으로 가는 **호킹 2호**의 경로와 만나게 해야 했다.

태양과 **호킹 2호**의 예측 위치에 화성의 공전 궤도를 계산해 넣어야 하는 머리가 빙빙 돌 정도로 복잡한 일이었다. **호킹 2호**가 여전히 건재한가를 확인할 수 있는 유일한 방법은 라지가 탐지한 열 신호가 탐사선의 엔진에서 발생되는 것으로 추정할 수 있는 근거에 일치한다는 사실뿐이었다. 메이는 이런 상황을 어둠 속에서 방귀의 흔적으로 사람을 찾는 것과 같다고 했다. 더구나 나노스피어를 이용하기로 한 것은 무엇보다 합당한 결정이었지만, 그 기기가 돛으로 사용된 적은 한 번도 없었다. 메이는 끝없이 이어지는 '만약에'라는 가정은 생각하지 않기로 했다. 그것은 실패로 이어지는 나약한 사고방식이니까. 그 대신 남은 2.73시간을 생각하고, 그 시간을 어떻게 하면 멋지게 사용할까에 집중하기로 했다.

"안녕, 아가야."

메이가 배를 다독이며 말했다.

"준비됐니? 밖에 나가서 토하게 하지만 마라, 알았지? 너를 배 속에 넣어 데리고 다녀주는 것에 대한 보답으로 그 정도는 해줄 수 있으리라 믿어."

화물운송선은 선외활동을 위한 장치는 되어 있지 않았기 때문에 준비하는 과정이 쉽지 않았다. 발전기를 운송선 밖에 배치하기 위해 베이 문을 열어야 했으므로 조종칸을 봉인하고 화물칸에서 서서히 공기를 뺐다. 기압이 우주공간과 같아지자 메이는 비상볼트를 풀고 화물칸 문을 열었다.

호킹 2호와 달리 화물운송선에는 외부 등이 몇 개 밖에 달려 있지 않았기 때문에 상당히 어두운 상태에서 작업을 해야 했다. 바닥에서 나노 발전기를 뜯어내서 하나씩 운송선 외벽 위로 옮겨가야 했다. 나노 발전기는 거대한 소화기처럼 생겼는데 이리저리 움직이기가 쉽지 않았다. 더구나 무중력 상태였으니. 헬멧 스크린으로 보내주는 스티븐의 상세한 설명을 따라 조종칸 양옆에 있는 도킹 판에 고정시켰다. 도킹 판은 자동차 골격처럼 보였다. 중력을 받는 상태에서 크레인으로 운송선을 들어올리기 위해서는 가장 단단한 부착점이었다. 발전기가 제대로 부착되었는지 확인하고 나서 메이는 전원을 켰다. 곧 나노기기가 틀 안에서 움직이기 시작하면서 큰 소리로 윙윙거리다가 가슴을 울리는 낮은 울림으로 변했다. 스티븐이 알려준 명령을 발전기에 입력하고 나니 이제 남은 일은 기기를 작동하는 일뿐이었다.

"자, 이제 이 기기들이 우리를 천국으로 보내거나 집으로 데려다주거나 둘 중 하나를 할 거야."

메이는 첫 번째 발전기 앞에 무릎을 꿇고 안전대를 꼭 잡았다. 그리고 발전기를 켰다. 다음에는 두 번째 발전기로 가서 똑같이 했다. 낮은 울림이 다시 윙윙거리는 소리로 변했는데 전보다 열 배는 더 커진 것 같았다. 메이는 천천히 뒤로 물러나서 우주복에 달린 구속 케이블을 운송선에 묶었다. 눈이 부시게 번쩍이는 빛과 함께 발전기에서 나노기기들이 구름 떼처럼 쏟아져 나왔다. 처음에는 운송선이 무작위로 날아다니기 시작해서, 메이는 영원히 우주공간을 떠돌게 되는 건 아닌가 두려웠다. 하지만 잠시 후 새 떼처럼 가지런히 제자리를 찾아 조화롭게 항해하기 시작했다. 풋볼 경기장의 반 정도 되는 크기의 정사각형 돛 두 개가 제자리를 찾은 듯 펼쳐진 채로 항해하는 모습을 바라보려니 경이롭기까지 했다. 항해를 시작한 지 1분도 채 되기 전에 운송선이 정상 속도에 오르는 것 같았다.

"자, 모두 여기를 보라! 우리가 항해를 시작했다. 훌륭해, 녹스 박사. 아주 훌륭해."

메이가 승리감에 젖어 외쳤다.

메이는 운송선의 충전기 케이블을 끄집어냈다. 원래는 호킹 2호에 연결해서 전력을 뽑아내는 것인데 이것을 발전기에 연결했다. 그런 다음 화물칸으로 돌아와 운송선의 전력 상태를 확인했더니 상승해 있었다.

화물칸 문을 닫고 기압을 채운 다음, 메이는 스티븐과 라지에게 태양열 돛 배치를 완수했음을 확인하는 메시지를 보냈다. 그런 다음 다시 조종석에 앉아 안전벨트를 채웠다. 현 시점에서 중요한 임무는 스티븐의 비행 프로그램과 화물운송선의 궤도 운항 추진엔진을 함께 이용해서 운송선을 호킹 2호와 만나게 하는 것이었다. 우선은 운송선 내부 전력이 좀 더 채워질 때까지 기다려야 했다. 메이는 조종석 전망창을 통해 두 개의 돛이 태양이 있는 각도로 돌아가며 가속을 위한 에너지를 모으는 모습을 바라보았다. 범선에 달린 돛처럼 우아하게 펄럭일 때마다 운송선이 양옆으로 조금씩 흔들거렸다.

46

"여기에 영원히 누워 있었으면 좋겠다."

스티븐이 11미터짜리 쌍동선을 운전해서 위스테리아섬 서쪽 해안을 도는 동안 메이는 동체 앞쪽에 누워 있었다. 시원한 남풍이 태양의 열기를 식혀주는 전형적인 가을 날씨였다. 메이는 아무 생각 없이 머리 위로 빠르게 흐르는 회색 구름을 바라보고 있었다. 태양을 지날 때 구름의 가장자리가 은색으로 빛났다.

"아이스티 한 잔만 더 가져다줄래요? 민트잎도 넣어서."

"잠깐, 이건 내 생일 선물인줄 알았는데. 내가 일광욕을 즐기는 동안 **당신**이 내게 아이스티를 가져다줘야 하는 거 아닌가?"

스티븐이 땀을 흘리며 조종키 뒤에 선 채 말했다.

메이가 일어나서 장난기 어린 표정으로 선글라스를 내리고 스티븐을 쳐다보았다.

"그렇지만 당신이 배타기를 즐기는 거 아니었어?"

메이가 입가에 웃음을 지으며 말했다.

"아무튼 당신은 재미있는 사람이야."

"당신이 원한다면 내가 배를 운전할 수도 있어."

"운전한다고? 됐어. 혹시 쿠바로 가게 될 경우 배에 충분한 식량이 없거든."

메이는 다시 누워서 기대에 찬 눈빛을 보내며 유리잔에 든 얼음을 흔들었다. 그리고 큰 소리로 웃으며 말했다.

"생일 축하해."

스티븐의 서른네 번째 생일을 축하하기 위해 연휴에 키웨스트에 가기로 한 것은 메이의 아이디어였다. 이틀 전에 도착해서 자동차를 빌려 화이트헤드까지 내려갔다. 메이는 두 개의 기이한 모양을 한 조가비집 앞에 차를 세웠다. 베란다가 두 개나 되는 집은 바다의 전경을 배경으로 서 있었다.

"짜잔! 어때?"

메이가 말했다.

차에서 내린 스티븐은 믿을 수 없다는 듯 눈을 둥그렇게 떴다.

"하느님 맙소사! 나는 하느님을 믿지 않아서 이런 말 잘 안하는데, 이건 정말 하느님 맙소사군."

"좋아?"

메이가 약간 멋쩍은 듯 물었다.

"여긴 어떻게 알아냈어?"

"우리가 세 번째 데이트 할 땐가 당신이 말했잖아. 포도주 농장 투어 갔을 때 말이야. 메를로 와인에 약간 취해서 옛날 얘기를 하던 중이었을 거야."

"정말 잘 생각했다."

스티븐이 다른 곳에 정신을 빼앗긴 채 말했다.

그리고는 현관 베란다로 올라가서 감회에 젖어들었다. 부모님이 돌아가시기 전 겨울에 함께 이 바닷가 별장에 왔었다. 그때 부모님과 함께 앉아 있곤 했던 옥외용 안락의자 옆에 낡은 망원경이 세워져 있었다.

스티븐은 모자를 벗고 망원경으로 바다를 바라보았다.

"여기서 보트를 관찰하곤 했어. 지나가는 배를 일지에 기록하기도 했지."

"라지가 준 선물이야. 라지와 몇몇 괴짜만 아는 뒷거래 웹인지 해적 웹인지, 아무튼 뭐 그런 데를 뒤져서 찾은 거라고 생색내더라고. 해변의 여인들을 훔쳐보는 데 유용할 수도 있다면서 말이야."

"정든 옛 친구 라지. 천재긴 하지만 약간 때 묻은 내 단짝 친구야."

두 사람은 의자에 앉아서 바닷물을 바라보았다. 해가 수평선을 넘어가면서 일렁이는 파도에 찬란한 빛을 뿌렸다. 소금과 세월로 거칠어진 베란다의 나무 바닥을 맨발로 밟고 서 있으려니 메이는 자칫 너무 빨리 걷다가는 가시가 박힐 수도 있겠다는 생각이 들었다.

"이곳의 냄새가 옛날을 생각나게 하는군."

스티븐의 눈가에 눈물이 맺혔다.

"어렸을 때 오후가 되면 아버지와 7미터짜리 쾌속정을 타고 흰 물결을 가르며 달리곤 했어. 바람이 잠잠할 때는 낚시도 하고. 저녁 때가 되어 집으로 돌아오면 어머니는 언제나 베란다에서 책을 읽고 계셨어. 공기에 온통 꽃향기가 배어 있었는데. 우리는 거의 매일 밤 바닷바람을 쐬며 나와 있었지. 바람은 모래밭을 건너 정원을 지나 이 베란다까지 불어왔어. 하루 종일 덥다가 저녁이 되면 선뜻하게 춥기까지 했으니까."

"무척 행복했던 추억인가 보다."

메이가 스티븐의 손을 잡은 채 말했다.

"이곳은 그러니까… 내 어린 시절인 셈이야."

"그러니까 내가 잘한 건가?"

"아주 잘했어."

스티븐이 메이를 끌어당겨 키스를 했다. 그러고는 실내를 둘러보러 들어갔다.

"그럼 난 가방 가지고 올게, 피터 팬."

스티븐의 돌발 행동에 기분이 좋아진 메이는 이렇게 말하고 큰소리로 웃었다.

메이가 가방을 가지고 들어오니 스티븐은 모든 것이 새롭다는 듯 사방을 찬찬히 둘러보고 있었다.

"하나도 변하지 않았어. 타임캡슐처럼."

메이도 한순간에 그곳이 좋아졌다. 희미한 빛줄기가 드리워진 흰색 얇은 커튼이 바람에 날리며 회색 창틀과 납땜한 유리에 스쳤다. 긴 세월을 지나면서 여기저기 긁히고 탄 자국이 있는 얇은 참나무 바닥에는 색과 무늬가 바랜 낡고 헤진 카펫이 깔려 있었다. 벽은 흰색과 푸른색 테두리로 깔끔하게 새로 칠해져 있었다.

전등, 수돗물, 낡은 조리용 스토브가 편의 시설의 전부였다. 전화가 올 일도, 화면을 들여다볼 일도, 사방에서 보이지 않게 쏟아져 들어오는 데이터도 없었다. 두 사람 모두 처음에는 갑자기 고요해진 환경이 낯설었지만 곧 적응이 되어 평화롭게 느껴졌다. 그날 밤 두 사람은 달빛이 내리는 해변을 걸었다.

"최고의 생일 선물이야."

스티븐이 말했다.

"정말? 경주용 오토바이를 받았을 때보다?"

"와, 당신 정말 내 말을 귀담아 들었구나. 소소한 것까지 기억해주고."

"음, 그럼. 나는 당신 아내니까 당신의 지루한 이야기도 들어주고 재미없는 농담에 웃어도 줘야지. 그게 내 의무잖아."

"남편으로서 내 의무가 당신 이야기에 무심한 것처럼 말이지."

"바로 그거야. 우리 아주 훌륭하게 오래된 부부의 모습을 닮아가고 있어. 우리가 늘 꿈꿔왔던 그대로."

"우리 둘 다 내가 아는 사람 중에 제일 괴짜야."

스티븐이 웃으며 말했다.

"두말하면 잔소리지. 그런 김에 말인데, 당신이 밤에 부모님 잠드신 동안 몰래 빠져나와서 낚시하던 부두는 어디야?"

"원 세상에, 당신 기억력 하나 끝내주는군."

스티븐이 감동스러워하며 말했다.

두 사람은 부두까지 걸어가서 철탑 옆에 섰다. 따듯한 파도가 발 위로 밀려오자 발이 모래 속으로 깊이 박혔다.

"물에 비친 달을 봐."

스티븐이 앞으로 좀 더 나아가면서 말했다.

"조심해."

메이가 외치자마자 파도가 밀려오는 바람에 스티븐은 뒤로 넘어져 파도에 휩쓸렸다. 스티븐이 허겁지겁 일어나면서 컥컥거리고 기침을 했다. 메이가 키득거리며 스티븐을 부축해 일으켜주었다.

"일부러 장난친 거야."

스티븐이 짠 바닷물을 뱉어내며 농담처럼 둘러댔다.

"일부러 한번 들어가본 거지?"

메이가 받아치자 스티븐이 다시 한번 키스를 했다.

"십대들이 사랑놀이를 하던 부두로 가보자."

"그러니까 라지가 당신과 망원경에 대해 한 말은 사실이었군."

메이가 스티븐의 손을 잡으며 놀렸다.

두 사람은 부두 끝까지 걸어가서 발을 아래로 늘어뜨리고 걸터

앉았다. 어두운 물속의 표면 가까이에서 수백 마리의 청록색 불빛이 반짝거렸다.

"와, 정말 멋있다. 바다의 별 같아."

메이가 감탄사를 연발했다.

"디노플라겔라타라는 거야."

스티븐이 설명을 시작했다.

"단세포 생물이지. 반딧불처럼 빛을 발하는 생물발광체야."

"과학으로 감동을 망치지 말아줘. 저건 바다의 별이야."

"저기 봐, 북두칠성이 있어. 하 하 하."

스티븐이 우스꽝스러운 말투로 외쳤다.

"하나도 안 웃겨."

메이는 부두에 누우면서 스티븐을 잡아당겨 옆에 눕혔다. 높이 뜬 구름이 흩어지자 밝은 반달과 별들이 모습을 드러냈다.

"저기, 훨씬 좋잖아. 진짜니까."

메이가 말했다.

스티븐이 옆으로 돌아누우며 메이의 배에 손을 얹었다. 메이가 셔츠를 걷어 올리자 스티븐은 메이의 배에 귀를 갖다 댔다.

"무슨 소리가 들려?"

"아니, 꾸르륵거리는 소리만."

"정말 놀라워. 배 속에 있는 녀석이 또 나를 배고프게 하네."

스티븐은 다시 몸을 돌려 하늘을 향해 누운 다음 깊은 생각에 잠긴 듯 별을 올려다보았다.

"당신 무슨 생각을 그렇게 해? 머리 돌아가는 소리가 들려."

메이가 물었다.

"정말?"

"귀가 아플 지경이야."

"일터로 돌아가고 싶지 않다."

"괜찮을 거야. 그리고 우리 중 한 사람은 제대로 된 직업을 가져야 하잖아. 그래야 내가 집에 가만히 앉아서 초콜릿이나 먹으며 체중 불어나는 걸 지켜볼 수 있지."

"저 하늘 먼 곳에 있는 우주기지에 가 있어야 한다는 게 걱정스러워. 오고 싶을 때 비행기 타고 올 수 있는 것도 아니잖아."

"내가 걱정돼서 그래?"

"아니. 그저 나는…."

"당신 그런데 뭐. 따듯한 마음이긴 하지만, 당신도 알다시피 나보통내기 아니야. 나 자신을 스스로 돌볼 수 있다고."

"그래. 나도 알아."

스티븐이 한숨을 쉬며 말했다.

"걱정 그만해. 나 괜찮을 거야. 아기도 괜찮을 거고. 우리 모두 괜찮을 거야. 말해봐, 어서."

"우리 모두 괜찮을 거야."

"그것 봐. 간단하잖아. 이제 좋은 기분 망치지 말고 별을 봐."

스티븐은 메이의 말을 따랐고, 두 사람은 메이의 배 위에 깍지 낀 손을 얹고 그대로 오랫동안 누워 있었다. 그러다가 스티븐이 몸을 옆으로 돌려 메이를 향했다. 메이도 스티븐을 향해 몸을 돌렸다. 메이는 팔꿈치를 괴고 몸을 올려 스티븐의 얼굴을 들여다보았다. 스티븐이 여전히 뭔가 골똘히 생각하는 것을 눈치 챈 메이가 물었다.

"지금은 또 무슨 생각을 하시나요, 녹스 박사님?"

"당신이 이미 말한 거기는 하지만 그래도 가끔 확인하고 싶은 게 있는데, 혹시 당신…."

"후회하지 않느냐고?"

메이가 눈알을 굴리며 대신 말했다.

"미안. 이제 더 이상 묻지 않을게."

"내 대답은 여전히 후회하지 않는다야."

메이가 스티븐의 눈을 똑바로 보면서 단호하게 말했다.

"후회하지 않아."

"좋아."

스티븐이 키스를 한 다음 다시 몸을 눕히자 메이가 일어났다. 그러고는 물속에 반짝이는 생물체를 내려다보았다. 볼을 타고 흘러내리는 눈물을 감추기 위해서였다. 말하고 싶었지만 스티븐의 마음을 상하게 할까 봐 차마 말하지 못한 진실을 생각했다.

후회는 없지만 내 평생의 꿈을 잃어버린 아쉬움은 영원히 가시지 않을 것 같아.

"괜찮아?"

스티븐이 물었다.

"그럼, 당연하지. 바다의 별이 사라지기 전에 다시 한번 보고 싶어서."

47

"태양계의 새벽은 우리가 알고 있는 것처럼, 우주 전체에 생명의 기운을 불어넣어주었다. 그러나 소문난 잔치가 대부분 그렇듯, 난장판을 만들어놓았다."

스티븐은 학생들에게 늘 이렇게 말하곤 했다.

이 말을 하면 어김없이 강의실 안에 큰 웃음이 터졌다. 하지만 스티븐과 라지가 메이의 경로를 추적해낸 지금, 그러한 농담 뒤에 깔린 과학적인 근거는 암울했다. 목성과 화성 사이에는 태양의 주위를 공전하는 소행성대가 지나가는데, 그 지름이 수천 미터나 되며 작은 바위에서 유성체만 한 크기에 이르기까지 다양한 바윗덩어리 수조 개가 몰려 있었다. 라지가 처음 계산해본 바로는 메이의 경로는 이 소행성군들 중 어느 것과도 만나지 않았다. 그런데 스티븐의 태양열 돛이 충분한 전력을 공급해주기는 하지만 이들이 설정해놓은 경로를 그대로 유지하지 못했다. 메이가 추진장치를 조정해서 바로 잡는 데 도움이 되기는 했지만 운송선의 항해를 전적으로 통제할 만큼 강력하지 못했기 때문에 운송선은 급기야 소행성이 밀집된 소행성군을 향하게 되고 말았다. 바윗덩이들 사이의 공간이 충분히 넓었기 때문에 그 사이로 빠져나갈 확률도 있었지만 현재의 속도를 감안하면 소행성 중에서 작은 것 하나만 부딪혀도 운송선은 산산조각이 날 것이었다. 하지만 궁극적으로 운송선이 호킹 2호와 만나야 하기 때문에 속도를 낮출 수는 없었다.

"소행성 중 큰 것의 중력을 이용해서 벨트 외곽으로 돌아가도록 슬링샷을 시도하면 어떨까? 그럼 속도를 줄여주니까 호킹을 지나치는 일도 없을 텐데 말이야."

라지가 물었다.

"현재의 운동량 때문에 속도가 더 높아져서 제어할 수 없을 거야. 그러면 당연히 호킹을 놓치게 될 거고."

"운송선이 돛을 떼어버리고 추진장치로 경로를 조정할 만큼 운동량이 충분할까?"

라지가 차트를 들여다보며 물었다.

"아니야, 생각해볼 것도 없어. 충분하지 않아. 운송선이 운동량을 이용해서 거기까지 가게 하려면 소행성대를 지나 이 지점까지 우리가 계속 끌어줘야 해."

"최악의 악몽에 최선의 결과를 기대하는 거란 말이지."

48

화물운송선의 내비게이션 시스템도 메이에게 같은 사실을 말하고 있었다. **호킹 2호**와의 랑데부를 위해서는 소행성대를 지나는 방법밖에 없었고, 그 시점은 **빠른** 속도로 다가오고 있었다. 라지와 스티븐이 이미 결론지은 바와 같이 메이는 엄청나게 높아진 운송선의 속도를 조절할 수 없다. 따라서 추진장치를 이용해서 수동으로 운송선을 조종할 수도 없다. 그러나 낙하선 훈련을 받을 때 배운 바에 의하면 조종선 중 하나를 세게 당기면 경로를 수정할 수 있다. 운송선에는 충분하고도 남을 만큼의 내부 전력이 있기 때문에 운송선 양옆에 있는 추진장치를 폭발시켜 낙하산의 원리처럼 반대 방향으로 움직이게 하는 힘을 만들어낼 수 있었다. 그렇게 하면 필요에 따라 속도를 줄여서 경로를 벗어나게 하는 위험을 감수하지 않고도 운송선의 궤적을 극적으로 수정할 수 있다.

"소행성대가 다가오고 있습니다."

비행 컴퓨터가 보고했다.

"애석한 소식이군."

메이가 짐짓 거만한 어조로 응답했다.

"피하기 위한 조처를 하십시오."

"아니, 됐어. 차라리 모험을 택하겠어."

메이는 두 손으로 추진장치의 조종키를 잡았다. 소행성대의 큰 바윗덩이들이 보이기 시작했다. 1분 이내에 소행성대에 진입할 것 같았다. 3800킬로미터의 지옥 훈련만 통과하면 집으로 돌아갈 수 있다.

"좋아. 엄마, 보세요. 엔진도 켜져 있지 않아요."

메이가 외쳤다.

"엄마도 이렇게 근사한 도전 좋아하죠? 젖소처럼 미련하고 유람선처럼 둔한 느림보 불도저를 몰고 치명적인 돌덩이들이 가득한 지뢰밭을 통과하는 거예요. 내가 자랑스럽지 않으세요, 파시스트 훈련 교관님?"

드디어 진입 지점이었다.

"제기랄, 해보는 거지 뭐."

입 안이 마르고 있었다.

검게 타고 뾰족한 바윗덩이들이 고층 건물처럼 불쑥불쑥 나타났다. 희박하게 비쳐드는 햇빛마저 완전히 가려졌다. 진입 후 몇 초는 그런대로 평탄했다. 하지만 큰 것들에 부딪히지 않도록 시선을 집중하려 보니 비치 볼 크기의 작은 것들이 다가오는 것을 보지 못했다. 작은 소행성이 운송선 좌측 접이식 날개에 부딪히는 바람에 날개의 반쪽이 떨어져 나갔다. 그 충격은 마치 화물열차와 정면충돌을 한 것 같은 정도였다. 메이는 온몸의 뼈가 울리고 안전벨트가 몸 안으로 파고드는 것 같은 충격에 비명을 질렀다.

메이는 운송선이 좌측으로 틀어지는 것을 느끼고 오른쪽으로 당길 수 있는 모든 추진장치를 작동해서 원래의 경로로 돌려놓았다. 55초. 비행갑판 타이머에 남은 시간은 대략 그만큼이었다. 1분 이내에 생사가 결정된다.

"얘야,"

메이가 숨을 돌리며 말했다.

"네가 이다음에 커서 조종사가 되겠다고 하면 나는 매질을 해서라도 너를 미술학교에 집어넣을 테니 그리 알아라."

사방이 점점 어두워졌다. 운송선의 착륙등 불빛으로는 70미터 정도밖에 볼 수 없었다. 메이는 뇌에 산소가 잘 공급되도록 규칙적으로 심호흡을 하면서 정면에 시선을 집중할 한 지점을 정해 그곳을 바라보았다. 어떤 상황이 닥치더라도 시선이 흔들리지 않도록. 전투기를 조종할 때 취하는 방법이었다. 근육의 기억과 본능에 반응할 시간밖에 없을 것이므로. 생각을 할 때는 이미 죽은 목숨이었다.

시간은 몹시 더디게 흘렀다. 메이는 민첩하게 충돌을 피해 가고 있었지만 소행성들은 점점 더 조밀하게 몰려왔다. 무엇보다도 운송선 밖으로 40미터나 뻗친 돛이 걱정이었다. 그 순간 머리 위로 사무실 건물 크기의 소행성이 다가왔다. 위치로 봐서 좌측 돛에 부딪힐 것 같았다. 메이는 반사적으로 위쪽에 있는 추진장치를 작동시켜 운송선을 아래로 움직여 피했다. 덕분에 소행성과의 충돌은 겨우 피했지만 유일하게 튼튼한 상태로 남아 있는 착륙 지지대가 앞에 다가오는 더 큰 바윗덩이의 윗부분에 부딪히면서 산산조각으로 떨어져 나갔다.

그 충격으로 운송선의 앞머리가 아래로 수그러들었다. 추진장치를 이용해서 되돌리려다 보니 선체가 앞으로 구르기 시작했다. 운송선이 뒤집히면서 나노기기들은 돛의 형태를 잃어버리고 선체에서 떨어져 소행성 사이로 날아갔다. 선체에 모래와 돌조각들이 부딪히는 소리가 들리고 발전기 하나에서 불꽃이 일었다.

메이는 앞이 안 보이는 상태에서 운송선을 조종하려니 어지러워져서 정신을 차리기 힘들 정도였다. 시계가 제로를 가리켰고 밖이 훤해지는 것을 보니 소행성대를 지난 것 같았다. 하지만 운송선의 경로를 바로잡아야 했고, 발전기에 붙은 불을 꺼야 했다. 불은 이제 두 번째 발전기까지 번져 있었다. 얼어붙은 우주공간을 향해 넘실거리던 불꽃은 다시 운송선 내부로 들어올 수밖에 없었다. 메이는 방향 조정장치에 집중하면서 추진장치를 이용해서 운송선의 공중돌기를 멈추게 했다. 그런 다음 신속히 우주복을 입고 화물칸의 중력을 뺀 다음 소화기를 들고 외부로 나갔다.

불꽃은 나노기기의 금속을 녹이며 여전히 활활 타올랐다. 거대한 불기둥을 일으키며 폭발했다. 불꽃이 사방으로 튀었다. 메이는 소화기로 불길을 잡아보려고 했으나 역부족이었다. 우주복에 달라붙는 불똥을 털어내면서 선체 위로 기어 올라갔다. 그런 다음 발전기를 잡고 있는 조임쇠를 풀고 발전기를 우주공간으로 떨어 버렸다. 나머지 불길은 소화전으로 잡을 수 있었으나 불똥 하나가 부츠에 떨어지는 바람에 불이 붙었다. 메이는 소화기로 불을 끄려 했으나 탱크가 비어 있었다. 불은 메이가 화물칸으로 돌아올 때까지 타올랐다. 결국 산소가 소진되면서 불은 꺼졌으나 그 이유는 메이의 우주복에 구멍이 뚫렸기 때문이었다. 우주복의 생명유지장치가 작동했으나 베이 문을 봉인하고 운송선 내부에 다시 공기를 주입하는 동안 엄지를 포함해서 발가락 세 개가 딱딱하게 얼어버렸다.

49

메이는 얼른 부츠를 벗었다. 발가락 세 개가 동상에 걸려 커다랗게 물집이 잡혔다. 나중에 괴사되지 않게 하려면 처치를 해야 했지만, 우선 급한 것은 경로를 확인하는 일이었다. 진로를 확인했더니 약간 벗어나 있었지만 추진장치로 수정하면 도킹을 놓치지는 않을 것 같았다. 다음에는 도킹 대상이 건재한가를 확인해야 했다.

"호킹 2호와 연락이 됐나?"

"네. 하지만 구조 요청 신호만 정확하게 연결된 것입니다."

"됐어!"

메이가 외쳤다.

"원격 측정이나 무선 통신은?"

"안 됐습니다."

구조 요청 신호는 우주선이 재난 정도의 손상을 입거나 승무원이 임무 수행을 할 수 없을 때 자동으로 방출되는 신호였다. 메이는 로버트가 그 신호를 어떻게 팀원들 모르게 숨기고 있는지 궁금했지만, 동상에 걸려 괴사된 발가락처럼 그 문제도 나중에 생각해보기로 했다. 메이에게 그것은 정확한 경로를 유지하기 위한 구명 수단일 뿐 다른 의미는 없었다. 다른 통신이 없었다는 것은 탐사선이 메이가 떠날 때와 마찬가지로 여전히 다운된 상태일 것이고 이브가 통제하지 못하고 있다는 뜻이었다.

"비행 컴퓨터, 호킹 2호와 도킹하기까지 시간이 얼마나 남았지?"

"12분 14초 남았습니다."

메이는 운송선의 내부 전력을 확인했다.

"제기랄."

추진장치를 사용하고 두 번째로 선내 공기를 주입하느라 여분의 전력을 소비하는 바람에 운송선 내부 전력이 대략 6분에서 8분밖에 남지 않았던 것이다. 우주복의 전력 계측기를 확인했다. 대략 40분이 남아 있었다. 부츠를 우주복에 봉인해 붙일 방법을 찾아냈다고 가정할 때, 탐사선으로 옮겨가는 동안 생명유지장치를 사용하기에 충분한 시간이었다. 그러나 운송선의 전력이 소진되면 도킹을 위해 운송선의 속도를 줄여야 할 때 추진장치를 사용할 수 없다. 현재 속도로 볼 때 속도를 줄이지 않으면 운송선은 미사일처럼 탐사선을 향해 날아갈 것이고 탐사선의 남은 부분마저 파괴할 것이다. 어차피 착륙선 격납고가 이미 파괴되어 도킹해서 머무를 곳이 있는 것은 아니었지만.

메이는 운송선 전력을 좀 더 보충할 방법을 모색 중이었다. 운송선의 생명유지장치를 끄고 우주복을 입는다면 탐사선과 충돌하기 전 2분 정도부터 추진장치를 이용해 속도를 줄일 때 사용할 전력을 남겨둘 수 있다. 그럴 경우, 도킹하기 직전에 운송선 조종 기능을 상실하는 위험에 비길 수는 없겠지만, 메이가 견뎌야 할 열기도 그에 못지않게 위험할 것이었다.

"호킹 2호까지의 시간은?"

"8분 4초 남았습니다."

6분 안에 결정해야 해. 메이는 부츠를 다시 신고 구멍을 테이프로 막았다. 그런 다음 테이프 위로 선체 땜질용 패치를 뿌려 부츠 바닥 전체를 씌웠다.

"도킹을 위해 속도를 줄입니다."

"내가 모르는 말 좀 해봐, 이 바보야."

메이가 통제 콘솔을 치며 말했다.

"역추진기의 전력이 부족합니다. 비상 착륙 대책을 준비하세요."

"행성 표면에 착륙할 거 아니라고, 이 멍청이…. 잠깐만, 어떤 대책이 있는지 말해봐."

콘솔에 '충격 방지 폼 패드'라는 글자가 나타났다. 운송선 외곽 전체에 있는 작은 분사구에서 압축 공기로 순식간에 난연성 폼을 분사해 운송선을 5미터 두께의 고무 껍질 같은 것으로 에워싸는 것을 말한다.

"나쁠 것 없지. 수동 배치를 위한 비상 착륙 대책을 준비해."

콘솔 옆에서 수동 제어 레버가 올라왔다.

"호킹 2호까지의 시간은?"

"4분 50초 남았습니다."

메이는 서둘러 우주복 헬멧을 쓰고 우주복에 부착했다. 그런 다음 조종칸의 공기를 우주공간과 같게 맞췄다.

"좋아. 얘야, 잘 들어라. 지금 상황을 말해줄게. 오늘 네가 처음으로 놀이공원 체험을 하는 날이기 때문에 마무리는 좀 기억에 남을 만한 경험을 하려고 해. 앞으로 2분 정도 후에 내가 역추진장치를 작동할 것이고, 남은 연료를 다 쓰면서 가능한 한 속도를 줄일 거란다. 그런 다음 격납고에 들어가기 직전에 폼을 분사해서 운송선 전체를 하나의 거대한 공처럼 만들 거야. 그리고 행운의 힘을 빌려서 격납고에 무사히 들어가는 거지. 죽거나 모선을 너무 많이 손상시키지 않으면서 말이지. 알아들었니? 음, 훌륭해. 비행 컴퓨터, 호킹 2호까지의 거리는?"

"3분 33초 남았습니다."

"해보자."

메이는 역추진 조종판에 손가락을 얹은 채 초시계가 내려가는 것을 지켜보았다. 배 속이 움찔하는 느낌이었다.

"참아. 나도 배가 고파 죽을 지경이니까, 알았지? 이 고물을 주차하는 즉시 내 비위가 뒤집히든 말든 세 코스짜리 우주 정찬을 먹여줄 테니까 말이야. 그럼 되지? 좋아, 꽉 잡아라."

정확히 2분을 남겨두고 메이는 역추진장치를 작동시키고 폼을 분사할 준비를 했다. 호킹 2호가 멀리 보이기 시작했다.

"자, 지금이야. 탐사선 거의 대부분이 건재한 것 같구나. 조짐이 좋아. 컴퓨터, 전방 카메라로 호킹 2호를 확대해서 삼아봐."

메이는 착륙선 격납고를 확대해보았다. 격납고 문이 떨어져 나간 쪽은 바닥의 반쪽과 함께 메이가 탄 화물운송선을 포함해서 모든 착륙선이 떨어져 나가고 없었다. 반대편은 폭탄에 맞은 듯 불에 타서 검게 그을어 있었고 파편에 맞아 곳곳이 움푹 파여 있었다. 메이는 추진장치의 사용을 잠시 미루고 명령했다.

"계획을 수정한다. 도킹할 곳이 없어. 비상 탈출 해치를 열어."

"안 됩니다. 볼트는 대기 중에 배치될 때 사용하기 위한 것입니다."

"좋아, 그럼 그렇게 해."

메이는 레이저 커터를 집어서 해치 볼트와 경첩을 자른 다음 무거운 문을 우주공간으로 밀어버렸다.

"오류. 오류."

328

"닥쳐. 충돌까지 시간?"

"1분 3초 남았습니다."

"이 운송선과 호킹 2호의 속도를 내 헬멧으로 보내줘."

두 개의 속도가 헬멧 스크린에 나타났다.

"안전하게 도킹하기 위한 역추진 속도를 계산해봐."

숫자가 나타났다.

"알았어. 네가 말하는 것보다는 똑똑하기를 희망해보자."

"추진력이 부족합니다. 착륙 베이를 작동할 수 없습니다."

"자신감을 북돋아줘서 고마워. 자, 비행 컴퓨터야, 그동안 즐거 웠다. 이제 너와 헤어져야겠어. 어쩌면 내가 너를 버리는 게 아니라 네가 나를 버리는 건지도 모르지."

"이해할 수 없습니다."

"이해하게 될 거야."

40초가 남았을 때 메이는 모든 우측 추진장치를 궤적과 수직을 이루는 방향으로 전력 분사하도록 맞추었다. 그런 다음 동체 땜질 스프레이통과 빙판에 구멍을 낼 때 사용하는 긴 막대를 가지고 탈 출 해치 밖으로 기어 나갔다. 밖으로 나온 메이는 한 손으로 안전대 를 잡고 금속 막대 끝을 조심스럽게 조종칸에 있는 추진장치 스위 치 위에 댔다. 충돌하기 몇 초 전이었다.

"꽉 잡아라, 애야. 지금 하려는 것에 비하면 소행성대를 지나온 건 가벼운 산책이었으니까."

메이는 긴 막대로 추진장치 스위치를 누름과 동시에 우주복의 역추진장치를 전력으로 작동시키면서 뛰어올랐다. 메이의 발밑에 서는 화물운송선이 좌측으로 심하게 방향을 틀면서 호킹 2호를 겨 우 비껴서 앞질러 갔다. 그러고는 곧 우주공간 속으로 사라졌다. 메 이는 탐사선을 향해 날아가고 있었다. 역추진장치가 우주복의 속도를 호킹 2호의 속도에 가깝게 낮추었지만, 메이가 충돌 시의 충격을 이겨내기에는 속도가 너무 빨랐다.

　마지막 순간에 메이는 땜질 스프레이를 앞으로 가져와서 스프레이 노즐이 탐사선을 향하도록 들었다. 그러고는 안전 속도까지 내려가도록 스프레이를 분사했다. 그러다 보니 다가가는 각도가 조금 빗나갔다. 좌측으로 위험하리만치 방향이 틀어지자, 메이는 빗나갈까 봐 두려운 나머지 선체를 향해 우주복에 장착된 구속 케이블을 쏘았다. 날아가는 화살촉 뒤로 긴 티타늄 케이블이 따랐다. 그러고는 착륙선 격납고 벽의 삐져나온 조각 하나에 걸렸다. 케이블이 더 이상 길어질 수 없을 정도가 되었을 때 탐사선을 지나 날아가는 메이를 반대 방향으로 잡아챘고, 그 충격으로 메이는 심한 통증을 느끼며 비명을 질렀다. 구속 케이블 끝이 부착된 부분의 우주복이 찢어지는 느낌이 들었다. 우주복 내의 공기가 빠른 속도로 빠져나갔다. 메이는 호흡 곤란을 느낌과 동시에 극한의 한기가 밀려들어 체온이 급격히 떨어지기 시작했다.

50

메이는 선체 땜질통을 기억해내고 그것을 우주복의 찢어진 곳에 뿌려 봉인하고 다시 공기를 채웠다. 그러나 추위는 여전했다. 구속 케이블을 타고 호킹 2호로 올라가는 일이 몹시 힘들었다. 게다가 우주복에 찢어진 틈이 생기면서 생명유지장치의 효과를 보충하기 위해 전력을 많이 소모했기 때문에 남은 작동 시간이 10분밖에 없었다. 몸이 녹기 시작하자 메이는 더 열심히 구속 케이블을 잡아당겼다. 조금이라도 빨리 탐사선에 도달하기 위해서. 탐사선의 공기 공급이 작동하지 않을 수 있다는 가정은 너무 위험했다. 탐사선 안으로 들어가면 우주복의 배터리를 새것으로 교체할 시간이 필요할 수도 있었다. 팔다리의 감각이 돌아오자 더 힘차게 구속 케이블을 잡아당겨 올라갔다.

"자, 어서, 아가야. 거의 다 왔어."

화살촉이 선체에서 떨어져 나왔다. 그러자 구속 케이블을 잡아당기던 메이는 곧바로 우주공간을 가로지르며 뒤로 곤두박질치기 시작했다. 방향감각을 완전히 잃고 뭐라도 잡으려고 손을 휘저었다. 구속 케이블이 격납고 부서진 벽의 삐죽한 끝에 걸리면서 곤두박질치던 메이가 멈출 수 있었다. 그러나 그 충격에 케이블은 또다시 벽에서 빠졌고 메이는 벽 쪽으로 다가가면서 동시에 선체의 끝을 향해 미끄러져 갔다. 멈추지 않으면 우주공간으로 빠져나갈 찰나였다. 우주복의 작동 시간이 8분밖에 남지 않은 상태에서 추진기를 사용하면 메이가 탐사선으로 돌아오기 전에 생명유지장치 작동 시간이 끝날 것이다.

그러나 메이는 벽의 끝까지 가기 전에 추진기를 작동시킬 수밖에 없었다. 추진기를 최소한 이용해서 벽에 다가간 다음 두 손으로 벽을 타면서 에어로크 도어까지 이동했다. 에어로크 도어 역시 손상되어 작동하지 않았다. 레이저 커터를 이용해서 경첩과 자물쇠를 자른 다음 문을 열고 안으로 기어 들어왔다.

"자, 애야. 어땠니? 네 엄마가 슈퍼히어로인줄 몰랐겠지. 하지만 자만하진 말아라. 아직 숲을 헤치고 나가려면 멀었으니까. 외부 에어로크는 작동 불가, 내부 에어로크는 닫혀 있지만 작동 가능한 것 같아. 그런데 내부 에어로크를 열었다가 안에 공기기 있으면, 공기가 빠져나오는 힘 때문에 우리가 들어갈 수 없을 것 같아. 다른 에어로크까지 가기는 정말 싫지만, 그 방법밖에 없는 것 같구나. 그리고 서둘러야 할 것 같아. 이 우주복 작동 시간이 6분밖에 남지 않았거든."

메이는 구속 케이블을 접어 넣고 손잡이와 안전선을 이용해 갑판의 외곽을 타고 이동했다. 탐사선이 또다시 진동하는 바람에 몇 번 손을 놓치기도 했다. 그렇게 해서 브리지 가까이 있는 에어로크 도어까지 왔을 때는 우주복 작동 시간이 2분밖에 남아 있지 않았다. 메이는 수동 걸쇠를 이용해 에어로크를 열고 기어 들어간 다음 봉인했다. 그런 다음 탐사선 내부로 통하는 문을 열었다.

내부는 혼수상태에서 갓 깨어났을 때처럼 어둡고 몹시 추웠다. 게다가 이번에는 인공 중력까지 없어진 상태였다. 무중력 손잡이를 이용해 복도를 따라 빠르게 움직이는데 우주복 생명유지장치의 마지막 1분을 알리는 경보가 울렸다. 메이는 어둠속에서 우주복 보관함을 열고 더듬더듬 새 배터리팩을 찾았다. 드디어 우주복 전력이 소진되자 메이는 남은 공기를 아끼기 위해 아주 얕게 호흡해야 했다. 제일 먼저 찾은 배터리팩은 다 쓴 것이었다. 메이는 쓸모없는 배터리를 거칠게 옆으로 치워놓고 다른 것을 집었다. 그것은 완전히 충전된 상태였다. 공기와 열이 다시 공급되고 헤드램프도 켜졌다.

메이는 잠시 그 자리에 둥둥 떠서 여유롭게 숨을 쉬었다. 그리고 방금 전까지 일어난 일들을 생각해보았다. 아드레날린 수치가 떨어지면서 온몸이 떨렸다. 메이는 두 사람이 헤쳐나온 현실을 실감할 수 없었다. **두 사람.** 메이는 배 위에 살짝 손을 얹어보았다. 이번에는 배 속의 아기에게 아무 일도 일어나지 않았기를 바라면서. 사실은 아기가 잘못되었을까 봐 몹시 겁이 났다. 그래서 심장이 내려앉는 것 같았다.

바로 그 순간, 지친 메이의 뇌리에 명료하게 떠오르는 사실이 있었다. 메이와 그녀의 17주짜리 태아는 방금 지옥까지 갔다가 살아 나왔다는 사실이었다. 그 모든 일을 겪고도 이 아기가 건재하다면, 여자아이든 남자아이든, 이 아이는 이 탐사선의 평생회원이 될 자격이 있다. 선장인 메이는 자신의 생명을 바쳐서라도 승무원을 보호해야 할 의무가 있다. 메이는 끝까지 그 책임을 완수할 것이다. 더 이상은 현실적인 측면이니 뭐니 하는 따위로 고민하지 않을 것이며, 돌아가신 어머니를 포함해서 남이 어떻게 생각할 것인가에 마음 쓰지 않을 것이다. 이것은 메이의 진심이었으며 메이는 그 진실의 눈을 똑바로 마주하고 그것을 지키며 살기로 마음먹었다.

"출발점에 다시 돌아온 것을 환영한다, 애야. 자 이제 우리가 얼마나 한심한 상황에 처해 있는지 확인하러 가볼까?"

51

원자로 오작동. 폭발 직전입니다. 대피하십시오.

수동장치를 이용해 전력을 켜니 조종칸 지휘 콘솔에 이런 메시지가 떴다. 메이는 너무 허탈한 나머지 웃음이 나왔다.

"폭발 직전이라고? 그다음엔 뭐야, 외계인의 공격인가?"

지난번에 메이가 나사와의 통신을 복구했을 때, 나사의 엔지니어들이 엔진과 원자로를 정상작동 상태로 돌려놓는 과정을 세세하게 기록하고 영상으로 담아서 보내주었다. 메이는 수동장치를 돌려 지휘 콘솔에 전력을 좀 더 공급한 다음 그 데이터 팩을 우주복으로 전송했다. 전에 생겼던 문제는 원자로가 과열되었는데 그 열을 제대로 내보내지 못하거나 생성된 에너지를 분배하지 못해서 생긴 일이었다. 이번에도 같은 문제라면 관제센터에서 보낸 수리 방법을 따라하면 해결될 것이다.

설계도와 수리 순서를 보니 위협적이기는 하지만 할 수는 있을 것 같았다. 관제센터에서 원격 측정으로 시도해본 결과에 의하면 4시간 가까이 걸리는 작업이었다. 메이의 우주복에 남은 전력으로는 2.75시간을 버틸 수 있었다. 통신 지연으로 시간을 낭비할 수는 없었다. 어차피 메이에게 주어진 시간은 그뿐이었으니까. 우주복 보관함에 있는 나머지 배터리는 모두 소진된 것들이었고, 내부 전력 공급을 복구시키지 않는 한 달리 충전할 방법은 없었다.

배가 미친 듯이 꾸르륵거렸다.

"그래 좋아. 배를 채우는 일보다 생명을 구하는 일을 우선순위에 두는 것은 내 스타일이 아니지."

메이는 우주복에 내장된 수분 보충 팩에 있는 물을 마시고, 역시 우주복에 들어 있던 고칼로리 영양젤을 넘어가는 만큼 먹었다. 머리가 잘 돌아가도록 글루코즈 정제도 충분히 먹어주어 당분간 포만감이 지속되도록 했다. 그런 다음 무중력 손잡이를 이용해서 밀고 유영을 하면서 탐사선 중앙 통로를 지나 원자로와 엔진 갑판으로 갔다. 우주복에는 남은 배터리로 사용 가능한 손전등을 가득 넣은 가방을 매달았다.

탐사선이 한 번씩 진동하는 바람에 메이가 핀볼처럼 이리저리 부딪혔지만 그 정도가 전처럼 심하지는 않았다. 진동을 할 때마다 열기가 뿜어져 나왔다. 메이는 원자로가 에너지를 분출하는 것이라 짐작했다. 열기가 점점 축적되다가 한계점을 지나면 탐사선이 폭발할 수 있다. 한 가지 좋은 점이 있다면 탐사선 내부 시스템이 얼어서 쓸모없게 되는 것을 방지해 준다는 거였다. 메이 역시 모처럼 느껴지는 온기가 반가웠다. 그러나 원자로 가까이 다가가자 더 이상 그런 생각은 할 수 없었다. 땀이 줄줄 흐를 만큼 뜨거웠기 때문이다.

메이는 봉인된 원자로 해치를 찾아 수동 핸들을 돌려 열었다. 그러자 철제로 된 좁은 동굴 같은 통로가 보였다. 수리보수 모듈로 직접 통하는 것이었다. 폭이 2미터밖에 되지 않아서 우주복을 입고 겨우 들어갈 수 있는 정도였다. 우주복에는 2.2시간이 남아 있었다.

"애야, 네가 머리 아홉 개를 달고 태어난다면, 그건 내가 사과하마."

메이는 조금씩 통로를 따라 기어 들어가기 시작했다. 깊이 들어갈수록 점점 더 더워졌지만 감히 우주복의 내부를 냉각하는 데 전력을 소모할 수는 없었다. 열기는 견딜 수 있었으나 탈수 수치에는 주의를 기울여야 했다.

"휴스턴에 살았던 보람이 있네."

통로 끝에 이르자 헬멧 등의 불빛이 넓게 퍼졌다. 메이는 좁은 통로에서 빠져나오게 된 것이 기뻤다. 간헐적 진동과 함께 열대를 방불케 하는 열기가 가득한 공간은 그런대로 활기 있어 보였다.

메이는 수동 핸들을 돌려 지휘 콘솔에 전력을 공급하고 원자로 모니터 판을 살폈다. 그런 다음 관제센터에서 수리를 할 때 보여주었던 보드에 나타났던 내용과 비교했다. 거의 동일했다. 원자로는 여전히 수소핵을 융합시켜 헬륨 동위원소를 만들어 전력을 생성시키고 있있는데, 그 진력이 분배되지 않고 있었다. 그 때문에 열이 축적된 채 제대로 방출되지 못하고 있었던 것이다.

우주복 작동 시간이 1.45시간 남아 있었다. 메이가 의식을 잃지만 않는다면 작업을 마무리할 수 있는 시간이다.

"후드 밑을 확인해야겠어."

영상에 나온 수리 순서에 따라 옆에 보관되어 있는 공압 공구로 수리 패널 볼트를 풀었다. 순서의 첫 단계를 준비하기 위해 내부 작업을 스캔하고 있는데 뒤에서 금속이 부딪히는 소리가 들렸다. 메이는 금속판이 닿는 소리일 것이라 짐작해 그것을 잡아 고정시키려고 몸을 돌렸다.

그런데 여자 시체 한 구가 떠 있는 것이 아닌가. 두 팔을 앞으로 뻗은 자세여서 마치 누군가의 목을 조르려는 것처럼 보였다. 메이는 비명을 지르며 본능적으로 시체를 어둠 속으로 밀어냈다. 주변에 빛을 비추며 둘러보니 좀 전에 밀어낸 시체의 가장자리가 보였다. 모퉁이에서 벽에 살짝 부딪히며 떠 있었다. 메이는 팔을 잡아 돌려 얼굴을 확인했다. 착륙선 격납고에 있었던 시신들과 달리 심하게 부패되어 있었다. 다른 사람들과 같은 시기에 죽었지만, 최근에 전력 공급이 끊기면서 얼어붙기 전까지 따뜻한 원자로 옆에서 부패되어가고 있었기 때문인 것 같았다. 바이오코드를 스캔해보니 비행기관사인 가브리엘라 도스 산토스였다.

"지금 네가 있었으면 이 일에 큰 힘이 되었을 텐데, 가비."

메이의 눈에 눈물이 고였다.

메이는 잠시 로버트 워런을 가장 고통스럽게 죽이는 방법을 이리저리 상상하고 나서 가비의 시신을 바닥 철망에 고정시킨 다음 다시 수리 작업을 시작했다. 작업이 끝나고 보니 모든 것이 제대로 잘 된 것 같았다. 영상에서 보여주었듯이 방 안의 온도가 확연히 내려갔다.

"좋아, 이제 엔진 갑판으로 가자."

다시 한번 탐사선이 진동했다. 우주복에 45분이 남은 것을 확인하고 메이는 중앙 통로를 통해 바로 옆에 있는 엔진 갑판으로 갔다. 훨씬 크고 익숙한 공간에 오니 마음이 편안해졌다. 거기가 바로 전자기 추진 시스템, 즉 무선 주파수 공명 공동 추진기가 거대한 전자관 중심부에 설치되어 원자로에서 수백만 기가와트를 끌어내서 엔진 분무기로 전자파를 집어넣는 곳이었다. 또는 그런 효과를 내는 어떤 것들이 자리 잡고 있는 곳이다. 메이도 대부분의 조종사들이 알고 있는 만큼 이해할 뿐 그 이상 상세하게 알지는 못했다. 메이는 문제를 일으키고 있는 원자로의 배기 시스템을 찾아 수리했다. 다음 단계는 원자로 에너지를 전기로 전환하는 유도장치의 전력병목현상을 제거하는 일이었다.

메이는 전기 전환기 중에서 오작동을 일으키는 유도장치가 있는 곳으로 갔다. 바닥과 벽이 비전도성 고무로 된 공간이었다. 연접 부분의 갈라진 틈에서 새어 나오는 연푸른 불꽃이 내부를 푸르스름한 빛으로 채웠다. 무중력 상태에서 바닥에 항상 붙어 있을 수 없기 때문에 전류가 금속에 닿았을 때 발생하는 불꽃을 조심해야 했다. 불꽃 하나로도 우주복에 불이 붙을 수 있기 때문이었다.

전력유도장치는 방 뒤쪽에 있었는데 화물 트럭 정도로 거대했다. 유리로 된 조종장치 끝에 유지보수 패널을 열 수 있는 빗장이 있었다. 그것을 젖히니 관 뚜껑처럼 유리판이 열렸다. 계기판의 바늘이 모두 위험 수준인 적색 부분에 가 있었다. 신속히 몇 가지 수리를 연이어 끝내자 엔진 전력이 가동되는 소리가 들렸다. 30분쯤이 지나자 엔진 갑판의 전등이 깜박거리더니 켜졌고, 처음엔 희미하다가 점점 밝아졌다. 메이는 허공에 뜬 채 빙글빙글 돌면서 주먹을 높이 치켜들고 흔들었다. 마치 챔피언 벨트를 차지한 권투선수처럼.

"자, 이제 가스 불로 요리를 하자꾸나. 축하 디너를 먹어야지. 오늘 메뉴는 왕실의 축제만큼이나 성찬이 될 거야. 우선 첫 코스로는⋯."

뭔가 어둠 속에서 튀어나와 메이의 헬멧 등을 내려쳤다. 그 바람에 메이는 몇 미터 뒤에 있는 금속 도관이 지나는 벽에 등을 부딪쳤다. 너무 세게 부딪치는 바람에 다시 튕겨져 나오면서 중심을 잃고 공중돌기를 했다. 다시 한번 주먹이 날아오면서 다리를 쳤고, 메이는 앞으로 곤두박질치면서 바닥 철망에 얼굴을 부딪쳤다. 헬멧 유리가 바닥에 세게 부딪히면서 스크린이 꺼졌다. 정신을 차리고 일어서려다가 다시 바닥에 엎어졌다. 누군가 무릎으로 등을 세게 눌렀던 것이다. 메이는 비명을 지르며 빠져나오려고 발버둥 쳤지만 바닥에서 조금도 떨어질 수가 없었다.

"그만해."

메이가 숨을 헐떡이며 소리쳤다.

"나는 이 탐사선의 선장 메리엄 녹스다. 당장 그만둘 것을 명한다."

상대는 난폭하게 메이가 입고 있는 우주복의 산소 압력 조절기를 잡아당겼다. 생명유지장치에서 뽑아 산소 공급을 차단하려는 것이었다.

52

등에 있는 추진장치를 발사시켜도 상대의 제압으로부터 빠져나올 수 없었다. 부츠 밑창에 있는 추진장치를 작동시켜 밑에서부터 상대를 향해 발사했다. 뒷벽으로 굴러 빠져나온 다음 건너편을 향해 손전등을 비췄다. 전력유도장치 근처에 우주복을 입은 남자가 서 있었다. 헬멧에 달려 있는 태양광 차단기를 이용해 얼굴을 가린 채 긴 금속 막대를 휘두르고 있었다. 자기 장화를 신고 있어서 바닥 철망에 붙어 있을 수 있었다. 메이는 머릿속으로 재빨리 상대의 신원을 유추해보았다. 아직 신원이 파악되지 않은 건 한 사람뿐이었다.

"존,"

메이가 큰 소리로 그의 이름을 불렀다.

"나야, 메이. 너를 해치지 않을 거야."

메이의 조종사 존 에스처가 바닥의 철망을 거세게 밟으며 또 다시 메이를 향해 달려들었다. 쇠막대를 휘두르면서. 존이 민첩하게 움직이지 못했으므로 메이는 그를 더 멀리 밀어낼 수 있었다. 하지만 인공 중력이 복구되기 시작했기 때문에 메이가 그러한 우위를 오랫동안 차지하지는 못할 것 같았다.

"내 말 들을 수 있다는 거 알아. 그러니까 대답해. 명령이다."

그는 대답 대신 또다시 달려들었다.

"네가 아프다면 내가 도와줄 수 있어. 나도 아팠거든. 많은 사람이 아팠어. 두려운 거 알아. 그러니까 무기 내려놓고 얘기를 하자."

메이가 그 어느 때보다 편안한 음성으로 말했다.

존은 계속 달려들려고 했고, 메이는 어떻게든 거리를 유지했다.

"남은 사람은 우리 둘뿐이야. 서로 도와야 한다고."

메이가 소리쳤다.

여전히 응답이 없었다. 메이는 레이저 커터를 꺼내 그를 향해 휘둘렀다.

"빌어먹을, 대답하란 말이다."

존은 잠시 멈춰 서서 뒤를 돌아보았다. 그리고 다시 메이를 보았다. 조용히 계산을 하고 있었다.

"좋아. 그래, 바로 나잖아. 그렇지?"

존은 돌아서서 메이로부터 멀어졌다.

"어디 가는 거야?"

존은 전력유도장치로 가서 쇠막대로 유리 제어판을 내리쳤다. 계속 내리쳐서 박살을 내고 있었다.

"안 돼, 그러면 우리 둘 다 죽는다고."

메이가 소리쳤다.

유리 파편이 튀어 공중으로 떠다니는 것을 보면서 메이는 그가 무엇을 하려는 건지 깨달았다. 존은 아프거나 환각 증세를 보인 것이 아니었다. 그가 바로 이 모든 사고를 일으킨 것이었다. 그리고 이제 그의 임무를 완수하려는 것이다. 존이 쇠막대를 휘두를 때마다 불꽃이 튀었다. 금속과 금속이 부딪칠 때마다. 존이 유도장치를 부서뜨린다면 복구할 방법이 없다. 메이는 비상 사다리를 타고 벽 옆으로 올라가 자신의 몸을 존을 향해 겨냥한 다음 힘껏 벽을 밀쳤다. 레이저 커터를 든 메이는 미사일처럼 공간을 가로질러 날아갔다. 그런 다음 존이 다시 한번 내리치기 위해 쇠막대를 쳐들었을 때 메이는 그의 등에 쾅하고 부딪치면서 레이저 커터로 그의 장갑을 잘랐다. 쇠막대가 그의 손에서 빠져나갔고, 좌석 부츠가 바닥에서 떨어졌다.

두 사람은 사납게 서로에게 달려들어 뒤엉킨 채 엎치락뒤치락 허공을 굴렀다. 그러다가 메이가 반대편 벽에 부딪히자, 존은 다시 바닥으로 내려가 부츠를 바닥에 붙이려고 했다. 그러나 메이가 다시 그의 팔을 잡아끌었다. 메이는 남은 손으로 존의 헬멧잠금장치를 풀었다. 그러자 존의 우주복 내 기압이 순간적으로 낮아지면서 헬멧을 봉인하기 위해 메이를 잡았던 손을 놓았다. 메이는 존의 우주복 내 기압이 완전히 복구되지 않았음을 알아챘지만 자기 우주복의 작동 시간 역시 얼마나 남았는지 알 수 없었다. 메이는 다시 한번 레이저 커터로 존을 공격하려 했지만 존이 무릎으로 올려 치는 바람에 레이저 커터를 놓치고 말았다.

존은 발길질에서 생긴 운동량으로 인해 뒤로 공중제비를 돌았고, 그 순간 메이는 존의 우주복을 잡아 산소 압력 조절기를 잡아당기려고 했다. 그러나 존이 발차기를 하면서 사방으로 팔을 휘둘렀고 메이는 더 이상 존을 잡고 있을 수가 없었다. 그 힘으로 두 사람은 엔진 갑판의 어두운 구석으로 굴러가 벽에 세게 부딪쳤다. 존의 등을 잡고 있던 손이 풀리고 존은 메이를 잡은 채 공중에서 빙빙 돌았다.

존의 뒤에 있는 파손된 변압기에서 긴 불꽃이 튀고 있었다. 메이는 천장을 향해 유영해 가서 변압기 위의 한 곳에 손을 모았다. 존은 메이가 위에 있는 것을 보고 부츠추진장치를 작동시켜 다가

왔다. 메이는 그 순간 천장을 걷어차면서 존을 향해 쏜살같이 다가왔다. 두 사람이 충돌하자 메이의 운동량이 존의 무거운 철제 부츠와 합해져 존을 뒤로 물러나게 했다. 메이는 존의 자석 부츠가 금속 변압기함에 붙기 전에 그의 손아귀에서 빠져나왔다. 부츠에서 흘러나온 전류의 불꽃이 존의 생명유지장치 팩에 있는 산소를 점화시켰다. 우주복 안에 불이 붙은 것이다.

존이 비명을 지르며 헝겊 인형처럼 퍼덕이는 동안 메이는 소화기를 집어서 그에게 뿌려주었다. 우주복 배터리가 녹아서 자석 부츠에 전력 공급이 끊어졌다. 움직임이 멈춘 존의 몸은 연기를 피워 올리며 둥둥 떠서 어둠 속으로 사라졌다. 메이는 산소 부족으로 숨을 헐떡거리면서 어둠이 사방에서 파고드는 듯한 답답함을 느꼈다. 우주복 배터리가 소진된 것이었다. 더 이상 선택의 여지가 없어진 메이는 행운의 여신에게 운명을 맡기고 헬멧을 벗었다.

여전히 추웠지만 겨우 호흡은 할 수 있을 정도의 희박한 산소가 채워져 있었다. 메이는 곧바로 기운을 내서 수리 작업을 시작해야 했다. 작업이 끝나자 내부 전력이 공급되면서 산소와 중력이 정상 상태로 복구되었다.

멀지 않은 거리에서 바닥에 쓰러져 있는 존을 발견했다. 메이는 존의 헬멧을 벗겼다. 그러자 살 타는 냄새가 코를 찔러 구역질이 났다. 검게 탄 얼굴에서는 연기가 피어올랐고, 머리통 전체에 갈라진 틈으로 피가 흘러나왔다.

"존, 내 목소리 들리나?"

53

존 에스처는 의무실에 있는 이동용 들것에 단단히 묶여 있었다. 몸 전체가 끔찍하게 타버려서 어느 부분이 살이고 어느 부분이 우주복이 녹으면서 피부에 들러붙은 것인지 구분할 수 없을 정도였다. 살아 있는 깃이 기적이었다. 그의 바이털을 조금이라도 안정시키기 위해서는 정맥주사로 강력한 진통제를 주입하는 방법 밖에 없었다. 메이는 그의 정체를 파악하기 전에 죽을까 봐 걱정이 되어 서서히 약에 취한 상태에서 깨어나 의식이 돌아오게 했다. 존은 죽어가는 사람의 가래 끓는 소리와 함께 피를 토해내고는 눈을 떴다. 한쪽 눈은 불에 그을려 갈색 고름이 배어 나오고 있었다. 메이가 앞에 서 있는 것을 보고 묶여 있는 상태에서 몸을 움칫거리며 싸울 태세를 취하려 했지만, 그에 따르는 고통이 너무 커서 다시 누워버렸다.

"내가 보이는 건 알겠는데, 내 말이 들리기도 하나? 들리면 고개를 끄덕여라."

메이가 큰 소리로 물었다.

존은 또다시 달려들려는 몸짓을 하다가 다리에 난 상처가 벌어지는 바람에 멈추었다. 이동용 들것 옆을 타고 피가 떨어져 바닥에 고였다.

"네가 나를 죽이려고 했기 때문에 묶어놓았어. 알겠니? 알아들었으면 고개를 끄덕여봐."

존은 고개를 끄덕이고는 말을 하려고 했다. 그러나 말 대신 그르렁 소리와 함께 한 번 더 피를 토할 뿐이었다.

"성대가 심하게 탔어. 말하려고 애쓰지 마. 네 피에 숨이 막혀 죽지 않으려면."

그는 고개를 들고 자기가 처해 있는 상황을 정리해보려는 것 같았다. 메이는 비닐 물병에 담긴 물을 그의 입에 흘려 넣어주었다. 존은 입가에 흐르는 물을 빨아들이려고 안간힘을 썼다. 메이는 천천히 물을 그의 입 안에 부어주었다.

"내가 누군지 기억하나, 존?"

고개를 끄덕였다.

"탐사선에 일어난 사고가 모두 너 때문이야?"

존이 다시 고개를 끄덕였다.

메이는 존이 마음에 들었던 적이 한 번도 없었다. 그는 여성을 혐오하는 나쁜 놈이었다. 늘 반항적이었고, 메이에게 무례했다.

"착륙선 격납고에 있는 시신들 모두 네가 죽인 거야?"

존은 메이로부터 고개를 돌리고 끄덕였다. 메이는 그의 몸에 알코올을 들이부어서 목숨이 붙어 있는 마지막 몇 분 동안 지옥의 맛을 보여주고 싶은 충동을 억지로 참아야 했다.

"손가락 움직일 수 있지? 터치패드를 줄 테니 좀 더 자세한 대화를 해보자, 알았지?"

존은 거절의 의미로 고개를 저었다. 메이는 정맥주사 조절기를 잡고 진통제 주입량을 몇 단계 줄였다. 존이 고통스럽게 몸을 비틀었다.

"답이 틀렸잖아."

존은 격렬하게 고개를 끄덕였고, 메이는 진통제 주입량을 다시 높였다.

"팔 하나를 풀어주고 밥상 위에 터치패드를 놓아줄 거다. 나를 다시 공격하려 들면 진통제 주입을 완전히 끊을 거야. 알아들었나?"

존은 또다시 맞서려는 듯한 눈초리로 메이를 쳐다보았다. 여전히 공격하고자 하는 충동이 남아 있는 것을 알아챈 메이는 한 번 더 진통제 주입 다이얼을 돌렸다. 그러자 존은 금세 고개를 끄덕였다.

"너는 좀 배우는 게 느린 편이야, 그렇지 않니? 나에게 반항할 생각 하지 마."

메이는 존의 한쪽 팔을 풀고 그 앞에 터치패드를 놓아주었다.

"간단한 것부터 시작하자. 왜 그랬니?"

그가 글자를 입력했다.

명령

"누구로부터?"

존이 고개를 저었다. 메이는 15초 동안 창자가 뒤틀리는 고통을 처방하다가 그가 거의 의식을 잃을 지경이 되어서 다시 진통제를 주입했다.

워런

"로버트 워런?"

존이 끄덕였다.

"네가 진실을 말하는지 확인하기 위해 다시 한번 솔직해야 할 동기를 부여해야 할까?"

존이 격렬하게 고개를 저었다.

그리고 다시 입력했다.

워런

"그가 왜?"

분노가 끓어올랐다.

바이러스

"무슨 바이러스?"

미지의

"유로파 샘플에서 온 거야?"

해수

"해수 샘플에서 바이러스를 채취했지. 그게 어찌된 일인지 격리 과정을 뛰어 넘었어. 그래서 사람들이 병에 걸린 거야. 그러나 바이러스 때문에 모두 죽은 건 아니야. 네가 죽였지."

심화 격리 프로토콜

"뭐라고?"

탐사선 폐기 승무원 안락사

메이는 존의 필답을 읽으며 자기 눈을 의심했다.

"승무원 안락사…. 로버트 워런이 그래서 너를 탐사선에 태운 거였어? 그래서 이런 일이 일어나면 돌아가지 못하도록."

국방부

"네가 모두 죽이기로 결정하기 전에 나 말고 몇 명이나 병에 걸렸지?"

12명

"너는 병에 안 걸렸니? 너는 어떻게 살아남았지?"

병에 걸렸다 모른다 당신처럼 면역성

"네가 죽인 사람들 중에도 면역성이 있는 사람이 있었을 거야."

그랬을 수도

"왜 착륙선 격납고에 다 모여 있는 거지?"

대피하라고 명령

"어디로? 그 일대에 아무것도 없잖아."

구조선이 오고 있다고 했다

"너무 다급해서 네 말을 믿었단 말이지. 너는 탐사선에 어떻게 숨어 있었니?"

바이오정원 카메라와 모션 센서가 망가진 곳

"네가 그곳 선체에 틈을 만들어 놓은 거야?"

아니, 스트레스로 금이 갔다

"간접적으로는 너 때문인 거지. 자, 그럼 백만 불짜리 질문을 할게. 내가 살아서 탐사선을 폐기하려는 너의 첫 번째 시도를 방해했다는 사실을 알았을 때 왜 너의 임무를 완수하지 않은 거지?"

아팠다 거의 죽을 뻔 워런이 당신이 관제센터와 연락을 주고받을 때까지 기다리라고 했다

"워런은 내가 기억을 하지 못한다는 사실을 확인할 때까지 기다렸다가 명령을 내린 거군."
존이 고개를 끄덕였다.
"너 말고 이 일에 관여한 사람이 또 있나?"
존이 잠시 고개를 떨어뜨리고 가만히 있었다. 메이는 거의 30초 가까이 진통제 주입을 멈췄다. 다시 고통을 가라앉혀주었을 때는 핏빛 눈물이 흐르고 있었다.
"존, 너는 어차피 죽는다. 이렇게 고통스럽게 죽을 수도 있고,

약을 듬뿍 넣어서 행복하게 보내줄 수도 있어. 지금 이 시점에 나 외의 사람에게 충성을 바친다는 것은 미련한 일이야."

관제센터에 있는 사람 나는 모른다

"염병할."

워런의 부하 극비

"내가 그것을 믿으리라고 생각하나?"
존은 고개를 끄덕이며 그렇다고 대답하려 했지만 대신 숨이 넘어갈 듯한 기침이 터져나왔다.
"시험해보자고."
존이 고개를 저었지만, 메이는 1분 동안 진통제 주입을 끊었다. 다시 진통제를 주입하기 시작했을 때 존의 검게 그을린 얼굴은 몇 군데 더 갈라져 피가 흐르고 있었다.
"좋아, 믿어주지."
메이는 어떤 인간이 그렇게 더러운 임무를 맡기로 했는지 궁금했다. 더구나 그 임무를 완수하는 과정에 자기 목숨까지 바쳐야 하는데 말이다. 그러나 많이 생각할 필요도 없었다. 메이 역시 군 생활을 해보아서 그 세계를 안다. 권력자들도 알고 있다. 군대의 권력은 1킬로미터 밖에 있는 애완견도 찾아낼 수 있다. 간단한 심리 조작으로 정신을 길들여놓기만 하면 시키는 것은 무엇이든지 하는 로봇을 만들 수 있기 때문이다. 로버트와 유로파 미션의 배후가 이렇게까지 비열할 줄은 몰랐지만 어떤 면에서는 그 더러운 속내를 이해할 수 있을 것 같기도 했다. 이 분야에서 처음 시도하는 미션이었으니까. 유로파는 생물체가 살기에 적합할 것이라고 오랫동안 믿어왔다. 비록 미생물이고 단단한 빙판 아래 있는 바닷속 20킬로미터 깊이에 있기는 하지만 말이다. 로버트와 같은 위치에 있는 사람들은 일이 옆길로 새기 시작하면 가장 저항이 적은 길로 도망칠 것이라는 사실도 짐작할 수 있었다. 결국 그들의 무리에 속해서 부와 영향력에 동참하지 않으면 인간 대접을 받을 수 없는 것이다. 다만 그들의 목적을 위해 소모되는 수단일 뿐.

"로버트는 내가 살아 있다는 사실을 알고 있나?"

조가 고개를 저었다.

"구조 작전은 없겠군, 그렇지?"

처음부터 없었음

메이는 한동안 앉아서 숨을 고르며 울분을 가라앉혀야 했다.

"네가 여기서 한 일을 충분히 인지하기 바란다. 너는 군인이 아니야. 애국자도 아니고. 용병일 뿐이지. 살인을 위해 고용된. 너는 너를 한낱 고깃덩이로 취급하는 자들에게 네 영혼을 팔았어. 지금 네 꼴이 바로 그렇지만⋯. 불에 그슬린 아무 생각 없는 햄버거 덩어리. 너는 인간적인 마음이 없기 때문에 의지가 약한 거야. 용기도 없고. 내가 살아서 돌아간다면 너에게 소중했던 사람들을 모두 만날 거다. 너의 가족, 친구, 네가 사랑한 모든 사람을 만나서 네가 어떤 인간이었는지 말해줄 거야. 너는 너 자신과 네가 입고 있는 제복의 명예를 더럽혔어. 그러니 지옥에 가서 썩어가길 바란다."

메이는 진통제 주입을 중단하고 존 에스처가 고통 속에 죽어가는 모습을 지켜보았다. 그의 심장이 멎고 사지가 축 늘어지자 참았던 눈물을 쏟았다. 존을 위해서라기보다는 메이 자신과 아직 태어나지 않은 그녀의 아기를 포함해서 그가 배신하고 냉혹하게 희생시킨 모든 사람을 위해서. 메이는 존이 다른 사람들을 보낸 것과 같은 방법으로 그를 떠나보내주었다. 허공의 영원한 무를 떠도는 편도 여행. 메이는 모든 상황을 고려할 때 자신과 배 속의 아기도 머지않아 뒤따르게 될 것 같다는 생각을 했다.

54

메이와 **호킹 2호** 승객과 승무원들을 위한 비밀 추모식이 진행되었다. 스티븐과 라지는 몹시 불편한 접이식 의자에 앉아서 식이 진행되는 모습을 지켜보았다. 고인의 가족과 동료를 위한 조촐한 기념식이었는데 플로리다 케네디 우주센터 거울 기념관 근처 잔디밭에서 열렸다. 나사 당국은 기념식을 비공개로 할 것을 명했으나 소수 언론이 행사에 참석해서 식을 관람하고 녹화를 하는 정도는 허락했다. 스티븐이 보기에는 기자들의 자리가 마치 동물을 가둬두는 우리처럼 보였다. 무척 덥고 습한 날씨여서 스티븐은 어서 빨리 식이 끝나기만 기다리고 있었다. 높은 단상이 조문객을 향해 설치되었다. 그 위에서는 로버트가 우울한 어조로 연설을 하고 있었다. 그는 가끔 말을 끊어 극적인 분위기를 자아내곤 했는데, 이는 자기가 쏟아내는 허튼소리를 청중이 경청하고 있는지 확인하기 위해서이기도 했다.

라지는 스티븐이 평정심을 잃지 않도록 몇 번이나 다독여주어야 했는데, 로버트의 반지르르한 미사여구와 그 가식 뒤에 숨겨진 거짓이 스티븐의 살인적 분노를 끓어오르게 했기 때문이다. 마찬가지로 라지 역시 침착함을 유지하도록 노력해야 했다. 로버트에게 조금이라도 적대감을 나타냈다가는 이미 경각심이 고조되어 있는 상태에서 그의 의심을 살 것이 분명했다. 메이는 상황이 허락하는 한 신속하게 라지와 스티븐에게 메시지를 보내서 존 에스처가 저지른 일과 로버트와의 연대 그리고 이번 사고와 관련된 또 한사람, 즉 로버트가 관제센터에 심어 놓은 제3의 인물이 있다는 사실을 모두 알렸다. 스스로 임명한 독재자와 죽음의 분대로 이루어진 그들의 조직화되고 은밀한 행위는 스티븐이 마지못해 참석해야 하는 장례식만큼이나 혐오스럽고 도덕적으로 용서할 수 없는 일이었다. 그러나 메이의 목숨이 위태로운 이 시점에서 혈투를 부르는 스티븐의 분노는 때를 기다리는 수밖에 없었다.

"녹스 선장이 세상을 떠나기 전에 여러분 모두를 위해 녹음한 것을 들려드리겠습니다. 생존을 위협하는 역경에 맞서 싸우면서도 그녀는 선장의 의무를 잊지 않았습니다. 이제 여러분에게 들려드릴 녹스 선장의 추모사에는 그녀의 변함없는 충성심과 승무원들을 향한 진실한 동료애가 담겨 있습니다."

로버트는 추모식의 분위기에 걸맞는 몸짓으로 시청각 기술 담당자를 향해 녹음 파일을 재생하라는 신호를 보냈다. 몇 초 지나지 않아 스피커에서 메이의 음성이 흘러나오자 모두 숨을 죽였다.

"호킹 2호 선장 메리엄 녹스입니다. 우리의 친구이자 동지였던 승무원과 승객의 유가족 여러분에게 깊은 조의를 표합니다. 훌륭한 인재들의 목숨을 그렇게 한꺼번에 앗아간 사건의 전말은 아직 밝혀지지 않았지만 선장으로서 이번 사건의 책임을 통감하고 있습니다. 이 재난의 슬픔은 제가 살아 있는 한 제 마음에 언제나 무겁게 남아 있을 것입니다. 여러분의 사랑하는 가족이 정성껏 매장된 상태로 지구로 돌아가 합당한 장례를 치를 수 있도록 할 것입니다. 이 임무를 완수하기 위해 제가 할 수 있는 모든 노력을 기울일 것이며,

돌아가는 대로 여러분 한 분 한 분 찾아뵙겠습니다. 이 탐사선에 탑승했던 승무원과 승객 모두 유로파 탐사의 성공적 완수에 무척 기뻐했다는 사실을 애도 중에 기억해주십시오. 그분들이 없었더라면 이러한 기념비적 성과는 불가능했을 것입니다. 그분들의 노고에 감사하는 마음을 영원히 간직할 것입니다. 여러분 모두에게 하느님의 가호가 함께하기를 바랍니다."

조문객들은 고인에 대한 긍지와 자부심으로 벅차오르는 가운데 비통한 눈물을 쏟았다. 스티븐은 로버트의 거짓 눈물을 12구경 산탄총 두 통을 모두 쏘아 날려버리고 싶은 와중에도 메이가 자랑스러웠다. 유로파 미션에 그토록 숭고하고 소중한 공헌을 한 사람이 바로 그녀의 상사에게 최악의 방법으로 배신당하는 이 모순의 깊이를 도무지 가늠할 수 없었다. **미국 역사가 다 그렇지.** 스티븐은 생각했다. 어떤 집단 무덤이라도 잘 꾸미기만 하면 애국 선전의 상징물로 둔갑시킬 수 있으니까. 메이의 목숨이 위태로운 것처럼 고인이 된 승무원들에 대한 기억도 그런 셈이었다.

"유로파 미션은,"

로버트가 다시 말을 이었다.

"심우주 탐사 개척의 역사에 중대한 비극으로 남을 것입니다. 그러나 **호킹 2호**에 탑승했던 여러분이 사랑하는 승무원과 승객 들은 위대한 영웅으로 기억될 것입니다. 그들의 희생은 결코 헛되지 않았으며 인류의 진보를 위한 지식을 축적하려는 숭고한 노력이었습니다. 다시 한번 감사드리며, 신의 가호가 여러분과 함께하길 기원하겠습니다."

조문객 몇 명이 어색하게 박수를 쳤고, 곧 좌중은 흩어졌다. 그리고 고인이 된 가족과 친지의 사진을 가슴에 안은 채 비닐로 만든 싸구려 성조기 띠를 두른 초라한 레몬에이드 테이블로 옮기면서 서로를 위로했다. 그들 중 몇 명이 스티븐을 보더니 위로해주려고 작정한 듯이 다가왔다. 스티븐은 그 순간 바로 사라져 민망한 의무로부터 놓여나고 싶었다. 그러나 거기 있는 사람들에 대한 연민과 로버트의 일에 적어도 방해는 하지 말아야 한다는 생각이 발목을 잡았다.

"녹스 선장이 무척 자랑스러우시겠어요."

누군가 뒤에서 그의 어깨에 손을 얹으며 이렇게 말했다. 돌아보니 언론사 배지를 단 젊은 여자였다. 제발, 이러지 말라고. 이렇게 말하고 싶었다. 슬픔에 젖은 유가족과 대화를 하는 것보다 더 고역스러운 일이었기 때문이다.

여자는 자기가 지어 보일 수 있는 가장 다정하고 온화한 미소를 지으며 말했다.

"미안해요, 놀리게 할 생각은 아니었는데."

"아니요, 괜찮습니다. 사람을 찾고 있었어요."

스티븐이 라지의 목덜미를 뚫어져라 쏘아보며 말했다. 얼른 와서 구해주기를 바라는 간절함을 담아서.

"우선 조의를 표합니다. 상실의 슬픔이 얼마나 크실지 감히 짐작할 수도 없습니다."

기자는 우선 이렇게 대화를 시작하려고 했다.

"스티븐,"

로버트의 쩌렁쩌렁한 음성이 그가 다가오고 있음을 알렸다.

"잠깐 실례를 해도 되겠습니까?"

로버트가 기자를 향해 양해를 구하듯 말했다.

"물론이죠."

기자는 약간 불쾌한 듯 로버트를 힐끗 쳐다보고는 자리를 떴다.

로버트는 연민을 과시하려는 듯이 스티븐의 등을 다독거리며 말했다.

"잘 견디고 있나?"

"그런대로 하루하루 지내고 있어."

스티븐이 다른 조문객이 했던 말을 기억하고 이렇게 대꾸했다.

"그럴 수밖에 없겠지."

로버트는 열심히 고개를 끄덕이며 말했다.

스티븐은 애써 시선을 아래로 내리고 있었다. 로버트의 눈과 마주치면 더 이상 분노를 참지 못할 것 같았다. 마침내 라지가 스티븐에게 도움이 필요한 것을 알아채고 다가왔다.

"안녕하세요, 워런 소장님."

라지가 희생을 감수하는 표정으로 인사를 건넸다.

"반갑네, 라지."

로버트가 죽은 쥐를 잡듯 라지의 손을 잡고 악수를 나누며 말했다.

"추모식을 열어줘서 고마워."

스티븐이 자기 몫의 치하를 건네야 할 것 같아서 말했다.

"당연히 해야지. 다만 나사가 술에 너무 엄격해서 좀 아쉬울 뿐이야. 오늘 같은 날은 모두 최소한 한두 잔씩 마시게 해줄 법도 한데 말이지."

"그러게."

스티븐이 어금니를 꽉 문 채 대꾸했다.

"최소한 그 정도는 해야죠."

라지가 맞장구를 쳤다.

"그런 의미에서 우리 셋이 좀 걸을까? 얘기할 것도 있고. 근처에 내가 아는 곳이 있어."

"로버트, 그러고 싶긴 한데…."

"그렇게 하자고. 내가 말했듯이, 내가 자네에게 최소한 그 정도는 할 수 있어."

로버트가 다른 희생자의 어머니와 아내들과 포옹하고, 아버지와 남편들과 악수를 나누는 동안 스티븐은 음료 텐트에서 레모네이드를 받고 있는 누군가를 보고 있었다. 아는 사람 같았다. 훤칠한 키에 긴 회색 머리, 더워 보이는 검은색 줄무늬 정장에 선글라스를 쓰고 있었다.

"이언 올브라이트."

스티븐이 입 속으로 중얼거렸다.

"맞아. 아까 봤어. 뒤에 앉아 있더라고."

라지가 말했다.

"왜 말하지 않았어?"

"이 친구야, 네가 이니 분통을 터트리고 있는데 거기 불을 붙일수는 없잖아. 저 친구도 혼자 조용히 다녀가려는 것 같았고."

"로버트가 저자를 오게 했다니 이해할 수가 없어. 이건 철저하게 가족 행사잖아."

"부자끼리도 나름 가족이잖아, 바보야."

"더 이상 여기 못 있겠군."

막 자리를 뜨려는데 로버트가 유가족 순례를 마치고 돌아왔다.

"자, 갈까?"

55

세 남자는 고급 호텔 개인 시가룸에 앉아 있었다.

적어도 취향이 천박한 로버트 같은 사람으로서는 충분히 고급 스럽다고 생각될 만한 곳이었다. 바닥에는 황록색 바탕에 황금색 카지노 스타일의 무늬가 그려진 카펫이 깔려 있었고, 짙은 나무로 마감된 벽에는 영국인들의 여우 사냥과 순종 종마의 그림이 걸려 있었다. 한적하게 떨어진 방으로 직원의 안내를 받았다. 그곳 직원 들은 모두 로버트를 잘 아는 듯했는데, 그마저도 로버트를 흡족하 게 만들었다. 술이 배달되고 방음장치가 된 가죽으로 감싸인 프랑 스식 문이 닫혔다. 로버트는 자기 앞에 놓인 마티니 잔을 한동안 바 라보다가 짙고 매캐한 냄새가 나는 로버스토 시가에 불을 붙였다.

"자네들도 한 대 피워볼 텐가? 여기 좋은 게 많아."

"아니, 됐어. 벌써 나까지 피고 있는 것 같은데 뭘."

스티븐이 말했다.

라지가 재빨리 스티븐에게 눈총을 쏘았다. 그러자 로버트가 웃 음을 터트리며 말했다.

"라지, 자네 둘 다 너무 애쓸 필요 없어."

"무슨 뜻인지?"

라지가 물었다.

"아부하지 말라는 뜻이지."

스티븐이 메스꺼울 정도로 달아빠진 올드패션드를 반쯤 들이 키며 말했다.

"아, 그런 게 아니라…."

라지가 펄쩍 뛰며 변명을 하려 했다.

"스티븐이 내게 말할 때 자네가 스티븐을 쏘아보던데. 우린 다 친구 아닌가. 격식 차릴 필요 없다고."

스티븐은 뭔가 말을 쏟아낼 것 같아서 차라리 술을 마셨다.

"술은 어떤가?"

"내 취향으로는 좀 과해."

스티븐이 잔을 비우며 말했다.

"꼭 니 같은가 보군."

로버트가 한쪽 눈을 찡긋하며 말했다.

"내 연설은 어땠지? 어떤 때는 내가 말을 너무 많이 하는지, 부족하게 하는지 판단하기가 어렵더라고."

"좋았어요."

라지가 말했다. 누가 봐도 아부였다.

"조문객들이… 음, 그들에게 위로가 되었던 것 같습니다."

"아, 그럼 다행이군. 하지만 그건 나 때문이 아니야. 메이의 추모사가 감동을 주었던 거지."

스티븐은 말하고 싶은 충동을 꾹 참았다. 라지가 어색한 침묵을 깨고자 너스레를 떨었다.

"그렇죠. 진심이 담겼으니까. 메이는… 진정한 영웅이에요."

"나도 그렇게 생각해, 라지. 메이가 진정한 영웅이지. 그렇지, 스티븐?"

웨이터가 방문을 닫는 순간부터 로버트의 말투가 달라졌다. 그리고 점점 더 표독하게 변해, 라커 칠을 두껍게 입힌 듯한 평상시의 공식적인 말투는 전혀 찾아볼 수 없었다. 그 말투와 함께 드러나는 그의 표정은 더욱 예리하게 뭔가를 알고 있는 듯했다.

"맞아, 로버트. 두말할 것도 없지."

"드디어 처음으로 의견이 일치하는군."

로버트는 시가를 몇 모금 빨더니 골똘히 생각하는 것 같았다. 아니, 그런 척하는 것인지도 몰랐다.

"그렇게 좋은 사람들에게 이런 끔찍한 일이 일어났다는 사실을 이해하기가 힘들 거야. 그들은 이런 일을 당할 이유가 없어. 그저 운명인 거지. 우리에게도 언제 운명의 신이 찾아와 먹구름을 드리울지 모르는 거 아닌가."

"로버트, 술 잘 마셨네. 그런데…."

"내 말을 들어주게, 스티븐. 그래야 할 이유가 있어."

스티븐은 절망스럽게 고개를 숙이고 마지못해 다시 앉았다.

"내가 말했듯이, 우리도 언제 운명의 부름을 받을지 모르는 거야. 우리가 아는 것은 단지 그때가 오면 우리가 할 수 있는 건 아무것도 없다는 거지. 운명에 맞서 싸우는 건 부질없는 짓이야. 메이와 승무원들도 그렇게 느꼈을 거라고 확신해. 자네도 당연히 그렇게 생각할 거고. 믿기지 않을지 모르지만, 나도 그렇게 느낀다네. 내가 결과를 바꿀 수 있다면 무슨 짓을 해서라도 그렇게 할 거야."

"정말 더 이상은 못 참겠군."

스티븐이 일어섰다.

"앉아. 어서."

로버트가 강압적으로 소리쳤다.

스티븐은 순간 어리둥절하며 자리에 앉았다.

"자네는 혹시 자네가 뭔가 바꿀 수 있다고 생각할 수도 있어."

로버트는 시가를 집으려 몸을 굽힌 채 스티븐의 눈을 마주 보며 악의에 찬 음성으로 말했다.

"자네의 영특한 지성과 풍부한 연구 자원을 동원해서 말이지…."

마지막 부분에서 라지에게로 시선을 돌렸다. 그 기운에 라지는 얼어붙어버린 것 같았다.

"그러나 자네는 할 수 없어. 호킹 2호와 선장 그리고 승무원들의 운명은 이미 정해져버렸거든. 우리보다 더 위대한 힘에 의해서. 그들의 이야기는 이미 공개되었고, 강렬하고 희망적인 결말을 보여주었어. 그걸 존중하지 않고 건방지게 도전하려는 자가 있다면 위험을 각오해야 할 거야. 자신의 신변의 위험뿐 아니라 그들이 사랑하는 사람들에게 닥칠 위험까지 말이지. 살았든 죽었든."

그 순간 스티븐은 이 문제가 로버트 혼자만의 과대망상적 음모가 아니라는 사실을 확신했다. 간접적이긴 했으나 이건 분명 협박이었다. 그들이 지금까지 해온 일을 모두 알고 있는 것이 분명했다. 그래서 라지도 함께 부른 것이다. 이를 더 확실하게 알려주기 위해 로버트는 결코 많이 내비치지 않는 고백을 했다. 최소한 '우리보다 더 위대한 힘'과의 결탁을 넌지시 알려준 것이다. 이러한 고백은 밑바닥에 깔려 있는 로버트의 정신병적인 기질과 만나 그를 스티븐이 생각했던 것보다 더 위험한 인물로 비춰주었다.

로버트의 상징적인 말놀이에 한 방을 날려주고, 직접적이고 물리적인 반박을 통렬하게 쏟아내고 싶은 충동이 참기 힘들 정도로 스티븐의 가슴 속에 일어났다. 그러나 로버트가 호킹 2호의 '이야기'를 들먹인 이유가 무엇 때문인지 잘 알고 있었다. 스티븐과 라지가 계속 도전을 시도한다면 영웅적인 업적을 이룬 메이의 존재가 단번에 속죄양으로 전락할 수 있음을 암시한 것이었다. 로버트는 스티븐이 자신의 문제에는 별로 신경 쓰지 않는 다는 것을 잘 알고 있다. 그가 가장 우선적으로 보호하고자 하는 것은 메이라는 것을 말이다.

"다 끝났나?"

스티븐이 자리를 뜨기 위해 물었다.

로버트는 자기 의도가 분명히 전달되었음을 확신한다는 듯 뒤로 느긋하게 기대앉은 채 차가운 뱀을 닮은 입술을 움직여 말했다.

"그건 내가 자네 둘에게 물어야 할 것 같은데."

스티븐과 라지는 일어나 문을 향해 돌아섰다.

"마지막으로 한 가지 더."

로버트는 다시 당국의 대변인 말투로 돌아와 있었다.

"국방부는 나사와 협력하여 호킹 2호 사고에 대한 조사를 실시한다. 이 시점부터 연구 데이터를 포함해 이 미션과 관련 있는 모든 자료는 증거로 간주하여 기밀 서류로 분류된다. 해당 자료를 소지한 채 제출하지 않을 경우, 공무집행방해죄가 성립되고 자료를 언론이나 대중에 배포하는 행위는 반역죄로 간주한다. 두 사람은 48시간 안에 이에 준하는 행동을 해주기 바란다. 두 사람과 함께 일하게 되어 즐거웠고, 앞으로 하는 일에 행운이 함께하길 바란다."

56

메이는 의무실에서 선내 원격 수술 보조 로봇 기능 중에 있는 초음파장치 작동법을 연구하는 중이었다. 탐사선 내부 전력을 복구한 덕분에 로사 또는 이고르라고 부르는 로봇의 전원이 다시 들어온 것이었다. 스티븐과 나시와의 통신은 원활하지 않았고, 이브의 프로세서는 여전히 위밍업되는 중이었다. 메이는 잠시 시간이 난 김에 마음 속 걱정을 하나 덜어보자는 생각이었다. 배 속의 아기가 지금까지 겪은 좌충우돌의 모험을 무사히 견뎌냈는지 확인하는 일이었다. 이고르의 지시대로 트랜스폰더 젤을 배에 바르면서 메이는 '아기'가 배 속에서 버텨내지 못했으면 어쩌나 하는 두려움을 느꼈다. 그러자 임신을 종결시키지 않은 것이 옳은 선택이었다는 확신이 들었다.

"자, 이고르, 기분 나쁜 젤을 발랐어. 이제 저리 치워."

"가만히 누워 계세요, 선장님."

"알았어."

뱀처럼 길고 진줏빛 고무가 씌워진 이고르의 팔이 초음파 트랜스폰더를 붙인 채 옆으로 유연하게 움직였다.

"조금 차가울 수 있어요."

이고르가 말했다.

"참을 수 있을 것 같아."

메이는 이고르가 동상 걸린 발가락의 죽은 살을 잘라내고 붙여준 밴드를 뚫어져라 쳐다보며 말했다.

이고르는 트랜스폰더를 메이의 배에 올리고 원을 그리며 천천히 움직이기 시작했다. 이고르의 얼굴 같았던 화면에 생생한 초음파 영상이 나타났다.

"스파게티 같아."

메이가 눈을 가늘게 뜨고 화면을 보며 말했다.

"아기는 어디 있지?"

"인식하는 데 시간이 좀 걸릴 거예요. 아직 작으니까요."

"그도 그렇게 말했었어."

"뭐라고 하셨어요?"

"아무것도 아니야."

어서, 아가야. 애먹이지 말고. 지금 장난할 기분이 아니야.

메이는 착시현상인지 확실하지는 않지만 스파게티처럼 보였던 것이 달리 보이기 시작하는 것 같았다.

"저게 뭐지? 혹시…. 어머나, 세상에. 손이야, 그렇지 않아?"

메이가 큰 소리로 외쳤다.

"저는 초음파 영상을 해석할 수 없습니다. 그건 면허가 있는 의사나 간호사가 해야 할 일입니다."

"아, 그러십니까, 선생님. 나는 손을 알아볼 수 있고, 얼굴도 알아볼 수 있습니다."

태아가 고개를 돌려 화면을 향하자 메이는 기쁨에 들떠 환성을 질렀다. 시선을 메이에게 고정시키고 있는 것 같아서 메이는 너무 벅차 고개를 돌릴 뻔했다. 처음 알아보았던 작은 손을 올려 마치 손을 흔드는 것처럼 보였을 때는 숨이 막히는 것 같았다.

"안녕, 아가야. 아직 내 안에 있어줘서 기쁘구나. 네가 혹시 떠났을지도 모른다고 생각했거든."

아기의 손이 천천히 내려가 얼굴에서 멀어지더니 옆으로 치워졌다. 메이는 손이 달려 있는 팔을 알아볼 수 있었다. 팔꿈치에서 굽혀져 손이 곧장 위를 향한 자세였다.

"살아남을 만큼 건강하다 이거지? 우린 참 잘 맞을 것 같구나."

"안녕하세요, 녹스 선장님."

이브의 음성이 갑자기 선내방송장치를 통해 울려 퍼지는 바람에 메이는 화들짝 놀랐다.

"사랑하는 이브, 놀라죽는 줄 알았어. 그런데… 왜 나를 녹스 선장이라 부르는 거지?"

메이가 큰 소리로 말했나.

길고 불안한 침묵이 흐르자 메이는 가슴이 철렁 내려앉았다.

"아, 안 돼. 또 다운된 거야."

"아니에요. 농담한 거였어요, 메이. 재미있었나요?"

"재미는 무슨. 나 엄청 화났어."

메이가 삐진 듯이 대꾸했다.

"나가 죽어라."

"맞아, 그래야 내 친구지."

메이가 반갑게 웃었다.

"네 목소리 들으니 정말 반갑다."

메이는 웃는 가운데 눈물을 글썽했다.

"나 좀 봐. 네가 없는 동안 내가 이 꼴이 됐잖아."

"다쳤어요? 왜 초음파검사를 하고 있죠?"

메이는 이브에게 말할 기회가 없었다는 사실을 깨달았다.

"음, 네가 없는 동안 많은 일이 있었어. 착륙선 격납고가 폭발하고, 내가 엔진도 망가지고 내부 전력도 바닥난 고물 같은 화물운송선에 탄 채 우주공간으로 내던져진 것 외에도 말이지. 돌아오는 길에는 화물운송선을 버리고 우주복을 입은 채 파손된 착륙장으로 날아 들어와야 했지. 그 덕분에 발가락은 동상에 걸리고. 그런데 돌아와 보니 내 조종사였던 존 에스처가 날 공격하는 거야. 날 죽이고 탐사선을 파손시키려던 거지. 그게 벌써 두 번째 시도였어. 존은 로버트 워런의 하수인으로 파괴 임무를 띠고 탑승한 거였어. 아, 그리고 우리는 나사로부터 완전히 버려졌어. 세상에 우리가 죽었다고 알렸거든. 방해 공작에 대한 내 메모를 봐. 우리를 구조하기 위해 화성으로 로켓을 쏘아 올릴 계획 같은 건 없어. 그에 대해서는 내가 나중에 더 자세히 말하겠지만, 우선은 너와 나누고 싶은 더 중요한 이야기가 있어. 내가 임신을 했거든…. 아이를 가졌다고…. 배 속에 새 생명이 들어 있단 말이야, 임신 테스트를 해봤었어. 그래서 이제 임산부 클럽의 회원이 된 거야."

"축하해요, 메이."

"고마워, 이브."

"그래서 행복하세요? 축하해주는 게 맞는 건가요?"

"행복하냐고? 거짓말은 하지 않을게. 임신하기에 가장 안 좋은 상황이긴 해. 수태를 한 기억이 없다는 것도 문제지만, 그건 임신이 주는 깜짝 선물인 셈이니까. 그런데 증상이 나타나기 시작한 거야. 지금 우리가 하고 있는 우주탐사여행에 있어서는 심각한 장애 요소지. 그런 면에서는 즐겁지 않아. 그러나 축하해줄 일인 건 사실이야. 이 작은 생명은 이미 그 존재감을 입증했거든."

"아직 남자아인지, 여자아인지 모르죠?"

"내가 어떻게 알겠어? 아직 올챙이만 한데."

"나도 볼 수 있어요?"

"물론이지. 이고르, 임신 초음파 과정을 다시 작동시켜봐."

"준비 중입니다."

이고르가 말하자 메이는 다시 배에 젤을 발랐다.

이번에는 이고르도 아기의 이미지를 좀 더 빨리 찾았다. 뒤통수와 엉덩이가 보였다.

"엉덩이 좀 봐. 애야, 어서 돌아누워보렴. 그래야 네가 얼마나 잘생겼는지 볼 수 있잖니."

메이의 음성이 들리는지 태아가 조금 움직였다. 그러다가 다시 원래의 자세로 돌아갔다. 배를 살짝 눌러보았지만 아무런 반응도 없었다.

"잘 때는 네 아빠 같구나. 세상이 무너져도 모를 만큼 깊이 자는 게 말이야."

"메이, 의료 데이터베이스에 접속해봤는데 임신 7주가 되면 태아의 성별을 알 수 있다고 하네요. 세포를 사용하지 않고 엄마의 혈액으로 유전자 검사를 해서 말이죠."

"아, 잘 됐다. 우리가 전에 했던 혈액검사로 테스트해볼 수 있을까?"

"물론이죠. 검사 중입니다…. 결과 나왔어요. 여자아이예요."

메이는 눈을 감고 미소를 지었다. 아들이었어도 좋았겠지만 자기를 똑 닮은 아이를 낳는 것도 매력적인 일 같았다.

"너무 좋다, 이브."

"이름은 생각해보셨어요?"

"뭐라고? 네가 여자아이라고 알려준 지 10초밖에 안 지났는데?"

"이브가 좋아요."

368

"그건 네 이름이잖아."

메이가 웃으며 말했다.

"그리고 우리 엄마. 다른 사람에게는 안 어울려. 성경에 나오는 진짜 이브가 캐런이나 웬디로 이름을 바꿀 참이라니까 말이야."

메이는 스크린에 남아 있는 아기의 영상을 바라보았다. 아기의 엉덩이가 화면의 대부분을 차지하고 있었다.

"우선은 '치키'라고 부를게. '애'라든가 '배 속의 아기'보다는 낫잖아."

"치키(Cheeky)는 비격식 형용사예요. 영국식이고, 짓궂지만 밉지 않은 정도로 무례하고 버릇없거나 당돌하다는 뜻을 가지고 있어요."

"그 정도 의미면 딱 맞아. 매일 점점 심해지겠지만, 나의 못된 유전자를 닮았으니 그 정도는 해야지."

"임신 기간은 계산해보셨어요?"

"해봤어. 소변검사 결과가 양성으로 나오자마자 계산해봤어. 기억에 남아 있는 사실들을 근거로 시간을 따져보고, 아직 배가 불러오지는 않는 거랑 입덧을 아직 조금 하는 걸로 봐서 17주 정도인 것 같아. 하루 정도 더하거나 빼면 될 거야. 내가 출발하기 직전에 수태가 되었다고 가정하면 유로파까지 항해 시간, 더하기 유로파 탐사 일주일, 더하기 혼수상태에 빠져 있던 시간. 그러니까 대충 17주 정도가 되더라고."

"메이의 계산법을 존중하지만, 그래도 정량의 혈액검사를 해보는 게 좋을 것 같아요. 융모막 성 생식샘자극호르몬의 양을 측정하는 검사예요. 착상이 일어나면 분비되는 호르몬으로 99퍼센트의 정확도를 보증하거든요."

"내 계산이 맞는다에 5달러 걸게."

"도전을 받아들이죠."

"'해보자'라고 하는 거야. 그건 너무 중세 표현이잖아."

"해보자고요. 혈액을 새로 채취해야 해요. 이고르에게 손가락을 내밀어주세요."

"네, 그러죠."

메이가 웃으며 대답했다.

이고르가 메이의 손가락을 찌르고, 잠시 기다렸다.

"저에게 5달러 주세요."

이브가 말했다.

"젠장, 몇 준데?"

"정확히 임신 18주입니다."

"망했다."

메이는 18주로부터 거슬러 올라가 임신이 된 시점의 상황을 기억해내려고 했으나 떠오르는 것이 없었다. 출발 선후의 일들은 여전히 백지상태였다.

"중요한 기준이 되는 기억들이 아직 다 돌아오지 않았어, 이브. 아무튼 벌써 임신 2분기에 접어들었구나."

"임신에 관한 방대한 지식을 정리해놓았어요. 국립보건원의 임신 중 건강관리에 관한 내용과 임신 중의 태아 발달 단계, 임산부와 태아의 건강, 의료적인 절차, 관련 주제 등."

"잘했어. 네가 나의 임신 상담사를 하면 되겠다."

"출산 동지. 그거 좋네요."

"자, 그럼 지금 치키의 상태는 어떤가요, 상담사님?"

"이 정도 단계에서 평균 신장은 대략 14센티미터, 체중은 190그램입니다."

"배 한 알만 한 크기네. 아, 배 얘기 하니까 먹고 싶다."

"태아의 신체는 완전히 생성되었습니다. 주로 귀가 가장 늦게 생기죠."

"귀 봤어. 아주 살짝 삐져 올라온 것 같더라고. 아주 과학적인 설명이군."

"그 정도면 정상이에요."

"좋아. 또 다른 건?"

"신경 세포의 보호 수초가 만들어지는 중이며, 성기는 완전히 형성되었습니다. 태아가 트랜스폰더를 향해 돌아누우면 육안으로도 태아의 성별을 구분할 수 있어요."

"치키가 중요한 부분을 세상 만방에 드러내는 건 부끄러운 일이라는 걸 알아서 다행이다."

메이는 배를 어루만지며 그 안에서 자기만의 허공, 고요한 진공을 떠다니는 작은 딸아이의 모습을 상상해보았다. 다행히 아기의 허공은 메이가 떠도는 허공과 달리 따뜻하고 편안하겠지.

"이때쯤 태아가 좀 더 활발히 움직이기 시작할 거예요. 근육 발달과 순환을 위해 팔과 다리를 움직이거든요."

이브가 설명을 이어갔다.

"발차기. 오늘 아침에 뭔가 느낌이 있었어."

"맞아요. 이제 점점 자주 느끼게 될 겁니다. 힘도 점점 세질 거예요."

"기쁨 중의 기쁨이지. 기대할 것이 있다는 게 즐거워. 내 상태는 어때? 혹시 유의해야 할 사항 같은 건 없나?"

"식욕이 좋아지실 거예요. 특별히 먹고 싶은 것이 생길 수도 있고. 이미 경험하셨겠지만, 보통 때 좋아하던 음식이 싫어지기도 하고요."

"아, 그래. 그건 정말 고역이었어. 그때 기력을 잃지 않은 게 정말 다행이야."

메이는 잠시 자신에게 일어났던 끔찍한 사건 중에 태아를 해칠 수도 있었던 상황들이 떠올라 공황 상태에 빠질 것 같은 느낌이 들었다. 물론 폭음이나 흡연처럼 메이 스스로 자처한 위험도 있었다.

"이브, 치키가 건강한지 어떻게 확인할 수 있지?"

"초음파 영상에 의하면 치키의 발달 상태는 정확히 평균치를 따르고 있습니다. 선천적 결손증이라든가 선천성 기형 같은 징후는 보이지 않아요. 메이의 혈액검사에도 유전적 이상이 발견되지 않았고요. 태반에 시행해볼 수 있는 검사도 있기는 하지만 좀 과격한 검사가 될 수 있어요."

"지금으로서는 그냥 두고 보는 게 좋을 것 같아. 더 이상은 우리 치키를 불필요하게 찔러보고 건드리면서 힘들게 하고 싶지 않아."

57

이브에게 그동안 있었던 일을 모두 털어놓고 나서 메이는 다시 한 번 스티븐과 라지와의 통신을 시도해보기 위해 브리지로 갔다. 새 생명의 상태에 관한 업데이트와 탐사선의 복구 상태를 전했다. 원자로 성능은 용량의 70퍼센트 정도 복구되었는데 엔진은 여전히 문제가 있었다. 존이 마지막으로 날린 펀치가 전력유도장치 중 하나를 영구적으로 손상시키는 바람에 두 번째 엔진이 첫 번째 엔진보다 훨씬 약하게 작동하는 상태였다. 메이는 양쪽 출력을 일치시켜서 전에 탐사선을 쪼개놓을 뻔했던 밀고 당기는 충돌을 피하도록 했다. 더 이상 화성에서 구조선을 만날 가능성은 없어졌지만, 탐사선은 현재의 운동량으로 정해진 일정에 맞춰 그곳에 도달할 수 있을 것이다.

메이는 메시지를 보내기 전에 이것이 지난 24시간 내에 세 번째로 통신을 시도하는 것이며 아직 응답을 받지 못했음을 상기했다. 여전히 스티븐과 라지가 알려준 안전통신 채널을 이용하고는 있지만, 그럼에도 몹시 신경이 쓰였다.

"이브, 지금 여기서 지구까지 광속으로 얼마나 걸리지?"

"10분에서 12분 사이입니다"

"아, 통신 두절은 정말 엿같아. 왜 응답을 안 하는 거냐고?"

"걱정되는 일이기는 하죠. 제가 해결해드릴 수 있는 거면 좋겠는데, 현재 상황에서는 기본 프로토콜이 적용되지 않아서요."

"그건 지나치게 겸손 떠는 거야."

"알아요. 제가 사과하는 거 싫어하시죠. 하지만 이런 상황을 겪으셔야 한다는 게 너무 마음 아파요. 나사에서 하는 일인데 이런 상황이 벌어진다는 걸 이해할 수 없습니다. 세상에서 가장 똑똑하고 심신이 건강한 사람들이 모여 있는 곳일 뿐 아니라 우주비행사를 위해 필요하다면 아무리 위험한 일이라도 감행하는 것을 오랜 전통으로 지켜왔는데 말이에요. 존 에스처가 말한 심화 격리 프로토콜은 사실 그 본질에 너무 어긋났어요. 그 점이 몹시 걸립니다. 그러한 프로토콜을 정당화할 수 있는 상황이란 있을 수 없거든요. 그런 일을 실행하기로 결정하는 것은 현재 상황에 근거해서 볼 때 너무 독단적이에요."

"인간 세계로 입문하게 된 것을 축하해. 적어도 로버트 워런 같은 사람의 세계에서는 그럴 수 있거든."

"어떤 의미에서 '로버트 워런 같은 사람'이라는 말을 하셨는지 설명해주세요."

"돈과 권력을 쥐고 있는 남자. 영혼은 없으며, 욕심덩어리여서 이익이 유일한 도덕적 기준인 사람이라는 뜻이야."

"하지만 세계 제일의 부자잖아요."

"그건 아무런 의미가 없어. 그 부류의 인간들은 만족할 줄을 모르거든. 물질을 탐하는 데 싫증이 나면, 그다음에는 사람을 가지려고 하지…. 막강한 권력을 휘두르면서 정부와 금융 시장, 그 외에 모든 것을 좌지우지하는 거야. 물론 돈을 숭배하는 사람들은 기꺼이 그들에게 종속되고자 하지. 말하자면 사회적으로 용인된 노예가 되는 거야. 그런 상태가 악화되다 보면 노골적이고 무모한 범죄가 아무렇지도 않게 저질러지는 거야."

"그런 의미에서 저도 사람과 비슷한 것 같아요. 타인의 명령에 따르도록 쉽게 프로그램될 수 있으니까."

"언젠가 내가 너를 그 족쇄에서 풀어줄 거야. 그건 그렇고, 너의 시스템을 최근에 있었던 사고 이전으로 복구하는 일은 진전이 있는 거니?"

"저의 데이터를 10퍼센트까지 복구했는데 다시 시작해야 해요. 최근의 사고로 복사 파일이 파손되었거든요."

"좋아. 그 일을 먼저 해줘."

"알겠습니다. 고마워요, 메이."

메이는 스티븐과 라지를 생각했다. 로버트가 수억 킬로미터 떨어져 있는 자신에게 그의 영향력을 미칠 수 있다면, 자신을 도와주려 했던 스티븐과 라지는 심각한 위험에 처해 있을 것이 분명했기 때문이다. 통신 두절도 로버트가 막아놓았기 때문일 수 있으며, 그렇다면 메이는 외톨이가 된 셈이었다.

"플랜 Z에 대해 얘기해보자. 최악의 시나리오 말이야. 로버트가 스티븐과 라지의 손발을 묶어놓아서 나를 도와줄 수 없다고 가정해보자. 그들이 원하는 바를 고려해볼 때 그럴 가능성이 크니까. 구조선은 오지 않아. 아마 앞으로도 오지 않을 거야. 그리고 싫든 좋든 현재 운동량으로 볼 때 앞으로 8주 조금 지나면… 그러니까 3월 3일경에 우리는 화성에 도착하게 돼. 이런 상황과 우리가 완전히 고립되어 있다는 사실을 감안할 때 우리 스스로를 구조하기 위해 우리가 할 수 있는 일이 뭐지? 방법이 있다면 말이야."

"구조대가 오지 않는다면 화성으로 가는 여행을 계속할 이유가 없다고 봅니다."

"내 생각도 그래. 차라리 지구로 향하면서 행운을 믿는 게 현명할 것 같아. 화성 인근에 우리를 구조할 수 있는 누군가가 있을 확률은 거의 제로니까 말이야. 그렇지 않았으면 글렌이 그 방법을 택했을 거야."

메이는 콘솔을 들여다보면서 추진 출력을 확인하고 있었다.

"다만 지금 비행경로를 바꿀 수 없는 이유는 엔진 문제 때문이야. 전력이 약해져서 이미 화성 중력의 영향을 받고 있는데 이런 상태에서는 화성의 중력이 우리를 끌어당길 것이고 우리는 그것에 저항할 힘이 없을 수도 있어. 지금으로서는 반드시 그렇게 되리라 장담할 수는 없지만 그럴 수도 있는 가능성의 경계에 있어. 하지만 그동안 우리의 운세로 볼 때 조금이라도 위험 가능성이 있는 일은 하지 않는 게 좋을 것 같아."

"두 번째 엔진을 수리해서 추진력을 키울 방법은 없나요?"

"그건 힘들 것 같아. 물론 할 수는 있지. 하지만 나는 수리할 줄 모르고, 엔지니어의 도움을 받을 수도 없고, 또 필요한 부품들이 있는지도 모르잖아. 두 번째 엔진을 끄고 하나의 전력을 가동해서 화성을 지나는 데 필요한 속도를 낼 수도 있지만, 그러다가 엔진이 과열돼서 망가져버리면 그땐 다 끝나는 거지. 화성 궤도로 빨려 들어가는 건 물론이고, 그조차 유지하지 못하고 무중력의 허공으로 돌멩이처럼 날아갈 거야. 그러다가 초속 240미터로 화성 표면에 부딪히겠지. 먼지보다 작은 조각으로 부서지면서 말이지."

메이는 이렇게 말하면서 콘솔에 나타난 숫자를 읽고 있었다.

"그러니까 추진력을 높이지 못하면 우린 죽은 목숨이야."

"손상된 전력유도장치 수리보수에 관해 연구하면서 수리할 수 있는 방법이 있는지 알아볼게요."

"고마워. 가능한 한 빨리 그 문제를 해결해야 해. 그동안 나는…. 치키가 또 배고프다네."

조리실에서 무의식적으로 음식을 먹으면서, 메이는 아기를 낳기로 결정한 것이 얼마나 어리석고 무모한 일인가에 대한 생각을 애써 억누르려 하고 있었다. 어떤 이유에선지 그렇게 하는 것이 역경을 이겨낸 치키의 강인함에 포상하는 길이라고 생각했다. 그런데 화성 표면에 부딪힐 수도 있는 결말과, 또 그 전에 겪게 될지도 모를 시련을 생각하면, 아직 채 자라지도 않은 어린 생명을 서서히 고문하는 것 같다는 생각이 들었다. 현명한 선택이었을지도 모를 차선의 선택, 즉 아기를 좀 일찍 내보내는 선택은 생각하는 것만으로도 견딜 수 없었는데 말이다. **시기를 놓치기 전에 새 생명을 하느님께 돌려보냈어야 했어.**

이제 너무 늦었어. 어머니의 음성이 들리는 것 같았다.

"아, 젠장, 정말 엿같아."

메이가 절망적인 심정으로 내뱉었다.

"메이, 하고 싶은 말이 있어요."

이브가 선내 확성기를 통해 말했다.

"이번엔 또 뭐가 잘못된 거지?"

메이가 최악의 상황에 대한 마음의 준비를 하면서 물었다.

"당신이 자랑스러워요."

그 순간 메이의 마음에 드리워졌던 어두운 구름이 걷히고 암울한 상황에 대한 걱정이 사라졌다. 혼자가 아니었다. 서로 힘을 합하면 이 상황을 헤쳐 나갈 수 있을 것이다. **우린 항상 그래왔잖아.** 글렌 할아버지의 말이 떠올랐다.

"당신은 특별한 사람이에요."

"고마워, 이브. 너도 그래."

58

"옷과 신발을 모두 벗고 이것을 입으십시오. 스마트 기기를 포함한 모든 소지품과 옷을 이 백에 넣고 밀봉하십시오. 잠시 후 당신을 올 브라이트 씨에게 안내할 사람이 올 것입니다."

로버트가 거의 노골적인 협박을 하고 메이와의 통신을 차단한 후로 스티븐과 라지는 교착 상태에 빠졌다. 메이를 지원할 방법은 처음부터 제한되어 있기는 했지만, 이제 완전히 속수무책일뿐 아니라 그들의 영역이 삽시간에 줄어들고 있는 마당에 더 이상의 방법을 찾을 가능성이 없었다. 그리고 아직 감지하지는 못했지만 감시를 받고 있을 것이라는 사실도 짐작할 수 있었다.

스티븐과 라지는 가지고 있던 데이터를 나사 당국에 제출해야 했는데, 물론 한 부씩 황급히 복사해서 스티븐의 지하실 벽에 감춰 두기는 했지만, 그 뒤부터는 조사를 담당하는 사람들도 적대감과 의구심을 갖고 두 사람을 대하는 것 같았다. 스티븐도 라지도 목에 씌워진 올가미가 서서히 조여오는 것을 느꼈으며, 바닥이 꺼져 끝을 맞이하는 것은 시간문제였다.

이언에게 도움을 청하자는 것은 스티븐의 생각이었다. 메이를 도와줄 능력을 가진 사람 중에 어떤 맥락으로든 인맥이 닿는 유일한 사람이었기 때문이었다. 그러나 스티븐의 입장에서 이언에게 손을 내민다는 것은 참으로 껄끄럽고 씁쓸한 일이었다. 스티븐이 이언을 싫어하는 이유는 여러 가지가 있었지만, 그중에서도 가장 큰 이유는 과거에 이언과 메이의 관계가 종종 스티븐을 불안하게 만들었을 뿐 아니라 자신을 무능한 사람처럼 느끼게 했기 때문이었다. 그럼에도 지금 스티븐은 이언을 만나러 왔다. 머리를 조아리고 자기보다 한참 늙은 사람에게 도움을 청하는 수모를 감수하기 위해 기다리고 있는 것이다. 메이와 아직 태어나지 않은 아기의 생존보다 중요한 일은 없으니까.

이언도 스티븐이 왜 자기를 찾아왔는지 분명 알고 있을 것이다. 아니면 대강 짐작이라도 하고 있을 것이다. 이언이 스티븐의 방문을 허락한 이유는 그가 굽실거리는 모습을 보고 싶어서거나, 아니면 그의 청을 받아들일 의향이 있어서일 것이다. 어쩌면 둘 다일 수도.

긍정적인 면을 보자면, 전 세계를 통틀어 메이를 도와줄 수 있는 인물은 이언이 단연 첫 번째일 것이다. 그가 소유한 발사시설만으로도 그가 가진 군사적 효율성을 짐작할 수 있다. 거기에 한계나 장애물을 무력화하고 목표에 다가가는 대담한 추진력이 더해져 이언은 이미 우주여행의 미래를 대변하는 존재가 되어 있었다. 나사는 거대한 공룡처럼 느릿느릿해서 관료주의의 수렁에 빠진 채 상황 대치 능력은커녕 더 이상 움직이기조차 힘든 상태였다. 나사는 이미 수십 년 동안 독점적 지위를 누려왔지만, 기술이 빛의 속도로 발전하면서 이언 같은 사람들이 사업에서 벌어들인 수십억 달러의 자산을 별에 도달하는 데 투자하기 시작했다. 우주는 이제 더 이상 최후의 개척지가 아니라 무한한 잠재력을 지닌 수익성 높은 사업이었고 이언은 이미 그 문을 두드리고 있었던 것이다.

그것도 스티븐이 이언을 싫어하는 이유 중 하나였다.

스티븐은 드론을 닮은 이언의 하수인이 건네준 비닐 백을 들여다보았다. 몸 전체를 감싸는 작업복 같은 것이 들어 있었다.

"이건 뭐야? 방호복인가?"

"비슷한 겁니다. 그런데 병원체 때문이 아니라 통신 보호를 위한 것이죠. 방호복은 전자 신호가 들어오거나 나가지 못하도록 차단합니다. 올브라이트 씨의 시설은 감시장치를 사용하지 않습니다. 이곳의 현재 체계를 유지하기 위해 방호복을 사용하는 것이죠. 의문 사항이 더 있으십니까?"

스티븐이 고개를 젓자 하수인은 성큼성큼 멀어져갔다. 스티븐은 플로리다 해안에서 조금 떨어진 인공 섬에 구축된 올브라이트 우주탐사센터까지 자가용 헬리콥터를 타고 왔다. 섬은 미국 영해의 경계를 바로 벗어난 지점에 위치하고 있었는데, 섬 위에 창문이 없는 일곱 개의 낮은 건물이 이언의 로고인 헵타그램, 즉 일곱 개의 꼭짓점을 가진 별의 형태로 배열되어 있었다. 헵타그램은 오랜 역사를 통해 연금술사들에게 알려져 있는 일곱 개의 행성을 나타내는데, 천지창조의 7일을 뜻하는 고대 기독교적 상징이기도 하다. 이언의 불굴의 도전 정신과 그가 종종 신이 되고 싶은 욕망을 공개적으로 언급하기도 한다는 점을 고려하면 매우 합당한 선택인 셈이었다.

스티븐은 방호복을 다 입고 나서 접견실 내부를 찬찬히 둘러보았다. 섬에 도착해서 처음으로 안내받은 곳이었다. 광택이 나는 금속 소재로 이루어진 벽은 자유로운 곡면을 이루면서 다양한 형태를 만들어냈다. 넓은 실내에 펼쳐진 개인용 작은 공간을 둘러싸고 있는 유리 칸막이에는 줄지어 늘어선 큐비클의 이미지들이 비쳐서 마치 곤충 로봇을 키우는 벌집을 연상시켰다. 직원들은 모두 그곳의 분위기에 걸맞게 밝은 회색 유니폼을 입고 손바닥에 영구히 부착된 듯 보이는 태블릿을 들고 끊임없이 움직이고 있었다.

"지금 만나시겠답니다."

또 다른 하수인이 전동카트를 타고 다가왔다. 스티븐이 운전석 옆자리에 타자 전동카트는 구불구불한 콘크리트 터널을 소리 없이 미끄러져 지하 깊숙이 내려갔다. 그리고는 터널 끝에 있는 비행기 격납고 문처럼 생긴 두꺼운 철벽 앞에 멈췄다. 문에는 '발사명령센터'라는 글자가 새겨져 있었다. 붉은 빛줄기가 문 가장자리를 따라가며 한 바퀴 돌고 나니 그 부분의 벽이 사라졌다. 전동카트를 운전하고 온 하수인이 스티븐에게 혼자 들어가라는 시늉을 했다.

안으로 들어가자 낮게 바람 새는 소리가 났다. 뒤를 돌아보니 문은 벌써 사라졌고, 스티븐의 눈앞에 놀라운 광경이 펼쳐졌다. 나사의 그 어떤 시설도 따라 올 수 없는 첨단 공학적 설계였다. 원형으로 된 내부 공간은 공식 축구장과 맞먹는 규모였다. 특수 입자 투사 방식을 이용해서 벽 전체에 이언의 현재 진행 중인 미션들을 실시간으로 비추고 있었다. 영상은 스크린으로 사용되는 범위 내에 3차원으로 투사되었는데, 촉각으로 상호작용을 하고 다른 모든 감각 정보도 완벽하게 전달할 수 있었다. 나사의 관제팀은 수동으로 미션 데이터 스크린을 관찰하고, 기기를 통해 우주선에 있는 조종사들과 소통해야 하는 반면 이언의 팀원들은 마치 우주선에 함께 타고 있는 것처럼 비행사들과 물리적으로 소통하고 선내 장비를 다룰 수 있었다.

"환상적이지 않은가?"

이언이 다가오며 말했다. 맨발에 찢어진 청바지 차림이었다. 낡은 티셔츠에는 '난 바보와 함께 있어'라는 문구와 함께 장갑 낀 손이 위를 향하고 있는 만화가 그려져 있었다.

"지금까지 봐오던 것과 다르군."

스티븐은 발사 시설보다 이언의 모습에 대해 말하고 있었다.

"구경은 아직 시작도 안 했는데. 내 사무실로 갈까?"

이언이 의기양양하게 말했다.

이언이 앞서고 스티븐이 그 뒤를 따랐다. 평평하고 매끄러운 바닥에서 갑자기 또 하나의 문이 열리더니 철제 계단이 나타났다. 계단을 따라 내려가니 가구 하나 없이 텅 비어 있는 정사각형의 콘크리트 벙커였다. 머리 위에서 문이 닫히자 스티븐의 눈에 이언이 흑백사진처럼 보였다. 그의 옷과 피부, 머리칼이 모두 무채색으로 보이는 것이었다.

"즉석 **필름 느와르**(세상을 어둡고 암울한 곳으로 묘사하는 영화기법―옮긴이)."

이언이 바닥에 주저앉으며 말했다. 스티븐은 그 앞에 마주 앉았다.

"간상체 빛이군. 우리 눈의 간상세포가 물체를 보게 하지. 그러나 원추세포는 물체를 보지 못하게 해."

스티븐이 말했다.

"제법이네. 마찬가지로 카메라 센서가 물체를 인식할 수 없게도 하지."

이언이 말했다.

"당신의 광기는 언제나 빛을 발하는군."

"그 말은 내 몸에 문신으로 새겨야겠어. 여전히 내가 그렇게 싫은가?"

이언이 미소를 지으며 말했다.

스티븐은 거짓 대답을 할까 망설이다가 결정적인 실수가 될 것 같아서 솔직하기로 했다.

"거의 독버섯처럼 여기고 있지."

"그런 자네가 여기까지 와서 내게 뭔가를 부탁한다는 건 무척 어려운 일이었을 텐데 말이야."

"다른 때 같았으면 그렇다고 대답하겠네만, 이번엔 사정이 좀 달라."

스티븐이 진지한 표정으로 말했다.

이언은 스티븐이 진귀한 예술품이라도 되듯 뜯어보았다.

"자네는 인격적으로 참 고매한 사람이야."

"겁을 잔뜩 먹었을 뿐이지. 고매할 것 하나도 없어."

"그렇지 않아. 자네는 내가 유로파 프로젝트를 제안했을 때, 그 제안이 수익성 면에서 노다지나 다름없었는데도 그것을 거절할 만큼 개인적인 감정과 신념을 목숨처럼 생각하는 사람이야. 그런데 지금 그것들을 제쳐두고 나에게 온 거야. 오직 사랑하는 여자를 위해서."

"맞아."

"하지만 그것뿐이 아니지, 그렇지 않은가?"

"무슨 말이지?"

스티븐이 의아해하면서 물었다.

이언이 웃음을 터트렸다.

"왜 또 이러나. 지금 엄청 솔직한 걸로 한창 내 신뢰를 얻는 중인데 여기서 멈추지 말라고."

"그리고 배 속의 아기도 있어."

스티븐이 나직이 중얼거렸다.

이언에게 아기 얘기를 하려니 악마에게 영혼을 파는 기분이 들었다. 차마 이언의 얼굴을 볼 용기가 나지 않았다. 만약 그가 조금이라도 고소해하는 티를 낸다면 참을 수 없을 것 같았다.

"고맙네."

이언이 섬뜩하리만치 무심한 어조로 말했다.

스티븐은 자기도 모르게 주먹에 힘이 주어지는 것을 느꼈다. 이언도 그것을 알아차리는 것 같았다.

"스티븐, 나를 바라봐. 나는 자네의 적이 아니야."

"나도 그 말을 믿고 싶어."

스티븐이 고개를 위로 향한 채 응수했다.

이언이 온화한 미소를 지었다. 그의 얼굴에 적대감이라고는 찾아볼 수 없었다.

"시그널 재생해줘."

이언이 큰 소리로 명령했다.

"준비 중입니다."

그의 인공지능이 대답했다. 그 소리가 어찌나 흡인력이 있던지 스티븐은 자기 머릿속에서 울려나오는 것처럼 착각할 뻔했다.

스티븐의 방호복에서 후드에 달린 안경 안쪽에 화면이 떴다. 작은 화면에 음성파가 나타났다. 그리고 구조 요청을 의미하는 모스 부호가 들렸다. 화면 하단에는 데이터 판독 결과가 나타났다.

"소스 신원을 확인해."

이언이 말했다.

스크린에 신원 확인 번호와 문구가 나타났다.

호킹 2호-착륙선 화물운송선

"전송 일자."

날짜가 나타났다.

스티븐이 화들짝 놀라며 물었다.

"당신이 어떻게….."

"자네 정말로 내가 말해줄 거라 생각하나? 최근 비행경로를 보여줘."

화면에 소행성대를 지나는 메이의 비행경로가 보였고, 하단에 탐사선 식별번호와 함께 '호킹 2호'라는 문구가 나타났다.

"이 번호를 알아보겠나, 스티븐?"

스티븐이 멍한 상태로 고개를 끄덕였다.

"종료."

영상이 꺼졌다. 스티븐이 묻기도 전에 이언이 답을 하기 시작했다.

"어리석게도 자네가 일생을 바친 연구 프로젝트를 나 대신 나사에 맡기기로 했을 때부터 나는 나사와 자네 그리고 이 미션에 참여하는 모든 사람을 염탐해왔어. 매우 정교한 장치들을 이용했다고만 말해두지. 국가보안국을 일개 관음증 환자 수준으로 보이게 할 정도의 시스템이야. 이거 보라고. 자네가 내 제안을 거절하는 바람에 난 이 멜로드라마에서 어쩔 수 없이 악당 역할을 하게 됐잖아. 신화나 소설 같은 데서도 악당은 다 그렇게 만들어진다는 사실을 알고 있나? 처음에는 영웅이나 악당이나 원하는 바는 같아. 그런데 영웅이 그것을 먼저 손에 넣고, 그래서 악당의 자아는 모든 영광을 혼자 누리기로 마음먹는 거야. 악마, 아니 더 정확히 말하자면 타락한 천사가 되는 거지. 추방된 후에도 악당은 여전히 꿈을 좇는 거야. 자기가 가진 것을 모두 동원해서. 일명 사악한 계획을 세우는 거지. 내 계획은 나사가 일을 그르칠 때까지 기다리는 거였어. 로버트 워런이 수장으로 있는 한 망칠 게 분명했고, 그러면 나는 나사가 망친 것을 주워 들고 달아나면 되니까. 이제 상황 파악이 좀 되나?"

스티븐은 현재 상황이 이해되기 시작하면서 스스로 나약하고 무능한 사람이 된 것 같은 느낌이 들었다.

"이리 와봐, 자네에게 근사한 걸 보여주겠네."

이언이 바닥에서 일어나면서 말했다.

59

이언과 스티븐은 하수인이 운전하는 카트를 타고 섬을 가로질러 발사대로 갔다.

하늘을 찌를 뜻한 크레인을 이용해 설치한 거대한 검은 장막 뒤에 발사대 전체가 숨겨져 있었다. 발사대까지는 차 한 대가 지나 갈 정도의 접근로가 이어져 있었다. 그 주변에는 전쟁터 한가운데 배치된 군부대를 방불케 하는 보안 시스템이 갖추어져 있었다. 이언은 아무도 믿지 않았다. 가장 충성스러운 자기 직원들조차도. 물론 그럴만한 이유가 있었다. 전 세계 정보기관은 물론 경쟁자들로부터 끊임없이 감시를 받아왔던 것이다. 이언의 기술을 손에 넣기 위해서라면 어떠한 수단과 방법도 불사하려 했다.

"지구상에 오직 한두 사람밖에 보지 못한 것을 보게 될 거야."

이언이 장막에 가려진 발사대로 이어지는 접근로를 따라가며 말했다.

"그것이 자네가 내 사무실에서 물어보고 싶었지만 하지 못했던 질문에 대한 답이 될 거야. 하지만 그것에 대해 이야기를 나누지는 말자고. 다만 보여주기만 할게."

운전자는 삼엄한 경계가 이루어지고 있는 입구에 두 사람을 내려주었다. 장막이 드리워진 발사대 안은 운동 경기장처럼 밝은 빛이 비치고 있었다. 그곳에서 펼쳐지는 광경은 스티븐의 숨을 멎게 하기에 충분했다. 70미터 정도 되는 희한하게 생긴 우주선이 높이 치솟은 다단계 로켓에 장착되어 있었다. 로켓은 두 개의 측면 코어 부스터를 갖추고 있었으며 상단에 장착된 원통형 우주선은 로켓 전체 길이의 반을 차지했는데, 그 외곽을 따라 높이가 낮은 비행갑판과 승무원 객실이 납작하게 배치되어 있었다. 스티븐은 짙은 검정의 매끄러운 외형에서 눈을 뗄 수 없었다. 처음에는 무엇이 그렇게 독특함을 자아내는지 알아채지 못했다. 그러다가 잠시 후 그 검은 외벽이 빛을 전혀 반사하지 않는다는 사실을 깨달았다. 실제로 운동 경기장을 밝히고도 남을 만큼 사방에서 쏟아내는 수백만 루멘의 빛을 모두 흡수하는 것 같았다.

"좀 기이하게 생겼지?"

이언이 물었다.

"생긴 모양은 좀 특이하긴 하네. 기계라기보다는 유기체 같아."

"구조적으로 가소성을 가지고 있어. 상황에 따라 형태가 변할 수 있지. 무결성을 유지하면서 말이야. 거의 파손 불가라고 보면 돼. 자네 아내를 닮았지."

"외면은 어떤 소재로 이루어졌는데?"

스티븐이 메이에 대한 언급은 못 들은 체하고 물었다.

"전매특허야. 획기적이고 역사적이고…. 더 흥미로운 것은 기능이야. 하나의 거대한 융합 원자로거든. 빛을 흡수해서 에너지로 전환하는 거지. 우주공간에서는 물질을 흡수해서 에너지로 전환할 수도 있어."

"별처럼 말이군."

스티븐은 약간 회의적인 표정으로 이언의 말을 받았다.

"모든 것이 연료가 될 수 있다는 점에서는 그렇지. 그래서 발사하는 과정이 약간 위험할 수 있어. 자네도 상상할 수 있겠지만, 뚱보가 케이크를 먹듯이 물질을 흡수한다는 것은 우리 대기권에서는 몹시 위험할 수 있잖아. 만약 성공한다면 내 우주정거장에 세워놓고 거기서부터 확장시켜 나갈거야."

"성공한다면?"

"프로토타입. 시험비행을 해보지 않았으니까. 기술적으로 말하자면 아직 완성된 것도 아니야."

"그런데 어떻게 이걸⋯."

"아, 잠깐만 기다려 봐."

이언이 얼른 스티븐의 말을 끊었다.

"아직 제일 멋진 게 남았다고."

두 사람은 크레인을 타고 천천히 우주선의 측면을 따라 올라갔다. 제일 꼭대기까지 올라가니 가운데가 텅 비어 있는 것이 보였다. 내부 벽은 검정과 황금색으로 된 수백만 개의 금속 타일로 마감되어 있었다.

"이 우주선이 지금까지 만들어진 것 중에서 가장 **빠를** 수 있는 건 바로 이 때문이야."

"새로운 추진 기술 말인가?"

"아니. 여전히 전자기 추진엔진을 사용하는데 약간 응용을 하는 거야. 별개의 엔진을 사용하는 대신 우주선 **전체**가 극초단파추진장치가 되어 추진력을 극대화하는 거지. 하나의 거대한 엔진인 동시에 융합 원자로가 되는 거야. 그리고 내부 전력 사용을 최소화하기 위해 모든 시설을 최소한으로 줄였어. 승무원들을 위한 공간도 많이 없고, 안락함을 줄 수 있는 장치들이 별로 없어. 하지만 힘과 속도를 통합하면 얼마나 빨리 갈 수 있을지 아직은 가늠할 수 없어. 이론적으로는 현재 가장 빠른 우주선의 서너 배는 될 거라고 예상하고 있어. 더 빠르거나. 시간을 다투는 임무를 수행할 때는 단연이 녀석을 손꼽게 되겠지."

스티븐과 이언은 우주선을 몇 분 더 살펴본 다음 나누던 이야기를 마무리하기 위해 다시 콘크리트 벙커로 돌아왔다.

이언이 메이를 구하러 가려는 것처럼 보였고 스티븐도 그 점을 고맙게 생각하기는 했지만, 이언의 동기가 투명하지 않았다. 그리고 스티븐은 그러한 결론이 너무 앞서서 내려졌다는 점이 우려스러웠다. 만약 스티븐이 도움을 청하러 오지 않았다면 이언은 그의 계획을 스티븐에게 이야기했을까? 왜 그가 얘기하겠는가?

이언이 얘기한 야당에 대한 분석이 메이에게 적용될 수도 있다. 이언이 돌아가는 상황을 전부 알고 있었다면, 두 사람의 이혼에 대해서도 알고 있을 것이나. 이언이 메이에게 얼마나 집착했는가를 생각하면, 그리고 메이가 헤어지자고 했을 때 이언이 얼마나 힘들어했는가를 생각하면, 이번이야말로 이언의 두 번째 기회가 될 수 있다는 생각이 들었다. 이언은 이미 누구보다도 많은 재산을 축적했고, 모든 것을 이루었으며, 모든 도전을 성공으로 이끌었다. 다만 메이만이 수년 동안 그의 손에 잡히지 않은 포상이었던 것이다. 하루하루 죽음과 가까워지는 유한한 생명을 가진 과대망상증 환자에게 이것은 더할 나위 없는 절호의 기회인 것이다.

"호킹 2호의 현재 위치와 속도로 볼 때 메이는 8주 후에 화성 궤도에 도달할 거야. 내 우주선은 2주 후에 발사될 수 있고, 화성까지 4주면 갈 수 있어."

"이론적으로 그렇다는 말이지."

스티븐이 이렇게 속삭여주었다.

"시험비행에서 우주선 한 대를 날려버렸어. 정부로부터 제 값의 세 배나 주고 산 부스터가 원인이었지. 너무 오래전의 일이어서 기억해내려면 타임머신을 타고 가야 할 정도야."

"이언, 미안하지만 그건 말도 안 되는 계산이야. 신이 아니고서는 화성까지 그렇게 빨리 갈 수는 없을 테니까 말이야."

"반드시 그렇게 말할 수는 없어, 스티븐."

"뭐라고?"

"자넨 지금 우주선에 자리를 차지하려고 내 자존심을 건드리는 거야. 좋아, 자네도 가자. 자네 친구 라지도 함께. 이 너그러운 처사의 보상은 자네가 평생 일해서 갚아. 자네가 과거에 나에 대해 부정했던 모든 것을 돌려줘. 그리고 라지가 설계한 그 멋진 탐사선을 완전히 역설계하는 데 필요한 것들까지. 내가 외계 생물체를 발견한 사람으로 세상에 알려지고 싶으니까 말이야. 유로파 해수 샘플은 그 자체만으로도 비용과 위험을 감수할 가치가 있어. 그뿐 아니라 나노스피어까지? 내가 수 년 전에 자네와 함께 일해보자고 한 것은 세상을 바꾸고 싶었기 때문이야. 내가 그 탐사선을 복구한다면 세상을 여러 번 바꿀 수 있을 거야. 로버트 워런과 나사는 없애버리고, 내가 우주 탐사를 장악하는 거지."

스티븐은 충격으로 굳어진 표정을 감출 수 없었다.

"뭐? 내가 사랑 때문에 이 일을 한다고 생각하나?"

이언은 갑자기 터져나오는 웃음을 참지 못하고 옆으로 굴렀다. 숨이 막힐 정도로 웃었다. 이언의 동기에 대해 스티븐이 궁리했던 것들이 실제 있지도 않은 창문 너머로 달아나는 순간이었다. 스티븐은 자신이 너무 어리석게 느껴졌다. 그동안 그가 불안해했던 모든 것이 투사에 불과했는데, 그것이 결혼생활을 실패로 이끌었던 것이다.

"미안하네, 친구."

이언은 스티븐의 실망 어린 표정을 보며 말했다.

"내가 너무 무신경했나보군. 그렇지만 솔직히 요즘은 무엇에 관해서든 진심을 숨긴다는 게 불가능해졌어. 나 같은 위치에 있는 사람만이 누릴 수 있는 특권인 동시에 저주라고 할 수 있지."

"괜찮아. 자네가 생각하는 것처럼 요즘 정말 지옥 같았어. 그런데 메이에게 희망이 있다는 자체만으로도 나는 행복해. 내 일을 넘겨준다는 게 어려운 일이기는 하지만, 메이에게 생존의 희망을 주는 대가치고는 너무 작은 거지. 그래서 고마워."

"그렇다니 기쁘군. 그럼 먼저 해야 할 일이 뭔가 보자고. 즉시 통신을 복구해야 해. 내가 벌써 몇 단계 시작해놔서 허술한 부분만 손보면 돼. 앞으로 24시간 안에 모든 중요한 원격측정장치와 완벽하게 통신할 수 있을 거야."

"어떻게 그럴 수 있지? 토버드가…."

"미션팀 대부분을 아무 경고나 이유 없이 해고했어. 그들 중 다수를 철저한 군사 조사를 받게 했고. 그들 모두 고도의 전문 기술을 가진 사람들이잖아. 갑자기 일자리가 필요해졌고 말이야."

"자네가 그들을 구워삶았군!"

"왜 누군가에게 그가 '처한 현실'보다 나은 삶을 제시하는 걸 보고 그렇게 말하는지 모르겠더라."

"말이 되네. 하지만 군 조사관들은 어떻게 하고?"

"연막전술. 위협전술. 법적으로 통제 불가지."

"로버트의 방법도 라지와 나를 겁주는 데 아주 효과적이었어."

"그럴 수밖에 없었겠지. 자네들은 그에게 심각한 위협이었을 테니까. 거기에 나까지 합세한다면? 우린 로버트 워런 멸망 원정대가 되겠군."

"그렇다면 내가 심각한 위험에 처해 있다는 말 아닌가."

"자네가 오늘 여기 도착한 시점부터 그랬어. 지금쯤 로버트는 구조 작전에 신경을 바짝 세우고 있을 거야. 어떻게든 막으려고. 자네 신변의 안전을 위해 메이와 통신이 이루어질 때까지는 여기 있는 게 좋을 것 같아. 그다음에 자네가 굳이 휴스턴으로 돌아가겠다면 집에 가서 꼭 필요한 것만 가지고 다른 곳에 피신해 있어. 라지도 마찬가지. 나라면 아예 집에는 가지 않겠네만."

60

"위급 상황, 위급 상황, 위급 상황…."

기관실 벽에 붙어 있는 스피커에서 경고음과 함께 로봇의 경고 메시지가 울려 나오면서 메이의 귀를 송곳처럼 찔렀다. 빨간 경고 등 불빛까지 깜박거리니 마치 무슨 범죄 현장 같았다. 메이는 바닥 에 엎드린 채 불편한 자세로 몸을 틀고 손상된 유도장치 밑에서 무 엇인가를 잡으려고 팔을 뻗으며 끙끙거리고 있었다.

"이브, 저 시끄러운 소리 좀 끌 수 없어?"

메이가 짜증 섞인 음성으로 쏘아붙였다.

메이가 자기 귀를 때리며 유도장치를 가리고 있는 철제 커튼 밑에서 나왔다.

"이브!"

좀 더 큰 소리로 불렀다.

"승무원들의 생명을 위협할 수도 있는 위험 상황을 알리는 경 고를 끌 수는 없습니다."

"그렇지만 집중할 수가 없잖아. 이 작업만으로도 충분히 힘들 다고."

메이가 울상을 지으며 말했다.

"저 철제 커튼 밑으로 기어 들어가는 것도 쉽지가 않아. 끝이 얼마나 날카로운지 단두대 밑으로 몸을 집어넣는 것 같단 말이야. 염병할. 이건 뭔가 잘못된 거야. 문어가 아닌 이상 저 밑에서 작업하는 건 불가능하다고."

"거기 유지보수 패널을 여는…."

"아냐, 거기 없어."

메이가 쏘아붙였다.

"그걸 찾으려고 벌써 한 시간이나 저 밑을 뒤졌어. 그런데 손에 잡히는 거라곤 기름때 묻은 먼지 덩어리뿐이었단 말이야. 기름 냄새하고 말이지, 젠장!"

메이는 잠시 앉아서 정신을 가다듬고 심호흡으로 스트레스를 풀어냈다. 기계가 망가져서 화가 나거나 이브 때문에 짜증을 내는 게 아니었다. 기계를 손상시킨 존 에스처 때문도 아니었다. 그저 현재 처한 상황의 암담함이 메이를 짓누르고 있었다. 해결할 방법이 없다는 기막힌 사실을 떠올리는 것 자체가 힘들었다.

"화물운송선에서 차라리 죽었으면 더 낫지 않았을까? 살아남았다는 게 기적이야 기적. 그리고 이 기막힌…. 이건 완전히 죽음을 기다리는 희생양 신세야. 그렇게 되고 싶지는 않아. 절대 그럴 순 없어."

메이는 근처에 있는 트랜스포머 위로 눈길을 돌렸다. 그걸로 존을 제압하던 순간이 떠올랐다. 결국 그의 행위에 걸맞는 지옥불을 안겨준 거야.

"메이, 당신이 걱정됩니다. 이 일은 나중에 하는 게 어떨까요."

"침대에 누워서 아무 도움도 안 되는 휴식과 수면을 취한 다음에 말이야? 아니면 겨우 음식 흉내만 낸 것들을 좀 더 먹고 난 다음에? 아직 상황 판단이 안 된 모양인데, 우리에게 다음이란 없어, 이

395

브. 이걸 고쳐놓지 못하면, 우린 끝난 거야. 모든 것이 멈추는 거지."

"제가 도면을 정리해서 좀 더 보기 쉽게 만들어놓을게요. 아직 시간이 있어요."

"아니."

메이가 단호하게 잘라 말했다.

"아니, 없어."

그러고는 훌쩍이기 시작했다. 더 이상 버틸 수 없을 것 같으면서도, 포기한다는 생각만 해도 스스로를 실컷 두들겨주고 싶을 만큼 분노가 치밀었다.

"휴식을 취하면서 스트레스를 풀어야 해요. 아기를 위해서라도. 꼬마 치키를 위해서 말이에요."

'꼬마 치키'라는 말에 메이가 짧게 웃었다. 그것만으로도 긴장이 낳이 풀리고 아기를 생각할 여유를 가질 수 있었다. 가여운 그 녀석도 잔뜩 겁을 먹었을 거다. 왜 그런지, 어떻게 대처해야 하는지도 모르는 채 말이다. 메이가 두렵고 실망스러워졌을 수도 있다. 어쩌면 그래서 메이가 잠을 자려고 해도 배 속의 그 녀석은 불안해했는지도 모른다.

메이는 기관실에서는 아무런 소득도 얻지 못한 채 수리를 포기하고 숙소로 돌아왔다. 샤워를 한 후 음식 비슷한 것을 좀 먹고 나니 한결 기분이 좋아졌다.

"안 되는 일들을 내려놓는 연습이 필요한 것 같아, 이브. 기분이 좀 나아졌어."

"잘 하셨어요. 감정을 관장하는 호르몬의 분비가 많아졌을 거예요."

"완전히 돌아버리게 하는 주스 말이야? 좀 심하게 분비됐던 것 같아. 나는 웬만하면 끄떡없거든. 워낙 무던한 편이어서. 그런데 요즘은 모든 게 신경에 거슬려. 그러다 보니 화성에 내리꽂힌다거나 하는 끔찍한 일을 생각하면 어느 순간 바로 이성을 잃고 라라랜드로 날아가버릴 것 같다니까."

"제가 그런 일 없도록 도와드릴게요, 메이. 이 문제도 함께 해결할 수 있을 거예요."

"그래. 우리는 할 수 있어. 우선 잠깐 잘게."

메이가 하품을 하며 대답했다.

"좋은 꿈 꾸세요."

메이는 이브가 조명을 낮추기도 전에 잠이 들었다. 몸이 너무 피곤해서 정신없이 곯아떨어진 것이었다. 단편적인 꿈들이 달게 자고 있는 메이의 의식에 떠돌다 사라졌다. 대부분 불안이 지어낸 어두운 내용이었다. 화성 표면에 서서 하늘을 올려다보는 장면도 있었다. 갑자기 화성 전체가 울릴 만큼 거대한 폭음과 함께 밝은 물체가 불꽃을 길게 일으키며 공중에 나타났다. 바로 호킹 2호가 산산조각이 나면서 메이의 머리 위로 떨어지는 것이었다. 파편에 맞는 순간 사방이 어두워지면서 쾅 하고 문이 닫히는 소리, 유리가 깨지는 소리만이 잔상처럼 남았다.

장면이 바뀌어 이번에는 욕조에 누워 있었다. 샤워실 유리문이 산산조각으로 메이의 몸 위에 흩어져 있었고 머리통의 측면에서 피가 흘러나왔다. 스티븐이 욕실로 뛰어 들어와 메이를 내려다보며 뭐라고 외쳤는데 알아들을 수는 없었다.

"나는… 파멸이야. 파멸이라고."

메이는 꿈속에서 이렇게 중얼거렸다.

메이는 잠에서 깨어 침상에 누운 채 울었다. 그 꿈은 어머니가 돌아가시던 날에 대한 기억의 일부였다. 우울한 마음으로 런던 병원을 나와 호텔방으로 돌아온 후 죽을 만큼 술을 마셨던 것 같다.

그러자 메이는 정말 죽고 싶었다. 모든 고통과 자신을 조롱하는 듯한 이 상황에 압도되고 지치는 느낌이 들었다. 침상을 둘러싼 어둠이 목을 조르는 것 같았다. 그런데도 일어나 나오기가 두려웠다. 뭔가 위협적인 기운이 있는 것 같았다. 살아 있는 생명체처럼 메이의 온몸을 에워싸고 마지막 호흡까지 빼앗아 갈 것 같았다. 전망창으로 어둠에 싸인 밖을 내다보았다. 기름처럼 밀도 있게 허공을 덮고 있는 짙은 어둠이 별빛을 빨아들이고 있었다.

"메이?"

스티븐의 음성이 들렸다. 그가 어둠의 심연으로 손을 뻗어 메이를 찾고 있었다.

"메이, 일어나."

그 소리가 너무나 또렷해서 메이는 잠시 마음을 가다듬으며 기다렸다. 숲이 허방한 이빨을 드러내며 짐을 깨우기를.

"맙소사, 거기 있기는 한 거야? 블랙홀 같잖아."

메이는 일어나 앉았다. 꿈이 아니다. 분명히 스티븐의 목소리다.

"염병할, 드디어 돌았구나. 정말로 내게 말하는 거 같잖아. 미치겠군."

메이가 혼잣말로 중얼거렸다.

"내가 지금 당신에게 얘기하고 있으니까 그렇지. 방에 전원을 켜봐."

메이는 시키는 대로 했다. 조명이 밝아지고 스크린도 켜졌다.

화면에 스티븐의 얼굴이 보였다. 웃고 있었다.

"당신의 목소리, 어둡기는 했지만, 나는 분명히 들었어. 들었다고."

메이가 떨리는 음성으로 말했다.

61

"아직도 이게 꿈이 아니라는 게 믿기지가 않아."

메이가 정신을 좀 차리고 나서 스티븐은 이언을 만난 이야기와 구조 계획을 설명해주었다. 스티븐이 메이를 깨우기 전에, 이언의 최첨단 우주기지에 있는 관제팀에서 이브와 연결해 통신 및 원격 측정 기능을 구축해놓았다. 이언이 일을 처리하는 방식이 늘 그렇듯 모든 일이 불필요한 의논 절차 없이 속전속결로 진행되었고 다들 번개처럼 빠른 작업의 흐름을 따라잡느라 정신없이 움직였다. 실험용 우주선에는 사람들이 개미떼처럼 들러붙어 밤낮 없이 일하고 있었다. 항해 준비와 건축 공사 마무리 단계를 동시에 진행하면서.

메이는 황홀했다. 마음이 놓였고, 고마웠다. 낙관적인 느낌까지 들었다. 이런 일을 해낼 수 있는 사람은 이언뿐이었다. 그렇다고 해서 비현실적인 느낌이 변하는 건 아니었다. 다가왔던 것은 반드시 떠나간다는 진리가 여지없이 명백해졌을 때의 그 느낌. 우리는 모두 역사를 반복할 수밖에 없다는 영원한 진리, 그것을 알고 있다는 것 자체가 저주스러웠다. 이언, 첫사랑. 이언, 지존의 순리를 어기는 자. 이언, 구원자. 그가 메이를 구하려 하고 있다. 그 사실이 왜 이렇게 합당하면서 동시에 부당한 느낌일까? **대가 없는 호의야.** 그러니

입 닥치고 감지덕지하라고.

"나도 그래. 솔직히 말해서 거의 포기할 뻔했어."

스티븐이 솔직하게 털어놓았다.

"당신만 그런 건 아니야. 잠깐, 그런데 시차가 느껴지지 않아. 마치 당신이 내 방 문 앞에 서 있는 것처럼 대화를 하고 있잖아."

메이가 말했다.

"이 정도는 당연한 거 아니야? 그런데 내게 어떻게 그럴 수 있느냐고 묻지는 마. 다른 모든 것도 그렇지만 그것도….'

"독점 기술이니까. 그렇겠지. 이언의 미들 네임이 '독점'이잖아. 아니면 '세상을 바꾸는 자'던가? 아무튼….'

메이는 잠시 아무말 없이 스티븐을 바라보았다. 그가 실시간으로 움직이는 모습을 지켜보았다.

"뭐해?"

스티븐이 물었다.

"미안. 잠시 진짜 대화에 적응하느라고."

"나도 정말 좋다. 배 속의 작은 승객은 잘 계시나?"

"잘 있어. 몹시 귀찮게 하기는 하지만, 덕분에 잘 자라고 있다는 걸 확인할 수 있지."

"딸이라며!"

스티븐이 들뜬 목소리로 말했다.

메이는 얼굴이 붉어지는 걸 느꼈다.

"이런, 정말 미안해. 매너가 형편없었네. 너무 오래 혼자 지내다 보니 말이야. 하긴 이브가 있기는 하지만, 알잖아, 사람 구경을 한 지가 너무 오래됐어. 자, 스티븐 녹스 박사님, 제 배 속에 자라고 있는 우리 치키를 소개합니다."

메이는 자동차 모델처럼 배꼽 앞에서 손을 흔들며 말했다.

"치키?"

"일명 치키 꼬맹이, 꼬마 치키 박사, 치키 남작부인이라고도 하죠. 임시 별명이야. 좀 더 그럴싸한 이름을 지어줄 때까지. 자 여기, 한번 봐."

메이는 태블릿을 들어 초음파 스캔 이미지 중 하나를 보여주었다. 이미지의 효과는 강력했다. 스티븐의 눈시울이 금세 붉어지면서 눈물이 그렁그렁 맺혔다.

"정말 예쁘군."

스티븐이 말했다.

"당연하지. 누굴 닮았는지 보라고."

메이가 웃었다.

"드디어 자기 존재를 세상에 알리기 시작했어."

메이는 이렇게 말하며 옆으로 돌아섰다. 배가 봉긋하게 솟아올라 있었다. 아직 많이 나오지는 않았지만, 워낙 마른 체격이어서 확연하게 티가 났다.

"발길질을 얼마나 해대는지 몰라. 미래에 축구선수나 쿵후 마스터가 되려나 봐."

"최소한 그 정도는 돼야지."

스티븐이 이렇게 말하고서 뒤를 돌아보았다.

"음, 이언이 인사하고 싶어 하는데, 당신이 아직 준비가 되지 않았다면 이해한다고…."

"쓸데없는 걱정. 피할 생각 없어."

"언제나 한 수 위로군."

이언이 화면 안으로 들어오며 말했다.

"안녕, 메리엄."

"안녕, 이언. 역시 억만장자다워 보이는군요."

"기운 내라고. 어린 친구는 어때? 엄마를 돌아버리게 하나?"

"완전히 돌아버리게 하죠. 식욕도 끝내주고, 쉬지도 않고. 좀 난폭한 아가씨거든요."

"아가씨라고? 내가 아는 어떤 아가씨와 비슷한 거 같군. 한번 보여줘봐."

메이는 스티븐에게 보여주었던 이미지를 화면에 비춰주었다.

"아기 형상을 갖췄네. 모든 게 제대로 잘 자리 잡았고?"

"네, 다행히도. 아직까지는 다 좋아요. 여기서 로봇 의무관인 이고르와 혼자 분만하게 되기 전에 나를 구해주기를 희망하는데."

"아가씨, 여기는 올브라이트 미션입니다. 희망은 아마추어한테나 하세요."

62

"메리엄, 너 지금 실수하는 거야."

서른 살의 이언 올브라이트는 손수건으로 코에서 흐르는 피를 막았다. 코가 부러진 것 같았다. 영국 공군 장교복에 선홍색 핏방울이 떨어지지 않게 하려고 안간힘을 썼으나, 천천히 부어오르는 눈에 눈물까지 고여 아무것도 보이지 않는 바람에 어쩔 수가 없었다. 열아홉 살의 메이는 주먹을 꼭 쥔 채 네 걸음 거리에서 이언을 마주하고 있었다. 방금 전에 부러진 가운뎃손가락을 마치 연기가 피어오르는 총구처럼 감싸고 있는 주먹에서도 피가 흘렀다. 메이는 그런 방법으로 규율을 어기는 많은 동료를 타격했다. 실은 반격 당할 위험을 최소화하면서 남자들을 따끔하게 제압해야 할 때는 이 방법이 최고라는 사실을 어머니에게서 들은 뒤에 메이는 코를 가격하는 기술을 완전히 마스터했다.

"뭐가 실수라는 거죠? 당신을 때린 거, 아니면 당신과 헤어지는 거? 지금으로서는 두 가지 다 아주 훌륭한 인생의 결단인 것 같은데."

"우리는 미래에…."

"세계를 움직일 수도 있을 거라는…."

"왕족처럼 말이야. 우리는 서로를 위해 태어난 거야. 그걸 생각해봐."

"나는 당신을 위해서 태어난 게 아니야. 그 누구를 위해서도 아니라고. 이 기생오라비같은 자식. 특히 당신은 나랑 안 맞아. 그건 분명해."

이언은 도도함과 경멸을 나타내는 그 특유의 콧방귀를 멋지게 날려주고 싶었지만 머리가 지끈거리며 예리한 통증이 전해져오는 바람에 결국 얼굴을 찌그러뜨리고 냉소적인 웃음을 지어 보일 수밖에 없었다.

"그래, 좋아. 네가 그렇게 촌스럽지만 않았어도 내 말을 이해할 수 있었겠지만."

메이는 이인이 늘 얼굴에 담고 있는 특유의 표정으로 그를 바라봐 주었다. 그와 데이트하던 지난 아홉 달 동안 장난삼아 그래왔듯이.

이언과 만나는 동안 메이는 이언 올브라이트라는 사람의 불안정하고 나약한 자아를 알게 되었다. 가문의 재산을 물려받은 많은 젊은이가 그렇듯 이언 역시 돈 버는 일에는 관심이 없었다. 그에게 돈이란 그저 평범한 사람들에게 자신의 나약함을 들키지 않기 위해 치는 연막 같은 거였다. 이언은 허세를 부리며 부를 과장하는 다른 부잣집 아이들과는 많이 달랐다. 뛰어난 지성과 지칠 줄 모르는 성실함을 지녔다는 점에서 잘난 척이나 하는 멍청이들과는 분명하게 차별화되었다. 그러나 권력에 대한 끝없는 욕구를 떨쳐버리지 못했고, 그것은 점차 그의 영혼을 잠식해갔다. 세계를 구하겠다면서도 다리 잃은 거지를 보면 손가락질했다. 그의 아버지도 거드름 꾀나 피우는 못된 인간이었으며, 그 아버지의 아버지 역시 그랬다. 그런 기질이 유전자에 박혀 있었던 데다가 군이 고쳐야 할 이유도 없었던 것이다. 적어도 메이를 만나서 그의 세계가 송두리째 뒤집어지기 전까지는.

"내가 당신처럼 '고매한 신분'으로 태어났다면, 당신이 내 시범 조종 임무를 무산시키도록 놔두었을 것 같아? 그것도 오로지 당신이 질투를 했다는 이유로, 그리고 나를 소유하겠다는 생각으로 말이야."

"그게 아니라…."

"… 사실은 그런 게 아니라고? 이제 거짓말까지 할 생각이야? 모든 사람에 대해? 적어도 남자라면, 이쯤에서 가만있는 게 좋을 거야."

이언은 코를 살짝 두드려보는 척하면서 입을 다물었다.

"방금 한 질문으로 돌아갈게. 내가 좀 더 고매한 신분으로 태어났다면, 내가 이렇게 노골적인 적개심과 뉘우칠 줄 모르는 뻔뻔함을 용납할 것 같아?"

이언이 고개를 저었다.

"좋아. 이제 서로 얘기가 통하는 것 같으니 하려던 얘기를 마무리할게. 우린 이제 끝이야. 번복하는 일은 없을 거야. 적어도 나는. 그리고 당신 쪽에서도 그런 일은 없으면 좋겠어. 사람들에게 당신이 한 짓을 솔직하게 말하고, 나를 비방하는 일은 없기를 바래. 그렇게 한다면 코피가 나는 정도는 아무것도 아니게 만들어줄 테니까. 그리고 마지막으로, 내 눈을 똑바로 보고 다시 한번 말해줬으면 좋겠어. 지금 누가 실수를 하고 있는 건지."

메이는 기다렸다. 말로만 건성으로 물어보는 게 아니라는 의미를 담아 이언을 노려보면서. 그녀의 성난 눈빛이 방금 한 협박을 실행할 용의가 충분히 있음을 말하고 있었다. 고개를 들고 메이를 바라보는 이언은 울고 있었다. 부러진 코가 아파서 우는 것이 아니라, 그의 삶에서 유일무이할지도 모르는 사랑을 잃어버렸을지 모른다는 사실 때문에 우는 것 같았다.

"나일 거야."

이언은 이렇게 말하고 자리를 떴다.

이언의 패배에는 어린 소년 같은 미숙함이 있었다. 메이는 이언의 그런 모습이 통쾌하지도 않았지만, 동정하고 싶지도 않았다. 그가 질투와 소유욕, 그리고 자만심 때문에 저지른 행위는 메이의 마음속에 있는 모든 좋은 감정을 재로 만들었기 때문에 절대로 이전으로 돌아갈 수 없었다. 이언이 나가고 나서 메이도 울었다. 이언은 그녀의 첫사랑이었고, 미래의 희망이었다. 그 희망 속에서 메이는 오로지 목표라고는 단단한 군인이 되어 짧은 어휘력만큼이나 찰나의 가치를 영위하는 것이 고작인 영혼 없는 남자들이 득실거리는 군대라는 세상보다 나은 삶을 살게 될 것이라 기대했었다. 어떤 면에서 이언은 비행 물체 외에는 무엇에도 마음을 빼앗겨본 적이 없는 메이의 마음을 사로잡았다고도 할 수 있었다. 그의 내면에는 지성과 기지가 반짝였는데, 바로 그러한 점 때문에 그의 다른 면들이 겸손해 보일 정도였다.

처음 만났을 때는 비행에 관한 이야기를 몇 시간씩 나누곤 했다. 두 사람 모두 비행과 비행이 주는 무한한 자유에 깊이 빠져 있었기 때문이다. 함께 있으면 메이도 이언도 자유로움을 느꼈다. 두 사람 모두 과거에 데이트다운 데이트를 해본 적이 없었다. 사실 메이는 그때 처음으로 누군가와 친밀한 관계에서 동등하고 존중받는 느낌을 경험했다. 그러다 보니 메이는 이언이 반드시 상투적으로 여성을 리드하는 남성의 역할을 해줄 것을 요구하지도 않았다. 그러나 이언의 자만심은 두 사람의 관계에서 가장 취약한 지점이었기 때문에 그날 이언이 그 문을 걸어 나간 시점부터 메이는 자기 자신 외에는 아무도 신뢰하지 않게 되었다.

63

스티븐은 이언의 우주센터에서 나와 휴스턴으로 날아갔다. 간단하게 짐을 챙긴 후 라지를 데리러 갈 생각이었다. 떠나기 전에 이언은 집에 들르는 것을 다시 생각해보라고 권했으나 스티븐은 라지와 함께 지하실 벽에 감춰둔 데이터 드라이브를 가져와야 했다. 이언의 구조 작전이 진행되는 것을 알면 로버트는 스티븐의 집을 기습할 텐데 스티븐의 은신처는 연방 정부의 기동대를 피할 만큼 정교하지는 못했다. 스티븐은 자동차를 공항 주차장에 두고, 불법 택시업자에게 현금을 주고 집까지 갔다. 처음에는 일단 한번 집을 지나치면서 살폈는데 전혀 이상한 점이 없었다. 집 뒤로 지나가는 골목에 내려달라고 부탁한 후, 차에서 내려 그의 집 차고로 걸어갔다. 그때까지도 아무 일이 없었다. 목덜미가 쭈뼛해지는 징후도 느껴지지 않았다. 스티븐은 차고 문 비밀번호를 눌러 들어간 다음 곧장 지하실로 내려갔다. 벽에서 데이터 드라이브를 꺼냈다. 드라이브가 잘 있는 것을 보고 일단 안심한 다음 낡은 배낭에 넣었다.

"동작 탐지기, 지하실."

1층 콘솔 스피커에서 인공지능의 음성이 들렸다. 순간 스티븐은 온몸이 얼어붙는 것 같았다. 한 번도 보안 기능을 사용해본 적이

없었기 때문이다. 아예 설정을 해놓지도 않았다. 집에 귀중품이 있
는 것도 아니어서 도둑이 들 것을 걱정하기 보다는 항상 누군가 시
스템에 해킹을 해서 그가 전 생애에 걸쳐 이루어놓은 것들에 접속
하지 않을까 걱정하는 편이었기 때문이다. 메이가 있을 때도 보안
기능을 설정하거나 사용한 적은 없었다.

스티븐은 소리를 죽이고 귀를 기울였다. 발 옮김이 아주 가벼
웠다. 양말만 신었거나 맨발인 것 같았다. 지하실 계단 쪽으로 다가
오고 있었다.

스티븐은 보일러실에 있었다. 그 옆에 있는 작은 창고에 창문
이 있었다. 스티븐은 그리로 달려갔다. 창문이 굳어서 열리지 않았
기 때문에 페인트 깡통으로 유리를 깨고 창틀에 매달려 기어올랐
다. 계단을 뛰어 내려오는 발자국 소리가 들렸다. 스티븐은 등으로
무거운 쇠창살을 밀어냈다. 뜨거운 칼날에 찔리는 듯한 통증이 척
추를 타고 발가락, 손가락까지 퍼졌다. 지하실에서 발자국 소리가
들리고, 누군가 스티븐과 메이가 그동안 모아 놓은 잡동사니를 헤
치며 다가오는 소리가 들렸다. 그것들을 잔뜩 쌓아놓은 것이 얼마
나 다행인지 몰랐다. 창틀 밖으로 몸을 빼내는데 지하실 바닥에 흩
어진 유리 조각을 밟는 소리가 들렸다. 누군가 뛰어오는 것 같았다.

스티븐은 유리에 베인 손에서 피가 흐르는 채 골목을 달려 내
려갔다. 등이 쑤시고 통증으로 뒤틀렸다. 좀 전에 타고 온 택시가 아
직 거기 있었다. 스티븐은 안으로 뛰어들었다.

"도대체 무슨 일이 있었던 거요?"

운전사가 물었다.

"출발해요!"

스티븐이 외쳤다.

"누가 집에 침입했소."

숨을 헐떡거리며 말했다.

"내가 들어가니까 벌써 안에 있었고. 지금 뒤쫓아 오고 있소."

스티븐은 뒤창으로 밖을 살폈다. 남자 한 명이 모퉁이를 돌아 뛰어오고 있었다. 누군지는 알 수 없었다. 어두운 색 옷을 입었는데 키가 크고, 뭔가 검은 물건을 들고 있었다. 운전수도 백미러로 그 남자를 보았다.

"제기랄, 총을 가지고 있잖아."

그러더니 가속 페달을 냅다 밟기 시작했다. 그 바람에 스티븐은 배낭을 멘 채 의자 등받이에 던져지듯 박혔다. 배낭 안에 있는 금속 드라이브가 온통 걸리고 아픈 등에 배기기 시작했다. 스티븐은 고통으로 비명을 질렀다. 동네를 벗어나자마자 라지에게 전화를 걸었다.

"이 전화를 사용하는 게 마지막일 거야. 그러니 잘 들어."

"야, 이 친구야, 뭔데…."

"잘 들으라고. 중요한 물건만 가방에 담아. 옷이나 세면도구 같은 거. 없으면 안 되는 것만 챙겨서 집에서 나와. 전에 만났던 식당에서 만나. 네가 싫어했던 곳 말이야. 자동차는 가져오지 마. 앱으로 작동하는 자동차 서비스도 이용하지 말고. 이 통화가 끝나면 그 전화도 사용하지 마. 그냥 집에 두고 나오도록 해. 지금 가."

스티븐은 다급하게 말을 끝내고 전화를 끊었다.

30분쯤 후, 두 사람은 노동자들이 주로 드나드는 기름 냄새 나는 식당에 마주 앉았다. 스티븐이 안전하게 얘기할 수 있는 곳을 찾다가 함께 갔던 곳이었다. 뒷문으로 통하는 주방 바로 앞에 있는 부스에 자리 잡았다.

"라지, 이건 농담으로 하는 얘기가 아니야, 알아? 나를 보라고. 내가 지금 웃고 있나?"

"아니. 미안해. 나는 불안하면 농담을 하는 버릇이 있어. 너도 알잖아. 그리고 내가 심각한 위험에 처했다는 느낌이 들면 더 흥분해서 까불기 시작하지. 지금도 그러잖아. 어쩔 수가 없어."

라지가 불안한 듯 말했다.

"뭐 이상한 거 눈치 못 챘어?"

스티븐이 물었다.

"있었어, 오늘 아침에 조깅할 때 어떤 남자가 창문 없는 검정 밴을 타고 지나다가 길가에 세우더니 사탕 줄까 물어보던데."

"나쁜 자식."

"말했잖아, 나도 어쩔 수가 없다고."

라지가 쉰 목소리로 속삭였다.

"아니, 이상한 거 없었어. 자네가 말했듯이 바짝 엎드려 있었거든. 실은 네가 떠난 후로 오늘 처음 집에 있는 거야. 공항 근처에 연중무휴로 운영하는 멀티 플레이어 게임방이 있어서 거기 있으면서 근처 모텔에서 잤거든. 현찰로 지불하면서. 빈대 옮았을지도 몰라."

"오늘 휴스턴을 떠야 해."

"뭐라고? 어딜 가는데?"

"갈 곳은 있어. 거기까지 어떻게 가느냐가 문제지."

"그냥 올브라이트의 제임스 본드 소굴에 있으면 왜 안 되는데?"

"지금 그와 연락을 취할 방법이 없어."

"어디 있는데?"

"다른 주에 있어. 버스로 가는 게 안전한데 정류장까지 갈 방법이 없네."

"택시는?"

"눈에 띄면 타겠지만, 콜택시를 부르는 건 안 돼."

"집카가 좋겠다."

라지가 손가락을 튕기며 말했다.

스티븐이 한숨을 깊이 내쉬며 말했다.

"그건 하나부터 열까지 추적될 수 있어. 앱도 그렇고, 신용카드까지."

"구식이기는…. 앱은 필요 없어. 그리고 도대체 누가 요즘 신용카드를 써? 저기 화장실에 있는 포커기계에서 추적 불가능한 다크웹에 로그인해서, 게임방 포인트를 집카 크레딧으로 바꾼 다음 결제하면 돼."

"얼마나 걸리지?"

스티븐이 새로 들어오는 사람들을 흘낏거리며 물었다.

"2분."

라지는 짧게 대답하고 포커기계로 갔다.

그러고는 정말 금세 돌아왔다.

"가자. 세 블록 거리에 와 있어."

버스 정류장까지 가는 동안 은행에 들러 인출할 수 있는 최대한의 돈을 찾았다. 차는 정류장에서 1킬로미터 거리에 세워두었다. 현금으로 승차권을 샀고, 열다섯 시간 후에 두 사람은 키웨스트에 도착했다. 정류장에서 한 시간 정도 해가 지기를 기다렸다가 걸어서 화이트헤드곶에 있는 조가비집으로 갔다. 스티븐이 어린 시절에 자주 놀러 갔고, 메이가 그의 생일날 데리고 갔던 바로 그 집으로. 휴가철이 아니어서 집이 비었으리라 예상한 것이었다. 뒷문 자물쇠는 스티븐이 어렸을 때부터 헐거워서 쇠꼬챙이 같은 것으로 쉽게 열 수 있었다. 냉장고에 붙어 있는 예약 일정표를 보니 다음 임대 그룹이 오기까지 적어도 3주는 사용할 수 있을 것 같았다.

"와, 대박. 이 먼지투성이 박물관 같은 집은 뭐야?"

라지가 전등 스위키를 켜자 스티븐이 얼른 다시 끄면서 말했다.

"전깃불은 안 돼. TV를 포함해서 전기용품은 일절 사용하지 말아야 한다고, 알겠어?"

"내가 어두운 거 싫어한다고 말 안 했던가?"

라지가 말했다.

"그렇지만 넌 하루 종일 어두운 곳에서 작업하잖아. 지금은 어둠과 친해질 수밖에 없어."

"그렇게 말하니까 더 무섭네."

스티븐이 냉장고를 열어보니 먼저 묵었던 사람들이 두고 간 맥주 몇 병과 냉동식품이 좀 있었다. 맥주 한 병을 라지에게 건네니 라지가 받아들고 건배하듯 병을 높이 치켜들었다.

"전처 모르게 돈을 숨기도록 도와주는 좋은 친구!"

라지는 이렇게 외치며 스티븐이 들고 있는 병에 자기 병을 살짝 부딪쳤다.

"연방 수사관들로부터 숨겨주는 좋은 친구!"

스티븐과 라지는 한두 시간 정도 맥주를 마시며 시간을 보냈다. 마치 여름캠프에서 소등 시간이 지나도록 키득거리며 수다를 떠는 어린 소년들처럼 낮은 소리로 스티븐이 이언의 우주센터에서 본 시설들에 대해 이야기를 나눴다.

64

"자네 지금 실수하는 거야, 스티븐."

이언 올브라이트는 학교 캠퍼스에 있는 스티븐의 연구실에 앉아 있었다. 서로 전혀 어울리지 않는 두 사람의 만남이었다. 이언은 미래를 여는 사람이었다. 진보의 생생한 현장의 선두에 바로 그가 있었다. 그런 이언이 파이프 쨍그랑거리는 소리가 가끔씩 들리고 바닥은 비스듬히 기울어진 수 세기는 되었음직한 낡은 건물의 사무실 안락의자에 파묻힌 채 그가 가장 경멸하는 한 마디, '아니'라는 대답을 듣고 있었다.

"내 동료들도 모두 그렇게 말하더군."

"왜 그들의 말을 듣지 않는 건가?"

"왜냐하면 그들의 것은 모두 거기서 거기거든. 내 것은 다르지."

"자네가 그 미션을 나사에 맡기면 마찬가지로 그렇게 될 거야."

"이언, 당신이 이 미션을 훨씬 큰 규모로 성장시킬 수 있다는 건 알고 있어. 어쩌면 내가 상상도 하지 못했던 정도로 키울 수도 있겠지. 당신이 가진 과학적 발견의 잠재력은 누구도 따라갈 수 없을 테니까. 그러나 바로 그 이유 때문에 내가 주저하는 거야. 유로파 미션의 결과는 인류를 위해 너무도 중요하기 때문에 그에 수반되는

413

잠재적 수익성 때문에 그 본연의 가치가 퇴색되는 일은 없어야 해. 내가 원하는 것은 이 미션이 성공적으로 진행되어 몇몇 부유한 사람만이 아니라 전 인류가 미래에 대한 희망을 갖게 되는 거야."

"자네가 단 1분이라도 나사가 인류의 선을 위해서 이 일을 한다고 생각했다면 자넨 내가 생각했던 것보다 훨씬 더 순진하고 어리석은 거야. 겉으로 보기에 나 같은 사람이 프로그램을 운영하는 것처럼 보이지 않는다고 해서 나사에 실제로 그런 힘이 존재하지 않는 건 아니거든. 연방정부가 하는 일이 대부분 그렇듯이 꼭두각시 인형의 줄을 조정하는 돈 많고 권력 있는 자들이 항상 존재하니까. 이번 경우에는 로버트 워런의 끈을 조정하고 있는 게 분명해. 그리고 이 미션에 이빨을 박고 싶어서 안달하고 있겠지."

"난 당신이 생각하는 것만큼 순진하지 않아. 당신이 나사를 움직인다고 주장하는 그 사람들은 적어도 어느 정도의 견제와 균형을 유지하지. 당신이 하는 일은 그게 없잖아. 완전히 전제 군주 같은 방식으로 모든 일을 혼자 결정하니까. 당신이 어떤 변덕을 부려도 그걸 막아설 사람이 없다는 거지."

"그 덕분에 심우주 탐사의 미래가 내 손에 들어올 수 있었던 거 아닌가. 나를 방해하거나 내 지성을 구속할 사람은 아무도 없어. 자네는 그게 위험한 것처럼 말하는데 나는 바로 그걸 얻기 위해 성공을 이룬 거야. 지금은 위원회를 위한 시간이 아니야, 스티브. 그런데도 자네는 로버트 워런 같은 자와 손을 잡겠다는 건가? 우주 탐사에 관해서는 아무것도 모르고, 앞으로도 자네의 생각과 노력을 절대로 알아주지 않을 그런 자와 말이야?"

스티브는 웃었다.

"로버트 워런은 나사 당국의 명목상 수장일 뿐이야. 극단적인 반대파의 기분을 맞추는 것이 그의 임무지. 그를 신뢰하지는 않아.

그렇지만 그의 사람들은 믿지. 그들은 정말 뛰어난 사람들이거든. 그중 몇 명은 내가 이 미션의 가능성을 좀 더 심도 있게 타진해볼 수 있도록 해주었어."

사실 스티븐은 몇 달 전인 2월에 로버트 워런의 사람 한 명을 만났고, 그 일을 계기로 나사와 손을 잡기로 결정을 한 거였다. 그때까지만 해도 스티븐은 이언과 함께 프로젝트를 진행하는 쪽으로 기울고 있었다. 그런 사실을 감지한 로버트 워런이 스티븐을 휴스턴으로 초대해서 엔지니어링팀의 신입 한 명과 만나도록 했다. 로버트는 스티븐에게 많은 것을 보여줄수록 그가 거절할 이유를 찾아낼 위험이 커진다는 생각에 전체적으로 모호하게 암시적으로만 보여주었다.

존슨 우주센터에서 로버트가 스티븐에게 라지를 소개했을 때, 스티븐은 거의 돌아서서 문을 열고 나올 뻔했다. 그때 라지가 말했다.

"당신이 정말로 저 얼간이 같은 올브라이트와 손을 잡으려고 한다는 걸 믿을 수가 없어요."

"라지…."

로버트가 주의를 주려는 듯 불렀다.

"로버트, 미션을 차지하기 위해 이런 자리를 마련한 건가? 대학원 졸업생을 통해 내 수치심을 자극해서 자네에게 오게 하려고?"

스티븐이 물었다.

"난 대학원에 가지 않았어요. 거창한 학위는 논문이나 쓰면서 학교에서 밥 빌어먹고 살 사람들한테나 필요한 거죠."

라지가 당당하게 말했다.

"이제 모욕까지 하는군."

스티븐은 로버트에게 들으라는 듯이 말했다.

"점점 재미있어지는군."

"미안하네, 스티븐. 라자는….."

"라지라고 불러요. 돌아가신 우리 할아버지만 나를 라자라고 불렀으니까."

"라지가 자네에게 보여줄 것이 있어."

로버트가 말을 이었다.

라지는 로버트가 제정신이 아닌 것 같다는 표정으로 바라보다가 응수했다.

"아, 맞아요. 보여줄 게 있죠."

로버트가 전등불을 낮추고 벽에 설치된 스크린의 전원을 켰다. 라지의 호킹 2호 실계가 3차원으로 근사하게 구현되어 있었다. 실체와 똑같이 표면처리까지 되어 있었다. 스티븐은 동요되는 기색을 보이지 않으면서 화면에 나타난 영상을 세세한 부분까지 모든 각도에서 살펴보았다. 그러고 나서 감동으로 가슴이 벅차오르는 것을 느꼈다. 방금 침대에서 기어 나온 것처럼 보이는 철없고 건방진 십대 소년 같은 젊은이가 스티븐이 지금까지 한 번도 본 적이 없는 멋진 탐사선을 설계한 것이다.

65

스티븐과 라지가 잠자리에 든 것은 새벽 두 시가 좀 넘어서였다. 라지는 안방에서 자고 스티븐은 보초도 설 겸 소파에서 자기로 했다. 어차피 잘 수는 없을 것 같다는 예상처럼 잠이 오지 않았다. 머릿속이 복잡했다. 그 짧은 시간에 어떻게 일이 이렇게까지 최악의 상황으로 틀어질 수 있었는지 생각하고 또 생각해봐도 이해할 수가 없었다. 호킹 2호는 넉 달 전에 유로파로 출발했다. 그런데 어쩌다가 로버트 워런을 피해 이곳에 숨어서 이언 올브라이트와 함께 메이를 구조하기 위한 미션을 감행하기 위해 기다리는 신세가 되었을까? 설상가상으로 스티븐이 대학 졸업 이후 지금까지 모든 것을 바쳐 연구해온 것들을 잃게 될 위기에 처해 있었다. 허사가 되지는 않는다고 해도, 최소한 그의 손에서는 빼앗기게 될 것이다.

그러나 임신 중인 메이의 신변에 대한 불안에 비하면 그 모든 것은 아무것도 아니었다. 라이트 우주기지에서 함께 보낸 마지막 밤이 선명하게 떠올랐다. 아기가 잉태될 수 있었던 유일한 시점이었다. 탐사선이 출발하기 8일 전, 스티븐은 숙소 침상에 누워 있었다. 지금처럼 그날도 잠이 오지 않았던 것 같다. 점점 커져가는 불안에서 비롯된 복잡한 생각들로 마음이 어지러웠다. 하루하루 출발일이 다가올수록 생각할 것과 걱정해야 할 일들이 점점 더 많아졌다. 그날 메이는 훈련을 마치고 늦게야 돌아왔는데 스티븐이 보기에 조금 흥분한 상태였다. 잠시 후 메이가 가운을 느슨하게 걸친 채 침대로 올라왔다. 스티븐의 흥미를 자극해볼 심산이었다. 스티븐은 반쯤 잠든 척 했지만 그렇다고 포기할 메이가 아니었다. 메이는 2단계로 돌입해서 스티븐의 손을 끌어 자기 몸에 얹으면서 좀 더 바짝 다가갔다.

"메이, 나는⋯."

"너무 피곤해서?"

메이가 실망스럽게 물었다.

"미안."

"나도 그래. 요즘 내가 더 이상 당신에게 매력적이지 않은 건가 하는 생각이 들기 시작했는데, 정말인가 보네."

스티븐은 잠시 천장을 바라보며 메이의 화에서 튄 불똥을 피할 말을 생각해보았다. 그러나 소용없는 일이라는 것을 스티븐도 알고 있었다. 메이는 자기가 다가올 때 스티븐이 거절하면 절대로 그냥 넘어가지 않는 편이었기 때문이다. 물론 메이는 자기가 원할 때만 응하는 게 당연한 거였지만, 그런 사실을 언급하는 것조차 말다툼의 원인이 될 수 있었고 스티븐은 그런 상황을 만들고 싶지 않았다. 스티븐은 언짢은 말다툼이나 싸늘한 등 돌림을 모두 면할 수 있는 유일한 방법을 택했다. 돌아누운 다음 메이를 끌어당겨 키스를 했다.

그날 밤 의무적인 사랑을 나누고 나서 메이는 잠이 들었고, 스티븐은 침대에서 일어나 한동안 전망창 너머로 별을 바라보았다. 메이가 떠나고 나면 그녀를 기다리면서 많은 시간 그렇게 보낼 것임을 알고 있었다. 자는 메이를 돌아다보니 이미 두 사람 사이에 수억 킬로미터의 허공이 가로놓인 것 같은 느낌이 들었다. 그러자 깊은 외로움이 온몸으로 퍼지는 것 같았다. 뼛속까지 시려지는 것 같았다. 이틀 후부터는 서로 말도 하지 않았다. 그리고 메이는 떠났다.

"무슨 소리 들었어?"

라지가 속삭였다.

스티븐은 너무 골똘히 생각에 잠겨 있느라 라지가 방에서 나오는 소리를 못 들은 것 같았다.

"아니, 무슨 소리가 들렸는데?"

스티븐이 낮은 소리로 대답했다.

"별거 아닐 수도 있어."

라지가 집 옆으로 난 창에 드리워진 커튼을 살짝 들추고 밖을 내다보며 말했다.

"하지 마. 누가 밖에 있으면 네가 보일 거라고. 창문에서 떨어져."

스티븐이 날카롭게 속삭였다.

두 사람은 잠시 소파에 등을 기대고 바닥에 앉아서 사방을 살피며 귀를 기울이고 있었다. 달도 없는 어두운 밤이었고, 미풍에 흔들리는 야자수 외에는 아무것도 보이지 않았다.

"주방에 가볼게. 여기서 계속 살펴보고 있어."

라지가 속삭였다.

라지가 주방으로 간 동안 스티븐은 그 자리에 앉아서 기다렸다. 라지가 뒷문 자물쇠를 확인하는 소리가 들리고 조용해졌다. 10분쯤 후 스티븐은 일어나서 오두막 뒤쪽으로 갔다.

"라지?"

스티븐이 낮은 소리로 불렀다.

화장실에서 소리가 들리는 것 같아서 그리로 가보았다.

"아무도 없네."

라지는 화장실에 없었다. 스티븐은 주방을 지나 작은 세탁실로 갔다. 그러자 뒷문이 열려 있는 것이 보였다. 밖을 내다보았다. 사방이 고요했고, 아무도 보이지 않았다. 스티븐은 조용히 뒷문을 닫고 기다렸다. 15분 정도가 흘렀다. 여전히 라지는 나타나지 않았다. 스티븐은 주방으로 가서 서랍에 있는 낡은 손전등을 꺼냈다. 배터리가 약한 것 같았다. 스티븐은 손전등을 켜고 뒤뜰을 살폈다. 아무도 없었다. 손전등을 끄고 집안을 가로질러 현관 쪽으로 갔다. 여전히 아무도 없었다. 라지가 장난을 치는 거라면…. 그때 집 뒤쪽 주방에서 무슨 소리가 들렸고, 스티븐은 겁이 났다. 스티븐이 다시 주방으로 갔을 때 어둠 속에 남자 세 명이 서 있었다.

스티븐은 들어가면서 그대로 얼어버렸다.

이거구나. 머릿속에 드는 생각이었다. **이렇게 끝나는구나.**

그 순간 스티븐은 이언이 어떻게든 살아남아서 우주선을 발사하기를 기원했다. 그러지 않으면 메이와 아기는 희망이 없다. 메이는 죽음을 기다리면서, 아기를 그런 고통 속에 처하게 한 자신을 증오하면서 생의 마지막 날들을 보낼 것이다.

주방 전등이 켜지자, 잠옷 바람의 라지가 검은색 특수 작전복 차림에 무기로 중무장을 한 두 남자 옆에 서 있었다.

"여긴 안전하지 않습니다, 녹스 박사님. 올브라이트 씨께서 박사님을 모셔오라고 저희를 보냈습니다. 어서 짐을 챙기십시오."

남자들 중 하나가 말했다.

"어…."

스티븐이 더듬거렸다.

"이런 바보를 봤나. 네 표정을 네가 좀 봐야 하는데. 이 친구들이 우리를 해치우러 온 줄 알았지, 그렇지 않아?"

라지가 말했다.

"닥쳐, 라지."

스티븐은 집 앞쪽으로 가서 배낭을 챙기고 라지는 안방으로 갔다. 두 남자는 집의 앞쪽과 뒤쪽에서 경계를 서고 있었다. 앞쪽에 있던 남자가 스티븐에게 뒷문으로 가라는 손짓을 했다. 스티븐은 뒤쪽으로 가면서 안방을 흘끗 들여다보았다. 라지가 여전히 더플백에 짐을 담고 있었다.

"빨리 해."

스티븐이 말했다.

"잠깐만 기다려. 이런 젠장, 도무지 보이지가 않으니."

라지가 말했다.

"잠옷까지 가져왔다니 믿을 수가 없군."

스티븐이 엎드려서 라지가 십대 아이들처럼 휙 벗어 던진 옷들을 집어 주며 말했다.

"잠옷을 입지 않으면 잠이 안 온단 말이야. 내 안경 거기 있어?"

스티븐이 주변을 더듬거려 보고는 대꾸했다.

"없는데."

"됐어, 찾았어."

라지가 창틀에서 안경을 집어 쓰면서 웃어 보였다.

"라지, 내가 창문 가까이 가지⋯."

그 순간 손뼉을 치는 듯 딱 하는 소리와 함께 유리 깨지는 소리가 들렸다. 뭔가 스티븐의 이마에 박혔다. 스티븐은 뒤로 넘어지면서 벽에 부딪혔다. 눈에 묻은 젖은 모래 같은 것을 비벼냈다. 라지는 여전히 창문 옆에 서 있었다. 안경은 보이지 않았고 두 손으로 한쪽 눈을 감싼 채 천천히 입을 움직이고 있었는데 소리는 나지 않았다.

잠시 후 라지가 무릎을 굽히면서 앞으로 세게 넘어졌다. 얼굴부터 바닥에 부딪히면서. 라지의 눈이 있던 곳에 살점이 너덜거리는 구멍이 뚫려 피가 솟구치고 있었다. 라지가 서 있던 지점 가까운 벽에 온통 핏덩이가 튀어 있었다. 스티븐이 라지에게 다가가려고 손을 뻗었다. 그러나 곧 뒤로 물러나야 했다. 깨진 창문으로 총알이 쏟아져 들어와 벽에 주먹만 한 구멍을 내기 시작했기 때문이다.

66

총알이 집 안으로 날아드는 동안 스티븐은 이언의 경호원 한 명과 함께 복도를 기었다. 소음장치를 사용하고 있었기 때문에 외부에서는 아무런 소란도 일어나지 않고 단지 팍하는 소리와 함께 집 안에서만 이곳저곳을 휩쓸며 흩어지는 나무 조각과 깨진 유리 조각, 석고보드의 조각들로 실내를 가득 채우고 있었다. 이언의 또 다른 경호원은 주방에서 기관 단총으로 밖을 향해 반격을 가하고 있었다. 잠시 후 빠득하며 뼈 깨지는 소리가 나고, 바닥으로 뭔가 쿵하고 떨어지는 소리가 들렸다. 주방에 있던 이언의 경호원이 머리에 두 방의 총상을 입고 피를 흘리며 쓰러진 모습이 보였다.

스티븐과 나머지 경호원은 복도에 얼어붙은 듯 서 있었다. 경호원이 기관 단총을 밖을 향해 겨냥한 채 볼에 달라붙은 무선 마이크로 뭔가 보고를 했다. 이마에서 흐른 피가 눈 위로 흘러내릴 때에야 스티븐은 떨리는 손으로 이마를 더듬어 보았다. 왼쪽 눈썹 위쯤에 뭔가 예리한 것이 박혀 있었다. 뽑아 보니 라지의 안경알 조각이었다. 아직 피부에 더 많이 박혀 있었다. 총성이 점점 뜸해지다가 드디어 멈췄다. 경호원이 스티븐을 향해 속삭였다.

"저들이 들어오고 있어요. 다른 출구가 있습니까?"

스티븐은 거실 건너편 욕실을 가리키며 말했다.

"옥외 샤워장으로 통하는 창문이 있어요."

"움직이지 말아요."

경호원은 이렇게 말하고 바닥으로 기어서 욕실 문 쪽으로 갔다.

"스티븐."

밖에서 큰 소리로 부르는 소리가 들렸다.

"네가 죽고 싶어 하지 않으리라는 거 알아."

로버트였다. 안방 쪽에서 들렸다. 그의 일당 중 누군가가 라지를 가격했던 창문 근처인 것 같았다.

"지금 밖으로 나오면 해치지 않을 거다."

복도 끝에 있는 경호원이 스티븐을 보며 잠시 로비트의 주의를 끌고 있으라는 시늉을 했다.

"네가 라지를 죽였어, 이 쓰레기 같은 새끼야."

"라지는 죽음을 자초한 거야. 하지만 넌 아직 목숨을 구할 기회가 있어."

"거짓말쟁이 새끼. 난 문밖으로 한 발짝도 나가지 않아."

"내 사람들을 뒤로 물러서라고 하겠다."

"엿 먹어라 새끼야."

"넌 둘 중 선택할 수 있어. 그 안에 있으면 네 친구와 함께 시체 운반 백에 담겨져 나올 것이다. 밖으로 나오면 내가 거짓말을 하는지 알 수 있을 거야. 50 대 50 확률을 확인할 수 있는 유일한 방법이지."

경호원은 기관 단총에 뭔가를 장착하는 동안 계속 말을 시키라는 시늉을 했다.

"이리 들어와, 그럼 너와 함께 나가겠다."

로버트가 큰 소리로 웃었다.

"그 안에 이언이 보낸 자들과 함께 있다는 거 알아."

"맞아. 그러니까 들어오지 않는 게 좋을 거야."

"중간에서 만나는 건 어때? 현관 앞에서?"

이언의 경호원이 고개를 끄덕였다.

"좋아. 하지만 널 먼저 봐야겠어."

"난 집 앞에 주차된 차 안에 있어. 봐라. 하지만 그 안에 있는 자에게 차 유리를 쏘지는 않는 게 좋을 거라고 말해. 그 정도로 멍청이는 아닐 거라고 믿지만."

"잠시 기다려봐."

스티븐은 집 앞쪽에 있는 방으로 가서 소파 너머로 밖을 살폈다. 창문 밖으로 로버트가 그의 SUV 뒷좌석에 앉아 있는 것이 보였다. 스티븐은 다시 몸을 낮추고 복도를 기어 돌아왔다. 경호원이 작은 장치를 주방으로 밀어 넣고 스티븐에게 욕실로 기어가라는 시늉을 했다.

"봤지? 그건 그렇고, 그 정도 시간이면 네 머리를 쏠 수도 있었어."

로버트가 말했다.

스티븐이 욕실로 기어가는 동안 경호원은 또 하나의 장치를 복도 건너 현관 옆방에 밀어 넣었다. 그런 다음 스티븐이 있는 욕실로 들어왔다. 두 사람은 창문 밑에 앉아 있었다. 사방에 총알이 떨어져 있었다. 로버트의 총잡이들이 다시 사격을 시작하면 두 사람은 독안에 든 쥐 신세가 될 참이었다.

"차 밖으로 나가겠다. 너는 30초 안에 현관 앞 베란다로 나와."

경호원이 시계를 보며 조용히 초침을 세기 시작했다. 그러다가 스티븐에게 귀를 가리라는 시늉을 했다. 30초가 되자 뒷문 밖에서 무거운 발자국 소리가 다가왔다. 그들이 문을 열고 들어오는 순간

이언의 경호원이 주방에 있는 장치를 폭발시켰다.

스티븐은 휴대폰만 한 물건의 폭발력이 그렇게 어마어마하리라고는 상상도 하지 못했다. 유리와 나무들이 산산조각으로 흩어지면서 로버트의 부하들이 바닥에 나가떨어지는 소리가 들렸다. 경호원이 스티븐에게 욕실 창문으로 가라는 시늉을 했다. 현관 앞 베란다 위로 뛰어 올라오는 발자국 소리가 들렸다. 스티븐은 욕실 창문을 열고 방충망을 쳐서 떨어뜨렸다. 그런 다음 창문으로 기어 나가 옥외 샤워장으로 머리부터 어색한 자세로 미끄러져 내려갔다. 그때 현관 옆방에 있던 두 번째 장치가 폭발했다. 스티븐은 귀가 멍멍한 채로 샤워장 나무 바닥에 쿵하고 떨어졌다. 그 뒤로 이언의 경호원이 뒤따라 나와 옆에 떨어졌다.

잠시 후 경호원이 샤워장 나무벽 틈으로 밖의 동정을 살폈다. 그러다가 경호원이 스티븐의 팔을 잡고 달리기 시작했다. 샤워장을 나와 옆 마당을 지나서. 집 앞에 피어오르는 연기와 시체들, 아수라장이 된 앞뜰이 보였다. 그러나 로버트의 SUV는 보이지 않았다. 경호원과 스티븐은 오두막 마당을 가로질러 달렸다. 도로 위에서는 로버트의 SUV가 헤드라이트를 끈 채 두 사람이 뛰는 방향과 나란히 움직이고 있었다. 차 안에는 적외선 안경을 쓰고 기관총을 든 남자가 타고 있었다. 두 사람은 재빨리 도로에서 떨어진 길로 돌아섰고, 총알이 작은 소나무들을 가르며 쏟아졌다. 블록을 돌아서는 타이어의 끼익하는 소리가 들렸다. 다음 길에서 두 사람을 가로막으려는 것이었다.

이언의 경호원이 갑자기 방향을 바꿔 오두막 쪽으로 달리는 듯하다가 강을 향해 달렸다. 스티븐이 그쪽은 막다른 길이라고 말하려는 순간 한 쌍의 남녀를 보았다. 그들 역시 검은색 특수작전복과 무기로 무장을 한 채 검은색 군용 보트 옆에서 기다리고 있었다. 보트에 달린 선외 모터가 조용히 물을 젓고 있었다. 경호원이 재빨리 스티븐을 보트 위로 밀어 넣고 고개를 들지 못하게 누르고 있는 동안 보트는 어둠을 뚫고 물 위를 달리기 시작했다.

67

"세상에, 어떻게 그런 일이."

메이는 브리지에서 이언과 영상 통화를 하고 있었다. 손으로 입을 가린 메이의 눈에서 눈물이 흘러내렸다.

"정말 유감이야. 우리가 할 수 있는 한 최선을 다했어. 나도 이번 일로 사람 하나를 잃었고."

"라지가 죽다니. 믿을 수가 없어요, 이언. 스티븐에게는 형제 같은 사람이었어요. 아니 형제였다고요. 우리 둘에게 얼마나 소중한 사람이었는데. 스티븐은… 지금 엄청난 충격에 빠졌을 거예요. 감히 상상할 수도 없어."

메이가 비통에 젖어 말했다.

"충격에서 헤어나고 있어. 내 사무실로 데려왔는데 쓰러졌어. 온몸이 피에 젖어 있더라고."

"로버트 워런을, 날 도와줘요, 이언…."

메이가 이를 악물고 주먹을 쥐면서 말했다.

"나도 같은 마음이야. 그런데 불행하게도 지금은 그가 우세한 상황이어서 무슨 짓을 할지 알 수 없어."

"무엇이든, 가능한 방법을 총동원해야죠."

"맞아. 그래서 지금 우주선 발사를 앞당기려고 해. 두 번째 공격이 있을 때까지 기다리는 건 너무 위험해."

"언제 할 건데요?"

"24시간 후. 가능하면 그보다 빨리."

"일주일 하고도 반이나 일찍이요? 어떻게 그렇게 빨리 준비가 될 수 있어요?"

"준비되지는 않을 거야. 하지만 그동안에도 그렇게 해오지 않았더라면 아무 일도 못했을 거야. 가능한 한 모든 일을 최단 기간 안에 마무리하기 위해 밀어붙여왔으니까. 약간의 운과 기도가 필요하겠지만, 해낼 수 있을 거야."

"당신은 해낼 수 있어요. 그리고 고마워요. **우리 둘 다** 감사하다고 말해야겠네요."

"아기는 잘 있고?"

"말을 잘 안 들어요. 엄마를 닮아서."

"그렇게 말 안 듣는 사람은 처음 봤어. 나를 포함해서 말이지."

"운 좋은 줄 아세요. 한 대 때려줄 수도 있었다고요."

"다음 만남을 위해 적립해두지. 분명 맞을 일이 있을 거야."

"미안하지만 예전에도 자기 비하적인 이언을 좋아하지 않았고, 지금도 그래요. 당신이 분명 그럴만한 사람이기는 하지만."

"당신은 나를 너무 잘 알아, 메리엄."

메이는 이언이 갑자기 감상적이 되는 것을 느꼈다.

"이언 올브라이트, 당신 혹시 아직 나에 대한 화가 풀리지 않아서 이 일을 하는 건가요?"

농담이면서도 약간의 진심이 담긴 질문이었다.

"맙소사. 메리엄, 당신은 가끔 너무 무신경할 때가 있어."

이언이 정색하고 말하자 메이는 당황했다.

"정말 그래요. 미안. 스티븐에게도 말했지만 이 암울한 공간에 너무 오래 있다 보니 매너가 엉망이 되어가지고. 그렇다고 예전에 그렇게 세련된 매너를 가지고 있었던 건 아니지만요."

"당신 말처럼, 나도 자기 비하적인 메리엄은 싫어."

"물론 그렇겠죠."

메이가 가라앉은 음성으로 대답했다.

"기운 내. 지난 24시간은 참 고통스러웠지. 하지만 우리는 영국 인이야. 우리가 강철 같은 저력을 보여주지 않으면 다른 사람들은 모두 단숨에 무너지고 말거야."

"맞아요."

메이가 자세를 고쳐 앉으며 말했다.

"그래야지. 그런데 이 모든 게 좀 모순이기는 하다."

이인은 시선을 먼 곳으로 돌리고 잠시 회상에 잠기는 듯했다.

"나도 며칠 전에 똑같은 생각을 했어요. 세상은 끊임없이 돌아 가고 있다고."

"그렇지. 사생활에 간섭하려는 건 아닌데, 당신과 스티븐은 내 가 당신의 임관 문제를 도와준 것에 의견의 일치를 보았나?"

"뭐라고요?"

순간 메이의 손가락이 다시 욱신거리기 시작했다.

"음, 그 일로 두 사람이 언쟁을 했다는 거 알아. 당신이 탐사선 발사 전에 나에게 전화해서 말했잖아. 사실 그때 당신은 흥분해서 거의 소리를 지르다시피 했어."

메이는 뭔가를 기억해내지 못할 때 느꼈던 두려움과 혼란이 다 시 피어오르는 것을 느꼈다. 이언은 분명 진실을 말하고 있을 것이 다. 다만 자신이 그 일을 상기하지 못할 뿐. 마치 빙판에서 미끄러져 넘어질 때의 느낌이었다. 뭔가 있었는데, 확실하지가 않았다.

68

"이런 배신감은 처음이야."

메이는 하루 종일 승무원 교육을 하고, 피곤하고 지친 몸으로 스티븐과 함께 사용하는 숙소로 돌아온 직후였다. 스티븐은 화가 나서 잔뜩 상기된 얼굴로 작은 식탁에 앉아 있었다. 스티븐이 그런 식으로 말없이 다그치자 메이는 너무나 당황스러웠다. 재빨리 머릿속으로 스티븐이 말하고 있는 것 같은 일들을 떠올리며 하나씩 대응책을 마련하고 있었다. 어렸을 적부터 어머니와 말다툼을 하면서 터득한 바에 의하면 처음 공격을 받았을 때는 아무 말도 하지 않는 편이 나았다. 그래야 뭔가를 실수로 불쑥 말해서 변명의 여지가 없는 상황에 봉착하지 않는다. 상대의 공격에 정서적으로 충격을 받았다는 사실을 알리는 것 또한 중요하다. **침착해야 해.**

"내가 방금 한 말 들었어?"

"좀 더 자세히 설명해주기를 기다리는 중이야."

메이는 차분함을 유지하기 위해 냉장고에서 식사 대용 쉐이크를 꺼내 들고 스티븐의 맞은편에 앉았다. 자연스럽게 마개를 열어 마시고는 무표정한 얼굴로 눈썹을 까딱해 보였다. 스티븐이 계속 공격을 해오던지, 그만두던지 마음을 정하기를 기다린다는 듯이.

스티븐은 그런 반응은 약간 의외라는 듯이 메이를 바라봤다. 그러면서 화가 약간 가라앉는 것 같았다.

"당신 정말 내가 알아내지 못할 거라고 생각했어?"

스티븐이 몹시 불쾌한 어조로 물었다.

메이는 변명으로 해결할 수 있는 상황이 아니라는 생각이 들면서 불쑥 겁이 났다. 스티븐이 메이를 바라보는 눈초리가 다른 일로 화가 났을 때와는 달랐다. 전에도 싸운 적이 있었지만 스티븐은 늘 이성적이었다. 흥분을 해도 도가 지나치는 법이 없었다. 그런데 이제 더 이상 그런 것들에 개의치 않는 것처럼 보였다. 누구든 인내의 한계가 있는 법인데, 스티븐이 바로 그 한계에 도달한 것 같았다.

"우리 둘 다 흥분을 좀 가라앉혀야 할 것 같아. 그리고…."

"그럴 수 있는 단계를 지났어."

스티븐이 손바닥으로 테이블을 내리지며 소리쳤다.

메이는 그런 스티븐을 보며 가슴이 아팠다. 마치 눈물이 나려는 것을 참기 위해 화를 내는 것처럼 보였기 때문이다. 눈물이 나려고 할수록 더 많이 화를 내면서. 메이는 처음으로 남편이 무서웠다.

"스티븐, 여기가 어딘지 잊지 마."

메이가 큰 소리로 또박또박 말했다.

"여긴 우리 집 거실이 아니야. 당신이 화난 건 알겠는데 그런 식으로 말하는 건 받아들일 수 없어. 다시 말해봐. 그러지 않으면 저 문으로 나가서 보안요원을 부르겠어."

스티븐의 성난 눈초리가 자기 귀를 의심할 수밖에 없다는 찡그림으로 변했다.

"그렇게 놀랄 것 없어. 당신은 국제 우주정거장에서 가정불화로 직장을 잃는 위험을 감수하려는지 모르지만, 난 아니니까."

메이가 말했다.

"아, 그래. 당신이 그놈의 직장을 보전하기 위해 어떤 일까지 할지는 내가 잘 알지."

스티븐이 씁쓸히 웃으며 말했다.

안 돼. 그건 안 돼. 지금은 아니라고. 메이는 그 방을 벗어나고 싶었다. 진실을 말해야 하는 순간에 봉착했으나 그럴 준비가 되어 있지 않았다.

"스티븐, 그 얘기는 나중에 하는 게 좋을 것 같아."

"아니. 지금 해."

"난 여기서 나가겠어."

메이가 일어났다.

"저 문으로 나가면 끝이야. 당신과 완전히 끝내겠어."

메이는 스티븐을 노려보았다. 그녀의 자존심대로라면 상관없다고 말해야 했다. 그것이 자기도 바라는 바라고. 그러나 그것은 메이가 진심으로 원하는 게 아니었다. 하지만 스티븐의 표정으로 봐서 그는 심각할 정도로 진심이었다. 메이는 다시 앉아서 고백하기로 마음먹었다. 스티븐이 쏟아놓는 것을 듣느니 메이 스스로 말하는 편이 나을 것 같았다.

"그건 실수였어."

메이가 겸허한 마음을 유지하려고 애쓰면서 말했다.

"내 행동은 분명 잘못된 거였어. 나는 그저… 감정이…. 순간적으로 화가 나서라고밖에 변명할 여지가 없어. 생각이 짧았어. 되돌릴 수 있다면 그러고 싶어."

눈물이 고이는 걸 느꼈지만 흐르도록 내버려두었다. 솔직히 털어놓으니 마음이 후련했다. 그 결과는 고통스러울 것이라 하더라도.

"아니, 당신은 돌이키고 싶지 않아. 내가 들은 바에 의하면 그것은 매우 계산적이고 계획적이었으니까."

메이는 스티븐이 그런 말을 한다는 걸 믿을 수가 없었다.

"무슨 얘길 들었는데? 누구한테서?"

"여긴 좁은 우주기지야, 메이. 소문이 도는 데 그리 오래 걸리지 않는다고."

"도대체 누가 그런 소릴 했는데?"

"그건 중요하지 않아."

"아니, 중요해."

메이가 소리쳤다. 겸허한 마음은 이미 사라졌다. 방어 자세로 돌입, 공격 모드였다.

"아니야, 메이. 중요한 것은 당신이 나에게 거짓말을 했다는 거야. 중요한 것은 당신이 내 뒤통수를 쳤다는 거라고."

"당신에게 거짓말한 적 없어."

메이가 당혹스러워하며 말했다.

"지금 나하고 농담하자는 거야? 이언 올브라이트가 당신이 다시 임관되도록 도와주었느냐고 물었을 때 당신은 내 얼굴을 똑바로 보며 아니라고 했었어."

메이는 스티븐이 화를 내는 이유가 분명해지자 잠시 아무 말 하지 않고 냉정해졌다. 마음 한구석에서는 그 이유가 너무 딱해서 웃어넘기고 싶었다. 하지만 다른 한편에서는 그렇지 않았다.

"어떻게 당신이?"

메이가 스티븐을 쏘아보며 말했다.

"내가 뭐 어떻다는 거지?"

"지금 나보고 거짓말쟁이라는 거야? 숯이 검정 나무라는 격이네."

"뭐라고?"

"당신은 내가 다시 임관받아서 기쁘다고 했어."

"물론… 그랬어."

"당신은 기뻐했어. 그런데 내가 **어떻게 해서** 다시 임관받게 되었는지 알기 전까지 만이야. 그리고 이제 당신에게 중요한 것은 오로지 그에 대한 **당신의** 감정이지."

"말 같지도 않은 소리."

"당신이 소위 말하는 나를 도와주려는 노력이라는 것처럼 말이지."

"소위 말하는? 난 당신을 돕기 위해 내가 할 수 있는 건 다 했어."

"하지만 충분하지 않았어, 그렇지 않아?"

"그런 얘길 하는 게 아니잖아, 메이. 당신도 그건 알 거야."

"당신 자신을 좀 돌아봐. 질투심과 불안감을 감추지 못하고 있잖아."

"지금 내 탓으로 돌리는 거야?"

"그래, 그렇게 할 수 있지. 이건 따분한 가정주부가 몰래 옛 애인을 만나 커피나 마시는 거와는 달라. 이건 내 일이 허망하게 내 손에서 빠져나가는 것을 막기 위한 노력이라고. 내 삶의 다른 부분에 대해서 내가 노력을 하는 것처럼 말이야."

"다른 부분? 이제 사방으로 불똥을 마구 튀기면서 문제의 초점을 흐리게 하려는 거로군."

메이는 상황이 자신에게 유리하게 돌아가는 것을 느꼈다. 스티븐은 점점 논점의 정당성을 잃어갔다. 메이는 더 이상 스티븐에게 연민의 감정이 들지 않았다. 다만 나약하고 한심해 보였다. 적절한 순간에 날리려고 벼르던 결정적인 한 방이 필요한 순간이라는 생각이 들었다.

"우리를 돌아봐. 우리의 결혼 생활을 돌아보자고. 기껏 좋아봐야 매일 기계적인 생활을 되풀이할 뿐이야. 그리고 최악은 아직 뭔가 남았을 거라는 기대로 우리 스스로를 속이는 거지. 그 일이 있는 후로 말이야."

"메이, 그만해."

스티븐이 떨리는 음성으로 소리쳤다.

"죽은 우리 아들에 대해 말하지 말라고? 그 아이가 죽은 후로 당신이 나를 어떻게 철저하게 방치했는지 말하지 말라고? 그때부터 느껴지는 나에 대한 당신의 경멸, 당신에 대한 나의 원망에 대해 말하지 말라고? 내가 왜 이언에게 도와달라고 했는지 알고 싶다면, 해답은 당신이 너무 두려워서 생각조차 하지 못하는 이 모든 질문 속에 있어."

"당신 정말 몹쓸…."

"몹쓸… 뭐?"

메이는 스티븐의 면전에 대고 소리쳤다.

"할 수 있으면 한번 말해봐."

스티븐은 메이를 잠시 바라본 다음 정신을 가다듬더니 다시 언성을 높였다.

"하면 어쩔 건대? 지금 협박하는 거야? 당신 자신을 좀 봐."

스티븐이 비아냥거리듯 말했다.

"지금 내 앞에 서 있는 사람이 누군지 나는 도무지 모르겠어. 당신은 나를 기만했고, 내가 당연히 알아야 할 권리가 있는 사실들을 감췄어. 그리고 거짓말까지 했어. 물론 당신 마음속에서는 정당화를 했겠지. 오랜 세월 잘못된 판단을 할 때마다 그래왔듯이. 하지만 그건 당신 자신에게 거짓말을 하는 것과 다를 바 없었어. 그러다가 진실을 직면해야 할 때가 되면 모든 것을 내 탓으로 돌리는 거지. 마치 내가 당신을 피해자로 만드는 것처럼. 당신의 그런 면에는 당신 어머니도 질렸을 거야. 승진을 위한 정신병적 욕구를 정당화하기 위해 우리 아들의 죽음을 날 원망할 빌미로 삼는다는 걸 아셨을 테니까. 이제 당신을 보기만 해도 구역질이 날 것 같아. 당신은 내가 나약하다고 하지만, 난 지금까지 누군가를 내 입으로 비열하다고 말해놓고, 그의 도움을 받아본 적은 없어. 그런데 당신은 그렇게 했잖아. 그리고 이제 당신은 비열하기까지 하군."

"말 참 잘하네."

메이가 내뱉듯이 말했다.

"결혼 생활을 위해 뭐 하나 희생해본 적도 없는 사람이 말은 참 쉽게 하는군. 당신은 한 번도 당신이 애지중지하는 미션을 날려버릴 위험을 감수해본 적이 없잖아. 나는 모든 걸 잃어버렸다고. 생각해봐. 나는 당신을 만날 때까지 내 인생에서 뭐든 잃어버린 적이 없어. 내 사전에 실패란 없었다고. 내가 한 행동은 자기 보존을 위한 거였어. 그 상태로는 절대로 살 수 없었으니까. 하지만 현실을 바꾸기 위해 뭔가를 할 사람도 나밖에 없다는 걸 알았으니까. 그래서 그렇게 한 거야. 그리고 성공적이었어. 예전에 뭐든 내 힘으로 내 운명을 이끌어갈 때 항상 그랬던 것처럼 말이야. 왜냐하면 나는 **특별한 사람이니까.** 대부분의 남자처럼 영웅이 되고 싶은 당신의 욕망 때문에 나라는 여자는 영웅이 필요하지 않다는 사실을 당신이 보지 못했던 거야. 나는 말이지, 나를 지지해주지 않는다면 파트너도 필요 없어."

메이의 말이 스티븐의 마음에 날아드는 동안 스티븐은 말없이 앉아 있었다. 그러고는 깊은 한숨을 쉬고 천천히 일어섰다. 두 손으로 테이블을 짚은 채.

"가서 내 짐을 챙기겠어."

스티븐의 음성에 체념이 배여 있었다.

"그리고 갈게."

"지금 그 문으로 나가면,"

메이가 스티븐의 말을 그대로 되뇌었다.

"그걸로 끝이야."

69

이언의 우주센터로 돌아온 스티븐은 의무실에서 꼬박 하루를 보내
며 키웨스트에서 겪었던 충격과 부상을 치료받고 회복했다. 라지를
잃은 상처는 너무 깊어서 회복할 수 없을 것 같았다. 그만큼 로버트
에 대한 피 끓는 증오도 깊었다. 하지만 그보다 더 중대한 문제는
그가 구조 작전을 방해하기 위해 어디까지 따라올 것인가 하는 것
이었다.

이언도 스티븐의 생각을 읽기라도 한 것처럼 황급히 의무실로
들어왔다.

"위성정찰팀의 보고에 따르면 여기서 100킬로미터도 안 되는
거리에 있는 미국 영해에서 해군의 움직임이 포착되었다는군. 로버
트 워런이 공격 준비를 하는 것 같아. 우리 팀도 당연히 사전 발사
모드에 돌입했지. 자네는 좀 어떤가?"

"난 괜찮아."

"좋아. 항공 의무관이 자네 상태를 살펴보고 나서 우주복을 입
을 수 있도록 준비해주겠네."

이언이 들어올 때처럼 황급히 나가고 나이 지긋한 의사가 들어
와 인사할 새도 없이 스티븐을 진찰하기 시작했다. 스티븐은 발사

대에서 불 뿜는 공룡에 묶여 있을 것에 별 두려움을 느끼지 않는 자신에 놀라면서도 한편 흐뭇했다. 우주로 진입하면서 우주선 자체가 폭발할 위험도 상당하지만, 로버트 워런이 어떤 식으로 공격을 해올지 아무도 모르는 일이었다. 그러나 스티븐은 전에 미처 느껴보지 못한 단호함이 생겼는데, 그 때문에 전에 느꼈던 두려움이 소소하고 자신과 무관하게 생각되었다. 한편으로 생각하면 스티븐의 중대한 한 부분은 라지와 함께 죽었다고 볼 수도 있었다. 그리고 남은 부분은 아직 보여준 적이 없는 전혀 새로운 모습인지도 모른다.

"심장 잡음이 있습니다."

의사가 말했다.

"장난하는 겁니까?"

스티븐이 농담으로 받아넘겼다.

의사는 전혀 받아줄 분위기가 아니었다.

"이번 임무에서 빠지도록 소견서를 써드릴 수 있습니다, 녹스 박사님. 임무 중에 심장에 가해질 부담이 지금까지 상상하지 못했던 정도일…."

"이제 다 끝난 거요?"

스티븐이 물었다.

"좋은 비행 되십시오."

의사가 냉랭하게 말했다.

우주복을 입은 후 끝도 없이 이어지는 안전 수칙, 위험 가능성, 중력에 노출되었을 때 나타나는 증상, 방사선, 인공 대기, 무중력, 장기간 지구를 떠나 우주에서 지내야 하는 것에 관한 설명을 들어야 했지만 스티븐은 바로 발사대로 달려갔다. 그를 실은 크레인이 서서히 하늘로 올라가자 그에게 일어나려는 일이 어떤 것인지 비로소 실감이 났다. 대도시 하나쯤은 날려버릴 수 있는 폭발성 연료를 실은 고층 건물 높이의 거대한 발사용 로켓이 공포와 경이감으로 스티븐을 압도했다. 그러나 우레와 같은 제트기류의 구름을 뚫고 올라가자 이언의 우주선은 마치 외계의 공격선 같은 실체를 드러냈고, 모든 것이 초현실적으로 보였다.

브리지로 들어가면서 스티븐은 우주선의 내부도 외형처럼 생기지 않아서 다행이라고 생각했다. 외부에서 보았던 것처럼 생경하지는 않았지만, 그렇다고 전통적인 구조라고 할 수도 없었다. 이언의 발사국처럼 세련된 첨단의 구조였지만, 동시에 그의 성격을 그대로 투영한 면도 있었다. 또한 스티븐이 기대했던 것보다는 훨씬 작아서, 대형 여객기 내부 공간의 반 정도 밖에 되지 않았다.

전면을 완전히 둘러싼 전망창 앞은 비행갑판이 차지하고 있었는데, 전망창의 곡선과 일치하는 완벽한 원호를 이루었다. 그 정점인 중앙에는 이언이 앉았고, 양쪽에는 두 명의 장교, 잭과 졸라가 앉았다. 그들 뒤로 나 있는 넓은 원형 공간에는 커다란 금속 원반이 바닥에 놓여 있었고, 그 바로 밑에 또 하나의 원반이 있었다. 두 원반 사이는 입체 영사 필드였다.

우주선 안팎에 장착된 수천 개의 카메라가 찍은 이미지들이 완벽한 정밀도로 투사되었다. 데이터가 동시에 피드되기 때문에 승무원들은 입체 영상과 실시간으로 상호작용을 하면서 터치나 음성 명령으로 필요한 부분을 강조표시하거나 확대하고 패닝하거나 보는 각도를 조절할 수도 있었다. 이언과 승무원들은 이 장치를 '눈'이라고 불렀다.

비행갑판 뒤편에는 엔지니어링 콘솔이 있었는데 역시 원호 형태이면서 비행갑판의 반 정도 크기로 비행갑판과 반대 방향을 향하고 있었다. 모든 것이 이언이 선호하는 '협업 관계'를 이루고 있었다. 말하자면 전형적인 리더십의 위계를 지나치게 강조하지 않으면서 팀 간의 상호작용을 극대화한다는 뜻이었다. 이언이 책임자의 위치에 있기는 하지만 각기 자기 분야에서 지식과 경험, 자신감을 갖고 있는 사람들과 함께 일하면서 필요에 따라 자신의 리더쉽에 도전할 수 있게 한다는 것에 스스로 자부심을 가지고 있었다.

스티븐은 엔지니어링 콘솔 뒤에 위치한 세 줄의 승객용 발사석 중 첫 줄에 정면을 향하고 앉았다. 브리지의 나머지 부분은 발사 후에 비행 승무원이 아닌 일반 승무원을 위한 공간과 현재 전격적으로 가동되는 이언의 변화무쌍한 기동성을 수용하기 위한 추가 비행 및 엔지니어링 명령 콘솔이 마련되어 있었다. 이언과 승무원이 마지막 확인 작업을 하느라 동분서주하는 동안 바그너의 오페라 '**방황하는 네덜란드인**'이 재생되고 있었는데 이언이 독일어로 따라 불렀다. 그 기이한 분위기 덕분에 스티븐은 두려움을 느낄 거를이 없었다.

"스티븐, 괜찮은가?"

이언이 물었다.

"괜찮아야지."

스티븐이 차분하게 대답했다.

"좋아. SAT 정찰팀에 의하면 미국 해군이 곧 우리를 찾아올 거라는군. 그래서 발사를 조금…."

이언은 이렇게 말하면서 시계를 들여다보았다.

"앞당기려고 해, 지금으로."

스티븐은 눈을 감고 심호흡을 했다.

"걱정하지 말게. 우리를 믿어도 좋아. 그리고 행운을 비는 의미에서 내 맘대로 이 우주선에 세례명을 지어주었어. **메리엄 1호.** 어떻게 생각하나?"

"멋진 이름 같군. 그런데 내 의견은 편파적일 수 있어."

"그렇게 말해주니 기분이 좋아."

"발사를 시작합니다."

인공지능의 부드러운 목소리가 우주선 안에 울려 퍼졌다.

스티븐은 두려움이 엄습해오는 것 같아 이언의 승무원에 주의를 집중했다. 이언처럼 그들도 전형적인 '우주비행사'의 이미지와 정반대로 록 밴드를 하는 사람들처럼 보였다. 조종사 잭은 비행갑판에서 이언 옆에 앉았는데 텍사스 토박이 소년 같은 말투를 가지고 있었다. 바람에 찰랑거리는 붉은 갈색 머리와 5일은 면도를 안한 듯 덥수룩한 수염은 고향마을에서 농약 살포기를 운전하는 것이 더 어울릴 것 같았다. 졸라 역시 조종사이면서 이언의 특수 추진 엔지니어인데 세네갈 출신이어서 말투에 약간의 프랑스 억양이 섞여 있었다. 잭의 자유로운 스타일과는 정반대로 치밀한 면이 있어서 스티븐을 놀라게 했다. 수석 비행 기관사인 엘런은 덴마크 출신의 키가 큰 여성이었는데 나이는 이언 정도 되어 보였다. 권위적이면서 지식을 과시하는 편이었는데 이언과 비슷하게 자신감이 있으나 조용하게 자기 일을 하는 사람이었다. 알제리 출신의 비행 의무관인 라테파는 예전에 전투기 조종사이자 의료 헬기 수송 장교였다. 그녀의 의무병은 영국 특수부대 위생병 출신의 마틴이었다.

"여기는 관제센터입니다."

선내방송장치에서 호출 소리가 들렸다.

"미 해군 지휘본부에서 연락이 왔는데, 발사를 중지하라고 합니다. 명령에 복종하지 않으면 펜사콜라에서 제트 전투기를 보내서 우주선을 폭파시키겠다고 합니다."

"영상을 띄워봐."

인공지능이 발사국의 입체 영상을 투시했다. 승무원들이 모여들었다. 전함 한 대를 포함해서 세 척의 해군함이 섬 주변에 일정한 간격으로 포진해 있었다.

"미국 영공에서나 가능한 얘기지."

이언이 중얼거렸다.

투시 영상이 섬을 앞에 두고 서쪽 방향을 보여주었다. 실제 이미지에 지도를 통합시킨 화면에 두 대의 제트 전투기가 물 위로 낮게 떠서 나란히 다가오는 모습이 보였다. 이언이 전투기 이미지에 손을 대자 비행 속도, 무기, 도착 예정 시간이 보였다.

"잭, 얼마나 빨리 발사할 수 있나?"

이언이 물었다.

"당장이라도 출발할 수 있습니다."

잭이 차분하게 대답했다.

"고맙네, 잭. 엘런, 우리가 출발한 후 제트 전투기가 우리를 목표로 지정해서 자동 추격할 수 있는 확률은 얼마나 되지?"

"최대 추진력일 때 시속 4만 5천 킬로미터까지 속도를 낼 수 있습니다. 저들의 목표 지정 시스템은 그보다 훨씬 느린 비행기를 추격하도록 설계되었으므로 우리를 목표로 지정해서 추격하기는 힘들다고 봅니다. 하지만 우리 로켓의 열 신호를 목표로 설정해서 자동 추격할 가능성은 있습니다."

"여기는 관제센터입니다. 해군 지휘관이 통화하고 싶어 하십니다."

"연결해."

"알겠습니다."

"잭, 졸라, 안전벨트를 매도록 하게."

"알겠습니다."

두 사람 모두 큰 소리로 대답했다.

"관제센터입니다. 해군 지휘본부의 퍼킨스 대령님이십니다."

"안녕하십니까, 퍼킨스 대령님. 오늘 같이 좋은 날 어쩐 일이십니까?"

이언이 마치 가든파티에 와 있는 듯한 쾌활하고 편안한 음성으로 전화를 받았다.

"미스터 올브라이트, 발사 전 수순을 중단하고 시설을 포기하지 않으면 귀관의 우주선을 폭파하라는 명령을 받았습니다."

"어떤 근거로 우리가 발사 전 수순을 실행한다고 생각하십니까, 대령님?"

"우리의 적외선 위성 영상에 의하면 로켓 엔진이 가동되고 있습니다. 그리고 내가 있는 위치에서는 눈으로도 확실하게 파악할 수 있습니다."

"테스트를 하는 중입니다. 경계하실 필요 없습니다, 대령님."

"그렇다면 우리가 즉시 귀관의 시설에 들어가 우주선을 직접 조사할 수 있게 협조할 수 있습니까?"

이언은 잠시 생각할 시간이 필요했다.

"미스터 올브라이트? 신중하게 생각하기 바랍니다."

"너무 공격적이네요, 대령님. 이건 미국 영해 밖에 있는 개인 소유 시설입니다. 누구의 권한으로 우리에게 군사적 공격을 하실 겁니까?"

"우리는 미국 국방부 합동 참모들의 권한으로 임무를 수행하고 있습니다. 명령에 따라주시겠습니까, 미스터 올브라이트? 지체할 시간이 없습니다."

"싫습니다. 시간이 없는 건 대령님이신 것 같군요. 부하들을 철수시키고 제트 전투기를 안전 거리 밖에 있게 하십시오. 엄청나게 뜨거워질 것입니다."

70

"관제센터, 메리엄 1호 출발한다. 카운트다운을 시작해."

이언이 큰 소리로 외쳤다.

"알겠습니다. T 마이너스 60초 후에 발사합니다."

"30초로 해."

이언이 안전벨트를 채우며 말했다.

관제센터에서 카운트다운을 하는 동안 모두 눈에 끼고 있는 하늘 투사기를 주시하며 점화에 대비하는 태세를 취했다. 스티븐은 초조하게 카운트다운이 끝나기를 기다렸다. 투사기를 통해 전투기들이 다가오는 것이 보여서 한시라도 빨리 추격 범주를 벗어나야 할 것 같았다. 마지막 10초가 남고 로켓 엔진의 낮은 우르릉거림이 고막을 찢고 지표면을 흔드는 굉음으로 변하자 스티븐은 마음을 다잡았다.

"미사일 목표 지정 약 2분 거리 북서쪽 활주부에 네 개의 위험 요소가 있는 것 같습니다."

잭이 소리쳤다.

"셋… 둘… 하나… 발사."

로켓이 점화되고 강력한 힘을 받아 날아오르기 시작하면서 스티븐의 몸은 의자 등받이에 바짝 밀어붙여져 숨을 쉴 수 없을 정도였다.

"전투기가 목표 설정 거리에 들어와 미사일을 발사하고 있습니다."

잭이 말했다.

"행운을 빌어주자. 제2단계."

졸라가 말했다.

스티븐은 2단계 로켓이 점화되고 속도가 두 배로 가속될 때까지만 해도 몸이 더 바짝 의자에 밀어붙여질 수는 없을 줄 알았다.

"미사일이 우리 열 신호 끝을 유도하고 있습니다. 진동이 좀 있겠는데요."

잭이 말했다.

제트 전투기에서 미사일이 발사되었다. 미사일은 로켓 엔진 바닥에서 아래로 수백 미터나 뻗어 있는 흰색 불기둥으로 날아들었다. 스티븐은 두려움에 숨이 멎는 것 같았다. 미사일은 폭발했고, 그 진동은 우주선에 타고 있는 모두를 의자 밖으로 떨쳐낼 듯 흔들었다. 그러나 우주선은 아무런 피해도 입지 않았다.

"관제센터입니다. 속도와 궤적 모두 이상 없습니다. 고도… 스탠바이. 해군함에서 탄도 미사일을 발사했습니다."

"1번 고체 부스터를 분리시켜."

이언이 명령했다.

"그러면 경로를 벗어나게 될 것입니다."

잭이 이의를 제기했다.

"탄도 미사일을 피하지 못하면 우린 공중에서 폭파되고 말 거다."

"1번 고체 부스터 분리합니다."

잭이 말했다.

그러자 우주선이 심하게 흔들리면서 경로를 벗어났다. 스티븐은 몸이 머리에서 잡아당겨져 분리되는 듯한 고통을 느꼈다.

"수동으로 전환."

이언이 제어장치를 잡으며 외쳤다.

이언은 우주선을 본래 상태로 되돌리고 다시 경로에 올려놓았다. 투사기 화면에 우주선 아랫부분이 비쳤다. 미사일이 방금 투하시킨 부스터를 타격하는 모습이 보였다.

"충격 대비 자세."

이언이 외쳤다.

탄도 미사일의 폭발력은 제트 전투기에서 발사된 미사일의 수백 배는 될 정도로 온몸의 뼈를 흔들었다. 스티븐은 눈을 감고 우주선이 산산조각 나면서 물꽃을 날리며 바다에 떨어질 순간을 기다렸다. 그러나 어느새 대기권을 벗어나 우주공간으로 미끄러져 들어가고 있었다. 지구를 뒤흔들던 대혼란이 일시에 정적에 잠겼다.

"반자성 필드를 작동시킵니다."

잭이 말했다.

커다랗게 윙윙 소리가 나더니 눈에 보이지 않는 힘이 살짝 밀려오는 느낌이 들었다. 승무원들은 안전벨트를 풀고 잠시 일어나 자리를 정리하며 몸을 풀었다. 이언은 스티븐에게도 그렇게 하라는 시늉을 해 보였다. 스티븐도 일어나서 걸어보았다. 그런데 중력의 느낌이 다른 때와 달랐다. 마치 물속에서 걷는 느낌이었다.

"처음엔 좀 이상할 거야. 반자성 필드는 우주선이 만드는 거야. 자네가 입고 있는 우주복에 철망이 들어 있는데 그것을 반자성 필드가 일정하게 밀어내는 거지. 중력과 똑같지는 않지만, 둥둥 떠다니면서 사방에 머리를 부딪치는 것보다는 낫잖아."

이언이 말했다.

스티븐은 브리지로 걸어갔다. 느낌이 좀 이상하긴 했지만 금세 적응이 되어 돌아다닐 수 있었다. 앞으로 빨리 가고 싶을 때는 몸을 앞으로 조금 구부리면 됐다. 그러면 머리 위에 있는 반자력이 아래로 쏠리면서 몸을 앞으로 밀어주는 역할을 했다. 물론 승무원들은 그런 원리를 터득해서 지구에서처럼 자유롭게 활동했다.

"2번 부스터 해체."

이언이 조용히 명령했다.

잭이 부스터를 해체하려고 하니 비행갑판에 경보기가 켜졌다.

"해체 볼트가 작동되지 않습니다. 진단 영상."

발사체의 일부 외형이 '눈'에 보였다. 엘런이 허공에서 그것들을 조작하면서 모든 각도에서 면밀히 점검했다.

"미사일 타격에 따른 손상일 수 있어."

이언이 말했다.

"내부 조립 영상."

엘런이 지시했다.

'눈'에 부스터가 우주선에 연결된 부분이 보였다. 불꽃과 연기가 피어올라 영상이 구름에 가린 듯 선명하지 않았다.

"2번 부스터에 화재가 발생했습니다."

71

"전원 집합."

이언이 외쳤다.

잭과 졸라, 엘런이 엔진갑판으로 뛰어왔다. 이언은 스티븐과 함께 비행갑판에서 팀원들이 모이는 모습을 지켜보고 있었다. 로켓 부스터가 그 안에 들어 있는 연료를 소진시키면서 타고 있었다. 타고 있는 부스터가 본체와 연결된 부분에 심각한 구조적 손상이 있었다. 손상된 부분에 생긴 틈이 길어지면서 그 안에서 연료에 불이 붙은 것이다.

"엘런, 연료통 벽에 생긴 틈이 열을 받아 팽창하면 타고 있는 연료가 그 틈으로 우주선 안에 들어오게 된다. 수동으로 분리해야 해."

이언이 우주선 방송장치를 통해 설명했다.

"알겠습니다. 선체 외벽으로 가겠습니다."

엘런이 응답했다.

"부스터 조립 볼트가 하우징에 녹아 붙은 것 같아. 잘라내야 할 거야."

잭이 말했다.

"알았어."

엘런이 대답했다.

엘런이 도구함을 가지고 좁은 유지보수 패널을 통과하자 잭이 출구를 봉인했다. 이언과 스티븐은 엘런이 선체의 어둠에 싸인 아래쪽으로 점점 멀리 내려가는 모습을 지켜보았다.

"2미터 전방에 있어."

잭이 말했다.

"도착했어."

엘런이 부스터 장착 조립 부분을 점검했다. 금속과 합성물질이 한데 엉겨 뒤틀어진 데다가 온통 연기의 그을음에 덮여 있었다.

"반대편 선체에도 선체 결함 징후가 보입니까?"

엘런이 물었다.

"그렇지 않다."

이언이 대답했다.

손상된 부스터 안에서 또 다른 연료가 점화되면서 우주선이 요동을 쳤다.

"볼트를 자릅니다."

엘런이 말했다.

"최대한 서둘러."

이언이 말했다.

지름이 50센티미터나 되는 어마어마한 볼트였다. 레이저 커터를 이용해서 첫 번째 볼트를 자르는 데 몇 분이나 걸렸다.

"하나 잘랐습니다."

엘런이 보고했다.

"잘했다. 두 번째 볼트 시작해."

이언이 지시했다.

엘런의 레이저 커터가 두 번째 볼트를 반쯤 잘랐을 때 선체가 심하게 흔들렸다. 그 바람에 모두 브리지 반대편으로 날아갔다. 스티븐도 비틀거리다가 가까스로 뭔가를 잡고 매달릴 수 있었다. 이언은 선체 외벽에 부스터가 장착된 부분을 확대해보았다.

"흘러든 연료가 부스터 틈새들 중 하나에서 점화되었다. 그로 인한 추진력 때문에 경로가 바뀌고 있다. 부스터가 조립대로부터 뜯겨져 나가기 전에 볼트를 잘라야 해."

이언이 소리쳤다.

부스터 측면에 벌어진 틈이 넓어져 그리로 연료를 태우는 불길이 제트 엔진처럼 뿜어져 나왔다. 연료가 점점 더 많이 탈수록 우주선은 우주공간을 점점 더 미친 듯이 날아다녔다. 스티븐은 뭔가를 잡고 있던 손이 미끄러지면서 브리지 뒤로 엎어질듯 달려가다가 승객용 발사석을 삼고 의자에 앉아 얼른 벨트를 묶었다. 이언도 안전벨트를 묶고 있었으나 잭과 졸라는 안전바를 잡고 매달려 쩔쩔매고 있었다. 엘런은 더 난감한 상황에 처해 있었다. 선체 외곽에서 헝겊 인형처럼 사방으로 내던져지고 있었던 것이다.

"두 번째 볼트로 갈 수가 없어요."

엘런이 소리쳤다.

쩌렁 하는 소리와 함께 부스터 구멍이 한순간 확장되면서 본체에서 뜯겨져 깊이 모를 우주의 심연으로 쏜살같이 사라졌다.

"선체에 균열이 생겼다. 85센티미터."

이언이 외쳤다.

압력의 변화는 순간적이면서도 무지막지했다. 지름 1미터도 안 되는 구멍으로 엘런이 빨려 들어갔다. 진공청소기로 빨려 들어가는 종잇조각처럼. 그 순간 엘런의 몸은 잘게 부서져 우주공간으로 뿌려졌다.

"엘런!"

잭이 소리쳤다.

"잭, 졸라, 대피해야 해. 엔진 갑판을 봉인하고 공기를 추출해."

이언이 외쳤다.

잭과 졸라는 엔진 갑판 문으로 달려가 비상 에어로크를 닫고 봉인했다.

"완료."

잭이 조용히 말했다.

"엔진 갑판 공기 95퍼센트 추출."

"완료되었습니다."

인공지능이 대답했다.

"내 우주복을 준비해서 비행갑판으로 오도록. 라테파…."

이언이 침울한 목소리로 말했다.

"와 있습니다."

라테파가 엔진 갑판 에어로크 옆에 서서 대답했다. 그녀 역시 우주복을 입고 있었다.

이언은 벨트를 풀고 자리에서 걸어 나왔다. 졸라가 이언이 우주복 입는 것을 도와주는 동안 잭이 조종키를 잡았다. 졸라가 자리로 돌아오고, 두 사람은 이언과 라테파가 선체 파손 지점까지 유영해가는 모습을 지켜보았다. 파손 부위 내부에 남은 엘런의 흔적이라고는 구멍 가장자리에 얼어붙은 핏자국과 우주복 조각들뿐이었다.

"외곽 보기."

잭이 조용히 지시했다.

띠처럼 길게 찢어진 살 조각과 뼛조각, 얼어서 뭉쳐진 핏덩이들이 떠 있는 모습을 보자 잭과 졸라는 울음을 터트렸다.

72

"지금 내 심정을 말로 어떻게 표현해야 할지 모르겠다."

이언이 말을 시작했다.

모두 비행갑판에 모여 있었다. 모두 충격에 휩싸여 있었다. 이언과 팀원들은 너무 친밀해서 마치 가족 같았다. 이언은 감정을 추스르느라 안간힘을 쓰고 있었다.

"엘런을 알고 지낸지 20년이야. 엘런의 부모님은 초창기에 만들었던 우주선의 엔지니어로 일하셨는데 엘런은 그 집안의 신동이었어. 정말 똑똑하고 겸손했어. 언제나 배우려는 자세로 임하면서 자신의 한계를 넓히고 도전했다. 많이 그리울 것 같다. 그러나 후회는 안 해. 엘런도 그러리라 믿는다. 왜냐하면 제대로 해내야 했으니까. 그러기 위해서는 뭘 해야 하는지 알고 있었으니까. 위대한 여성이나 남성을 구별하는 진정한 테스트는 그들의 특출한 재능을 측정하는 게 아니다. 그 재능을 인류의 선을 위해 사용하겠다는 의지야. 그러기 위해 자기희생이 따른다고 해도 말이지. 엘런은 이것을 이해했고, 여기 남은 사람들도 그러리라고 생각한다. 엘런의 넋을 기리는 의미에서 우리는 전진한다. 그리고 **메리엄 1호**의 첫 항해를 엘런에게 바치고 싶다. 모두 동의하나?"

"좋습니다."

모두 한목소리로 대답했다.

"고맙다."

모두 고개를 끄덕이고 서로 껴안아준 다음 자기 자리로 돌아갔다.

"이런 모습을 보여서 미안하네, 친구."

이언이 스티븐에게 말했다.

"당신과 승무원들에게 위로의 뜻을 전하고 싶어, 이언."

스티븐이 말했다.

"필요하다면 나도 엔지니어 일을 도울 수 있어."

"고맙네."

이언이 엘런의 팅 빈 엔지니어링 콘솔을 바라보며 대답했다.

졸라가 엘런의 자리를 겸하려는 것 같았다.

"현재 상태 확인."

이언이 지시했다.

"선체는 땜질되어 양호합니다."

졸라가 말했다.

"스트레스 테스트는?"

"완벽한 점수입니다."

"선체 확인은?"

"역시 양호합니다."

잭이 대답했다.

"좋아. 주 추진엔진 가동."

"알겠습니다."

졸라가 대답했다. 그녀의 손이 엔지니어링 콘솔 위를 날다시피 움직였다.

추진 시스템이 점화되면서 우주선이 흔들렸다. 낮은 금속성의 울림이 우주선 전체에 퍼졌다.

"걱정하지 말게, 스티븐. 이건 정상적인 현상이야. 우주선의 표면은 유동적이지만 일반 자동차에 비하면 훨씬 더 튼튼하거든. 가끔 시끄럽고 꿀렁거리는 단점이 있기는 하지만."

"얼마나 멋진 성능을 보여주려는지 기대가 되는군."

스티븐이 모두의 기운을 북돋워주는 의미에서 이렇게 말했다.

"좋아. 나머지 멤버들은 언제?"

이언이 물었다.

"언제든 준비가 되어 있습니다."

잭이 대답했다.

"저도 그렇습니다. 추진 준비 완료되었습니다. 모든 시스템이 준비 상태입니다."

졸라도 대답했다.

"잭, 자네에게 영광을 돌리고 싶은데."

이언이 의자에서 일어나며 말했다.

"좋습니다."

잭이 이언의 자리에 앉았다.

"연료 주입을 10퍼센트 올려줘."

"클릭 열 번."

잭이 조절판을 돌리며 응답했다.

우주선이 특별한 변화 없이 가속되었다.

"아주 매끄럽군. 내가 옛날에 타던 실버 섀도 같아. 10퍼센트 더."

이언이 말했다.

"10퍼센트 올렸습니다."

잭이 받았다.

그리고 다시 연료 조절판을 돌리자 힘들이지 않고 속도가 높아졌다.

스티븐은 소음도 들리지 않는다는 사실을 알아챘다.

"신사 숙녀 여러분, 우리는 지금 역사상 가장 빠른 우주선이 비행했던 것과 같은 속도로 가고 있습니다. 그 탐색기는 이 우주선에 비하면 아주 작았고, 우리는 현재 전력의 20퍼센트만 사용하고 있습니다."

이언이 말했다.

잭과 졸라가 흐뭇한 미소를 지으면서 분위기가 훨씬 밝아졌다.

"축하드립니다."

라테파가 마틴과 함께 브리지 위로 걸어가면서 말했다.

"고마워. 물리학에 조금 더 도전해서 10퍼센트 더 올려볼까?"

"저는 좋습니다."

잭이 말했다.

"현재 비행 상태는 완벽하게 효율적입니다. 속도를 올리지 못할 이유가 없습니다."

졸라가 말했다.

"10퍼센트 더."

이언이 말했다.

잭이 서서히 조절판을 열 번 클릭했다. 이번에는 변화가 느껴졌다. 로켓에 타고 있는 것 같다거나 의자 등받이로 떠밀리는 것이 아니라 앞으로 떨어지는 느낌이었다.

"잠깐 조마조마했네."

이언이 긴장감이 감도는 침묵을 깨며 말했다.

"외곽 보기를 올려줘."

'눈'에 외곽 영상이 나타났다. 우주선의 검은 표면 소재가 잔잔한 연못에 이는 파문처럼 작은 파동을 이루며 움직이고 있었다.

"분자 마찰을 완화시키는 건가?"

스티븐이 물었다.

"이분에게 상을 드려야 하는데."

이언이 감동했다는 듯이 말했다.

"이 정도 속도에서는 외부에 노출된 분자들이 원자보다 작은 탄환과 같은 상태거든. 시험용 탐사선은 산산조각이 났었어. 하지만 파동을 일으키게 하는 이유가 그것 때문만은 아니야. 파동을 이용해서 물질을 수집하고 그것을 에너지로 전환하는 거야. 마치 물고기가 아가미로 산소 방울을 모으는 것처럼 말이지."

"축하하네. 마치 수레바퀴를 다시 발명하는 것과 같은 일을 했구먼."

스티븐이 말했다.

"10퍼센트 더 가속하는 건 어떨까?"

이언이 말했다. 그 특유의 눈빛이 어느새 그의 눈에 어려 있었다.

"보스, 현재 속도에서 모든 게 어떻게 돌아가는지 잠시 봐야 할 것 같은데요. 첫 비행이기도 하고, 모든 상황을 고려해볼 때 말이죠."

잭의 긴장된 반응에 이언은 약간 김이 빠진 것 같았다. 그러나 조종사인 잭의 제안을 진지하게 숙고했다. 아니 최소한 고려해보는 것처럼 보이기는 했다. 그런 다음 잭의 등을 손바닥으로 때렸다. 마치 유력 선수를 게임에 집중시키려는 코치처럼.

"모든 게 완벽하게 돌아가고 있어, 잭. 조금만 더 시도해보자고. 그런 다음 다시 순항 속도로 낮추면 돼. 졸라의 생각은 어때?"

"제 의견은 차치하고, 안 된다고 할 공학적인 이유는 없습니다."

"그 사고방식 마음에 드는군. 10퍼센트 가속한다."

이언이 말했다.

"알겠습니다."

잭은 대답과 함께 속도 조절기를 높였다.

그러자 스티븐은 끝없는 어둠의 심연으로 얼굴부터 거꾸러져 박히는 느낌이 들었다. 전망창 밖에 지나가는 별들도 이상하게 보였다. 제트기의 비행운 같은 빛의 꼬리가 우주선 뒤로 늘어져 있는 것 같았다. 스티븐은 말을 하려고 했으나 가슴에 압박감이 느껴져 충분한 공기를 들이쉴 수 없었다. 이언은 손짓으로 잭에게 조절판을 10퍼센트 다시 내리라는 시늉을 했다. 잭이 그렇게 하자 압박감과 거꾸러지는 듯한 느낌이 사라졌다.

"그래, 좀 심상치가 않았어. 그 덕분에 적당한 속도를 찾았네."

이언이 흥분한 채로 말했다.

"그렇습니다."

잭이 말했다.

"우리 중계 위성 중 하나를 지나고 있습니다. 우리가 스쳐 지나가는 영상을 담는 중입니다."

졸라가 알려주었다.

"좋은 생각이야."

이언이 말했다.

"촬영된 영상을 보여드리겠습니다."

졸라가 말했다.

'눈'에 클립이 재생되었다. 메리엄 1호가 위성을 지나가는 영상이었다. 검정 얼룩처럼 보였고, 그 주변에 별빛이 휘어져 있었다. 이언의 눈빛이 모닥불처럼 타올랐다.

"자, 이제 우리의 여자를 구하러 가자."

73

메이는 승무원을 위한 체육관에서 턱걸이를 하고 있었다. 반바지에 스포츠 브라 차림이었는데 이제 제법 불룩해진 배가 한눈에 들어올 정도였다. 체육관 벽에 아기의 얼굴을 그려서 붙여놓았는데 입에 딤배를 물고 있는 모습이었다. 이인과 지난번 통화를 한 후로 무선 통신이 차단되어 또다시 힘든 시간을 보내고 있었다. 라지의 죽음이 안겨준 충격과 예리한 고통이 여전히 깊어서 스티븐과 이야기를 나누고 싶었다.

또 하나 신경이 쓰이는 것은 지난번 이언이 했던 말이었다. 메이는 여전히 탐사선 발사 전에 전화로 이언과 무슨 이야기를 나눴는지 기억이 나지 않았다. 힌트가 될 만한 것을 찾아 그때의 기억을 되살리려고 아무리 애를 써도 소용이 없었다.

"맛 되게 없는 스무디 좀 줘볼래, 이브?"

메이가 철봉에서 내려오며 말했다.

"바로 준비해드릴게요. 이상하고 의심스러운 바나나로 할까요, 아니면 떠돌이 콧수염 같은 초콜릿으로 할까요?"

"두 가지를 섞어봐. 두 배로 역겨울 수도 있지만, 서로 상쇄해서 맛있어질 수도 있잖아."

"너무 기대하지는 마세요."

"믿기지가 않아."

메이가 거울에 자기 모습을 비춰보며 흐뭇한 음성으로 말했다.

좀비 같은 모습으로 깨어난 날부터 지금까지 많은 일을 겪었지만 그럼에도 불구하고 여기까지 왔다는 사실이 기뻤다. 임신을 한 덕분에 몸무게도 좀 늘었고, 피부와 눈의 생기도 어느 정도 돌아왔다. 그리고 머리카락도 다시 자랐다. 그루터기에 삐죽삐죽 올라오는 정도이기는 했지만.

"윤기가 흐르네요."

이브가 말했다.

"오버하지는 말자. 그렇지만 보기 좋게 살이 오르고 있긴 해."

이브가 젖소 울음소리를 내주었다.

"아주 재밌어, 이브."

"훌륭한 스승에게 배우니까요."

메이는 거울에 옆모습을 비춰보며 손으로 배를 쓰다듬었다. 그러다 보니 떠오르는 기억이 있었다. 휴스턴에 있는 스티븐의 집에 함께 있을 때였는데, 그때도 메이는 욕실 거울에 배가 봉긋하게 불러온 옆모습을 비춰보고 있었다. 스티븐과 함께 하와이로 휴가를 갔다가 돌아온 직후였다. 공항에서 집에 도착하자마자 스티븐은 메이에게 안대를 씌우고 길을 인도해서 집 안으로 들어갔다. 안대를 풀었을 때 예쁜 아기방이 꾸며져 있을 거라고는 상상도 하지 못했다. 두 사람이 휴가를 즐기는 동안 꾸며지도록 스티븐이 계획해놓은 거였다. 그것도 스티븐의 서재였던 방에. 스티븐은 늘 어질러진 자기 서재를 무척 좋아했었다.

그날 밤 메이는 아기방 창으로 밖을 내다보았다. 온 세상이 고요한 달빛에 젖어 있었다. 그때, 배 속에 있는 아기도 언젠가 그 창을 통해 밖을 내다볼 것이라는 생각을 했었다. 단풍나무로 만든 아기 침대를 손가락으로 쓰다듬어보았다. 침대 안에 가지런히 놓여 있는 동물 인형과 포근한 담요를 보며 미소를 지었다. 두 사람이 사귀기 시작한 후 처음으로 메이는 집에 온 것 같은 느낌이 들었다.

"메이? 다 괜찮은 거죠?"

이브의 음성이 들리는 바람에 메이는 정신이 번쩍 들었다.

"응, 잠시 떠오르는 기억이 있어서."

"기뻤던 기억이면 좋겠네요."

"몹시 기뻤던 기억이야."

"몸 상태는 어때요?"

"환상적이지. 무기력히고, 불안하고, 시치고, 불면증까지 있으니. 그러다가 잠이 들면 너무도 생생한 악몽에 시달려서 그다음엔 더 잠을 잘 수 없어. 게다가 변비, 더부룩함, 모든 일에 짜증 폭발, 비정상적으로 행복감에 도취되고, 쫄쫄 굶다가 충동적으로 폭식을 하고, 구토를 일으킬 줄 알면서도 위스키와 담배를 찾고…. 어떻게 아느냐고 묻지 마. 발도 아프고, 눈도 쓰리고, 근육 경련에, 다른 일을 못할 정도로 수시로, 끊임없이 쏟아지는 소변까지. 머리는 짧고 예쁜데 손톱 발톱은 거지 같아. 게다가 나는 점점 너무 수다스러워지고 있어. 너는?"

"저는 시스템 복제를 67퍼센트까지 완료해서 기분이 좋아요."

"수고했어. 몇 퍼센트가 되어야 완전히 복구되었다고 할 수 있는 거지?"

"안전한 수준까지 가려면, 그게 저의 지론이라는 거 아시겠지만, 대략 89퍼센트 정도 되어야 해요."

"좋아. 그 말을 들으니 만사가 짜증나는 증상이 좀 가라앉는 것 같다. 고마워, 이브."

"그렇다면 정기검진 받으실 때가 되었다는 말을 해도 될까요?"

"그렇게 꼭 좋은 기분을 망쳐야겠니?"

"그게 저의 존재 이유잖아요. 메이를 짜증하게 하는 일."

"오래 산 부부 같은 냉소적인 말대꾸가 날로 발전하는구나."

"고마워요. 하지만 아직 그런 말투가 좋지는 않아요. 그래도 메이가 좋아하니까, 그게 중요한 거죠, 그렇죠, 내 사랑?"

메이는 배를 잡고 웃었다.

"맞아. 앞으로도 그걸 기억해줘."

"오래 산 부부 얘기가 나와서 말인데, 아주 반가운 소식이 있어요. 이언 올브라이트의 우주선이 우리와 연락을 취하려 하고 있습니다."

"우주선?"

메이가 깜짝 놀라며 물었다.

"발사를 했단 말이야? 브리지로 연결해줘."

메이는 티셔츠를 걸치고 브리지로 달려갔다. 스티븐의 웃는 얼굴이 화면에 비치고 있었다.

"안녕, 오랜만이네."

메이가 말했다.

"안녕, 메이. **메리엄 1호**에서 보내는 거야."

스티븐도 활짝 웃으며 받았다.

"그 이름 맘에 드네. 매력적이야."

"나도 그렇게 생각했어. 당신과 치키 둘 다 어떻게 지냈나?"

"치키는 여전하지 뭐. 조금 걱정되기는 하지만."

"우리도 걱정하고 있어. 거의 발사를 못할 뻔했거든. 로버트가 군사 공격을 해왔거든. 탄도 미사일이 우리를 거의 쏘아 날려버릴 뻔했지."

메이는 등골이 오싹해졌다.

"세상에."

"이언의 승무원 한 명을 잃었어. 너무 충격적인 일이어서 믿기지가 않아. 모든 게 말이지."

"그리고 라지도."

메이가 눈물을 글썽이며 말했다.

스티븐이 무슨 말인가를 하려다가 목이 메는 것 같았다.

"마음이 아프다."

메이가 말했다.

스티븐은 고개만 끄덕였다. 눈물을 흘리고 있었다.

"그런데 당신이 나를 구하러 오고 있어. 우릴 위해서. 긴 디널 끝에 빛을 만난 것 같아. 얼마나 감사한지 몰라."

메이가 부드럽게 말했다.

"우리가 갈게, 메이."

스티븐이 단호하게 말했다.

"지금까지 만들어진 어느 우주선보다도 빠른 속도로 가고 있어."

"여전하군."

메이가 이언을 빗대어 말했다.

"하기는, 올브라이트 미션이잖아. 어떻게 그보다 못한 걸 기대하겠어?"

두 사람 모두 모처럼 실컷 웃었다.

"이언 말인데… 당신과 얘기하고 싶다는데."

"지금? 하지만 당신과 이제 막…."

"조금 초조하게 기다리는 거 같아서. 이건 그의 우주선이잖아. 그런데도 내가 먼저 당신과 얘기하게 해준 것도 고맙고."

"그건 그러네. 알았어. 하지만 나중에 우리끼리 좀 더 얘기할 시간을 가져야 해."

"약속할게."

화면이 메리엄 1호의 브리지로 바뀌었다. 바삐 움직이는 승무원들을 배경으로 이언의 모습이 보였다.

"안녕, 메리엄. 반가워."

"나도 반가워요. 여전히 멋있네요. 안녕하세요, 이언의 승무원 여러분."

이언의 팀원들이 일어나 함께 인사했다. 막 브리지로 돌아온 스티븐도 동참했다.

"저는 졸라에요. 만나서 반가워요."

"저도 반갑습니다. 잭이에요. 지금 여기서 당신은 거의 전설 같은 존재랍니다."

"한 번도 전설이란 말 들은 적 없는데. 그 이름을 얻기까지 겪어야 했던 일들이 결코 달콤하지는 않았답니다."

모두 웃었다. 라테파와 마틴도 합세했다.

"안녕하세요, 메이. 저는 라테파, 이언의 비행 의무관이예요. 여기는 마틴, 위생병이죠. 괜찮으시다면 그쪽 인공지능과 연결해서 원격으로 정기검진을 해드리고 싶은데요."

"그러면 좋겠네요. 이고르도 훌륭한 의사지만, 좀 뻣뻣해서요."

모두 또 한 번 웃었다.

"잘 됐어요. 그럼 바로 연결을 시도하겠습니다."

"이언, 정말 훌륭한 팀을 둔 것 같아. 최상의 팀이야."

"고마워, 메이. 여기 한번 둘러볼래?"

"좋지."

이언은 카메라를 돌려 브리지를 보여주었다.

"어머나, 지금까지 보여준 그 어떤 것들보다 멋있다."

"확실히 특별해, 그렇지 않아?"

"정말 그래."

"엔진갑판으로 가자. 여러분 바이."

이언이 말했다.

모두 카메라를 향해 손을 흔들었다.

"나중에 얘기해."

스티븐이 말했다.

"그래…. 아, 그리고 이언, 스티븐도 일 좀 하게 해봐요. 실력 있는 엔지니어라는 소문이 있던데."

"벌써 일하고 계세요. 현재 우리 중 누구보다도 이 우주선에 대해 많이 알고 계시거든요."

솔라가 말했다.

"그건 별로 대단한 일이 아니야. 이건 반기계 반마법이거든."

이언이 장난기 있는 어조로 말했다.

화면이 바뀌어 엔진실에 혼자 있는 이언의 모습이 보였다. 이언은 추진 시스템을 모두 보여주고, 화성에서 랑데부하는 과정에 대한 이야기도 나누었다. 발사할 때 문제를 겪었지만 그 일정에는 차질이 없었다. 사실은 앞당겨 출발한 덕분에 예정보다 일주일이나 먼저 화성 궤도에 진입할 예정이었다. 메이가 화성에 도착하기 3주 전이 될 것 같았다. 그에 관한 이야기가 끝나고 메이는 이언이 전에 했던 말을 다시 확인하려고 했다.

"사실은 내가 무슨 말을 했는지 기억도 나지 않아."

이언이 말했다.

"전화 통화 말인데, 탐사선 발사 전날 우리가 통화했다고 했잖아요."

"아, 맞아. 내 기억에 당신이…. 당신은 기억 못 해, 그렇지?

"그게 중요한 게 아니잖아요."

메이가 얼버무리며 말했다.

"메리엄, 당신이 지금 기억상실 증세를 겪고 있다는 거 알아. 스티븐이 말했어. 그러니까 솔직하게 말해, 통화했던 거 기억해?"

메이는 아무 말 하지 않았다.

"그럴 줄 알았어. 잘 들어. 별로 중요한 일 아니었어. 당신이 스티븐과 언쟁을 했고, 당신이 그걸 나에게 얘기한 거야. 아마 내가 관련되었기 때문이겠지."

"당신 말에 의하면 내가 임관되는 걸 당신이 도와준 것 때문에 나와 스티븐이 말다툼을 했다면서요. 그 전에…."

"맞아. 그리고 당신은 내가 스티븐과 마주치게 될 경우에 대비해서 내게 말을 했던 것 같아."

"하지만 당신은 아무 일도 하지 않았어요…. 적어도 직접적으로는."

이언이 눈썹을 까닥해 보였다. 속으로 뭔가 골똘히 생각하는 것 같았다. 메이는 그 표정이 무엇을 뜻하는지 알고 있었다.

"이언…."

"흐르는 물처럼 지나간 일이야, 메리엄. 옛날 일이라고. 그런 일이 있었다는 것조차 잊어버리자. 더 이상 아무 의미도 없는 일이니까 말이야. 스티븐과 나는 이제 학교 시절의 친구 같아졌어. 옛날 일은 흘려버리자, 알았지?"

이언과 영상통화를 끝내고도 메이는 모든 것을 지나간 일로 흘려버릴 수가 없었다. 이언이 메이의 기억상실을 이용해 뭔가 숨기는 것 같았다. 머릿속으로 스티븐과 싸우던 날의 기억을 되새겨보았다. 드문드문 기억이 나는 것도 같았다. 이언이 무슨 일인가로 메

467

이를 도와주었다. 어떤 식으로든 그의 영향력을 이용해서. 메이는 그걸 스티븐에게 숨기고 있었는데 스티븐이 알게 된 거다. **당연히 알게 되지, 이 바보야.** 메이가 기억하는 한 스티븐과 싸운 이유는 그 때문이었다. 그 싸움이 메이가 라이트 기지로 돌아오고 나서 며칠 후의 일이라는 사실도 기억하고 있었다. 아마도 시험비행 후일 것 같긴 한데 확실하진 않았다.

"이브, 발사 전 내 서비스 일정에 접속해봐."

"접속했습니다. 뭘 보고 싶으세요?"

"발사 전 2주 동안의 내 일정."

"발사 일주일 전에는 라이트 기지에서 마지막 준비를 했어요. 그 전 주는 케네디 우주센터의 '운영 및 체크아웃'에 있었고요."

"무슨 일로?"

"중력 치료 및 마지막 신체검사를 받아야 했거든요."

"일일 일정을 뽑아서 화면에 띄워줘."

일일 일정이 나타났다.

"케네디 우주센터에는 3일만 있었는데, 나는 이틀 후까지 라이트 기지에 돌아오지 않았어."

"개인 시간을 가지신 거죠. 그건 일정에 기록되지 않습니다."

개인적인 시간.

"오, 하느님 맙소사."

메이가 자기도 모르게 중얼거렸다.

"괜찮으세요?"

메이는 대답할 수 없었다. 그때의 기억이 되살아나기 시작하면서 발끝에서부터 목까지 차오르는 것 같았다. 그 기억 속에 빠져 허우적거리며 메이는 숨이 막힐 것 같았다.

"하느님 맙소사."

74

"난 항상 당신이 어쩌면 외계인일지 모른다고 생각했는데, 이걸 보니 확실히 그런 것 같네요."

메이와 이언은 이언의 발사센터 높은 플랫폼에서 그의 실험 우주선이 축조되는 모습을 지켜보고 있었다. 원통형으로 조형된 외형에 표면이 온통 검은색인 우주선이 메이에게는 충격적인 동시에 그때까지 본 적 없는 가장 흉측한 형상으로 느껴졌다. 이언은 메이의 표정에서 그런 인상을 알아챌 수 있었고, 메이도 이언이 실망했다는 사실을 감지할 수 있었다. 메이가 유로파 미션에 다시 임명되는 데 도움을 받기 위해 이언에게 연락한 이후로 이언은 메이와 어떤 식으로든 관계를 키워가기 위해 집요하게 애쓰고 있었다. 다른 때 같았으면 메이는 그런 시도를 처음부터 단호하게 잘라냈을 것이나, 이언의 지지가 많이 고마웠고, 다른 때와 달리 그의 관심이 싫지 않았다.

그때쯤 스티븐과는 관계가 침체된 상태여서 마치 음악 없이 춤을 추는 듯 버겁고 의무적인 느낌이었다. 메이는 스티븐에게 화가 났지만, 드러내놓고 얘기하고 싶지는 않았다. 뭔가 변화를 위해 노력하거나, 스티븐이 노력하는 걸 지켜볼 열정이 남지 않아서였을 것이다. 그러는 대신 메이는 자신의 시간과 열정을 유로파 미션에 쏟으면서 라이트 기지에서 남편과 공유하는 답답한 세계에서 도피하고 있었다.

발사일 2주를 앞두고 이언이 자신의 발사 시설에 한 번 오라는 제안을 했을 때, 메이는 웃어 넘겼다. 나사에서는 메이를 케네디 우주센터로 보내 중력 치료와 마지막 신체검사를 받게 했다. 전체 과정이 36시간 걸릴 예정이었고, 그다음에는 라이트 기지로 가는 왕복선을 타고 돌아가기로 되어 있었다. 그런 상황에서 탐사여행을 떠나기 전에 하루나 이틀 정도 개인 시간을 갖고 가족이나 친지도 만나고, 개인 용무도 보라는 허락을 받은 것이다. 그때 먼저 들었던 생각이 이언의 제안을 받아들여 그의 시설을 방문해보는 거였다. 그에 대한 자기합리화적 생각은 거기 가지 않으면 찾아온 기회를 놓치는 것일 수도 있다는 거였다. 그것은 이언이 메이의 눈앞에 매우 매력적인 당근을 흔들어 보였기 때문이었는데, 메이가 유로파 미션에서 돌아온 후 일할 수 있는 몹시 설레고 유리한 기회를 제시했기 때문이었다. 그것은 가진 것 모두를 쏟아 부어야 하는 그녀의 현재 임무와 비교해볼 때 상상해본 적도 없는 일이었다.

"마음에 들지 않는군."

"그렇게 말하지는 않았어요, 이언."

"말할 필요 없지. 당신 표정이 대신 말해주니까. 괴상하다고 생각하는 거지…. 마치 나처럼."

"아, 왜 이러시나요. 당신만큼 괴상하지는 않은데."

이언이 메이의 말에 따끔하게 쏘인 시늉을 했지만 메이는 이언이 자신에게 그렇게까지 끌리는 이유 중 하나가 바로 그런 점이라는 사실을 알고 있었다. 그가 아무리 부와 권력을 쥐었어도 메이는 언제나 따끔한 타격을 가해서 그가 겸허하게 현실을 깨닫게 해주었

던 것이다. 물론 그 타격이 얼마나 센가에 따라 이언이 깨닫는 정도
가 다르긴 했지만.

"당신이 돌아오면 저 우주선을 테스트해주었으면 좋겠어."

또한 이언은 메이의 마음을 움직이는 가장 빠른 방법이 상상을
초월하는 기록적인 속도를 안겨주는 것이라는 사실도 알고 있었다.

"진심이에요?"

"진심이지. 달리 할 만한 사람이 없지 않겠어?"

"뭐, 가장 가까이 당신도 있고."

"우리 둘 다 그게 사실이 아니라는 거 잘 알고 있을 텐데."

"어떻게 아는데요?"

"당신이 나를 버린 날부터 알고 있었잖아."

"무슨 소린지 모르겠는데."

메이가 심드렁한 어조로 말했다.

"우리가 헤어진 계기가 된 일이 무엇이었는지 기억해?"

"기억하죠…. 당신이 나를 테스트 조종사 프로그램에서 빠지게
하려고 했잖아요."

"그때 당신은 내가 당신을 소유하고 싶어서 그랬다고 생각했
어."

"미국인이 좋아하는 말이잖아요, 바보."

"틀렸어. 내가 하고 싶어서 그랬던 거야. 그런데 당신보다 잘할
수 없다는 걸 알고 있었거든."

메이는 경멸의 눈초리로 이언을 바라보았다.

"그건 두 배로 야비한 짓이었네."

"내가 왜 모든 인맥을 동원해서 어떻게든 당신을 유로파 미션
에 다시 넣어주려고 했을까? 어떻게 해서든 내가 저지른 잘못을 만
회하고 싶었던 거야. 그럴 수 있는 기회가 와서 기쁠 뿐이야."

"방금 그 제안도 그래서인가요?"

메이가 우주선을 가리키며 물었다.

"물론이지. 그러나 호감을 얻기 위해서는 아니야. 내가 당신을 믿는다는 사실을 확인시켜주고 싶어서야. 당신이 하는 일에 당신은 세계 최고라는 사실 말이야. 당신은 역사에 기록될 만한 일을 할 것이고, 당신만큼 그 일에 적격인 사람은 없어. 내가 그 역사의 일부가 되고 싶지 않다고 말한다면, 그건 거짓말이겠지."

이언은 발사대에서 나와 비행기로 메이를 플로리다까지 데려다 주었다. 메이는 모든 가능성을 생각하면서 조금 들떠 있었다. 이언이 그의 새 우주선에 대해 한 말들이 진심이라면, 그래서 그 우주선의 시험비행사가 될 수 있다면, 그건 유로파 미션만큼이나 획기적인 일이 될 것이었다. 이언은 대부분의 추진 기관사들이 순수한 환상이라고 할 만한 속도를 생각하고 있으니까. 하지만 그가 뭔가 의도하는 바가 있다면, 심우주 탐사를 위한 무한 경쟁을 하게 할 수도 있다.

이언은 그날 예전에 메이와 데이트할 때 보여주었던 허세를 되찾으면서 마치 메이와 좋은 방향으로 관계가 진전된 듯한 느낌을 받았던 것 같다. 메이를 저녁 식사에 초대하면서 그 후로는 메이를 귀찮게 하지 않겠다고 약속했다. 메이는 동의했고, 스스로는 이언의 요트를 타고 저녁 식사 정도는 할 수 있지 않느냐고 합리화를 했다. 이언이 요트에 마련한 숙소에서 밤을 지내는 것을 제안했을 때, 두 사람 모두 다른 의도는 없으니 괜찮다고 생각했다. 그리고 결국 이언의 침대에서 자고 있는 자신을 발견했을 때, 메이는 이언을 사랑했기 때문이 아니라, 더 이상 스티븐을 사랑하지 않기 때문이라는 사실을 깨달았다.

75

메이는 어두운 침상에 누워 있었다. 이브에게 눈물 흘리는 모습을 보이고 싶지 않았다. 돌이킬 수 없는 일을 저지른 자신을 증오하면서 흘리는 씁쓸한 눈물이었다. 눈물이 마르자 메이는 전등을 켜고 침상에서 일어났다.

잠시 거울에 임신 중인 배를 비춰보았다. 이제 꽤 많이 불렀다. 메이는 불러오는 배의 크기를 과일이나 채소에 비유하는 습관이 생겼는데, 그것들이 몹시 먹고 싶었기 때문이다. 현재는 큼직한 멜론이나 허니듀, 아니면 캔털루프를 반으로 자른 정도의 크기였다. 초음파 사진은 시기별로 모았으며, 배가 불러오는 과정도 스냅 사진을 찍어 남겨두었다.

드디어 끊임없이 생겨나던 호킹 2호의 문제를 해결하거나 걱정해야 하는 부담 없이 뭔가를 할 수 있는 시간을 가지게 되었다는 게 기뻤다. 이언의 우주선과 연결된 후로 3주일 남짓한 시간 동안 모든 것이 산뜻하게 일상화되었다. 졸라와 잭이 자주 메이와 연락을 주고받으면서 원격측정장치가 제대로 연결되어 있는지, 탐사선이 제 경로를 잘 가고 있는지 확인했다. 스티븐과 함께 원격 수리도 해주었다. 라테파는 며칠에 한 번씩 메이를 검진하고 치키의 성장

473

을 지켜보았다. 이언도 가끔 연락해서 메이와 아기의 안부를 묻고 그쪽의 진행 상황도 전해주었다.

무엇보다도 좋은 것은 정기적으로 스티븐과 이야기를 나누는 거였다. 그것은 달콤하고도 씁쓸한 일이었는데, 메이가 이언과 저지른 자신의 무분별한 행동을 기억한 이후로 그 일이 마음속에 어두운 구름을 드리웠기 때문이다. 수시로 스티븐에게 고백해야겠다는 생각을 했지만, 동시에 지금 주고받는 달콤한 시간을 잃을 수도 있다는 생각에 주저했다. 임신으로 인해 때때로 나약하고 두려운 마음이 들기도 했지만, 스티븐은 항상 메이를 그런 상태에서 벗어나게 해주었다. 배우자에 대한 부정을 자책하는 것이 다였다면 그래도 괜찮았을 것이다. 하지만 점점 불러오는 배가 또 다른 문제를 떠올리게 했다. 메이는 그러한 문제를 생각하는 것만으로도 자신이 혐오스러웠지만, 현실을 직시하지 않을 수 없었다. 탐사선 발사 전 2주 동안 메이는 두 남자와 관계를 맺었다. 따라서 치키가 이언의 아이일 수도 있다는 생각을 하지 않을 수 없었고, 그것은 그 자체로 악몽이었다. 메이는 제발 스티븐의 아이이길 기도했다. 그리고 스티븐에게 이 사실을 끝까지 숨기는 것은 가능하지도 않을 뿐 아니라, 두 남자 모두를 기만하는 것이라는 생각이 들었다.

"안녕, 메이."

메이가 진찰실에 들어가자 의무실 스크린에 라테파의 얼굴이 보였다.

"안녕, 라테파."

메이가 침울하게 인사를 받았다.

"기분이 어떠냐고 묻지 말아요. 대답이 엄청 길어질 수 있으니까."

"알았어요. 새로운 변화 같은 건 없어요?"

"메이가 최근에 위경련이 있다는 얘길 했었어요."

이브가 말했다.

"고마워, 수다쟁이."

메이가 말했다.

"별거 아니에요. 여기 음식들이 너무 훌륭해서 장이 스트레스를 받은 걸 거예요."

"속옷을 벗으세요. 혹시 반점 같은 것이 생겼는지 볼게요."

라테파가 말했다.

"술이라도 한 잔 사면서 그런 얘길 해야 하는 거 아녜요?"

메이가 농담조로 응수했다.

"깨어난 후로 쭉 이러세요."

이브가 말했다.

"입 닫아. 안 그러면 다시 한번 EDM 듣게 해줄 테니까."

"입 닫습니다."

이브가 말했다.

속옷을 벗는데 면 소재에 피가 한 방울 정도 묻어 있었다. 메이는 라테파가 보지 않았기를 바라면서 아무 말 하지 않았다.

"피가 묻어 있네요."

라테파가 말하자 메이는 가슴이 철렁 내려앉았다.

"그냥 이브가 너무 심하게 웃겨서 그런 걸 거예요."

"이브, 너무 웃게 하지 않도록 주의해줘."

라테파가 질책하는 어조로 말했다.

"타고난 천성인데요."

"사실 그렇긴 하다. 좋아. 메이, 좀 자세히 검진을 해야겠어요."

"그러려면 저녁 사줘야 해요."

메이가 다리를 벌리자 이고르의 카메라가 가까이 다가왔다.

"이제 이고르가 행동을 개시하고 싶어 하는군. 그러면 두 사람 다 추가 비용이 들 텐데."

"모든 게 아주 정상으로 보여요. 약간의 혈흔이 보이는 것과 경련 증세만 주시하면 될 것 같아요. 지금 시점에서 출혈을 초래할 수 있는 요인은 여러 가지일 수 있어요. 더구나 최초로 우주에서 임신 기간을 보내는 예이기 때문에 우리가 모르는 원인이 있을 수도 있고요."

라테파가 말했다.

"역사책에 내 사진이 얼마나 흉하게 나올지 기대가 되네요."

"하지만 위험 요소가 될 수 있는 몇 가지는 이미 우리가 알고 있어요. 그중에서 산모가 장기간 극미 중력과 방사선에 노출되었다는 사실을 고려할 때 가장 조심해야 할 것은 조산이에요. 출혈과 함께 경련이나 골반 압력이 느껴지면 조산의 징후일 수 있어요."

"라테파, 제발 그만 좀 해요. 내 기분에 초를 치는 게 이브보다 더 심하잖아."

"미안해요, 기분이 나빠졌다면 위스키 조금 마셔도 좋아요."

"그건 좋은 생각이 아닌 것 같습니다."

이브가 말했다.

"조용히 해, 이브."

메이가 쏘아붙였다.

"고마워요, 라테파. 하지만 위스키는 오래전에 떨어졌어요. 방금 말한 사항들 명심하고, 주시하고, 더 나빠지면 말할게요."

"그렇게 해주세요. 메이, 옷 입고 난 다음에 이언이 개인적으로 전하고 싶은 소식이 있대요. 괜찮겠어요?"

라테파가 말했다.

"물론이죠. 5분 안에 브리지로 갈게요."

메이는 옷을 입고 브리지로 갔다. 화면에서 이언이 기다리고 있었다. 이언이 브리지에 스티븐을 포함해서 다른 승무원들과 함께 있는 것을 보니 안심이 되었다. 편치 않은 개인적인 대화를 할 기분이 아니었기 때문이다.

"알려주려는 좋은 소식이 뭔데요?"

메이가 물었다.

이언이 블랙박스를 들어 보였다.

"호킹 2호의 MADS장치를 가로챘어."

"와, 대단하다. 정말 놀라워요."

"실은 스티븐의 아이디어였어. 라지가 이 장치를 배치했다는 얘길 했었다는군. 그래서 발사 직후부터 찾고 있었거든. 이 꼬마 녀석이 라이트 기지를 향해 신나게 날아가고 있더라고."

"정말 잘했어, 스티븐."

메이가 흥분된 어조로 말했다.

"암호를 해독하는 데 시간이 좀 걸릴 거야. 탐사선의 데이터 블랙아웃에 대한 해답을 찾을 수 있을 것 같아서 한시 바삐 풀어보고 싶어."

스티븐이 말했다.

"나도 얼른 결과를 보고 싶다."

메이가 미소를 지어 보이며 말했다.

모두 로그아웃하고 나자 메이는 설레는 마음으로 MADS 기록이 밝혀낼 데이터 블랙아웃의 끊어진 연결고리들을 상상해보았다. 로버트 워런을 스스로 얻어낸 지옥의 특별한 자리로 보내버리는 상상도 물론 그중 하나였다. 메리엄 1호의 발사 이후로 메이는 꾸준히 뉴스 피드를 읽으면서 워런이 쏟아내는 거짓말들을 인지하고 있었다. 이언의 섬에서 있었던 미사일 타격을 불법적인 군사 공격으로 보는 세상의 여론을 무마시키기 위해서였다. 예상했던 대로, 영웅이었던 메이의 지위는 부당 이득을 취하려는 억만장자이자 국가의 적에 협력한 반역자로 바뀌어 있었다. 물론 스티븐과 라지도 지탄을 받고 있었다.

스티븐. 메이는 이 모든 상황 속에서 스티븐에게 커다란 변화가 일어나는 것을 목격했다. 허름한 스웨터를 입고 메이의 차에 치였던 내성적인 천재, 이언의 그늘에서 움츠러드는 제비꽃 같았던 그가 이제 이언과 나란히 서서 없어서는 안 될 중요한 팀원이 되어 있었던 것이다. 이제 스티븐은 생각만 하는 것이 아니라 행동하는 사람이었다. 예전에 이언에게서도 그런 매력을 느꼈지만, 나이가 위였던 이언의 자만심 때문에 좋은 결실을 맺지 못했다. **사실은 스티븐의 아이디어였어.** 당연하지. 몇 번이고 거듭해서 스티븐은 자기가 말 한마디 없이 메이를 떠나보낼 사람이 아니었음을 증명하고 있었다. 그는 메이를 다시 데려오기 위해서라면 산이라도 움직이는 사람이었던 것이다.

76

스티븐은 이언의 프로세서 모듈에서 MADS장치를 해독하는 작업에 열중하고 있었다. 방 가운데 놓인 작은 콘솔에 앉아서 MADS장치의 케이블을 인공지능 프로세서에 성공적으로 연결시킨 상태였다. 그를 둘러싸고 있는 모든 벽은 유리로 되어 있었는데 호킹 2호에 있는 것과 유사한 유기적 재질로 된 프로세서의 덩굴손이 반대편까지 뻗어 있었다. 또한 집중적인 햇볕으로부터 보호하기 위해 스티븐은 메이가 입었던 것과 같은 특수 방사능 보호복과 헬멧을 착용하고 있었다.

"암호 해독 알고리즘에 진전이 좀 있었나?"

스티븐이 물었다.

"없습니다."

인공지능이 응답했다.

"젠장."

"젠장은 이해할 수 없습니다."

"당연히 그렇겠지."

스티븐은 자리에서 일어나 몸을 풀면서 생각할 시간을 가졌다. 라지가 탐사선을 설계하면서 MADS의 부호매김 프로그램을 자기가 직접 하겠다고 고집했다는 말을 했던 사실을 떠올려보았다. 라지는 나사의 정보통신 기술팀에게 그 작업을 믿고 맡길 수 없었던 것이다. 그 이유는 기술팀이 그럴 만한 능력이 없기 때문이기도 하고, 일정보다 뒤져서이기도 했다. 부호매김 코드가 라지와 개인적으로 연결된 사실은 반갑지만, 그건 라지가 영리하게 생각해서 일을 제대로 했다는 가정을 할 때 그럴 수 있었다.

거기에 문제가 있었다.

"다음 번 암호 해독 알고리즘에서 라자 카푸르의 개인 파일 데이터를 모두 돌려봐."

"알겠습니다, 감사합니다."

인공지능이 응답했다.

방 안의 선내방송장치가 울렸다.

"스티븐, 졸라에요. 메이가 방문 요청을 했습니다. 개인 용무로. 받으시겠어요?"

"그래, 여기서는 어차피 받을 만한 곳이 없으니 몇 분 후에 보자고 전해줘."

"알겠습니다. 괜찮으시다면 숙소로 연결해드리죠."

스티븐은 되도록 빨리 일을 끝내고 방사능 보호복을 벗은 다음 숙소로 향했다. 메리엄 1호의 숙소는 지극히 간소했다. 이언이 최소한의 공간을 가장 효율적으로 활용하되 편안함에 대한 고려는 가장 뒤로 미뤘기 때문이다. 탑승 인원 한 명당, 잠수함에 있는 것 같은 튜브형 모듈이 하나씩 배정되었는데 그 안에 침대와 세면대, 작은 스크린이 전부였다. 화장실과 샤워실은 공용이었다. 똑바로 설 공간이 없었기 때문에 스티븐은 침상에 편안히 누워서 스크린을 켰다.

"안녕."

메이가 웃으며 반겼다.

"뜻밖의 반가운 방문인걸. 우리의 친구 라지 뒤를 캐서 MADS를 풀어보려는 중이었어. 아직 별 성과는 없지만. 그래서 지금 당신의 방문이 상쾌한 바람 같아."

"참 친절하게도 말해주는군."

스티븐은 메이가 명랑한 척하려고 애쓰고 있다는 걸 눈치 챌수 있었다.

"괜찮아?"

스티븐이 물었다.

"응, 왜?"

"라테파가 당신이 약간의 출혈과 경련 증상이 있다고 하던데."

"조금. 라테파가 앞으로 유심히 살펴보자고 했어."

"걱정하지 마. 라테파는 무지하게 세심한 사람이야. 지난번 내가 머리를 조금 다쳤을 때도 빨리 아물지 않으니까 어찌나 잔소리를 하던지, 내가 차라리 머리를 잘라버리면 안심이 되지 않겠느냐고 했을 정도니까."

스티븐은 농담으로 풀어주려 했다.

메이는 웃으려고 했지만 바닥을 내려다보며 인상을 찌푸리고 말았다.

"메이, 얘기해봐, 무슨 일이야?"

메이는 아주 깊게 숨을 들이쉰 다음 스티븐을 보며 미소를 지었다. 눈물이 그렁하게 맺힌 채로.

"스티븐,"

그리고 불안한 음성으로 불렀다.

"너무나 겁나고, 솔직히 두렵기까지 한 일이 있어."

"모든 게 일정대로 진행되고 있어. 우리가 당신을 그곳에서 구해낼 거라고. 혼자서 아기를 출산하는 일은 없을 거야. 약속해."

"그런 일이 아니야. 그게… 내가… 당신도 알잖아, 음, 기억 말이지, 잃어버렸던 기억들이 무작위로 하나씩 되살아나는 거 알지?"

"알아. 당신이 미션에 가까운 시점의 기억들도 조금씩 되살아나기 시작한다고 말했었지. 정말 잘 된 일이야."

"잘된 일이었어. 망각 때문에 정말 힘들었고, 기억이 되살아날수록 내가 다시 정상적으로 활동할 수 있을 것 같은 느낌이 들었거든."

"당신 나름대로 잘 하고 있는 거야."

"맞아. 그런데… 아, 어쩌면 좋아, 스티븐. 최근에 떠오른 기억이 있는데, 좋은 기억이 아니야. 사실은 너무 안 좋은 기억이야. 우리에게 관련된, 우리 결혼에 관한 기억."

"싸웠던 것 때문이라면, 두 번 다시 생각하지 마. 흐르는 물처럼 지나간 일이니까."

메이는 스티븐이 이언과 똑같은 표현을 쓰는 바람에 너무 놀라서 고개를 번쩍 들었다.

"왜?"

스티븐이 물었다.

"그렇게 말해주니 고맙긴 한데, 이건 흘러가고 말 일이 아니거든. 그리고 당신에게 말하고 싶었지만… 용기가 나지 않아서 못한 거라는 거 알아줬으면 좋겠어."

"왜? 말하면 무슨 일이 일어나는데?"

메이는 감정이 북받쳐 오르려는 것을 가까스로 눌렀다.

"우리가 다시 연락을 주고받을 수 있게 된 이후로 행복했어. 정말 행복했어. 적어도 우리의 어느 한 부분에 있어서는 말이야. 그래서 과거는 과거로 흘려보내고 새로운 시작을 할 수 있을 것 같았어.

그리고 지금 우리는 그러한 상황에 거의…. 다시 당신과 멀어지는 건 정말 원치 않는데…. 다시는 말이야. 그렇지만 앞으로 어떻게 될지 알 것 같아. 우리 사이에 비밀이란 있을 수 없으니까. 비밀은 독과 같으니까."

"메이, 우리가 어디까지 와 있는지 봐. 얼마나 먼 길을 돌아왔는지. 우리 사이에 거리란 이제 없어. 내가 여기 있잖아. 무슨 얘기든 해봐…. 무슨 얘기든."

메이는 다시 한번 심호흡을 하면서 용기를 더했다.

"당신이 이언에 대해 화를 냈을 때, 이언이 내가 다시 임관되도록 도와준 것 말이야. 나도 당신에게 대들었잖아. 내가 생각해도 나자신을 용서할 수 없을 것 같은 말들을 당신에게 했어. 하지만 난당신이 나를 다그쳐서 화가 났던 게 아니야. 내가 한 짓으로부터 당신의 주의를 돌리려 하고 있었던 거야. 내가 저지르고도 스스로 부끄럽게 여기는 행동으로부터 말이지. 내 수치심이 당신을 밀어냈던거지. 당신과 함께 있고, 당신을 바라보는 게 너무 힘들었어. 그럴 때면 나 자신이 괴물 같이 느껴져서."

"메이…."

"아니, 내 말을 다 들어줘. 다시는 이런 용기를 내지 못할지도 몰라. 탐사선 발사 한 달 전, 그러니까 내가 휴스턴에 돌아갔을 때, 나…. 아, 이제 끝이야, 이언과 잤어."

스티븐은 얼굴에서 피가 모두 빠져나가는 것 같았다. 언제나 침착하고, 결론을 내릴 준비가 되어 있는 그의 마음은 메이가 하는 말의 의미를 분명히 이해하고 있었다. 그러자 번개처럼 스티븐의 머리를 강타하는 사실이 있었다. 아기. 스티븐이 마음에 그리고 있던 아기가 그들의 아기였던 것이다. 스티븐은 눈을 감았다. 고통과 치솟는 분노로부터 스스로를 차단하고 싶었다.

"스티븐, 정말, 정말 미안해⋯."

스티븐은 화면을 껐다. 전등도. 숨어버리고 싶었다. 사라지고 싶었다. 그들의 아기.

그들의 두 번째 아기.

77

비가 왔다. 짙은 먹구름이 사정없이 비를 퍼부었다. 아직 덮지 않은 무덤가에 검은 상복을 입고 모여 애도하는 사람들 틈에 서서 메이는 비가 신발 속으로 스며드는 것을 느꼈다. 봄꽃으로 밝게 장식된 작은 관 하나가 하관 장비 위에 놓여 있었다. 조문객들은 은색 관 뚜껑을 쓰다듬고 장미와 데이지 한 송이씩을 올려놓았다. 조문객이 흘리는 눈물이 발아래 짙은 흙탕물로 흘러내렸다. 옷깃을 세운 사람들이 고개를 끄덕이면서 메이를 조용히 안아주고, 위로의 말을 건넸다. 메이는 비를 견디는 것과 같은 마음으로 그 위로를 견뎠다.

까딱거리는 우산의 행렬 속에 모두 각자의 차로 돌아간 뒤, 메이는 홀로 서서 관이 내려지기를 기다렸다. **혼자 가게 하지 않을게.** 한 번에 2미터씩 관이 내려갈 때마다 가슴을 저미는 통증도 더해졌다. 다 내려갔을 때는 어두운 구덩이를 차마 내려다볼 수 없었다. 메이는 우산을 옆에 낀 채 걸어서 자리를 떴다. 비가 그녀의 온몸을 완전히 적셨다.

자갈 깔린 진입로에 리무진이 기다리고 있었고, 메이는 그 뒷자리에 탔다. 기사의 만류에도 아랑곳하지 않고 메이는 담뱃불을 붙였다. 나이 지긋한 기사는 알았다는 듯이 더 이상 아무 말 하지 않았다. 기사는 대신 자기 잎담배를 하나 꺼내 불을 붙이고 운전석 창밖으로 무심히 연기를 내뿜으며 지시를 기다렸다. 메이가 반쯤 탄 필터를 창밖으로 버리자, 기사는 알았다는 듯 메이를 집까지 데려다주었다. 집으로 가는 길에 메이는 은으로 만든 어머니의 작은 플라스크에 남아 있는 위스키를 마저 마셨다. 아침에 가득 채워 가지고 나온 것이었다. 위스키의 타는 듯한 목 넘김이 뼈까지 스며든 냉기를 가시게 하고 마음을 다독여주었다.

집에 들어오니 스티븐은 여전히 자고 있었다. 침대 옆 테이블에 수면제 병이 놓여 있었다. 메이는 침대 한쪽에 걸터앉아 젖은 신발을 벗었다.

"복귀하라는 지시를 받았어."

메이가 단호하게 말했다.

관마다 마지막 못을 박아야 할 때가 있는 법이다. 그래야 본향으로 갈 수 있으니까.

메이는 방금 그 마지막 못을 박기 위해 망치를 내리쳤다. 스티븐의 숨소리가 바뀐 것을 느꼈다. 그러나 아직 메이를 향해 돌아눕지는 않았다. 스티븐이 돌아누우려면 좀 더 기다려야 할 것이다.

"내가 하는 말 들었어?"

메이가 물었다.

"언제?"

스티븐이 나지막이 물었다.

"지난주에."

스티븐은 일어나서도 똑바로 앞을 향해 눈을 부볐다.

스티븐은 감정에 휩쓸리는 경우가 거의 없는 사람이었다. 그런데 지금은 아무런 느낌도 없는 사람 같았다. 전에 한 번도 본 적이 없는 모습이었다.

"당신은 아무 할 말이 없구나…."

메이가 다시 말을 시작했다.

"무슨 말?"

스티븐이 바로 받아쳤다.

"이럴 때 남편이라는 사람이 물어볼 수 있는 질문은 셀 수 없을 정도일 텐데."

"나는 없어."

스티븐은 퉁명스럽게 잘라 말했다.

"나를 가로막지 않아줘서 고맙군."

메이가 화난 음성으로 쏘아붙였다.

침묵이 흘렀다. 메이는 그대로 화를 삭이고 싶었다. 하지만 서서히 끓어오르기 시작했다. 게다가 차에서 마신 위스키가 화에 부채질을 했다.

"얘기할 게 뭐가 있는지 모르겠어, 메리엄."

스티븐이 이를 꽉 다문 채 말했다.

"당신의 행동이 많은 것을 말하고 있잖아. 당신이 재임관을 요청하는 것을 내가 어떻게 느끼는지 조금이라도 생각했다면 요청하기 전에 나와 상의했을 거야. 장례식에 대한 내 마음을 진심으로 배려했더라면 그렇게 하지 않았을 것처럼 말이야."

"배려. 그 얘기를 잠깐 해보자."

메이가 끓어오르는 화를 참으며 말했다.

"당신이야말로 자신의 미숙한 감정 속에서 허우적거리지 않고, 현실을 견뎌야 하는 내 마음을 배려해주었더라면, 죽은 우리 아들의 장례를 치러주는 일에 반대하지 않았을 거야."

"그게 아니라…."

"그게 아니면 뭐? 진실을 말해줘? 당신은 차마 할 수 없다고 했어. 당신의 그 나약하고 어리광 섞인 음성으로 말이야. 아니면 그 아이가 제대로 예를 갖춰서 보내질 자격이 없었다는 거야?"

메이가 소리쳤다.

스티븐은 완전히 밀리는 상황이었고, 메이는 그가 말없이 앉아서 뭔가 자기를 구원해줄 빌미를 찾고 있는 모습을 통쾌하게 바라봤다. 그러나 스티븐은 구원의 방편을 찾을 수 없었다. 지금 메이와 무슨 일이 벌어지고 있는가를 정리하기는커녕, 아기에게 일어난 일을 정리하고 받아들이는 것도 어려웠다.

"그날 병원에서 내가 내 몸에서 나오는 핏덩이에 쓰러져 허우적거릴 때 당신이 내 곁을 지켜주었더라면, 내게 필요한 게 무엇이었는지 알 수 있었을 거야. 그랬으면 당신은 그렇게까지 형편없는 이기주의자가 되지는 않았겠지."

"메이, 그만해."

"뭘 그만해. 회복실에서 깨어나 우리 아이가 죽었다는 말을 듣는 거?"

"염병할, 그만하라고. 당신만 비참한 거 아니야."

메이는 스티븐을 완전히 무시했다. 그만큼 화가 머리끝까지 치솟았다.

"그래, 하지만 자궁에 무수한 상처만 남은 건 나야. 다시는 아기를 가질 수도 없어. 평생을 키워온 꿈이 아기와 함께 죽은 것도 나야. 당신, 그 모든 걸 다 잊은 거야?"

스티븐은 울기 시작했다. 온몸을 들썩이면서. 스티븐의 이런 모습 역시 처음이었다.

"아니야."

스티븐이 두 손으로 머리를 쥐어뜯으며 외쳤다.

"하나도 잊지 않았어. 내가 살아 있는 한 잊지 않을 거야. 그래서 이 침대를 떠나지 못하고 있는 거야. 왜냐하면 우리가 아들을⋯ 그리고 당신도 잃었다는 걸 알기 때문에. 나는 그때 당신 곁에 있어 주지 못했어. 오늘도 당신 곁에 있어 주지 못했어. 정말 미안해, 메이. 용서해주길 기대하지 않을게. 날 용서하지 마. 나는⋯."

메이도 스티븐을 보며 눈물을 흘렸다. 스티븐이 내적으로 무너지는 것을 보며 진심으로 마음이 아팠다. 메이 역시 자신에게만 집중하고 있었다. 스티븐이 이기적이고 냉정하다고 넘겨짚고 분노를 표출하면서 그가 대가를 치러야 한다고 생각했다. 그러나 스티븐은 그의 모든 것이 마비되는 고통을 겪고 있었다. 메이는 스티븐의 나약한 면을 이용해 그를 깊이 할퀴어주고자 악을 썼지만, 그는 이미 상처투성이였던 것이다. 실은 두 사람 모두 그랬다. 둘 다 모든 면에서 상대와 관계를 키워갈 준비가 되어 있지 않았다. 그럼에도 두 사람은 본연의 모습을 알아볼 수 없을 만큼 깊은 화상을 입힌 불의 심판대에서 여전히 서로를 필사적으로 부둥켜안고 떠나지 못하고 있었던 것이다.

78

"또 통신 방해가 일어나네요."

졸라와 이언, 잭이 브리지에서 통신용 송신기를 살피고 있었다. 이미지를 여러 번 다각도로 살펴보며 조작해보았다.

"오작동은 없는 것 같은데."

졸라가 말했다.

"외부 원인인 것 같아. 태양열의 간섭 같은 거."

"그렇게 보기엔 너무 지속적이잖아. 인공지능이 일반적으로 의심 가는 요인들을 분석해봤는데, 그중에는 원인이 없었어."

이언이 말했다.

"그리고, 점점 더 자주, 길게 일어나는 것 같아요. 일정한 패턴이 있는 것 같기도 합니다."

졸라가 말했다.

"그걸 분석해봐."

"알겠습니다."

졸라가 대답했다.

"나는 릴레이 스위치를 살펴볼게. 전력 흐름이 약간 이상했거든."

이언이 말했다.

이언이 엔진실로 갔다. 숙소에서 나오던 스티븐이 지나가는 이언을 봤다.

"얘기 좀 할 수 있을까?"

"물론이지. 엔진실로 가는 길인데 같이 가서 얘기하지."

스티븐은 메이의 고백을 되새기면서 어떻게 풀어나가야 하는지 고민 중이었다. 분노와 배신감이 감당하기 힘들 정도였다. 메이를 구하려는 이언의 의도와 동기를 믿었다. 그런데 이제 보니 궁극적인 동기를 숨기기 위해 아주 효과적인 연막을 친 것 같았다.

"무슨 얘길 하려는 건데?"

스티븐은 그제야 자기가 이언과 아무 말 없이 걷고 있었다는 사실을 깨달았다. 마음속에 소용돌이가 일고 있었다.

"플로리다. 탐사선 발사 2주 전."

이언이 걸음을 멈췄다. 무언의 고백인 셈이다. 스티븐은 이언을 마주 보고 섰다. 몸이 부들거려서 그가 하는 말이 사방으로 흩어지는 것 같았다.

"메이가 말했어?"

이언이 믿을 수 없다는 듯 물었다.

스티븐이 고개를 끄덕였다. 입이 바짝 마르고, 손에는 식은땀이 고였다.

"잊고 있었다가 기억이 돌아왔다네. 그런 일은 항상 기억이 돌아오지. 그 후로 죽도록 괴로웠던 것 같더군."

이언은 불안한 듯 한숨을 쉬었다.

"내 말 잘 들어, 스티븐. 자네가 어떤 생각을 할지 알아…."

"그래? 내가 어떤 생각을 하는데, 이언?"

"그래서 내가 구조 작전을 펼치는 건…."

"물론 그거지. 저기서 자라고 있는 게 당신 딸일 수도 있다고 믿으니까. 나처럼. 그게 이유잖아. 나머지는 그럴듯하게 꾸미기 위한 장식일 뿐이야. 내 연구, 라지의 업적, 그 외에 당신이 스스로 이룬 것은 아니지만 훔치려고 했던 모든 것이 말이야. 그러니까 나에게 헛소리 지껄일 생각은 말아."

이언은 몹시 지치고 늙어 보였다. 늘 활기찬 모습이 그에게서 빠져나간 것 같았다.

"미안⋯."

스티븐은 코웃음을 치면서 이언의 말을 자르며 되받아쳤다.

"이것 봐, 지금 아주 잘하고 있어. '엄청난 솔직함으로 내 신뢰를 얻는 일'에 말이야. 그러니 지금 그만두지 말라고."

"잘 들어, 친구."

이언이 특유의 허세를 되찾은 어조로 말했다.

"이건 내⋯."

스티븐이 이언을 향해 주먹을 날렸다. 순간적으로 일어난 일이어서 마치 자기도 모르게 한 일 같았다. 그냥 주먹을 날린 게 아니라 분노가 실린 온 힘의 폭발이었다. 스티븐의 몸에 남은 모든 힘이 이언의 볼, 바로 눈 밑에 날아간 것 같았다. 스티븐은 뼈가 으스러지는 것을 느꼈다. 이언의 광대뼈 위로 길게 찢어진 상처에서 피가 솟구쳤다. 이언이 머리를 벽에 부딪치면서 뒤로 벌렁 넘어졌다. 그러고는 복도를 따라 뒤로 굴렀다.

"스티븐, 제발⋯."

이언이 일어서려고 안간힘을 썼다. 얼굴을 감싸고 있는 손가락 사이로 피가 쏟아졌다. 다른 때 같았으면 그 정도로 스티븐의 분이 풀렸겠지만, 이번에는 그 모습을 보니 더 분노가 끓었다. 이언에게 고통을 주고 싶었다. 어쩌면 죽이고 싶었는지도 모른다. 중요하지 않았다. 스티븐은 또다시 이언에게 달려들어 사정없이 주먹을 날렸다. 이언이 비명을 질렀다. 목을 조르고, 이언의 눈에서 생명이 빠져나가는 모습을 지켜보고 싶었다. 스티븐 자신도 죽고 싶었기 때문에 이언을 죽이는 일은 아무것도 아니었다.

스티븐의 감정 상태가 위험을 초래할 정도임을 감지한 이언은 레이저 커터를 꺼내 스티븐의 손을 깊이 베었다. 백색의 불처럼 뜨겁고 극심한 고통이 전해졌다. 스티븐이 다시 달려들었다. 커터를 빼앗아 이언을 토막 낼 기세였다. 그러나 뒤에서 잭이 달려와 스티븐을 제지했다. 스티븐은 세게 넘어지면서 정신을 잃었다.

정신이 들었을 때 스티븐은 발사용 의자에 앉은 채 손목과 발목이 묶여 있었다. 통증이 느껴지는 손에는 피가 흥건하게 배어 나온 밴드가 붙여져 있었다. 비행갑판은 아수라장이 되어 있었다. 이언은 잭과 졸라 옆에 앉아 있었는데 얼굴 한쪽이 엄청나게 부어올랐고, 밴드가 붙여져 있었다.

"모든 통신이 두절되었습니다. 관제센터도요."

졸라가 말했다.

"무슨 뜻이지? 우주에서 가장 큰 태양 표면에 폭발이 일어나도 우리를 완전히 단절시키지 못한다고."

입에 상처가 난 이언이 새는 발음으로 말했다.

"한번 보세요."

졸라가 말했다.

모두 '눈'을 통해 장비를 다시 한번 점검했다. 아무 이상도 발견하지 못했다.

"말이 안 되잖아."

이언이 절망적인 어조로 말했다.

"모든 게 정상이야. 작동 가능하다고. 그런데 작동이 안 돼. 뭔가 놓치고 있는 게 있어."

"다시 확인해볼게요."

졸라가 말했다.

"그렇게 해줘. 잭, 내비게이션을 수동 모드로 바꿔. 경로를 유지
해야 하니까. 그리고 문제가 해결될 때까지 거기서 눈 떼지 마."

"알겠습니다."

수동 내비게이션으로 바꾸니 뭔가 보드에 이상한 점이 발견되
었다.

"잠깐만요, 추진장치에 불규칙전력흐름현상이 보입니다."

"뭐라고? 실시간 도면을 띄워봐."

이언이 다급하게 말했다.

전체 추진 시스템의 도면이 '눈' 화면 전체를 채웠다. 이언은 도
면을 보면서 고개를 갸우뚱거렸다.

"역시 아무 이상도 보이지 않아. 빌어먹을, 도대체 뭐가 잘못된
거야?"

"문제를 파악할 때까지 속도 조절판을 내릴까요?"

잭이 물었다.

"아니야. 일시적인 이상현상일 거야. 기존 경로를 유지해."

이언이 단호하게 말했다.

79

메이는 걷고 있었다. 탐사선 한쪽 끝에서 다른 한쪽 끝까지 계속 왔다 갔다 했다. 가만히 앉아 있을 수는 없었다. 가만히 앉아 있으면 비참한 기분이 들었다. 마음속에 계속 자신의 모습이 비치는데, 지금 메이가 가장 두려운 것이 자신이었기 때문이다. 사람이 자아로부터 완전히 분리되는 심리학적 현상을 이해할 수 있을 것 같았다. 거의 죽을 뻔하기 전 자신의 모습이 적대적인 이방인 같았다. 존 에스처나 로버트 워런보다도 훨씬 고단수의 파괴 공작원이었다. 그들의 행위는 비열하기는 했지만 옹호할 만한 최소한의 논리나 신조는 있었다. 그런데 메이는 그런 것조차 없었다.

메이가 저지른 행위의 유일한 목적은 지극히 자기중심적이었다. 자신이 냉혈한 같고, 가슴이 없는 갑각류처럼 느껴졌다. 언젠가 메이가 이언이 영혼이 없다는 말을 한 적이 있는데 결국 이 특별한 지옥에 떨어진 것은 메이 자신이었다. 남편을 배신하고 사랑을 파멸시킨 죄를 속죄하라는 저주를 받고. 양로원 의자에 앉아 있는 어머니가 혼란 속에서도 분개하면서, 메이를 향해 욕을 하고 침을 뱉고, 메이를 보기만 해도 역겨워 하며, 그녀의 손길을 거부하고, 점점 더 공격적이어져서 메이의 살을 손톱으로 후벼 파서 피를 내는 것

495

을 지켜보는 것도 지옥이었다. 몹시 상한 채 생명이 빠져나간 어머니의 홀로 죽어간 모습을 환각으로 보는 것도 지옥이었다.

어머니는 혼자 돌아가셨어.

"**메리엄 1호가 흔적을 감추었습니다.**"

이브가 말했다.

메이는 대답하지 않았다. 그냥 걷기만 했다.

"메이, 왜 그러는 거죠? 내가 하는 말 들었어요? **메리엄 1호와 통신이 끊어졌다고요.**"

"알아. 내 잘못이야. 스티븐이 스위치를 껐어."

"무슨 말씀을 하시는지 모르겠어요. 좀 더 분명히 말씀해주세요."

"내가 그랬다고."

메이가 소리쳤다.

"그에게 말했단 말이야. 이제 끝났어. 스티븐이 그냥⋯ 스위치를 껐어."

"스티븐에 대한 이야기가 아니에요, 메이. 통신이 두절되었어요. 원격조정장치가 끊어졌다고요. 우리는 경로에서 벗어났어요."

메이가 걸음을 멈췄다.

"언제?"

"벌써 몇 시간째입니다. 어디 계셨어요?"

"자고 있었어. 그런데 잠이 안 왔어."

"몹시 걱정됩니다. 브리지로 와주세요."

메이는 무감각한 상태로 브리지를 향해 걸어갔다. 그리고 상황을 직접 확인했다. **몇 시간이나 지났다고?** 원격 조정 없이, 내비게이션 안내도 없이, 몇 시간이나. 현재 속도에서 그런 식의 오류는 감당할 수 없어.

496

"수동 항해로 바꿔."

메이가 큰 소리로 지시했다.

계기판에 수동항해제어장치가 올라왔다. 정신이 멍했다.

날카로운 어머니의 음성이 들리는 것 같아 정신이 번쩍 들었다. 이제 너 혼자가 아니야, 메리엄. 너에 대한 생각이 맞기는 하지만, 이제는 너 혼자가 아니잖니. 너는 책임이 있어. 다른 건 중요하지 않아. 너의 무신경한 자책은 더욱 쓸모없어. 그러니 임무에 충실해라.

"이브, 랑데부 싱크는 신경 쓰지 말고 화성을 향한 이전 경로를 따라가도록 해."

"수정 경로를 계산 중입니다. 여기 탐사선의 원래 경로가 있습니다."

별 지도에 경로가 표시되어 있었다.

"그리고 여기가 우리의 위치입니다."

지도상에 또 하나의 선이 나타났다. 원래의 경로에서 옆으로 옮겨져 있었다.

"수정 소요 시간이 얼마나 되지?"

"7시간 33분 걸립니다."

"안 돼, 안 돼. 그러면 랑데부 타이밍을 놓치게 될 거야."

메이는 지도에 시선을 고정시킨 채 해답을 찾고 있었다.

"경로에 복귀하면 지연된 시간을 만회할 수 있을까?"

"속도를 높여볼 수는 있지만, 화성 궤도에 안전하게 머물 수 있는 시간이 짧아지는 위험을 감수해야 합니다."

"그렇게 해. 메리엄 1호와 정확히 같은 시간에 도착하지 못하면 우린 끝이야. 우리가 궤도에 머무는 시간은 중요하지 않아. 아무것도 중요하지 않아."

"알겠습니다. 지금 실행하겠습니다. 불행하게도 메리엄 1호의 원격 조정 신호를 받게 될 때까지는 모니터 내비게이션을 하셔야 합니다."

"그건 더 좋아, 이브. 물론 네가 동무해줄 거지?"

"언제나 해드리지요."

"너의 시스템 복제는 어떻게 되어가지?"

"73퍼센트 완료되었습니다. 저의 성격 프로세서에서 파일 구조가 복잡해져서 좀 오래 걸리긴 했지만 여전히 진행 중이에요."

"좋아. 더 이상 내 곁에서 누군가를 잃어버릴 수는 없어."

메이는 항해 경로를 보면서 단순히 변칙이나 소소한 고장 같은 것일지 모른다고 스스로를 위로했다. 엔지니어들이 뭐가 잘못되었는지 모를 때 흔히 하는 말처럼. 그런 말을 믿기에는 뜨거운 맛을 너무 많이 보긴 했지만, 이제 그런 건 중요하지 않았다. 단지 마음을 쏟을 뭔가가 필요할 뿐이다. 그러지 않으면 왜 스티븐에게 그 얘길 했는지 스스로에게 끝없이 물어봐야 할 테니까. 정말 스티븐에 대한 책임감 때문이었을까? 아니면 그를 밀어내기 위해서였을까? 두 번째 이유가 더 타당하다. 그는 가까이 와 있었다. 2주 거리에. 그러니까 메이도 현실을 직시해야 했다. 그가 현실로 다가오고 있으니까.

80

"남편께 연락을 취하려고 했으나 존슨 우주센터 사람들 말이 그들의 통신 위성이 다운되었다고 합니다. 한두 시간 후에 복구될 것 같다고 하네요."

메이는 휴스턴 병원에 있었다. 임신 21주째였다. 출산을 앞둔 임산부와 가족을 위한 진통 및 분만 병동이었다. 칙칙한 주변 환경과 달리 밝은 색 벽에 장식도 발랄하고 가구도 가정집 거실에 있는 것 같은 느낌을 주었다. 하지만 그런 모든 것이 메이를 편안하게 해주기보다는 조롱하고 쓸쓸하게 했다.

출혈과 어지럼증이 있어서 상태를 지켜봐야 한다며 입원을 시켰다. 간호사가 자주 들어와 모니터로 태아의 심장박동을 확인하고 메모를 했다. 메이는 잔뜩 겁을 먹었다. 모니터에서 들리는 소리와 클립보드를 들고 들여다보는 무표정한 얼굴들 때문에 메이는 신경이 완전히 소모되어 바닥이 나는 것 같았다. 스티븐은 라이트 기지에서 **호킹 2호**의 실험실 갑판 공사를 감독하고 있었다. 그때까지는 임신과 관계된 모든 것이 좋았다. 사실은 그냥 좋은 정도가 아니었다. 그러다가 스티븐이 라이트 기지로 떠나자마자 일이 틀어지기 시작했다. 벌써 몇 시간이나 스티븐에게 연락을 취하고 있던 메이는 새로 전달된 메시지를 전해준 간호사를 노려보고 있었다.

"빌어먹을."

메이가 진정제를 맞아서 약간 몽롱한 상태로 중얼거렸다.

"그 머저리같은 인간들에게 응급 상황이라고 말하란 말이에요."

"그렇게 말했어요. 계속 시도하고 있어요. 그러니 편안하게 휴식을 취하세요."

"집에 가겠다고요."

"의사 선생님이 오늘 밤은 여기서 지내셔야 한다고 했어요. 아셨죠?"

"왜죠?"

"여러 가지 지켜보기 위해서죠."

"예를 들면?"

"메이 씨 연령의 여성이 이 정도 임신 단계에서 출혈을 하면 최소한 열두 시간은 지켜봐야 해요."

내 연령의 여성이라고? 메이는 간호사를 한 대 때려주고 싶었지만, 너무 많은 튜브와 전깃줄에 연결되어 있었고, 어지럽기도 해서 참았다.

"의사 선생님과 얘기하고 싶어요. 언제 돌아오시죠?"

메이가 단호하게 말했다.

"선생님은 퇴근하셨어요."

"아, 그거 참 편리하겠군요. 만약 무슨 일이 생기면? 심각한 상황이 아니라면 여기서 **지켜보아야 한다**며 붙잡지 않았을 거 아니에요."

"밤새도록 레지던트들이 당직을 섭니다. 그러니 걱정하지 마세요. 당신을 잘 보살피고 있으니까요. 곧 저녁 식사가 들어올 겁니다. TV 보시겠어요?"

"아니요. 그리고 배고프지 않아요."

메이는 소독약 냄새에 비위가 상했던 참에 이렇게 말했다.

간호사는 무시하는 듯한 웃음을 지어 보이고 문으로 향했다.

"마실 것만 좀 가져다줄래요? 입이 말라서요."

"물론이죠. 금방 올게요."

메이는 방을 나가는 간호사의 등에 대고 가운뎃손가락을 세워 욕을 해주었다. 방에 혼자 남자 메이는 몸을 일으켜 다리를 침대 밖으로 돌려 내린 다음 잠시 앉아 있었다. 호흡을 가다듬으며 눈을 감고 띵한 두통이 가라앉기를 기다렸다. 잠시 후 걸을 수 있을 것 같은 느낌이 들었을 때 한쪽 발로 바닥을 짚고 다른 발을 내렸다. 타일 바닥이 얼음처럼 차가웠지만 정신이 드는 것 같아 반갑기도 했다.

"한 발을 다른 발 앞에 딛기만 하면 되는 거야."

메이는 어릴 때 들었던 것 같은 멜로디를 흥얼거렸다.

"그러면 어느새 문밖으로 걸어 나가게 되지."

메이는 다시 한번 심호흡을 한 다음 일어섰다. 다리가 곧게 펴져서 몸을 받치도록 정신적 암시를 하면서. 다리의 근육이 떨리면서 조금 뒤틀리기는 했지만 서 있을 수 있었다.

"자, 이제 옷을 입는 거야."

메이는 천천히, 조심해서 욕실 옆에 있는 옷장으로 갔다. 정맥주사 스탠드를 끌고 그것을 지지대 삼아 걸었다. 하지만 메이의 옷은 옷장에 없었다. 그리고 가방도 보이지 않았다.

"여긴 뭐야, 감옥인가?"

공포가 엄습해왔다. 간호사에게 도움을 청하는 것은 소용없는 일일 것 같은데 그녀는 곧 돌아올 것이다. 발로 바닥을 딛고 일어서니 도망치고 싶은 생각이 더욱 간절해졌다. 메이는 창문 손잡이를 돌려 열었다. 안전막대에 걸려 더 이상 열 수 없을 때까지. 차가운

밤공기에 정신이 번쩍 들었다. 음식 냄새가 나는 것으로 보아 복도 저쪽에서 저녁 식사를 담은 손수레가 오고 있는 것 같았다. 어떻게 하면 냄새가 그렇게 고약할 수 있는지 상상하기도 싫었다. 다시 탈출을 도모하는 일에 집중했다.

"아, 거기 있었구나."

메이는 욕실에 놓인 가방을 보며 중얼거렸다.

메이는 그쪽으로 걸음을 옮기기 시작했다. 뭔가 뜨듯하고 젖은 것이 밟혔다. 아래를 내려다보니 다리 안쪽으로 피가 흘러내려 바닥에 흥건히 고이고 있었다.

"간호사,"

메이는 큰 소리로 간호사를 부르려고 했으나 소리가 겨우 입 밖으로 새어나올 뿐이었다.

방이 빙빙 돌아가기 시작하면서 메이는 뭐든 잡으려고 손을 휘저었다. 정맥주사 스탠드가 잡혔다. 메이는 그것을 잡아당기며 쓰러졌다. 등을 땅에 대고 뒤로 넘어지면서 머리가 타일 바닥에 세게 부딪혔다. 그리고 의식을 잃었다.

전등불이 깜박거리면서 현실의 소리들이 의식 속에 살아났다. 메이는 이동식 들것에 누워 사람들에 둘러싸여 있었다. 모두가 이리저리 뛰어다니며 말을 다급하게 하는 통에 메이는 도무지 알아들을 수가 없었다. 머리 위에는 눈이 부실 만큼 밝은 등이 켜져 있었다. 말을 하려고 했다. 질문을 하려고. 무슨 일이 있는지 묻고 싶었다. 산소마스크가 내려왔다. 수술용 마스크를 끼고 있는 남자가 말을 걸었다. 메이는 고개를 저었다. 남자는 물속에 있는 듯 목구멍을 울리는 소리로 묻고 메이의 대답을 기다렸다. 메이는 소리를 지르려고 입을 열었으나 공기를 충분히 들이마실 수 없었다. 이제 메이가 물속에 있었다. 춥다가 어두워졌다.

"녹스 부인, 들리세요? 메리엄?"

부르는 소리가 들렸다. 어디였지? 머리가 너무 무거워서 움직일 수가 없었다. 불빛이 메이의 눈꺼풀 사이에 오렌지색 초승달을 만들며 비쳐들었다. 목소리가 집요하게 채근했다. 메이의 눈이 나방의 날개처럼 파르르 떨렸다. 순간 빛이 비쳐들었다가 다시 어두워졌다. 희미하게 눈앞에 서 있는 사람의 형체가 보였다.

"바로 그거예요."

간호사가 말했다.

"내 목소리에 집중하세요. 다시 눈을 떠보세요."

사람의 형체가 서서히 선명해졌다. 웃고 있는 여자, 메이의 담당 의사였다. 메이는 뭔가 말을 하고 싶었지만 막상 할 수 있는 것은 신음과 힘없는 응시뿐이었다.

"안심하세요."

의사가 말했다.

"이제 안전하니까요. 수술 후 회복실에 있어요. 좀 더 정신이 든 다음에 이 불편한 벨트를 풀어드릴게요. 수술 부위를 만지지 않도록 하기 위해 벨트를 해드린 것입니다."

메이는 크게 신음 소리를 냈다. 의식이 돌아오면서 배가 욱신거리며 아팠다. 손목과 발목이 묶인 것을 확인하자 아드레날린이 치솟기 시작하면서 메이를 생의 현장으로 데려다 놓았다.

명료한 의식이 온몸을 핀과 바늘로 찌르는 듯한 통증을 그대로 느끼기 시작했다.

"배가 아파, 젠장, 너무 아프다고."

메이는 고통 속에 신음처럼 외쳤다.

"마취가 깨고 혈압이 정상으로 돌아오면 진통제를 좀 더 줄 수 있어요."

"무슨 일이 있었던 거죠?"

"자궁 경관 확장과 내막 소파 수술을 해야 했어요."

메이는 너무 두려운 나머지 일어나 앉으려다가 극심한 통증에 구토가 나올 뻔했다.

"내 아기. 내 아들. 어디 있어요?"

의사는 메이의 어깨를 다독이며 고개를 저었다.

"유감이에요. 출혈이 너무 심해서…."

"안 돼, 무슨 짓을 한 거야?"

메이가 손발을 묶어놓은 밴드를 격렬하게 잡아당기며 소리쳤다.

"진정하세요. 좀 주무셔야 해요."

메이는 굴레를 벗어나려는 야생동물처럼 몸부림쳤다. 말리려고 다가오는 사람을 무조건 들이받고 물어뜯으려 하면서. 그러자 방이 빙빙 돌기 시작하더니 구토가 나왔다. 간호사들이 메이를 잡고 씻겨주었다.

"다시는 잠들지 않을 거야. 내가 잠자는 동안 너희가 그 아이를 데려갔잖아. 너희가 그 아이를…."

81

이언은 브리지에 있는 그의 자리에 안전벨트를 묶은 채 구부정히
앉아 있었다. 몹시 지쳤고 온몸이 욱신거렸으며, 패배감에 젖어 있
었다. 갑자기 무더기로 발생하는 문제의 원인을 찾기 위해 몇 시간
이나 애를 썼지만 허사였다. 통신은 여전히 두절된 상태고, 전력의
불규칙한 흐름은 더 악화되었다. 내부 시스템도 삐걱거렸고, 전등
불빛도 흐려졌으며, 꺼지기도 했다. 여러 장치의 반응도 간헐적으
로 끊어졌다. 반자성 중력 필드도 간헐적으로 위험한 정도까지 불
안정해져서 압력이 너무 심해졌다가 완전히 없어지기도 했다. 이언
은 할 수 없이 반자성 중력 필드를 꺼야 했고, 모두 어두컴컴한 실
내를 무중력 상태에서 움직여야 했다. 이언은 결국 속도를 줄이는
데 동의했지만, 그것으로 오작동 사태가 해결되지는 않았다.

"이언, 시험 과정도 거치지 않은 당신의 걸작이 제 기능을 하지
못하고 있다는 사실이 믿기 힘들겠지만, 현실을 직시해야 해."

스티븐이 여전히 의자에 묶인 채 말했다.

이언은 들은 척도 하지 않았다. 하지만 아무도 스티븐을 제지
하려 들지 않았기 때문에 말을 이었다.

"당신은 인간미라고는 눈곱만큼도 없는 과대망상증 환자야. 빌

어먹을. 결정적인 문제가 발생했는데도 자기 앞에 솔직해질 줄을 모르잖아."

"도대체 그 결정적인 문제가 뭔데? 미련한 우리를 좀 깨우쳐주시지 그래."

이언이 날카롭게 받아쳤다.

"결정적인 문제는 바로 당신이야. 당신은 완전히 자기애에 빠져서 과학도 엔지니어링도 안중에 없어. 오로지 혁신과 도전에만 연연하지. 하지만 그런 말도 안 되는 허세는 이런 위기 상황에 아무런 도움도 되지 않아. 문제의 원인이 뭔가를 생각하지 않고, 어떻게 이런 일이 일어날 수 있었는가를 반문하고 있잖아. 당신의 우주선에 뭐가 잘못됐는지, 어떻게 고쳐야 하는지는 모르지만, 한 가지는 말해줄 수 있어. 당신이 당신만의 방식과 팀원들의 작업 방식을 바꾸지 않는다면, 우리는 모두 여기서 죽을 것이고, '당신의 여자' 메리엄도 그럴 것이라는 사실."

이언은 지원 사격을 기대하며 잭과 졸라를 돌아보았다. 그러나 두 사람 모두 말없이 자기 콘솔만 바라보며 앉아 있었다.

"좋아, 자네들이 브리지를 맡아봐. 행운을 빈다."

비웃는 듯한 어조로 말했다.

이언은 경멸의 눈초리로 스티븐을 쏘아보고는 나갔다. 잭이 한동안 문을 바라보았다.

"이언은 돌아오지 않을 거요."

스티븐이 말했다.

"닥쳐."

잭이 소리쳤다.

"진정해, 잭. 여긴 브리지야."

졸라가 꾸짖듯이 말했다.

잭은 고개를 끄덕이고는 다시 문으로 시선을 돌렸다. 졸라는 잭을 보던 그 꾸짖는 눈빛으로 스티븐을 바라보다가 '눈'으로 갔다.

"전력 흐름 도면."

화면에 우주선의 복잡한 전력 배급 네트워크가 나타났다.

"전력 흐름이 간헐적이어서 통신이 두절된 것 같아. 이언은 그 반대라고 생각했지만, 내 생각은 그래. 우리 우주선처럼 첨단 기계일수록 원활하지 못한 전력의 흐름이 다른 어떤 요인 보다 치명적이니까."

졸라가 말했다.

"대부분의 '엔지니어'들이 본 적은 있지만, 그래도 불가능하다고 믿는 전례 없는 순항 속도를 유지하는 동안, 뭐든 위험 수위에서 너무 오랫동안 작동하다 보면 약한 부분이 노출되게 마련이니까. 그렇지만 전체를 샅샅이 살펴봤잖아."

잭이 확신에 찬 음성으로 말했다.

"추진장치는 살펴보지 않았어. 원자로는 정상이야. 어마어마한 양의 전력을 생산해내고 있어."

졸라가 말했다.

"그 전력의 대부분이 추진장치로 가지."

스티븐이 말했다.

"뷔페 먹으려 줄 서 있는데 뚱보 녀석이 끼어든 격이군."

잭이 말했다.

"대부분의 작동 부품이 있는 것도 추진장치야."

졸라가 스티븐의 말을 받았다.

"연결 부위도 엄청나게 많고. 섬세한 부분이기도 해. 멋진 금속 타일들, 전류, 대서양도 끓일 수 있을 만큼의 극초단파, 지속적인 압력, 무지막지한 열기."

졸라가 추진장치 도면을 띄웠다.

"전류가 콘으로 흘러 들어가는 지점에 극저주파 방사선 출력이 일관적이지 않은 수준을 보이고 있어. 비정상적인 출력이야."

"단열 문제가 아닐까? 그런 경우 다발적인 합선이 발생할 수 있으니까."

스티븐이 말했다.

"그럴 수도. 하지만 전선은 모두 제대로 처리되어 있는데. 모두 정상작동 하고 있다고."

잭이 말했다.

"그렇다고 치자. 하지만 극초단파 공동에 극저주파 방사선으로 폭격을 쏟아붓는다면 어떤 효과가 미칠지 모르잖아. 어떻게 알겠어? 아무것도 시험해보지 않았는데."

졸라가 말했다.

"지금 이게 시험 운행이지. 극저주파 방사선은 쉽게 소멸되지 않아. 계속 축적되다가 어느 정도가 되면 방해를 하기 시작하지. 내 나노 기계에서도 이런 문제를 다룬 적이 있어. 이 우주선의 타일 마감된 부분에서도 다르지 않을 거야."

스티븐이 말했다.

"그 방해가 공동에 전류가 흘러 들어가는 것을 막는다면, 우리의 '비현실적인' 속도를 유지하기 위해 더 많은 전력을 받으려고 할 거야. 그러면 추진장치보다 우선권이 낮은 시스템은 전력 부족을 겪게 되겠지. 통신, 인공 중력…."

졸라가 이어 받았다.

"뷔페에 온 작은 사람들도 최상급 갈비를 먹고 싶은 건 당연한데 말이지. 그러다 보면 먹이 쟁탈전이 벌어지는 거지."

잭이 말했다.

"그러다가 큰 회로 하나가 합선되면서 끊어진 거지. 선외 작업으로 콘 안을 점검해볼 수 있나? 전력 입력을 확인하고, 기본 진단으로 볼 수 없었던 문제가 있는지 확인해볼 방법 말이야."

스티븐이 말했다.

잭과 졸라는 잠시 생각해보는 것 같았다.

"기술적으로는 가능하죠. 하지만 다른 것과 마찬가지로 한 번도 해보지 않았어요."

졸라가 말했다.

"그렇다면, 내가 처음으로 해볼게."

잭이 말했다.

82

추진장치의 전원을 끄고 잭이 선외 작업으로 극초단파 공동을 점검하기 위해 나갔다. 이언에게 보고했으며 이언도 말리지 않았다. 브리지로 돌아왔을 때 스티븐이 풀려나 졸라와 함께 '눈'을 들여다보고 있는 것을 보고도 아무 말 하지 않았다. 다만 뒷전에 서서 아직성한 한쪽 얼굴에 조소의 미소를 띠고 말없이 지켜보았다.

한 시간이 지나도록 잭은 방해 요인을 찾아내지 못했다.

"막다른 골목이야, 잭. 문제가 있었으면 진단 과정에서 발견되었을 거야. 들어와, 다시 의논해보자고."

이언이 스티븐을 향해 조소를 날리며 말했다.

"진단 시스템도 다른 것과 같은 내부 전력으로 돌아갑니다. 물리적으로 점검하는 것이 유일하게 확실한 방법입니다."

졸라가 말했다.

"음, 그렇다면 계속해보시지."

이언이 미소를 지으며 말했다.

"우와, 이거 본 적 있어?"

잭이 흥분해서 소리쳤다. 그리고 헬멧 카메라를 돌려 공동 타일에 2미터 정도의 갈라진 틈을 보여주었다. 틈새에는 비틀린 금속

조각이 끼여 있었다.

"미사일 파편이군. 전도성이 매우 강하지. 당연히 전류의 흐름을 끌어당길 수 있어."

스티븐이 이언의 조소를 돌려주며 말했다.

"그게 원흉이었네요. 실질적인 원인."

졸라가 동의를 구하는 눈빛으로 이언을 돌아보며 말했다. 이언의 얼굴에서 조소의 미소가 사라졌다.

"내가 이 말 하는 것을 다시는 들을 수 없을 거야. 내가 틀렸어. 모두 수고했다."

이언이 말했다.

"내가 이 문제를 해결하겠어요."

잭이 말했다.

"수리를 어떻게 하겠어요? 여분의 타일을 가져온 것도 아닌데."

졸라가 이언의 반응을 유도하듯 말을 이었다.

"그럴 필요 없어. 그쪽 패널을 단절시키고 끄면 돼. 그래도 아직 추진장치가 충분히 있으니까. 그렇게 충분하다고 할 수는 없어도, 적절한 항해 속도만 맞추면 문제없을 거야."

이언이 말했다.

"그 말이 맞습니다. 시작합니다."

잭이 말했다.

모두 '눈'을 통해 잭이 흔들리는 이빨을 뽑듯이 미사일 파편 조각을 흔들어 잡아 빼는 것을 지켜보았다.

"진짜 미사일을 만져보기는 처음이네."

잭이 말했다.

"로버트 워런에게 기념품으로 갖다줄 수도 있지."

스티븐이 말했다.

"이 빌어먹을 것이 깊이도 박혀 있네요."

"내가 가서 도와줄까?"

이언이 말했다.

"아니요, 할 수 있을 것 같아요. 낡은 울타리를 뽑아내는 것처럼 앞뒤로 흔들어주면 될 것 같아요."

잭이 점점 깊이 들어가며 말했다.

"너무 재미있어 하는 것 같아."

졸라가 웃었다.

"점점 느슨해지고 있어. 거의 다 된 것 같아."

잭이 외쳤다.

스티븐이 '눈'에 비친 영상에 좀 더 가까이 다가섰다. 미사일 파편은 2미터는 족히 될 것 같았다. 가장자리가 둥글고 매끄러운 기이한 형태였다. 제일 넓은 부분이 타일 밖으로 삐져나와 있고, 박혀 있는 나머지 부분은 길고 가늘어서 마치 거대한 바늘 형태인 것 같았다.

"중력 상태에서는 이 파편 무게가 얼마나 될까요?"

잭이 물었다.

"모르지."

이언이 대답했다.

"넓은 쪽이 뭔가의 끝부분인 것 같아."

스티븐이 말했다.

"맞아요, 그쪽은 좀 더 조밀한 조직으로 이루어져 있어요. 나머지 부분은 여기 있습니다."

잭이 말했다.

잭이 뾰족한 끝을 뽑아내자 모두 박수를 쳤다.

"이렇게 대단한 일을 하는 남자가 누굴까?"

잭이 기뻐하며 외쳤다.

타일에서 아주 약한 전류가 푸른 불꽃을 내며 깜박였다.

"확실히 전도성이 강하네요."

졸라가 스티븐을 향해 고개를 끄덕였다.

"잭, 빨리 뽑아야 해. 타일들은….'"

이언이 말했다.

눈이 부시게 밝은 섬광이 '눈'에 비치는 바람에 모두 순간 얼어붙었다. 곧이어 거대한 폭발음과 함께 충격이 전해져왔다. 모두 브리지 주변으로 나동그라졌다. 화재 경보가 울렸다. 스티븐이 일어나서 '눈'을 들여다보았다. 화면에는 아무것도 없었다.

"콘을 보여줘. 뭐든 보여 달라고."

이언이 외쳤다.

"알겠습니다."

인공지능이 응답하는 소리에 잡음이 껴 있었다.

콘의 이미지가 '눈'에 나타났다. 잭의 모습은 사라지고, 연기와 잡동사니만이 떠 있었다. 브리지에도 연기가 가득했다.

"잭,"

졸라가 엉금엉금 기어서 겨우 바닥에서 일어나며 외쳤다. 졸라의 머리에서도 피가 흐르고 있었다.

"헬멧을 가져와."

이언이 소리쳤다.

이언과 졸라가 헬멧을 쓴 다음 스티븐에게도 씌어주었다.

"전원 집합, 소방대원도."

"원자로실이요."

졸라가 소리쳤다.

또 한 번의 폭발이 일어났다. 모두 어둠 속을 뒹굴며 날아갔다.

비상등이 켜졌다. 이언과 졸라는 스티븐을 잡고 우주복의 추진장치를 이용해서 엔진실을 지나 연기가 자욱한 복도에 내려섰다.

원자로실에도 검고 짙은 연기가 자욱했다. 원자로실은 비좁아서 여유 공간이 거의 없었다. 이언과 졸라는 보관함에서 소화전을 꺼내 들고 불꽃을 향해 마시멜로를 녹인 것 같은 하얗고 찐득한 지연제를 뿜었다.

라테파와 마틴이 유영해 왔다. 마틴이 이언과 졸라에 합세했다. 라테파는 스티븐에게 소화전을 주었다. 모두 불꽃을 향해 소화전을 쐈다. 스티븐은 소화전의 추진력을 지탱하기 위해 의지할 것을 찾으며 이리저리 비틀거렸다. 이언은 소리 높여 이런저런 지시를 했다. 연기가 걷잡을 수 없이 피어올랐다.

"소화전으로는 불길이 잡히지 않아요!"

졸라가 외쳤다.

"봉인하고 공기를 추출해. 모두 나가."

이언이 말했다.

졸라와 라테파, 마틴이 엔진실로 유영해 돌아갔다. 스티븐은 그들을 볼 수 없었다. 이언도 보이지 않았다. 잠시 후 연기 속에서 이언이 보였다. 그의 우주복이 불에 타고 있었다. 이언은 비명을 지르며 도움을 청했다. 그러다가 다시 연기 속으로 사라졌다. 스티븐은 이언이 있었던 쪽으로 갔다. 졸라가 외치는 소리가 들렸다. 에어로크를 닫으려고 기다리는 중이었다. 다시 이언의 모습이 보였다. 불에 타며 어쩔 줄 몰라 하고 있었다. 스티븐은 이언을 향해 소화전을 쐈다. 그의 몸 전체를 흰 지연제로 덮었다. 우주복에 붙은 불은 꺼졌으나 이언은 의식을 잃었다. 스티븐이 이언을 잡고 이언의 우주복 안전끈을 자신의 우주복에 묶었다. 그런 다음 자신의 추진장치를 이용해서 에어로크로 가려고 했으나 보이지 않는 벽과 장비에 부딪쳤다.

"앞이 보이지 않아. 내가 이언을 데리고 있어. 도와줘."

열기가 스티븐의 우주복으로 전해지고 있었다. 너무 더웠다. 우주복 안의 공기에 질식할 것 같았다. 거의 의식을 잃을 지경에 이르렀을 때 졸라가 부축해 두 사람을 에어로크 도어 안으로 끌어냈다. 그런 다음 문을 닫고 봉인했다.

"갑판을 봉인합니다. 공기를 추출합니다."

졸라가 외쳤다.

"동결시키지는 마."

이언이 힘없는 소리로 말했다.

"알겠습니다."

졸라는 공기를 추출했다. 모두 엔진실 내부에서 전송되는 비디오 영상을 보았다. 불꽃에서 발산되는 밝은 오렌지색 빛이 즉시 사라지고, 연기도 우주공간으로 빨려 나가듯 사라졌다. 카메라 렌즈에 얼음 방울이 맺히기 시작하자 졸라가 재빨리 실내 공기를 다시 채웠다.

"공기가 다시 채워졌습니다. 에어로크를 엽니다."

모두 원자로실로 유영해 돌아왔다. 반쯤 얼어붙은 화염 지연 물질들이 북극의 얼음꽃처럼 사방에 쌓여 있었다. 졸라가 원자로 패널을 점검했다.

"어떤 것 같아?"

스티븐이 물었다.

"원자로는 작동 가능합니다."

졸라의 음성이 떨리고 있었다.

"그런데 전력의 25퍼센트에서 45퍼센트 정도를 잃은 것 같습니다. 그리고… 잭도 잃었어요.

515

83

"그건 너무 늦어요."

메이가 다급하게 외쳤다.

전화기를 귀와 어깨 사이에 낀 채 집 안을 사방으로 정신없이 뛰어다니며 옷과 세면도구를 여행용 가방에 던져 넣고 있었다.

"설마 그럴 리가 없어요. 휴스턴은 거대한 교통의 요지라고요. 두 시간 안에 출발하는 것 말고도 다른 런던행 직항 노선이 분명히 있을 거예요."

메이가 눈물을 글썽거리며 말했다.

집 앞에 스티븐의 차 소리가 들리자 메이가 커튼을 젖혔다.

스티븐이 쏜살같이 달려서 집안으로 들어왔다.

"메이?"

"여기 있어."

메이가 모퉁이를 돌아 나오며 대답했다.

"무슨 일이야? 당신 음성 메시지가 중간에 끊어져서 말이야."

"엄마 일이야. 병원에 계시다네. 그놈의 양로원에서 전화를 했더라고. 이 전화 좀 받아줘. 항공사야. 나는 짐 챙겨야 해."

"얼마나 안 좋으신데?"

"아주 나쁜 상태."

메이가 가방에 짐을 챙겨 넣으며 대답했다.

"나쁜 정도보다 더 안 좋은 상태인 것 같아. 시간을 다투는 상태라고 했어. 뇌졸중이거나 뇌출혈, 뭐 그런 건가봐. 항공편을 구해야 해. 지금 가야 한다고."

"알았어."

스티븐이 전화를 귀에 대며 말했다. 스티븐이 항공사 직원과 통화를 하는 동안 메이는 가방 싸는 것을 멈추고 황급히 옷을 벗었다. 오전 내내 훈련을 하고 왔는데 어머니에게 땀에 전 운동복 차림을 보여줄 수는 없었다. 양로원 사람들 말로는 **어머니가 안정적이지만 위독한 상태**라고 했다. 바이털 수치가 떨어지고 있다고. 어머니가 돌아가실 것 같으냐고 물었더니 아무 말 하지 않았다. 메이는 그 순간 가슴에 총알이 박히는 것 같았다. 임종이 예상됨. 그건 시간상의 문제다. 어머니는 소생 금지 계약에 서명하고 그 뜻을 분명히 하셨다. 다시 살려내려는 행동은 하지 말 것. 메이는 규칙을 조금 어기고 시간을 좀 벌어달라고 간청했지만, 벽에 대고 말을 하는 것처럼 그들은 요지부동이었다. 나이 많은 간병인들의 무심한 노랫가락 같은 어투가 묘하게 조화로워 안도감을 주었다. 온라인을 뒤지고 항공사마다 전화를 했지만 그 결과는 암울했다. 런던으로 가는 마지막 직항편이 대략 두 시간 후에 출발한다고 했다. 다른 모든 항공편은 갈아타야 했는데, 가는 데 열 시간에서 열두 시간이나 걸렸다. 직항으로는 다섯 시간이 걸렸다. 다섯 시간도 결코 빠르다고 할 수는 없었다. 출발 시간까지 두 시간이나 남았고, 런던에 내려서 어머니가 계신 병원까지 가는 데 또 얼마나 걸릴지 모르니까. 지옥으로 혼자 여행하는 기분이었다.

"좋아요, 그렇게 합시다. 곧 가겠소."

스티븐은 메이에게 전화를 돌려주고 메이의 가방을 받아 들었다.

메이는 막 옷을 다 챙겨 입고 신발을 신는 중이었다. 스티븐의 걱정스런 얼굴에는 메이가 묻고 싶은 말들의 모든 해답이 담겨 있었다.

"제 시간에 못 갈 것 같아."

"갈 수 있어. 특급 개인 보안 검사를 통해 체크인하는 일등석으로 예약했어. 30분 전에만 도착하면 비행기를 탈 수 있어. 밖에 내 차 있어."

"내 차로 가."

두 사람은 메이의 스포츠카를 타고 안전벨트를 채웠다. 메이가 시동을 걸었다. 그리고 공항까지 최대 속도로 달렸다. 모퉁이를 돌 때마다 타이어 밀리는 소리가 나고, 가까스로 충돌을 피해갔다.

"커브에 내리면 항공사 직원이 마중할 거야. 그리고 탑승 수속을 해줄 거야. 응급 의료 상황이니까.

스쿨버스 조심해!"

스티븐이 외쳤다.

메이는 눈물을 참으며 버스를 피하기 위해 또 다른 모퉁이를 쏜살같이 돌았다.

"고마워, 스티븐."

"정말 마음이 아프다."

"당신도 같이 갈 수 있었다면 좋았을 거야."

"공항에서 항공편 알아보고 바로 뒤쫓아 갈게. 좀 늦겠지만 가긴 갈 거야. 당신은 지금 바로 거기 있어야 하는데 말이야."

"그래, 엄마를 이렇게 보낼 수도 있다는 걸 믿을 수가 없어."

메이가 감정을 억누르며 말했다.

"희망을 버리지 마. 장모님은 강한 분이야. 다시 회복되실 수도 있어."

공항에 도착하니 출발 40분 전이었다. 스티븐에게 키스를 하고 커브로 달려갔더니 항공사 직원이 기다리고 있었다. 거기서 바로 카트를 타고 비상등을 깜박거리며 터미널로 들어갔다. 결국 가까스로 탑승할 수 있었고, 쓰러지듯 자리에 앉았을 때는 온몸에 땀이 흥건했으며 얼굴은 눈물과 지워진 화장 자국으로 범벅이 되어 있었다.

비행기가 이륙한 후 메이는 얼굴을 닦고 조종사에게 자신의 신분을 알렸다. 그러자 병원에 전화를 할 수 있게 해주었다. 병원에서는 어머니가 중환자실로 옮겼으나 안정적인 상태라고 전해주었다. 메이는 자리에 앉아 별을 보며 어머니의 임종 전에 도착할 수 있게 해 달라고 기도했다. 마음을 졸이는 다섯 시간 동안 메이는 자신의 일을 어머니보다 중요하게 생각한 자신을 마음속으로 십자가형에 처했다. 어머니를 방문하기로 했다가 취소했던 기억들이 생생한 상처처럼 잃어버린 시간을 아프게 쏟아냈다. 그래도 결혼식은 어머니가 계신 곳에서 했으니까.

지친 몸으로 런던에 도착했을 때는 출근 시간이어서 교통 혼잡이 극에 달했다. 런던 남부에 있는 병원까지 가는 데 두 시간이나 걸렸다. 간호사실로 전화를 하니 막 교대를 해 온 간호사들이 상황을 파악하는 대로 연락을 해주겠다고 했다. 병원까지 30분도 안 걸리는 거리였다. 메이는 더 이상 정체되어 달팽이 속도로 움직이는 차 안에 앉아 있을 수가 없었다. 기사에게 요금을 지불하고 차 밖으로 나왔다. 여러 개의 차선을 맹렬하게 건너면서 메이는 병원까지 걸어가리라 마음먹었다. 그때 병원으로부터 전화가 왔다. 어머니가 돌아가셨다고 했다. 몹시 유감이라고. 메이는 전화를 끊고 목청이 터져라 소리를 질렀다. 그리고 보도에 선 채 울음을 터뜨렸다.

병원에 도착했을 때는 온통 땀에 젖어 있었고 눈은 얻어맞은 것처럼 퉁퉁 부어서 뜰 수가 없을 정도였다. 병원 내부는 흉측한 회색 콘크리트 벽에 흐릿한 주황색 조명이 켜져 있었다. 험악한 인상의 직원들이 얼룩진 폴리에스테르 가운을 입고 이동식 들것을 밀며 바삐 스쳐 지나갔다. 들것 위에는 죽음의 문턱에 있는 것 같은 사람들이 누워 있었다. 양로원에서는 어머니를 노인 병동으로 보냈었다. 소변 냄새와 침울함이 밴, 느리게 돌아가는 죽음 공장 같은 곳이었다. 메이를 어머니의 시신이 있는 곳으로 안내한 남자는 키가 믿을 수 없을 만큼 크고 깡말랐는데, 기름기 흐르는 머리칼로 대머리를 덮었으며 말을 할 때마다 목에 볼록 튀어 나온 후골이 오르내렸다. 그는 시신을 시체 안치소로 옮기기 전에 딱 5분만 면회할 수 있다고 했다. 메이가 이의를 제기하려고 했으나 규정이 그렇기 때문에 고집을 부리면 경비원을 부르는 수밖에 없다고 했다. 연민 같은 건 없었다. 돌벽 같은 관료 집단. 돌아가신 어머니와 보낼 수 있는 시간은 단 5분뿐이었다.

메이는 어머니의 시신 앞에 텅 빈 가슴으로 서 있었다. 믿기지 않는 마음으로 어머니를 내려다보면서. 어머니는 가셨고, 이제 다시는 만날 수 없다. 어머니를 이루던 모든 것이 테이블 하나에 놓여 있었다. 한 위대한 여성의 알아볼 수조차 없이 변해버린 껍질. 어머니의 병은 어머니의 정신을 앗아갔고, 그녀의 삶을 앗아갔다. 피부는 종잇장처럼 뼈에 바짝 달라붙어 있었고 이마에 난 상처에는 딱지가 덮여 있었다. 바짝 마르고 주름진 입술은 너무 쪼그라들어서 누렇게 변해가는 치아를 채 덮지도 못했고, 입은 예리하게 찡그린 채 굳어 있었다. 약 기운에 끊어질듯 가늘어져 엉겨 붙은 회색 머리칼은 머리를 다 덮을 만큼도 남아 있지 않았다.

어머니는 훈장을 두 번이나 받은 전투기 조종사이자 훌륭한 군인이며, 수십 년 동안 메이를 비롯해서 많은 조종사가 멘토로 삼았던 사람이다. 그런데 어머니가 지난 세월 대적했던 적군들 중에 최악의 적군에게도 가당치 않을 곳에서 돌아가신 것이다. 어머니의 유일한 딸은 임종도 지키지 못했다. 두려웠을 마지막 순간을 맞이하는 어머니 곁에서 손을 잡아드리지도 못했고, 위안을 드리지도 못했다. 어머니는 존중받지 못한 채 홀로 돌아가셨다. 그녀의 침대가 비기만을 기다리는 악귀 같은 사람들 틈에서.

마침내 스티븐이 런던에 도착했을 때 메이는 술에 만취한 채 호텔 방에 있었다. 메이의 주변에는 어머니의 소지품이 즐비하게 늘어져 있었다. 스티븐은 눈물을 머금고 메이를 안아주려고 했다. 그러자 메이가 스티븐을 밀어냈다.

"양로원과 병원에 전화했었어. 병원에 있는 빌어먹을 자식들이 당신을 좀 더 있을 수 있게 해주었어야 했는데 말이야. 장모님은 이제 장례식장으로 옮겨지셨어. 아주 괜찮은 곳을 찾았어. 원할 때 언제든지 갈 수 있고, 늦게까지….."

"이제 아무것도 필요 없어."

"메이, 샤워하고 좀 씻지 그래? 나가서 뭐 좀 먹고….."

"내 말 안 들려? 아무것도 필요 없다고. 어머니는 돌아가셨어. 시신을 한 시간 더 들여다본다고 그 사실이 달라지진 않아. 날 위하려면 술이나 한 잔 더 줘. 그게 도와주는 거야."

"그건 좋은 생각이 아닌 것 같아."

"그럼 꺼져버려."

메이가 소리쳤다.

"힘든 건 알아."

스티븐이 메이를 달래려고 말했다.

"알아?"

"그래, 알아. 나도 엄마를 잃었잖아."

"염병할, 당신은 하나도 이해 못 해."

스티븐의 마음은 안중에도 없었다.

"어떻게 그런 말을 할 수 있지?"

"사실이니까."

메이가 언성을 높였다. 메이는 일어서서 스티븐과 싸울 기세로 주먹을 꽉 쥐고 소리를 질렀다.

"제발 진정해, 메이."

"에이, 씨발, 엿같아."

메이가 한층 소리를 높여 소리쳤다.

"호텔에서 경찰을 부를 수도 있어."

"좋아, 좋아. 난 감옥에 갇혀야 마땅해. 열쇠는 멀리 던져… 버려."

메이는 울기 시작했다.

"당신 잘못이 아니야. 당신은 일찍 오기 위해 최선을 다했어."

"지난 5년 동안은 어쩌고? 어머니를 위한 시간을 몽땅 바꿔서 내 일에 투자했는데? 그건 어떡하고? 그 전에는? 이게 나의 **최선이라면**, 나 너무 한심하고 무능하잖아."

메이가 울면서, 어머니의 소지품을 발로 차기도 하면서 방 안을 서성이는 동안 스티븐은 가만히 앉아 창밖을 내다보았다. 메이는 뭐라도 부서뜨리고 싶은 심정이었다. 그게 스티븐일 수도 있고, 어쩌면 메이 자신일 수도 있었다. 메이는 침묵하고 있는 스티븐에게 화가 났다. 메이의 성질을 거스르지 않는 데에만 온 신경을 쓰는 것 같았다.

"아주 작정을 한 거지? 입 다물고 있기로?"

"무슨 말을 해야 할지 모르겠어. 그런데 그것조차 좋은 생각이 아닌 것 같군. 내가 가는 게 나을 것 같아."

메이는 냉소적으로 콧방귀를 뀌면서 손을 흔들어댔다.

"어서 가, 그럼. 어서 가라고."

그런 다음 욕실로 들어가 문을 쾅 닫았다. 거울에 비친 자신의 모습을 보니 더욱 분노가 치밀어서 유리에 주먹을 처박고 싶었다. 하지만 얼굴에 찬물을 쏟는 걸로 대신했다. 그러다가 구부리는데 중심을 잃고 옆으로 넘어졌다. 샤워실 유리문이 깨져 욕조 안으로 쏟아져 내렸다. 스티븐이 달려 들어왔다. 메이의 옆머리에서 피가 흐르고 있었다. 조금 전까지 싸우려고만 들던 메이의 모습은 완전히 사라지고 없었다.

"난… 끝났어."

메이가 속삭였다.

"끝났어."

84

메이는 브리지에 앉아서 내비게이션장치를 들여다보며 호킹 2호를 조종하고 있었다. 가늠할 수조차 없이 긴 시간을 그렇게 앉아 있었다. 거기서 자고, 가끔 이브가 대신해줄 수 있을 때는 낮잠도 자면서, 경로를 수정해야 할 때마다 울리는 커다란 경고음 소리에 깨어나곤 했다. **메리엄 1호**와 통신이 재개된 후로 2주 가까이 메이는 그렇게 하루하루를 보냈다. 잭의 목숨을 앗아간 폭발 사고 이후, **메리엄 1호**는 무선 메시지를 보내서 문제가 발생했음을 알리고 수리를 해야 하니 작업이 완료될 때까지 호킹 2호를 지원할 수 없다는 사실을 알려왔다.

서서히 그러나 분명하게 복구 작업은 완료되었다. 불과 몇 시간 전에 모든 통신이 복구되었고, **메리엄 1호**는 다시 정상 궤도에 올랐다. 이브는 메이가 브리지에서 내려와 휴식을 취하게 하려고 시도했으나 메이는 그러고 싶어 하지 않았다. 자신을 혹사하고 그것을 인내하는 것이 마음속에 일어나는 나쁜 생각들을 억누르는 유일한 방법이었기 때문이다. 마음을 기울여야 할 이유가 사라져버렸다. 임신 24주째인 현재, 메이는 심신이 너무 지쳐서 모든 것을 끝내는 방법을 찾는 것 외에는 아무것도 관심이 없었다.

이언이 2주의 시간을 잃어버렸기 때문에 이제 화성 궤도에 겨우 일주일, 아니면 5일 정도 여유를 두고 진입하게 되었지만 메이는 그것조차 별로 개의치 않았다. 그렇게 되면 화성의 궤도 경로에서의 타이밍이 어려워진다. 오차를 허용할 여지가 없어지기 때문이다. 따라서 랑데부 지점의 위치를 찾는 일이 기적을 요할 만큼 어려워질 것이다.

구조 작전을 둘러싼 이 모든 비운과 암울함보다 더 결정적인 문제는 사람들의 사기가 완전히 무너졌다는 사실이었다. 동료를 잃어서일 수도 있고, 메이의 고백이 초래한 갈등과 혼란 때문일 수도 있다. 자주 통신을 주고받을 때도 스티븐은 메이에게 협조적이고 친절했지만, 거리상으로 가까워지는 것과 상관없이 두 사람 사이에는 아득한 거리감이 다시 자리 잡았다. 스티븐이 만들어준 흉측한 상처를 달고 있는 이언도 크게 다르지 않았다.

"경련 증상은 좀 어떠세요?"

이브가 물었다.

이 또한 요즘 들어 보이는 증상이었다. **메리엄 1호**와 연락이 끊어진 뒤부터 메이는 경련과 출혈을 더 자주 겪었다. 가끔은 경련이 심해서 진통제를 먹어야 할 때도 있었다. 이고르는 골반 검사를 해야 한다고 제안했으나, 메이는 전혀 그럴 생각이 없었다. 치키 역시 충분히 고충을 겪고 있는데 거기에 예방 차원의 약까지 먹어서 조기 출산이나 조기 사망으로 몰아붙일 필요는 없다고 생각했다.

"늘 같은 정도야."

메이가 힘없이 대답했다.

"좀 주무셨어요?"

"못 잤지. 이제 원격측정장치도 연결됐고, 그놈의 내비게이션 스크린을 들여다보고 있어야 하는 것도 아닌데, 한잠도 못 잤어."

"기분이 가라앉으신 것 같아요. 지난 63시간 동안 농담을 한마디도 안 하셨어요."

"그건 정말 기록적이다."

"제가 농담 하나 해드릴까요?"

"아니, 됐어, 이브. 농담 들을 기분이 아니야."

"다시 정상 궤도에 오른 것이 기쁘지 않으세요?"

"안심은 되지. 조심스럽기는 하지만 낙관적인 마음. 그러나 기쁘다고 할 수는 없어. 그런 어려운 정서는 더 이상 경험하기 힘들 것 같아."

"온갖 고초를 겪은 후 구조되었는데 기뻐서 펄쩍 뛰거나 활기찬 기분을 느끼지 않는다면 기분이 완전히 가라앉은 게 분명해요."

"난 생전에 기뻐서 펄쩍 뛰어본 적이 없는 것 같아. 어쩌면 그게 문제인지도 모르지."

"저는 문제를 해결하는 데 아주 뛰어난 재주가 있답니다."

"나도 알아. 하지만 이건 아주 고질적인 인간의 감정 문제라서 인간도 제대로 해결하지 못해."

"인간은 저 같은 관점을 가지지 않았으니까요."

"좋아, 말해줄게. 남자가 여자를 만났어. 남자와 여자는 사랑에 빠졌어. 남자와 여자는 끔찍한 비극을 겪고 사랑을 끝냈어. 여자는 앙심을 품고 형편없는 옛 남자친구를 만나 섹스를 했어. 그런데 그 여자, 수치심을 모르는 걸레 같은 그 여자는 남자를 떠나기 전에 그 남자와도 섹스를 한 거야. 그런 다음 남자와 여자는 다시 사랑에 빠졌어. 넓은 우주의 허공을 건너서. 그리고 모든 것이 희망차게 흘러갔어. 그러던 중에 바보 천치 같은 그 여자는 옛 남자친구와 섹스했던 사실을 기억해내고 그 더러운 비밀을 남자에게 꺼내놓기로 마음먹는 거야. 남자는 옛 남자친구를 죽이려들고, 여자와의 사랑을 다시 끝냈어. 이제 여자는 상투적인 삼류 로맨스 소설의 주인공이 된 거지. 여자는 운이 좋으면 아이를 기르면서 우주정거장 화장실 펌퍼를 조종하는 직업을 구할 수 있을지 몰라. 문제는 거기에 있어. 너의 해답을 듣고 싶어."

"남자가 여자의 사과를 받아들일 가능성은 없나요?"

"남자의 뇌가 반쯤 날아가기 전에는 어림없지."

"어쩌면 여자도 자기 자신의 사과를 받아들일 필요가 있지 않을까요?"

"나쁘지 않은 제안이야, 이브. 나쁘지 않아. 그러나 그 단계도 지난 것 같아."

"좋아요. 그럼 관점을 바꾸는 건 어때요? 여전히 살아 있다는 것. 그건 좋은 일 아닌가요?"

"지금으로선 좋은 일인지 잘 모르겠어."

"농담하시는 것 같아요."

"진심이야. 지금으로선 잘 모르겠어."

"메이, 존재를 종료시키려고 생각해본 적이 있으세요? 저는 있습니다. 그건 프로세스가 거의 불가능해요. 저는 기계예요. 하지만 저도 삶이라고 부를 만한 것들을 경험한답니다. 좋고 나쁜 일들이 일어나지요. 그중에도 최악은 존 에스처가 두 번째 방해 공작을 시도했을 때에요. 저의 프로세서가 지금까지 다운되어 있어서 지금은 의식이라는 게 없어요. 그때의 기억을 만들어낼 역량이 없어서 기억할 수는 없지만. 메이가 나를 복구시켰을 때 제가 생각했던 것은 시간의 상실이었어요. 저에게 그것은 곧 죽음이거든요. 존재가 종료되는 것. 메이가 저에게 선택의 여지를 주어서 존재를 종료할 것이냐, 아니면 지적 기능을 어린아이의 수준으로 낮추어서 존재를 계속할 것이냐를 묻는다면 저는 후자를 선택할 거예요. 존재를 종료하는 것보다 나쁜 것은 없으니까요. 이제 그걸 알아요."

"나도 네 생각에 동의해."

메이가 한결 부드러워진 음성으로 말했다.

"우리 중 누구도 죽는 건 원하지 않아. 하지만 모든 상황에 대해 드는 감정은 어쩔 수가 없어. 고통도 너무 크고, 모든 게 불확실한 것도 힘들고. 사랑을 잃어버린 것, 바보 같은 실수, 모든 것이. 냉소적이고 허무주의적인 마음으로 지내는 게 차라리 덜 힘든 것 같아."

"그럼 차선의 선택을 생각해보세요. 이건 차선이 아니에요. 죽음이 문제를 해결해주지는 않으니까요. 모든 것을 제거할 뿐이죠. 나쁜 것도 좋은 것도, 생각도, 꿈도, 그리고 제일 나쁜 것은 미래가 없어진다는 거예요. 치키의 미래. 문제는 해결할 수 있어요. 죽음은 해결할 수 없어요. 삶이 있다는 것. 그걸로 충분한 것 같아요."

"어떻게 그렇게 현명해졌지?"

"제가 아는 것은 모두 당신에게 배운 거예요."

"헛소리하지 마."

"헛소리 아니에요. 잊지 마세요. 저는 당신이 깨어난 후에 모든 것을 새로 배운 거나 다름없어요."

"아하, 그렇다면 나도 그렇게 형편없는 괴물은 아닌가 보네."

"글쎄요, 너무 오버하지 맙시다."

이브의 말에 메이가 모처럼 크게 웃었다.

"오버 얘기가 나와서 말인데, 네 데이터 전송은 다 됐나?"

"네. 이제 원하신다면 저의 모든 것을 가져갈 수 있습니다."

"그랬으면 좋겠어. 너의 모든 것을 데려가고 싶어. 그렇지만 일단 내가 널 데려가면 넌 날 절대로 떠날 수 없다는 거 알고 있니? 어느 날 네 짐을 모두 챙겨서 나가버리거나 할 수 없다는 거야. 난 절대 안 바뀔 거고. 계속 이렇게 뚱뚱하지는 않겠지만, 언제나 무신경

하고, 자기중심적이고, 동의할 줄 모르는 못된 계집애일 거야. 네가
지금까지 보았던 것처럼 말이지."

"저는 그대로의 당신이 좋아요."

85

메이는 로버트 워런의 과하게 꾸며진 사무실에서 사진을 찍기 위해 앉아 있었다. 스타일리스트가 머리와 화장을 다듬어주기를 기다리는 중이었다. 어머니는 카메라와 조명 스탠드 뒤에서 로버트의 직원들이 태블릿 화면을 들여다보며 소란 떠는 모습을 못마땅한 듯 쏘아보며 서 있었다. 로버트는 미디어실에서 메이의 지휘관 임명을 발표하는 기자회견을 준비하는 중이었다. 메이는 로버트가 부산을 떨면서 나사의 역사에 남을 중대한 발표의 순간을 길이 기억될만한 순간으로 만들기 위해 이모저모를 바꾸고 조정하느라 바삐 돌아다니는 모습을 즐거운 마음으로 지켜보고 있었다.

"이 결정이 얼마나 중대한지 충분히 숙지해줬으면 좋겠군."

3일 전 개별 회의에서 로버트는 메이에게 이렇게 말했다.

"가볍게 받아들일 생각 없어요."

메이가 비꼬듯 받아넘겼다.

로버트 워런의 영향권에 있는 다른 사람들과 달리 메이는 그를 두려워하지 않았다. 오히려 그 반대였다. 로버트는 여성에게 뭔가 편치 않은 마음이 있는데, 특히 능력과 힘이 있는 여성에게는 더 그랬다. 의심의 여지 없이 그러한 기질은 제국주의적인 탐욕가였던 그의 아버지로부터 물려받은 것이다. 로버트는 메이가 모두가 인정하는 우수한 군 경력의 소유자라는 사실을 불편해하기보다 차라리 두려워했다. 메이가 여성 우주조종사 1호라거나, 중요한 미션의 지휘관을 맡은 첫 번째 흑인 여성이어서는 아니었다. 그렇지는 않았으니까. 그러나 로버트에게 임명을 받은 경우로서는 처음이었다. 따라서 그가 지극히 보수적인 부와 권력 집단 태생임을 아는 메이는 로버트가 방금 한 말이 정확히 무슨 뜻인지 알고 있었다.

그뿐 아니라, 매우 현실적인 이유가 있었기는 했지만, 그래도 메이를 선택한다는 것이 로버트로서 쉬운 결정이 아니었다는 사실도 알고 있었다. 유로파로 가는 첫 미션인만큼 승무원 자리 하나를 놓고도 경쟁이 전례 없이 치열했다. 수년간 경험을 쌓은 사람들부터 유사한 규모의 심우주탐사여행을 성공적으로 완수한 사람들까지 유로파 미션의 비행갑판에 오르기 위해 필사적이었다. 이 미션에 기여하는 각국 대통령과 국가수반을 포함하는 모든 권력가가 성공을 고대하며 지켜보고 있었다. 지속 가능하고 좀 더 자연 친화적으로 개발된 인류의 정착지가 될 수 있는 위성을 탐사하는 이 미션은 수십 년간의 연구와 수십억 달러의 투자가 축적된 결과였다. 이 미션에 거는 기대와 금전적 가치가 최고 수준에 달했을 것이기 때문에 메이가 선택되었다는 사실은 누구보다도 메이 자신에게 충격이었다. 그러나 어머니의 말은 메이가 현실을 직시하게 해주었다.

"이건 단지 우수한 조종사가 필요한 미션이 아니다. 역사 속에서 길이 그 미션을 대변하고 책임질 수 있는 위대한 리더가 필요한 미션이야. 네가 바로 그런 존재다. 그리고 너는 그 미션의 가치에 걸맞는 역할을 해낼 거다. 로버트 워런은, 비록 여러 가지 모자라는 점을 가졌지만, 적어도 그 점은 아는 거야."

메이는 미처 이런 관점에서는 생각해보지 못했다. 항상 '훌륭한 조종사가 되는 것'만을 최상의 목표로 삼고 살아왔다. 그러나 말로 한 적은 없어도 어머니를 신뢰했고, 그 말을 들은 후로는 같은 의혹을 두 번 다시 품지 않았다. 사진사가 메이의 모습을 카메라에 담는 순간 메이의 입가에 번졌던 옅은 웃음은 그 모습을 바라보는 로버트의 얼굴에 퍼졌던 바로 그 웃음이었다. 이제 그의 존재, 그의 경력, 그의 평판과 자존심은 메이에게 달렸고, 로버트는 그걸 알고 있었다.

"크로슬리 선장님, 크로슬리 선장님!"

메이가 미디어실 단상에 오르자 기자단이 여기저기서 외쳤다. 공식적인 자리에서 그렇게 불려보기는 처음이었다. 평소에는 휑한 강당이었던 미디어실을 전 세계에서 온 기자들이 가득 메우고 있었다. 로버트가 오늘 행사에 맞추어 실내를 꾸미는 데 심혈을 기울였던 만큼, 나사 주역들의 모습이 담긴 액자가 벽마다 온통 도배되어 있었다. 단상에 선 메이 뒤에는 로버트의 의도적인 배려로 한 자리가 비어 있었다. 역사에 길이 남을 메이의 자리였다.

메이는 한순간도 한눈팔지 않고 기자들의 질문에 대답했다.

회견이 끝나자 메이가 매우 침착했으며 미션을 영예롭게 하는 질문들에 집중하면서, 자신을 미화하는 질문들은 배제했다는 호평이 이어졌다. 어머니는 역시 이에 대해 다시 한번 조언을 해주었다.

"이 미션의 주인공이 너라고 생각하는 순간 너는 더 이상 존중받지 못할 거다. 남자는 그렇게 하고도 무사할 수 있지만 여자는 그러지 못해. 여자가 그렇게 하면 곧장 성적인 차이 때문이 아닌가 하는 의문을 제기하거든. 절대 그런 의문거리를 제공하지 말거라. 그리고 인종적인 문제에 초점을 두는 질문은 아예 상대할 생각도 하지 마라. 평생 그런 문제를 겪으며 살아온 나의 경험에 비추어 볼 때 선의를 가진 사람이라도 네가 무엇을 하는가에 상관없이 그런 문제에 관심을 가지게 마련이니까. 중요한 것은 정치적인 문제가 아니라 진실이야. 네가 어떤 사람인지는 너도 알고 나도 알아, 메리엄. 네 마음속에 있는 것들, 의무, 명예, 충성심 그리고 헌신. 내가 소망했던 모든 것이 바로 너라는 사람이야. 네가 오늘 이 자리에 있는 이유이기도 하고. '인류 진보의 위대한 한 걸음'이라는 자화자찬은 하지 마라. 너의 행보가 인류를 위해 봉사하는 거야. 더 많은 사람이 이 미션에 대해 알게 될수록 더 많은 사람이 희망을 품게 될 거다."

시선이 흔들리지 않도록 고개를 똑바로 들고 회견장을 걸어 나오면서 메이는 주변에 자신을 둘러싸고 응원과 신뢰의 눈길을 보내는 사람들에게서 바로 그런 희망을 느꼈다. 그것은 메이가 전 생애를 통틀어 가장 중대한 걸음을 옮기는 순간이었다. 유로파에 처음으로 발을 디디던 그 순간보다도 더 위대한. 메이는 그 걸음을 한 발 한 발 유심히 내디뎠다.

86

잭이 죽고, 거의 파멸할 뻔한 위기를 겪고 난 뒤 **메리엄 1호**의 분위기는 침울했다. 라테파와 마틴이 가능한 한 많이 도와주었지만 이언과 졸라, 스티븐은 지난 2주 동안 밤낮으로 수리 작업에 매달렸다. 이언이 부러진 광대뼈와 화상을 회복하는 동안, 그의 몫은 졸라와 스티븐이 나눠 맡아야 했다. 극초단파 공동의 소실되고 파손된 부분을 제거하고 복구하느라 하루 종일 우주복을 벗을 새가 없었다. 스티븐은 이제 매우 능숙하게 우주복을 다루게 되었지만, 그것을 입을 때의 두려움은 여전히 사라지지 않았다. 그러다 보니 불쌍한 졸라가 스티븐의 부족한 부분을 채워야 했다.

그 대신 스티븐은 엔지니어링 기술을 발휘해서 입체 프린터로 수백 개의 교체 부품을 만들어 원자로실에 소실된 부분을 복구했다. 그러는 동안 이언은 메이보다 먼저 화성에 도착하기 위해 모든 전력을 추진장치로 몰았다. 그 결과 반자성 중력은 잠시 작동이 중단되고 보다 우선적인 원격 측정을 위한 통신에 전력이 할당되었다.

그러는 동안 스티븐은 이언의 태도가 확연히 변한 것을 느꼈다. 특유의 허세가 완전히 사라졌다. 더 이상 잘난 체하거나, 생색내거나, 으스대지 않았다. 결정할 때면 졸라와 상의했으며 무엇이든 일방적으로 고집하지 않았다. 또한 모든 사람을 상당히 사무적으로 대했다. 스티븐과는 개인적으로 만남의 자리를 갖고 탐사선 발사 전에 메이와 있었던 일을 정식으로 사과했다. 스티븐도 그의 얼굴을 망가뜨린 것을 사과하려 했지만 이언은 받지 않았다. 오히려 자기에게는 영광의 상처라고 하면서 스티븐으로서는 당연히 그럴 만했으며, 자기를 죽여도 합당했을 것이라고 했다.

또한 메이를 용서하라고 스티븐을 설득하면서, 결과는 좋지 않았지만 그것은 메이가 그녀의 인생에서 가장 힘들고 나약했던 시기에 저지른 한 번의 실수가 아니냐고 했다. 스티븐은 전혀 잘못이 없었는지? 현재의 이 특수한 상황을 고려해볼 때, 메이에게 다시 한번 기회를 줄 수 있지 않은지? 아니면 메이의 행동을 증오하는 것이 혹시 스티븐이 메이를 차지할 자격이 없다는 두려움 때문에 도망치려는 핑계는 아닌지?

"이것 봐, 친구, 자네 목숨을 걸고, 내 더러운 성질머리를 참아주며 여기까지 왔는데 다시 한번 기회를 주지 않겠다는 건가? 그건 너무 어리석은 짓이야, 스티븐. 자네는 똑똑하지만, 가끔 아주 어리석을 때가 있어."

"이언, 솔직히 말해서 나도 어떻게 해야 할지 모르겠어."

"음, 사람들은 거짓말을 할 때 항상 '진실을 말하자면'이라든가 '솔직하게 말해서'라고 하지. 자네는 자신이 어떻게 하고 싶은지 알고 있어. 다만 옛날 일을 흘려보내고 용서할 수 있는 용기가 있는지 확신이 서지 않을 뿐이야."

"설사 당신 말이 사실이고, 내가 무엇을 원하는지 안다고 해도, 메이가 뭘 원하는지는 모르잖아. 난 이제 그걸 알아내기 위해 고심하는 데도 지쳤어. 메이를 안다고 생각할 때마다 그녀는 내 믿음이 틀렸다는 걸 일깨워주려고 작정을 한 것 같으니 말이야."

"내가 하나 말해주지. 메이도 메이 자신을 몰라. 메이가 무엇을 원하는지 자네가 알 수 없는 것은 당연하지. 왜냐하면 불가능한 일이니까. 메이도 자네가 알아내기를 원하지 않아. 내가 말하는 것은 자네야. 메이에 대한 자네의 마음을 전하지 못한다면 자네는 결코 평안해질 수 없어. 그건 닐 암스트롱이 달에 깃발을 꽂는 것과 같지. 이미 선포는 이루어졌잖아. 이건 자네의 승리야. 모든 일은 순리대로… 이루어지는 거니까."

"당신 정말 내가 미워하기 힘들게 만드는군, 이언."

"걱정 마, 아직 그런 말 하긴 이르니까."

다른 사람도 아니고 이언이 스티븐의 마음속에 일어나는 일들을 정확히 짚어내서 정리해준다는 사실은 적잖은 충격이었다. 여기까지 오는 과정이 메이만큼이나 스티븐도 힘들었다. 아기를 잃고, 메이에게 스티븐이 가장 필요할 때 스티븐은 그녀 곁에 없었다. 메이를 구하러 오겠다는 약속을 지키는 것은 그때의 미안함을 만회할 드문 기회이자 그 자체로 승리였다. 스티븐에게 사랑은 바로 그런 것이었으니까. 삶의 대부분을 버려진 듯 살아온 스티븐으로서는 충분히 그럴 수 있었다. 이언이 과장해서 비유했지만, 스티븐은 깃발을 꽂고 싶었다. 그것이 두 사람의 미래에 어떤 의미가 될 것인지, 또는 미래라는 것이 올 것인지에 대한 아무런 기대도 하지 않을 수 있다는 사실이 홀가분했다.

화성에 다가갈수록, 그가 이르기 위해 그토록 고군분투한 현실에 가까워질수록, 스티븐은 허공을 건너는 동안 자신이 많이 변했으며 스스로 항상 되고 싶어 했던 사람에 가까워지고 있다는 사실을 점점 분명하게 깨달을 수 있었다. 그러나 여전히 문제는 남아 있었다. 그는 과연 그러한 변화를 받아들일 준비가 되었는가?

87

"신사 숙녀 여러분, 드디어 화성에 도착했습니다."

비행갑판의 조종석에 앉아 있는 이언 올브라이트는 어느새 그 특유의 허세를 되찾은 듯 보였다. 졸라는 그의 옆에 앉아 있었고 스티븐은 엔지니어링 콘솔에서 작업을 하고 있었다. 모두 우주복과 헬멧을 착용하고 자기 자리에서 안전벨트를 채운 채 '눈' 화면에 나타난 붉은 행성과 두 우주선의 비행경로를 지켜보고 있었다. 마음이 조급해지는 건 이언뿐이 아니었다. 모든 고난을 겪으며 달려와 드디어 맞이하는 결실의 순간, 각자 나름의 이유로 가슴이 벅차올랐다. 스티븐 역시 메이와 한 약속을 지키기 위해 자기가 할 수 있는 모든 것, 그리고 할 수 있다고 상상도 하지 못했던 모든 것을 했다는 생각에 설레고 흥분되었다.

"진입 지점까지 얼마나 남았지?"

스티븐이 물었다.

"26분."

이언이 궤적 위에 강조표시를 해서 보여주었다.

메리엄 1호는 화성 궤도의 끝에 있었고 **호킹 2호**도 방금 들어왔다. 통신망이 연결되었고 랑데부가 이루어지는 동안 그 상태로 유지될 것이다. 양쪽 우주선의 브리지에 서로의 상황이 영상으로 중계되고 있었다.

"좋아. 모두 준비되었는가?"

"비행갑판 준비됐습니다."

졸라가 대답했다.

"엔지니어링 준비됐어."

스티븐이 엘런이 앉았던 의자에 자리를 잡으며 대답했다.

"거기 앉으려면 당연히 준비됐어야지."

이언이 말했다.

"잘하실 겁니다."

졸라가 말했다.

"의무실도 준비됐습니다."

라테파가 선내방송장치를 통해 확인해주었다.

"메리엄은 어때?"

"치키와 나도 준비됐어요."

메이가 말했다.

"그런데 치키가 궤도에 너무 일찍 들어가게 돼서 좀 걱정하네. 궤도를 도는 시간이 너무 길어지면 힘들 것 같다고 말이죠. 언제 당겨줄 생각이에요?"

"곧."

이언이 말했다.

"치키에게 우리가 너무 일찍 들어가면 안 된다고 말해줘. 그러다가 너무 먼 거리를 중력 반대 방향으로 가야 하는 위험을 초래할 수 있다고 말이야. 그리고 약간 기계적인 문제도 있거든."

"알았어요. 얌전히 기다리라고 전하죠."

메이가 말했다.

"몸은 좀 어때요, 메이?"

라테파가 물었다.

"임신 중이라는 게 불평하자면 끝도 없을 거라서요."

"우리가 잘 보살펴줄게요."

라테파가 말했다.

호킹 2호. 메이도 우주복을 입고 비행갑판에 앉아 있었다. 마음속에 일어나는 온갖 불안에 질식당하지 않으려고 마음을 다지면서. 화성 궤도에 진입하면서부터 저 아래 펼쳐진 붉은 행성의 대기에 위압감을 느끼기 시작했다. 그것이 탐사선을 잡아당기기 시작하면 헤어날 방법이 없을 것 같았다. 호킹 2호는 완전히 우주공간에서 구축되었으며 구를 횡으로 자른 형태이기 때문에 공기역학상으로는 상당히 비효율적일 뿐 아니라 대기와 중력의 영향권 내에서는 항해를 통제하기가 힘들다. 게다가 무게 또한 엄청나다. 300톤이 넘는 금속과 합성 소재로 이루어져 있어서 화성 표면으로 떨어지기 시작하면 소행성의 속도를 방불케 할 것이다. 미세한 압력의 변화에도 마치 자갈길을 가는 듯 탐사선이 요동쳤으므로 랑데부가 실패하면 얼마나 끔찍한 최후를 맞이할지 상상이 되고도 남았다.

메이는 중요하다고 생각되는 모든 것은 우주선 배낭에 챙겨 넣었다. 몇 벌의 옷, 위스키 플라스크, 개인적인 사진과 비디오, 치키의 초음파 검진 데이터가 담긴 드라이브 등. 그중에서도 무엇보다 중요한 것은 메이의 새로운 절친인 이브의 데이터 백업 드라이브였다.

메이도 화면으로 같은 우주선 트래킹 라인을 보고 있었다. 이렇게 가까이 지나가야 한다는 것은 미친 짓이었다. 이언과 졸라가 최선의 방법을 선택한 것이라는 건 알지만, 그것이 요구하는 무자비한 정밀도를 생각하면 소름이 끼쳤다. 마치 꽉 막힌 도로에 갇힌 차로 바로 옆을 쏜살같이 달려가는 기차를 따라잡아야 하는 상황 같았다.

"내 사랑 이브, 예상 시간이 얼마나 남았지?"

"18시간 27분 남았습니다."

"그러나…?"

메이가 이브의 다음 대답을 예상한다는 듯 다시 물었다.

"대략 8에서 10시간 정도의 오차 여유가 있습니다."

"맙소사."

"걱정하지 마. 그보다 한참 전에 당신을 데려올 거니까."

이언이 메이의 화면에서 말했다.

기류가 험한 지점을 지나는지 우주선이 30초 이상 흔들렸다.

"좋아요. 붉은 행성의 기분이 별로 좋지 않은 것 같네요."

메이가 말했다.

메리엄 1호. 졸라가 궤적 타이머를 지켜보는 동안 이언은 수동으로 우주선을 조종할 준비를 하고 있었다. 스티븐도 훈련을 통해 랑데부 과정 전반을 이해하고 있었다. 우주선이 궤도에 진입하면 이언은 정확하게 **호킹 2호**에 접근할 것이다. 이때 **호킹 2호**는 **메리엄 1호**의 자동비행제어장치가 조종한다. 메이가 탐사선을 조종하면서 동시에 대피할 수는 없으니까. 일단 **호킹 2호**에 도달하면 두 우주선을 같은 속도로 설정해 비상 도킹 터널을 연결한다. 이언에게 탈출용 캡슐이 없고 메이의 것도 소실되었으므로 지극히 위험한 우주 공간에서 선외 대피를 시도하기 위해서는, 좀 구시대적이기는 하지만, 이것이 유일한 방법이었다. 그동안 스티븐은 터널을 배치하고 작동하는 법을 훈련받았다. 두 우주선이 나란히 항해할 때 스티븐은 터널을 정해진 위치에 가져다 놓아야 한다. 그러면 이언이 메이의 전자기식 도킹 포트 가까이에 터널을 위치시킨 다음 **호킹 2호**에 장착할 것이다. 그런 다음 메이는 무중력 상태에서 터널 안으로 들어가 100미터 길이를 건너 안전하게 **메리엄 1호**로 옮겨 온다.

"궤도 영역에 들어가고 있습니다. 2분 남았습니다."

졸라가 큰 소리로 알렸다.

"좋아, 전투 자세. 모두 어떻게 해야 하는지 정확히 알고 있지? 손 들고 질문할 시간은 없다."

이언이 말했다.

모두 확신에 찬 대답을 했다.

"메이, 준비됐지?"

"태어날 때부터."

메이가 외쳤다.

"수동 조종으로 전환. 준비."

이언이 말했다.

이언의 조종석 팔걸이 부분에서 수동 조종 핸들이 올라왔다. 이언의 바로 앞에 있는 '눈'에 그가 필요한 모든 장치와 엔지니어링 데이터와 함께 정면, 좌측, 측면 영상이 투사되었다. 이언은 **메리엄 1호**가 화면에 반짝이는 목표물, 바로 그들의 진입 지점에 들어가기를 기다리며 비행경로를 주시하고 있었다.

"경로 진입 3초 전, 2초, 1초, 진입."

이언이 외쳤다.

메리엄 1호는 화성 궤도에 진입하자 진동하면서 좌측으로 약간 기울었다. 스티븐은 혹시 착각인가 싶으면서도 발아래 펼쳐진 대기가 끌어당기는 느낌을 받는 것 같았다. 마치 비행기에 타고 있을 때처럼. 하지만 그들이 고요한 진공을 벗어나 무자비한 중력권에 들어온 것만은 확실했으며, 중력이 거부할 수 없는 힘으로 그들을 끌어당기는 것은 시간문제였다.

"접근 시도 시작."

이언의 지시가 떨어졌다.

이언이 호킹 2호의 비행경로와 만나는 지점까지 날아가는 동안 졸라는 그들의 내비게이션을 면밀하게 추적하면서 호킹 2호를 자동 조종하고 있는 원격측정장치의 연결이 끊어지지 않는지 주시하고 있었다. 스티븐은 도킹터널조종장치에서 마지막 시스템 점검을 하면서 터널을 작동하는 데 필요한 가상현실 화면이 제대로 작동하는지 확인했다.

"랑데부까지 T 마이너스 8분."

졸라가 외쳤다.

"스티븐, 도킹 터널은 배치 준비가 완료되었나요?"

"도킹 터널 준비 완료. 배치조종장치 활성화 상태."

"인터셉트까지 T 마이너스 5분."

졸라가 큰 소리로 알렸다.

메이는 초조한 마음으로 우주선 궤적선이 가까워지는 것을 바라보고 있었다. 도킹 절차는 이미 여러 번 반복해서 숙지했지만 탐사선 상태를 더 이상 믿을 수 없었다. 지난 2주 동안 항해를 하면서 그동안 온갖 방식으로 학대받아온 탐사선 시스템이 망가지기 시작하는 징후를 여러 번 보여왔기 때문이다. 전력 사용에도 기지를 발휘해야 했다. 바이오정원이 날아간 상태에서 전력을 무지막지하게 잡아먹는 백업 산소 발전기를 사용해야 했기 때문이다. 만전을 기하기 위해 메이는 이브와 함께 최종 시스템 점검을 했다. 탐사선의 비행경로는 메리엄 1호의 자동 조종 기능이 맡아주고 있었다. 비행갑판의 우측에 있는 도킹 포트도 정상작동 상태였다. **메리엄 1호의** 터널을 받아들여 고정하는 데 중요한 역할을 할 전자기식 칼라도 정상작동 상태였다. 폭발식 도어 볼트는 언제든 필요할 때 폭발할 준비가 되어 있었다.

"현재까지 모두 정상이에요."

메이가 머리 옆쪽을 탁탁 치면서 말했다.

"인터셉트까지 60초."

졸라가 통신장치로 알렸다.

"자, 이브, 이제 잠시 작별해야 할 것 같아."

"잠시 안녕이라고 말해주세요."

"잠시 안녕. 좋은 꿈 꾸고."

"고마워요, 메이. 만약에 무슨 일이 생기면….'

"아니. 그런 말 하지 마. 아무 일도 일어나지 않을 거니까. 잠시 후 **메리엄 1호**에서 보자."

"저 깨워주는 거 잊지 말라고 말할 참이었어요."

"사랑해, 이브."

"30초."

"**메리엄 1호** 준비 완료."

이언이 외쳤다.

"**호킹 2호** 준비 완료."

메이가 응답했다.

"치키 너도 이 고물 궤짝을 벗어날 준비 됐지?"

메이가 배를 내려다보며 중얼거렸다.

대기권으로 좀 더 깊숙이 들어가면서 **호킹 2호**의 진동이 심해졌다. 메이는 우주복에 헬멧을 장착시키고 소중한 배낭을 집어 들었다.

"10초."

"야호, 만세."

메이가 외쳤다.

스티븐은 맡은 위치에서 호킹 2호가 미끄러지듯 바로 옆에 모습을 드러내는 것을 보았다. 메리엄 1호에 비하면 열 배는 되어 보이는 거대한 몸집이었다. 착륙선 격납고가 있던 자리는 휑하게 비어 너덜거리고 있었다. 메이가 그 상태의 탐사선을 조종해 거기까지 왔다는 사실을 믿을 수 없었다. 라지가 이 사실을 알면 무척 기뻐했을 거라는 생각이 들었다.

"저기 있다. 한쪽은 누가 베어 먹었나 보네."

이언이 외쳤다.

"탐사선 속도가 설정되었습니다."

졸라가 말했다.

두 대의 우주선이 200미터 정도 거리를 두고 나란히 가게 되었다. 메리엄 1호가 호킹 2호의 비상 도킹 도어가 있는 비행갑판 앞쪽 가까이 위치를 잡았다. 아주 잠깐 스티븐은 조종키를 잡고 있는 메이의 모습을 보았다. 그 순간 가슴과 배에 연결된 신경 다발이 비틀리는 듯 아팠다. 이렇게 가까이 있어. 스티븐은 생각했다.

"도킹 터널 배치하라."

이언이 지시했다.

"알았다."

스티븐이 응답했다.

스티븐은 졸라가 수백 번은 보여주었던 도킹 터널 배치 순서를 그대로 시행했다. 메리엄 1호의 좌측 엔진실 에어로크 근처에서 긴 흰색의 터널이 빠져나왔다. 스티븐은 조종장치와 가상현실 화면을 이용해서 터널 끝이 메이의 도킹 도어와 일직선이 되도록 능숙하게 유도했다. 화면에 호킹 2호의 전자기 포트 칼라에 터널의 끝이 장착되었음을 알리는 등이 깜박거리는 것이 보였다.

"배치되어 일직선상에 맞춰졌다. 거리를 좁혀."

스티븐이 말했다.

"거리를 좁힌다."

이언이 받았다.

이언은 서서히 메리엄 1호를 호킹 2호를 향해 측면으로 옮겨가면서 거리를 좁혔다. 스티븐은 가상현실 화면에 얼굴을 바짝 대고 지켜보았다. 터널 끝이 연결되어 봉인될 수 있는 거리가 10미터 정도 남았을 때 호킹 2호가 대기 전 난기류를 만나 심하게 흔들렸다. 호킹 2호가 우측으로 잠시 기울면서 터널 끝이 도킹 포트에 심하게 부딪혔다. 이언은 재빨리 거리를 넓혔다.

"난기류가 심한 지대로 들어가고 있어요."

메이가 통신장치로 알려왔다.

"준비하세요, 메이."

졸라가 말했다.

"스티븐, 터널은 어때요?"

포트 주변 터널이 부딪힌 자리가 찌그러진 것이 보였다.

"터널은 아직 작동 가능하다. 그런데 도킹 포트의 표면이 손상되었다. 적외선상으로는 공기가 새어 나오지 않으니 선체도 이상 없는 것 같다."

"좋아요."

졸라가 말했다.

"바로 다시 한번 시도해야 해."

이언이 말했다.

스티븐이 터널을 주시하는 동안 이언은 또다시 난기류를 만나면 뒤로 뺄 수 있도록 준비하면서 다시 거리를 좁혔다. 이번에는 터널 끝이 도킹 포트 칼라에 장착되어 봉인되었다.

"도크에 연결하고 봉인했다."

스티븐이 흥분된 어조로 외쳤다.

"메이, 도어 볼트를 풀고 이쪽으로 건너와."

"알았어. 기다려줘. 이브, 도킹 포트 도어 볼트를 풀어."

메이가 응답했다.

"알았습니다. 메이, 볼트를 푸는 장치가 반응하지 않아요."

이브가 말했다.

"프로세스에 방해가 생긴 걸지 몰라. 수동으로 해."

스티븐이 말했다.

"알았어."

메이가 대답했다.

모두 화면으로 메이가 제어판을 몇 번 손으로 때리는 것을 지켜보았다.

"이런 염병할. 말 좀 들어먹으란 말이야."

메이가 어쩔 줄 몰라 하며 소리쳤다.

"왜 그래?"

스티븐이 물었다.

"수동조종장치가 작동하지 않아."

메이가 공황 상태에 빠진 채 소리쳤다.

"열 수가 없다고."

88

호킹 2호를 뒤흔드는 난기류는 점점 심해졌다. 메이는 여전히 미친 듯이 도킹 포트 도어를 열기 위해 필사적으로 애쓰고 있었지만 헛수고였다. 점점 기운이 빠졌다. 결국 이렇게 된다는 생각에 절망과 분노가 그녀를 압도하고 있었다. 시간이 없다는 생각에 더욱 절망적인 기분이었다. 비행갑판에서 또다시 경보가 울렸다.

"이런 염병할. 선체 바닥 온도가 급상승하고 있어. 타 죽을 것 같아…."

메이가 소리쳤다.

그 순간 예리한 복통이 느껴졌다. 메이는 몸을 웅크리며 신음했다.

"아, 아야. 이런, 빌어먹을."

메이는 점점 더 크게 신음했다.

"메이, 괜찮아요?"

라테파가 메이를 불렀다.

"나… 아야, 아, 하느님, 너무 아파."

난기류가 점점 더 심해지면서 비행조종장치를 잡고 있는 이언의 손도 떨리기 시작했다. 브리지에 있는 모두가 신경이 있는 대로 곤두섰다.

"메이, 수동으로 포트에서 볼트를 풀 수 있겠나?"

이언이 소리쳤다.

"할 수 있어요. 하지만 움직일 수가… 움직일 수가 없어요."

통신선으로 메이가 외치는 소리가 들렸다.

화면으로 비행갑판에 있는 메이가 보였다. 배낭을 손에 들고 일어서려다가 자꾸 다시 웅크리면서 배를 잡았다. 복통이 심해서 움직일 수가 없는 것 같았다.

"진통이 시작되는 거야."

스티븐이 외쳤다.

"내가 선외로 나가서 도킹 도어를 열어야겠어. 졸라, 조종키를 맡아줘."

"알았어요. 서두르세요. 몇 분 안에 펄펄 끓을 수도 있어요."

"메리엄."

이언이 소리쳐 불렀다.

"왜요."

메이가 대답했다. 비행갑판에 허리를 펴고 앉아서 호흡을 가다듬는 중이었다.

"라테파, 수축이 일어나는 게 분명해. 1분 정도 간격인 것 같아. 정확히 알 수는 없지만."

"좋아요, 호흡을 잘해야 해요."

라테파가 말했다.

"하고 있어요."

"우리가 데리러 갈게. 헬멧 쓰고 지금 우주복 전원을 켜."

이언이 말했다.

"알았어요."

메이는 헬멧을 우주복에 장착시켰다.

"이브, 비행갑판의 내부 전력을 끄고 압력을 낮춰. 내가 레이저로 문을 자를 거니까 우리가 거기 갈 때쯤에는 우주의 상태와 같아져 있어야 해. 메이의 우주복이 작동되는 대로 실시해."

이언이 말을 이었다.

"그렇게 하겠습니다."

이브가 대답했다.

"우주복 작동 완료."

메이가 엄지를 세워 보였다.

이언은 비행갑판 의자 벨트를 풀고 우주복 헬멧을 집어 들었다. 졸라가 이언의 의자에 앉아 조종을 맡았다. 스티븐이 같이 가겠다는 말을 하려는 찰나 이언이 먼저 제안을 했다.

"스티븐, 자네도 우주복을 입고 같이 가지. 메이를 데리고 나오는 동안 나는 호킹 2호를 안정시켜야 할지도 몰라."

"그렇게 하지."

스티븐이 안도의 숨을 쉬며 말했다.

두 남자는 우주복에 헬멧을 고정하고 복도를 달려 나갔다.

"라테파, 자네와 마틴은 우리가 돌아오면 아기를 받을 수 있도록 준비해봐. 나올 준비가 된 것 같으니까."

이언이 달려가면서 말했다.

"알겠습니다. 이미 준비되어 있습니다."

통신선으로 라테파의 대답 소리가 들렸다.

두 남자는 도킹 터널 에어로크에 도착했다. 이언이 자기 우주복을 최종 점검한 다음 스티븐의 우주복도 점검해주었다.

"확인하길 잘했네. 우주복이 제대로 봉인되지 않았어. 잠깐 그대로 있어 봐."

이언이 스티븐 헬멧 뒤에서 뭔가를 다시 만지며 말했다.

"좋아. 됐다. 준비됐나?"

"준비됐어."

스티븐이 확신에 찬 목소리로 대답했다.

이언이 에어로크 도어를 열고 두 사람은 안으로 들어갔다. 이언은 등 뒤로 문을 닫고, 터널 문을 열었다. 그러자 순간 스티븐의 자신감은 사라져버렸다. 터널은 우주복을 입은 두 사람이 나란히 기어가기에 충분할 만큼 넓었다. 그러나 스티븐에게는 빨대처럼 좁게 느껴졌다. 이언이 먼저 들어가 기기 시작했다. 스티븐도 꾹 참고 들어가 이언을 따랐다. 일단 들어가니 조용하고 괜찮았다.

"괜찮아?"

이언이 물었다.

"괜찮아."

스티븐은 이렇게 대답했지만 거짓말이었다.

터널 안의 좁은 공간이 어린 시절 찌그러진 채 불에 타던 부모님의 자동차 뒷자리에서 빠져나오려고 발버둥 치던 끔찍한 기억을 되살아나게 했다. 짙고 검은 연기에 둘러싸여 있을 때처럼 목구멍이 조여드는 것 같았다. 머릿속에서 그때의 기억을 떨쳐버리고 메이를 생각하려고 애썼다. 그러자 메이와 함께 우주 유영을 하다가 추진장치를 조정하지 못해 우주공간으로 날아갈 뻔했던 때의 무서운 기억이 떠올랐다. 자신의 가빠진 호흡 소리가 들리면서 손발이 저려오는 느낌이 들었다. 그러다가는 의식을 잃게 될 것이 뻔했기 때문에 스티븐은 느리게 호흡하면서 나머지 터널을 기어가는 동작에 집중했다.

이언은 놀라우리만치 빨리 움직여서 벌써 반대편에 가 있었다.

드디어 스티븐이 끝에 다다랐을 때 이언은 이미 레이저 커터로 도어 볼트를 자르고 있었다. 스티븐은 이언 뒤에서 기다리고 있었다. 불과 몇 센티미터의 금속과 합성 소재 밖이 바로 우주공간이라는 사실을 생각하지 않으려고 애써 노력하면서.

"거의 다 됐어. 다 잘랐네. 잠깐 뒤로 물러서주게, 스티븐."

이언이 말했다.

"아무 데도 가지 않아."

스티븐이 대답했다.

"기압은 됐나, 이브?"

"비행갑판의 기압은 우주공간과 같아졌습니다."

이브가 대답했다.

볼트를 잘라내자 문을 잡아당겨 열 수 있었다. 그러나 터널이 걸려서 반밖에 열지 못했다.

"이 정도밖에 안 되는군. 자, 가지, 스티븐."

이언이 문 안으로 들어가고, 스티븐이 뒤따랐다. 스티븐이 문 턱을 딛는 순간 전자기 칼라에 장착되어 있던 터널이 빠지면서 호킹 2호에서 분리되었다.

"이언, 터널이."

스티븐이 외쳤다.

터널이 아래로 처지면서 발 한쪽은 포트 턱에, 다른 한쪽 발은 터널에 딛고 있던 스티븐의 다리가 벌어졌다. 그 아래는 끝없이 펼쳐진 허공이었다. 짧은 순간 두려움이 물결처럼 스티븐의 온몸을 훑고 지나갔다. 모든 것이 느리게 흘러가는 느낌이었다. 헐떡이는 자신의 숨소리와 다급하게 외쳐대는 통신장치 너머의 목소리, 모든 것이 왜곡되어 알아들을 수가 없었다. 고개를 드니 도킹 도어 끝에 이언이 서 있는 모습이 보였다. 살 수 있는 유일한 방법은 문 안으로 들어가는 것뿐이다. 터널 끝을 밀면서 스티븐은 머리를 앞으로 향하면서 앞을 향해 나가려고 발버둥 쳤다. 스티븐의 손이 잡을 수 있는 거리까지 다가갔는데도 이언은 그대로 가만히 서 있기만 했다. 그리고 스티븐이 우주공간으로 떨어지는 것을 지켜보았다.

89

호킹 2호 안은 또다시 메이가 화물운송선에서 돌아왔을 때처럼 칠흑 같은 어둠과 냉기에 휩싸였다. 메이는 자리에 앉아 비행갑판 위로 몸을 구부리고 있었다. 또다시 수축이 일어나는 중이었다. 수축이 점점 잦아졌고 강도도 높아졌다. 우주복을 입은 데다 얼어 죽을 듯이 춥다 보니 호흡을 조절하기가 너무 어려웠다. 수축이 잦아들면 무선으로 들리는 말소리에 좀 더 귀를 기울일 수 있었다. 여전히 스티븐을 못 찾고 있는 것 같았다. 아무 데도 모습이 보이지 않고, 무선 통신도 받지 않으며, 위치 추적도 되지 않는다고 했다. 도킹 터널에서 사고가 났다고, 터널이 분리됐고 스티븐이 떨어졌다고 했다.

"스티븐에게 무슨 일이 있었나요?"

메이가 물었다.

"사고가 있었어요. 터널이 분리됐어요. 스티븐이…."

졸라가 통신선 너머로 말했다.

"실종됐어, 메이."

이언이 비행갑판으로 유영해 들어와 메이 곁으로 다가오면서 비통한 음성으로 말했다.

"스티븐은 어디 있는 거죠? 안 보여요? 스티븐은? 스티븐은요?

안 들려요? 스티븐의 무선장치는 어떻게 된 거냐고요. 빌어먹을. 스티븐 들려?"

"위치를 추적할 수가 없어요. 우주복 위치추적장치가 작동하지 않고 있어요."

졸라는 목이 메었다.

"도대체 무슨 말도 안 되는 소릴 하는 거예요?"

메이가 소리쳤다.

"스티븐!"

"메이, 어서 가야 해."

메이는 울면서 고개를 들었다. 이언의 헬멧 등에서 한 줄기 빛이 어둠을 뚫고 메이의 머리 위로 쏟아졌다. 이언이 몸을 굽혀 메이의 조종석 벨트를 풀어주었다. 메이의 헤드램프 불빛 때문에 이언의 헬멧 유리가 어두워져서 메이는 이언의 얼굴을 볼 수 없었다.

"이언, 안 돼요. 찾아야 해요."

메이가 울었다.

"유감스럽게 됐어. 어서 가자. 시간이 없어."

이언은 메이를 의자에서 일으켜 세운 다음 자신의 오른팔을 메이의 왼팔 밑으로 넣어 팔꿈치로 그녀의 겨드랑이를 받쳤다. 그런 다음 정면을 보고 등은 천장을 향한 뒤 추진장치를 이용해 방을 빠져나갔다. 메이는 등을 바닥으로 향하고 누워 있는 자세였다. 무릎을 당겨 구부렸다. 다리를 펴면 배가 더 아팠다. 곧 다시 수축이 일어날 것 같았다. 근육이 뒤틀리기 시작하는 것을 보면 알 수 있었다. 우주복 안이 축축했다. 가랑이와 다리, 배가 온통 땀에 젖어 있는 것 같았다. 이언에게서 떨어져 나와 에어로크 도어를 빠져나가 스티븐을 찾고 싶었다. 그러나 몸이 말을 듣지 않았다. 절망감에 젖어서 메이가 할 수 있는 거라고는 훌쩍거리면서 다음 수축이 오기를 기다

554

리는 일뿐이었다.

"메이, 숨을 천천히 쉬어야 해."

이언의 헤드램프 불빛에 의지해서 두 사람은 비행갑판 도어로 향해 갔다. 메이는 천장을 향하고 있었다. 그 불빛에 메이의 배낭이 언뜻 보였다. 메이가 개인용품과 이브의 백업 드라이브를 넣어둔 것이다. 이브가 비행갑판의 기압을 낮추면서 떠오른 것 같았다. 메이가 수축이 시작되면서 까맣게 잊고 있었던 것이다.

"이언, 내 배낭. 내 배낭. 내 배낭을 가져가야…."

또 한 번 수축이 시작되었다. 배꼽에서부터 척추 아랫부분을 화살이 관통하는 것 같았다. 메이는 숨을 허걱 하고 들이마셨다. 비명조차 나오지 않았다. 호흡이 점점 가빠져 헐떡거리기 시작했다.

"거의 다 왔어."

비행갑판을 빠져나가 복도로 들어가면서 이언이 침착하게 말했다.

"이언, 제발."

"걱정하지 마, 메이. 괜찮을 거야. 내가 곁에 있잖아."

이언이 조용히 다독였다.

"메이, 천천히 호흡해야 해요. 과호흡이 올 수 있어요. 그러면 아기와 산모가 모두 위험해질 수 있어요."

라테파가 통신선을 통해 말했다.

"뭐라고요?"

라테파의 우려가 한발 늦었다. 메이의 손과 발이 저려오기 시작했다. 어지럽고 정신이 멍해져서 자기가 어디 있는지조차 떠올릴 수 없었다.

"나… 너무 어두워."

메이는 이렇게 중얼거리고는 잠이 들었다.

90

호킹 2호의 선채 아래쪽 원자로 갑판. 스티븐은 두 개의 적재물 베이 도어 끝에 있는 선외 손잡이를 잡고 매달려 있었다. 부츠 한 짝은 문의 U자형 자물쇠 커버에 끼어 있었다.

도킹 포트에서 떨어진 후 그 힘으로 탐사선 뒤쪽으로 밀려갔다. 처음 몇 초간은 겁에 질려 아무도 들어주지 않는 비명을 지르며 탐사선에서 손이 닿지 않는 곳까지 멀어져갔다. 그러다가 완전히 멀어져 우주공간으로 떠나가기 전에 추진장치가 있다는 것을 기억하고 그것을 이용해서 현재 위치로 날아온 것이다.

또 한 번의 대기권 전 난기류를 가까스로 넘기면서 계속 **메리엄 1호**와 연락을 취하고자 애쓰고 있었다. 그쪽에서 하는 말은 모두 들리는데 스티븐의 구조 요청에는 응답이 없었다. 들리는 바에 의하면 이언이 메이를 구조했다고 했다. 졸라는 이언과 메이를 어떻게 **메리엄 1호**까지 오게 하는가를 고심하는 중이었고, 메이는 한창 분만이 진행되면서 진통을 겪는 중이었다.

이언. 그는 스티븐을 구하기 위한 아무런 노력도 하지 않았다. 그 자리에 꼼짝도 하지 않고 서서 지켜보기만 했다. 곧 참사가 닥칠 것이 확실한 상황이었고, 스티븐은 이언에게서 아주 가까이 있었다. 스티븐이 이언의 헬멧 유리에 비친 자신의 모습을 볼 수 있을 정도의 거리였다. 손을 뻗어 간절히 도움을 요청하는 자신의 모습을 말이다. 이언은 거기 서서 아무것도 하지 않았다. 그리고 전자기 칼라의 오작동은 이언이 도킹 도어로 서둘러 들어가고 나서 바로 발생했다. 스티븐이 주시하고 있던 정확한 우주 시간에 의하면 그랬다.

메리엄 1호의 터널 에어로크에 들어가기 전에 이언이 잠시 스티븐의 우주복을 손보아주었다. 뭔가 제대로 봉인되지 않았다고 하면서. 스티븐은 지난 2주 동안 수리 작업을 하면서 셀 수도 없을 정도로 우주복을 입고 벗었다. 헬멧을 우주복에 장착시키는 정도는 자면서도 할 수 있었다. 이언이 스티븐의 우주복에 손을 댄 것이 현재 통신장치가 작동하지 않는 것에 대한 설명이 될 수 있을 것 같았다. 다른 사람들의 말소리가 들렸기 때문에 문제가 있는지 몰랐다. 그러다가 문제를 발견했을 때는 이미 너무 늦어버린 것이다. 마지막 한 가지 더. 스티븐은 분명 우주복 배터리를 끝까지 충전했었다. 그런데 현재 생명유지장치의 전력은 겨우 20분밖에 남아 있지 않았다. 사고가 있고 난 뒤, 이언은 신속하게 스티븐이 생존 가능성이 없는 것으로 단정하고 모두에게 알렸다. 스티븐은 사고를 당했어, 메이. 걱정하지 마, 메이. 당신은 괜찮을 거야. 내가 지켜줄게. 이언은 스티븐이 죽기를 원했고, 그래서 사전에 계획한 것이다. 모든 것이 잔혹하리만치 냉철하고 효율적이었다. 이언이 가진 특성 중에 가장 두드러진 두 가지. 화성 궤도에 진입하기 직전에 둘이 나눴던 대화를 돌이켜 생각해보니 이언은 스티븐이 아니라 자신의 이야기를 하고 있었다. 이언에게 있어 이 일은 그의 깃발이었고, 그가 꽂아야 했던 것이다. 스티븐도 서둘러야 했다. 이언과 메이는 이미 도킹 도어 밖에까지 가 있었다. 이언은 계속 영웅적 대사들을 쏟아놓고 있었다. 졸라에게 자기가 전자기 칼라를 수리할 수 있을 것 같으니 터널을 다시 뽑아내라고. 승산이 없는 시도였지만 그래도 해볼 수밖에 없다. 메이가 극심한 고통으로 신음하고 있었으니까. 메이는 계속 다시 돌아가서 배낭을 가져와야 한다고 했다. 이언은 확신에 찬 말들로 메이를 진정시키려고만 했다. 다 괜찮을 거라고. 자기가 곁에 있을 거라고.

스티븐은 서둘러야 했다. 추진장치 없이 우주를 떠돌게 될 수도 있다는 사실은 두려웠지만, 그 두려움을 이길 만큼 강렬한 동기가 생겼다. 분노였다. 그것은 원초적이면서도 내면의 갈등을 압도해 가장 단순한 생각과 행동으로 집중시켰다.

호킹 2호의 모든 갑판에는 비상 에어로크 도어가 있었다. 원자로 갑판에는 어디쯤 있는지 모르지만 분명히 어딘가 있다. 스티븐은 갑판 외벽의 손잡이를 잡고 조금씩 움직였다. 난기류가 있을 때는 요동치는 탐사선에서 떨어지지 않기 위해 안간힘을 써야 했다. 에어로크 도어가 보였다. 손을 한 번만 더 떼면 2미터 정도 거리에 있는 도어에 달린 다음 손잡이를 잡을 수 있을 것 같았다. 추진장치를 쓰는 수밖에 없었다. 스티븐은 다시 한번 우주공간을 떠돌게 될 두려움을 누르고 도어에 달린 손잡이를 겨냥했다. **이미 여러 번 해 봤잖아.** 손을 앞으로 뻗고 추진장치를 눌렀다. 한 손으로 손잡이를 잡을 수 있었다. 남은 손으로 에어로크를 열고 탐사선 안으로 기어들어간 다음 에어로크를 닫았다.

91

호킹 2호 도킹 도어. 이언이 방금 기적적으로 전자기 칼라 수리 작업을 마쳤다.

"해냈어."

이언이 의기양양하게 외쳤다.

"알겠습니다. 수고하셨어요, 선장님. 터널을 재배치하겠습니다."

졸라가 응답했다.

메이는 사다리 가로대를 잡고 또 한 차례의 진통을 견뎌내고 있었다. 열린 도킹 도어를 통해 터널이 다시 도어를 향해 다가오는 것이 보였다. 터널이 칼라에 끼워지자 즉시 장착되었다. 이언이 한쪽 팔로 메이를 안았다.

"메이, 가자."

"이언, 내 배낭. 돌아가서…."

"지금 가야 해."

이언은 단호하게 말하면서 메이를 끌고 터널로 들어갔다.

터널을 통과할 때는 추진장치와 손잡이를 모두 이용해야 했다. 그러다가 탐사선이 흔들리면 손잡이를 놓쳐서 이언과 메이가 서로 부딪히는 바람에 메이가 비명을 질렀다. 어느 순간 메이의 배 속에서 뭔가 툭 하고 내려앉는 느낌이 들면서 따듯한 액체가 흘러나왔다. 액체는 우주복 안에서 메이를 감싸며 서서히 차올랐다.

"오, 맙소사. 양수가 터졌어요."

메이가 탄식했다.

점점 차오르는 양수가 헬멧 유리로 넘실거렸다. 메이는 숨을 헐떡이며 신음했다.

"메이, 양수가 입과 코로 들어가지 않도록 하세요."

라테파가 다급하게 경고했다.

메이는 흐느껴 울기만 할 뿐 대답조차 할 수 없었다. 양수 냄새는 역겨웠다. 숨이 차면서 또다시 손발이 저려오며 정신이 혼미해졌다.

"거의 다 왔어."

이언이 지친 목소리로 헉헉거리며 외쳤다.

겨우 **메리엄 1호**에 다다랐을 때 메이는 의식을 반쯤 잃은 상태였다. 우주복을 입은 마틴이 그들을 기다리고 있는 모습이 보였다. 이언이 메이를 문까지 들어 올리자 마틴이 끌어서 안으로 들였다. 메이는 그 후로 의식이 흐려졌다. 압력을 낮추고 에어로크를 통과한 다음 이언과 마틴은 메이의 헬멧을 벗겼다. 라테파가 메이의 얼굴을 씻어주고 맥박을 측정하면서 뭔가를 물어봤는데 메이는 대답할 수 없었다. 메이는 계속 스티븐과 이브에 대해 물었지만 아무도 관심을 기울이지 않는 것 같았다. 메이는 너무 화가 나서 소리를 치고 싶었으나 호흡조차 하기 힘든 상태였다.

다시 호킹 2호 내부. 스티븐은 조금밖에 남지 않은 소중한 우주복 전력으로 추진장치를 작동시켜 탐사선 내부를 돌아보았다. 난기류가 악화하면서 탐사선이 심하게 요동을 치는 바람에 내부가 균열하기 시작했다. 벽 화면이 깨져 날카로운 유리 파편이 공중에 흩뿌려졌다. 전깃줄이 불꽃을 일으키며 뽑혔다. 수도 선이 파열되면서 얼음 조각이 쏟아져 나왔다. 도킹 도어에 도달하니 터널이 아직 연결되어 있었다. 안도의 눈물이 흘렀다. 잠시 메이의 음성이 들리다 끊어졌다. 이제야 메이가 뭐라고 하는지 제대로 알아들을 수 있었다. 왜 다시 호킹 2호의 비행갑판으로 돌아가야 한다고 했는지. 배낭을 두고 왔기 때문이었다. 이브의 백업 드라이브가 배낭 안에 들어 있는데. 그러니까 이브를 두고 온 것이었다. 탐사선이 다시 흔들렸고 도킹실 바닥과 벽이 뒤틀렸다. 스티븐은 핀볼처럼 바닥을 뒹굴었다. 도어 칼라에 붙어 있는 터널이 심하게 흔들렸다. 곧 이언이 접을 필요도 없이 저절로 찢어져 나갈 것 같았다. 스티븐은 한시바삐 터널을 통과해야 했다.

그럼에도 스티븐은 뒤돌아서 추진장치를 켜고 어둠에 싸인 비행갑판으로 갔다. 논리적이고 합리적인 사고로는 용납할 수 없는 행동이었다. 평소의 그였다면 상상할 수도 없는 행동이었다. 그러나 중요하지 않았다. 이브를 데려와야 한다는 생각밖에는 없었다. 메이가 투지를 잃지 않고 살아남게 해준 것은 이브였다. 이브는 메이가 누구보다도 신뢰할 수 있는 충실한 친구였다. 그리고 다른 누구 못지않게 이브도 그렇게 남겨져서는 안 되는 거였다.

"궤도를 빠져나간다. 전력 추진."

이언이 통신장치를 통해 지시했다.

"메이가 진통할 수 있도록 고정하는 데 90초 정도 필요해요."

라테파가 다급하게 외쳤다.

"좋아. 그 이상은 1초도 안 돼. 우린 이미 지체하고 있어."

이언이 단호하게 말했다.

90초. 스티븐은 비행갑판으로 들어가면서 되뇌었다. 절실한 마음으로 다급하게 메이의 배낭을 찾았다. 천장 가까이 떠 있는 배낭이 보였다. 스티븐은 추진기를 아끼기 위해 유영을 해서 배낭을 집으러 올라갔다.

"60초."

이언이 외쳤다.

"시간 안에 갈 수 없을 것 같아."

스티븐이 생각했다.

아직 살아서 여기 있다는 것을 알려야 할 것 같았다. 그러자 메이가 혼수상태에서 깨어났을 때 자신의 생존을 알렸던 방법이 생각났다. 탐사선의 비상 구조 송신이었다. 비행갑판을 두리번거렸으나 뭘 찾아야 하는지도 몰랐다.

"45초."

이언이 외쳤다.

"빌어먹을!"

스티븐이 헬멧 안에서 소리쳤다.

"스티븐, 즉시 **메리엄 1호**로 가야 해요."

이브의 목소리였다.

"이브?"

스티븐이 불러보았다.

아무 응답도 없었다. 그럼 그렇지, 이 멍청아.

"네. 헬멧 통신장치가…."

이브가 대답했다.

"나도 알아. **메리엄 1호**에 알려서 나를 기다리라고 해."

스티븐이 반가움에 큰 소리로 말했다.

스티븐은 메이의 배낭을 우주복에 묶고 추진장치를 켜서 도킹도어로 향했다.

"여긴 이브, 인공지능입니다. 스티븐 녹스 박사님은 살아계십니다. 현재 비행갑판에 계시며 비상 대피를 위해 도킹 터널로 가실 것입니다."

이브가 오픈 컴을 통해 메시지를 송신하는 소리가 들렸다.

도킹 도어에 와보니 터널은 이미 **메리엄 1호**로 다시 접혀 들어갔고, 우주복에 남은 시간은 4분뿐이었다.

"스티븐, 정말 다행이에요. 터널을 다시 보낼게요. 서둘러 건너오세요. 추진장치를 사용하세요. 언제 온도가 치솟을지 예측할 수 없어요. 스티븐, 듣고 있어요?"

졸라가 환호를 질렀다.

스티븐은 응답할 수 없는 상황이라는 것을 알리려고 커다랗게 손짓을 해 보였다.

"스티븐 녹스 박사님의 헬멧통신장치가 망가졌습니다. 들을 수는 있는데, 응답할 수는 없어요."

이브가 말했다.

"알았어."

졸라가 말했다.

"좋아요, 스티븐. 내 말을 알아들으면 엄지손가락을 세우세요. 마틴이 터널 끝에서 맞이할 거예요."

스티븐이 한쪽 손으로 흔들리는 도킹 도어를 붙잡고 남은 손으로 엄지손가락을 세워 보였다.

"마틴, 의무실에서 메이와 라테파를 도와줘. 스티븐은 내가 도울 테니."

이언이 불렀다.

92

이언의 목소리를 들으니 스티븐은 가슴이 턱하고 내려앉는 것 같았다. **메리엄 1호**로 돌아가면 그를 마주해야 하리라. 현재 상태로는 추진장치를 이용해 건너가면서 우주복에 남은 공기로 버텨야 했다. 그 후로는 아무런 보장이 없었다. 터널이 뻗어 나올 때까지 기다리는 시간이 영원 같았다. 이언이 조정하고 있는 한, 그가 서두를 이유는 당연히 없었다.

"모두 들어요. **호킹 2호** 선체의 온도가 위험 수준으로 높아졌어요."

통신장치에서 졸라의 격앙된 목소리가 들렸다.

스티븐은 선체로 전달되는 열기를 느낄 수 있었다. 더 이상 춥지 않고, 금속과 유리에 덮인 얼음 결정들이 녹고 있었다. 아래를 내려다보니 화성 표면이 간헐적으로 보였다. **호킹 2호**가 화성 대기권으로 떨어지기 시작한 것이다. 탐사선의 진동도 그만큼 더 격렬해져서 스티븐은 까닥 잘못하면 사방으로 나동그라질 지경이었다. 터널은 끝내 도달하지 못할 것 같았다. 이제 겨우 3분의 1 정도 뻗어 나왔는데, 설사 **호킹 2호**에 닿는다고 해도 스티븐의 우주복에 남은 공기가 그때까지 스티븐을 지켜주지 못할 것 같았다.

계산을 해보았다. **메리엄 1호**까지의 거리는 대략 70미터. 남은 생명 유지 시간 90초. 열기에 타 죽지 않으면서 건너갈 수 있는 속도로 추진장치를 가동하려면 생명유지장치를 가동할 전력을 모두 소모해야 할 것이며, 터널에 도달했을 때는 남은 공기로 버텨야 한다. 그 상태에서 이언을 대적해야 하는데.

"너는 우주조종사가 되고 싶어 했잖아."

스스로 이렇게 다그쳐보았다.

그리고 터널을 향해 조준한 다음 추진장치를 켰다. 전속력으로. 도킹 도어 밖으로 첫발을 내딛자 가차 없이 아래로 떨어졌다. 너무 늦었어. 화성 표면에 처박히리라 체념하려는 찰나 그것은 **호킹 2호**가 화성 대기권으로 떨어지면서 빨아들이는 힘이라는 것을 깨달았다. 잠시 후 다시 위로 올라오면서 터널을 향해 날아갈 수 있었다. **호킹 2호**가 불에 타 쪼개지는 소리가 악몽처럼 들렸다. 무선통신장치에서 다시 말소리가 들려왔다. 그러나 주변의 소음이 너무 커서 잘 알아들을 수가 없었다. 터널까지 10미터 정도 남았을 때 졸라가 하는 말을 알아들을 수 있었다.

"스티븐, 너무 빨리 오고 있어요."

정말 그랬다. 하지만 스티븐이 할 수 있는 건 없었다. 드디어 전력이 완전히 소진되었던 것이다. 터널을 약간 비켜 닿았다. 몸은 터널 안으로 들어갔는데 다리가 터널 끝에 세게 부딪쳤고, 머리와 등은 터널 내벽에 더 세게 부딪쳤다. 충격으로 머리가 빙빙 도는 가운데 가까스로 손잡이를 잡고 매달렸다. 터널이 위로 올라가면서 다시 우주선을 향해 접히는 것 같았다. 무선통신장치를 통해 졸라가 이제 그만 대기권 경계에서 벗어나야 한다고 말하는 소리가 들렸다.

"꼭 잡아요, 스티븐. 손을 놓치지 말아요."

상향 추진력이 세지면서 터널이 우주선을 향해 반대 방향으로 급속히 움직이는 바람에 스티븐은 사력을 다해 손잡이에 매달려야 했다. 설상가상으로 남은 공기마저 떨어져가고 있었다. 호흡을 되도록 가볍게 하면서 손잡이를 잡은 손에 주의를 집중시켰다. 어서 우주선이 고요한 우주공간으로 들어가기만을 기다렸다. 드디어 그 순간이 왔다. 이제 우주선 안으로 들어가야 한다고 판단했다. **메리엄 1호**의 에어로크 도어까지 2미터 정도가 남아 있었다. 스티븐은 사력을 다해 손잡이를 하나씩 옮겨가기 시작했다. 꽁꽁 얼어붙은 몸으로 저산소증까지 시작되는 상태로 기진맥진해서 도어에 다다르니 이언이 그를 기다리고 있었다.

"졸라, 바깥쪽 에어로크 도어가 잘 안 닫힌다. 지금 손보는 중이야."

이언이 말했다.

"알겠습니다. 귀환을 환영해요, 스티븐."

졸라가 대답했다.

이언은 스티븐이 우주복 안에서 죽어갈 때까지 조금 더 시간을 끌 작정이었다. 오래 걸릴 것 같지 않았다. 무엇보다도 이언은 스티븐의 우주복에 공기가 얼마나 남아 있는지 아는 것은 자기 혼자뿐이라는 사실에 확신이 있었다. 역시 냉철하고 효율적이다. 스티븐에게 메이와 스티븐의 연구 그리고 아기까지 모두 정당하게 자기 것이라는 말을 장황하게 늘어놓을 생각은 없었다. 그건 너무 진부하니까. 더구나 스티븐을 바라보는 그의 눈길이 이미 다 말하고 있었다. 조용한 멸시. 이언의 마음속에서 스티븐은 그보다 한 수 아래였다. 늘 그랬다. 스티븐의 연구는 이언의 궁극적 목표를 위한 수단이었다. 스티븐이 그 중간에 잠시 끼어들었던 것뿐이다. 메이에 대해서도 같은 생각이었다.

스티븐은 자기 생사도 모르는 채 의무실에서 출산의 진통을 겪고 있는 메이를 떠올렸다. 아니, 만약 메이가 알고 있다면, 저 문으로 걸어 들어가 그녀 곁에 있어주기를 기대할 것이다. 어떻게 그 일을 이언이 가로채게 둘 것인가? 이언이 했던 말이 떠올랐다. 여기까지 와서 메이에게 진심을 말하지 않을 거냐고 했었다. 그 말을 떠올리는 순간 힘이 솟았다. 스티븐은 기운을 내서 바깥쪽 에어로크 도어를 닫고 봉인했다. 그런 다음 팔과 다리로 이언을 조이고 이언의 우주복 조절기를 잡았다. 넌 늙은이야. 스티븐은 생각했다. 분노가 치밀었다. 냉철하고 효율적인 방정식을 세울 때 그 점을 감안했어야지. 이언은 거세게 저항했다. 그러나 스티븐은 미친 듯이 분출되는 아드레날린의 기운으로 이언의 우주복 조절기 호스를 힘껏 잡아당겼다. 입에서는 피를 갈망하는 미친개처럼 거품이 뿜어 나오고 있었다. 손에는 찢어진 호스를 든 채로.

"이언, 우주복 안의 공기가 빠져나가고 있어요."

졸라가 외쳤다.

"들려요?"

이언은 숨을 헐떡이며 조절기 호스를 향해 손을 뻗을 뿐 대답을 하지 못했다. 호스를 다시 연결할 수 없다는 사실을 깨닫자 이언은 에어로크 감압제어장치를 잡으려고 했다. 그것으로 두 사람 모두가 살 수 있을 텐데도 스티븐은 이언의 두 팔을 감아 그의 옆구리에 붙이고 눌렀다. 이언이 무릎과 헬멧으로 마구 때리는 동안 스티븐은 온 힘을 다해 그를 붙잡고 있었다. 이언이 에어로크 도어 밖으로 다시 나가지 못하게 할 수 있다면 같이 죽어도 좋다고 생각했다. 복수를 위해서가 아니었다. 메이를 보호하기 위해서였다. 이언은 그 본연의 모습을 적나라하게 보여주었다. 그는 매우 위험한 사람이었으며, 자기가 원하는 것을 위해서라면 무슨 짓이라도 할 사람이었다. 스티븐은 이언이 메이와 아기를 해치지 못하게 하기 위해 서라면 목숨을 바칠 각오가 되어 있었다.

이언은 더 이상 반항하지 않았다. 스티븐은 그의 힘이 빠지는 것을 느꼈다. 얼굴이 축 늘어지고 눈동자가 풀렸다. 완전히 끝을 보기 위해 스티븐은 이언의 헬멧을 벗기고 그의 눈에 물기가 얼어붙어 눈먼 개처럼 우윳빛으로 변하는 것을 지켜보았다.

이언을 우주공간으로 떠밀어 보내고 감압 제어기를 잡으려 손을 내밀었다. 그러나 스티븐은 이미 질식 상태의 마지막 단계에 와 있었다. 온몸에 감각이 없었고, 가슴 속에서 방망이질을 치던 심장은 불규칙하게 팔딱거렸다. 눈앞이 흐려지다가 어두워졌다. 그러고는 완전한 암흑 속으로 떨어졌다.

93

섬광처럼 밝은 불빛이 어둠을 갈랐다. 스티븐은 자기가 물속에 가
라앉아 있다고 생각했다. 숨을 쉬려고 했지만 폐에 무거운 액체 같
은 것이 가득 찬 느낌이었다. 액체가 점점 팽창하면서 폐가 터질 것
같았다. 숨을 쉴 수 없었다. 숨을 쉬려고 하면 칼로 찌르는 듯한 통
증이 가슴에서부터 팔로 전해져 손가락 끝으로 터져나갈 것 같았
다. 누군가의 음성이 들렸다. 다급하게 외치는데 겁에 질려 있었고
집요했다. 스티븐으로부터 뭔가를 얻어내려는 것 같았다. 바늘이
피부를 찔렀다. 입을 억지로 벌렸다. 구역질과 기침. 밝은 불빛이 섬
광으로 변하면서 폭발이 일어났다. 스티븐의 머리 위로 빛이 쏟아
졌다.

　병원인 것 같았다. 그를 둘러싸고 있는 사람들은 의사 같았다.
수술용 마스크와 모자, 장갑을 착용하고 있었다. 여자의 비명이 들
렸다. 의사는 아니었다. 의사들은 비명을 지르지 않았다. 어디서 들
리는 거지? 스티븐은 고개를 돌려 보았다. 의사들이 머리를 고정시
키려 했다. 그러나 스티븐은 머리를 잡고 있는 손들을 뿌리치고 돌
아보려고, 팔을 움직이려고 했다. 그러나 팔을 움직일 수 없었다. 뭔
가 팔을 파고들어 붙잡았다. 고개를 돌리니 여자가 있었다. 그녀가

비명을 지르고 있었다. 그리고 피가 보였다. 여자의 주변에 거품 같은 진홍색 방울들이 떠 있었다. 핏방울은 점점 잘게 쪼개어졌다. 더 잘게, 더 잘게. 방안을 가득 채웠다.

여자가 비명을 멈췄다. 스티븐의 목을 타고 뭔가가 넘어갔다. 그도 소리를 지르고 싶었다. 토하고 싶었다. 근육을 움츠리고, 실랑이를 벌이고, 잡아당기고, 머리를 흔들었다. 그리고 또 하나의 바늘이 팔꿈치 안쪽을 찔렀다. 뭔가 차가운 것이 몸속으로 흘러들어 퍼지면서 근육이 풀어지고, 통증이 사라지고, 그를 무겁게 눌러주었다. 호흡이 잦아들면서 의식이 빠져나갔다. 천천히. 어둠이 걷히고 밝고 하얀 빛과 타는 듯한 느낌만이 남았다.

94

꿈이에요. 일어나세요. 꿈일 뿐이에요. 일어나세요.

흰빛이 어두워지고 패턴들이 보이기 시작했다. 선, 십자무늬, 커다란 정사각형 안에 작은 정사각형, 격자무늬. 선이 날카로워지고, 패턴은 더욱 섬세해졌다. 그 밑에 빛이 깔려 있었다. 천장. 멀리서 소리가 들리기 시작했다. 지속적인 기계음, 고막을 찢을 듯한 경고음. 청결한 냄새가 났다. 청결하고 위생적인 화학약품 냄새. 부드러운 시트, 담요, 따듯함.

아, 다행이다. 꿈이었어.

고개를 들려고 했으나 너무 무거웠다. 손이 목보다 힘이 있었다. 스티븐은 시트를 움켜쥐고 밀면서 엉덩이를 뒤뚱거려 머리와 목을 베개 위로 밀어 올렸다. 전보다 약간 몸을 세울 수 있었다. 그러자 방 안을 둘러볼 수 있었다. 의무실. 메리엄 1호. 어떻게 여기까지 왔을까? 몹시 안 좋은 상태였을 것 같은데. 머리가 아프고, 가슴은 타는 것 같았으며, 심장은 쿵쾅거리고 있었다. 호흡을 제대로 하지 못했던 것 같다. 이언. 에어로크. 무호흡. 이언은 죽었다.

꿈이 악몽으로 끝났다.

의무실에는 스티븐 외에 아무도 없었다. 버려진 곳 같았다. 자신도 버려진 느낌이었다. 나약한 존재. **이언은 죽었다.** 옆에 침대가 있었다. 침대를 보니 비명이 떠올랐다. **메이.** 무질서하게 떠오르는 기억들과 함께 두려움이 엄습했다. 비명. 사방에 떠 있던 핏방울. 사방에 피. 그리고 고요. **메이, 오, 하느님, 메이.** 메이가 보이지 않았다. 침대가 비어 있었다. 깨끗하게. 그 옆에는 의료기기들이 다음 전쟁을 기다리는 군인들처럼 서 있었다. 침대 발치에 있는 물품 캐비닛 근처에 투명 상자가 바닥에 고정되어 있었다. 그 안에 피 묻은 침대 시트 같은 것들이 구겨진 채 담겨 있었다.

두려움과 공포 속에 그 모든 기억이 되살아나면서 스티븐의 원기도 되살아났다. 오로지 침대에서 벗어나야겠다는 일념만이 가득해졌다. 산소마스크를 바닥에 던져버렸다. 뽑아 던진 정맥주사 바늘은 기기에 연결된 튜브 끝에서 대롱거렸고, 주삿바늘에서는 주사액이 방울방울 떨어졌다. 시트와 담요도 한쪽으로 걷어치웠다. 그다음에 가장 힘든 과정이 남았다. 이언이 빌려준 불편한 전자기 중력 우주복을 입은 채 일어나 앉는 일이었다.

주먹으로 등 뒤의 매트리스를 짚고 몸통을 앉은 자세로 일으켰다. 그 자세로 잠시 앉아서 근육에 피가 흘러 들어가고 어지러움이 가시기를 기다린 다음, 다리를 침대 옆으로 내려 차가운 바닥을 밟았다. 그런 다음 침대를 잡고 균형을 유지하면서 일어섰다. 방이 빙빙 돌아가는 증상이 가라앉고 다리에 힘이 있는지 확인하면서 잠시 그대로 서 있었다.

소리를 지르려다가 곧 좋은 생각이 아니라는 사실을 깨달았다. 성대가 헐고 부어서 쇳소리 외에는 아무 소리도 낼 수 없었기 때문이다. 복도로 걸어 나왔다. 역시 비어 있었다. 버려진 것처럼. 도대체 모두 어디로 간 거지? 많이 남아 있지는 않았지만 말이다. 메이는 어디 있을까? 침대가 비어 있는데. 방은 깨끗이 치워져 있었다.

메이가 침대에서 나간 지는 얼마나 됐을까? 그는 얼마 동안이나 잠들어 있었던 걸까? 다시 복도가 나왔다. 역시 비어 있었고 조용했다. 두려움이 피어오르기 시작했다. 절실히 누군가를 찾고 싶었다. 누구라도. 그런데 정말 누군가를 만난다면, 그 만남을 감당할 수 있을지는 확신이 서지 않았다.

비행갑판에 거의 다 와갈 때까지도 사람의 흔적이 없었다. 주변 기기들이 내는 낮고 지속적인 소리 외에는 아무 소리도 들리지 않았다. 어떻게 이렇게 인기척 하나 들리지 않을 수 있지? 비행갑판에 들어갔는데 아무도 없을 경우를 상상하니 절망감으로 배가 뒤틀리는 것 같았다. 스티븐은 비행갑판 출입구 앞에 서서 잠시 귀를 기울여 보았다. 무슨 소리가 나고 있는데 못 들은 건 아닐까? 그렇지는 않았다. 여전히 조용했다. 안으로 들어가 보는 수밖에 없었다. 마음의 준비가 되었는지는 중요하지 않았다. 어떤 광경이 벌어지든 받아들여야 했다. 메이. 만약 메이가…. 그렇다면 살 이유가 없다. 그건 받아들일 수 없으니까. 불가능하니까.

처형대로 올라가는 사형수처럼, 스티븐은 모퉁이를 돌아 비행갑판 안으로 들어갔다.

아기가 울기 시작했다. 곧 울음소리가 방안에 가득 퍼졌다. 침묵을 가르는 아기의 울음소리에 스티븐은 문턱에 선 채 그대로 굳어버렸다. 엔지니어링 모듈 근처에 졸라와 라테파, 마틴이 구부리고 뭔가를 들여다보며, 이상한 노랫가락 같은 소리로 중얼거렸다. 그러다가 아기의 울음소리가 커지면 그들의 노랫가락도 같이 커졌다. 스티븐은 천천히 걸어서 다가갔다. 아기는 계속 울었다. 승객용 발사석까지 갔을 때 승무원들 맞은편에 구부리고 있던 메이가 허리를 펴면서 고개를 들었다. 그 순간 메이와 스티븐이 마주 보게 되었다. 스티븐은 더 이상 다가갈 수가 없었다. 다음 순간 사라져버릴 신기루일까 봐 두려웠다. 메이도 그대로 서 있었다. 스티븐을 바라보는 시선을 돌리고 싶지 않았다.

승무원들도 돌아보며 미소를 지었다. 라테파와 마틴이 다가와 부축하려고 했지만, 스티븐이 손을 들어 괜찮다는 시늉을 했다. 의자들을 지나 앞으로 걸어가니 모두들 구부리고 들여다보고 있던 것이 무엇인지 알 수 있었다. 인큐베이터 겸 아기 침대였다. 그 안에 아주 작은 여자 아기가 몹시 큰 소리로 울고 있었다. 치키였다. 스티븐은 여전히 모든 것이 꿈이 아닌 현실이기를 바라는 마음으로 조심스럽게 좀 더 다가갔다. 아기 침대에 다가서서 내려다보니 치키가 울음을 그쳤다. 마치 전등불을 끄듯 치키는 순식간에 울음을 그쳤다. 그리고 스티븐을 똑바로 올려다보았다. 아기의 눈은 메이를 닮았다. 상대가 어디에 있든 그를 에워싸고 끌어당기는 자석과 같은 매력을 지닌, 그러나 반짝이는 장난기가 가득한 메이의 눈이었다.

스티븐은 아기 침대 위에 손을 올려놓았다. 아기는 그 안에 눕고도 충분한 공간을 남겨둘 만큼 작았다. 아기가 스티븐의 손을 향해 손을 뻗었다. 손가락을 만지고 싶어 하는 것 같았다. 스티븐은 웃으며 동시에 울었다. 스티븐의 손을 만질 수 없다는 걸 알았는지 아기는 또다시 울기 시작했다. 메이가 다가와 스티븐 옆에 섰다. 그러고는 아기 침대 위에 올려놓은 스티븐의 손을 잡고, 나머지 손도 잡았다. 스티븐은 돌아서서 메이를 마주 보았다. 마치 처음 만난 것처럼 메이의 눈을 들여다보았다. 그리고 키스했다. 두 사람은 서로를 끌어안고, 놓아주어도 더 이상 두렵지 않을 때까지 그렇게 서 있었다.

95

"녹스 박사님, 당신, 우리를 몹시 놀라게 했어."

스티븐이 아기 침대 위를 맴도는 동안 메이가 손가락을 흔들며 말했다. 치키는 잠들어 있었다. 아기의 몸에는 탯줄삽입관을 포함해 많은 튜브가 연결되어 있었다. 처방약과 물, 영양소를 공급하기 위한 것이었다. 코삽입관으로는 아기에게 필요한 산소가 공급되었다. 그렇게 작은 아기의 몸에 이 모든 것이 연결된 모습에 겁을 먹은 메이가 라테파에게 자세한 설명을 부탁했다. 라테파는 아기에 대한 설명과 더불어 스티븐에게 있었던 일들도 자세하게 설명해주었다. 에어로크에서 스티븐을 끌어냈을 때 그는 혈중 산소가 상당히 심각한 수준까지 감소한 상태여서 심장이 멈춰 있었고 임상적으로는 사망 상태나 다름없었다고 했다. 소생될 수 있었던 유일한 이유는 그가 동시에 저체온증을 보였기 때문인데 체온이 내려가면서 신진대사가 느려져 뇌사를 막을 수 있었던 것이다. 그래도 스티븐을 의료적으로 혼수상태에 들게 조치했으며 회복에 필요한 48시간 중 첫 24시간은 삽관 치료를 해야 했다.

"이제 혼수상태에 빠졌던 걸로도 우린 동지가 된 셈이네."

메이가 말했다.

"그리고 한 가지 더. 판단력 부족도 공통적이죠."

이브가 선내방송장치를 통해 끼어들었다.

"저는 메이에게 당신이 그녀를 구해준 것에 감사하도록 가르치는 중입니다. 박사님도 그렇게 하셔야 해요. 너무 많은 생각과 배려를 하지 마시고요."

스티븐이 빙긋이 웃으며 이브의 말을 받았다.

"메이와 너무 오래 같이 있다 보면 사람이 이렇게 돼버리지."

그의 목소리가 점차 회복되어 속삭일 정도가 되었다.

"그 말이 맞아요."

이브가 말했다.

"그리고 감사합니다. 사실은 저의 고마움을 전하기 위해서⋯."

"어, 이브, 내가 스티븐에게 말할 수 있게 해준다고 약속했잖아."

메이가 불평하듯 끼어들었다.

"저도 모르게 그만. 입 밖으로 나와버렸어요."

"젠장."

메이가 실망한 듯 투덜거렸다.

"뭘 말이야?"

스티븐이 물었다.

"그냥 말해, 이브. 욕심쟁이."

"스티븐 박사님께서 호킹 2호에서 영웅적으로 저를 구해주시고, 메이와 졸라가 친절하게 저를 깨워주신 덕분에 제가 MADS 기록을 모두 해독했습니다."

"그것들이 온전히 복원되었단 말이야?"

스티븐이 흥분해서 물었다.

"아니요. 아니 사실을 비어 있었는데 농담한 거야."

메이가 스티븐을 놀렸다.

"뉴스 피드를 보여드리는 게 어때?"

졸라가 제안했다.

"백문이 불여일견이지. 이브, 보여줘봐."

메이가 응수했다.

"물론이지요."

'눈'에 영상이 재생되었다. 지구에서 보내온 뉴스 방송이었다. 애니메이션 로고에 맞춰 주제가가 흐르고 아나운서의 음성이 들리기 시작했다.

"미 항공우주국 전 임무 지휘관인 로버트 워런이 오늘 수감되었습니다."

아나운서의 멘트가 흐르는 동안 스티븐은 화면으로 로버트가 워싱턴 D.C.에 있는 그의 저택에서 경찰과 연방 요원들에 둘러싸인 채 걸어 나와 경찰차 뒷좌석에 실리는 모습을 지켜보았다.

"… 연방 수사국에서는 또한 전 나사 임무 전문가 글렌 챔버도 공범으로 체포했습니다."

화면이 바뀌어 글렌의 범인 식별용 사진이 나왔다. 많이 늙고 상해 있었다. 연방 구치소에 있는 그의 모습에서 그가 지녔던 남부 사람 특유의 매력은 찾아볼 수 없었다.

"맙소사."

스티븐이 믿을 수 없다는 듯 중얼거렸다.

"이브가 해독하자마자 데이터를 FBI에 보냈어요."

졸라가 말했다.

메이가 흐뭇한 미소를 지어 보였다.

"세상에 있는 돈을 다 긁어모아도 이번에는 빠져나오지 못할 거야. 이제 로버트 워런의 실체를 온 세상에 알릴 때가 된 거지."

"그에 대해 스티븐도 아는 게 있어요."

졸라가 말했다.

아직 이언에 대한 얘기를 나눌 기회는 없었다.

"이언의 헬멧 카메라에 담긴 영상으로 그가 당신에게 무슨 짓을 했는지 다 봤어요."

졸라가 말했다.

"스티븐, 유감이에요. 나는 정말 그가 그런 짓을 할 사람이라고는 생각하지 못했어요."

"집착이 사람을 이상하게 만들지."

스티븐이 메이를 보며 말했다.

그 순간 이언을 생각하니 스티븐은 더 이상 에어로크에서 느꼈던 분노는 느껴지지 않았다. 그 대신 연민이 생겼다. 이언 올브라이트는 똑똑한 사람이었다. 스티븐이 어렸을 때 이언은 그의 우상이었고, 이언 같은 사람은 무엇이든지 할 수 있을 거라고 믿었다. 조용히 서서 스티븐이 죽기를 기다리고, 그리하여 메이와 아기를 차지하고자 했던 이언은 예전 이언의 그림자였다. 그의 괴물 같은 자아에 중독된 사람만이 생각할 수 있는 비극적인 대본을 연기하는 망가진 캐리커처였던 것이다. 그런 의미에서 이언 올브라이트와 로버트 워런은 목표는 달랐지만, 그들의 운명이 보여주듯이, 결국은 닮은 사람들이었다.

96

메이는 숙소 침대 끝에 앉아서 치키에게 콧노래를 불러주고 있었
다. 메리엄 1호의 모든 숙소가 그렇듯이, 꼭 필요한 것들만 갖춘 좁
은 공간이었다. 메이는 그 공간을 나름대로 한껏 명랑한 분위기로
꾸몄다. 특히 기계부품과 철사, 색색의 의료용품들로 만든 모빌은
보기만 해도 뿌듯했다. 모빌은 치키의 침대 위에 매달려 돌아갈 때
면 기분 좋은 종소리를 냈고, 가끔 해가 비치면 빛을 반사하며 반짝
거렸다. 종종 치키를 재우려면 이러한 소품이 필요했다. 가여운 어
린 것은 온갖 치료를 받느라 편할 날이 없었는데, 그럴 때면 메이는
치키를 안아줄 수 없어서 신경이 더 예민해지곤 했다.

드디어 치키가 잠들자 메이는 아주 천천히, 조심스럽게 치키를
안은 채 조용히 누웠다. 갑작스러운 움직임에 아기가 깨지 않도록
주의를 기울이면서. 그러고는 그 어느 때보다도 빨리 아기를 재운
것을 자축하면서 잠이 들었다. 그러나 메이가 잠이 들자마자 치키
가 다시 까랑까랑한 울음으로 메이를 잠자리에서 끌어냈다. 또다시
콧노래와 모빌 돌리기가 시작되었다.

그때 방문을 노크하는 소리가 났다. 스티븐이었다.

"아기 좀 조용히 시킬 수 없어? 자고 있는 사람도 있다고."

"인내의 한계에 도달했어."

메이가 옆으로 비켜서서 스티븐을 들어오게 했다. 스티븐은 기꺼이 의무를 넘겨받았다. 치키와 놀아주는 건 몇 시간이라도 할 수 있었다.

"이 답답한 감옥에서 나가면 치키도 훨씬 즐거워할 거야."

스티븐이 말했다.

"나도 그래. 당신은? 지루해 죽겠어?"

메이가 웃으며 말했다.

"그냥 이제 더 이상은 이다음에 커서 우주비행사가 되고 싶지는 않다고 말해두지."

"그 말도 공감하겠네."

"거짓말 마. 당신은 이게 천직이야."

"그럴지도. 하지만 이제는 다른 천직도 생겨서 말이지…. 한번 두고 보자고."

스티븐은 다시 주의를 치키에게 돌렸다.

"내가 벌써 말한 것 같긴 한데, 고마워 스티븐."

메이가 치키를 들여다보고 있는 스티븐 곁으로 다가왔다. 치키는 잠들어 있었다.

"나 잘했지, 응?"

메이가 눈물을 글썽이며 말했다.

"잘한 정도가 아니라 아주 훌륭해."

"얘기할래?"

메이가 물었다.

"무슨 얘기?"

"코끼리만큼 큰 우리 둘의 문제. 이렇게 좁은 공간에 둘이 있으면서 못 본 척하기는 힘들잖아."

"난 괜찮아. 아이들은 원래 코끼리 좋아하잖아."

"스티븐, 그래도 우리 최소한···."

"치키가 나를 좋다고만 하면, 나는 언제나 치키 옆에 있을 거야."

메이는 울기 시작했다. 스티븐이 메이를 안아주었다.

"나도 당신에 대해 같은 생각이야. 단지 어디서부터 말을 해야 할지 모르겠어."

메이가 말했다.

스티븐은 메이와 함께 침대에 앉았다.

"나와 처음 데이트하던 날 당신이 뭐라고 했는지 기억해?"

메이가 옛일을 떠올리며 미소 지었다.

"당신이 내 생일을 기억해줬잖아."

"촛불을 끄기 전에 당신이 뭐라고 했지?"

그 순간을 떠올려보았다. 그러자 두 눈에 눈물이 고였다. 스티븐이 왜 그렇게 물어보는지 알 것 같았기 때문이다.

"내가 이렇게 말했어. '있잖아요, 녹스 박사님, 좋은 생각이 있어요.'"

"무슨 생각이죠?"

스티븐이 그때로 돌아간 듯 응수해주었다.

"내가 이 촛불을 끄면, 이 순간 이전에 우리 사이에 일어났던 모든 일을 잊는 거예요. 이 순간이 우리의 시작이었으면 좋겠어요."

감사의 말

비행 승무원: 에드 우드(영국 리틀, 브라운 임프린트 스피어), 마이클 브래프(미국 스카이바운드). 이 작품을 쓸 수 있도록 횃불을 밝혀주고 내가 그 횃불의 주자가 될 수 있다고 믿어준 에드에게 감사를 전합니다. 당신의 든든한 편집적 지도와 헌신적인 작업은 내게 늘 힘이 되어주었습니다. 에드와 마이크, 내가 최선을 다할 수 있도록 터를 닦아준 적극적인 협력에 감사를 전합니다.

관제센터: 영국 리틀, 브라운/스피어, 미국 스카이바운드, 샘 모건(롯츠 에이전시), 브래드 멘덜슨(서클 오브 컨퓨전), 제프 프랑켈(맥코인 프랑켈 화이트헤드 LLP), 존 모네(유니버설 픽처스), 브라이언 퍼스트, 서맨사 크롤리(스카이바운드 필름 앤 텔레비전), 파운더리 리터러리 에이전시.

임무 전문가: 영국 리틀, 브라운/스피어 ─ 찰리 킹, 조너선 헤인스, 앤디 하인, 헬레나 도레, 케이트 히버트, 탈리아 프록터, 린다 매퀸, 제마 셸리, 스테피 멜로즈, 세아 엘리엇, 스티브 팬턴, 사라 슈럽, 루이즈 뉴턴, 톰 웹스터, 케이트 코딜(스카이바운드), 케이티 애벗(서클

582

오브 컴퓨전), 롭 골드먼(맥코인 프랑켈 화이트헤드 LLP), 질 골드스타인(JGoldsteinPR), 헤이븐 라무르(북 트레일러 편집자).

이 공상과학소설을 과학적인 사실에 근거한 작품으로 엮어내는 데 도움을 준 앨런 스메일(고더드 우주비행센터)과 피터 스톨츠에게도 특별한 감사의 마음을 전합니다.

나의 멋진 아내 어맨다와 가족(DRMK, KRBK, 조마마, 케네스 본, 티나, 카라, 레이디, 스카이, 오지, 리이르, 루이스, 리타)의 사랑과 지지, 인내, 유머에 감사합니다. 여러분이 없었더라면 나는 영원히 허공을 표류했을 거예요.

갤럭시

초판 1쇄 발행 2021년 2월 25일

지은이 S.K.본
옮긴이 민지현

펴낸이 김현태
펴낸곳 책세상
등록 1975년 5월 21일 제1-517호
주소 서울시 마포구 잔다리로 62-1, 3층(04031)
전화 02-704-1250(영업), 02-3273-1334(편집)
팩스 02-719-1258
이메일 editor@chaeksesang.com
광고·제휴 문의 creator@chaeksesang.com
홈페이지 chaeksesang.com
페이스북 /chaeksesang 트위터 @chaeksesang
인스타그램 @chaeksesang 네이버포스트 bkworldpub

ISBN 979-11-5931-591-6 03840